子夜吴歌

ZIYE WUGE

知夏【著】

上册

新世界出版社
NEW WORLD PRESS

图书在版编目（CIP）数据

子夜吴歌 /知夏著.—北京： 新世界出版社，2018.5
ISBN 978-7-5104-6491-1

Ⅰ.①子… Ⅱ.①知… Ⅲ. ①长篇小说－中国－当代
Ⅳ.①I267

中国版本图书馆CIP数据核字（2018）第060830号

子夜吴歌

作　　者：知　夏
策划编辑：张铁成
责任编辑：张晓翠
责任印制：王宝根
出版发行：新世界出版社
社　　址：北京西城区百万庄大街24号（100037）
发 行 部：（010）6899 5968　　（010）6899 8733（传真）
总 编 室：（010）6899 5424　　（010）6832 6679（传真）
http：//www.nwp.cn
http：//www.nwp.com.cn
版 权 部：+8610 6899 6306
版权部电子信箱：nwpcd@sina.com
印　　刷：三河市金元印装有限公司
经　　销：新华书店
开　　本：710mm×980mm　1/16
字　　数：579千字　　印　　张：32.5
版　　次：2018年5月第1版　　2018年5月第1次印刷
书　　号：ISBN 978-7-5104-6491-1
定　　价：75.00元（全二册）

目录［上］

CONTENTS

目录 [下] CONTENTS

楔子

殿外遥遥地传来柝声，不过三更时分，夜色正浓。

月华清明，水银泻地似的铺开来，层层叠叠在城楼上勾勒出霜意。细看那城楼上的月儿，远远望去，如在枝头斜斜坠了个水晶盆般，晶莹剔透，衬得一众星子都黯然失色。

“玖娘，饮过这杯，你就安心上路吧。”

“太子已经去了，让我死、交出虎符都可以，只是不要为难我的阿琇。”女子凄婉的声音透过轻薄的锦屏传来，轻飘飘的如同天上的浮云。

“知道了，皇后不会为难公主的。”说话的男子已年过半百，然而气宇极是轩昂不凡。他身着墨色的锦衣，腰束革带，唯有革带末梢的红缨微微晃动，露出内里绣的细密的暗色龙纹。

此刻，他的嘴角扯出了一丝不耐的弧度，仍是柔声道：“玖娘，你自幼是孤看着长大的，先帝的虎符在哪里，你还是交出来的好，不要叫孤为难。”

“赵王，”那女子不知从哪里来的力量，忽然膝行几步猛地冲到他面前，抱住了他的双足。抬起头来，她的眼周已有浅浅的皱纹，仍然不掩容色的姣好端丽，只见她一双美目全是凄厉之色，“你不要忘记，你曾以司马氏子孙的名义在先帝面前起过誓言，会护得陛下周全。如今那恶妇已经害死太子，难道你连陛下的幼女也不能保全？你如违此誓，我必化厉鬼，日夜诅咒着你，看着你身首异处，死后堕入阿鼻地狱，受尽轮回之苦。”

赵王眉头一蹙，忽然重重将她踢开，佛然不悦道：“玖娘，你太不晓事了些。”踢过之后，他不禁有些后悔，又想起顶要紧的一件事来，忙道：“虎符在哪，你若交出来，就可换得清河公主平安。”

那一脚恰踢在谢玖的眼角上，顿时踢出血来。殷红的血珠顺着她额畔的垂发滚落，霎时映得女子姣好的面色一片灰败。

她望了一眼面前与往昔判若两人的男子，她为他卖命二十年，几多痴恋纠缠，瞬时都了无意义。她终于彻底看透了眼前人，心里只有权力，哪还有什么话是可信的？

她心中已空，忽得透了风进来，灌得心底潮湿一片。她遂闭了眼，不再看他，任他怎么呼喝威胁也不再理睬。

左右早有侍卫架住了瘫倒在地的女子，此刻见赵王示意，便有个机灵的内侍果断地端起鸩酒灌入女子口中。

一声清脆的声响划破了这可怕的静谧，玉盏摔得粉碎，残余的鸩酒浸入漆黑的金砖地里，泛出奇异的白沫，和着蜿蜒淋漓的血迹，点点滴滴写满了凄厉。然而这一切很快便被人用靴底拭净，再不见半点痕迹。

“回去禀报皇后，谢氏和太子已伏诛，”赵王望了一眼地上已经有些冰冷的女子，面上没有半分怜悯之色，冷冰冰地吩咐左右道，“斩草除根，务必要搜出清河公主。”

空落落的大殿里透不进一丝光亮，层层寒意从冰冷的金砖地上沁出来，更添了几分沉重。

大殿藻井的横梁上，一个未及弱冠的瘦弱少年紧紧地捂住了怀中女孩的嘴，不让她发出一点声音。当殿中人散尽后，他终于松了口气，如箭弦般挺直的脊背骤然放松下来，他抱紧女孩轻轻跃到殿中，足甫点地，却见怀中的女孩已奔了出去，发鬓上簪着的紫色丁香花落在地上，她扑在了殿中女子的身上哀哀地哭道：“母妃，母妃……”

“阿琇，”地上的谢玖忽然微微睁开了眼。她虽被灌了鸩酒，但到底洒出了一些，还有一口气在，此刻她唇角尽是淋漓的鲜血，一双明眸灰败无色，面上泪痕宛然，看上去老了数十岁，可当她看到女儿，眸中竟然迸发出光彩。她的目光缓缓滑过少年，轻声问道：“太子如何了？”

这少年名叫刘聪，乃是匈奴五部右都督刘渊的第四子，因与太子同岁，于是自幼便被送入东宫与太子侍读，此刻他目中全是泪水，黯然道：“太子已然遇难，臣奉太子遗命，前来保护娘娘和公主殿下。”

谢玖心中早已料到太子难以幸免，闻此噩耗，反而镇定了下来。她艰难地从发鬓上取下一支七宝琉璃金钗，缓缓地插在女儿的发髻中，她搂紧了女儿，轻声在她耳边说着什么。

“母妃，母妃，儿不走，儿要救你，”女孩大声地呼着，泪珠子顺着白玉般的面颊往下落，美丽的大眼睛里满是恐惧和惊惶，她忽地叫了起来，“御医呢，御医呢，儿臣要给母妃请御医……”她的目光与身旁的少年对上：“聪哥哥，你去给母妃叫御医啊！”却见他万分难过地摇了摇头，谢玖中毒已深，眼见是活不成了，而此刻宫中巨变，传御医来也无非是再给谢玖灌一杯毒药。

少年低声道：“殿下要冷静，不能传御医。臣请您听从昭仪娘娘的话，快些离开这里。”

“阿琇，母妃的话你记清楚没有？”谢玖的目中沁出血来，却见女儿惶恐地坐在地上，哭着道：“我不能抛下母妃，我不走，我不走……”

谢玖心知无法，忽地扯过了少年的手，将女儿的手交到他手中，低声道：“阿聪，我的琇儿就托付给你了。快带她离开。”言毕，她决然地推开了他们，侧过头去，忽地咬断舌根，便咽了气。

阿琇骇得呆住了，竟连喊叫声也发不出。少年伸臂搂住了她的肩膀，又是心痛又是担忧地说道：“快些离开你母妃的寝宫，赵王他们刚离开，保不准还要再回来搜宫。”

只因东宫有变，他惦记着太子临终的嘱托，赶到了太子母妃谢昭仪所居的晖华殿，然而还是晚了一步，当他赶到时赵王司马伦已经带了内侍灌谢昭仪毒酒。

他无奈潜入后殿抱出了还在睡梦中的清河公主，这是太子唯一的妹妹，他不能让她再落入皇后手中。

阿琇不过十二三岁的年纪，身量未足，她是在睡梦中被刘聪抱出来的，故而只穿着一件薄绡的白绸罗裙，此刻赤着双足站在冰冷的地上，衣上的丝光似水波铺泻，唯有发边的七宝琉璃钗上缀着一块鸽卵大的浑圆东珠，莹莹地流转出淡淡的光华，衬得她一双黑眸如玛瑙般，莹光闪烁、澄澈动人。

她一垂首，泪水便落了下来，似几滴晶莹的珍珠。而此时的她并无半点高高在上的风华，只如一只惶恐的小兽，仍是紧紧地抱着母亲已经冰冷的尸身，脸颊贴着母亲的脸颊，仿佛要再寻求一点未散去的温度。她左侧颈上的一颗胭脂痣，如一粒朱砂落在白玉上，甚是耀目。

殿外传来几个人的脚步声，刘聪再无他法，背起阿琇就往后殿跑去。

宫中已经乱成一团，到处都是人在跑，到处都有哭声，远处还有人在喊："太子和谢昭仪宫中的人，杀无赦。"少年费尽全力背着阿琇跑到了朱雀门，只见地上乱七八糟地丢着些兵器，到处都是尸体，看门的守军却都不在了。

追兵眼见追赶不上，便有守卫喊道："放箭，放箭。"

刘聪脚下一绊，忽而跌倒在地。阿琇怕到极点，一直在哭泣："聪哥哥，我好害怕，不要抛下阿琇。" 少年心头一软："放心，我不会丢下你。"他把阿琇轻轻放在地上，擦了擦她脸上的泪珠。右手却用力捂住了左肩，原来有一箭正中他的肩上，鲜血汩汩流出，他一咬牙，忍痛将箭柄折断。

身后已传来宫中金甲卫杂沓的脚步声和呐喊声，那一瞬间如同窒息的感觉涌入心头，少年眼见无法，只得霍然立起，用尽全力把朱雀门推开小小的一条缝隙，把阿琇推了出去："阿琇，快去找你十六叔，只有他才能救你。"

"咣"的一声，女孩头上的珠钗掉在地上，女孩却惶然未觉。

"聪哥哥，聪哥哥。"女孩失声痛哭，失去了母妃和兄长，连聪哥哥也要离开自己了。

少年却再也没有办法回答她的话，他捡起地上守军的武器，脑海里只浮现出太子的声音："保护好公主"。他默默地想，能帮公主拖住一刻是一刻。

第一回

华林春暖

三月初的天气，乍暖还寒，然而春风一拂华林园，便催开了十里似锦的繁花。禁苑中的桃花到底比民间开得要早些，沿着双堤次第而绽，花枝灿若彤云，夹着岸旁两排碧绿鲜嫩的章台新柳，映衬着御河中清光潋滟，不似人间景致。

华林园本是汉时芳林，魏明帝时在洛阳城西北修筑金墉城，便将邙山下的这片芳林尽数拆毁。到了本朝武帝时大修宫苑，又沿着金墉城外的十里荒山重新遍植花草，内设亭台楼阁、树木池沼，形成了金墉城与皇宫内苑的衔接，武帝甚爱此处飞馆生风、重楼起雾的别致，又重造了汉时十里华林、繁花似锦的胜景，便重新起了个名字唤作“华林园”。

到今上即位，帝甚昏庸，天生有脑疾，十多岁还不能识字，其智如七八岁的孩童一般。当年武帝本不想让这个傻儿子即位，奈何此子偏是武帝皇后杨氏所出嫡子，杨氏甚是怜爱儿子，执意为其斡旋，又替儿子娶了太傅贾充之女，这才使今上登上帝位。

今上即位之后不久，太后之父杨骏因病离世，杨太后伤心过度，不久也过世了。此后国政一概由皇后贾氏把持，贾皇后闺名唤做南风，是太傅贾充的长女，她的容貌非常丑陋，性子也极其的泼悍，奈何她的母亲郭氏与武帝皇后杨氏私下交好，于是被娶入宫中，痴儿丑妇居于东宫之中，这也是亘古未有的笑话了。贾氏从太子妃循进为后，这已是十余年前的旧事了。

且说贾后也颇爱华林园的景致，又深厌皇帝的呆痴无味，不愿与之相见，便索性长住在了华林园中，只有旬日才回昭阳殿的正宫应景。于是华林园里每日欢宴达旦、纸醉金迷，种种荒淫奢侈，京中早已传遍。

远远一匹骏马疾驰而至，马蹄溅起落花无数。

华林园没人敢如此放肆地骑马而行，当值的小黄门略抬了抬头，却看到那紫金马镫上踏着一只鹿皮靴，杏黄的绣纹织锦大氅一直垂到靴边。除了成都王，还有谁敢骑着先帝的照夜玉狮子在禁苑奔驰？小黄门只觉心中一震，硬着头皮抖声道："王爷，入园请下马。"

只见骏马四蹄兜转，蓦地一声长嘶，却是马上清隽的青年勒住了马缰，随手将马鞭扔在地上，利落地一翻身跃至地上。小黄门这才瞧见成都王的照夜玉狮子背上竟还有个小小的女孩，只见他小心翼翼地将女孩抱下，沉声问道："皇后娘娘在何处？小王奉诏求见。"

贾后所居的章华台在邙山之顶，是华林园中最高的一处，是仿昔日魏武帝的铜雀台而建。台高数十丈，半入云霄中，四角斗拱交连，丹槛炫日，绣桷迎风，此台最妙在于台下五丈竟是铁铸坚石，全无楼梯可上，唯有一道窄窄的云梯可上台中，若是撤去了云梯，章华台便如一座坚实堡垒般，无可攀之途径。

成都王司马颖离宫多年，如今是第一次登章华台，此刻在几个黄门内侍的引路下登着窄窄的云梯，仍觉得步步生险，不胜高寒。他下意识地回过头去，望着身后亦步亦趋跟着的瘦小女孩，轻声道："阿琇，记得十六叔给你交代的话了吗，一会儿见到皇后要按叔父教你的话说，不要问别的。"

女孩脸色煞白地垂下头去，身体微微抽搐了一下。司马颖知她害怕，想起已故的太子和谢昭仪，心中更怜这个小女孩的处境，轻轻攥住了她冰凉的小手。他心中微微有些不安。

他是先帝第十六子，自幼开衙建府便在邺城生长，受母亲严训，他从不参与朝政之事，如今更在幽州驻守练兵。今上即位十年来，听闻京中太子离奇薨逝，形势瞬息万变，一干藩王蠢蠢欲动，他却不欲入这浑水，便一直未入过京。

谁知今年开春却忽而收到陛下亲笔的谕旨，所有藩王须入京朝谒，他左思右想再无理由推脱，也想进京瞧瞧朝中形势，便带了几十侍卫入了京中。没想到入京的第一日，麻烦便找上门来。一个瘦小的女孩扑在他所暂居的宅邸前，口称是当今四皇女清河公主，其兄太子被皇后所诛，求叔父救命。他本不想掺和宫中之事，奈何这小女孩抬头之时，他忽地瞧见她那一双眸子，晶晶然有玉华霜雪之色，他竟是心中一凛，问道："你是太子亲妹，你母妃可是谢昭仪？"

那女孩点了点头，微不可闻地应了一声。司马颖心中悄然叹息，这女孩的一双眸子何其似曾相识，原来是母亲娘家的孩子，他轻声问道："你的母妃谢昭仪呢？"那女孩的眼中滚下两行珠泪。他心中大恸，想起了母亲临逝时的情形。

司马颖的母亲谢懿，正是谢昭仪的长姊，谢氏一门的女子都入宫中，却都年华早逝，如果母亲还在，也该会护下这个族中的女孩吧。他心思辗转半瞬，收留下了这个女孩，护她避过了宫中连日的搜捕。

"陛下登基十载，王爷却从未朝谒过，本宫与王爷虽为叔嫂，倒是从未谋面过，这也是天家的奇事。"高高凤座上的女子声音喑哑至极，直如一把锥子刺到人的心里去，好不让人难受。

司马颖无奈地一躬身，只是缓声道："臣弟奉先帝遗命镇守幽州，乌桓鲜卑狼子野心，几番侵扰，臣弟年来率兵与之交战，几次朝谒未归，还请皇后娘娘恕罪。"

贾后容色虽陋，却极爱世间美男子。听闻世间所传成都王气宇不凡，容色无双，她早动了念头。故而矫诏令诸王入京，布下大瓮，实为了捕成都王一人而已。今见成都王果然年轻俊雅，相貌堂堂，犹在世人所传之上，更不免心中大喜。她眼眸一转，自有左右会意去安排布置。一时间大殿内侍从皆散，贾后忽然从凤座上走了下来。

司马颖常年镇守边陲，虽是久闻贾后丑名，却未见其实。如今只见她的身量果然十分矮小，面色黝黑，眉骨上有长长的一道疤痕，仿若被火燎过，十分的惊悚怕人。只见她径直走到司马颖面前，伸手挑起他的下颌，仔细看了看他的容貌。忽而一笑道："天下人有言，十六郎之貌胜若子都，今日本宫得见，果然名不虚传。"她的眸光微微流转，忽然瞥到司马颖身后还有个小小的女孩，待看清她的面目，不免又惊又疑，喝道："成都王！阿琇怎么会在这里？"

司马颖拉过身后的女孩，诚恳地跪下说道："阿琇是陛下亲封的清河公主，虽不是皇后所出，却是司马氏的女儿，如今她既失生母又失长兄，孤苦于世间，还望皇后垂怜照看。"

贾后心中不悦至极，自打处死了谢昭仪和太子，她便闭了宫门在宫中搜罗清河公主的下落，可清河公主却似人间蒸发一般不见踪影，她为此已经将奉命办此事的赵王司马伦责骂了数次，却想不到清河公主一直藏在司马颖身边。

可她今日存了心思勾搭司马颖，不想在他面前摆出凶悍之态吓走了玉郎，于是眼眸转了几转，却又转笑道："十六郎说哪里话，清河是陛下之女，如我亲生，自会照顾妥当。这孩子年纪幼小，怕是谢昭仪病逝时受了惊吓，有些神志不清了，故而说了些瞎话，烦扰了王爷。王爷勿要放在心上，其实这孩子没了母亲，也着实可怜得紧，"说着她便去牵阿琇的手，故作温和道："来，到母后身边来，以后与东海、始平她们几个一处玩耍，不要再淘气了。"

司马颖闻言心下稍宽，虽然早听闻贾后悍妒泼辣，却也不至于对一个失怙的孩子下手。谁知阿琇忽然极力挣开了贾后的手，美丽的秀目中露出深深的痛恨，只见她蓦地用手指着贾后，厉声斥道："恶妇撒谎，明明是你用毒酒害死我母妃和大哥！"

瞬时间殿中情形巨变，贾后顿时收敛了笑意，眯着眼盯着眼前的小女孩，眼眸中神色晦暗不明。阿琇竟也毫不畏惧地抬头盯着贾后，一双晶眸竟如两把寒光凛冽的利刃，带着深深的恨意，似要把她刺穿。

司马颖大骇之下忙将阿琇拉到怀中，连声道："稚子年幼，无知乱语，皇后娘娘莫放在心上。"

"你看她的眼睛，恨不得要吃了我一样，"贾后忽然冷声道，"她哪里是无知的稚子，她是吞了仇恨的狼子。"

阿琇目中快要喷出怒火来，挣扎着就要冲过去。司马颖怕她乱言，伸手死死地捂住她的口唇，不让她发出半点怒骂之声。

贾后怒极反笑，回身悠悠地问道："十六郎今日是护定了这孩子？"

司马颖只道："这孩子是我带来的，我须得带她离开。"

贾后眸光幽暗深邃，定定地望了他们一望，忽地走到窗边，伸臂推开了长窗，笑道："十六郎真是个痴，你过来瞧瞧，你如今还有哪里可以去？"

司马颖的目光随着她的指引往外一看，瞬时间冷汗透了后背，只见引领他们上来的云梯不知何时尽数被抽去了，他深悔自己的大意，今日入章华台竟连侍卫也未多带几名，此刻被困在高台之上已是上天无路，下地无门。趁着他发怔的瞬时，怀里的阿琇忽然猛地挣脱了他，便向贾后冲去。那贾后不提防到被她扑倒在地，阿琇死命地咬着她的左臂，牢牢地不肯松口。

"快拉开这疯儿，"贾后又惊又怒，早已叫了人进来，领头冲进来的正是如今正得宠的御医程据，只见他猛地将手中金瓜向阿琇后脑击去。"住手！"司马颖目色骤深，眼见程据这一下已是下了杀手，他情急之下将手中的玉笏掷了出去，撞在金瓜上击得粉碎。饶是如此，金瓜下坠之势只是一缓，还是击在了阿琇的额上，阿琇闷哼一声倒在地上。此时殿中人都围在了贾后身边，探看贾后手臂上的伤势。唯有司马颖快步上前扶起了阿琇，见她受伤甚重，双目紧闭，面如金纸，于是他赶忙替阿绣推宫活血。

贾后缓过一口气来，怒指着阿琇道："将这疯女拉出去，喂了沙门做食。"沙门乃是华林园中养着的一只大虎，最是凶残禽兽，每每有宫人犯事，便是葬身虎腹之中。几个内侍闻言便来拉扯阿琇，司马颖怒极，右手将阿琇牢牢护在怀中，左手拔出了腰中佩剑，怒斥道："谁敢上前一步？"

那太医程据忽而上前几步，迎着司马颖的剑锋而立，唇角露出一抹讥讽的笑意，语气极是平常道："成都王，你今日虽冒犯了皇后，却是可恕之罪。只消把这疯女交出来，喂了沙门，让皇后娘娘出一口恶气也就是了。王爷是娘娘倚重的大臣，又是皇室宗亲，娘娘不会为难王爷，何必陪这疯女送死？"

"住口！"司马颖双目欲眦，他虽闻贾后残暴，却不想竟然凶残至斯，他的脸涨得通红，衣襟上金线所绣螭龙微微摆动，厉声道："人乃血肉之躯，岂能喂了禽兽。"

"那就将成都王一并拿下，"贾后怒极，冷笑连连，"我倒要看看，如今这天下是谁人说了算。"

"小王来迟，让皇后受惊，小王罪该万死，"赵王司马伦匆匆赶来，见此情景大吃一惊，匆忙向贾后请罪，连连呵斥司马颖："十六郎，不得无礼，快把剑放下。"

"叔王。"司马颖见到赵王顿时有些不知所措，他年幼失怙，承受这位叔父的照顾，此时见他目露告诫之色，无奈之下只得松手。只听"咣"的一声，长剑落在地上，发出一声意犹未尽的长鸣。

几个内侍过来拖了陷入昏迷的阿琇便走，他们如同拖着一块陈腐的破布般，粗蛮地拽着她纤细的手臂，丝毫不顾及这是帝家身份贵重的公主，任她额上的伤口在金砖地上拖出触目惊心的血渍。

赵王隐隐感觉到身后侄子的暴怒，他上前深深一躬，用衣裾挡住了司马颖的视线，一壁赶忙对贾后恭敬道："成都王久在外藩，疏于管教，是小王的过失。还望皇后宽怀为上，小王身为叔王，定会将其带回好好管教。"

"赵王年纪大了，倒是越来越爱管闲事了，"贾后双眼微合，露出一份似有似无的笑意，反倒轻飘飘地说道，"既然如此，就交给赵王管教吧。"

赵王背上一僵，不敢多言，匆匆扯着司马颖便离去了。

望着他们叔侄远去的身影，贾后微微咬牙："这赵王老儿，坏我好事。"

"娘娘，清河公主怎么处置？"太医程据谄媚地向前凑了一步，他久在贾后身边，最知她心意，沉吟地献策道："将她丢去喂了沙门倒是解气，只恐成都王性子激烈，怕是要与娘娘拼命。"

贾后闻言心念一动，右手轻抚左臂的伤口，冷冷地瞥了地上昏迷的阿琇一眼道："先把她关到金墉城去，别让她死了。要钓十六郎那条大鱼，还得用她。"

赵王下了章华台，忽然转身扬手便给了司马颖一掌。司马颖一张俊脸上顿时留下了五个清晰的指印。"这一掌，是替你父皇打的。"赵王嘴角微沉，一字一句地说道："你父皇让你六岁就远赴藩地，防的就是有一日京中有变，司马氏的骨血还可以保存。你为何要回来？"

"叔王，"司马颖眼中流露出些许失望懊恼之色，"太后薨逝，太子也惨遭毒手，陛下不能理朝政，全然被那毒妇控制，如今我们连陛下亲生的公主竟也保不住，任由这毒妇祸乱司马氏江山？这样下去，天下很快就要大乱了，叔王还看不清楚吗？"

"我都知道，"赵王嘴角轻轻抽动，低声责备道，"可你这样拔剑硬拼有什么用？章华台里埋伏了多少铁甲武士？岂是你能独闯的？今日孤若不去救你，你就葬身高台之上，命都没有了，还有什么面目去泉下见你的父皇母妃？"

"侄儿宁可丢了这条性命，也要与那毒妇一决生死，"司马颖怒道，他年纪虽轻，却已带兵多年，常年塞外风霜磨砺，早已练就视死如归的血勇之气，"是我害了阿琇，不该带她进宫来求这恶妇。颖今日宁可拼却一死，也好过如此苟且偷生。现在把阿琇独自抛下，任那恶妇毒害，我们又有什么面目去见列祖列宗？"

"你这般年轻，拿你的命去与那半老妇人换，你亏是不亏？就算以命换命，也是先拿你叔父这条老命去换，"赵王眸中划过一抹不易察觉的赞许，他望着面上满是震惊之色的侄儿，仍是板着脸道，"你且安心，阿琇到底是陛下骨血，今日被你这样一闹，皇后倒不敢明目张胆地对阿琇动手。你还愣着干什么，还不赶紧滚回去。就你这急躁的性子，还与人拼命？有一百条命都得送完。"

阿琇转醒时，已近四更天。身遭黑漆漆的一片，触手可及却是冰凉的。好一会儿她才适应了暗中视物，发现自己躺在一张卧榻上。夜极静，凉风徐徐，吹得未关严的殿门半开半合。她才撑臂坐起，忽而眼前火光一闪，是有人掌了灯过来。只见一张满是皱纹的老妇面孔出现在眼前，她吓了一跳，向后缩了缩，却见那老妇面色灰败至极，看上去老朽不堪，但细看去那老妇面上纵横交错的竟是许多的疤痕，和皱纹堆在一起，也分不清，但奇的是唯有一双眸子黑亮得惊人，这双美目生在这样丑怪的脸上，让人凭空生出一种恐怖之感。

那老妇定定地打量了她半晌，忽然脸上神色骤变，用手狠狠地掐着她的脖子，怒声喝道："你也是司马家的女儿？"她的声音嘶哑，如铁丝磨着地面的声音，十分的难听。她下手极重，如铁钳一般，阿琇被她掐得快喘不过气来，忽然觉得喉上一松，那疯癫老妇松开了手，退了半尺的距离，眼睛仍是死死地盯着她，流露出格外痛恨厌弃的神色。只听她哑声如夜枭道："你是东海还是始平？那贱人又送你来做什么，老身如今在这里安逸得很，她又要来打什么坏主意。"

"东海和始平是我的姊姊，我叫阿琇，"阿琇俯身微微喘了会儿，惶然道，"阿婆，这是什么地方？"

老妇并不理她的提问，只是惊疑不定地上下打量着她，目光中却是柔和许多，看了一会儿，忽然厉声道："你将衣衫除下，让我看看你的脖颈上可有一块红色的胎记。"阿琇大吃一惊，她脖颈有块红色的胎记，这只有母亲知道，就连平日里的贴身侍女也不知晓，面前这个貌似疯癫的老丑妇人如何会知道。她看这老妇的目光如炬，目中露出急切的光芒，她只得除下薄薄的贴身小衣。

莹洁如玉的脖颈上，有一块拇指大小的红痕，如羊脂玉上蹭了一块胭脂膏。殿外枯枝轻响，殿内一老一少却都未发觉。"阿琇，你真的是阿琇。"那老妇颤颤巍巍地伸指拂过胎记，忽然伸臂抱住了眼前的少女，泪水滚滚而下："天可怜见，老妇有生之年还能见到我的亲孙女。"

阿琇闻言心中大震，她的亲祖母乃是武帝的皇后杨氏，母亲说在她五岁的时候太后就已经病逝了，面前这老妇….她瞧着那老妇可怕的面容，忽然心中莫名涌起了一种亲近之感，心中只觉得这老妇定是骨肉至亲。天性使然，她投入那老妇的怀抱中，痛哭道："祖母……"

杨太后替她着好衣衫，望着她流了会儿眼泪，忽然回头叫道："阿邺，快过来，见过你的阿琇姊姊。"

只见殿角的柱后转出一个七八岁的男孩，头上梳着两髦，团团的圆脸上忽闪着两只点漆般黑亮的大眼睛，十分的可爱。阿琇迟疑地望着那孩子，却只听杨太后和蔼道："这是你三叔的孩子阿邺。"杨太后共有三子，长子早夭，次子就是阿琇的父亲当今天子，三子吴王司马晏，已在三年前去世。如此算起来，阿琇与阿邺实是骨肉至亲的堂姐弟，只是天家骨肉之情淡薄，他们竟从未见过。

天气还冷，阿琇见那孩子只着一件薄薄的单裳，忙取了衣衫替他披上，却见阿邺如小鹿受惊一般，极是警觉地后退一步，不与她亲近。杨太后泪水滚滚而下：“吴王府被烧时，一家几十口都葬身火海，只有这孩子被乳娘冒死送了出来，几番辗转才送到我这里。”

阿琇心中大骇，京中对三叔吴王暴毙的缘由一直讳莫如深，她犹记得几年前当大哥接到吴王死讯的时候那愤怒的神情，想不到三叔一家竟是活活被烧死的，她眼眸中亮光陡黯，禁不住打了个寒战，颤声道：“祖母，是谁人这么险恶，竟害死三叔一家。”

“当然是那贱人干的，”杨太后心痛幼子，咬牙切齿道，“只恨老身当年受贾家蒙蔽，为我儿娶了这狠毒恶妇。”

阿琇联想起母亲与大哥临死的惨状，又想到贾后的歹毒，只觉得不寒而栗，脱口道：“祖母和阿邺住在这里可是安全？”杨太后冷声道：“那贱人将老身囚在这金墉城中十年，对外只说老身已经死了，她还有求于老身，却到底也不敢要了老身的性命。”祖孙三人夜里说起这些年来的遭遇，又是一场抱头痛哭。

金墉城是与外界完全隔绝的一处禁苑，建在巍峨的邙山脚下，里面宫室园林都有，可唯一能出去的一条道路恰好被华林园所阻，四面皆是铁甲卫把守，故而关在金墉城里的人插翅也休想飞出去。金墉城本是武帝时为了囚禁曹魏宗室所建，整个城池都修在十余丈的高台上，宫墙全是几百斤的青石包了三合土夯筑，偌大的禁苑只有一处铁铸的厚重闸门，内外音讯不通，便是一只鸟也飞不进来。

日子不知不觉过了两年，时间仿若没有留下痕迹，唯有闸门上那个三尺见方的小窗生了厚厚的锈迹。金墉城里只有她们三人，日子过得如同死水一般。

平日里只有个半老的聋哑宫奴隔着小窗来送饭食，那饭食亦是发馊的，时常能吃出沙石来。然而阿琇却意外地发现，每个月的初一，总会有人夜里从墙上丢下一个青布的包裹来，里面总有几张胡饼，足有面盆大小，虽然干得发硬，但总算能让正在长身体的阿邺吃饱肚子。隔上几个月，包裹里还会有些应季的衣衫布料，阿琇手巧，也能缝补做衣，因此祖孙三人的换洗衣物都有了着落。

起初阿琇很奇怪送包裹的人是谁，可杨太后和阿邺却都是一副见惯不怪的样子，每每拿出包裹里的东西，就把青布叠好，整齐地收纳在后殿的床板下，阿琇有一次数了数，青布竟有近百张，阿琇暗暗咂舌不已。

三月回春，天气渐暖，金墉城内仍是一派霜冷萧瑟的景象，唯有庭院中孤零零地植了一株西府海棠，这日竟然抽了几丝新芽，嫩嫩地发了两个花骨朵，粉缀中添了几分春意。杨太后年纪大了，并不觉得难过，只是苦了阿琇和阿邺两个孩子，日日被拘在这巴掌大的高墙内，连个玩伴也找不到。

阿邺送到金墉城时刚两三岁，在这暗无天日的禁苑中关了几年，只有个老迈的杨太后为伴，如今长到十岁的年纪，竟连个发蒙的先生也从未请过，还不如寻常人家的孩子。而阿琇自三岁就被谢昭仪抱在膝上教识字，七八岁时已读完四书。于是来到这里后的第一桩事，便是每日闲时教阿邺认字。

阿邺启蒙虽晚，但学得很快，任何字只需教一遍便能记住，短短时间就能识千余字。阿琇欣慰之余，便开始逐章地教他读《论语》《孟子》，阿邺过目能诵，实在是聪明过人。

金墉城里连日常衣食都无保证，更别说寻到写字的纸墨。所幸后苑里还有口井，阿琇便折了竹枝常在沙地上教他认字。她刚在地上写了个“邺”字，阿邺忽然道：“阿姊，这个字我认得，是阿邺的名字。”阿琇笑道：“是祖母教你识的吗？”阿邺怔了一怔，点了下头。阿琇也不在意，徐徐地说道：“邺乃地名，在漳水之南，前朝魏武帝便是发迹于邺城的。”阿邺眼中闪过一丝亮光，他道：“是魏武帝曹操吗？官渡灭袁绍，阳平降张鲁，魏武帝可着实是大大的英雄。”

“阿邺知道得不错，都是祖母讲给你听的吧，” 阿琇略是惊讶，微笑道，“魏武帝生于乱世之中，一生戎马，南征北战，打下千里江山，确实是一等一的英雄好汉。但魏武帝一生除了武功之外，饱读诗书，文采飞扬，他著的兵书、写的诗歌更是了不起。”她见阿邺眸中露出羡慕憧憬的神色，便一壁在地上书写，一壁轻声吟诵道：

惟汉廿二世，所任诚不良。
沐猴而冠带，知小而谋强。
犹豫不敢断，因狩执君王。
白虹为贯日，己亦先受殃。
贼臣持国柄，杀主灭宇京。
荡覆帝基业，宗庙以燔丧。
播越西迁移，号泣而且行。
瞻彼洛城郭，微子为哀伤。

“贼臣持国柄，杀主灭宇京，”阿邺念了好几遍，一脸崇敬地说，“这也是魏武帝的诗吗？”阿琇点头笑道：“这是魏武帝的《薤露行》，说的是‘董卓之乱’

的故事。”她知阿邺年幼还不能理解，便逐句解释道：“惟汉廿二世，所任诚不良，这说的是汉代自汉高祖刘邦开国，到汉灵帝时正好二十二世。汉灵帝死后，太子刘辨即位，何太后把持朝政，宦官张让、段珪专权，天下祸乱一时。”

“那不是和现在一样吗？”阿邺睁大眼睛问。阿琇点了点头，心下一片黯然，父亲昏庸低智，比起刘辨来恐怕还要暗弱几分，而贾后的专权乱国，更比那时还要严重。她顿了片刻，续道：“那时候何太后的父亲何进官拜大将军，他见朝中局势大乱，就私下密召凉州董卓进京锄奸护驾，谁知道这一护反倒护出了天大的乱子。这第二句就是写何进的，说他‘智小’图谋大事，就好像猴子硬穿人的衣服，始终是做不成大事的。”

阿邺点了点头，说道：“何进已经是大司马了，诛杀几个宦官而已，找几十个宫中侍卫动手就够了，何必要找董卓帮忙。”

阿琇见他小小年纪头脑倒很清楚，不由赞道：“这就是魏武说的‘犹豫不敢断’的坏处了，终于酿成了大祸。何进召董卓进京，消息外泄，自己反而被宦官张让诛杀。京中大乱，张让带着小皇帝和陈留王跑到平津，被董卓所杀。董卓废掉了小皇帝，立陈留王为帝，挟天子以令诸侯，终于造成汉祚覆坠。‘播越西迁移，号泣而且行。瞻彼洛城郭，微子为哀伤。’这最后四句说的是后来董卓逼宫杀帝，火烧洛城，汉献帝被迫西迁长安，一同迁徙的百姓沿途哭泣，千里江山成了一片焦土，黎民百姓流离失所，痛苦不堪。”

阿邺双目圆睁、聚精会神地听完这个故事，反而不说话了。他看着地上阿琇娟秀的字迹，默默地在心里吟诵了一遍，过了良久方才长长地舒了口气。

“阿姊，给我讲讲宫外的事情吧。”

“唔，你要听什么？”

“我想知道外面是什么样的，是不是有很多街道，很多的人……街道是什么样子的？会比屋子还宽吗……”

“洛阳城很大很大，城中有五条水渠，每条渠上都有金龙为护，又叫作五龙渠。洛阳城中还有好多条宽敞的街道，最热闹的就是铜驼街了，可以并排走十多辆马车也不显拥挤，铜驼路一直通到宫城里去。阿姊小的时候，母妃就抱着我去凤楼上看过，那真是这世上最宽的一条路。”

阿琇闭上了眼睛，描述起铜驼街的样子：“铜驼街的两边有很多卖货的货郎，通常最早到的就是贩胡饼的，他们天一亮就赶到街上来贩卖，挑着沉甸甸的铜铸的大炉子，里面都是热腾腾的蒸糕、白环糕，有时还会蒸些豚皮饼、欢喜果儿，一出炉就会被抢空，可难买的。”

“什么是豚皮饼？”

“豚皮饼是用羊奶和面做的，用拇指大的小勺子舀到小铜钵里，再放到大锅里煮沸，烫出来的薄薄香香的就是豚皮饼了，上面还撒了一层糖霜，好吃得紧。”

阿琇讲完就后悔了，阿邺从来没有离开过这里，连羊奶和糖霜都不知是什么味道，她怕阿邺伤心，忙又岔开了话题：“其实吃的并没有什么意思，铜驼街上最好玩的还是那些斗鸡、杂耍，还有小孩儿在街角骑竹马，可有趣了。”

“竹马又是什么？”

“是用竹子做成的小马，后面还系上一面彩幡，几个孩子一起骑着竹马奔跑，就像大人们在骑马一样。”

阿邺轻轻地叹了口气，仰头看向天空。

一望无际的碧空下，闪闪发亮的阳光将红叶镀上了一层耀眼的金边，远处红霞如云，近处红叶如霞，长空如洗，一切都显得那么的澄净透亮。

“阿姊，我真想出去看看。”

阿琇微笑着搂住了他。

其实阿琇也没有去铜驼街看过。她只见过宫廷四四方方的红墙，墙里有花花草草，可独独没有听过世界上最热闹的贩夫走卒的声音。

那些都是幼年时母亲给她讲的帝京的繁华，母亲那时还很年轻，说过许多在闺中时见到过的趣事。如今母亲虽然不在了，可那亲切温柔的话语仿佛还在耳旁，就好像是昨天的事。

第二回

鹤鸣九皋

幽宫不觉日长，岁月轮换，转眼花开花谢，已过了三个寒暑。这日午后，阿琇陪杨太后用过午饭，却一直都找不见阿邺，她心下有些生急，沿着金墉城内走了一遭，叫了半晌才见阿邺从后院奔出，垂着眉眼不敢看她：“阿姊是在找我吗？”

他身上的素色短襟夹袄是阿琇亲手浆洗干净今早才替他换上的，这个年纪的男孩个子蹿得最快，去年阿琇给他缝的衣衫今年穿在身上已经颇有些短了。此刻衣服上面沾满了尘土，简直像是从泥里滚过一样。而他神情慌张，心绪不定，更似是遇到什么事一般。阿琇瞥了他一眼，想说什么还是咽了回去，只带他去换了件衣服，便去见过杨太后。

杨太后到底上了年纪，又过了午觉的时候，头痛病便发作了，见阿邺既已找到了，略责备了几句。阿邺只是恭恭敬敬地垂首站着，低声道：“邺儿只是在后院中逛了逛，在假山后眯了会儿睡着了，所以误了时辰，祖母不要生气了。”杨太后素来疼他，不由搂到怀里疼道：“我的儿，怎么在假山后睡着了，可要小心着了风寒。午饭还剩一些，快叫你阿姊替你盛了吃。”

阿琇答应了一声，牵着阿邺便去里屋吃饭。宫里送来的饭食大多都不太新鲜，虽然外表看上去仍是烹调得鲜亮得紧，只是内里饭菜都是隔夜发馊的，饭中还都夹着沙子，吃起来稍不注意就会硌到牙。阿邺吃这样的沙拌饭也有几年了，见食盒中还有大半碗饭，就着几棵青菜，便狼吞虎咽地吃了起来。阿琇在旁静静地看了他会儿，忽然轻声问道："洛水旁的芙蓉花开了吗？"

"开了些。"阿邺顺口接了一句，忽然意识到什么，一口饭菜呛到喉中，顿时咳嗽得涨红了脸。杨太后在外间听到动静，急问道："出什么事了？"阿琇忙应道："祖母，没事，阿邺吃得快了些，没注意被呛到。""阿弥陀佛，这孩子……"杨太后念了声佛，絮叨了几句，声音渐渐轻了，想是又困睡去了。

"你瞧，祖母有多担心你，"阿琇一壁替他拍着背，一壁低声道，"你要混出去玩也好，以后回来先把衣裳换了，莫要让祖母操心。"

"阿姊，"阿邺的心里如乱麻一般，憋了半晌仍是道，"我不是出去混玩。"

阿琇握住了他的手，隐约感觉到他小手的虎口磨出了薄薄的茧，她温柔地说道："你是出去和人学武去了？"她早已发现后院有个狗洞，却也只有身量未足的孩童才能爬出去。只是因长满了近人高的苔草，倒也非常隐蔽。

阿邺的脸涨得愈发通红，却说不出话来。

阿琇心里叹了口气，知道这孩子的执拗性子，她回身从床下取出一柄长剑，递给了阿邺，轻声说道："你适才是在找这个吧？阿姊不问你去哪里，快把这饭吃完了，再不吃都凉了。"

"阿姊，"阿邺眼眶有些湿润，他将长剑紧紧贴在胸口，剑柄上镶着的白玉泛出淡淡的光芒。他忽然抬头望着阿琇的双眸，轻声说："不是阿邺不告诉阿姊，是阿邺答应了那人，对谁也不能说出去。"

阿琇点了点头，再也不提此事："知道了。这几日天气暖了，等会儿我们去把衾褥晾出去吧。"

他们在金墉城里可供御寒的被褥都是这里用剩下的旧物，锦缎虽是锦缎，只是不知道放了多少年了，黑乌乌的早已瞧不出原本是什么颜色，上面满是虫咬的痕迹，露出几缕内里的肮脏旧絮，在太阳下一晾，竟有些地方露出些深色的血痕。两个孩子到底年幼体弱，忙活了一下午才架好了竹竿，把被褥都在院中铺晾了起来。阿琇拍拍手，笑道："可真费劲呀。"

"阿姊，过了端午你就该及笄了吧。"

阿琇快要十五岁了，寻常人家的女孩到了十五就该行及笄礼择夫婿了。阿琇贵为公主，却待在这个不见天日的去处，哪里能有什么行及笄礼的机会。树上飘落一片叶子，恰好落在阿琇发鬓，如刻意簪上的一枚发簪。

阿邺忽然拿起阿琇打趣："阿姊以后想找个什么样的人给我做姊夫？"

阿琇有一瞬的恍然，脑海中浮现出当年那个抱着自己站在屏风后的少年。她愣了一会儿才反应过来，却见阿邺一脸坏笑地看着自己，仿佛看穿了自己的心思，阿琇闹了个大红脸，追着就要去敲阿邺的脑袋，两个孩子都是少年心性，心中纵有一瞬的阴霾，也很快在暖暖的欢笑中化开了。

杨太后闭着眼，窗外的声音却一字不落地传入她的耳中。她面目平静得如一潭古水。

金墉城里从无外人来，朱红色的宫门关了许多年，铜锁上早已爬满了锈痕。

这日方才晌午，饭食却罕见地没有准时从铁窗送来，可宫门却被打开了，几个鲜衣宫使径直入了阿琇他们的居所。为首的宫使三十岁左右的年纪，面白无须，身着一袭青罗襦，圆笼冠上簪着一尾紫貂，他眯着一对三角眼，细细地上下打量着阿琇，细着嗓子道："这位就是清河公主吧。公主如今出落得可真个水灵了，还记得老奴吗？"

阿邺从未见过宫使，他警觉地拾起一支日常舞玩的木枝，自然而然地挡在了阿琇身前。

"吴王殿下长得这般高了。"那宫使又望向了阿邺，目光中透出几分亲热。

"董黄门。"阿琇却脸色瞬时煞白，一眼认出了这是皇后身边最得脸的黄门侍中董猛，原来见他总是一副凶神恶煞的面孔，却不知他也有对人笑的时候。

"公主倒还记得老奴，"董猛哈哈干笑了几声，愈发亲热道，"当年公主出生时，还是老奴先抱的公主呢。"

"是贾氏那贱人派你来的吗？"杨太后不知何时被惊醒了，她拄着拐杖慢慢走了出来，面上俱是怒色："你回去告诉她，我们祖孙都还没咽气！"

董猛恨得咬牙，但心中仍记得贾皇后的吩咐，故面上却半点不带，只赔笑道："您老人家说哪里话，皇后日夜都牵挂您的身体康健，日日在佛前祷祝您能活到百岁。"

他话音一转，却又看向了阿琇，言道："皇后娘娘也记挂着公主呢，公主是端午的生日，该是到了要及笄的年纪，这不就命老奴来接公主回宫去。"

说着他身后更有几个小宫女伶俐地走上前来，手里捧着各色金盘，内有罗裙佩瑞，又有各色珠钗步摇，都是按公主的服制准备的。

阿琇简直不敢相信自己的耳朵，不知所措地望向杨太后。董猛见她们祖孙俱是惊疑，心中反倒冷笑，却又恭敬道："请公主更衣，老奴有几句话，要与老……老夫人禀告。"说罢他命人带着阿琇去里间更衣。

阿琇拿了衣衫怔怔地没了主意，几个宫女相视一笑，便拉起了彩绸替她在后室中围出了一个更衣的空间。她许多年没有人服侍，颇有些不习惯。等她换了衣衫回去，董黄门不知去了哪里，阿邺和杨太后却都有些愣怔地瞧着她。

她一时有些尴尬，红着脸道："我……我哪里不对吗？"

"阿姊，你真美！"阿邺性子最直，早把自己心里话喊了出来。这几年阿琇不仅长高了个头，眉目也有了些大姑娘的端庄美艳，如今换了一身艳丽的华裙，更衬得她如花似玉，竟是活脱脱似是从画里走下来的一般。

杨太后望着阿琇，黯淡的眸子中忽然迸发出了光彩："我的阿琇长成大姑娘了。"

"祖母，你真要阿姊回宫去？"阿邺急道，"那皇后心思狠毒，她怎么会真给阿姊及笄，阿姊千万不能回去啊。"

"不是你姊姊回宫去，是你们姐弟俩一起回去。"杨太后坚定道。

阿邺吃惊地看着祖母，浑然不明白祖母的意思。

阿琇心中却明白了几分，今日董猛的突然造访，对祖母和自己不同寻常的亲切，以及对阿邺身份的默认，这一切的一切，都代表着祖母在背后定是做出了可以威胁到皇后的举动。她目中光焰闪动，却又看向白发苍苍的祖母，不发一言。

杨太后心内叹了口气，缓道："那贱人如果要取阿琇性命，犯不着这样费周章，着人在菜饭里下了鸩毒就是了。"说着她轻轻抚了抚阿琇如黑瀑一样的秀发，叹息道："阿琇今年也是十四岁的大姑娘了，就是寻常人家的闺女也要热热闹闹办个及笄礼，给闺女选个俊俏的小郎君。琇儿若是跟着我老婆子待在这暗无天日的去处，生生是耽误了。"

阿琇鼻子泛酸，泪水已是滚滚而落，把头埋在杨太后怀中："阿琇不愿意去宫里，阿琇愿意陪着祖母。"阿邺也道："孙儿要陪着祖母。"

杨太后闭目一瞬，紧紧搂住两个孩子道："乖孩子，祖母何尝不知道你们的孝心。离开了这里，就是步步刀山，步步火海，你们要学会忍耐，祖母再不能护着我的两个小孙孙了。"

"只要你们能忍下来，就没有什么过不去的沟坎，"她双手搂住两个泣不成声的孩子，目中也滚下泪来，"你们姐弟俩以后要相互关爱，相互扶持，这世上，真真假假、虚虚实实的事太多了，唯有血脉浓于水，你们要牢记骨肉亲情，不要猜疑背弃。"

"老夫人，时辰不早了，公主须得起驾回宫了。"窗外传来董猛的催促声。杨太后情知不能再耽搁下去，她霍然起身推开了两个孩子，决然地走进内屋，关上了门。

“祖母！”两个孩子趴在门上，哭得上气不接下气，杨太后心中肝肠寸断，却决绝地不再开门相见。

回宫的路并不长，坐在车里的阿邺紧紧地握着阿琇的手，一刻也不肯放开。

阿琇按压住心里的悲伤，笑着安慰他道：“阿邺不要怕，姊姊在这里。”

“谁说我害怕了。”阿邺男子汉的自尊心受到了挑战，立马放开阿琇的手，小嘴嘟了老高，“我是在保护阿姊。”

阿琇扑哧笑出声来，笑着揉揉他的脑袋。

谁知阿邺却不领情，转过头去掀开车帘，眼也不眨地看着外面。

车进了朱雀门，车轮似乎卡了一下。阿琇望着这扇高大巍峨的帝宫城门，三年前的厮杀呐喊声仿佛就在耳边，那个身着青衣的少年似乎就蹲在身边，轻轻拭去她脸上的泪痕。

回宫之后，阿琇被安排在荼蘼殿居住，此处乃是章华台附近的一处偏殿，贾皇后酷爱金奢，便连一处偏殿也是雕梁粉壁、青璅绮疏，又拨了白袖与水碧两个侍女在殿中服侍。阿琇温言询问，白袖今年也是十五，正与公主同岁，水碧年纪略小些，甚是天真可爱。

且说阿邺袭了吴王之位，便被安排到世子们所居的灵昆苑，同齐王和赵王的世子们一起学习诗书和骑射。

自从太子去世后，皇帝便再没有儿子出世，因此各位世子都是被考校的对象，未来可能成为太子。灵昆苑的功课异常严格，每到旬日才可休一日，于是阿琇便只能巴巴地数着日子等着和阿邺见面。每次见面，姐弟俩还说不上几句话，就会有严厉的公主教习阿姆训斥公主典仪德行该如何，然后阿琇只能失望地回去。

贾皇后不知是否刻意回避，平时从不与阿琇相见，所有的请安问礼一概免了。然而给阿琇选的教习阿姆冯氏格外地严苛。每日寅时三刻天还没亮，就要叫阿琇起身，描黛眉、整仪容，抱腹要系一寸红结，双裙要垂三尺于地，一套公主装扮下来，四五个宫女也要围着忙活一个时辰，阿琇虽不用动手，却也瞧着心累。

然而这才是开始，国朝公主仪态举动都有严苛的规定，笑不见齿，泣不闻声，行动皆有仪制，甚至连迎接宾客时坐榻该坐几寸几分都有近乎苛刻的标准。阿琇的母亲谢昭仪出身高门谢氏，最是鄙薄繁文琐仪，平时只教她读书写字，哪里这样严苛地待过她。可在冯阿姆眼里，女子读书识字又有什么用，仪态端庄才是顶顶重要的。

冯阿姆动辄就让阿琇盛装打扮，在榻上端坐数个时辰，头上压着数斤重的钗髻，痛得脖子都要断了，可一点都动弹不得，名曰“训仪”。

阿琇简直烦透了这样像坐牢一样的日子，她压根不想再做什么公主了，宁可像原来那样穿着粗布的衣衫，吃着带沙砾的冷饭，日日和阿邺一起在金墉城里陪着祖母，也好过在锦衣玉食的宫里坐牢。

她刚生出不耐烦的念头，脖子还未转动半分，冯阿姆就仿佛看穿了她的想法，一张凶巴巴的面孔上更添了几分严厉：“公主下个月就要行及笄礼，难道行大典之时也要这样举止失仪，惹人耻笑吗？”

仿佛被人兜头浇了一盆冷水，阿琇听到“及笄”二字，瞬时清醒过来。祖母费尽辛苦让自己回宫，不就是为了“及笄”二字么？一个不及笄的公主，还有什么前途命运可言。

忍耐，忍耐。她无可奈何地挺直了腰板，然而换来的只不过是多加一个时辰的惩罚。

时值春日，正是乍暖还寒，屋内本已闷得很了，偏偏冯阿姆还叫宫人把门窗都合上，一丝风都进不来，阿琇成日盛装华服地在屋里“训仪”，经常一日下来闷得几乎要晕过去。

眼巴巴盼到旬日，一大早阿琇去看完了阿邺，回宫的路上，冯阿姆突然腹痛难忍，急着说道：“公主且在这里稍待一会儿，老奴去去就回。”阿琇想起适才出门时阿邺顽皮地对自己眨了眨眼，情知是阿邺在冯阿姆的茶水点心里动了手脚，她心里又好气又好笑，面上却不敢带出半分。

灵昆苑以北这一带是从五龙渠引入宫中的一片湖泽，湖上用九曲回廊勾连，水中遍有承露金盘百余只，盘上遍植荷叶，此时荷花未开，唯有荷叶初连，浮萍相接，一片碧色。而金盘周遭皆垂金铎，金铎大小如石瓮子一般，更有五千四百枚，永夜高风吹过，金铎和鸣，铿锵悦耳，其声十里可闻。

阿琇绕着曲廊走了一段，贪看着湖光美景，却不知不觉地走岔了路。她急着回去，可偏偏越急越错，眼看着离岸边竟然越来越远，走到了一个亭子里，却听到亭子中传来一个年轻男子的声音：

“长离云谁，咨尔陆生……”

阿琇一怔，是谁这么有兴致在这里作诗。她循着声音寻去，却见亭中有个年轻的书生，背对着她，正在看湖上的飞鸟。她有些好笑，起了捉弄他的心思，看了一眼湖中飞不起来的几只水鸭，便接声道：

"鹤鸣九皋，犹载厥声。"

那书生呆了一呆，转头过来抚掌赞道："好诗，姑娘真有诗才！"这书生大是为阿琇的才华所倾倒，又不断地吟诵这句。

阿琇抿嘴却只是偷笑。

"六弟，你真个是呆，被她损了却还不知道。"不知何时从亭后却又转出一个年轻男子，也是二十岁左右的年纪，却身着一身皂袍，做富家公子的装扮，面貌清俊如玉，只是目光中华彩流动里藏着一丝深暗，却是似笑非笑地望着阿琇。

"她如何损我了？"书生兀自不信，"三哥你看，长离对鹤鸣，陆生对厥声，何等切韵。"

男子又好气又好笑："她笑你是这水塘里的野鸭，只会大声地呱呱乱叫，大放厥词。"

阿琇被他点破，忙道："这不是我杜撰的，这是曹子建《鹤雀赋》里的句子，我可不敢胡诌。"

那书生将信将疑道："真的吗？那我可得找来看看。"说罢，竟摇头晃脑地就走了。

阿琇见那皂衣男子似笑非笑地看着自己，眼珠一转便欲逃走。男子却一把拉住了她的衣袖，一笑道："我六弟虽然写诗成痴，却也没得罪你，你何苦坑他？"

"我哪里坑他了？"

"曹子建何曾写过什么《鹤雀赋》？你哄他去找，曹子建的诗浩如烟海，我六弟岂不要找到天亮？"

阿琇被他揭穿，再无他法，只得和他蛮缠："孟子云，男女授受不亲，你扯我衣袖，岂不是无礼。"

那男子目中光芒一闪，又朝她迫近了几步，笑道："男女授受不亲，可若是夫妻却无妨了。我瞧你还未及笄，你是哪个宫的小宫女，既然这么看重名节，不如嫁给我好了。"

"谁要嫁你。"阿琇大急，心口扑扑乱跳，慌忙推开了他。她今日只穿着普通的绿罗裙出门，并未佩戴公主的仪制，这轻薄男子显然把她认作了小宫女。

谁知那男子不仅不放手，一抬她的下巴，调笑道："哦？你不想嫁我，难道你有心上人了？"他边说边更迫近了一步，呼吸便在阿琇耳边。

"你无礼！"阿琇情急之下抽出左手，狠狠地给了他一个耳光。

男子松了手，望着阿琇头也不回跑开的背影，轻轻抚了抚自己的右颊，嘴角露出一丝笑意。

阿琇心神不宁了好几日，再出门时格外小心翼翼，却再也没有遇到过那男子。而冯阿姆回去后腹泻了好几日，自是无力教习公主。贾皇后闻之此事，便要亲自教习，每日都要让阿琇到皇后的寝宫昭阳殿去问安。每次去皇后宫里，表面都说是检查阿琇的礼节学得如何，实际上却是各种刁难责罚。

这日皇后照例又召阿琇入宫，却压根连皇后的人都没见着，只派一个宫女来说，皇后娘娘正在午睡歇息，就让阿琇在外殿跪着侍候。彼时正值初夏，天气虽不算炎热，正午的日头却也有几分辣意。阿琇在太阳下跪了大半个时辰，就有点身形摇晃，忍耐不住。

正在此时，忽然一个熟悉的声音从旁道："怎么又是你。"

阿琇抬头去看，冤家路窄，这正是几日前灵昆苑外遇到的那个皂衣男子，只是今日换了一身碧色长衫，直显得积石如玉、列松如翠。

那男子看来心情不错，对她笑道："你这促狭的丫头，又犯了什么错，大热天的在日头下罚跪？"

阿琇本来就难受至极，不愿理他，可刚一低头，忽然眼前一黑，就栽了下去。

等她再醒来时，已是在一个凉亭中，她斜倚着柱子，身上还搭了件男子的碧色衣袍，她一抬头，只见那男子似笑非笑地望着自己，面上却有几分关心的笑意："你可好些了？身子这么差还不知道讨好一下管事的宫女，白白在殿外跪日头。"

阿琇承了他的情，也不好意思再冷眼对他，轻声道："多谢公子的救命之恩，阿琇没齿难忘。"

那男子往远处望了望，忽然故作惊惶状："呀，那不是董黄门来了。"

阿琇听说是皇后身边的董猛，吓得面色煞白。如果再让他在皇后面前告自己一状，还不知道要受些什么罪。她挣扎着一侧身，差点从回廊上摔下来。那男子哈哈大笑，伸手搂住了她的纤腰，怕她跌落下来。

阿琇仓皇地四处张望，凉亭里一丝风也没有，哪里会有人在。她猛然醒悟推开了他，小脸一转，嗔道："你在哄我。"

"你叫阿琇？"那男子发现她已经睁开眼偷偷打量自己，不由笑了笑，剑眉清扬："你父母是想让你满腹锦绣文章吗？"

"不是那个'绣'字。"阿琇摇了摇头，伸指虚虚地写了一个琇字。

"琇莹如星，"他赞许地点点头，望着她的眼眸里满是柔和，"你当得起这个'琇'字。"

阿琇有些脸红地低下头。

“我叫韩谧。”见她略有讶异，他捉过她的手掌，在她掌中写了几笔。

“韩谧，”她满脸通红地缩回手，轻轻重复了一遍，说道，“四海谧然，宇内晏清，你父母对你期望很高呀。”

“这是我外祖父起的名字。”韩谧的脸色沉了一下，转瞬又恢复了寻常时若无其事的样子。

“今日恰是三月三，我带你去看个地方好不好？”他忽然开口说道，眸中亮闪闪地望着她。她双颊红透，才想拒绝，可他已不由分说地将她拉了起来。

不知这韩谧使了什么法子，竟然大摇大摆地带着她出了宫门，所有的侍卫看到他都低头行礼，哪敢查看他身边的人是谁。阿琇既紧张又兴奋，唯恐被人发现了，跟在韩谧身后连大气也不敢喘。

宫门外有辆大车等候，他们上了大车，赶车的人也不问话，只一路向北疾驰。

“我们到底要去哪里？”她问了三四遍，他却总是笑而不语。

约莫过了半个时辰，大车总算停了下来。他跳下大车，伸出手来引她，她犹豫了片刻，小心翼翼地扶了他的手下来，双脚触到的不是冰冷的石板地，而是松软的土地，她吃了一惊，向四处望去，道旁一边是绿茵茵的竹林，一边是一望无际的麦田，黄绿相间，煞是好看。

“我既然要娶你，当然得带你去看看我家。”他促狭地笑道。

阿琇面上一红，刚要反驳，可他却已牢牢地握住了她的手，信步往竹林走去。两人穿过竹林，忽然就到了一处偌大的庄园前，园门上是颇为洒脱的三个大字：“金谷园”。

阿琇虽然生长在深宫，见多了荣华富贵的气派，却从没有见过这样美的庄园。园内高台芳榭，步步都是桃李夏绿的美景，转过一片桃园，只见花林曲池，清溪萦回，石桥错落，看似随意的一片石，一株草，都布置得错落有致，风雅异常。

弯弯曲曲的清溪不知是从何处引来，贯穿了整个园子。溪旁桃花灼灼，柳丝袅袅，远处楼阁亭树交映，不似人间景致。

“这儿的景致真美。”阿琇由衷地赞叹，伸手掬了一捧清水尝了一口，又甜又润，十分解渴。

韩谧笑着帮她擦净了掌中的水渍，引着她又往前行。清溪的尽头，水流顺着地势弯了九曲。

几个年轻人围在曲水边席地而坐，水中飘着一只小小的犀玉杯。几个年轻人都束冠系带，年纪与韩谧相仿，看上去十分清雅，几个人低声唱吟诗句，声音十分悦耳。

阿琇奇道：“他们在做什么？”

韩谧微笑道：“那是曲水流觞。”他见阿琇貌似不解，解释道：“你瞧那犀玉杯里都装了酒，酒杯飘到谁的面前，谁就饮一杯酒，作一句诗。”

说话间那几个年轻人都注意到了他们，其中有一个人阿琇是见过的，正是那日在宫中读诗的书呆子。那人转头也瞧见了阿琇，笑着对他们招呼道：“三哥和这位姑娘也过来坐吧。”

韩谧笑着望了望阿琇，见阿琇低头便是肯了。

两人在曲水边拣了空处坐下，坐在东首的白衫男子看来正在作诗，他看上去不过三十余岁，面容俊秀异常，风度翩翩，就连阿琇也不免多看几眼。那人笑着向韩谧他们一点头，饮了杯中酒，便道：“积阳熙自南，望舒离金虎……”众人都叫了声好，他便将杯中又斟满酒，放回曲水之中。

杯子随着水势晃悠悠地漂荡了一会儿，却恰好停在了阿琇面前。阿琇见众人都在看自己，有些不知所措。韩谧含笑拿起杯子一饮而尽：“这杯我就替她喝了。”

几个年轻人都不答应，坐在一旁的一个着青衣的年轻男子笑道：“三弟这可不妥，如要代饮，就要罚一壶。”韩谧眉毛都不抬一下：“一壶便一壶。”几个人更是高兴，拿了一整壶酒要韩谧饮下。韩谧笑道：“慌什么，且听我这句还没作呢，”他沉思片刻，吟道：“屏翳吐重阴，凄风迕时序……”那白衫男子最是宽厚，笑道：“三弟这句作得甚好，可以免罚了。”

韩谧转头对阿琇说道：“我们几个是结义兄弟，这是潘大哥。”阿琇笑着向那人行礼叫了声“大哥”。韩谧又一一介绍旁边身着青衣的是左二哥，有一对容貌有些相似的是陆四、陆五两兄弟，排行四五，而上次在宫中见过的是他们几个中年纪最小的六弟。

陆五年纪虽小，性子却顽皮，说道：“大哥有点偏心。依我看三哥这句一点也不好。我们好端端地说着风和日丽，他怎么就凄风惨淡，可叫我们怎么往下接？”

“大哥是看三哥的心上人在，不想把他灌得太惨。”陆四顺着老五的话，就开始拿韩谧取笑。大家又是笑闹了一阵。阿琇脸通红通红，一颗心扑腾直跳。

左二哥拿起酒杯又斟满酒，重新放回曲水中。这次酒杯没有摇晃，径直就飘到了阿琇面前。几个人抚掌大笑：“巧了巧了，今日就和老三过不去了。怎么能自己接自己的句子，老三还是罚一壶吧。”

阿琇见众人都不拘小节，胆子便也大了些。她不等韩谧接话，先拿起酒饮了，又击箸接道："凄风迕时序，苦雨遂成霖。"

老六连连点头："这句好，甘霖解了苦雨，解的真妙。"

"这位姑娘很是爽快，诗也作得好。"一向不轻易夸人的左二哥大是赞许。几个人愈发对阿琇亲切许多。

几个人饮酒对诗，不知不觉日已偏西。韩谧见阿琇喝了酒脸色发红，心知她酒力不好，便携了她告辞。

"你这几个兄弟真有意思。"阿琇玩得高兴，一路上都在念叨他们接的诗句。

韩谧看她喝得面若桃花的样子，忍不住笑着捏了捏她的脸颊："你今日得了左二哥的一句赞扬，明日就可以扬名京城了。"他见阿琇兀自瞪大了眼睛不解，笑着解释说："当年左二哥一篇《三都赋》，可是让洛阳纸贵，千金难求。"

"左二哥就是写《三都赋》的左思公子？"阿琇惊讶得下巴都要掉了，"我还以为他是个翩翩佳公子，想不到却是这样……"她话没说完，韩谧已笑道："二十年前，左二哥风度翩翩，在京内也是极有盛名的。"他顿了顿，又道："左二哥有两个女儿，都是天生的国色佳丽。左二哥还有诗写她们，"说着，他一边拍膝，一边吟道：

吾家有娇女，皎皎颇白皙。
小字为纨素，口齿自清历。
鬓发覆广额，双耳似连璧。
明朝弄梳台，黛眉类扫迹。
……
执书爱绨素，诵习矜所获。
其姊字惠芳，面目粲如画。
轻妆喜楼边，临镜忘纺绩。
……

阿琇听得向往不已，幽幽道："果然是才貌双全的女子，若能识得左二哥的两位女儿便好。"

韩谧微笑道："左二哥这首《娇女诗》一出，二女身价倍增，京中高门大户纷沓上门求娶。如今二哥的长女已嫁给齐王为妃，小女儿还待字闺中，你若想见她，下次我领你去二哥家便是。只不过她比你大上两岁，恐怕还要唤你一声婶婶。”

“为何是婶婶？”阿琇一怔，忽然反应过来，面红耳赤，去拍打韩谧。

韩谧顺势握住了她的手，哈哈大笑道：“你只知道左二哥的《三都赋》值钱，却不知道潘大哥的风度相貌更是京中一绝吗？”

阿琇仔细回想了一瞬，想起来潘大哥白衣酌酒的样子，确实姿态不俗，貌若仙人。只是她生长在宫廷之中，自幼见多了相貌俊雅的人，并不以为异，摇了摇头道：“男子该以才德品行名扬天下，相貌并不是最重要的。”韩谧半是欣赏半是玩笑地看着她，却并不接话。

她瞧着他笑而不语的神情，再想起他如此刻意地提到潘大哥的相貌，她忽然脱口道：“难道潘大哥就是京中最负盛名的潘安？”韩谧笑着点点头：“你运气不错，今日独看了潘大哥这么久，不知该羡慕死多少闺阁女子。”

阿琇惆怅地摇摇头，连声道：“亏了亏了。”

韩谧奇道：“又如何了？”

阿琇长叹一声：“听闻二十年前潘安行于路上，有路人掷果盈车，我今日真是暴殄天物，竟没有多看几眼。”

第三回

明珠照夜

回宫后一连过了好几天，阿琇都有些魂不守舍的。且说也怪，自从那日中暑晕倒后，皇后倒也不再让她去宫里问安，又遣了冯阿姆回来教习。阿琇从前甚是厌恶冯阿姆，可受过了皇后的刁难后，只觉得冯阿姆要亲切许多。

这天过了晌午，冯阿姆罕见地没有给阿琇布置“功课”，只是板着脸道：“今晚是皇后娘娘的寿宴，公主务必盛装出席。公主及笄之典便在下月，今晚务必行范合仪，不可错了规矩……”冯阿姆絮絮叨叨地说了好多出席宴席的礼仪规矩，直说了半炷香的工夫才算完。阿琇只听了前两句，心中已如雷鸣，脸上却不敢露出半分，只得恭恭敬敬地说道：“阿姆教诲的是。”

皇后的寿宴被安排在宫内景致最好的平乐苑举办，这里虽然没有章华台的巍峨，然而场地十分阔大，水榭中可以摆开数百桌宴席，远远望去十分的壮观。

掌灯时分，宫内凤鼓齐鸣，平乐苑中已是烛火通明。

阿琇被宫女们引到正席西首一个不起眼的角落落座，她见左右席上都是郡主的衣饰打扮，便知皇后也不欲和自己扮演母慈子孝的场面，心中反倒安定许多，她实在无法在弑母杀兄的仇人面前敬酒祝寿，于此便也静心。谁知阿琇想偷闲，耳朵却不得清净，两旁叽叽喳喳的笑语声都传入耳中。

“你们有读过贾公子最近作的金谷诗吗？真是字字珠玑，口嚼生香。”

“贾公子最近又有新作了吗？我的侍女怎么没去抄来给我。”

“唉，也不知道今晚皇后娘娘的寿宴，贾公子会不会来。”

“贾公子如果来了，定然又有新的诗作传世……”

……

不知是谁家的郡主起了个头，各家的郡主们显然兴奋起来，兴致勃勃地讨论起这位京城中最炙手可热的贾公子。阿琇不免心中偷笑，这个贾公子显然是诸位郡主心目中十分重要的人物。

听她们议论了半晌，阿琇这才知道，原来京中有位大名鼎鼎的贾公子，他不仅是才华横溢，且容貌比起二十年前最有名的潘安公子都不逊色。顶重要的是，他还未曾婚配。

阿琇仔细打量，这才发现两旁叽叽喳喳的各家郡主们都正值芳华，虽然穿着一样的服制，却在装饰细节处争奇斗艳。其中最为显眼的莫过于赵王的嫡孙女济阳郡主，她鬓旁插着拇指大的明珠，眉心描出朵鲜丽的梅花妆，人人都围着她说个不停，端然是众星捧月一般。

其次重要的便是济阳郡主身旁的车骑将军王衍的女儿平阳郡主了，平阳的父亲爵位虽然不高，母亲却是先帝之女，因此她也有郡主的封号，此刻她有些不屑地摇头道：“贾公子不过是宗亲罢了，并无甚真才实学。”

济阳郡主顿时大怒，柳眉一竖，怒道：“贾公子若不是国朝第一才子，还有谁当得起？你倒是说一个来听听。”

平阳性子极傲，自幼受父亲熏陶，寻常诗赋哪能入她的眼，她轻声道：“你便是没有读过上佳的诗赋，因而眼界便会窄。”说着，她的目光淡淡地扫过诸王的席位，忽然顿了一下，露出几分羞怯之意。阿琇没有放过这点细微的变化，她顺着平阳的目光望去，却见那边席上坐着一个弱冠少年，状貌俊秀，却有几分文弱。

济阳郡主又羞又急，就要和她争吵起来。忽然平阳身旁一个白衣少女笑道：“好了好了，二位郡主说得都有道理。陛下和娘娘就要来了，可不能再争执下去，御前失仪。”

济阳郡主冷哼了一声，讪讪然坐了下来。阿琇有些好奇地向那白衣少女望去，只见这姑娘也不过十六七岁的年纪，身穿一件藕白色的素缎衣裳，唯有领口处绣了几只半绽的梅花，十分的素淡。她生得肤若凝脂、面若桃花，可眉目间却有一番清秀淡然的气质。她见阿琇在望自己，便微笑着点点头，目光中满是和善之意，她道："我叫献容，是光禄大夫羊玄之的女儿。"

阿琇对她心生好感，说道："我叫阿琇，是……"她忽然卡住，不知道该怎么介绍自己，是清河公主？可她并没有和公主们坐在一处，反而在这偏远的席上与这些宗室之女在一起。

献容性子温和，见她语似尴尬，便善解人意地说道："看你年纪，该比我小两岁，我就叫你阿琇妹妹吧。"说着，献容指着对面，轻声道："你瞧见那边的豫章王没有，那是平阳郡主未来的夫婿。"阿琇望了望对面，只见她指的正是适才平阳看的那个少年。献容笑道："豫章王是先帝的第二十五子，一直都放在外藩，今日还是头一次入宫来。他和平阳郡主的婚事还是先帝的时候定下的。"阿琇顿时了然，钦佩道："献容姊姊，你对宫中之事这样熟悉。"

羊献容忽然敛了笑意，轻声叹气："我父亲是上党太守羊玄之，这次是送我入宫来的，因而学习了许多宫中掌故。再过几天，我就要入宫做女官了。"

"你父母怎么忍心送你入宫来？"阿琇惊诧地望着她，如何也不能想象这个看起来如此秀美的女孩就要陷入这深不可测的深宫中。

羊献容无奈地摇摇头："是皇后点名要我家的女子入宫的。"阿琇默然不语，贾皇后为了抓紧权力，监视朝臣，把朝中重臣的子女都掌握在宫中，这也正是贾皇后的厉害之处。

宴席间觥筹交错，歌秾舞翩。阿琇与羊献容聊了几句，只听一声鼓响，却是帝后驾临，两人都转目向正席望去。

正席上端坐着的正是皇后贾氏，她今年已经四十三岁了，相貌本就丑陋至极，此时在华服浓妆的衬托下，更显出她嘴若血盆，眼似鱼目，可今日她的心情显然很好，目光不住向旁边的一个儒雅俊秀的男子瞥去，这人阿琇是认识的，正是数年前在章华台上差点用金瓜砸死自己的太医程据。

阿琇有些心酸地望向坐在一旁身着龙袍的中年人，这是她的父皇，当今的圣上。可从记事起，父皇就是这个样子，只会张着口傻呵呵地乐着，对什么事都麻木没有反应。

她忽然想起早逝的母妃和金墉城里的祖母，心中哀伤，她侧过脸不去看父皇，目光却扫到正席之侧两个盛装打扮的女孩，她们和自己的年纪相仿，眉目间却有几分皇后的影子，她想了起来，这是她两个同父异母的姐妹，东海和始平。

同是公主，东海和始平坐在上席，身着华服，神采飞扬。她却只能和宗室之女挤在一处。阿琇的目光转瞬间，却觉得有人在看自己，坐在西首的诸位王爷中的十六叔司马颖朝自己笑了笑，阿琇见到司马颖，瞬时心下踏实几分，她遥举面前的酒樽笑着示意。羊献容有些讶异："你识得成都王？"

阿琇唇边浮起一丝浅笑："曾有一面之缘。"

羊献容说道："我这次随父亲入京，在路上遇到过这位王爷，看着很是佼佼不凡。"

阿琇微笑不语。

赵王在诸王中虽然资历最老，却对皇后唯命是从，今日自然不能落后。他第一个站起身来，陈词冗长地向皇后祝寿，又献上了奇珍异宝。皇后显然很满意，笑向左右道："赵王劳苦功高，子孙的爵位可以议议。"赵王感激涕零地跪在地上，连番感谢皇后的恩荣。

一旁的司马诸王却很不满，尤其是位高权重的齐王，冷哼了一声，流露出几分不屑。

说话间，有个中年男子站了起来，朗声道："今日是皇后娘娘的千秋寿宴，我有一样宝物要献给娘娘。"

羊献容瞧着此人仪态不凡，颇有几分出尘之相，不由奇道："这人是谁？"阿琇也摇头不知。

只听旁边济阳郡主傲然道："此人是大将军王浑的嫡子，名叫王济，先帝爱他姿仪不凡，自小就亲昵地唤他乳名武子，还把常山公主许配给他。"郡主的语气十分孤傲，流露出一丝不屑。她身旁的平阳郡主却是王济的侄女，此时听人议论家事，不由面上有些发红，极是腼腆地低下了头。

阿琇恍然大悟，原来这就是二十年前闻名京师的王武子。她想起这位驸马二十年前一段震惊京师的大事，更是忍不住偷眼向西首的诸王席位上望去，只见齐王赵王都抚须不语，成都王垂下头去，唯有淮南王目中如有火喷。

贾皇后很喜欢这个姿仪不凡的王驸马，见他前来献宝，当下和颜悦色道："爱卿有何宝物要献来？"王济轻拍双手，管家就领了一个英俊少年手捧寿礼而来。众人只觉眼前一亮，花盆中却是丈余高的一枝珊瑚，莹润剔透，华光耀目，朱色似新血般，映得这少年气度更加不凡。

按前朝传下来的习俗，凡高门大户赠礼，常要选美婢捧侍随礼，以显主人的身份。眼前这少年是王济专为贾皇后所挑，他知道贾皇后最爱美男子，便从市井中选了这么个美姿仪的少年郎。众人都见惯宫中珍宝，但未见过这般高的珊瑚，又有这样绝色的少年相衬，看来送礼的人是用足了心思的。

贾皇后瞧了瞧珊瑚，又瞧了瞧那少年的容貌，心下大悦，笑道："爱卿这样有心，本宫却之不恭啊。"

王济正色道："这珊瑚是从东海所采，出水时便华光万丈，如同皇后娘娘泽被四方的威仪一般，臣左思右想，这样的宝物唯有献给皇后，才是适得其主啊。"他一番恭维话说得露骨之至，众人皆面露尴尬之色，然而他却面不改色。阿琇悄悄撇了撇嘴，侧目只见羊献容也目不转睛地望着那个佩剑的少年，眸中竟有焦虑关心之色，不由暗暗纳罕。

贾皇后听了这番话，只觉得满心熨帖，愈发得意地笑道："还是王武子对本宫最厚。"她目光转向那个少年郎，见他腰中配了宝剑，便笑问道："你是何家少年，这样英武，可使得剑否？"

王济心中一惊，这少年是他的管家从市井勾栏中找出来的，还没有教导熟练，如果说破了可丢脸得紧。却听那少年朗声道："小人明曜，来自北部匈奴，学过些棍棒拳脚功夫，不敢在皇后面前献丑。"

贾皇后越发来了兴致，她相貌本就丑陋，此时一笑，口若血盆，只说道："你且舞来。"

众人都知这少年今日怕是交上了好运，攀上了皇后这根高枝，日后便要青云直上了。阿琇却注意到献容的神色越来越惊惶，她用手死死地抓住面前铺桌的锦缎，玉葱一样的手指都没了血色。

常山驸马王济是皇后跟前的红人，与诸王都交好，可偏偏他有个死对头，就是他嫡亲的妻舅淮南王司马允。此时的淮南王已经喝到半醉，看到王济送来的贺礼这样出风头，心中恨极，趁着少年还未舞剑，忽地站起身来，反指着那珊瑚笑道："珊瑚虽好，可惜有点微瑕。"

王济本来得意，听了司马允这话忙凑前问道："这珊瑚丈余高，通体澄澈，不知微瑕何处？" 淮南王傲然起身踱了几步，信手拿过一旁彻体鎏金的红烛台，众人都好奇地循着他手指的方向，丝毫没看出这样通透的珊瑚有何不妥。却见淮南王拿起烛台照着珊瑚猛击过去，丈高的珊瑚顿时碎作数段，灿若满地繁星。

"小子竟敢辱我至此。"王济大怒之下，拔出少年腰中的宝剑指向淮南王。

"你莫非没看清吗？"淮南王似醉非醉望着王济，一张俊美的面目与常山公主相似极了，"那珊瑚枝上有偌大一块黑斑，看着太碍眼，臣弟替姊夫除了去。”

他把“姊夫”二字咬得极重，恨意溢于言表。淮南王与豫章王和常山公主三人都是柏夫人所出，然而柏夫人早逝，常山公主为长姊，将两个弟弟抚养长大，感情深厚至极。公主及笄后城中择婿，出身高门世家的王济被先帝选为公主夫婿。王济文章武功都是佼佼，先帝爱称其小名“王武子”，然而王济为人风流成性，并不爱怜为人自矜的常山公主，公主人前维持体面，人后却暗中偷泣，以至双目皆盲，双十年华就郁郁而逝。淮南王待其姐亡后才知其中曲折，心中恨极王济，直恨不得将其碎尸万段。

贾皇后瞧见淮南王把珊瑚打破，本来已是大怒，但瞧见他拿王济发作，忽然又不作声了，只兴致勃勃地瞧着好戏。忽然一位年过花甲的老者大踏步地走了过来，他一伸手便弹开了王济手中的长剑，喝道：“怎敢在陛下面前无礼。”

阿琇见那老者面容清峻，站在那里有一种不怒自威的气势，心里便猜测出这大概就是王济的兄长王衍了。只听贾皇后果然懒懒道：“罢了，那珊瑚碎了就碎了，本宫也并不如何爱瞧那物件。”

王衍也不多言，向帝后行过大礼，说了一声“告辞”，便把王济带走了，连同那捧盆的少年也只能跟在他身后走了。

羊献容瞧着那少年的背影，忽然松下一口气来。阿琇满腹疑云，悄声问道：“你认识那人？”羊献容闻言一震，过了良久，方才轻轻地点了点头。

好好的献礼被淮南王搅了一遭，席间气氛忽然寡淡了起来，就连皇后也是恹恹地提不起精神。

忽然，席间的灯火都暗了一瞬，周遭再恢复明亮时，却是莹润而剔透的光芒。不知何时，身旁所有的烛火都灭了，换成了碗口大的夜明珠照明，这么多席面上足摆了有数百颗这样的珠子，映照得月亮也失光彩。

“这是外甥给姨母的生辰贺礼，祝姨母如这明珠般，光芒曜日，永庇我大晋。”一个男子的声音传来，说不出的悦耳好听。阿琇皱了皱眉头，却听到旁边的几位郡主们抑制不住喜悦的议论声，便忽然明白过来这就是郡主们口中的“贾公子”了。

阿琇抬起头来，想看看这位能把一段如此肉麻的祝词说得让人觉得自然的“贾公子”是什么样的人物。目光却触到一个熟悉的目光。

她目瞪口呆地望着这位“贾公子”，他却若无其事地转过头去，唇边兀自衔着一缕淡淡的笑意。

皇后显然很喜欢这个侄子，开口笑道："谧儿来了啊，快坐到姨母身边来。"贾谧是皇后的妹妹贾午的长子，本来是贾家的外孙，因为贾家没有儿子，皇后索性做主将妹妹的两个儿子都改了姓贾。

贾谧也不客气，顺势就在皇后身边坐下，一时间他坐在上首，司马氏诸位王爷反而坐在下首，席上除贾家人，其他诸人都露出了愤愤不平之色。

皇后假装不见，只轻轻哼了一声，侧过头去对着贾谧故意大声说道："谧儿，今日姨母最高兴的就是你的礼物。你可要个赏赐，不论是什么姨母都赐给你。"

贾谧站起身来，笑着说道："多谢皇后娘娘，侄儿 如今年长了，想讨一房妻眷，还望皇后娘娘开恩。"

"好，今日京中适龄待婚的名门贵女都在这里，你挑中哪个，姨母就为你做了这个主。"

皇后心中甚喜，她早存了念头想把自己的大女儿东海指给侄儿，亲上加亲。侄儿成了驸马，贾家的未来也更风光些。她前几日专程给妹妹叮嘱过此事，此时她用期盼的目光扫了一下在座的大女儿，只见东海羞红了双颊，垂下头去。

阿琇面色惨白如纸，她瞧了一圈座上的情形，将皇后和东海的情状都看在眼里。心里像是打翻了五味瓶。

谁知贾谧听了皇后的话，竟真的抬起头来，向座上女子一一打量去。席上的女子显然都很期待，尤其是阿琇身边的济阳郡主，不自觉地挺直了腰板，坐得更端正些，唯有羊献容仿佛神游天外一样，根本没注意到发生了什么。

贾谧望向她们这边时，忽然云淡风轻地一笑，显然是认出了阿琇。阿琇从前遇到他是在灵昆苑，她以为他只是宫中的侍读，他又说自己姓韩。她压根没有想到这"韩谧"会是贾皇后的侄子。

皇后大是不悦，重重地咳了几声，道："谧儿选定了吗？"在旁的贾午更是心揪到半空，她太了解自己这个儿子了，从小就是心高气傲，哪里会听她们的话。那天她转达了皇后希望他娶东海的意思，儿子却不置可否，应都没应一声。

"姨母，侄儿选定了。"贾谧冷峻的眉峰微微向上挑起，一双深邃的眼中却看不清是什么神情，他抬起头笑道："侄儿愿为驸马。"

皇后和贾午都放下心来，相视一笑，心中轻松几分。

"侄儿愿娶清河公主为妻。"贾谧唇边勾起一缕极淡的笑意，用手指摩挲着玉脂的酒杯，声音带了几分微醺的醉意，坦然地如说一桩家事。

周围所有的人都愣住了，仿佛针掉在地上的声音都能听到。

“你说什么？”皇后的脸色变得十分难看，她简直不敢相信自己的耳朵。

“侄儿对清河公主倾慕已久，”贾谧快步走到侧席，在阿琇的身畔驻足，忽然紧紧地抓住了阿琇的手，把她拉了起来。

周遭明珠耀目，如水银泻地，将那半弦弯月也衬得失了颜色，天地之间恍若无人之境，他只抬眼望着她，眼中映入珠光万点，璀璨似星辰辉光，他的声音愈发清润，一字一句地朗声说道：“谧愿娶她为妻。”

所有人的目光都集中到阿琇身上，很多人甚至都开始窃窃私语，什么时候宫里多了位清河公主？也有些有心人还记得当年太子和谢昭仪的惨死，以及打那之后便下落不明的清河公主。

就连东海和始平也都愤愤地盯着阿琇，面上满是嫉恨之色。唯有羊献容的目中透出淡淡的忧虑。

阿琇的面色霎时变得苍白，她早想过及笄后皇后不会给自己安排什么好亲事，她也想过以自己和韩谧的身份，若想有缘，简直是千难万难。

可她断没有想到他是贾家人，她死也不会嫁给与自己有血海深仇的贾家人。

皇后皮肤本来就生得黑，盛怒之下，面色竟如黑炭一般，异常的丑恶，她咬牙道：“此事万万不可。”

贾谧置若罔闻：“皇后娘娘既然已开金口，答应了谧可在席上任选女子为妻，不知清河公主如何不可？是已有婚配，还是谧高攀不上公主？”

皇后被他将住，目光狠狠地扫向贾午，示意她阻止。贾午到底爱子心切，思量再三，柔声说道：“谧儿，你先过来，母亲有话同你讲。”

“是儿臣不愿！”阿琇忽然开口，她面色白得近乎透明，狠狠甩开贾谧的手，向前几步走到帝后面前：“儿臣自从母妃去世后，便发下誓愿，此生只愿佛前青灯供奉，不愿嫁人。”

皇后盯着阿琇那张酷似谢昭仪的面容，和她清亮却充满仇恨的眼神。一时心中气极，所有的愤恨都发泄到阿琇身上，便要发落于她：“好好，你不愿嫁，我贾家也未必容你……”她语声微顿，目中生了歹毒，便要在堂中随便给阿琇发落一桩婚事。

“臣弟也觉得此事不妥，”司马颖忽然站了起来，毫不客气地打断皇后，皇后只觉得今日竟是人人都在和她作对：“十六郎也有高见？”

司马颖却丝毫不惧，朗声道：“清河公主年未及笄，还不是谈论婚嫁的时候，今日是皇后的寿宴，自然事事要先以皇后娘娘的寿席为主。”一席话竟把皇后噎住，什么都说不出来。

赵王见皇后的面色极其难看，慌忙解围道：“十六郎酒力愈发差了，这才灌了几杯便醉了。”他目光对着司马颖，全然都是警告之色，只是声音丝毫听不出来：“本王要向陛下和娘娘告个罪，先带十六郎去偏殿醒醒酒。”

满座的人只有皇帝丝毫没有觉得到异样之处，依旧傻呵呵道：“叔父且去，叔父且去。”

赵王拉着司马颖要往外走，司马颖却站在原地动也不动，双目盯着皇后，尽是凛然之意。赵王大急，唯恐他惹上杀身之祸，低声道：“你连圣上的话也不遵吗！”司马颖迫于无奈，长叹一口气，扭头便走。

皇后见他们走远，依旧要发落阿琇。

贾谧亦是倔得很，他跪在地上道：“臣非清河公主不娶，望姨母成全。”

席上所有的少女心都要碎了，洛京多少闺中女儿的梦中郎竟用情至深，非这位清河公主不娶。

阿琇却毫不畏惧，也跪在地上仰着头，一双黑玛瑙似的眸子直盯着贾谧：“儿臣宁死也不嫁。”

那些少女看阿琇的目光从嫉妒又变成了愤怒。

贾谧讶异地望着阿琇，他早就派人打听过，皇后宫里没有叫阿琇的小宫女。那个日日在宫里罚跪的女孩，是陛下的清河公主。

他细细地找人问过她的身世、她的际遇，也曾犹豫过，娶这样的女子回去，也许从此就会失去所有的屏障。可他只要一想起那日午后微醺的阳光，她若桃花般灿烂的笑颜，就打定主意，此生娶她足矣。

他算了一切，甚至算定了在宫里无依无靠的她不会有什么好归宿，嫁给他对她也是最好的选择。他以为她不会反对，甚至还有些希望她的面上能露出羞涩而甜美的笑意。

他的目光中似有千言万语，似要向阿琇解释什么，又似是无奈。可他在她眼中看到的，只有如被火灼过的激愤，或许，还夹杂着一丝淡淡的哀戚。

皇后怒极反笑：“清河公主一片孝心可嘉，本宫准你佛前带发修行。”她又恶狠狠地瞪着贾午：“把你儿子领回去，让他闭门思过三个月。”贾午又是着急又是恐惧，赶紧起身把儿子领走。贾谧几次回头，阿琇却连看都没有看他一眼。

好好一场寿宴，堵心到了极点。皇后一挥衣袖，竟离席回宫去了。

羊献容想过去扶起阿琇，可她的父亲冷冷地瞥了她一眼，她便收回了伸出去的双手，跟在父亲身后也走了，只在转身时无声地用口型说了声“保重”。

所有的人都走了，阿琇还跪在冰冷的石阶上，没有人叫她起身，也不会再有人叫她起来。

她心底一阵冰凉，一场少女的绮梦被打碎了。她忘不了他临别时的眼神，还有起身时衣角飘过的淡淡兰香。

“走吧，人都散尽了，别跪在这里了。”一个熟悉的声音忽然从背后响起，她不可思议地抬起头来，却看到那个人站在背后，似笑非笑地望着她。

“聪哥哥。”她震惊异常，三年了，她永远都记得朱雀门外，他推她离开的模糊身影。她渐渐长大，明白了那个举动的意义，那天他是在用自己的性命为她赢得一点逃出去的时间。她几乎天天都在悄悄祈祷，希望他还活着，却没想到有一天真的看到他就站在自己面前。

“你还记得我。”他的眼角眉梢露出了喜悦的神情。三年过去了，少年长成了沉稳的青年，依旧是一身青袍，却萧萧肃肃，爽朗清举。

阿琇惊讶道：“聪哥哥，你还活着。我以为你已经…已经死了……”

“傻丫头，”他目中都是淡淡的暖意，笑着说道，“三年前，我在朱雀门外受了重伤晕了过去，醒来后已经在琅琊王的军中。”琅琊王一直驻守边地，那时接到太子急令进京护驾勤王，然而还是晚了一步，赶到时太子已经罹难。琅琊王与刘聪的父亲刘渊是莫逆之交，千里奔袭，他便救了刘聪回去。

他顿了顿，似是回忆起那些充满刀光和血痕的过往：“这些年我一直在打听公主的消息。听说公主身在金墉城里，一切平安。”他微笑着看着她：“你瞧，我没有违背太子的嘱托，我们又见面了。”

阿琇亦想起往事，嘴角勉强扯出一丝苦笑。他似乎看穿了她的心事，温言抚慰道：“刚才的事我都看到了，你在宫里受了很多苦。”

她适才伤心到极致时，连眼泪也未落一颗。可听了他温和的一句话，她不知怎的一下子眼眶就红了，泪水无法抑制地落下来。刘聪轻轻地拍了拍她的背。

她仿佛又回到小时候，太子哥哥轻轻拍着自己的背，安慰着自己。这些年所有的委屈苦楚都瞬时涌上心头，她失声痛哭，像个孩子一样。

刘聪也不出声，只是默默地陪着她，目光里都是柔和的安慰。

阿琇痛快地哭了好一会儿，仿佛心里的委屈都发泄尽了。这才不好意思地抬起头，两个眼睛肿得如桃子一样。

“走吧，我送你回去。”他却并不笑话她，瞧见她穿得单薄，顺手解下了自己的外袍，轻轻搭在阿琇身上。

阿琇顺从地站起身来，跟在他的身后。

月色如水，两个年轻人的身影被拉得很长很长。

第四回

曾孙不怒

洛阳的街道四通八达，自汉时就是重镇名都，市井异常繁华。从永安门出来，便是北市，北市共分十里，分别名为：通商、达货、调音、乐律、延沽、治觞、孝慈、奉终、阜财、金肆。其中“延沽”与“孝慈”二里，多富户居住，里面千金比屋，层楼对出，更是富贵气象。

月上枝头，孝慈里深街之中，有一处北街的小巷里分外安静，藏在深巷中有一处不起眼的府邸，重门启扇，推开进去却别有洞天。

“你回来了。”一个面目清隽的中年人背着手站在院中，语声却很是严厉。

刘聪没想到这么晚琅琊王还在院子里赏月，忙躬身行礼。

“宫里的宴席早就散了，这么晚你去了哪里？”琅琊王是悄自入京，虽然足不出户，却对宫里的事了如指掌。

“臣奉命在宫内打听动静，不敢懈怠。”刘聪对这位比自己大了十岁的王爷惯有几分敬畏之意，当即把晚上宫中开宴的情形一一向琅琊王报知，却不知为何独独略去了自己与阿琇相认的一节。

琅琊王满意地点点头，此时也觉得自己适才太严厉了些，于是又放缓了口气温和道：“你今晚做得很好。过几日我就回下邳去了，我走前会替你在宫中谋一个职位，你多加留意贾氏的动向。此事关系重大，你一个人在京中难免要吃些苦头，莫要泄气。”

刘聪应声称是。月光下，他的身影虽然坚毅笔直，但却有几分萧索。

琅琊王瞧着他长大，深知他的心事："这些年来，你父亲一直让你在京中做质子，不给你袭爵位继家业，你是不是有点怨恨他？"

没想到他问得如此直接，刘聪唇微动，低头道："臣不敢。"

"不敢就是有了。"琅琊王缓缓伸出手掌说道，"五个手指，总会有短有长，父母心也是一样，不会一样公平。"

刘聪低下头去，看不出什么神情。他的三个哥哥，除了二哥早亡，大哥和三哥都跟在父亲身旁，挣了不少军功，大哥还袭了爵位，可自己先是被送到京中做了质子，又在琅琊王身边做长随，连姓名都要隐瞒。如今他已年过弱冠，却没有任何建树。

"虽比起你的两个哥哥,你更坎坷波折些，但在本王看来，多受几分挫折并没有坏处，"琅琊王一语道破他的心事，"可怜天下父母心，你父的做法，未尝不是在锤炼你，磨砺你，你不要怪他。"

琅琊王见他低头不语，长叹了口气道："你父让你跟随于我，也是为你打算。"

刘聪茫然地抬起头，不明他所指。

琅琊王缓缓说道："你曾在已故太子身边多年，是否听说过白虎符与驺虞幡。"

"臣从未听过。"

"你没有听说过也属正常，此事是我司马氏最大的秘密，除了先皇和少数皇室宗族，并无外人知晓，"琅琊王长吐了一口气，慢慢说道："昔日先皇一统三分天下，成就了千古帝业。先皇有感于百余年来天下大乱、民不聊生，都是因为天下之兵不归天子所统，才造成了诸侯割据的乱象。于是先皇立下白虎符和驺虞幡二物，立下誓言，白虎符可调天下之兵，驺虞幡可解天下之兵，此二物只能由天子所持，见之如见天子。"

"可是今上……"刘聪大是讶异，想起晚上寿宴上见到的天子，行动痴傻，看上去智力如同小儿一般。

"今上自幼就有脑疾，本不适居帝位。奈何今上的生母杨太后爱护亲儿，一意孤行，迫使先皇立了今上为皇储，"琅琊王讲起前朝旧事，微微叹了口气，"但先帝一直到临终时，都不放心陛下即位后如何守住天下，宫中传言，先皇的白虎符和驺虞幡都没有交给今上。"

刘聪沉默不语，忽然想起三年前谢昭仪和太子惨死前，被赵王拷打逼问的惨状，心中已有几分明了。

琅琊王瞧见他脸色，心知他已猜到，目中露出几分不忍："按宫中的传言，先皇临终时把驺虞幡交给了杨皇后，把白虎符交给皇孙的生母谢昭仪，让他们共同辅佐今上，不要让国朝江山落入他人之手。可杨太后娘娘在先皇去世不久就暴毙了，而谢昭仪和太子，也都遭了不幸……"

"那驺虞幡和白虎符岂不是都落入了贾氏之手？"

"我本以为也是如此，所以三年前接到太子的密信，连夜带兵入京勤王。我入宫时晚了一步，太子和昭仪都惨遭不幸，我以为大势已去，可奇怪的是，贾氏虽然专权，但却调不动丝毫兵马，这三年来司马诸王都心惊胆战，但贾氏却毫无动作。"

刘聪面色诧异："难道皇后没有拿到白虎符和驺虞幡？"

琅琊王重重地点点头："以贾氏的嚣恶，若拿到虎符，不可能不调兵铲除我们这些眼中钉。以现状来看，她手里确实没有虎符。而且我当年入京时，她也没有拿出驺虞幡解兵厄，可见两样东西她都没拿到。先皇一世英明，临终未必没有其他的安排。"他踱了几步，忽然站定道："清河公主是谢昭仪之女，贾谧忽然要娶公主，难保有其他的打算，此事万万要小心。"

阿琇回宫后不久，宫中忽然传旨，皇后要召见清河公主。

贾后所居的正宫昭阳殿乃是太极殿以北的一处巍峨宫室，此处原是杨太后的居所，太后离宫后，贾后性爱奢靡，大开苑囿，起土山造花林，作楼阁观宇，加饰珠玉，制以奇石，殿内更是奇珍绫罗遍地，宫人持花成薮，说不出的华丽绮靡。

此时阿琇掀开锦幔珠帘，缓步进去，只瞧见在高高的凤台上坐着的贾后双眉紧锁，面容似笑非哭，十分难看。

贾后身旁还端坐着一个矮小的妇人，看上去与她面目有些相似，正是贾后的妹妹国夫人贾午，她穿着墨青色的襦裙，遍绣着缠枝花样，外罩着国夫人制样的锦茜红绣孔雀云金霞帔，胸前结着偌大一颗珊瑚赤金的红玉玛瑙，亦是华贵无比。

难得她对阿琇十分的和蔼，笑着说道："在宫中住了好几个月了，一切都还习惯吧？"

阿琇淡然道："住的都是从前的宫室，也没有什么不惯的。"贾后本来就不悦至极，重重地哼了一声。

贾午被她呛了一下，笑容甚是僵硬，依然温声道："公主这样的容貌，真是人间少有的美人。下个月端午就是公主十五岁的生辰，不知我们府上是否有幸，可以请公主过府一叙，及笄成礼。”贾午这番话说得谦卑至极，然而话中之意却是显而易见，由贾府给阿琇办及笄礼，那就是要纳媒下聘的意思了。

“不好，”阿琇缓缓抬首，目光灼灼地凝视着贾午，“我虽无母兄庇护，也是国朝公主，怎能在外家及笄，由外臣乱议典仪？”

贾午当即侧首无言，她有一瞬时的失神，忽然脑海中晃过昨夜和儿子相谈的情形。

昨夜在灯下，她慈母之心，好话歹话都说尽了：“你若不喜欢东海，母亲可以去央皇后，为你另指一门好婚事，便是济阳与平阳两位郡主也是佳偶，何必非要阿琇？阿琇到底与你姨母不和，况且，她在宫中毫无依靠，虽然是个公主，不过是空架子罢了。”可儿子却跪在膝下只是低头不语，从灯下看去，儿子半垂着眼，剑眉入鬓，神色冷寂，固执的样子像极了他的父亲。她心中忽然一恸，想起烟雨朦胧的许多往事。过了良久，她方叹了一口气：“罢了罢了，你没父亲管你。我是个妇道人家，也没什么见识，一切都由你自己做主吧！”

贾午还未从回忆中回过神来，皇后闻得阿琇此言，霍然站起，呼吸顿时加重了些，拍案盯着阿琇说道：“你休要不识抬举，谧儿能看上你是你的福气。及笄之事，就定在贾府办，你不去也得去！”

“皇后娘娘，国夫人，”阿琇目光中都是轻蔑不屑，一字一句说得很清楚：“你们既然定下了，还来找我商量什么，到时候绑着我去就是了。”

皇后瞧着她孤傲倔强的样子，忽然眼前闪过谢昭仪的样子，也是这样茕茕孑立，清高不凡，连这宁死不从的神情也是一般。她嘴角划过一丝狠厉，咬牙就要发作。贾午自幼与贾后一起长大，她慌忙站起来，拦在清河身前：“不是我们做长辈的莽撞，实在是谧儿这孩子不懂事，唉。”

阿琇陡然听到这个名字，心里仿佛被针扎了一下。

贾午瞧着阿琇的脸色，赶忙说道：“既然这样，就算是说定了。初十那日，我遣人入宫来接公主，公主勿要迟了。”

阿琇低下头去，沉默不语。

皇后下了令让清河公主禁足思过，宫门都被关了起来，连冯阿姆也不得入内。阿琇数日一言不发，日渐消瘦起来。

初十那日一早，贾午就命人来迎阿琇，白袖见来人竟是贾谧，到底不敢轻慢，笑说道：“公子来得太早，公主还未梳妆礼毕，公子权且先到皇后宫中歇歇，巳时再来接公主便是了。”

“也好，”贾谧头戴金冠，身着紫色锦袍，他本就生得风姿如玉，此时看去更是沈腰潘鬓，琼树玉立。他瞧上去心情甚好，面上更带了三分笑意，走时从怀中取出一物，交与白袖道：“喏，将这个交给公主。”

阿琇穿定了吉服，却见白袖进来笑着要讨赏：“公主你瞧瞧这个，看着可真好看。”

一块上好的白玉雕琢成的玉佩，玉色光润，触手生温，尤为醒目的是上面刻着八个字：“鹤鸣九皋，犹载厥声。”笔法遒美峻拔，翩若游龙，筋骨间颇有几分清贵气。

“公主倒是猜猜，这玉佩是谁送来的。”阿琇对待下人甚为宽厚，白袖与她玩笑惯了，此时也来促狭。

阿琇将玉佩拿在手里略把玩片刻，便随意丢在一边，她心里明镜似的，嘴上只冷声道：“看上去平常得紧。”

一旁服侍她梳妆的水碧奇怪道：“贾公子的字写得竟平常吗？听说贾公子才华横溢，是金谷二十四公子之首。在京城里求公子的一幅字也难，难得竟有心专门写了来给公主添及笄之礼。”

“我就是不喜欢，”阿琇听了脸色愈发地不悦，粉脸涨得通红，说道，“以后他的东西不必送进来，就丢在殿外吧。”

水碧委委屈屈称了是，拿了玉佩却不知怎么办好，白袖接过玉佩，使了个眼色让水碧先出去，她轻轻把玉佩系在阿琇的衣带上，劝道：“公主，嫁给贾公子并不是坏事，公子才高貌俊，京中不知多少女子盼着嫁他。公主在宫中并无依靠，日后……”

白袖的话没说完，阿琇却明白她的意思，她在宫中何止无依无靠，还有皇后视她为死敌，若不嫁给贾谧，将来婚事之坎坷可以想见。

更何况，贾谧英俊温柔，原本有情，两人并非不是良配。

可她无法忘记母亲的血，忘记祖母在金墉城里受的折磨和苦楚。

阿琇叹了口气：“白袖，你是怎么入宫的，可还有家人？”

“奴婢是太康六年入的宫，是由宫中的阿姆养大，从未见过家人。”

“水碧是从皇后宫里出来的人，你从前是服侍谁的？”

“奴婢从前只服侍过太妃娘娘。”白袖听她提到从前，心跳忽然慢了半拍。

却听阿琇只是幽幽道：“若有一日，养你的阿姆和姊妹都被人杀了，你是否愿意嫁给杀了她们的仇人？”

白袖心知劝她不了，悄无声息地叹了口气。

阿琇低头闷了半晌，忽然开口：“白袖，帮我梳妆。”白袖以为她已经想通，大喜过望，细细替她匀了面，调了胭脂，又取出螺子黛来给她画眉。阿琇对镜照了一会儿，又自己取过黛笔，动手细细勾了远山黛。白袖望着镜子里盛服华美的阿琇，由衷地赞叹道：“公主真美，宫里谁也比不上您。”她又拿出铜篦子，轻轻给阿琇篦发：“公主要梳个什么发髻？”

阿琇散着发，看样子并不打算梳髻，她取过白袖手中的铜篦子，拿在手中把玩。铜篦子一端是细细的齿梳，旁边绕着金线芙蓉花，另一端却被打磨得细而锋利，也可以插在头上做挽发的篦簪。阿琇沉吟着又开了口：“白袖，你替我去园子里摘几枝花来簪发。”

白袖应声出去，她比水碧年长几岁，心思到底细密些，总觉得公主哪里有点不对劲，临出门的时候还回头望了一眼，却见满殿光影疏离，晦暗不明。公主依旧沉默地坐在铜镜前，慢慢地篦着发丝，如瀑般的长发委地，余晖透过纱窗淡淡地洒在她的发梢上，漾出金色的光芒，似是一幅古老而沉寂的画卷。

她在夜半醒来，周遭漆黑一片。她艰难地用手撑起自己，甫一动便觉腕上剧痛，抬眼时只见手腕上缠着厚厚的白绫，上面还有未干的血渍。她恍然忆起，蜿蜒弥漫的血迹，触目的鲜红，该是自己对这个人世最后的记忆。可为什么又会醒来，她头疼欲裂，无法再做半分思考。

“公主，你总算醒来了。”是白袖熟悉的声音，她撑了灯过来，双目哭得红肿，“公主怎么这么傻，做出自寻短见的事，”她边说边低泣道，“要不是奴婢出去求救时幸好遇到了成都王，恐怕公主现在已在阴曹地府了。”

“我宁可自己身在地府。”阿琇把头埋在枕中，闷然落下泪来。

白袖轻轻叹了口气，忽然觉得眼前的女孩虽然身为公主，却比常人更可怜几分，她轻声道：“眼下成都王在皇后宫中为公主求情，或许及笄之事能有转机。”

“公子不能进去。”外面忽然传来水碧的声音。却听见一个男子的靴声沓沓，已是闯入宫来。

白袖身子微微发抖，护在公主身前，只见来人正是贾谧，此刻他全无白日里翩翩公子的洒脱，一把推开白袖，抓住阿琇的手臂，手指狠狠陷入她的肌肤：“你竟然硬气如此，宁死也不愿嫁入我家。”

阿琇仿佛觉察不到疼痛，她亦蹙眉凝视着他英俊而扭曲的脸，冷冷说道："是，我誓死不愿。如让我踏入你家一步，我宁可血溅三尺。"

贾谧低头看定了她，忽然放柔了声调："那日我并非瞒你，我原本姓韩，是姨母做主让我过继贾家，并非我所愿。"

"那又如何？"阿琇想也不想道，"你总归是贾家之后，你与我有血海深仇，难道要我日后伏在你枕边向你讨来？"

"好，你既然心如铁石，我再坚持也无意义。"贾谧松了手，已是面如死灰。

空气中仿佛凝了胶，怎样也化不开。

阿琇伸手在身上摸索了一会儿，从腰间解下白玉佩，递给了贾谧，亦放缓了声调："这礼贵重，阿琇却不能受。"几个字吐出口容易，只是瞬时已从喉头冰到了心间。

贾谧瞧着她伸过来的手上包着的白绫，心中颓然长叹，忽然抛下玉佩，大步流星地走了出去。

她身子一软，瘫在了榻上，心里骤然发凉，一时间面上全无血色。

白袖瞧着她脸色苍白，心知事情不好，也不敢多问。只把煎好的胡荽汤盛了给她驱寒气，又拿了一个竹纸包递给阿琇，轻声说道："这是今日清晨有位东宫姓刘的主簿交给奴婢的，说是公主的故人。奴婢也不敢惊动旁人。"她想了想，又道："皇后娘娘遣人来了三四次，问公主醒来了没有。奴婢只答公主殿下没有事了。不知可是妥当？"

阿琇嗯了一声，也不答她。打开竹纸包，低首反复看了片刻，心中忽然一恸，眼中不觉发酸。

"公主，你怎么了？"白袖忍不住好奇，悄悄打量，却见竹纸包里只有一支通体流翠的珠钗，钗上的金色都有些发乌，仿佛是陈年在血里浸染过的旧物，唯有珠钗之首有一颗晶莹剔透的硕大东珠，珠旁缀了七宝琉璃，华彩盈目。钗旁还有一张薄薄的纸笺，上面短短写着数行字，白袖虽瞧不清笺上写了什么，却看到阿琇读着纸上的字，已是泪盈于睫。

白袖还想看清，阿琇却是仰起脸，似是生生把涌出的泪水逼了回去。挤出一个极是勉强的微笑："这汤做得极好，你给水碧也盛一碗去。"

白袖垂首应了一声，自是不敢打扰。

纸上的字，阿琇一生一世也不会忘记。

"公主见字如晤，珠钗乃昭仪旧物，聪还钗于主，以添妆寿，望主犹记母兄之训，勿复自弃。”

“勿复自弃。”她苦笑着摇摇头，她已然到了这个境地，还有什么自弃不自弃可言？阿琇取出纸笔，缓缓开始研墨，她思忖良久，每一个字都写得极慢极慢，仿佛用尽全身的力气。

水碧从小厨房里整理了些吃食，放在一个小小的竹篮里，奔也似的便去了灵昆苑，只见靶场中有一个英武的少年在射箭，面上青涩未褪，箭箭都直中靶心，周围不少少年郎都围着叫好。

水碧曾随公主来过几次灵昆苑，远远便瞧得清爽，那个射箭的少年正是阿邺。几个月不见，阿邺又长高了些，穿着一身胡服劲装，颇有几分英姿。

那些少年都是认识阿琇和她身边侍女的，都叫道“阿邺，你姊姊宫里的人来了”。

看到是水碧过来，阿邺一抛弓箭，几步就奔到水碧面前，他探头向她身后望去，却没有看到阿姊。阿邺看着水碧的眼睛又红又肿，大急道：“我阿姊怎么了，她为什么不来，可是那冯阿姆又欺负了阿姊，我要去好好教训教训她！”他心疼阿姊，就要去找冯阿姆算账。旁边几个贵族少年看起来都已经被阿邺收服成了跟班，也围了过来七嘴八舌地问道：“是谁欺负阿邺的姊姊，兄弟们去教训他。”阿邺隐隐已经成了他们的首领。

水碧红着眼圈拦住他：“不是冯阿姆阻拦公主，是……是皇后娘娘让公主禁足的，这三个月都不许公主出宫门，公主就让奴婢来了。”

那几个少年听说是皇后的旨意，都不敢说话，悄悄散了去。

“那我姊姊在宫里可好？”阿邺虎目圆睁，紧紧地盯着水碧。

水碧躲闪着他的目光，吞吞吐吐地说道：“公主……公主很好，公主让奴婢来问问王爷……这……这些日子功课如何……”说着又把竹篮放下，道：“这……是公主让奴婢送来的吃食。”

阿邺闷了半晌才道：“你回去告诉阿姊，我一切都好好的。师傅讲的功课，我都背熟了。我的骑射次次都是第一，贾修他们几个都比不过我。”

水碧眼眶更红，就要坠下泪来。

阿邺一把扯住她的手，追问道：“你说实话，我阿姊到底怎么了？”

水碧吞吐半晌，实在拗不过阿邺，只得把实情和盘托出。

水碧走后，阿邺把几个少年召集到了一起。其中有几个是赵王、齐王等几个王爷的孩子，在家听过大人们议论宫里的事，此时七嘴八舌地就说了起来：“欺负了阿邺姊姊的，可不就是贾修的大哥吗。”贾修是皇后的小侄儿，贾谧的弟弟，与阿邺是同岁，也送在灵昆苑和皇子们一起读书。

阿邺一咬牙：“走，咱们找他去。”

皇后得到奏报，自己的小侄儿贾修在宫里被打得头破血流，性命差点都丢了大半条，气得要命。此时贾午闻讯入宫照顾儿子，在皇后处哭着直喊冤。皇后又惊又怒，手边的玉如意摔得粉碎：“到底是谁这么大胆，连我贾家都不放在眼里。”

事情很快就查出真相，吴王司马邺伙同几位王爷的世子去找贾修的麻烦，口角之后就是拳脚相加，如果不是灵昆苑的一位东宫主簿及时赶到，贾修的命恐怕都保不住。

赵王听到孙子闯下大祸，赶紧进宫找皇后求情。皇后闭了宫门不见，只吩咐将几个肇事的少年都锁到地牢去。

到了傍晚的时候，水碧急匆匆地跑进阿琇的寝宫，慌忙道：“公主殿下不好了，吴王被皇后关到地牢里去了，还有赵王家的两个小世子也一同被抓了。”

阿琇霎时脸上血色全无。白袖瞧她脸色不对，忙道：“你有话慢慢说，吴王到底怎么了？”

水碧哭哭啼啼，好半天才把事情说清楚。阿琇听说皇后的小侄儿贾修到现在还没有醒过来，心知不妙，眼前一黑，差点栽倒在地。白袖慌得没了神，扶着阿琇道：“公主，现在您可不能有事。小世子们还有赵王顾及，吴王可只有公主一个亲人了。”

阿琇强打起精神，吩咐道：“白袖，你快替我更衣，我要去章华台求皇后娘娘。”

水碧哭着道：“奴婢也要陪公主一起去。”阿琇点点头，再无力气说半个字。

章华台高十丈，宫门紧闭。阿琇脱去了所有的珠钗首饰，只着一身薄薄的素裙，跪在宫门外请罪不起。

忽然宫门打开，贾午冲了出来，她双目赤红，满面都是泪痕，狠狠地用手拍打阿琇，怒骂道：“你这妖女，我何曾得罪过你。为什么要先迷惑我的谧儿，又害了我的修儿。修儿要是有三长两短，我定要你偿命！”

“国夫人怎么能打公主殿下。”水碧不忿之下，伸手去阻止。阿琇拦住水碧，任贾午如何责打，只是重重地磕头道：“夫人，这都是阿琇的错。夫人就算把阿琇千刀万剐，阿琇也认了。”

“国夫人这是在做什么？”忽然有个清朗的声音传来。贾午转头只见成都王司马颖站在身后，面色严峻，颇有几分不怒自威的气势，“清河公主是国朝公主，国夫人怎能受得起公主的大礼，莫不要折了夫人的寿。”

贾午恨阿琇至深，却不想得罪司马颖，她勉强朝成都王施了一礼，却啐了阿琇一口便恨恨地离去了。

司马颖勃然大怒，便要追上去斥责她。阿琇轻轻拭去脸上的痰渍，拉住了司马颖：“十六叔不要恼，是阿琇该受此苦。”

“你这孩子！”司马颖对她又是可怜又是痛惜，仍柔声道：“你手上的伤好些没有？你这孩子怎么那么要强，身子都没养好又来这里折腾什么？”

阿琇知他是真心关怀，心中感动万分，却小声说：“十六叔不要引火烧身，阿琇会救弟弟的，十六叔是要成大事的人，应该早回封地去，不要被我们姐弟所耽误。”司马颖瞬时怔住，这孩子的话听着很是耳熟，竟与叔父赵王说的一般无二。

阿邺虽然动手不对，可贾修伤得并不重，太医已经报了，其实只是些皮肉伤，早就醒过来了，只是皇后一直不肯宣布。看来皇后是要借此事除掉阿琇姐弟这眼中钉，并且顺便敲打敲打赵王，让这个老王爷乖乖地听话。这些事其实赵王早已经给司马颖分析得很清楚。但司马颖一想到阿琇姐弟恐怕就要为此丧命，他还是有一股气堵在心里，就硬闯进宫来。

然而他断断想不到阿琇十余岁的年纪却是这样的眼界与胸襟，他心中微感酸楚，却也明白以自己现在的地位身份，实在是说不上什么话。他重重地叹了口气，恨道：“阿琇，有十六叔在，定要护了你们姐弟周全。”

阿琇在昭阳殿前跪了整整一夜，可殿门却再也没开过。

清晨的风很冷，水碧已经迷迷瞪瞪地跪在地上睡了过去。阿琇却很清醒，瑟瑟冷风中，她轻轻打了个寒战。她心里很明白，皇后不会因为她这一夜的跪求，放过阿邺。她甚至很清楚，皇后也许会想连她一起杀掉。

可她却不能不跪在这儿，祖母和阿邺是她在这世上最后两个亲人了，就算做不到，也要一试。

司马颖满面疲惫地走到她面前，轻轻地摇了摇头：“回去吧阿琇，没用的。”整整一夜的时间，他都在陛下的太极殿外等候，殿内歌舞彻夜，可陛下哪里会见他。

阿琇望着他，坚定地摇摇头：“不，阿琇不走。”

司马颖的目光中带着怜惜，心知劝也无用，不由长叹一声。

阿琇跪到午时，贾后身边的董猛却来了，他脸色虽然不佳，却给她抛下了一盒饭食。阿琇回身对水碧说："你回宫去吧，等在这里没有什么意义。"

"奴婢不走，奴婢也要替吴王跪求。"水碧年龄本来就小，再加上熬了一天一夜，其实早已疲惫至极，一张小脸瘦得脱了形。阿琇心中默叹。水碧对阿邺心中有情，她早就瞧了出来，却想不到用情至此。她心知无计可施，只得哄她道："皇后定会放了阿邺出来，你且先回去给他做点吃的，以免他出来后找不到东西吃。"

水碧擦了擦眼泪，惊喜道："公主殿下莫不是在哄我吧。"

阿琇笑着摇了摇头。水碧到底年纪小，心思也还十分单纯，闻言便欢天喜地回去了。

阿琇依旧跪在原处，连饭食都未打开看一眼，到了入夜董猛再来送饭时，竟赞许地瞧了阿琇一眼道："公主还是趁热吃点东西吧， 回头再去看吴王最后一面就是了。"

阿琇闻言如晴天霹雳，她哀泣道："吴王年少无知，但到底是天潢贵胄，皇后娘娘竟不能饶他一命吗？"

董猛瞧着她可怜，说道："吴王的事是无法可赦了，公主殿下保重好身子，来日方长……"

"董黄门赠饭之恩，阿琇永生不忘。"阿琇双目含泪，朝他重重地叩首。

董猛瞧着她也觉得心酸，有些尴尬地后退几步，声音小得仿佛是说给自己听："咳，其实也不是老奴要送来的……"

阿琇的眉峰微微耸动，却是跪着哀哀祈求："我明白阿邺犯的过错太大，我不求皇后娘娘能宽恕他。半年前是董黄门接我们姐弟入宫的，我们都把黄门看作恩人。今日只求黄门看在我们姐弟俩没有倚靠的份上，给阿琇一个机会，让我能够跪在皇后娘娘膝下尽一尽心意。"

董猛望着跪地不起的阿琇，心下也实在可怜她，长叹道："唉，那老奴就去试试看吧。"

"是谁让你给那个妖女送饭！"董猛一进贾后寝宫，还没开口，就被迎面一个金梳击中了面额，尖利的齿梳在他脸上划出了血痕。

董猛不敢擦拭脸上的血，连连磕头道："皇后娘娘息怒，皇后娘娘息怒。"

贾后显然重怒未平，她一脚踢开面前的绣凳："你是父亲使唤过的老人了，又是本宫从家里带进宫的，你怎么敢跟本宫作对？"

太医程据察言观色，对贾后劝道："董黄门向来对娘娘忠心耿耿，怎么会做这样违背娘娘的事，定是黄门迫不得已所为。"

“迫不得已？”贾后的声音更拔高了几度，“阖宫之中，谁不以中宫为尊，有谁敢给他脸色看？”

董猛诚惶诚恐，不敢接话。

程据却笑道：“皇后娘娘怎么糊涂了，要说这宫里谁敢指使董黄门和娘娘对着干，那也只有娘娘自家的人了。”

“你是说谧儿？”贾后盛怒之下，却是一点就明。她心知程据和贾谧平日里素有过节，此时难免有落井下石之意，却不愿在程据面前失了威风，咬牙道：“这个谧儿，十足被妖女迷了心窍，我父在世时算是白疼了他。快叫人去给那妖女赐壶毒酒，把她杀了。”她话音刚落，站在身后捧着玉拂尘的女官忽然秀肩微抖，面上露出几分不忍的神情。

“娘娘，此事万万使不得。”程据毫不客气地打断了皇后的话，他似是察觉了那女官的神情，微微向她瞥了一眼，却踱了几步，“皇后娘娘难道不想要白虎符与驺虞幡了吗？”

贾后的双瞳骤然间放大了许多，“你是说这两样东西在她手里？”

“我只是推断而已，先帝驾崩后，白虎符和驺虞幡不知下落，陛下和娘娘都没有得到，太子当年还小，这东西自然就要从杨太后和谢昭仪处找寻。”

“这我还不知道吗，”贾后没好气地说，“只是那两个贱人骨头硬得很，死都不肯吐露半个字。”

“宫里的人，很少有畏惧死的，”程据伸手温存地抚了抚贾后的额发，了然一笑道，“能让她们开口的，只有比她们性命还要紧的东西。谢昭仪虽然死了，杨太后还好端端住在金墉城里，她不是还有胆气来威胁娘娘吗？”

“那个贱人！”贾后想起前些时杨太后派人来传话，用驺虞幡威胁自己把阿琇姐弟接回宫恢复名分，就恨得牙痒痒的，却也没有办法，不得不照做。自打先帝去世，她就把杨太后软禁起来，可无论她怎么拷打，杨太后就是言明两样东西都不在自己手里，她甚至还声称，如果她活着，这东西永远都不会威胁到贾后；她一旦死了，掌握这两样东西的人就会率天下兵马进京勤王。贾后虽然将信将疑，但也不敢拿荣华富贵赌一把。

程据一眼就望穿了她的心事，他道：“娘娘何必那么被动，现在被杨太后所胁，无非是因为她手里有可以威胁到娘娘性命的东西。可娘娘如果也有东西是她所忌惮的呢？”

贾后若有所思：“你是说那两个孩子？”

程据笑道："娘娘要是杀了这两个孩子，就再也拿不到这两样东西了。"

皇后听他这样说，不觉一愣，觉得程据说得有理，便道："你这人，总是鬼点子最多。"于是一转头，问董猛："阿琇走了没有？"

董猛恭恭敬敬地回答："还没有，清河公主还在殿外跪着。"

"死罪可免，活罪难逃！"贾后和程据的目光对视了一下，对董猛吩咐道，"你去叫她进来。"

第五回

白虎驺虞

宫人打开了厚厚的锦帘，一股温热的香气扑面而来，殿中温暖如春。董猛引着阿琇走进暖阁之中，只见那阁里隔了道十八阙的乌檀木的屏风，上面皆是用金线绣成的侍女图案。贾后酷爱熏香，这殿中也熏了上好的檀香，十余个香笼放置在殿中四角，淡淡地吐着氤氲的烟气，整个殿中仿佛云霞笼罩。她不是第一次来这里了，却总觉得这屋里熏得浓浓的香让她有些反胃。

贾后见她恭顺地跪在地上，满意地点点头，可程据却瞥见董猛在旁有些关心的神情，不由给贾后使了个眼色。贾后大是不满，支开了董猛："你去查查那个救了小公子的人是谁？本宫要重重的赏赐他。"董猛心知帮不上阿琇什么，只得离开。

阿琇在地上跪了良久，贾后并不说话，也不叫她起身。她沉思片刻，知贾后是在等她先开口相求，便道："皇后娘娘，儿臣是来请罪的。"她抬头时，忽然扫到贾后身边有一个熟悉的身影，却是羊献容站在贾后身后，此时她身着一身女官的服饰，望着自己，全然都是关心之意。阿琇心下感动，却不敢多看几眼，唯恐给羊献容带来祸患。

程据知她要好好羞辱阿琇，便顺势递了一盏酪盏给她。

"哦，你何罪之有？"贾后最爱饮酪，她冷笑了一声，掀开手中新滚的酪盏，轻轻拂去上面的沫子。

阿琇此时不得不低头，轻声道："儿臣管教弟弟不严，冒犯了皇后娘娘的小侄儿。”

贾后绕着她踱了几步，步步都恰好踩在她的衣襟上：“你不是向来清高，瞧不起我贾家吗？”

饮酪原本是北人的习俗，阿琇自幼是和母亲一同长大，平日只饮茶，最是不耐闻酪腥味。贾后迫得近了，手中的酪腥味便扑鼻而来，阿绣下意识地用衣袖捂了捂口鼻。

贾后大怒，一盏酪皆泼到阿琇身上。新滚的酪本来就烫，此时泼了阿琇一身，露在外面如玉般洁白的肌肤顿时起了水泡。献容瞧见大惊失色，欲去为阿琇用洁布擦拭，可她刚刚挪动步子，便看到太医程据扫过来狠厉的眼风，她心中一惊，却收住了脚步，只是眼中蕴了泪水。

阿琇忍着钻心的剧痛，跪在地上不敢作声。贾后瞧着很是快意，觉得心里出了一口恶气。

阿琇伏地良久方才言道：“儿臣有一物想献给娘娘，以消娘娘心头之怒。”

贾后霍然一惊，目光似锋利的刀片一样，直直地盯着阿琇。

阿琇却伏在地上并不抬头。

程据咳了两下，故意说道：“小臣去外面看着，别让不相干的人来扰了娘娘。”羊献容见阿琇脖颈上的烫伤甚重，心中焦急无比，见四下无人注意，也悄悄地溜了出去。

阿琇忍着剧痛，缓缓道：“皇后娘娘，儿臣身上的这样东西，原是娘娘想要的。”

贾后的性子最是急，纵然是之前得了程据的吩咐，也按捺不住心头的激动，连声道：“你且拿出来我看看，是不是我要的。”

阿琇双目直直地望着她：“娘娘想看不难，只是得先答应儿臣一个条件。”

贾后骤然意识到阿琇掌握了主动权，她不满地哼了一声：“你要什么？”

不知为何，外面忽然起了争执声。似是有人在和程据争执。贾后正在讶异间，只见贾谧大步闯了进来，身后还跟着阻拦不及的程据。

贾谧一看室内情形，也不向贾后行礼，径直走到阿琇身边。

“谧儿，你干什么！”贾后很是恼怒，这个不听话的侄儿这些日子已经多次冲撞了她。

“皇后娘娘，公主被烫伤了，侄儿先带她去治伤。”

“大胆，你连本宫的话都不听了吗？”贾后见贾谧这个样子，怒气愈盛。

程据含笑假意劝道："大公子要懂事些，皇后娘娘一片苦心，都是为了大公子好……"

贾谧毫不客气地看了程据一眼，目中的冷意仿佛要结冰："这里哪有你说话的份。"

"那总有本宫说话的份吧，"贾后气不打一处来，"你这孩子，越大越不成器。叫你入朝为官，你不肯去，叫你娶了东海做驸马，你也不肯娶。如今你弟弟还在家里养病，你却跑到本宫这里胡闹。"

阿琇被烫伤的地方肿得越来越高，再加上她已经一天一夜没有吃东西了，额上冷汗涔涔，就快要支撑不住。贾谧不由分说一把拉起阿琇，尽力忍耐住心中的愤怒，缓缓道："皇后娘娘，阿琇乃是国朝的公主，娘娘虽不是她生母，将她烫成这样，恐怕天下都要物议沸腾。此事传出去，损的还是我贾家的名声，希望娘娘三思。"

贾后被他顶得说不出话来，一脸震惊地瞧着他，全然觉得陌生，这还是当年那个黏着自己"姨母姨母"叫个不停的孩子吗。

贾谧见她语塞，拉起阿琇就往外走。

两个人去得远了，程据见贾后气色不好，柔声安慰道："南风，你没事吧。"

"我做这一切不都是为了他，"贾后憋屈了许久，从牙缝中挤出一句话，"你听到他刚才唤我什么没有。"

"他唤皇后娘娘。"程据心里明镜似的，偏偏将其点破。

"皇后娘娘。"她喃喃自语了几遍，面上似哭似笑，瞧着瘆人极了。

晚霞渐渐散开，深黛的天际隐去最后一抹碧色。那是夜幕降临前的最后一丝明媚，几颗不知名的星子爬上晚空，白日里的炎热逐渐消散几分，顿觉夜凉如水。

贾谧拉着阿琇一口气跑了好远，阿琇跑得上气不接下气，眼见得离昭阳殿越来越远，她甩开贾谧的手，怒道："你拉我出来做什么。"

"你还想留在那里？"贾谧觉得匪夷所思，看着她烫得红肿的脖子和手臂，心想幸好刚才那一盏酪没有直接泼到她脸上，不然这一副花容月貌可就毁了。

适才若不是董猛报信，他岂能及时赶到。好不容易救了她出来，她却是这副倔强的样子。他看着她烫伤的地方肿起的水泡已快透明，更衬得旁边的肌肤刺眼地白，不由叹了口气。

贾谧环顾四周，此处连宫人都很少，看来是一处无人的殿阁。他拉开殿门，把她扯进殿中。阿琇挣扎几下，仓促地瞧了一眼匾额，仍是挣不脱，被拉了进去。贾谧点上殿内烛火，这殿阁看起来年久未有人住了，地上都是一层厚厚的灰烬。他擦了擦榻上的灰，扶了阿琇坐下，瞧着她又是担心又是痛惜："你瞧瞧你现在的样子，哪里还像个公主。"

阿琇冷声道："我早就不是什么公主了。"

贾谧懒得和她争辩，从怀里取出一瓶药膏，轻轻旋开，要为她上药。阿琇一把推开他道："谁要你假好心，这一切都是拜你们贾家所赐。"

"我是假好心？"贾谧气极反笑，"你这么硬气，这么恨我们贾家，干吗还要去跪着求皇后？"

"我去求皇后，是为了阿邺。"她硬邦邦地顶了回去，"我什么委屈都受得了，我心甘情愿被烫成这样，我愿意用自己的命去换他的命。"她不愿和贾谧多做解释，转身要走。

"你可以在董猛面前装可怜，可以去皇后面前以利相诱，我竟不知道你有这么多张面孔。"贾谧伸手拦住她，敛去了怒意，一丝复杂的神色爬上眉间，缓道，"你为了阿邺既然愿意求这么多人？为何不来求我？"

"求你？"阿琇刚想反唇相讥，忽然意识到他是贾家的嫡子，他的确有资格说这个话。

"是，你来求我，"他脸色铁青，硬邦邦地说道，"我可以救你弟弟出来。"

"我，我……"阿琇张口结舌，脸憋得通红，却再说不出一个字。求皇后的话，她跪在殿外时反复排练了数百遍，就算受再多的委屈苦楚，她都能滚瓜烂熟地说出来。可求他的话，她没有想过。

"你以为你能和谁讲条件？你就是自作聪明而已。"

他瞧着她洁白的脖颈上烫出的深深红痕，心头没来由地涌上一股火气。他心里简直要骂她蠢到了极点，皇后会容得谁和她讲条件，她只会先拿到东西，再杀了她。

阿琇只觉脖颈上有冰冷的感觉，清凉的药膏抹了上去，顿觉伤处的疼痛缓了几分。她还未反应过来，却觉得胸口处发凉，掩着伤口的素锦衣襟已被他撕去。

裂帛声响，她的伤口连同着锁骨下白皙的皮肤都暴露在空气中，红锦堆绣的抹胸露出了一根细细的带子，一直系到腰背后。他目中骤然深暗了几分，又向她迫近一步，兀自去扯那个带子，低声愤怒道："你不是什么委屈都受得了，什么苦都能吃吗。你去求谁都没用，你只有来求我！"

阿琇觉得兜头一盆凉水浇下，心下一片冰凉。

他兀自口中不断地斥责她，手上动作却不停。她只觉得越来越冷，简直听不清他在说什么，她只知道自己不能动，不能再触怒他，这是救阿邺的唯一希望，她不能再错过。

他的理智被欲望湮没，他完全不顾自己在做什么。只把她迫到怀里，伸手去解她的襦裙小衣。阿琇侧卧在榻上，紧紧地闭上眼睛，任凭他一层层褪去她周身的保护，她缩成一团，像一只被捕捉的小兽不住地发抖。

他眸光一闪，不由分说的搂紧她，把她的脸牢牢贴在他的胸膛上，语声中怒气更甚："求我就让你这么抗拒？回答我。"

她没有答话，明明心中恨得咬牙，可只能让泪水浸湿了他的胸口。

冰凉的月光透过雕花的窗子，在光滑的地面上投下斑驳的影子，细致得仿佛是描画过的美人像，绮丽又萧索。

他扳起她的脸，仔细看着她，她脸上的泪痕未干，楚楚可怜。

她不敢对视他的眸子，只是瞧着身下暗红织金的榻褥，泪水滚滚而落，声音小到微不可闻："能不能不要在这里。"

他凝神瞧着她，眸光中流光滑溢，只见她泪水打湿他的手臂，他终于意识到什么："你认识这个地方？"

过了好半天，阿琇才轻声抽噎道："这是我母妃去世的地方。"

贾谧怎么也没想到，他误打误撞走进的，竟然是谢昭仪从前居住的昀华殿。他的欲望瞬时熄灭了，有些怜惜地看着半赤着身子的阿琇，伸手轻轻抚了下她脖子上的伤处。她痛地一缩，下意识地掩住自己的胸口，却又有些胆怯地缩回了手。

他瞧着她可怜，长叹了一口气，终将她轻轻拥入怀中："阿琇，只要你没事就好。你如果不愿意，我也不会强迫你。"

水碧担心阿邺，偷偷去了好几次灵昆苑，可每次带回来的消息都是一样的，何止是吴王没有再回过灵昆苑，就是赵王的两个孙子也都不在。水碧打听不出他们被关在哪里，她心急如焚，夜里偷偷地哭，白袖与她住在一个房里，本就是情同姐妹，见她这样难过，心里也很不好受，只能安慰她道："你放心，还有这么多王爷在呢，皇后不会把吴王怎么样的。"

"可是董黄门他们都说，皇后娘娘不会饶了吴王殿下的。"水碧哭得更厉害了。

"你说我若是去找皇后娘娘求情，她会不会饶恕吴王殿下？"水碧忽然目中闪过一丝不明的神色，睁大了眼望着白袖。

白袖慌忙道："噤声，皇后娘娘何等厌恶我们公主，你若是去求情，她会将你打死的。"

水碧双手支颐，泪水仍是止不住，却若有所思。

阿琇回了寝宫，等到两个侍女都去睡了，方才掌了一盏六角宫灯出来。才走到门口，忽见有一个俏丽的身影立在廊下，见到她便走了过来，面上露出一丝笑容，正是白日里在皇后宫中见到的羊献容。此时她换了寻常宫女的衣饰，一双明眸通红通红，看来是刚哭过。阿琇见到她又是讶异又是欢喜，放下了宫灯，轻轻握住了她的手道："献容姊姊，白天没有敢和你相认，你入宫来了？"

献容轻轻点了点头，却关切地看了看阿琇脖上的伤口，小声说道："阿琇，还痛吗？"

阿琇轻轻"嗯"了一声，想了想，又道："白天是你跑出去帮我报信的吧，多谢你。"

"这有什么，"献容不敢在这里久待，她从怀中摸出一个小小的白瓷瓶，塞到阿琇手中，"这是我央太医开的烫伤药，你仔细涂抹着，这几天不要见水，小心留下伤疤来。"

阿琇感激地望着她，没想到这个只有一面之缘的献容竟比亲姊妹对自己更亲近几分。

献容送完了东西，又切切地嘱托了几句，便急匆匆地走了。

阿琇拾起脚下的宫灯，继续向外走去，她走得颇慢，到了灵昆苑的凉亭时已过了小半个时辰。

此时宫里已经下了钥，四下里都是黑漆漆的一片，连远处的弯檐斗拱也只剩下蒙蒙的影子。偶有蝉声嘶鸣的精疲力竭，寒鸦怪叫迭声，杂在晚风野草中，惊破夜色的寂静。

阿琇见四处并无人来，心中略定，倚着块大石坐下，信手把六角宫灯放在脚边。过了片刻，只见昏黄的光晕晃了几晃，那人熟悉的声音近在耳畔："你倒是不怕黑，这么晚也敢出来。"

"黑夜有什么可怕，世上最可怕的是人罢了。"阿琇淡淡道，轻轻伸手把宫灯的铜钮一旋，火光瞬时就熄了，四面又陷入一片黑寂。

他赞许地望了她一眼："阿琇，你长大了。"

月光静静地洒在他的脸上，一别多年，他还是那样熟悉。

阿琇眼眶有些湿润，轻声道："聪哥哥，我没有别人可以商量了，可我心里着实难受。"

他的身影立在洁白清冷的月色中，却添几分温润的宁静。

阿琇垂下头，迟疑道："有件事……我不知道自己做得对不对……"

"你寄信给我，我便知道你有事，"他微微笑着，双目直视着阿琇，目中都是安慰的神情，"说说你的事吧。"

阿琇压低了声音，可还是哽咽着说了这些天的遭遇。她任自己面上的泪水肆虐，也要吐尽心中这些日子的委屈。

他面上的笑意渐渐敛去，神色沉重了几分。

"聪哥哥……"她唤了他好几声，他方才醒过神来。

"你是说你告诉了皇后那白虎符的下落，想求她换阿邺的性命？"刘聪皱起了眉头，神色颇为凝重。

阿琇低声道："我还没有来得及说是什么东西，那人就闯了进来……"她目中泪光闪动，露出一丝凄苦的神情，"当初母亲临终时，把珠钗交给我，她说这是拿到白虎符唯一的凭证，让我保护好它……可是聪哥哥，我真的没有办法了。我不能看着阿邺死……你告诉我，我做得对吗？"

刘聪心下略安，看向她的目光中露出一丝怜惜，柔声道："你是为了救阿邺，你没有错。"

略一顿，他又道："阿琇，我带你去个地方。"说话间，他忽然展臂将她箍紧，足下轻点，已纵身在数丈之外。

眼见着灯火渐渐亮起来，却是一座辉煌而巍峨的宫楼到了，这宫楼比贾后所居住的昭阳殿还要高大得多，楼高四层，朱栏围锦，处处都是繁华景丽。他不知走的是什么路线，东一绕西一拐，很快便到了大殿的顶层。此处殿顶是偌大的一处凉台，然而却不用金粉朱栏装饰，四壁通铺碧玉，触目就生了几分凉爽。

四面微风吹来，漫天星子如云，阿琇只觉得如身在长河中，触手可摘日月星辰，让人微有醉意。

他这才将阿琇放了下来，阿琇靠着碧玉石栏，微微喘了口气，抬首便对上他漆黑的双眸："可是冷到了？"

阿琇不好意思地摇摇头，他却不再看她，双目炯炯有神地向殿内望去。这里无灯火，恰能看到殿内灯火通明的情形。

大殿内歌舞升平，数不清的红绡铺满了金砖地，舞姿艳丽的舞女们步步踏在红绸上，身形优美，仿若凌波踏浪。阿琇的瞳孔骤然放大，仿佛全身的血液都要被抽尽，连呼吸都要停住了。她的目光扫到一个人，那是她的父亲。

殿中的歌舞声似乎从未停歇过，而阿琇的父亲，今年已经四十四岁的天子就靠在华丽的龙榻上，眼中似迷离似蒙眬，全然一副心满意足的模样。

这是阿琇第一次这样近地端详父亲，其实父亲生得极好，相貌与十六叔颇为相似，一样有着司马氏一族天生的俊美轮廓。只是父亲身形颇胖，多年养尊处优的生活让他全身浑圆了一圈，看起来便就有了几分蠢意。尤其与十六叔不同的是，父亲的眼神总是昏昏昧昧的，似乎永远都清醒不过来，缺少司马氏的子孙眼眸中那天然的一缕精明果厉的神情。

此刻父亲的身边跪着几个莺莺燕燕的婢女，她们都年轻美好，一个个展着玉臂，把面前的琉璃盏中用冰镇过的樱桃一粒粒喂入他的口中。樱桃像红玛瑙一样晶莹剔透，琉璃盏似水晶般鲜丽动人。

殿中的景致如此华丽，连人都是美极的。可阿琇只看了几眼，就觉得一阵难受，她不愿再看下去。她忽听身旁那人低声道："我第一次见到太子，就是在这里。"

太子，阿琇微愣了一下，意识到他说的是自己已过世的的同胞兄长。

"他当时就站在这里，也像你这样微微低着头，看向殿里望着陛下，"他一边回忆一边微笑着看着阿琇，"你俩的表情神似，一眼就能看出是同胞兄妹。只是太子的眉眼中，多几分忧虑的神情。"

"太子哥哥从小就被皇祖父赋以大任，他总是舒展不开眉头。"阿琇轻声道，她眉间轻蹙，慢慢回想着大哥的样子，时间有些久了，儿时记忆里的大哥的印象也模糊了起来，仿佛记得太子哥哥每次看到自己时总是笑着的，他头戴着一顶朝天冠帽，英俊非凡。那时候母亲宫里常有许多小宫女红着脸在背后议论。

他微微颔首，仿佛是回忆起当年那些与太子把盏论交的日子："太子的忧愁其实多半来源于你的父皇。如果你的父皇能够像个真正的天子一样行使他的职责，也许太子也不会那么早就含恨死去。"他毫不顾忌地点破了她心底最深的伤口。她多年来一直恨着贾家，恨皇后，恨赵王，其实她早该意识到，真正害死哥哥的是自己无能昏庸的父皇。

"这就是我们所有人依附的天子。"他苦笑着向殿内瞥了一眼，"你觉得他称职吗？"

阿琇迅速地转过身去，沉默不语。她明白他的含意，自己的父皇实在不是个称职的好皇帝。

“阿琇，你有自己想守护的人，你做得没错。”刘聪离她有些远了，声音也不那么清晰，“在这个世上，每个人都有自己想守护的人，必须要做的事。就像当年你的祖母杨太后，为了保护你的父亲不受欺负，执意让他做了天子。”

“有时候，我们的想法都没有错，可所有的坚持都加在一起，也许就是个天大的错误。天下事不能用一个人的得失来计算，”刘聪望着阿琇，一字一句道，“白虎符与驺虞幡，都不能落到皇后手里。一旦贾氏掌了兵权，就将是天下大乱。”

阿琇的嘴唇都快被自己咬破，可她不得不听下去。谢玖临终前将七宝琉璃珠钗交给女儿，那是先帝对江山的托付。刘聪虽然没有听到谢昭仪对阿琇说了什么，但以他的聪慧，他一定能猜出是跟白虎符有关。七宝琉璃珠钗是他交还给阿琇的，那时候他却没想到这会给她带来更艰难的选择。

“你见过生灵涂炭，民不聊生吗？你见过哀鸿遍野，无数人流离失所，亲人间易子相食吗？只要打仗，就会发生这些。”他恳切地说道，“这也是先帝为何要设白虎符、驺虞幡。就是防止有一天会有这样的变乱动荡。你想看到战乱就在眼前发生吗？那将会有更多的人失去性命，更多的惨剧发生。”

阿琇快要被他话中的沉重压得喘不过气了，她转过身去，伸手扶住石栏，大口大口地呼着气。可她无法抑制自己的泪水滚滚落下。

“阿琇，给我点时间，也许我能救吴王出来。”他不忍看她这样伤怀，伸手拭去她眼边的泪痕，伸臂将她搂在怀里。

她骤然间仿佛抓住了希望，伸手抓住他的衣襟：“是真的吗？”

他重重点了点头，尽管心里半分把握也无，可他还是决定尽力一试：“但是阿琇，你要答应我。在救出你弟弟之前，你什么都不要做。”

她心中欢喜无限，如同黑夜中行走的旅人，抓住了一丝不知从何而来的光明。

她轻轻地依靠在他身上，望着远处。琉璃飞甍、光彩交错，时光仿若在这一刻定格。

他轻声叹息，心里也觉得对于眼前的女孩而言，承担这一切实在太沉重。

可现实就是如此，有什么法子可以让所有人都生活在梦中呢？

连日里都是阴雨绵绵，贾后心绪不佳，人人小心翼翼，整日里不闻人声，于是这宫闱就更见几分阴沉旧态。

董猛办事惯以雷厉风行著称，待他办好差事来回禀时，刚走到殿门外却听到里面贾后和程据的声音飘了出来。他悄悄抬头打量，只见二人正在对弈，贾后执白子，程据执黑子，棋已入中局，皇后面色不佳，程据却一副云淡风轻的样子。

只听得贾后甚是烦躁道：“这局对了半个时辰了，竟是针扎不入、水泼不进的死棋。实在惹人心烦。”

程据却道：“娘娘且宽心，世上哪有泼不进的水、扎不入的针，只瞧准了后手再制人罢了。”他明明是看着董猛进来了，却假装不知。

董猛吃过数次暗亏，不敢造次，恭敬地跪等了许久也不敢开口说话。

程据瞧着拿捏得差不多了，又见贾后败局已定，便故作惊异地弃了手中黑子，忙道：“董黄门何时来的，臣与娘娘竟没瞧见。”皇后嗔怪地飞了他一眼，也不揭破，只微微点头道：“让你查的事怎么样了？”

董猛心里很是委屈，却不敢发作，只越发地恭敬道：“老奴都查妥了，救了小公子的是东宫新晋的一位年轻的主簿，名叫刘聪。”

贾后略有沉吟：“刘聪，这名字听来有些耳熟。”董猛赔笑道，“可不是耳熟吗，这位正是匈奴五部右将军刘渊的小儿子，年纪虽轻却很是英武过人，好几次刘渊将军给娘娘的礼物都是让他送来的。”

“原来是刘渊的儿子，”贾后面色稍霁，“那就让他再升三级，做个骁骑校尉吧。”说着她将手里白子轻轻落下，挑眉道，“你是我自府里带进宫的老人了，做事还算周详。”

董猛最近屡触皇后霉头，唯恐再惹贾后不快，只殷勤道：“娘娘体恤刘渊，给他儿子这般大的恩惠。他定感恩戴德，给娘娘做牛做马报答大恩。”

贾后似笑非笑地瞧他一眼：“罢了，你这猢狲，就生了一张嘴。那刘渊的右将军也可以晋一晋，本宫瞧他就是做个五部大都督也是做得的。”程据却插口道：“刘渊与成都王有隙，若是让他掌兵权，恐惹藩王不快。”

贾后想了一瞬，只皱眉道：“十六郎屡次坏我的事，十分惹人厌烦。”

“皇后娘娘可是想斩草除根？”董猛巴结道。

贾后白了他一眼：“让他滚得远远的就是了。”

程据瞧着董猛吃瘪的样子，在旁暗暗好笑。手中却是不停，顺手故意布下一个漏洞，贾后棋艺本就甚强，得了对方漏洞毫不放过，不过数步，就扭回局势，直逼着程据告了输。

程据见贾后心情大好，也微笑着告辞出来。他刚走到檐下，却见董猛也站在前头，似在等小黄门来送伞。董猛瞧见程据，心中本就有气，此时冷冷道：“程太医棋艺大进，真是可喜可贺。”

程据不理会他的讥讽，快步走到他身旁，状似观雨，却缓缓道：“我偶有听闻，刘渊与琅琊王来往似密。”董猛微微一愣，似有不信：“你的消息属实？”琅琊王与贾后素来不合，三年前更有入京之事，触过皇后娘娘的大忌，是娘娘心头最恨之人。

程据望了一眼瓢泼的雨势，遂摇头道：“我身在太医署里，都是听同僚闲话罢了，哪里作得了准数。”

殿外风雨更骤了些，夹着滚天惊雷，瓢泼似的大雨不断地往窗棂上砸，天色也墨了几分。

董猛心里却冰凉一片，情知此事若为真，贾后定然饶不了自己，第一个就要拿自己开刀问罪。他连忙作揖道：“是老奴查得不周详，竟未知道这些，还望程太医相救。”他本站在宫檐下，此时半个身子已在雨中，内外衣衫湿尽，连靴上都能浸出水来。

程据负了手，闲闲地望着外面风雨如晦：“我有一人，也许可为黄门分忧。此人名叫靳准，是臣远房的表兄，为人精明能干，只可惜时运不济，一直博不得功名，不知董黄门那里可有空缺？”

董猛至此心中已然明了，程据布如此大一个局给自己钻，就是为了塞这么个人进来。时至此处，他岂能说不？思忖再三，董猛沉吟道：“宫中禁军尚缺个禁军左卫率，不知……”他望着程据的目光中有几分犹豫。程据哈哈大笑：“此缺甚好，正适合我这位表兄。”

董猛心中犹自惶恐，又道：“只是刘渊之事，还望程大人在娘娘面前多多包容几分。”

程据见目的达到，对董猛也客气许多，轻轻笑道：“娘娘位高事忙，怎能小事都顾及到，你我都是娘娘身边最得力的人，自然不用事事都让她太烦心。”

第六回

风落钗头

贾后宣召了阿琇数次，可阿琇皆以抱病在身推诿。贾后又气又急，更让人将吴王与赵王的两个世子都好生看管。阿琇心中虽有千般不忍，但自那夜和刘聪一番彻谈后，却也明白断不可用白虎符去交换阿邺的性命。贾后直恨得牙痒，却也无计可施，她于是日日派了看守阿邺的小黄门去阿琇宫里禀报，说吴王今日又未进食，吴王背上的棒疮又犯了……阿琇忍不下心，索性关了宫门不让那小黄门进来。可水碧却偷偷哭了好几次，常偷偷拿些果子糕饼，让小黄门给吴王送去。

过了几日，那传话的小黄门忽然不来了。白袖有些惊心，私下悄悄对阿琇道："公主，如今没有消息递来，吴王该不会是出了什么意外。宫里传言，连成都王都被皇后娘娘派出京去了，据说是去了邺城。"阿琇一怔，她虽然得了刘聪的保证，但心里仍然七上八下没个数，她兀自装作无事的样子，平静道："吴王不会有事的，你没事就去劝劝水碧，让她不要夜里啼哭了。"

白袖"喏"了一声，自言自语道："说来也怪，这几日水碧竟不哭闹了，但我瞧着她像有什么事瞒着一样。"

阿琇心里的诧异只是一闪而过："她毕竟年岁还小，乍遇这种生死之事，有些瞧不开也常有。"

天气渐转炎热，这天有个面生的黄门忽然来传话，万寿节已至，还请清河公主去太极殿见驾。阿琇心中恍惚，父亲的寿辰要到了？

白袖去喊水碧来给阿琇梳妆，可怎么也找不到水碧的人影。白袖按捺住心中的不安，先给阿琇梳头，却忽然道："公主，你的珠钗怎么不见了？"

"哪支珠钗？"阿琇略一怔忪。

"就是那日东宫的刘主簿送来的七宝琉璃珠钗，公主日日戴在头上，怎么现下却找不到了？"

阿琇心中大惊："那支珠钗十分要紧，可是随手放在了哪里？"白袖着急万分，眼泪便滚了下来："公主梳头日日都是水碧服侍的，可现在这小妮子也不知道去了哪里。"

说话间，黄门又来催了数次，阿琇情知也来不及再找。只得深吸一口气，强捺住心中的不安，匆匆随他而去。

一时进了太极殿，却是前朝拜祝已过，正开了宴席燕乐。

阿琇因是去得晚了，一个人独独地站在殿中，更显出几分注目。一时席上众人皆不免向她看来。众人的目光中有一缕笑意尤为熟悉，她皱了皱眉，侧头避开了贾谧似笑非笑的注视。

贾后故意不给阿琇台阶下，只侧了身对着身旁的妹妹贾午说话，反倒是坐在正中的皇帝注意到了阿琇，他对她却很是和善，目中露出了几分笑意，嘻嘻笑道："阿……阿玖，坐到……到朕这里来。"贾后脸色陡变，紧抿了嘴唇一言不发。

席上略有心人都听到了皇帝的这句话，更不免向阿琇打量上下，目光中颇含深意。车骑将军王衍为人持重，皱眉道："陛下，谢昭仪已经去世多年，这是谢昭仪的女儿清河公主。"皇帝茫然地低头沉思，口中兀自喃喃念着："阿玖……阿玖……"

碍于诸王在场，贾后也不敢做得太过分，咳了数声道："阿琇既然来了，就在东海旁边坐下吧。"东海坐在席上，看到阿琇时面色已是很难看，见阿琇过来落座，更是不屑地扭过头去。

然而在她转头间，阿琇却看到东海头上簪了一支明晃晃的珠钗，凤头点翠，珠晕熠熠生辉，不正是自己那支七宝琉璃的珠钗。她霎时脸上血色全无，差点踉跄栽倒。旁边却有一人扶住了她的胳膊："公主小心些。"她侧头看去，董猛稳稳地扶住自己，他目光中流露些许安慰之意，却微微对她摇了摇头。

一切都被贾后收在眼中，她满意地点点头，忽然开口道："前些日子宫里出了件不小的事，想来各位都听说了。"阿琇心中一紧，却听她顿了顿，续说道："吴王行动无礼，冲撞本宫。"

她绝口不提阿邺是与贾修打架，却说是冲撞了她，这是要把阿邺往死路上推。阿琇心里更慌，心知自己既失了珠钗，对贾后再无利用价值，不知道她要怎么发落自己姐弟。

可贾后一转话题，却道："陛下膝下三女，始平尚幼，东海和清河都到了及笄的年纪，本宫想着该为她们俩指两个好夫婿了。"她的目光一扫贾谧和贾午，贾午低头不敢对视姐姐的目光。贾后转头却对阿琇一笑，徐徐道："清河虽不是本宫亲生，本宫却视如己出。不知可愿由本宫指婚。"她状似温和，眼神却十分狠厉。

阿琇见状不妙，遂把心一横，反而平静了下来，缓缓道："儿臣宫里有个小宫女，名唤水碧，日日服侍儿臣梳妆，十分得心。她从前是从皇后娘娘宫中出来的。这几日不知贪玩去了哪里，还盼皇后娘娘做主，替儿臣寻找。"

贾后乍听她当众提及此事，目中有几分躲闪，她冲着董猛使了个眼色，明知故问道："噢？还有这样的事，董猛你去查一查，看这小宫女是不是走失了。"

阿琇微仰起脸来凝视着贾后，既不退下，也不接话。

董猛硬着头皮赔笑道："此事交给老奴，定给公主一个交代。"

阿琇神色只是寻常，略对贾后福了一礼道："如此，阿琇便全听母后吩咐了。"

"便到了这个时候，你还忘不了提条件？"东海不知何时转过头来，目光对准了阿琇，却都是讥讽之色，她轻轻抬了抬下巴，指了一下坐在席末一个黑胖的壮汉，轻声道："二妹，瞧见没有，那是你未来的夫婿呢。"她说着犹不解恨，又凑近阿琇耳边道："听说你这位贤夫孔武有力，能生吃人肉，十分威武呢。"

"玄泰，你过来。"皇后忽然朗声唤道。

那个黑胖的壮汉应声走到席前，他身高足有八尺，十分的壮实。只是他身着匈奴服侍，面目也不似汉人那样清俊，多了几分粗犷之气。

"这是匈奴五部右将军刘渊的长子刘和 ，快给陛下行礼。"

刘和十分憨笨地行了一礼，模样滑稽可笑。

皇帝瞧着却十分亲切，忽然开口道："爱卿这样高大，可爱吃些什么？朕让人给你做些吃。"

刘和也不客气，粗声道："臣最喜生食肉块，来二斤便可。"

座中略为胆小的女子都惊呼失色。

贾后极是得意，道："来人呀，给玄泰上二斤生肉。"

不多时，左右便端上了一盘血淋淋的生肉。刘和面不改色，抓起便大嚼特嚼，一时血腥味四溢，众人都掩鼻皱眉。

皇帝又是惊讶又是新奇，问道："生肉滋味如何？"

"回陛下的话，"刘和腮中仍在嚼动，嘴边还有血丝，模样十分吓人，"猪肉略酸，不如人肉鲜美。"

这下连在座诸王都忍不住了，齐王也喝道："大胆，怎敢在御前无礼。"

刘和毫不惧他，反而瞪了他一眼，却道："臣自小就食人肉，不知王爷所谓的礼是什么？可以吃吗？"

齐王被他噎的说不出话来，贾后大是快意："玄泰今日方入宫为陛下贺寿，本宫瞧着仪表堂堂，可尚与公主。"贾后瞥了一眼阿琇，笑得愈发暧昧："玄泰你意下如何？"

"臣当然愿意娶公主回去。"刘和虽然愚钝，贾后的这句话却听懂了，喜滋滋地跪了下来。他身材实在高大，跪下来了也不比寻常人矮多少。而他举止显得木讷又笨重，更透出几分粗陋来。

诸人皆露出不忿的神色，岂有将国朝公主许配给卑下的匈奴人之理，何况还是这样粗鄙的一个胡人。阿琇却陷入一阵困惑中，此人是刘渊的长子，难道他是刘聪的大哥么？她细细地向他打量去，却见他相貌与刘聪绝不相同，刘聪相貌俊雅，举止皆与汉人无异，他的行动却都十分粗鄙，一看便知是胡人。

"二妹，恭喜了。"

东海十分快意，上次被贾谧拒婚，如同当众给了她一个耳光。她闭门在寝宫里待了半个月不出门，这次听到母亲说要给阿琇好看，她才专门盛装打扮了来看阿琇的笑话。况且母亲还说与姨母商量定了，今日席上定要让贾谧把自己娶回去。她想到了贾谧的堂堂姿仪，心中不免更喜，目光盈盈地便向贾谧望去。

贾谧却站起身来道："上次皇后娘娘千秋宴，臣已向娘娘求娶清河公主，娘娘可还记否？"

贾后冷冷道："是吗？本宫怎么不记得了？"她今日定要出一口恶气，把阿琇许配给这粗鄙的匈奴人。旁人瞧着刘和越不堪，她偏就越舒心。她不欲再理贾谧，就要如此发落了阿琇。

贾谧凑近了贾后，在她耳边低声说了几句什么，皇后忽然面色大惊，迟疑不定起来。

贾谧依旧笑道："皇后娘娘可想起了吗？"

贾后恨恨地盯着贾谧，却见贾谧一双俊美的眸中毫无半分退让之意，她只能咬牙道："本宫出言，自然有信，你既然要娶清河，就依你罢了。"

席上众人都想不到事情会有一百八十度的大转弯，一时间都看向了阿琇这席。东海难以置信地睁大眼睛盯着贾后。贾后哪敢与女儿目光相接，只侧着头假装夹菜。

经此一变，齐王适才心中不快，此时得了机会便冷冷地瞧向了依然站在席前的刘和，却朗声道："清河公主既然择定佳婿，却不知东海公主与皇后娘娘相中的这位刘玄泰可有缘分？"

东海大怒，一伸手就推翻了面前的酒盏，满满的琼酿泼了阿琇一身。她恨恨地看着阿琇，恨不得立即就将她生吞活剥。

贾后面露尴尬，吞吞吐吐道："此事还需再议，再议。"齐王冷笑数声，退回自己的座上，但仍是咄咄逼人道："皇后娘娘亲口所说，玄泰可配公主，此言诸公都已听闻，怎能作罢？"

程据暗暗长叹，在旁一扯皇后的袖子，示意不妥。贾后看了看地上跪着的刘和，想起他下午入宫带来的刘渊起誓相助的密信，心知若不答应让他为驸马，无疑就是当众羞辱了刘渊。可她望了望自己的女儿，东海脸上满是震惊又愤怒的神情，毕竟骨肉亲情，她如何能忍下心来。

贾后迟疑再三，终是咬牙道："刘和确为公主良配，可尚与东海。"

刘和低头谢恩，他低下头去，声音浑厚，看不到他的表情。

皇帝虽然心智不清，却也听明白宫里要办喜事了，连连拍手叫好。皇帝都说好，谁敢不附和，在座诸人皆起身磕头祝贺天家之喜。

东海闻言仿佛被人抽去了筋骨，一下子瘫坐在席上，竟是晕厥了过去。

贾后又是心疼又是慌乱，赶紧命程据去看东海。席上一时间乱作一团。

两位公主一起出降，这是国朝从未有过的盛事。朝中商议数日，方才定下了出降的仪制，从"采纳"到"问名"至"纳吉"、"纳征"，再到"请期"、"亲迎"，六礼俱备，也足足折腾了数月之久，等到真正出降之日，已是秋日已尽，冬寒转凉。

东海是贾后的爱女，此番又是远嫁匈奴，贾后心里纵有千般不舍，但为顾全大局，也只好忍痛割爱，她能做的只是用百般的尊荣赐给女儿。按照仪制，长公主出降的礼聘也不过用绢两百匹，可贾后一次就赐了五百匹给东海，至于其他卤薄车驾，都比拟了皇后的仪制。

相比起东海，阿琇的嫁妆就薄陋得多，贾后打定主意不让阿琇好过，除了赐给她两个负责仪制女长御，其他一概简而又简，简直连普通公侯大夫嫁女也比不上。这何止阿琇宫中怨言颇大，连贾午也颇有怨词，入宫求见皇后好几次，可贾后干脆连亲妹妹也不见，显然是彻底恼怒贾谧到了骨子里。

这日天气阴沉，清晨天方露白，便疏疏密密地下起了小雪。

送仪礼的宫人刚到茶菽殿，白袖恰好自膳房取了暖汤回来，却见冯阿姆引着一个熟悉的人儿走了进来，却是水碧回来了。白袖瞬时眼圈就红了，冲上去握住了水碧的手。

水碧离开的这些日子，瘦了许多，原来圆圆的下巴瘦得脱了形，面色又黄又暗，看上去吃了不少苦头。她随着冯阿姆进了房来，哭着跪倒在地："奴婢是被猪油蒙了心，以为听了皇后娘娘的话就能救出吴王殿下。所以奴婢就……就偷了公主的珠钗……"

"真的是你出卖了公主？"白袖不敢置信地睁大双眼，恨恨地瞪着水碧。

水碧说到这里已是泣不成声："谁知皇后拿了珠钗并不放人，反而把奴婢也关了起来。奴婢心知难逃一死，想不到公主还会救我出来。"

"别说了，你回来就好。"阿琇瞧着她狼狈的模样，想起曾经相伴的时光，心中也是不忍，不愿开口质询。

冯阿姆却是厉色："这妮子背主弃义，是留不得的。"白袖紧咬双唇，也是一言不发。

水碧哭得哀切，磕头连连道："奴婢不求公主能原谅，只是想当面向公主请罪。"

阿琇心里堵得慌，珠钗是母亲留给自己唯一的遗物，更何况它还包含了白虎符的下落，如今却被弄丢，她实在心情难以平静。可她瞧着水碧哭着可怜，想来她确实一片真心为了救阿邺出来，也不忍再苛责她，只点头道："罢了，那珠钗丢了就丢了。你还是回来侍候吧。"

冯阿姆见了也只能作罢，摇头领着水碧出去。

白袖走到外间，见寝殿门前堆了数丈高的红绡，数十箱宝函，便知是宫外贾家的彩礼送来了。她转过廊厅，却见着有个身影颇为眼熟，赶紧便去给阿琇报了信："公主，贾府送彩礼的来了，奴婢瞧着来的人是上次给公主送珠钗的那位。"

阿琇闻言一怔，起身径直就往外走去，白袖很少见到公主这样失态的模样，一时倒有些心中纳罕。阿琇走到廊下，果见刘聪负手立在那里看雪景，雪片不断地落在他的衣襟上，与他鬓上的发巾同色。

偶有风起，阿琇身上一寒，忍不住打了个哆嗦。却见他转过头来，目也不瞬地望着自己。阿琇瞧着他身上换了骁骑的服色，忽然想起皇后对刘和的亲近，心里生了冷意，便道："恭喜将军，高升了校尉。"

"阿琇，"他目光一闪，似是不信一般，"你何时与我如此生分？"

阿琇转过身去，背对着他，鼻子却是发酸："这里是落魄之地，最受皇后嫌恶，恐会耽误将军富贵前程。将军父子都是朝中炙手可热的红人，以后还是少来往的好。"

"阿琇，你怎么会误会我这样深？"他有点着恼了，"我千辛万苦央求了大哥来救你出苦海，把一门的脸面身家都赔上了，你就这样来感激我？"

"阿琇，这次确实是你误会了玄明 。"柱后忽地转出一个人来，却是成都王司马颖。

"十六叔。"阿琇看到司马颖，眼圈顿时红了，又是委屈又是难过，"我的珠钗被皇后夺去了，那珠钗里藏有白虎符的秘密。"

"这事我已经知道，虎符的事不用急，我们要慢慢想办法。"司马颖这次是悄悄回京，已经打听清楚了发生的事。他见阿琇对刘聪颇有误会，便解释道："这次刘和来京虽然是奉了父亲之命，但他得知你和阿邺被皇后所囚后，就出了金蝉脱壳之计，想先假意把你娶回匈奴，到时候只要出了宫离开了贾后的视线，你便可以安然解脱了。"

"那莽……莽夫……"阿琇对司马颖自是深信不疑，一双秀目却瞧向了刘聪，目中有些疑虑，改口道，"你大哥是你央求来京的？"

刘聪负着手来回踱步，叹了口气道："我大哥虽然样貌粗犷，却并非鲁莽无礼之人。"刘和是刘聪的长兄，他其实为人足智多谋，心思又十分缜密，是刘渊麾下最得力的助力。

其实司马颖与刘和这次回京都瞧出了刘聪对阿琇颇有情意，司马颖虽然与刘渊不和，但瞧在阿琇的面子上，也乐得撮合这门亲事；刘和又瞧准了贾后希望阿琇不得善终的歹毒心思，便故意装出一副愚笨凶蛮的模样，骗得贾后将阿琇许诺嫁到刘家。

到时候只要把亲接走，远到塞外，阿琇真正嫁给谁就不是贾后能做得了主的了。此计原本天衣无缝，谁料贾谧从中插了一手，将亲事捣乱，而齐王出于义愤，更是乱中添乱，如今刘和被迫要娶东海，已是骑虎难下；阿琇却要嫁入贾家，实在是阴错阳差。

阿琇听罢司马颖解释原委，目中含泪，低声道："是我错怪你们了。"

"只是如今施计不成，只能涉险将公主救走了。"刘聪叹了口气道，"今日王爷费尽辛苦，才得了机会带我入宫来救公主，公主只需跟侍女调换服饰，然后跟我们出宫，到时候宫外我大哥已经安排好了人马接应，星夜就可以带你离开京城。"

阿琇恍然大悟，心中感激刘聪与十六叔的周密安排，却又想到了些什么，问道："你大哥既然是奉命来京，这样带我仓皇逃走，岂不是之前在皇后面前的乔装做作都会暴露？势必还会影响你大哥的前程。"

刘聪兄弟其实也早已经想过此节，这样做是最下策。但事出仓促，司马颖皱眉道："虽是不妥，但也只能如此了，你赶紧去换衣服就是了。"

"我宫里只有个白袖，是我的贴身侍女，"阿琇细细想了一瞬，摇头道，"我如果跟她对换了服饰，那她必然会因此丧命。"

"这些我们都已有安排。"刘聪轻轻击掌，白袖便从殿内走了出来。

"公主你先走吧，奴婢不怕留下来。"白袖此时听阿琇提到自己，忙说道，"何况奴婢是个小小的宫女，皇后娘娘也不会对我怎么样的。"

阿琇握住了她的手，只是摇头："水碧差一点就没了性命，我决不能再让你有事。"

白袖猛然有些失神，转头望了刘聪一眼，目中已是泪光盈盈，过了片刻才道："公主，奴婢不怕。"

"连白袖也是你们的人？"阿琇瞬时已是醒悟过来，忽然意识到刘聪为何在宫中能够数次轻而易举地见到自己，事事都这样轻易摆平。

白袖有些尴尬地低下头去，司马颖却目不转睛地望着阿琇，柔声说道："快些换衣裳吧，再不出宫就赶不及了。白袖只是个小宫女罢了，等你走了本王再想办法把她接出宫来。"

白袖领着阿琇去换过衣衫，刘聪上下打量阿琇，只见她身着丫鬟的紫碧纱纹双裙，虽未施粉黛，芙面却自有丽色，在人群中实在打眼，他想了一瞬，伸手沾了些煤灰，轻轻擦在阿琇脸上。阿琇一躲，这才反应过来他是要遮住自己的丽色。他在阿琇两颊都抹了些灰，灰尘扑面瞧不出本来面貌了，满意道："这样便妥当了。"

当下无话，司马颖入宫备了马车，原本是让刘聪领了送聘使者的差事，此时混出去时便让阿琇站在马车之侧，装作是随侍宫女的模样。

几人行至凤楼门前，守城士兵验过刘聪的腰牌便示意放行。眼见着身后巍峨的帝阙越来越远，阿琇长长地吐出一口气，刘聪拍了拍她的手，目中露出几分安慰之意。

正此时，忽听守城士兵齐声道："见过贾公爷。"

三人都是一惊，阿琇下意识地低下头去，大气也不敢透。刘聪左手拉住了她的柔荑，右手却按在了腰间的剑柄上。

到底司马颖沉稳些，抬头望去，只见贾谧和程据两人竟是并肩而来。贾谧见到司马颖微微皱起眉头，道："成都王不是去平阳了吗，千里迢迢的路程，王爷竟是来去随意得紧。"

司马颖从容道："本王听闻齐王殿下患病，有几分担心，特回来探望。"

"哦？"程据却嘴边含了笑，目光在阿琇身上一转而过，瞥过刘聪按着剑柄的手，语气仍是淡淡的："既是给齐王探病，怎么王爷又在宫里？"

刘聪倏然反应过来，把僵直的右手悄悄放了下来。

司马颖反应十分快，淡笑道："本王和太医一样，在宫中也有牵挂，不可以一探吗？"此语便是赤裸裸地挑衅程据了。程据面上终于露出了尴尬，十分不悦地重重"哼"了一声。

所幸贾谧似是满怀心事，并没有注意到他们的这些举动，只一点头道："既如此，王爷请便。"他清清淡淡地一行礼，便领着程据而去。刘聪没想到竟这样容易就混过去了，他这时才感觉到阿琇的手心里全是冷汗。

两人直走得看不到人影了，司马颖方才转过头来，心内如同放下一块石头，对阿琇和刘聪说道："走吧。"

城里最大的客栈名唤"上元居"，这里地处洛阳城繁华的南市与北市的交汇处，终日人流不息，热闹非凡。司马颖在这里早已订下了三间客房，此时安顿刘聪和阿琇住了进去，瞧着阿琇面色还是苍白得紧，知她心中害怕，便对二人说道："过了午后我还要去大牢里把阿邺弄出来，晚上大家就可以起程上路了。刘聪你带着阿琇去南市上转转，替她买两身合适的衣衫，穿着宫中服饰赶路终是不便的。"

阿琇一听要去救阿邺，赶忙道："十六叔，带我也去大牢。"

刘聪笑道："你又无武功在身，去了大牢王爷还要分身救你，你还嫌不够乱吗？"

阿琇有些不好意思地低下头。

刘聪望着司马颖，诚恳地说道："王爷，我有一家臣名叫匐勒，武功十分了得，可做王爷助力。"说着他高声唤了一声，一个身材十分高大的羯族汉子便走了进来，粗声粗气道："匐勒见过四公子。"

刘聪忙道："还不先见过王爷和公主。"那汉子并不施礼，只用不太标准的汉话说道："訇勒只认得四公子，并不认其他人。"

阿琇见此人体格雄壮，额头宽广，颧骨很高，双眼若铜铃一样，相貌十分凶恶，心下也有几分害怕。司马颖却赞叹地击掌称赞道："好一个猛士。"

刘聪微微一笑："王爷若看得中此人，便让他随着同去大牢吧，也许能帮上些小忙。"

司马颖望着訇勒问道："你可愿随孤王走一趟？"

訇勒大声道："四公子有命，訇勒誓死完成。"说罢，便自去门口守卫。

司马颖望着訇勒的背影，起了爱才之心，问刘聪道："訇勒是重义之人，这样好的侠士你从哪里寻来？"

刘聪道："说来还是几年前，有一天我从东朝门过，远远地瞧见驸马都尉王济揪着一个壮汉不放，旁边围了不少人。我瞧着那壮汉做羯人打扮，心生了几分相惜之心，便过去问个究竟。却原来是那汉子不小心冲撞了驸马的车驾，惊了他的大宛宝马。王济不依不饶，定要这汉子赔马来，这汉子一看穿着就是贫贱之人，哪里赔得起马，当下涨红了脸在原地，任王济如何喝骂也不吭声。"

阿琇听了直皱眉："王济也是当世数得着的名士，又是驸马都尉，怎么这样的小气市井。"

司马颖却知道缘由，他想着王济为人那副样子，忍住笑道："你有所不知，王济说起老庄来侃侃而谈，有名士之风，可他爱马如痴，什么事只要涉及到他的马，他便像换了个人。"

刘聪也觉得好笑，说道："正是这样。恰好那几日家中送来了一匹西域名马狮子骢，我过去问清了缘由后，便将这马赔给了王济，给那壮士解了围。"

"那这壮士从此就跟随于你了。"阿琇接口道。

司马颖却沉思不语，心想这样的壮士绝非一匹马就能换来的。却听刘聪续道："没想到那日晚上我下朝回家后，这壮士竟跟了我来。说自己名叫訇勒，是羯族的逃奴，想从此投靠于我，我虽救他一次，却不想惹下这样天大的麻烦。"阿琇茫然无知，司马颖却深知其中关窍，解释道："按我朝律法，逃奴是死罪。收容逃奴也是要连坐受诛的，就算是本王，也不敢轻易冒这样的险。"

阿琇大是愤愤不平："这是什么臭规矩，让人为奴本来就是陋习，逃出来还要杀掉就更不应该了。"

刘聪苦笑道："我给他讲清了其中关节，訇勒便拜了三拜，自是去了。我本以为此事就此了结，却不料半个月后，我从南市经过，见路中间诛杀几个死囚，我无意抬头望了一眼，却正好瞧见訇勒就被绑在断头台上。”

阿琇大惊失色：“他被发现是逃奴了吗？”

“我起初也这么想，”刘聪摇头道，“便过去悄悄打听了一下，却得知这次是王济的族弟王敦要杀他。原来那匹大宛马是王敦打赌输给王济的，他瞧着王济得意洋洋地又领了匹更好的狮子骢回来，心中生了嫉恨之心，就找了个由头，说訇勒相貌凶恶，空有奇志，把他抓了起来。”

“荒唐，荒唐！”阿琇气得脸都涨红了，“王氏兄弟亏得还出身于琅琊大族，怎么这样小肚鸡肠，荒唐可笑。”

司马颖感叹道：“有时候愈是出身豪门大族的人，反而愈发地心胸狭隘，不能容人。”

刘聪说道：“我当时也想起王氏是琅琊郡的望族，便去求了琅琊王，这才留下訇勒的一条性命，但经此之后，难保王氏兄弟不会再找訇勒麻烦。琅琊王也颇为喜爱訇勒，索性替他脱了籍，让他做了我的家臣。”

阿琇这才呼出了一口长气，拍手叫好道：“久闻琅琊王慷慨豪迈，如今听聪哥哥一说，果然名不虚传。”

司马颖脑海中却转过一个念头，琅琊王竟是常在京中的，怎么自己从未听说过此事？然而这个念头只是一闪而过，他瞧了瞧外面的天色，便说道：“时候不早了，我们也该动身了。”

第七回

雪落霜天

铜驼街以南，比不得御道的宽敞平坦，瞬时就窄了一半。然而市井之中，自有一番繁华景象，且说城南就有金陵、燕然、扶桑、崦嵫四馆，安置各国使臣与商贩，而过一条五龙渠，更有归正、归德、慕义、慕化四里，这里住的多是朝中大臣与贵族。在燕然馆以北，还有一处“四通市”，专是诸工商货殖之民在其中谋生，五味八珍，仆隶毕口，无所不贩，而挑夫走卒摩肩接踵，吆喝叫卖之声，充盈于市。

刘聪领着阿琇逛了两个江南商人开设的绸缎铺子，便相中了两套换洗的衣裙，一套绛碧色的结棱复裙，一套鹅黄的纱縠双裙，都是素绢里子内夹丝絮的，穿起来又暖和又不显得臃肿。

阿琇换上了鹅黄的那套衣裙，只见裙边的香色百蝶绢的镶边恰恰垂到足边，更显得身姿苗条、足踝纤细，十分的好看。她转头只见刘聪正看着自己，目光中露出几分满意欣赏的神色：“这衣裙颜色正适合你。”

铺子的老板娘瞧着连连称赞：“你家大人真是细心得紧，挑的料子是眼下最时兴的，夫人穿上了实在好看得紧。”

刘聪笑而不语。阿琇双颊一红，低声道：“他并不是我的夫君。”

那老板娘瞧见阿琇并未改妇人装束，又瞧瞧刘聪行动对她颇有维护，恍然大悟：“你们还未成亲吧，那可要多选几套时兴的嫁衣。”说着又盛情推荐了好几套大食国远货来的绣樱双裙，价格很是不菲，刘聪笑着让全都包下了。

两人满载而归，阿琇有些不好意思地说道：“这家老板娘很会做生意呢。”刘聪随口道：“谁让她能恭维得恰到好处。”阿琇细细想了想他话中的意味，忽然红了脸。

她无意中回转头时，忽然望见不远处的胭脂铺子里进去了两个青年男女，手挽着手，十分的亲昵，她有一瞬时的恍惚。刘聪瞧见她神色有异，问道：“是你认识的人？”

“可能是瞧错了。”阿琇摇了摇头，到底忍住了没有再回头去看，心里却在奇怪，献容不是在皇后宫中了吗？

彼时大晋立国已有六十余年，一扫汉魏时战乱连连的景象，正值国运昌盛、百姓富足、天下太平之时。

阿琇与刘聪并肩随意而行，忽然望到前面南市中愈发拥挤，人人都欢天喜地地往前涌去，不知是发生了什么事。阿琇好奇道：“帝都之中，日日都有这样热闹吗？”刘聪算了算日子，笑道：“今日是腊日，城中百姓都出来结社享用胙肉，今日市集上便要更热闹些。”

“胙肉？”阿琇不免怔住，在宫里也食过胙肉，每到腊日，宫里便会用白汤煮好大锅的胙肉，分到各宫里，蘸以椒盐，吃起来滋味淡薄，宫中之人以身材纤细为美，而胙肉十分肥腻，人人畏之如洪水猛兽。

说话间两人便被人潮推到了市井之中，只见偌大的一个铜锅立在十字交汇的路口，那锅足有千斤之重，好几个人也合抱不过来，锅边有四五个小役在添柴翻烧，锅里面热腾腾地冒着白气。百姓人人都拿着白瓷碗，排着长队兴奋地议论着。

刘聪一望便知阿琇的疑惑，解释道：“在宫外百姓们十分穷苦，一年到头也难得吃上一次肉，因而对这胙肉十分的重视。”但他对这么多人排队来吃胙肉也十分惊讶，摇头道：“不过往年里胙肉都是各家各户一起凑钱买来煮的，怎么还有官兵衙役在这里煮肉？”

阿琇又是好奇又是惊诧，不知不觉就被推到了队伍之中，一个老者瞧着她茫然无措的样子，便递给她一个洁净的白瓷碗，乐呵呵地笑道：“姑娘，在后面排着吧。今年的胙肉是成都王府开锅煮的，格外的香呢。”

阿琇和刘聪相视一笑，十六叔平时外表严肃，但其实心地善良，最是体恤百姓。他们俩便乐滋滋地也排起队来。

满满一大碗胙肉，只是清水煮成，并没有半点调料，阿琇捧着碗就开始犯愁，这如何吃得下去。可她瞧着旁边的百姓都吃得十分香甜，不少人连碗底的油汁都用开水涮了喝了下去，十分满足的模样，就连刘聪也不以为意，和身边百姓一样大口大口地将胙肉吃了个干净。阿琇迟疑地轻轻咬了一口，满嘴都是油腻的滋味，因为没有加调料，甚至还有点淡淡的膻味。

这时雪小了些，天上只是下着雪珠子，撒盐一般，细细地落在肩上。众人在雪里吃得香甜，都不觉得寒冷。

只听适才递给她碗的老者对旁边另一个年轻人说："今年这胙肉这样的好，吃起来比往年的都要香些。"

那年轻人穿着一身布袍，袍角还缝补了几块，看起来却像是个清苦读书人打扮，他却说道："老伯有所不知，满朝之中只有成都王最能体会百姓疾苦，可不比那当今圣上。"人群本来都是嘈杂的，听他提到圣上，忽然都安静了下来。

阿琇听到世人在说父亲，到底心中滋味复杂，追问道："当今圣上怎么了？"

老伯连连摆手："莫议国事，莫议国事。"

那个年轻人却十分倔强，仰着头道："有什么说不得的，这天下谁人不知道。前年发大水，民间淹死了多少百姓，许多人吃树根草皮都吃不饱，可消息传到我们圣上面前，圣上竟然问道：'百姓吃不饱饭，为什么不吃肉糜'？"

他此言一出，百姓中都是一片啧啧之声，虽不敢高声喝骂，但人人都露出了激愤的表情。阿琇顿时呆住了，她想不到她的父亲是这样的昏庸暗弱，在天下人面前都是笑柄。她羞愧地低下头去，埋头便开始吃碗里的胙肉，眼泪却滴到碗里，混在肉汤里，一时也辨不出滋味。

刘聪有些担心地瞧着她，却见她一口气将碗里的胙肉都吃了个干净，连汤底都喝掉了，再抬起头来时，已是满面泪痕。阿琇将白瓷碗洗了干净，恭敬地放到那老者手里。那老者胆小怕事，见煮胙肉的官兵都向这边看过来，便赶紧收拾了东西走了。

刘聪不欲引人注意，于是带着她走了很远，两人走到南市尽头的柳亭方才停了下来。这里已经毗邻城郊，出了城不远处就是大片大片的菜地，只是因为正值冬日农荒，地里都是尺深的积雪，一个人影也没有。

柳亭是离京送别的驿站，常有人在这里设宴相送，折一枝柳遥寄。如今寒冬腊月，却少有人远行。

两人坐在柳亭的石阶上，刘聪叹了口气，低声道："莫听别人胡说，那些话也只是市井传言夸大之词，作不了数的。”他虽是这么说，但心里却是信了那些市井之言的。阿琇抬起头来，一双发亮的眸子里都是朦胧的泪光，她此时似一只迷惘的小鹿般小声抽泣着。刘聪心下也有几分难过，伸臂将她揽在怀里。

阿琇身子微微一僵，顺从地依偎在他怀中，轻轻地把头靠在他的肩上。身边的这个人是她自幼就全心信赖的。她受了太多的惊吓，实在是太累了，只有在他身边才能感觉到安心。阿琇如今最需要的，就是这样一个肩膀，能让她困顿一瞬，歇息一瞬。她缓缓闭上眼睛，心中松弛下来，竟沉沉睡去。

他忽然想起第一次见到她的模样。

那时她只有五六岁的年纪，有一天午后，她忽然赤着双脚跑进太子的宫殿里，打断了太傅的讲学。当时自己还只是太子的陪读，坐在太子身后，静静地看着太子含笑把她抱在膝头，她忽然从太子的肩上伸出小小的脑袋望着自己，对自己笑了笑，五官精致得像个瓷娃娃，柔顺的齐肩发散开来，美好得像是午后微醺的阳光。

而这个灵动而美丽的生命却如同一个精致的花瓶一样，总是会受到伤害，仿佛时刻都要跌落得粉碎。他心中暗自打定主意，他誓要护她一世。

他凝视着她樱红的双唇，轻轻低下头去，吻住了她。

她惊醒过来，只是惊愕了一瞬，随即便羞涩起来。

她轻轻闭上双眸，接受他深深的一吻。

雪珠落下无声，只淡淡地在他们肩头覆上一层清霜。

她闻着他身上淡淡的墨香，偷偷睁开了眼睛，打量着他俊秀的轮廓，心中忽有几分安定。

每个少女心中，大抵都有这样一个男子，英俊而又翩翩风度，落难的时候相遇，从此不离不弃。

飘飘洒洒的雪霰子落在潮湿的土地上，升腾起薄薄的一层青烟，笼着苍茫的四野，如梦似幻。天地间偶有几只大雁穿梭，却只是一瞬就消失在烟雾里。

他望着天边的去雁，忽然言道：“阿琇，你瞧见过大漠吗？”

阿琇轻轻地摇了摇头。

“我就出生在大漠边的水草地里，”他轻声道，“那里的景色很美，小时候我就和阿妈一起在那里生活，大漠荒原、戈壁连天，虽然看着很萧瑟，却总让人觉得温馨。”

“那定然是很美的。”阿琇遥想着他所描述的景象，心中勾勒出一幅长河落日的图景，一时间亦是醉然。

他含笑瞧着她："这次回去，我就带你去瞧大漠好不好，阿妈若是看到了你，一定会很喜欢你的。"

阿琇羞红了脸，过了半晌方才轻声回应道："你阿妈真的会喜欢我吗？"

"当然，我阿妈最是和蔼不过了。"

"听说你们匈奴连女子都擅长骑射，我却连宫门都没出过几次……"

"我阿妈也是汉人女子，她性子很温婉，也不爱出门，平日里就在房中绣些花鸟帕子，"他话中渐有惆怅，"只是我已经十年没有回去过了，不知道阿妈还好不好，是不是头发都白了。"

阿琇想起他八岁就被送进洛阳做质子，再没有与父母相聚过，心下触动不已，轻轻地握住他的手："不管去哪里，我都会一直陪着你的。"

他瞧着她的举动，心下欢喜到极处，执了她的手贴在心上，大声说道："阿琇，你再说一次。"

她温柔地低下头去，声音细若蚊呐："不管天涯海角，我都会陪着你。"

他人生从未有过这样的喜悦，舒展双臂将她举了起来。她吓得大声尖叫，他却不以为意，又将她揽入怀中，良久，方才低声道："阿琇，这是我这辈子最欢喜的时候。"

她温存地埋首在他胸前，长发散落，如泄玉春水，延展在他襟前。

两人依偎着徐徐地说着话，心内辗转却觉温馨。

眼睁睁瞧着日头一点点落下，方才回去。他们俩回到客栈的时候，已是夕阳西下，暮色渐浓。

冬日苦寒，北风阵阵，直刮得脸上发冷，可两人手牵心暖，只觉竟如身在春天，旖旎无限，都不觉寒意。

远远走到铜驼路的拐角处，天边忽然飞来一只白色的鸽子。阿琇瞧着新奇："这个季节倒少见有鸽子。"刘聪面上露出微笑，伸手略一召唤，那鸽子便径直飞来，落在他肩上。

阿琇奇道："这鸽子原来是你养的呀。"

"你若喜欢，可以送你几只。"刘聪笑道，伸手解下了鸽子足上绑着的一个小小的竹筒，又从怀中取出鸽食递给阿琇："你可以喂喂它。"

阿琇自是欢喜极了，拿着鸽食在一旁逗弄起来。这鸽子并不畏人，全身雪白透亮，瞧着十分精神。

刘聪展开了竹筒里的薄薄纸笺，读着忽然面色沉了下来。阿琇转头瞧见，便问道："这信里写了什么，可是有什么不妥当吗？"

他面露几分尴尬，迟疑道："一封家信而已，并没有什么。"

阿琇对他满心相信，自然也不疑有他。那鸽子惯是训练有素的，见食物吃完了，便昂着首望着刘聪。刘聪轻轻一挥手，它便摆了摆翅，飞上云霄之中，很快便成了一个小点，再也看不见了。

上元居里炭火烧得旺盛，到了夜里，北风呼啸，伙计们便热了暖腾腾的酒菜来，摆好了宴席又温好了一壶热酒，倒在三个烫过的粗陶碗中。两人左等右等，眼见着菜已经凉了，酒也温过了三回，可司马颖却始终没有回来。阿琇不免生了几分担忧，问道："十六叔这么久还不回来，会不会出了什么事？"刘聪心里也没底，兀自安慰她道："你十六叔的骑射身手都十分了得，又是皇亲贵胄，能有什么事？"

阿琇略放下心来，瞧着窗外乌黑的夜色，竟是一点星月也没有，漆黑黑的更见冷清。她强笑道："既然十六叔不回来，你先吃点东西垫垫，都饿了一整天了。"说着便去拿筷箸，可手一滑，细瓷的花碗便跌在地上摔了个粉碎。她心里咯噔一声，更觉得有几分不吉利。

正此时，却听外面传来了嘈杂声，似是有人要闯进店来，她的心骤然提了起来，向前疾行几步要去看个究竟，刘聪慌忙拦住她："仔细别扎着脚。"

"客官，店里已经住满了，您去别处吧。"外面掌柜的声气透着几分不耐烦。而来人显然更不耐烦，大声道："我只是来找人的，不住店。"说着，靴声霍霍，竟是直向他们所在的房间而来。阿琇惧意更甚，她刚逃出宫来，才感受到一瞬的自由与快乐，唯恐是贾后再派人来抓她回去。刘聪紧紧地搂住她，面上却流露出一丝复杂的神色。

门骤然被推开，裹挟着一丝寒风。

一个清瘦的中年男子裹着一袭墨玄狐裘，立在门口。

刘聪神色一凛，低声道："见过王爷。"

来人正是琅琊王，他目中凶光毕露，很是冷漠地扫过了他们二人："连本王的信你都不回，你还要做什么？"

刘聪面露几分尴尬之色，对阿琇轻声道："你先去隔壁屋里等我一会儿，我有些事要与王爷交代。"

阿琇安静地向琅琊王行了行礼，便侧身出了门去。

琅琊王眼见她掩上了门，方才厉声斥责道："你怎么这样糊涂，竟然同成都王做出这样大逆不道的事来。你将公主劫出宫来，皇后焉能不知？”

“可我实在别无他法，”刘聪争辩道，“怎么能让阿琇嫁入贾家？除了此法，还有办法救她出来吗？”

琅琊王恨铁不成钢，怒道：“你们这样荒唐。十六郎好歹是个王爷，纵使胡闹被皇后抓了，也会念他是先帝之子网开一面。可你却是什么身份，怎么能这样不知轻重？你只知公主如何，却不知你父亲又要如何自处？刘渊身在外藩，好不容易得了朝廷信任，刚得了兵权，你们兄弟却在京中闯出这样大的祸来，你要让你父亲怎样为你收场？”

“父亲又能怎样？这样做小伏低得来的富贵不要也罢！”刘聪受了琅琊王的斥责，面上涨得通红，心中亦是不忿，“父亲在外任多年，从来都是小心翼翼，唯恐哪里惹怒了皇后，却还哪有半点我们匈奴汉子的血气？”

“你糊涂。”琅琊王恨得咬牙，一掌掴在刘聪脸上，他盛怒之下，下手颇重，刘聪半边脸顿时肿了起来，他从未想过一直敬重的王爷竟会对自己动手，一时竟怔住了。

琅琊王下手之后，心里也有些后悔，不由口气软了些，说道：“我知道你惦记着先太子的嘱托，关心公主安危，可如今是非常之时，覆巢之下哪还会有完卵？你将公主带出来，又能带去哪里？普天之下莫非王土，皇后只要一纸诏书下，天下便都是追捕你二人的追兵。到时候你的父亲和兄长不仅不能成你的庇护，还要受你牵累，落得个家破人亡的下场。”

他见刘聪沉默不语，又劝道：“你父亲为何要受这些屈辱？不就是因为国破运衰，族人流离失所，只能寄人篱下。刘渊这些年的做小伏低，在你看来也许是没有血气，但在本王看来他却是勇者气概，牺牲一己换来一族人的平安。身在乱世，多少事只能迫不得已。如今举事在即，你大哥要迎娶东海公主留在京中，你父亲身边很缺人手。他连着来了几封信，催着本王把你带回并州，你今夜就收拾好东西随我走吧。”

他见桌上有温酒，便倒了一盏递给刘聪，又道：“你是本王自小看着长大的，是英雄者岂可儿女情长，白白短了志气？你莫让我和你父亲失望。”

刘聪接了酒盏，尚不及答话，阿琇忽然推门进来，朗声道：“聪哥哥，你该听王爷的话，回并州去。”

“阿琇。”刘聪望着她一双明若秋水的双眸，一时间竟说不出话来。

阿琇却已经拿定了主意：“我决意不会随你走了。十六叔既然被皇后抓了，阿邺还在牢中，我不能扔下他们不管。王爷，你们既然有大事筹谋，阿琇也许能在宫中帮你们完成些许小事。”

刘聪咬了咬牙，过了片刻方才道：“我们的事不用你帮忙，我受你兄长嘱托，我也断不会把你留下。”

阿琇瞧着纷纷扬扬的雪花，声音却低了许多：“你和十六叔救我的心意，我都记在心里。只是活在这世上，都是一条命罢了，谁的命又比谁的命更高贵、更值得呢？”她望着刘聪，缓缓道，“聪哥哥，上次你告诉过我，不能因为一己之私，误了天下的大事。阿琇都记住了，我能做到。”

刘聪虽千般不舍，但见阿琇心意已决，唯有长叹一声。

琅琊王双目如电，冷瞥了阿琇一眼，目中露出几分赞许之色，温言道：“公主既然有这样的胆气，我便派人即刻送你回宫去，趁着皇后还没有发现你的失踪，兴许事情还有挽救的余地。”琅琊王雷厉风行，即刻就命人进来为两人收拾行装。刘聪心知无法挽回，低声对阿琇道：“等我回来，我会带你离开这里。”

阿琇只泪光盈盈地望着他，心如刀割一般，千言万语涌上心头，却终是沉默无语。

临到迎亲那日，只有白袖和水碧在为阿琇梳妆。两人听到不远处东海的宫里传来阵阵丝竹声，心知那里不知是何等的热闹景象，再看着阿琇微薄的嫁妆，都不免垂下泪来。白袖头一个忍不住，却是含泪故作宽慰道：“公主今日出嫁，若是谢昭仪娘娘还在，不知该有多高兴。”

阿琇心中黯然，她转过脸去，瞧着外面赤色的宫墙外晨雾渐渐淡了些，便起身说道：“你们俩随我来，我有东西给你们。”

两人跟着阿琇到了内室，看到她从镜台下取出两只缠丝红木嵌玛瑙的小匣子，慢慢打了开来。匣子里珠光流转，竟让晦暗的室内亮堂了不少，两人只觉眼前一亮，那匣子里盛的都是些阿琇日常用的珠翠首饰，还有数十颗未经镶嵌的鸽卵大小的宝石，皆是上好之物，瞧着十分精致。阿琇轻声道：“你们跟随我一场，我也没有什么赠给你们的。这些首饰虽然都是我用过的，却也值些金银，你们一人一匣取了去，以后放出宫去，还能换些银钱生活，也算是我给你们留个念想吧。”

水碧惊骇得连句完整的话也说不出来，只叫道：“公主。”白袖却心中有数，将那俩匣子掩上，跪下道：“谢公主大恩，只是这东西奴婢们却不能要。”

阿琇摆了摆手，说道：“你们的心意我都知晓。你去叫了冯阿姆进来，我还有东西给她。”

待白袖出去，阿琇又望着水碧开口道：“水碧，我知道你心里对阿郲有情。我也帮不了你什么，以后若有缘分，你还能见着阿郲，望你还念在我的情面上，对他照顾一二。”这话里竟有托孤的意味。水碧听她语意不详，心中更惊，伏在地上哀哀泣道：“奴婢不明白公主的意思，公主这是不准备带奴婢一同出降了吗？”

“公主，奴婢也要随你出降。”白袖进得屋来，恰听到两人的话语，忙说道：“奴婢在宫外既无父母也无亲人，还请公主不要抛下奴婢。”

“我主意已定，一会儿等送我出了宫，你们就自己散去吧。”阿琇轻声说道，只觉得交代完这些，心里已是累极。

冯阿姆随着白袖进来，一眼便瞧见阿琇眼中含泪，只是碍着有人在也不好劝。白袖惯是稳重的，见水碧伏在地上哭得不成样子，便拉着她出去了。

阿琇从床底取出一个包袱，里面数幅绣样，绣的都是女子样貌，张张精致灵动，在画里都如活人一般。冯阿姆这样持重沉稳的人，瞧着这样的绣活竟也呆住说不出话来。阿琇缓声道：“阿姆，这是我的一番心意。她们两个终有放出去的时候，留些银钱傍身也好。只是阿姆在宫中吃喝用度俱不愁，我瞧着阿姆对刺绣颇有几分欢喜，便留了这些送给阿姆。”

冯阿姆用手拂过那几幅绣样，说道：“这样好的蜀绣，公主何必赐给老奴，就是出降了也可以带去添添嫁妆。”

“我留这身外之物也无用，”阿琇摇头道，“这几幅蜀绣还是父皇赐给母后的，留在昀华殿里也久染尘埃，我取来赠给阿姆。阿姆待我虽然面冷但心慈，这些日子的照拂之情，我都一一记在心里。这些东西也算是物托其主。”

冯阿姆听她语意哀凉，心知她心中有结不能化开，遂劝道：“公主莫羡慕他人繁华。老身入宫三十余年，见多了这样转眼云烟的例子。驸马虽出自贾氏，但人品却很持重，算得是佳配。其实富贵荣华能保多久，终是不如终身有托来得踏实。”她平素总是一副刻板正经的模样，鲜有这样推心置腹的时候。阿琇心中一暖，握住了冯阿姆的双手，拭了泪含笑道：“阿姆对我的一番心意，阿琇都存在心里。”

冯阿姆与阿琇相伴近有一载，如今分离在即，也添了几分感伤。只是她惯是一个冷面严谨的人，纵然是含情的话说来也有几分肃然：“老身这一年来冷眼旁观，也知晓公主是个性情之人。老身有几句肺腑之言想送给公主。”

“阿姆请讲。”

“从今之后离宫而去，公主便不是那个高高在上的天子之女了，而是要为人妻、为人妇了，需要时时牢记此节，”冯阿姆瞧着阿琇微微涨红的面色，心中叹息一声，缓缓道，“我看得出，公主心中还有恨在，并不能放下，出降只是迫不得已之举。这宫里的人，谁心里没有恨，没有几件迫不得已的过往？可一味地记得恨，并不是什么聪明的做法。”

阿琇抬头打量着冯阿姆，第一次发现冯阿姆满面的皱纹后竟然有这样柔情细腻的一面，她心里微微一动，轻声说道：“阿姆，你也有不得已的事吗？”

“我年轻时入宫，只是为了给家人讨条活路。那时候我家里很穷，我有个弟弟，读书颇用功，人人都说弟弟将来定有出息，出人头地……”她微不可闻地叹息了一声，目中怅然不已。

“那后来呢？”

“后来我入了宫，终于可以养活弟弟读书。可弟弟却生了重疾，再也救不活了。”她目中似喜似悲，仿若惆怅不已。阿琇不敢再问下去，也替她垂泪不止。

“从此之后三十年，我与家人分离天涯之远，再未有过相见的机缘，”她目光灼灼，似在回忆往事，也似在自责不已，“我恨了一辈子，恨自己不能早些养家糊口，没有救活他的性命。”

“阿姆。”阿琇迟疑地握住了她的手，却有几分安慰的意味。

冯阿姆笑了笑，柔声对阿琇说道：“有时候越是执念深的人，便越是难以获得快乐。其实只是心魔作祟罢了。阿姆在宫里看过许多人事，见多了悲欢聚散、貌合神离。有时候真心待人，未必能得到真心的回报。能遇到一个像驸马这样真心待公主的人，这份情便不容易。公主不要错过了。”

阿琇面上蒙了喜帕，被女长御搀扶着走出了寝宫。外面是暖暖的初秋，一地金黄耀眼。

层叠的垂珠翠裙掩住了她纤细的脚踝，腰上系着的双玉佩，每走一步便玲珑作响。她看不清脚下的路，只记得冯阿姆垂泪送自己出门时面上祝福的笑意，还有冯阿姆的话语始终在她脑海中回响：

“公主莫要学阿姆这样，恨来恨去，最后只是恨了自己而已。放下你心里的恨，试着去接纳，只愿公主这一世平平安安，能有喜乐。”

“时辰已到，公主请出寝殿。”一个熟悉的声音在门口响起，阿琇抬眼望去，却愕然震住。来迎亲的女长御居然是熟悉的面孔，望着自己盈盈浅笑。

“献容姊姊。”阿琇脱口唤道。

来人正是羊献容，此时她身着一身女长御的服饰，手中捧着喜帕。

阿琇有千言万语想问羊献容，却一句都问不出。只听羊献容轻声道：“妹妹，我是来送你出嫁的。”

东海和阿琇蒙着喜帕站在昭阳殿的玉阶下，贾后西面而立，面无表情地念道：“两仪配合，承天统物，正位于内，重章治典，以奉天地宗庙社稷。肇经人伦，爰及夫妇，钦承皇命，肃奉典制。”

阿琇依礼跪下，口中拜谢。但东海却仿佛没有听到一样，依旧一动不动地杵在原地。

从旁有两位侍女取了绶佩敬上。迎亲官偷偷看了一眼，简直要晕了过去，何时见过两位公主出嫁，却只有一块绶佩？

贾后心里叹了口气，亲手取了绶佩给东海系上，她一摸女儿的手，低声道：“怎么这么凉，是不是昨夜没有加衣？”东海依旧没有出声。贾后一回头，看到身后的女官手里捧着乘鞍时的幪衣，顺手便取了过来，轻轻搭在东海肩上。女官诚惶诚恐道：“娘娘，这是公主乘鞍时，须由驸马亲手披上的。”

贾后心里本已烦乱到极点，没好气道：“本宫好好一个娇养千金，白白便宜了刘家小儿，添一件幪衣还絮叨什么。”女官不敢回话，躬身不语。东海越是不发一言，贾后便越是心疼，瞧着一旁跪着的阿琇也更为不顺眼。

贾府派来迎亲的使者事先得过叮嘱，见此忙道：“娘娘，绶佩礼毕，公主需要乘鞍了。”

昭阳殿宫门已开，不远处刘和与贾谧各着鲜衣，牵着宝马等在宫门外。早有些好奇的宫人忍不住得往外张望，两人一样的服色，却是一个木讷呆板，一个飘逸洒脱，到底云泥有别。

贾后心知再也不能耽搁，只得忍泪松开了东海的手，轻声道：“去吧。”

东海本伫立多时，闻言忽然全身颤抖，竟是当众低泣了起来，所幸有喜帕蒙面，不至于太失仪。但她身后的侍女都颇为慌乱。贾后忙道：“愣着做什么，还不快把公主扶出去。”几个侍女这才反应过来，慌忙扶着东海去上了马。贾后忧心忡忡地望着女儿，唯恐她当众再做出什么事来，只见东海也不再倔强，任由刘和牵了马缰。

迎亲官至此才放下一颗心，赞礼道：“迎亲礼成。”

此后一别，东海远嫁并州，不知何时可还洛阳，贾后想到此忍不住向前又奔了两步，却见刘和已牵着马去了，从始至终，东海都未和她说过一句话。

一阵秋风吹来，落下红叶满地，平添了几分寒意。

阿琇依旧跪在地上，既没有人替她绶佩，也没有人喊她起身。

贾后送走了女儿，转眸狠厉地扫了阿琇一眼，她显然抱定了主意要给她难堪，只冷冷地把她晾在那里，竟似没有这个人一样，连眼角也不瞥她一下。

旁人谁敢去触贾后霉头，连迎亲官也不敢提醒一声。羊献容焦急地望着阿琇，忽然站起身来，便要为阿琇说话。

此时贾谧牵着马进了宫门，众人皆哗然，哪有新妇没有送出门，新郎官入门来接的道理。贾谧牵着的是一匹大宛宝马，通体雪白，唯有四蹄皆是墨色，十分名贵难得。

贾后身边侍女想阻拦已是来不及，贾谧走到阿琇身边，从怀中取出一枚白玉佩替她系在腰襟上，又解下外袍替她披在肩头。皇后冷冷地瞧着他的动作，并不发一词。贾谧却抬起头，望着她道："娘娘，绶佩加衣礼毕，臣可带着公主回府了吧？"

贾后冷哼了一声，算是默许。羊献容总算松了口气，目光中透露出赞许的神情。

贾谧见贾后无话，回身抱起阿琇，将她抱至马鞍上。那一瞬时阿琇安静地伏在他的怀里，竟没有挣扎反抗。

而那大宛马也颇为温顺，一动不动钉在地上。

贾后瞧着他们的样子，忽然冷声道："金墉城里的那位，昨夜自缢了。"

阿琇不敢相信自己的耳朵，猛然回头，喜帕随着她的动作飘落在地，她却茫然无知，只紧紧地盯着贾后。

贾后快意地瞧着她眸中悲伤的神情，嘴角不自觉地扬了起来，得意地对程据道："我们走。"

"她说的是真的吗？"阿琇茫然道。

贾谧缓缓地点了点头。他小心翼翼地想保护她，本不想告诉她真相，可真相总是会残忍地展现在世人面前。贾后盛怒之下，迁怒于关在金墉城里的杨太后，这消息他早有耳闻，却没想到贾后会刻意挑选这个时候告诉阿琇。

阿琇下意识地抓紧缰绳，悲痛欲绝，祖母去世了，印象里的祖母总是坚强而富有主见的样子，可如今连她也走了。她摇摇晃晃地坐在马背上，仿佛一叶浮萍，随风漂荡。

贾谧弯腰捡起喜帕，握在手中，在前引着大宛马前行。

马背上的阿琇忽然轻轻吟唱起一支曲子，声音颤抖而悲怆："邺水汤汤，陇头黄杨，结棹泉源，踟蹰望乡……"

这是祖母曾经教过她的曲子，歌声里极尽悲伤。献容跟在身后听着她悲凉的歌声，忽然也觉得心中凄冷万千。

第八回

碧海青天

赵王府里，却没有宫中张灯结彩的热闹，庭院中遍植桂树，微凉的空气中满是桂子的清香。而室中陈设皆以竹制为主，一反京中惯有的奢用金银之风，譬如桌几上铺设的桃笙象簟，处处精致无比，却又清雅淡薄，显出了主人的惬意与安乐。

“叔父，杨太后已经被她们害死了，阿邺还被关在牢中，你真的忍心让阿琇嫁给贾家？”书房内，司马颖的声音忽然拔高了数度，显出了他的愤怒。

“你有什么办法救他们？”赵王皱着眉说道，“别说是阿邺和清河，就算是孤把你救出来也是赔上了这一张老脸。”

司马颖去大牢救阿邺不成，却被程据早就勘破先机，预先把阿邺转移到别处，又伏了人马在大牢等待，只等司马颖一到便上钩。多亏有壮士匐勒拼死相保，这才将司马颖带出了大牢。赵王恰如其时地赶到，再三求情，贾后这才不情愿地给他面子，等迎亲结束后放了他出来。此时司马颖却说道：“叔父您是司马氏最年长的王爷，您若说话，天下谁人不听？”

赵王嘴角勾起了一个意味深长的弧度：“没有白虎符在手，我们调得动兵马？我们还没进宫门，就先被宫里的禁卫乱刀分尸了。”

听到赵王提起白虎符，司马颖身子一僵，转目有些犹疑地看着赵王。

赵王淡淡道：“小十六，在你心里叔父是什么样人？”

司马颖尽力稳住自己紊乱的情绪，恭敬说道：“叔父忍辱负重，为大晋江山付出良多。"

赵王摇了摇头："在天下人眼里，本王不过是个为老不尊、趋炎附势，跟在贾氏后摇尾乞怜的老朽而已。"

"叔父！"司马颖低唤一声，心情黯然。

"其实在你眼里的本王，与天下人也无多大差别，"赵王一字一句道，仿佛在嚼一枚苦榄，"你们怨我总是袖手，太子死的时候袖手，太后去世也袖手，连清河公主与吴王落难，也袖手不管。"

司马颖垂下眼眸，十余年来叔父多少次在刀尖上保下自己，纵然天下人不知叔父，他却是见过叔父年轻时马上驰骋的洒脱英姿，知道他并不是个昏庸的老朽。

"你与本王其实很相似，我们都生在帝王家，都是不受重视的幼子，成年即被放外就藩。看起来我们都是帝裔贵胄，风光至极。可这其中艰难辛酸外人怎能知道？你能救了谁？你说话有谁会放在眼里？说白了都是空壳子而已，"赵王叹道，"世上最容易的事莫过于拼命厮杀，舍却头颅，这是武夫之勇。把你的头颅割舍了去，对这样的世事有何补益？不过白白牺牲了一个空有热血之颅罢了。"

赵王瞧着司马颖不说话，似有被说动之意，便又说道："如今杨太后已死，白虎符和驺虞幡十有八九已落入贾氏之手，此时正是朝中一触即动之时，连远在匈奴的刘渊都派其子来向贾后求亲示好，你我身在他人高悬的利刃之下，怎能轻举妄动？"

"叔父既然知道白虎符和驺虞幡都落入妖后之手，怎么能束手待毙！"司马颖猛然抬起头，说道："谢昭仪，杨太后，还有我母亲……她们都死了……侄儿不信叔父在其中没有做些什么。"

他紧紧盯着赵王："叔父您布下这么多棋子，究竟在筹谋怎样的大棋？"

冷不防被司马颖尖锐的语言刺中，赵王垂下眼帘，避过他质询的目光。

司马颖目光一暗，冷声道："叔父说得对，胜者行事，步步筹划，小不忍则乱大谋。可侄儿天生做不了胜者，侄儿没有护得了母亲，但侄儿不愿再牺牲更多的亲人。"

贾府原是曹魏时所建，国丈府邸，自有一番富丽堂皇景象。贾后虽然不愿意大肆操办贾谧的婚事，但贾家专权已有数十载，权倾天下，贾谧又是贾家长子，谁也不敢得罪于他。一时间贾府门庭若市，宾客盈门，好一派热闹景象。

贾午借故幼子旧伤未愈，并不出来待客。只在阿琇过门时略出来勉强一见，就算是见过翁长。司马氏诸王都未到贺，只有赵王遣人送来了仪礼。贾谧也不以为意，笑着让人送走了赵王的使者，又远远瞧见几个结拜的兄弟都围着要过来灌酒，其中陆四捧着海大的一个碗，大声唤道："老三在哪里，今天左二哥有事没来，我们兄弟几个可不能放过了老三。"贾谧见势不妙，赶紧溜到后院去。

红烛高烧，房中暖意融融。床褥都是新设，褥上铺了大朵的缕金线的芙蓉花，一朵朵盛放得炫目，尤为炫目的是床上所设的用光明锦织就的苏斗帐，四角安了纯金的龙头，垂下五色流苏，着实华丽无比。

此时熏笼里新蒸了香饼，氤氲的香气四处弥漫，更衬得错金缕银的熏笼显出几分迷离。

贾谧此时已换过喜服，只穿了一身装缎紫罗襦，发上系了白纶巾，衬出一张清俊的脸，唇边却衔了三分笑意。他适才用过些酒，此时半醉着望去，阿琇坐在床边，头上未遮喜帕，任凭发上簪着的宝珠垂到额前，她垂着头，眼角还有未拭去的泪痕，更显得眉弯如画，鬓悴似寒，整个人却如明珠生辉，熠熠而有光彩。

羊献容端来了一个牢盘，上面有两个金质酒盏，另有一玉碟盛了白肉。

贾谧取筷吃了一口白肉，又信手取了一盏，见阿琇兀自坐着不动，便替她取了另一盏，放在她面前。

羊献容见状便礼赞道："夫妻同牢，合卺成礼。"

阿琇仍旧坐着动也不动。

羊献容有些尴尬，对阿琇使了个颜色，催促道："公主，还是用一口吧。"

贾谧忽然冷冷地望了羊献容一眼，她被他目光中的寒意吓到，忙低下头去。

贾谧对阿琇的冷淡不以为意，顺手夹了一筷就送到阿琇唇边，阿琇下意识地咬紧了朱唇不张口。贾谧朝她望了一眼，随手将筷箸和酒盏都撂到了矮几上，开口道："你不吃不喝，是想连你弟弟也一并饿死吗？"

阿琇咬了咬唇，面色更苍白几分，她慢慢抬起头，眸里都是晶莹的泪光，却轻轻伸手去握住了筷箸，将白肉夹了一片放在嘴里，艰难地咀嚼了几口，又猛地把酒灌到口中，仿佛饮的是毒药一般。

房中侍女见她终于礼成，都长舒了一口气，羊献容却瞧着阿琇神情不对，不免有几分揪心。正此时，忽听贾谧冷冷道："你们还不退下去？"

阿琇亦是抬头望着献容，目中全是坚持之意："你们先走吧。"

那酒入喉，竟如一条火线般瞬时一路烧到心里，阿琇虽然觉得火辣辣的难受，但似乎也觉得心里痛快了不少。于是她又给自己斟了一杯饮下。贾谧静静地瞧着她动作，既不阻止，也不发话。她心里存了事，却取过他的酒盏，替他斟了一杯。

他瞧着她这样主动，唇边露出笑意，端起她斟的酒一饮而尽。

她面上升起两朵红云，已是有些微醺的意味，只是手中动作并不停，一杯接一杯地替他斟了去。

屋里一时静了下来。不知何时外面忽然淅淅沥沥下起雨来，雨珠轻轻地敲打着窗栊，颇有几分萧索，外面天色也暗了几分。

他终于开了口："你让我喝得够了吗？"

她转过脸去，只是不敢瞧他神色，轻声答道："酒是解愁忘忧的好东西，多饮几杯又何妨。"

他瞧着她面色红润，心中忽然一动，轻轻握住了她斟酒的玉臂，只觉得她双手都在微微发抖。他将她揽入怀中，此时她近在咫尺，呼吸可闻，发上簪了玉兰，淡淡馨香入鼻，他只觉得怀中香软，不自觉地又把臂紧了紧，低声道："我前世大概欠了你，今生被你死死克住。明明瞧着你这样恨我，却总是放不了手。"

她心里本存了事，此时忽然有些寒意，下意识地想推开他。他却把她箍得死死的，温热地吐气在她耳边。她觉得耳后热热地发痒，微微侧了侧头，露出朱红锦缎下颈白似凝脂。他更觉情不自禁，轻轻吻在她耳边。她略一偏头，发上的玉兰掉到了地上。仿佛兜头一盆冰凉雨水浇下，阿琇脑中忽然一片空白，酒也醒了三分。她手中死死拽住衣襟上的绶带，心里却是冷一阵热一阵，觉得窗外雨声沙沙作响，更清晰了几分。

忽然一个略显稚嫩的孩童声在窗外响起："哥哥，这是你娶的新嫂嫂吗？"贾谧闻声放开了阿琇，若无其事地回过头去。阿琇有些尴尬地整了整衣衫，向外望了一眼，只见一个与阿邺差不多大的孩子站在窗外，头上还缠着素色锦缎，却睁着一双乌溜溜的大眼睛，好奇地向室内张望着。

贾谧笑着向他招了招手："修儿，进来。"

那孩子很乖巧地走进屋子，温顺地倚在了贾谧身边，只是一双明亮澄净的眸子盯着阿琇打量。阿琇被他打量得有些不好意思，贾谧却笑着说道："这是修儿，是我二弟。"阿琇蓦然意识到，这就是阿邺在宫里殴打的贾后的小侄儿，她有些吃惊地睁大眼睛，手指着贾修头上包着的锦缎，迟疑道："他……他头上……"

"嫂嫂不用担心，我头上的伤已经好多了。"贾修很懂事地一笑，说道，"再过两天我就能回灵昆苑上学了，到时候还要和阿邺比比骑射。"

阿琇听他很自然地提到阿邺的名字，有些惊讶道："你不恨阿邺吗？还要和他一处玩耍？"

贾修摇了摇头道："阿邺和我很要好啊，我干嘛要恨他，下次打还他就是了。"

阿琇又是惊讶又是感动，轻轻把贾修搂在了怀里。

贾谧淡笑道："不过是孩童打架罢了，小孩子之间哪懂得什么仇恨。"他略顿了顿，又道："孩提时总是良善的，真正残忍的只有大人。"

阿琇只觉得今日他每句话都似有着深意，却说不出来哪里有些不对。

贾修偏着头听着哥哥的话，忽然问道："哥哥，今天娘亲为什么不出来见客人，一直在屋子里哭？是因为我没听娘亲的话吗？"

贾谧目中暗了一瞬，轻轻地摸了摸贾修的头，说道："不关你的事，是大哥做得不好，惹娘亲伤心了。"

"我明白了，娘亲总是因为爹爹哭，"贾修似懂非懂道，"大哥，爹爹还会回来吗？"

贾谧神色更黯然几分，却抱起了贾修，轻轻说道："大哥早上叮嘱你的话都记住了吗？"

"我都记住了。"贾修点了点头。

贾谧望了一眼窗外的天色，淡然道："你要按照大哥的吩咐去做，去吧。"

贾修恋恋不舍地向两人望了望，转身头也不回地跑出了房门。

"他去哪里了？"阿琇好奇地问道。

"去一个很远的地方。"

贾谧收回目光，望了望阿琇微红的双颊，忽然俯身捡起了地上的珠花，轻轻替她簪回发梢："我和你一样，也只有一个弟弟，视他若性命，怕他受半分伤害。"

阿琇心跳忽然漏了半拍，只觉得惶恐无比。

他却仿佛完全没有察觉她的异样，缓缓道："二弟很可怜，生下来就没有见过父亲几次，他依赖我这个大哥更多几分。其实我见到父亲的次数也不太多，我父亲不太喜欢贾家，对我们兄弟也很淡薄。"

阿琇略感意外地凝视了他半晌，眉目间透出淡淡的同情。

"很多人知道我父亲的事，都说他是个笑话，"他挑了挑眉，望着她道，"你愿意听我说这些事吗？"阿琇心里七上八下的，仍是轻轻点了点头。

贾谧唇角上扬，露出了笑意："父亲年轻的时候来外祖家拜访，意外遇到了我母亲。母亲那年只有十六岁，本来是要入宫做皇后的，只因一面之缘就对父亲情根深种，执意不肯入宫，因而让我的姨母顶替做了皇后。那时候外祖父很生气，他就只有两个女儿，都爱若珍宝，不愿嫁给父亲这样没有身份地位的人。可少年时的爱情总是忘乎所以的伟大，母亲私奔与父亲相会，两人离开了京城双宿双飞，过了好一段神仙一样的日子。直到有了我出世，他们为生计所迫不得已又回了外祖父家。外祖父虽然不乐意见到父亲，但念我是唯一的血脉，要我过继姓了贾，也就顺水推舟地答应了他们的婚事。”

阿琇一怔，过了片刻方道：“这结局不是挺好吗？”

“好？”贾谧抬了头瞧她，目中透出复杂的神色，“他们到底门第相差太多，世人都说父亲有偷香窃玉之福，白白做了贾家的上门女婿。他却不愿背上这样的耻笑，直到二弟出世后。外祖父又要给二弟起名贾修，不肯让他姓韩。父亲忍无可忍与母亲大吵了一架，终于离家而去，连只言片语都未留下，却从此不知所终。母亲日日抱着我们兄弟两个啼哭不止，外祖父一气之下，大病不起，不多久也就离世了。”

世人都说贾府光鲜门第，何等的耀目，却想不到内里还有这样不为人知的隐情。阿琇听他徐徐道来这段家事，心里一时间思绪繁杂，仿若有千万个念头闪过，却没有一个能抓住。

贾谧伸手逐一拂过斗帐珠帘，触手处宝珠相碰，皆是叮咚作响。“你瞧着这富贵荣华好吗？我却觉得都是刻骨之毒，沉溺得久了让人浑身腐烂，连呼吸也不得半丝痛快干净，还不如一把烈火焚了干净。”

阿琇只觉得口干舌燥，背上却出了薄薄的一层冷汗。

门外忽然响声震天，竟似是兵甲之声。不多时，忽然传来了人声鼎沸，却还夹有妇孺哭声。

阿琇惊道：“外面怎么了？”

贾谧淡淡瞧了她一眼，只坐着闲闲地说道：“我生平最遗憾的就是未曾离开过洛阳。”

阿琇的一颗心直如乱麻一样，七上八下，顺口接道：“怎会？以你的权势，天下哪里有不能去的地方。”

贾谧云淡风轻道：“有权势又有何用，如牢笼一样，将人死死地缚住，恐怕等到我死了才有机会解脱。”

阿琇心里记挂着刘聪筹谋的大事，本下定了舍生取义的念头，把自己做了过河棋子，心中早存念要在这里拖住贾谧。可如今见贾谧这副毫不在意的模样，她忽然添了几分惊恐，结结巴巴道：“好好的日子，何必说这样不吉利的话。”

“好好的日子……”贾谧微微一笑，信手又给自己斟了杯酒，似是在自言自语，“你知道吗，我生平最羡慕的就是陆四这小子，他自小走遍天下，阅历十分广博。有一次我跟他一起喝酒，问他天下哪里的佳肴最难忘，他说只有江南的莼菜羹最是美味无双。”

阿琇勉强一笑，侧首躲开他逼人的灼灼目光。

贾谧盯着她，叹了口气道：“我当时还觉得陆四这小子定是吹嘘家乡而已，现在这个时候了，偏又觉得世上最遗憾的就是还没吃过一碗莼菜羹。”他话中有几分意犹未尽，唇边勾起一抹淡淡的憾意。

阿琇道：“若是将来有机会，可去江南尝尝。”

贾谧也不接话，只侧头看着窗子不语。

外面的声响越来越近，转瞬竟是已到了门外。

“你想不想知道，那日皇后指婚，我给她看了什么，她便把你许给了我？”

阿琇顺口接道：“是什么？”

贾谧忽然从袖中取出一块白锦织缎的素帕，递给了阿琇：“这是你祖母走前给我的。”

阿琇浑身一震，定睛看去，那素帕上用赤线绣了一只四足俱备的大虎，一针一线勾勒得栩栩如生，细细地缠金绣线如渗进帕子里的血色一般，几乎要灼伤了她的双目。她心跳忽要漏了一拍：“怎么会……怎么会……”

“你祖母临死那夜，是我赶到了她身边。她什么也没说，把这个交给了我。我想她是让我把它转交给你。”他凝视着她，唇边绽开一抹微苦的笑意，“这帕上绣着驺虞，怕是和先帝临终时所传说的驺虞幡有关。我虽是贾家之子，却也不愿再看到生灵涂炭，生民再陷于乱世。”

她瞬时有些发抖，只觉得一阵恐惧袭来。她仰了脸望着他，紫罗缎的衣襟上翻绣了一枝翠竹，恰恰翻出边来露出青郁之色，仿佛夹杂着淡淡的竹节香气，氤氲在室中。

“我已经叫人放了你弟弟阿邺，现在他就在城中的上元居里。你明日就把他带走吧，”他叹了口气又说道，“我姨母为人虽然狠辣，但却没有什么智谋，日后必会遭难。而赵王素有虎狼之心，不会安于久居人下。你将这锦帕妥善保管起来，看能不能循迹找到驺虞幡的下落。若有机会，就交给你十六叔吧，他许是能成守成之主。”

“赵王？”她心里惊诧了一下，难道今日起事的不是她的十六叔成都王吗？还没有等她回过神来，他却转身欲推门而出，临别时微微瞥了她一眼，却见她脖子上那胭脂痣殷红如初，仿若烈火灼伤他的眼眸。

她心里一沉，一把拉住他的衣襟，颤声道："别出去，外面有危险。"

"你终于关心了我一次。"他像平时一样，唇边蕴着一缕笑意，却轻轻掰开了她的手指，可他转身时，声音平和，不带一丝涟漪，"我若不出去，此祸绝不可平。"他的目光凝视着阿琇，带了几分温柔，"如果你将来能离开这里，就去江南替我尝一碗莼菜羹吧。"

门被风掩上，房中毫无声息，若不是空气里还留有他衣上淡淡的竹香，仿佛就从未有人来过。

原来他都知道了。

她颓然坐倒在地，从开始他就什么都知道。他知道皇后拿到了白虎符，调兵在即，他知道诸王要对贾家动手，也知道刘渊相助皇后是假，派兵助诸王是真。他拿了驺虞幡，却没有交给皇后。他甚至还知道自己的一切全是在骗他……他居然什么都知道，可他还是把驺虞幡交给了自己。

他走出去会怎么样？

她不敢想，外面是十六叔带来的千军万马，喊杀震天。

她忽然忆起不久以前，仿佛也是一个寂静的傍晚，在母亲曾经居住的昀华殿里，也曾有这样淡淡的香气四溢。微风吹得帷帐掀起细细的缝隙，透进寒凉的风来，那烛火一明一灭，直教人心紧成一团。

外面刀光剑影，呐喊呼喝。她在房中猛然惊醒过来，拉开房门便冲了出去。

当她站在庭中时，却被眼前所见的一切震住。

适才还热闹繁华的庭院，不知何时到处都是血迹，到处都是横七竖八的尸身。而有几个穿铁甲的士兵仿佛杀红了眼一样，浑身血迹地提着刀向自己走了过来。阿琇脑中一片空白，她径直向外跑去，心中只有一个念头，贾谧去了哪里？

忽然一只有力的臂膀拦住了她，接着哐当一声，那几个士兵的武器都跌落在地，是匐勒及时地赶到了。那几个士兵跪在地上，喊道："将军，成都王有令，贾家的人全部诛杀无赦。"

匐勒将阿琇拦在身后，粗声粗气道："这是陛下的清河公主，你们也要大胆犯上吗？"那几个士兵对望了一眼，赶紧跑开。

阿琇脸上没有半分血色，低声道："贾谧在哪里？"

匐勒面上闪过一丝犹豫，迟疑道："阿琇，我答应过四公子要保你平安，你就待在这里，哪里都不要去。等这边的事了结了，我再带你去并州。”

阿琇拼命地摇头，珠泪纷纷而落：“你带我去见见贾谧，求你了。”

贾府的前厅里摆了上百桌的宴席，数个时辰前还欢声笑语，主宾尽欢，如今却成了人间地狱一般。

贾家人连同宾客都被兵士团团围住，困在西首。

站在最前面的便是贾谧，他手中未拿寸铁，唯有衣襟翩翩，满堂血迹中不染半分污色。在他身周，却全是长剑所指。司马颖一身戎装，立在堂上，身后尽是劲旅护卫跟随，他面色铁青，环顾了一圈左右，斥问道：“贾午在哪里？”

便有士兵上前来报：“逆贼贾午和其次子贾修都不在府中，府里的人说，今天午时，皇后就传她们入宫了。”

司马颖默然片刻，转瞬望到了贾谧，遂怒斥道：“贼子贾谧，你可知罪？”

贾谧淡淡道：“成王败寇，我贾氏筹谋不精，如今落到这样下场，言罪有何意义？”

司马颖虽然素来厌恶贾家的人，却也佩服他的硬气。将长剑拔出，抛到他面前，冷声道：“我也不为难你，你自己寻个痛快吧。”

贾谧接过长剑，回头扫了一眼被围住的诸多宾客，却说道：“贾氏之祸，都在我们一族之上。这些宾客大多都是迫于我家的威势不得已而来，并非我家亲朋，不必一概祸及吧。”

司马颖摆了摆手，他本就不愿滥杀无辜，说道：“这些人中，若不是姓贾的，都可放了。”

此言一出，宾客中不少人都开始呼叫讨命。忽然其中有人朗声道：“别人是宾客，我确是贾三弟的亲朋，不必赦我。”贾谧抬眼看去，却是潘安。他此言一出，陆四陆五都跟着叫起来：“我们是贾三郎的结义兄弟，自是同生共死，不求宽赦。”

司马颖敬他们义气，不愿滥杀无辜，点了点头说道：“既然如此，都押到牢里去，再论刑发落。”

贾谧看向司马颖的目光中多了几分敬佩之意，对他遥遥抱拳施礼：“成都王为人坦荡忠义，果然名不虚传。”

司马颖不愿受他之礼，却是微微侧身。

正值此时，阿琇忽然不顾侍卫的阻拦，飞奔了过来：“十六叔，贾谧并未做什么坏事，请十六叔饶过他的性命。”

司马颖一怔之间，阿琇已经冲到了贾谧面前。

贾谧微微皱眉："你来做什么？我不是说了让你就待在屋子里吗？"

阿琇不觉心有一颤，急道："你这傻子，你赶紧告诉十六叔驺虞幡的事啊，让他知道你没有跟着皇后做那些坏事。"她恰好站在贾谧和司马颖之间，挡住了司马颖的视线。贾谧对她笑了笑，露出了个噤声的表情。

司马颖听得不甚分明，追问道："什么驺虞幡？"

"这是我贾家的事，如今只有我一个男儿，我必须承担所有的罪孽，"贾谧低声对阿琇道，"阿琇，你的心真好，还要回来瞧瞧我。"他顿了顿，瞧见阿琇一直流泪，柔声道，"哎……你别哭呀，你瞧那是什么？"

他伸手一指天边，阿琇顺着他的手指看去，天边黑漆漆的，兀自挂着半轮昏黄的牙月，在这样的雪白映衬下，更显阴霾，却哪有什么。

忽听众人惊呼之声，她只觉得颈中有几点温热。待她转过头时，只见贾谧已经横剑自刎倒地，唇边兀自还衔着那丝如春风般的笑意。

雪下了一整日，到了此时，雪虽已经停了，但满庭飞絮皆白，瞧着如撒了一层盐霜。

"这样好的雪。"她离得最近，隐约听到这大抵是他倒地前，最后的一句轻念。

贾家的几个仆从见到贾谧既死，都发出悲啸之声，以头触柱，脑浆迸溅而亡。

一时堂中惊变迭起，司马颖瞧了瞧满地的尸身，心中也是感慨，叹息道："也算是忠义之士，好好厚葬了他们。"

匐勒站得离阿琇迫近，此时他目光扫过阿琇，见她呆呆地立在原地，仿佛不可置信的模样，满脸都是泪痕。他结结巴巴地安慰道："阿琇，贾谧他是自愿以死来赎罪，你不要伤心难过。

昭阳殿里已经全然乱了套，自打过了午时贾午入了宫，便在贾后处啼哭不止，一会儿说儿子娶嫁的卤簿太少，一会儿又抱怨不该把阿琇这个丧门星娶进门。贾皇后本来就在伤心东海的远嫁，被贾午哭得头疼不止，便命董猛将国夫人带到后殿去歇息。可董猛带了人出去还没有一瞬，突然又冲了回来，跪在地上大喊道："皇后娘娘，大事不好了。外面来报成都王起兵谋反了，率兵围了贾府。"紧接着贾午也跌跌撞撞地跑了进来，叫道："我的谧儿修儿怎么样了，他们有没有出事，我要回去看看。"

"你闭嘴！"贾后被她吵得烦心，她快速踱了几步，喝道："程据呢，叫程据过来。"几个小黄门瞧着她的脸色不佳赶紧出去找人，但很快回来复命的少了几个，领头那人叩拜道："程太医今日不在宫中，这时候要出宫去找吗？"

"不必了。"贾后心知这时候不在宫中，多半也被乱军所伤了，她到底沉得住气，只是一瞬时的伤心，便沉静下来，转头对哭得如烂泥一样的妹妹贾午道："你不用担心，我手里有白虎符，乱军很快可平。"

贾后胆子虽大，但到底是从未统过兵的妇道人家，她去御座下的暗格里取出装白虎符的铜匣，这虎符在她手中多年，但一直没有能够打开匣子的钥匙。

她对这铜匣一直都有几分敬畏，虽然早就拿到了七宝琉璃钗，却一直藏在这个暗格中，不知道为什么从未打开过，也许是因为这东西是先帝亲手动过的，她杀了先帝的妻子、孙子，对先帝总还有那么几分畏惧之心；也许是因为她本能地就惧怕这样凶杀的兵符，希望一辈子都不用打开它。

此时她终于拿出了七宝琉璃钗，将钗头梅花形的金制图样，对准了匣子中心的锁孔，两样东西严丝合缝、恰好天成一般。她轻轻一旋，那匣子忽然咯吱一响便打开了。

贾后的手微微有些颤抖，她亲手掀开了匣子里明黄色锦缎，只见一枚三寸长的白虎符好端端地放在匣子里，虎符以白玉所制，所刻猛虎栩栩如生，从中可一分为二，左右两边从虎颈至胯间各有错金篆书铭文的相同的两行十二个字：

甲兵之符，左在皇帝，右在白虎。

虎符左半为皇帝所存，右半为调兵时给将领所用。她拿出虎符，深深地吸了口气，见满殿的人都在看着她，便准备发号施令。突然间，却见她的面首太医程据撞撞跌跌地跑了进来，后面还领着全身戎装的赵王。

程据跪倒在贾后膝下，抱着她的双腿，泪泣道："臣的府邸被乱军所围，若不是赵王拼死相救，臣如今已没有命来见皇后娘娘了。"

赵王亦是跪倒在地，诚恳道："臣护驾来迟，还望皇后娘娘恕罪。"

贾后几时见过儒雅潇洒的程据哭成这个样子，当下心中一软，伸臂扶起了二人，说道："二位都是江山社稷的有功之臣，等乱军一平，本宫定奏报陛下，为你们请功。"

程据急道："如今外面乱兵未除，皇后娘娘还是先发号施令，平息贼乱要紧。"赵王也是催促连连。

贾后略一思索，便道："如今本宫唯一能信得过的只有你们二人了。"她遂拿起虎符，想了一想，把右半虎符交到程据手中，嘱咐道："此虎符可调千军万马，你们勿要辜负国恩。"

董猛心中突然划过一丝异样，他只觉得眼前白光一闪，来不及做别的反应，快速冲到贾皇后面前，却见程据已是昂然站起身来，一手拿着右半虎符，一手从腰间拔出一把极细的长剑，已是向他面前划来。

血光一闪，董猛已被宝刀削为两截，横尸在贾皇后面前。贾后乍逢大变，不敢相信地指着程据，又看向赵王，连声道："你们，你们要干什么……"她忽然反应过来，大声道："来人，快来人啊。"可说来也怪，宫中侍卫都不知道去哪里了，她唤了半晌，一个侍卫都没有来。

程据望着她，目光中闪现出一丝厌恶，他皱眉道："我在你身边这么多年，就是在等今日这一刻。"他顿了片刻，又道："你还记得被你株连殆尽的陈郡谢氏一族吗？"

贾后端详着他那张俊秀至极的脸，忽然惊讶地发现他竟与死去的谢玖眉目间有些许的相似。程据仰头笑道："我本姓谢，是谢玖的三哥谢据，今日得报家仇之恨，痛快至极！"

贾后情知大势已去，跪下苦苦哀求道："我和贾午死不足惜，但贾谧和贾修两个年纪还小，其实他们都是韩氏子孙，也本非姓贾之人，你们可否饶他们性命？"

谢据略一迟疑，赵王却喝道："谢家族灭时，可饶恕过谁的无辜性命？今日断然要斩尽杀绝！"谢据想起满门灭族时的惨状，咬牙道："不错，便是这话。"

"我定不会让你们好过。"贾后望着满地尸身，忽然仰天悲鸣，声音如夜枭一样刺耳，又狰狞如兽鸣。那种深重绝望中所发出的悲声是他们从未听到过的，谢据只一怔间，只听贾后嘶声高叫道："白虎符在赵王之手，赵王老儿误我，赵王老儿误我……"

"快杀了她。"赵王突然反应过来她竟是在嫁祸自己，大怒之下，冲到贾后面前，一把推开有些发怔的谢据，手起刀落，就取了贾后的首级。

"走吧。"赵王见大事已了，便对谢据说道，"还有贾家满门要除。"

谢据却立在原地纹丝不动，他望着贾后的尸身，想起家仇已报，忽然又有几分怅然。他看赵王在门口望向自己，心中竟有些异样，这么多年苦心经营，多少次忍辱负重，不就为了这一刻吗。他心中生出几分萧瑟，伸手将两半白虎符抛给赵王，摇头道："你先走吧，我不去了。"

"你……"赵王的话还没来得及说完，忽然只见谢据身影一晃，已是向门后的屋顶跃去。赵王从未见过谢据有这样好的轻功，眼见着他几个身影起落，便消失在茫茫的宫殿远处，再也看不见了。

赵王心里有几分怆然，他与谢据认识数十年，将他从满门抄斩的刑场上救出，两人引为莫逆之交，他却从不知道他有这样好的功夫，甚至并不了解他的为人。但赵王到底是英雄之人，怜悯之心只一闪而过，他明白自己还有更重要的事去做，拿着白虎符大踏步地向外走去。

成都王与訇勒正说话间，刘和也领了一支兵马赶了过来，却见他也是连喜服都未换，杀得满身血迹，三人正在门口商量，忽听到门口有人冷声说道："小十六，你眼里还有我这个叔父吗？"

司马颖闻言大惊，抬头看去，只见赵王带了重兵赶来，他满面寒霜地望着自己，目光中是从未有过的冷峻犀利。司马颖快步走到廊下，请罪道："侄儿擅作主张，提前调兵行事，还望叔父恕罪。"

赵王斥道："你明明与刘渊早有互通音讯，若眼里还有我这个叔父，何不早告诉我？"

司马颖跪下道："侄儿不敢造次，并没有和刘渊互通有无。这次是救人要紧，侄儿方和刘氏兄弟定下权宜之计，前来救下吴王姐弟。"

刘和也跪下来说道："王爷明鉴，此事都是侄儿独断专行，我父亲并不知情。"

赵王瞧着院中形势，知道司马颖已经掌握住了形势，口气便缓了几分，说道："罢了，那宫里你派兵去了吗？"

"侄儿派了三千兵马围了宫城。"

"三千兵马怎么够？"赵王虎目一瞪，吩咐道："速再派两万人马，围了宫城，务必要格杀贾后诸多党羽，不得放走一个。"

"叔父，皇后可抓，但不可格杀。"司马颖大惊，"皇后恶贯满盈，该由天下共判。可若我们杀了皇后，与乱臣贼子何异？"

"皇后已被我取了首级！"赵王恨铁不成钢，"十六郎，叔父教导你多年，斩草必须除根，如果不一击必杀，岂不是要给她的党羽翻身之机？"他说罢一扫庭中众人，面色更沉了几分，"何止贾氏必须死，只要是这里的人，那就一个活口也不能放出去。"

他一声令下，身后的铁甲兵齐声得令，眼见得刀过血溅，一人一刀，庭中宾客全都丧了命。

司马颖惊得呆了，只见赵王兀自不罢休，他手中拿了宝剑，直冲阿琇而来。

"叔父，这是阿琇，她也恨贾后入骨。"司马颖忙把阿琇护到身后。

赵王厉声道："你没见到这女娃适才在为贾谧求情吗？她已经嫁到贾家，天下就再没有什么清河公主，她现在就是贾家之妇，断不能留。”

刘和亦跪下叩首连连：“王爷息怒，清河公主是迫于妖后的威势才嫁给贾家，公主母兄皆死于妖后之手，她恨贾家入骨，怎么会是贾家的人。”

赵王没好气地瞪了他一眼，他斥责司马颖终究不便，乘势就对刘和发作起来，斥责道：“你这不知好歹的小儿，不过是刘渊的儿子罢了。你父亲在我面前连大气都不敢喘，哪有你说话的份。现在宫中厮杀正盛，你还不赶紧过去相助。”刘和不敢违背赵王的命令，他迟疑地望了一眼阿琇，赵王怒气更甚，一字一句道：“连我的令也不听，你难道要谋反不成。”

刘和听到“谋反”二字，背上一僵，面色瞬时惨白，他不敢再造次拖延，只得快速地领命去了。

赵王转头见司马颖依旧固执的挡在阿琇身前，他拔出宝剑，朝他们走近了几步，喝道：“十六郎，你给我滚开。”

司马颖不仅不退开，反而向着剑锋迎了上来，胸口堪堪顶住了赵王的剑尖。

赵王脸色铁青，一字一句道：“小十六，你要违抗叔父的命令吗？”

司马颖毫不退缩：“叔父的话，侄儿不敢违抗。但阿琇是陛下骨肉，侄儿誓要相护到底。”

赵王的脸色瞬时变得阴郁，他内心已是失望到极点，顺手撤了宝剑，弃到地上，头也不回地走了出去：“那就把她关起来，先押到大牢里去。”

京中形势一夜大变，司马氏诸王中昔日里最受贾后信赖的赵王诛杀了贾家满门上下，连同宫中的皇后及其党羽都被诛杀殆尽，一夜之间杀了近万人。这尚还嫌不够，赵王有令，所有和贾氏有勾连的党羽全要连坐，城里开始挨家挨户地搜寻贾氏党羽，被抓到的逆党不分青红皂白都直接处死。开始还有士兵拖着整车的尸体到城郊的化人场，后来杀的人实在太多，没有足够的车马来拖，于是就都堆在了铜驼街的御道上。

城中昔日最繁华的铜驼路如今死寂一片，人人都要避开而行，而铜驼道上的血腥味却越来越浓，弥漫在洛阳城中的每个角落。

幽深阴暗的死牢里，终年不见半丝光线。

阿琇虽然在金墉城度过一段囚禁的日子，却从未想到这世上竟然有比那里更死寂的地方，这里唯有无边的冰冷与恐惧相伴，满是死亡的气息。

狱卒给她送来一碗冰冷的牢饭，里面竟然罕见地有几片菜叶子拌着肉糜：“快吃吧，吃完这顿饭好上路。”

上路？她迟疑了一会儿，忽然意识到这竟然是此生的最后一顿饭了。这些日子在死牢里，什么音讯都没有，狱卒的一句话，居然是她与这个世间最后的联系。她出乎意料地没有流下一滴眼泪，只是麻木地把碗里夹生的米饭扒拉干净。

狱卒没有想到她小小年纪竟这样平静，倒有些意外地看了看她，说道：“姑娘，你是不是得罪了什么人？如今妖后被诛，天下快要大赦了，只有你是独独被拎出来要杀头的一个。”

阿琇把吃得干净的饭碗放下，用袖子抹了抹脸，这才发现自己穿的竟然还是成亲那日的大红吉服。她淡淡笑道：“天下大赦？你闻闻这血腥味，就连这样深的地牢里都闻得到。”

那狱卒变了脸色，不敢接她的话，所幸地牢中一丝光也没有，也瞧不见脸色。他从怀中摸出钥匙开了牢房，又检查了一遍阿琇的镣铐是否戴妥，便领着她向外走去。阿琇本就个子娇小，此时背了十余斤的铁镣铐更压得她弯下腰去，显得瘦弱了几分。

也不知走了多远，仿佛是走到了地牢的最顶端，眼前忽然渐渐有了点光亮，好像摆了几具刑具。阿琇下意识地闭上眼睛，只听耳边有个中年男子的声音说道：“跪下吧。”

她闻言顺从地跪了下来，便有狱卒拿出黑布条蒙住了她的眼睛。又有一个人押着她的脖子往前伸，她只觉得颈部触到一个木桩上，木条里的刺扎得脖子很痛。然而此时也无心挂记这些事了，那个中年男子大约是管牢房的官员，他展开了诏书，结结巴巴地念道：“贾氏罪妇，罪不容诛，依律当斩。”

他话音一落，便算是宣布行刑了。

阿琇忽然开口问道：“贾氏一门全死了吗？”

“还有个逆贼贾修尚未找到。”那官员下意识地回了一句，忽然意识到跪在地上的只是个死囚而已，他鼻子里重重地哼了一声，道：“罪妇休要拖延时间，速速问斩。”

阿琇忽然心里踏实许多，他的弟弟毕竟还活了下来。她把他拽下地狱，总归到了同归于尽的时候。

“慢着。”忽然有个熟悉的声音在耳旁响起，阿琇只觉得颈上的束缚松了半分。

只听得周边狱卒都跪了下来，齐声叩道：“王爷。”

来人正是成都王司马颖，他大步走到阿琇身边，一把揭开阿琇眼上蒙着的黑布。阿琇瞧着司马颖的身影，心里松了口气，轻轻唤了一声“十六叔”，顿时眼前一黑，便晕了过去。

司马颖一把抱起阿琇，又是心疼又是难过。

“王爷，这可使不得。”那个胖胖的官员惊恐万分，“这是赵王亲自下的命令，要诛杀贾氏罪妇。”

司马颖将一张素笺轻飘飘扔在地上，嘴角微微一动：“这是赵王的亲笔赦令。”那个官员捡起素笺看了好几遍，看到落款处确实有赵王平日里用的小章，这才放下心来，赔笑道：“既然是赵王的手谕，卑职奉命就是了。”他瞧了眼阿琇双手犹自被镣铐所扣，慌忙吩咐左右狱卒道：“还愣着干什么，快去给姑娘把镣铐打开。”

等到狱卒们打开了镣铐，司马颖这才看到怀里的阿琇细细的胳膊上全是淤青的紫色，整个人瘦了一大圈，薄薄的一层皮肤白得透明，覆在瘦瘦的骨头上，瞧着十分瘆人。他顿时大怒，狠狠地盯着狱卒道：“你们竟然敢对公主动用私刑。”

那几个狱卒纷纷跪在地上，磕头如捣蒜：“冤枉啊，是赵王吩咐的要给重犯戴上镣铐，小人们哪敢乱上私刑。”

司马颖脸色铁青，极力地克制住满怀的怒意，他瞧着怀里的阿琇双目紧闭，身子已经蜷成一团，更无暇再与他们啰嗦，抱着她大步地向外走去。

第九回

灼灼其华

并州城外，连绵起伏的山野被蒙蒙细雨笼罩，其间偶有山风呼啸，很快就吹散了山间的晨雾，视线所及处，皆是苍茫萧索的云海在翻滚，仿若奔流不息的长河。

一男一女立在山崖之顶，男子着白衫，约莫二十余岁的年纪，女子着红裙，却只有十八九岁，男子英武，女子俊美，两人的面目颇有几分相似。此时那红裙女子显得颇为焦急，不断地向山下眺望着，山风吹得她的衣裙鼓起，如同一朵盛开的芙蓉花。那男子有些无奈地瞧着她：“纤罗，他连信也没有回给姑父，看来是不会回来了。你在这里等了两天了，又有什么用？”

那个叫纤罗的女子却丝毫没听进男子的话，只噘起嘴道：“他会回来的，我就是知道他会回来。”

“聪弟都走了十年了，哪有这么巧就今日回来？再说你回去等不也是一样。他如果回来了，姑姑难道不会第一个派人告诉你。”

男子话音未落，远远的，山道上有两匹骏马疾驰而过，马上的人都着骑装，瞧不清面貌。

“定然是四表哥回来了。”纤罗瞬时间绽出欣喜的笑容，转身沿着泥泞的山路疾奔而下，凄风苦雨中山道极为难行，她足尖轻点颇为从容，锦缎绣鞋上竟连泥点也未沾上，瞧得出是身有武功的。那男子微微一怔，赶忙追了过去。待他行到山下时，只见那两人都已下了马，为首的一位年纪大些，面目清朗，正是琅琊王。旁边立着的年轻人却正是阔别多年的刘聪。

琅琊王与他们俩都很熟悉，略微一怔便和善地笑道："南经，纤罗，你们俩也来了。"

呼延南经向前走了几步，恭恭敬敬地向琅琊王行过礼。他的家族世代都是匈奴五部的贵族，祖父做过前朝的大司空，父亲呼延贵为匈奴五部大都督，是匈奴五部如今最高的统领。在太陵这一片，没有人不知道呼延家的赫赫声名，就连封地离此不远的琅琊王也要对他们家礼敬三分。呼延南经虽然年纪不大，却是呼延家的嫡长子，未来要承袭爵位，因而自幼就被教导得老成持重，然而他唯一的妹妹呼延纤罗却从小尽得家人宠爱，娇贵无比，此时她并不理会哥哥递来的眼色，只围在刘聪身边，像只小鸟一样叽叽喳喳说个不停。

呼延南经只得尴尬地对琅琊王道："小妹实在娇纵，失礼之处王爷勿怪。"

琅琊王哈哈大笑着一摆手："小孩子家有什么好计较的，纤罗多年未见聪儿，小儿女之间想念一些是难免的。瞧着你们的样子，怕是在这里等了好几天了吧。"

纤罗纵然是泼辣爽利的匈奴女儿，到底年纪还轻，听到琅琊王的话便红着脸嗔道："王爷说话好没章法，我便是想念四表哥了，多等几天又有什么关系。"

南经和纤罗的姑母呼延氏是刘渊的正妻，她生了三个儿子，除了次子刘刈早夭；长子刘和、三子刘隆都是她所出，但她却不是刘聪的生母。然而匈奴家族并不十分讲究嫡庶观念，南经兄妹又和刘聪年纪相仿，自幼就玩耍在一处，感情都是极好的。

只是刘聪八岁就入京为质子，从此一别十年未见，想不到纤罗竟星夜相盼，一颗芳心不知何时全都系在这个身在京城的四表哥身上。她几日前无意偷听到姑母和父亲说起四表哥要回来的消息，大喜之下便到并州城外这条必经之路上等候。

"是是，本王说错了，"琅琊王心里很喜欢这个小侄女的明丽爽朗，言谈举止间大有撮合之意，望着刘聪的目光也是含笑的，"聪儿你瞧瞧，这个小表妹对你可真是一片真心。"

纤罗红了脸，瞧着刘聪头发上沾了水珠，忙把手里的小纸伞撑到他身边。

刘聪面上虽带了笑容，动作却十分僵硬，并没有站在伞下，反而退了一步，说道："多谢南经兄和纤罗妹妹前来接我。"南经瞧着他刻意避开的样子，面色微微一沉，心里有几分不痛快。

纤罗却不以为意，只是嗔怪道："四表哥，你怎么不像小时候一样唤我表妹了？"

琅琊王轻轻咳了两声，似笑非笑地望着这几个年轻人。

刘聪大是头痛，没想到这个小时候就很缠人的小纤罗长大了还是这么爱缠着自己，他只得接过伞，迟疑了片刻，方唤道：“表妹。”

纤罗大是满意，得意地一抬眸，似是挑衅地望着南经，仿佛在对他说：“你瞧见没有，四表哥并没有忘了我。”

南经望着妹妹开心的样子，心中的不快淡去了几分，也露出了宠溺的笑容。

阿琇醒来的时候，已是第二日。她睁开眼睛，却见一个陌生的侍女睁着乌溜溜的大眼睛看着自己，瞧着自己醒来便惊喜道：“公主，你总算醒过来了。”说着便鸟儿似的飞奔着跑出去了。

不多时司马颖走了进来，只见阿琇勉力挣扎着要坐起来，便说道：“你身子还没养好，先躺下，不要乱动。”阿琇依言躺在榻上，神色却很是憔悴，一张芙面上没有半点血色，她望着司马颖半晌，方才开口问道：“十六叔，贾府现下如何了？”

司马颖心下长叹一声，还是将实情告诉了她：“赵王将贾府满门抄斩，已经全都行刑了。”

阿琇霎时脸色惨白，嘴唇哆嗦得说不出一句话来。虽然她与贾氏有血海深仇，可其实除了贾后外，贾家其他人都待她甚好，她却给贾氏带来这样的灭顶之灾，她心下如何能过得去。

司马颖知她心事，宽慰道：“此事与你无关，你不必想得太多。”

阿琇几次都是得他所救，最是信赖他不过，当下也点点头，虽然面色还是很差，却对司马颖轻声说道：“阿琇会听话养病的，十六叔快快去上朝吧。”司马颖嗯了一声，却吩咐那个小侍女道：“豆蔻，你好好照顾公主。”

豆蔻年纪很小，长得十分俊俏。她性子极是活泼的，瞧着司马颖出去了，便吐了吐舌头对阿琇道：“公主有所不知，王爷如今已不用去上朝了。”

阿琇闻言大惊，几番询问才弄清楚缘由。原来司马颖昨日去天牢救她，根本就没有拿到赵王的手谕，他竟是情急之下模写了赵王的字体，又私窃了赵王的印章才把她救了出来。赵王盛怒之下，原本要拿成都王问罪，所幸赵王身边最得力的谋士孙秀几番相劝，这才只收去了成都王所有的兵权，命他在家中闭门思过。

阿琇怅然良久，怔怔落下泪来，她何曾想到十六叔为了救自己竟然牺牲了这么多。可豆蔻却只是一脸崇拜地说道：“我们王爷最是行侠仗义，视名利如粪土，有古时候的侠者之风。三年前王爷从外面救回来一位琴师，府里的人都不知道什么来历，那琴师与谁也不说话，就在府里一住几年，竟像清客一样被王爷养着。”

豆蔻话音刚落，忽听得窗外传来几声琴声，似是有人随手拨弄，虽是寥寥数声，却有绕梁之感。阿琇细听了一会儿，奇道：“这就是你说的那位琴师吗？他弹奏的竟是绿绮？”

豆蔻茫然不解：“绿绮是什么？”

阿琇道：“绿绮是一把春秋时的名琴，书中说此琴中奏清征，有八音之变，若是奏起《五弄》来，瑰艳奇伟，殚不可识。”

窗外人似是听到她的语声，信手弄弦，竟果真奏起《五弄》来。豆蔻不解音律，只觉得窗外人所奏之曲十分悠扬，闻之仿佛如同置身于沐春之中，只觉眼前春光无限，萦抱于山丘之中，澹洋无限。

阿琇却听得极是仔细，她身上伤势未好，勉强伏在床沿上听琴，不由自主地吟道：“微风余音，靡靡猗猗。或搂攊捋，缥缭潎冽。轻行浮弹，明嫿睽慧。疾而不速，留而不滞。翩绵飘邈，微音迅逝。”

窗外人听到她的吟诵，琴音忽止，便是一个清冷至极的女子声音传来：“姑娘也懂琴？”

豆蔻只觉得眼前一晃，便有一个白衫女子走进房中。那女子容色并不出众，看上去不过二十余岁的年纪，还做未嫁的打扮。只是她周身上下都有一股清冷之气，唯有一双剪水双眸瞧着是极犀利的，仿佛一瞥就能把人看透。

豆蔻且忙去阻拦那女子：“咳，不得无礼，这是清河公主。”

阿琇摆了摆手，示意豆蔻不要无礼。她适才听琴音，只觉奏琴人便是国手，却想不到是如此年轻的一位女子。她强撑着坐起身来，对那白衫女子钦佩道：“我只觉得您弹奏的嵇康的《长侧》这一曲，扣商占角，极得嵇康所谓‘荣耀春风，鸣戏云中’的佳处。”

那女子眸底流转了一丝光亮，面上却仍是淡淡的：“哦，你可是会弹琴？”

阿琇有些惭愧，轻声说道：“我母亲雅善琴音，幼时常听她弹琴。只可惜后来母亲去世了，也无机缘学过一日。”

那女子点了点头，面上的冷意中带了半抹笑容：“你若是愿意学，我可以教你。”

阿琇闻言大喜，忙挣扎着起身向那女子行礼，叩拜道：“阿琇拜见师父。”

那女子微微点头，也不扶她，便受了她的礼。

“你怎么受得起我们公主的大礼，”豆蔻又急又气，转身又去扶阿琇，“公主，您身子还没好，怎么又开始折腾自己。”

这白衫女子教琴，与旁人甚是不同。

她捧过绿绮，先从认琴开始教授："琴从上古始，伏羲之琴，独有一弦。神农氏刻桐木为琴，取其中正之音。到尧舜时，定琴为五弦，取宫商角徵羽，暗合五行。到周文王时，拘演周易，误得六爻之数，于是增为六弦。"她略一顿，见阿琇听得认真，便问道："你可知道为何今日都用七弦之琴？"

阿琇想了一瞬，回答道："商纣暴虐无道，武王伐纣，又增一弦，增的便是武弦。"

白衫女子很是满意阿琇的聪颖，却不愿夸奖徒儿，只点头道："君臣文武，各安其位，这是先人造琴之理。你既然学琴，首先便要明白琴理，嵇康说，众器之中，琴德最优。如果弹琴之人，不通琴理，不立身德，是不可以学琴的。"

这竟不是在说琴，而是在说做人了。阿琇闻言肃然，将师父的话一字一句都记在心里。那女子授完琴理，又说道："琴有七弦，徽为玉做。我便名叫玉徽。"阿琇心中牢牢将师父名字记下，只觉得她连名字也用琴取，果然是爱琴如痴。

玉徽不知她心里转过这么多想法，又指着琴头对阿琇道："琴首分上山下泽，上有岳山，下有龙池凤沼。"

阿琇忽然插口道："山为艮，泽为兑，艮上兑下，岂不是损卦。"

那女子想不到阿琇小小年纪对易理颇为精通，有些惊讶地望了她一眼。阿琇解释道："十六叔说易理通人理，要常存天人之念，于是便教我学易。"

"上山下泽，山泽为损，确是损卦。君子宜增宜损，有满有虚，这是告诫世人不要过于惩忿窒欲，要常有惕惕之心，不招损至。王爷能悟出这个道理，便不是寻常散淡之人。要是人人心存天人之念，天下便能太平了。"玉徽不知想起了什么，忽然抬起头来，幽幽地叹了口气，说道，"如今的世事，就如同煮沸的大锅，人为刀俎，我为鱼肉。王爷是明智之人，及时止损。"

她说着忽然有些沉默，伸手抚了抚琴首出了会儿神，又道："只不过传世有名的善琴者多半并无善终，也许就是招了损至。世上之事，过于高洁的常容易被世人所污，不如下里巴人，更合世情吧。"

阿琇瞧着她忽然泪盈于睫，仿佛是触动了什么心事。

曾经显赫一时的匈奴人，经过汉朝时期的几次大战，到了东汉初年就已经分裂为两支。北支远走漠北，南支南下归附汉朝，迁居到河套地区。到了三国时，魏武帝又将南匈奴分为五部，安置在并州。

刘渊的祖上便是迁居到了关内的匈奴贵族，他今年已经年过五旬，但自幼就接受了良好的汉族教育，饱读诗书经典，一举一动已与汉人无异。居移气，养移体，多年优越的生活已经磨去了他作为匈奴人马上骑射的彪悍体格，略显发胖的腹部更符合汉人“老来宁做富家翁”的传统，唯有那股发梢结成的小辫，能显出他还有几分驰骋草原的匈奴血统。

要说他的确生不逢时，没有赶上匈奴最辉煌的时代，从未享过一日马上驰骋、草原长歌的祖上荣耀。反而因为他父亲刘豹是五部都督，咸熙年间就让他客居京城做了八年质子。刘渊年轻时相貌堂堂，身材魁梧不凡，驸马王济与他交情甚好，几次在先帝面前推举他统兵。可老齐王司马攸却甚恶匈奴，常在先帝面前进言道：“臣观刘渊虎视狼行，非池中之物，不会久居人下。陛下不除刘渊，臣恐并州不得久宁。”

先帝是个猜疑心很重的人，自从听了齐王进言说他“虎视狼行”后，就认定他有反骨，甚至要取他性命。多亏王济与琅琊王拼死相保，他才算存了条性命。父亲刘豹去世后，他苟延残喘地回了匈奴，然而还是被先帝压制，让他父亲原来的副将呼延贵做了五部大都督，他只委委屈屈地做了个北部都尉。

刘渊在呼延贵帐下十分恭顺，事事都以呼延贵为先，后又娶了呼延贵的妹妹为妻，从未有一事违背。呼延贵起初对他还有几分忌惮之心，瞧着他还算恭顺便也作罢，直到两家人成了亲家，这才前嫌尽释，从此便亲如一家人。

到了太熙年间，今上即位，贾后掌权，便又让匈奴五部大都督派质子入京，呼延贵膝下只有独子呼延南经，夫人兰氏日夜啼哭，哪里舍得送去。刘渊得知了妻舅的烦恼，一拍胸脯毫不犹豫地就送了自己的小儿子刘聪入京，顶替了呼延南经。从此之后，呼延贵简直把刘渊当亲兄弟看待，感情更亲密几分。

今日刘聪归来，刘渊并未如何重视，反而是呼延贵一早就来到了刘家，他一进门便见着刘渊坐在胡床上，捧着本书在看。他不免抚了抚半是花白的胡子，乐呵呵地对刘渊道：“元海，今日你的小儿子回来，你倒是安坐在家里适宜得紧。”刘渊一眼瞧见妻舅夫妇都来了，忙让了座，口中寒暄道：“小儿顽愚得紧，怎敢惊动兄长一家。”

按照匈奴习俗，女子并不需避让客人。刘渊的妻子呼延氏四十余岁了，仍是保养的极好，柳叶眉挑得入鬓，嘴唇却极其薄，处处都显出几分精明和干练，除了身材微微有些发福外，望去如同三十多岁的人。此时她穿了一件莲青色的夹袄缎袍，迎上来几步，先给嫂子兰氏斟上了一杯酪盏。

呼延贵随意摆了摆手，拣了庭中的正席坐了，只道："你不着急，却不知道我家里有个人可要急坏了。"

正说话间，就听到纤罗的声音在门口脆生生地响起："爹爹，你又在背后说人家坏话了。"她一手携了南经，一手却挽着刘聪，走进门来。

刘渊一看他们这个阵势，反倒愣住了。刘聪看见父亲的胡子花白了大半，忍不住心里一酸，跪下磕头道："儿子见过父亲。"

刘渊十年未见这个小儿子，此时见他长得和自己一般高了，面目清秀俊雅，离别时稚子小儿如今长成了英俊潇洒的青年，他心里虽喜，面上却不带半分，厉声道："给你寄信过去，竟然耽误了这么久才回来，你大哥如今在朝里捐了官做，你三哥也知道帮你姑父带带兵，只有你终日无所事事，真是越大越不成器了。"

呼延贵笑着圆场道，"孩子还小，莫要这么苛责他。我那不成器的二弟如今都成家立业，却也还是个不懂事的人，和儿他们哥三个都是成器的。"

刘聪只低下头瓮声道："儿子知错了。"

"姑父，表哥才回来你就这样凶他。"纤罗却不满意了，她转头对刘聪道："表哥，我带你去看我养的黄骢马可好？"

刘聪向庭上一一看去，转头只见呼延氏站在庭中，纤罗的母亲兰氏坐在一旁，母亲张氏却不知道在哪里，便说道："我还要去看望母亲。"

呼延氏和兰氏忽然都变了脸色，纤罗面上露出伤感的神情，迟疑道："表哥，你母亲……"

刘渊打断了纤罗的话，淡淡地吩咐道："那你就去后面看看吧。"

刘聪星夜兼程地赶回来，最想念的就是慈祥的母亲，此时见众人神色有异，二话不说就向后厢房冲去。

"唉，你们怎么这样！"纤罗瞧瞧姑母脸上一阵红一阵白，又瞧见母亲兰氏对自己直摇头，一跺脚追了上去。

"老爷你瞧瞧，他回来竟像眼里没我这个人一样。"呼延氏忍不住发作了，当着哥哥嫂子的面也并不客气。

呼延贵忙道："聪儿刚回来，一时没认出你也是有的。"刘渊只笑笑不语。

呼延氏对哥哥不满地皱起眉头，又说道："要我说哥哥还是要管教一下纤罗，哪里能让一个姑娘家到处跑来跑去，对她名声有损。"兰氏听她说到自己的女儿，顿时涨红了脸，就要出言反驳几句。

呼延贵却不以为意："我们匈奴的女子，就要洒脱天性才好，不用讲汉人的那些臭规矩。”

刘渊瞧着妻子牙尖齿利地就要抬杠，忙解围道：“和儿明天就要迎公主回来了，念珠，你且去把京中送来的香料都准备好。也拿给嫂子看看。”南经也替她们解围，便对兰氏说道：“母亲，我们陪姑母一起去看吧。”呼延氏和兰氏这才作罢，自去了右边的厢房。

呼延贵望着妻子和妹妹的背影，却拍了拍刘渊的肩膀笑道：“老弟，我们怕是又要亲上加亲了。”

刘渊心中一动，瞬时想到适才纤罗对刘聪的神情，心里明白了几分。他自然乐意的，呼延贵只有纤罗一个女儿，格外宠爱，若是刘聪成了他的女婿，以后在匈奴一族中大是有前途可为。但他恐怕呼延氏会反对，呼延氏对张氏颇为不满，也不喜欢这个小儿子刘聪。相比起小儿子，呼延氏显然更希望自己的次子刘隆娶到哥哥的宝贝女儿。刘渊为人谨慎，于是对呼延贵说道：“和儿和隆儿也比纤罗大得不多，他们从小就相处得来，不知道兄长的意思是……”

呼延贵很是不满地一摆手：“和儿如今已经娶了公主，难道让我的纤罗做侧室吗？至于隆儿，实在和纤罗性子不合。还是聪儿更得纤罗喜欢，就聪儿好了。”

刘渊放下心来，他与呼延氏夫妻多年，深知呼延氏的脾气，若是她认准的事，自己越坚持她便会越强烈地反对，到时候阻碍更多。他于是犹豫了一下，说道：“此事还要与念珠商议商议。”

呼延贵什么都满意这个妹夫，就是不喜欢他有点迂腐的汉人气息，当下便说道：“你不用担心，我自会去和念珠说的。”

后院的几间房门都是紧闭，刘聪一时愣住，不知道母亲在哪间房中。纤罗气喘吁吁地追了上来，她不敢抬眸看着刘聪，小声说道：“表哥，在右首那间。”

刘聪心里顿时浮上些不好的预感，他快步走到门前，整了整衣襟，轻声说道：“母亲，聪儿回来了。”房内却无任何回声。

纤罗心下不忍，颤声道：“表哥，你自己推门进去看吧。”

刘聪轻轻地推了一下门，房门却没有上锁，吱呀一声便开了。里面黑漆漆的，一股呛人的烟尘味扑面而来，里面看起来已经很久没人住了。他心里大是惊疑，急行几步便往里走去，不留神磕在了桌角上，险些绊了一跤。纤罗无法，捂着鼻子也走进屋子。却见刘聪呆呆地站在桌前，神情木然地盯着桌上的木牌，像个木桩一样一动不动。

那木牌上只有短短的六个字：“爱妾张氏之位。”他只瞧着那木牌上的字发怔，母亲半世辛苦，始终郁郁寡欢，到底也不过只得了这六个字。

纤罗瞧着刘聪攥紧了拳头，指节都发白，心底暗暗惊骇，她轻轻地握住了他的手，柔声说道："表哥，姨娘已经走了三年了，你要是难过就哭出来吧。"

"母亲是怎么死的？"刘聪过了好半晌方才开口，声音却完全嘶哑了。

随即疑云便浮上他的心头，母亲虽然性子爱静，却并不体弱多病，怎么会好端端四十岁刚出头就去世了。他想起了对自己母子一直都不友善的大娘呼延氏和三哥刘隆，眼眸里更是浮起浓浓的疑色。

纤罗瞧着他神情狰狞，心里也有几分惊怵，轻声说道："四表哥，你不要乱想，过去三表哥虽然不懂事，可是姑父一直约束着他，不让他乱闯后院。他并没有冲撞了姨娘……姨娘是生了重病死的。你走了之后姨娘一直闷闷不乐，总是念叨你的名字。姨娘临死前我偷偷来瞧过她，她什么话也说不出来，望着我直掉眼泪。"她忽然想起一事，说道："姨娘当时一直指着那个箱子望着我，大概是让我告诉你给你留了东西。"

张氏的居室内所有的东西都按她生前的状况摆放，乌木的八步牙床上漆已脱落大半，牙床旁摆了一个绿沉漆的榆木妆台，上面覆了厚厚的一层灰，妆台边堆了几个藤条编的簏箱，最上面一只上挂了把铜锁，看上去已有很久没有被人碰过了。

刘聪略一思忖，回想起小时候母亲的举动，伸手便拉开妆台最底处的一道小屉，里面果然有把黄铜钥匙。他轻轻将钥匙插入锁眼，腕上略使力，那锁便嗒的一声，竟是开了。刘聪打开箱子，顿时怔在那儿，箱子里满满的都是母亲为他做的衣服，从八岁开始的每年都有一件，他数了数一共有八件，想来是一直做到他十五岁时穿的，那大概正是母亲去世的那年。每一件都是母亲亲手缝制，针脚细密，显出母亲的一片良苦用心。他几乎可以想象母亲是怎样在这间小屋里用她全部的心力给远方的儿子做一件衣裳，年年她都盼望儿子能穿上她做的衣服，可年年希望都会落空。他一去十年，哪里能想到母亲这十年所受的煎熬困苦。

箱子最底端，是一张薄薄的笺纸，颜色已有些泛黄。纤罗见他瞧得怔住，忍不住好奇地凑上去看，却见纸上是天田十五几个大字，笔法幼稚，一望可知是孩童发蒙时临的大字。笺纸的角上却画有一支墨梅，寥寥数笔，筋骨可见，馨香如闻。她不由好奇道："表哥，这是什么？"

母亲，母亲。他心里默默地念着，他怎么可能忘记，脑海中回忆起十多年前的一个冬日，也是这样寒冷的午后，地炕烧得半热，母亲就坐在牙床上绣花，自己一笔一画地在矮几上写字。外面是大哥他们在雪地里嬉戏，父亲对大娘生的三个哥哥都是极好的，每日师父授过课后，父亲就常带着他们嬉戏玩耍，可对他却很少正眼瞧上一眼，连来母亲这里也是极少的，他们母子二人便这样在众人的忽视中生活，几乎无人注意到他们的存在。

外面的笑声阵阵传了进来，他羡慕地几次往窗外去看，浓浓的一大滴墨汁滴到纸上也不知道。母亲画着淡淡的妆，五官精致柔和，她瞧着自己弄脏了笺纸也不生气，只是拿过笔轻轻描摹几笔，那一滴浓浓的墨汁就变成了一支含苞待放的梅花。

在小小的孩童眼中，那是世上最神奇的图景。

“为什么？”他攥紧了手中的笺纸，极力克制着自己，可一双眼眸却成血红之色，这十余年来所有的恨如同被揭开的伤疤，乍然到了皮肉分离的地步，他只觉得伤口上的痛意翻腾而蔓延开，丝丝寸寸，都怨愤到了心里。他沉声道：“为什么从来没有人告诉过我？”

“是姑父不让我们写信告诉你。”纤罗低声道，“他怕你在京中心神不宁。”

“可她是我的母亲啊，”刘聪完全无法抑制自己的愤怒，他的眼里没有泪，只有深深的痛苦和连绵的恨意，“哪怕她的出身再卑微，在这个家中再没有地位，她也是我的母亲。你们，你们怎么可以连她做的一件衣裳也不寄给我，连她过世了都不告诉我！”

第十回

幽有所思

玉徽既然决定教授阿琇，便异常严格起来，每日里除了定时让太医来为阿琇诊病外，其他时间都在督促阿琇练琴。玉徽本就是个琴痴，日日除了琴之外，对万事万物皆一副不关心的样子，唯有说起琴来便神采飞扬，滔滔不绝。而阿琇在习琴上颇有天赋，一点即通，冰雪灵透，再加上她也练得刻苦，俨然一副小琴痴的模样。不过数月光景，已能有模有样地弹下三五个短曲来。

起初豆蔻还颇为担心阿琇的伤势，但瞧着阿琇的神色一日比一日好起来，心境似乎也好转不少，不再似刚入府时郁郁寡欢的模样，也暗暗为她高兴。司马颖暗地里得知此事，心下也甚是欣慰，他救玉徽时，并不知她的来历，权是一时兴起，看不惯别人欺凌弱小，如今看到玉徽这样悉心教授阿琇，心里也觉得很是安慰。

阿琇与玉徽日日相处，慢慢也熟悉了她的性子。玉徽外表冷情如冰，内心却极是刚烈如火，这一日玉徽教阿琇弹奏《胡笳》，阿琇苦练了半日，皱眉道："玉徽师父，这曲子看似容易，可弹起来却甚难。"

玉徽微笑道："琴音通情理，《胡笳》是文姬流落匈奴所作，关怀身世，寂寥惆怅，你年纪尚幼，还不能体会其中情致。"

阿琇与她相处日久，渐也敢与她玩笑："师父说得这样老成，可也比我大不了几岁，如何就通其中情致了。"

玉徽也不与她分辩，只取过琴来，便弹奏《胡笳》的第一拍。

其音如水滴石露、夜生苔衣，须臾静室之中，竟有了月下泉林的感觉。阿琇听得沉醉，只觉玉徽的琴中，绵绵情意不觉。正此时，却听司马颖在窗外笑道：“琴声这样幽旷别雅，一听便不是阿琇所奏。”

他话音未落，却听玉徽这边铮然一声，竟是断了一根琴弦。阿琇初是哑然，可瞧了瞧略显局促的玉徽面上浮起了两朵红云，又瞧了瞧玉树临风的十六叔，忽然间她好像明白了些什么。阿琇心中觉得玉徽与十六叔真是一对璧人，可玉徽琴音如此坦白，十六叔却如同茫然一般，丝毫不解其中风情。

阿琇大是着急，只觉得这两人这样下去，便再有三年也是捅不破这层窗纸。她便寻了个没人的时候独自对司马颖说道：“十六叔，你若再这样下去，可真真要耽搁了玉徽师父的大好年华。”

司马颖初时一怔，很快便明白了阿琇在说什么，他却没什么表情，只平淡笑道：“你这小妮子。”

阿琇大是惊诧：“十六叔，难道你真的听不懂玉徽师父的琴音？”

司马颖略一沉吟，说道：“我与你玉徽师父并不合适。”

“哪里不合适？”阿琇还欲据理力争，“玉徽师父美貌多才，更重要的是待十六叔情深意重，这样好的女子，十六叔还要上哪里去寻？”

司马颖摇了摇头，说道：“如今贾氏之祸初平，天下方兴，可埋忧患甚多，我身在刀刃火烛之上，并不想做家室之考虑，无辜牵连他人。”

阿琇还想说些什么，却忽然听到玉徽推门而入。阿琇和司马颖都是一惊，并没想到玉徽已在门外听了多时。

室中极静，几乎能听到针尖落地之声。

玉徽目中含了泪，说道：“王爷和阿琇都不用说了，这些事玉徽心里都明白。玉徽断不会拖累王爷前程。在府上寄居三年，已是多有不便，如今该是我们分离之时了。”

阿琇心中骇然，起身走到玉徽身前，握住她冰冷的双手，后悔道：“玉徽师父，是阿琇错了，阿琇不该和十六叔说这些话。你再生阿琇的气，也不要离开这里好不好。”

玉徽轻轻抽出了手，面上却有一丝落寞：“阿琇，我教你弹琴，一来为报答这三年来在府上寄居之恩，二来却也是与你有师徒缘分。我们虽然名为师徒，却也情同姐妹一般。如今我还有其他事在身，不会在这里继续住下去了，今日就是分别之期。”

阿琇急得快要哭出来了："师父，你不要走，你在这里就像自己家一样。再说……再说你还未授完我弹琴。"

玉徽摇了摇头，轻声道："我如今已把指法音律都教授给你，也没有什么其他的可教了。往后你若想再有进益，都要靠自己的悟性与造化了。"

阿琇瞧着她语声坚定，心中更是惶恐，又拉着司马颖求道："十六叔……十六叔，你也不会舍得玉徽师父走的，你快留住她好吗？"

司马颖轻轻"嗯"了一声。

玉徽见他如此，心中须臾间冷如铁石一般，面色已是苍白，勉强向司马颖翩然行礼，说道："三年前，王爷相救之恩，玉徽没齿不忘，就此别过了。"

阿琇眼泪簌簌而下，拉着她的衣袖，泣道："师父，你要去哪里，我跟你一起去可好？"

玉徽心下微软，柔声道："世上无有不散的宴席，莫要做此小女儿状。再说虽是分离在即，以后也许还有相见之期，何必这样哭泣。这把绿绮我还有用处，今日我也要带走了，我留下一把'石泉'给你，勿要忘记练习。还有一句话送给你。"她顿了顿，轻声道："过刚易折，保全自身。"

阿琇心下虽然万分不舍，但听她话语坚决，也不敢阻拦，只能含泪再三叩首，却见玉徽一袭白衣如旧，只抱了琴出了府去，竟是极洒脱的一个人，翩翩地径自去了。

阿琇转过头去，含泪指责司马颖："十六叔，你明明心下也是舍不得玉徽师父的，你为何不留下她？"

司马颖叹了口气，望着玉徽远去的背影，那神色瞧不出什么，好一会儿方才说道："三年前，我在秦楼楚馆中遇到她，那时她被几个无赖子相辱，我远远瞧着她明明已是怒到极致，却还敛容抱琴而立，一言恶语也不发。我当时心中敬重她人品高洁，便出手相救。她从未吐露过自己的身世，这样好的琴艺如何会流落花巷，我从未问过。玉徽，她是背负着自己故事的人，该有她自己的轨迹去走，她若决意要离开，我们不该阻拦她。"

自从赵王率兵诛杀了皇后贾氏全族，京城里的风向就变了。赵王独掌朝政，事事以己为先，俨然有当年贾氏专权的派头。朝中众臣不满赵王的独断专行，在齐王的提议下，众人纷纷请旨议储。今上子息一脉甚是单薄，唯一的独子早亡，太子之位已经空缺七八年。这个时候提议储，只有在先帝的诸子中选，这就明摆着是和赵王过不去。

齐王是先帝之侄，他率先请求立储，是撇清了自己的干系。议储的诏书一下，除了成都王司马颖本就在京内，先帝在外藩的几个儿子淮南王司马允、豫章王司马炽也纷纷入京，赵王顿时就焦头烂额起来。

孙秀给赵王出主意："如今诸王入京，个个都如猛虎般，反不如成都王年轻些，而且原本就与王爷亲近，可以为谋。"赵王听了心思便活络了几分，转身就去了成都王府。

御道以北不远处，便是京城最大的一家客栈，上元居。豫章王司马炽此次来京便住在二层最大的天字号房里。

外面虽然是数九寒冬，但屋里铺了地炕，又熏了暖炉，伙计们轻手轻脚地上了酒菜，暖意融融，丝毫没有半分寒意。

司马炽推了门进来，他脱了外面罩着的油衣，露出里面一截墨青底子的锦袍来，袍角上用银线密密地绣了龙纹，他今年方才二十岁出头，生得脸若冠玉，颇是英俊。此刻他皱起了眉头道："十一哥，你闻着外面的味道没有，今日从卯时起，又开始挨家挨户地抓人了。"

屋内的男子正是先帝的十一皇子淮南王，他负了手站在窗前，顺手开了窗子，目光只是向外凝望着，只见外面如撒盐般，雪落无声无息。他看了良久方才回到座前，说道："赵王要肃清朝野，自然是要有些霹雳手段。"

司马炽沉默了一瞬，苦笑道："说是肃清贾氏旧部，可这两日已经株连了足有数万人，不知牵扯了多少无辜。"

淮南王若无其事地给自己斟了杯酒，淡然道："贾氏一门全被诛杀，却还剩一个贾午的幼子贾修不知踪影。养虎终会为祸患，赵王自然是要再搜几日的。"

"何止在宫外，宫内也杀了不少人，连不少皇族也被诛杀。"司马炽露出愤愤之色。

淮南王却是含了几分暧昧的笑意："如今外面都在传宫里的丑闻，据说贾后伏诛时，正在和她的面首欢好，种种丑态不堪至极，却被赵王冲进殿中一刀砍下头来，溅了满身污秽。"

"怎会如此？"司马炽皱眉道，"实在是秽乱宫闱，不堪之至！"

"传言未必属实，我听到的消息却不是这样，"淮南王的声音里没有任何情绪，"宫里有人传信来说，贾后当时衣冠端正，死到临头口中喊的是，'赵王老儿误我’，结果她喊完这句，身边所有的宫人都只能是一死。”

豫章王司马炽倏然震惊：“赵王涉贾后的事这样深，这竟是在灭口了。”

淮南王点了点头，说道：“二十五弟，你只要想想，赵王怎么能仓促之间调集这么多兵马，就知道事情不是我们想的那么简单。”

“兵马？”司马炽脑海中闪过一念，脱口道：“难道竟是赵王这老儿拿到了调兵的白虎符？”

淮南王说道：“这是大有可能的。”他顿了顿，忽然道：“这次入京，本来是想给你和平阳郡主完婚，但王衍这老狐狸忽然生病，他恐怕是在观望。”

司马炽心下黯然，沉吟道：“是我没有实权，配不上平阳。”

淮南王怒道：“你是先帝的皇子，有什么配不上她的？他家若想悔婚，兄长再替你找一个好女子。”

司马炽缓缓摇头道：“若我悔婚，平阳又该如何自处？还是等王衍先提才是。”

淮南王重重叹了口气：“唉，你就是太心软。”

赵王还是第一次来成都王府，此时见到偌大的王府纵然金碧辉煌，但也掩盖不住门可罗雀的冷清景象。只有几个小孩在门前玩竹马，门上也无人通报。他推了门进去，看到过了游廊就是一处极大的花园，园里遍植梨树，此时春寒料峭，花骨朵都未发，园中景色萧肃得紧。

园子正中，司马颖头戴一顶朝天冠，身着素袍，正在树下舞剑。

赵王看了一会儿，方才拍手道：“十六郎好剑法。”

司马颖未想到赵王会来，他状若罔闻，只一伸手弃了长剑，便有婢女捧了热帕子来擦手。赵王瞧着他状貌冷淡，连眼角也不看自己半分，便给自己解围道：“十六郎过得这样潇洒，娇婢宝剑，可以对月浮一大白。”

司马颖弯了弯唇，终于斜觑了他一眼，声音只是平静如水：“侄儿惯是清闲的，不比叔父那样为国事繁忙。”

赵王听他言语带了讥讽，大是尴尬：“十六郎这是在责怪叔父吗？”

“侄儿不敢，叔父一门三个王爷，何等的显贵。”司马颖侧身对他行了礼。他在家中也知赵王这段日子如何弄权专横，本想再讥讽几句，却一转头看到赵王的胡子已是花白，心下到底不忍，便收了声。

赵王自把他的神情都收在眼底，忙为自己剖白道：“孤王年老不中用了，封你的两个堂兄为王，只是为了后世而已。你也知道，在这京城中若无一点爵位，往后的日子便难过得紧。”

赵王把自己的两个庶子封了济阳王和汝阴王，此事已经激起了朝中极大的反响，纵然是司马颖这样足不出户，也将闲言碎语听了个遍。他瞧着赵王长吁短叹的样子，到底心里软了几分，回过头来温声道：“叔父，不是侄儿多嘴，你给两个堂兄封王，实在是犯了大忌。如今人人都说你有不臣之心，你又该如何自白？”

“天下人都议论孤王，孤王有什么好怕的。”赵王满不在乎地一仰头，忽然瞧见侄儿看向自己的目光是极冷的，他想起孙秀的话，忙又放低了姿态，叹道：“罢了，如今后悔这些已是迟了。当下最要紧的是十一郎和二十五郎都要入京了，他们都与孤王作对得紧。十六郎，你是孤王自小看着长大的，可不能袖手旁观。”

若是在往常，赵王这样低声下气地相求，司马颖肯定二话不说拔刀相助。可经过这些天的事，司马颖早已对这个叔父生出几分失望，他想了一瞬，说道：“十一哥性子虽然有些刚烈，但也不是不通情理的人。二十五弟年纪还轻，并不关心朝政，想来二人都不难说话。叔父只要好生与他们相商，想来也不会有什么阻碍。”

“什么好生相商，”赵王心头的火一下子蹿了起来，他只要一想到齐王他们几个在背后做手脚就心里莫名地烦躁，他不耐烦道，“他们就是看不惯孤王掌管朝政，一心来与孤王作对的。”

司马颖微微蹙起了眉，仍然好言相劝道：“天下事本来就该朝廷共商之，叔父除了贾氏之害，人人都称赞叔父的英明，如今正是肃清朝政、正本归源的时候，叔父与齐王以及几个兄长齐心协力辅佐陛下，上下同心，何愁天下不太平？”

赵王冷哼了一声，觉得这个侄儿和自己处处都说不到一起去，愈发急躁几分，他跺了跺脚，别过脸道：“孤王扪心自问，从未亏待过你小十六，这些年来多少次贾后那恶妇刁难于你，都是孤王一力相救。就连你伪造孤王的手迹，去天牢里私放清河公主，孤王也睁只眼闭只眼忍了。如今十六郎要是打定主意在岸上袖手旁观，孤王也不再勉强！”

司马颖愈听脸色愈白，听到最后一句背上忽然一僵，脑海中忽然浮现出先帝去世时的情形，那时候自己的母亲谢夫人刚刚自尽身亡，自己伏在父皇还未冰冷的尸身上失声哭泣，不远处贾氏和太子的声音越来越近，是叔父冲了进来，拉着自己离开了那个冰冷的宫殿。他那时还小，不太明白这其中到底发生了什么。直到今时今日，他忽然明白那天叔父拉开自己的全部意义。

“叔父，我会尽我所能维护你的。”他忽然开口。

正欲转身离开的赵王简直不敢相信自己的耳朵，他一把握住司马颖的手，丝毫感觉不到这个侄儿的手掌竟是冰凉彻骨，他的头脑已经被巨大的喜悦所冲击，连声道："十六郎，若得你相助，天下尽在我们叔侄之手。"

司马颖的声音清冷而冰凉："但如今仅靠我们叔侄二人，是无法与齐王和十一哥相抗衡的，叔父你还需要一个帮手。"

赵王迟疑道："先帝诸子只剩下你们兄弟三人，其他诸王还有琅琊王和东海王，但他们二人手握兵权，一旦入京，岂不又是一个祸患。"

司马颖摇头道："琅琊王远镇边陲，最是老成持重，是轻易动不得的。东海王与鲜卑人勾结太深，叔父不妨想办法在后宫中添一助力。"

赵王的双目霍然亮了，贾皇后已死，陛下的中宫之位是空缺的，他连连搓着手，兴奋道："小十六所言甚是，只要陛下续娶的皇后是我们的人，岂不又得一个帮手。"

赵王走后很久，司马颖一直怔怔地站在梨树下，一步也未挪动过。他忽然听到身后有琴声叮咚，转头看去，只见阿琇坐在他身后正在弹琴。

司马颖望着阿琇便敛起眉间的愁郁，换上了一副微笑："自从你师父走了，你还在日日练琴？"

阿琇停了手，声音里有说不出的郁郁："玉徽师父说琴不可离手，我不敢松懈。"

司马颖想起玉徽的行事，由衷说道："你师父为人高洁，是位奇女子。"

阿琇今日来找他却不是为了谈论玉徽的事，她有些担心地望着他说道："十六叔，你没瞧出赵王有别的心思吗？"

"我怎么会瞧不出，"司马颖苦笑着摇摇头，"这些年叔父变得太多了。"

阿琇细细地想了一遍适才赵王说的话，不由皱起眉头道："十六叔，我总觉得赵王行事诡异得紧。之前我在宫里也瞧见过，他可是依附贾皇后最紧的，贾皇后对他也还算不错了。可他诛杀贾家人下手最狠，并不顾念旧情。如今他让你为他臂膀，焉知日后不会狡兔死，走狗烹。"

司马颖面色沉静，眉宇间露出淡淡的忧色。

阿琇忽然想起一事，从怀中取出一块白色的绣帕，递给司马颖道："十六叔，这是贾谧临死前让我交给你的，他说这或许能找到先帝的驺虞幡，让我交给守成之主。"

司马颖有些意外，他低头看着那帕子，笑容微微一敛，却叹息道："贾谧虽然身在奸佞之家，却并非祸国之人。"他拿着那帕子仔细瞧了一瞬，又说道："这帕子我小时候见过一次，上面的驺虞是我母妃所绣。”

阿琇大感惊讶：“贾谧还说这个帕子九成是与驺虞幡有关，怎么会是出自……出自叔父的母妃之手？”

司马颖看着那帕子，脑海中忽然浮现出无限往事，喟叹道：“阿琇，你知道我为何对你这样顾念吗？”

阿琇没想到他会这样问，迟疑了片刻方道：“因为十六叔顾念骨肉至亲……”

司马颖摇了摇头：“你这话只说对了一半，天家最淡薄的就是骨肉亲情，父子兄弟也可以刀刃相向，我们司马氏尤是这样，你瞧先帝夺的不就是亲兄弟的位置。我虽然是你叔父，但先帝有十六个儿子，我与你父皇并不是很亲近。”

阿琇哑然无语。

司马颖瞧着阿琇脸涨红的样子，温和笑道：“我的母亲也姓谢，是先帝的谢夫人，与你母亲是亲生姊妹。”

阿琇倏然而惊，她对母亲谢昭仪的印象并不是很深，十二岁时母亲就去世了，从此她坎坷成长，母亲陪伴的那些平淡的时日恰是印象中最浅淡的岁月。此时她听到司马颖提起，忽然觉得奇怪，母亲怎么会和先帝的谢夫人是姊妹？

“你在想为何我的母亲和你的母亲是姊妹对吗？”司马颖一望便知她的心思，叹道：“谢氏门阀高贵，你我的外祖父有九女，我的母亲在家中是长姊，单名一个懿字，你的母亲闺名一个‘玖’字，正是谢家的小女儿。其实最初入宫时，她们姊妹二人同为先帝的妃嫔，我母亲封了夫人，你母亲位居才人。在一次春日宴上，你的父皇见到了那时刚刚进宫的谢才人，深以为喜，哭闹着要求先帝和杨皇后将谢才人赐给他。”

阿琇又羞又愤，她无法相信自己的母亲居然侍奉过两代帝王，这纵然是在民间也是荒唐至极的丑闻。但想起父皇痴愚的样子，心里也明白了几分，与疯子是说不清道理的。

司马颖徐徐说道：“先帝虽然很生气，但到底骨肉关心。况且那时候先帝刚刚给太子娶了太子妃贾氏，入宫便见到贾氏奇丑且悍妒，也深为悔恨。便做主将谢才人赐给你父亲，对外只说谢家之女才德淑仪，可堪侍奉皇储。”

“我母亲怎么可能会同意。”阿琇脱口道，母亲谢玖出身名门，怎么会答应这样荒唐的要求。

“你母亲当然不同意，几番欲寻短见。”司马颖望着她平静地说道，“可是先帝的旨意怎么能违抗，最后是由我的母妃出面劝说了几次，为了谢氏一门的平安，你母亲终于答应了，只在一个夜里半是遮掩地被一乘小轿抬出了宫，做了太子侧妃，再往后的事你都知道了。”

阿琇点了点头，怪不得贾皇后对母亲和自己这样憎恨，一定要取了性命才罢休，原来曾经有过这样深的恩怨纠葛。她亦不敢相信母亲那样精致而平静的面容下，竟然曾度过那样激烈的人生。

“我第一次看到你在荼蘼殿里寻短见时，忽然想起了母亲对我说的话，”司马颖遥遥地望着远处，似陷入回忆之中，“我母亲临去世前对我说的最后一句话是，她这一生最对不起的人就是她的九妹。”

他将那帕子还给阿琇，说道：“这帕子还是你收着吧，算是谢家留给你的一个念想。其实白虎符、驺虞幡就算能找到又如何，也要有德者用之，才能调动天下兵马，平息天下的祸乱。天下之事，哪有什么白虎驺虞而得天下的，都该为有德者居之。”

阿琇咬紧了双唇，面色由红又转苍白，却一个字也说不出来。

司马颖忽然对她说道：“阿琇，我带你出去走走吧。”

两人乘了大车，径自往城外而去。约莫行了半个时辰，阿琇挑帘所见道路愈来愈窄，宽阔的石板路变成了狭窄的黄尘道，行人也少了许多，看样子竟是走到了城外的偏僻所在。阿琇轻声问道：“十六叔，我们要到哪里去？”

车停在了一处没有牌匾的宅院门前，司马颖向外看了看，忽然说道：“到了。”

阿琇打量他身后，只见这宅院望去似是豪门大户的院子，两扇大门也是朱漆。只是看上去已经很久没人居住，门上的朱漆脱落斑驳，瞧上去颇有几分破败不堪。而门前的石槛上已覆了厚厚的尘土，门前停了许多飞鹊，在地上啄食。这地方竟是这样熟悉，阿琇胸口如被重击，心里一时间混沌一片。

门前有一个老者手持扫帚在扫地，他见司马颖来了，目露惊疑之色，他的目光忽然停留在阿琇身上，仔细打量了她一番，却恭恭敬敬地行了一礼。

阿琇觉得这老者有些眼熟，便也弯腰还了礼。司马颖轻轻推了推大门，那门上着锁，并推不开，他对阿琇道：“这扫地人是从前贾府旧人，又聋又哑，谁也不放进去。”

他话音刚落，只见扫地老者从怀里抖抖索索地摸出钥匙，只递给了阿琇。

司马颖目中露出几分诧异的神色，只见阿琇轻轻开了铜锁，向里面走了进去。他吩咐好车夫在外面守候，便迈过门槛，随着阿琇进去。

宅院内更显得荒凉，偌大的一片院子久无人清扫，石阶上覆满了青苔，杂草丛生，甚是荒凉。庭中过去遍植名花，如今花草无人莳养，都已开得残败。而庭中曲水流觞，都浮着枯草叶，屋舍比邻，依稀还可见昔日里繁华景象。

司马颖抬头望着她，淡淡笑道："这地方你来过吧。"

阿琇面色苍白地点点头，她望着曲水中泛起的粼粼波光，每一道波光下仿佛都印刻着曾经这水畔的笑声。而那波底碎石嶙峋，似是锋利的割开了回忆的大幕，生冷地刺痛回忆里她最不愿去回想的一幕。

她的声音亦是冰冷的："他带我来过一次。"

司马颖说道："贾谧确有名士风度，与他姨母不同。"

阿琇听到这个名字，心底像被针扎般刺痛。

司马颖叹道："金谷诗友二十四人，个个都有才名，到如今受贾氏之祸牵连，零落者不过左思与陆机二人了。"

"左二哥和陆四还活着？"

司马颖微觉讶异："你也识得他们？"

阿琇轻声道："去年的三月初三，他带我来过这里。那天他们在这岸边流觞曲水，把盏作诗，很是快活。"

司马颖若有所思点点头，道："贾氏祸乱之后，那日在贾府中的宾客都被赵王所诛。独有左思和陆机二人不见踪影，许是逃过一劫。"

阿琇心下酸楚，好歹还有人活了下来。

司马颖却望着她说道："你可知道在贾谧之前，这金谷园是谁的住所？"

阿琇茫然地抬头望着他。

司马颖缓缓道："昔日前朝金谷富贵，红绡十里铺地，说的就是这金谷园的主人，石崇。"

阿琇生得晚，只依稀觉得这名字很是耳熟，却并不知道此人的经历。司马颖见她目露困惑，便说道："石崇是前朝大司马石苞的幼子，生来不喜做官，一来爱写诗作赋，二来爱从商积财。他的诗赋写得平平，但从商却天赋异禀，不过数年就富甲京中，他的钱财之多，就连先帝的外甥王恺也比不过。他一生所积攒金银太多，便用了半数的家产建了这座金谷园，寓意以金为谷，世人说园中宝物之多，恐怕连皇宫大内也比不上。"

阿琇想到这园子后来归贾谧所有，不免心惊："难道……贾谧他……"

司马颖摇了摇头："这金谷园并非是贾谧强取豪夺，乃是石崇心甘情愿奉送给他的。那时候石崇斗富王恺，名头太甚，得罪了许多贵戚，被人阴谋下狱。是贾谧爱惜他的才华，出面为他说话。他出狱后心存感激，便将这金谷园赠给了贾谧。”

阿琇稍觉安心，她心里其实也不相信贾谧会做出那种事来。

司马颖道：“贾谧虽是贾氏恶妇之侄，但并不贪财，处事有君子之风。他再三推辞，并不要这园子。石崇心下反而更加拜服，便收拾了产业回老家去了，将这个园子留给了贾谧居住。”

阿琇转念一想，却很快发现了疑点：“此事奇怪得很，王恺虽然是皇亲，但并不身居高位，他怎能陷害到石崇？”

司马颖赞许地点头道：“你说得不错，其实陷害石崇下狱的并不是王恺，而是一个你我都想不到的人。”

阿琇心下反而坦然，她断然道：“不论是谁所为，定然不可能是贾谧。”

司马颖有些讶异地看了看她：“我当时并不了解贾谧为人，很多事还是之后才渐渐瞧明白的，没想到你倒看得这样透彻。”

阿琇望着那池碧水微笑不语，她了解贾谧为人，知道这样沽名钓誉的事他定然不屑为之。

司马颖说道：“真正图谋金谷园的人不是王恺，也不是贾谧，而是……”

他话音未落，只听外面忽然起了吵闹声，有男子的声气在外面大吵道：“凭啥不让大爷进去，这金谷园都是大爷家的。”

接着车夫辩解的声音传来：“您少安毋躁，我家主人在里面，您先别进去了。”他话还没说完，只听噼啪一响，似是被抽了一马鞭，接着又是劈头盖脸的好几声鞭响，那车夫痛得直求饶不已。

司马颖一怔之间大步走了出去，厉声道：“是谁在外面捣乱？”

阿琇赶忙几步追了过去，却只见门外不知何时来了一群地痞，中间一个无赖男子看上去只有二十来岁，身形十分瘦小，衣着却甚是华丽，旁边还跟着一群无赖混混，脸上都有刺青，手里还拿着木棍，瞧上去都不是汉人。阿琇虽然不知道来历，但司马颖却很是清楚，这一群地痞看上去都是匈奴人，这几年有不少匈奴恶棍在京中南市以贩马的名义做强盗之事，他们仗着身有几分武功，便抢劫偷盗，与强盗无异，京中抓捕了几次，但因为没有伤及人命，都只能关上数日，在面上刺青便放了。京中百姓都称他们为刺青无赖子，最是惹人厌烦。可是正中间这男子面上没有刺青，看上去却不是匈奴人，衣着很是纨绔，耳边还戴了一朵花，不知道是什么来历。

那中间的无赖男子痞里痞气对着司马颖说道：“你是哪来的？敢进本大爷的宅

子？”他说着目光扫过阿琇，露出几分歹意，指着她道：“这宅子里的东西都是大爷的，还有这妞也是。”

阿琇气极：“你胡说什么，这金谷园姓石姓贾，却何时成你这无赖的？”

那无赖男子哈哈大笑：“姓石？姓贾？去地底下找他们去吧。现在这园子就是姓孙了！”

司马颖本已是怒极，听到最后一句却沉下面来：“你姓孙？”

那无赖男子翻着白眼，露出一副无赖相。旁边几个刺青无赖子却都操着半生不熟的汉话喝骂道：“你们不识得我们射骑校尉？还不快快滚开。”“男的滚开，把那小妞留下来。”……他们污言秽语不断，司马颖面色越来越不好，却见那无赖男子腰间真的别了块校尉的腰牌。

中间那无赖男子见司马颖一直不说话，以为他是怕了，越发得意，伸手便来拉扯阿琇。他手刚碰到阿琇手腕，只见阿琇反手便重重给了他一个耳光，骂道：“无赖，也敢来碰我。”

那无赖男子哪里被人打过，当下便大喊起来：“不得了了，这小妞还敢殴打本校尉，快快把她拿下。”他一边说一边却往前凑，色迷迷地打量着阿琇。阿琇自出娘胎从未受过这样大的屈辱，她羞愤难忍，便往司马颖身后躲去。

司马颖一按腰间宝剑，便要长剑出鞘。正此时，忽然有人过来拦在了身前，来人同是个身着校尉服饰的青年男子，他对那无赖说道：“孙小公子，不要无理，这位可是成都王。”

无赖白了那男子一眼，有些狐疑地望了望司马颖，却见司马颖气度不凡，不似寻常人一般。他便收了手，却望向那青年男子道：“你可别骗我。”其实自从那男子过来，不知为何围在一旁的几个刺青无赖子都往后闪开了几步，似是有所畏惧，只有中间那人兀自不怕，还在张牙舞爪地拿腔作势。

那青年男子肩膀微耸，沉声道：“末将不敢欺瞒公子。”

无赖忽然发现身旁的几个地痞都退了好几步，心知今日是占不了上风了，自是讪讪地带着那帮地痞去了。

“王爷，得罪了。”这青年男子长嘘一口气，这才对司马颖抱拳行了一礼，又望了阿琇一眼，一言不发地便跟着那些无赖走了。

阿琇兀自气得脸色通红，问道：“十六叔，你为何不教训那个无赖？”

司马颖仰头望天，叹道：“你没听到吗，他姓孙，他父亲恐怕就是当年谋害石崇的孙秀了。孙秀是赵王手下最得力之人，此人是我也惹不起的。”

阿琇简直不敢相信自己的耳朵："孙秀是什么人物？怎么会连十六叔也惹不起？"

司马颖缓声说道："你可知道赵王为何能威震天下？除贾后、平祸乱，他靠的便是这个孙秀。"

隔了不几日，宫里便传下旨意来，要接清河公主回宫。司马颖心知这是赵王为了表示对自己的善意，特地下的旨，但他仍有几分担心地去问了阿琇："赵王把阿邺也寻着了，送回了宫中教养。你若不愿意回宫去，就在十六叔这里住下来也行。"他瞧着阿琇眉头微蹙，眉宇间都是疲惫恍惚的神色，便打趣她道："十六叔这里宽敞得紧，并不多你这一双筷子吃饭。"

阿琇缄默良久，声音平静如常："十六叔还未娶妻，阿琇在这里久住多有不便，我还是回宫去好了。"

豆蔻反而是最伤心的一个，她照顾了阿琇这些时日，哪里舍得下她，哭哭啼啼地替阿琇收拾了东西，眼边的泪总是拭不尽，阿琇笑着逗她："你要是这么舍不下，就跟了我入宫算了。"豆蔻睁大了眼，点头道："奴婢千情万愿。"阿琇反而有几分惊诧："那你舍得下你们家王爷？"居住这些时日，她早瞧出这府里的侍女多半都对十六叔芳心暗许，豆蔻也不例外。

谁知豆蔻颊上飞红，却正色道："王爷最记挂的就是公主，奴婢如果能入宫去侍候公主，也算是给王爷分忧了。"阿琇还未说什么，恰好司马颖进屋时听到了这话，大大地赞赏了一番，便让豆蔻随着阿琇入宫去了。

阿琇除了豆蔻，就只带了玉徽留下的一把"石泉"回宫。她依旧住在荼菽殿，一切都照旧制，只是吃穿用度丰厚了许多，想来是赵王特意吩咐过的。宫里经此一难，人却少了许多，侍奉往来的都添了不少新面孔。原先宫里三位未嫁的公主，始平在靖难时随在贾皇后身边，此时也被赵王送到金墉城去软禁起来；东海远嫁去了太陵，如今在宫里的反而只有阿琇这一位。她派人打听从前宫人的情形，隔不了几日，便有黄门侍从领了白袖来见，白袖跪在阶下，引袖泣道："那日宫难之后，奴婢在城中寻不到亲人，便又回到宫中。奴婢日夜为公主祈福，终于又见到公主殿下了。"

阿琇亦是伤感，亲手扶了她起来，又问起水碧与冯阿姆的下落，白袖不愿提及水碧，只道似是看到乱军斩了阿姆的首级，抛在乱坟岗上，阿琇伤心了半晌，命白袖带人去拾了她的骸骨，好生安葬了。

在宫里的日子须臾间寂寞了下来，再也无人在耳旁念叨要受礼奉行，也无人偶尔摘一枝花送到自己寝殿门口，她多少次去探望阿邺时路过灵昆苑外的水榭，恍惚觉得好像还有个青衫的身影在那长亭中伫立。

这段日子竟如流水般在指尖泻过，仿佛还是一年前的光景，什么都没改变过一样。除了阿邺悄悄长高了个子，如一个青年人一样下巴上生了蒙蒙的胡须。

“阿姊，你和贾修的大哥真的成过亲？”阿邺见到她的第一句话竟然问的是这个，他如今声音变得略有些哑了，轻轻地皱起眉头。

阿琇轻轻摇了摇头，想了一瞬，又点了点头。

“他们都说，阿姊不仅心甘情愿嫁给了贾修的大哥，还帮贾家人求情，这也是真的吗？”

阿琇有些讶然地看着他：“这些话你都是听谁说的？”

阿邺死死地盯着阿琇，双目中有她所不熟悉的陌生：“阿姊只用说是不是真的？”

“是真的。”阿琇毫不犹豫地承认了，她望着阿邺目光中的失望、伤心，想去拉他的手，可却被他用力挣脱开：“我的父亲、母亲，阿姊的大哥和母妃，还有祖母，他们都是被贾家人逼死的，阿姊你却认贼为亲。”

“你在胡说什么，若不是贾谧，你哪里能轻易从牢中出来。”阿琇气得面色通红，身子也有些发抖。

阿邺很少看到姊姊发怒的样子，一时有些慌了，低头道：“是阿邺错了，姊姊不要生气。”阿琇本来十分伤心气恼，见他服软，反倒是平静了，有几分伤感道：“贾家的事，里面有许多缘故，等你长大些了我再讲给你听。”

阿琇瞧着阿邺经过这次的事，骤然间变得沉稳许多，以前老爱拉着自己说个不停，如今却变得少言寡语，对自己也生疏许多。就算阿琇问上七八句，也只是短短地回复半句，而对那三个月在宫中大牢的日子更是避而不提，每每阿琇问起他就转开了话题。阿琇心想他这是少年人乍经大变，难以面对而已，过一阵子就好了，倒也没有放在心上。

阿邺虽然服软，但过不了多久就奏请赵王，要去府外开牙建府，赵王自然准许，并且特地上奏重修了从前被大火焚尽的吴王府，府邸不仅比以前扩大许多，而且内中陈设一概都按照藩王的仪制配备齐全。阿邺搬出宫中，与阿琇见面就更不容易了。阿琇心中虽然百般不舍，但想到弟弟终究是长大了，也能做得了一府之主，更多的时候心里还是高兴的。

阿郧离宫之后，阿琇只觉得日子更加闷了起来，每日练完琴，唯一可以期盼的莫过于独自坐在荼蘼殿里，等着天外划过一道洁白的影子，那是从遥远的并州寄来的传书。刘聪临走时特意把那只飞鸽留给了她，她喂养了一些日子，那鸽子起初极是傲气，渐渐地却也与她熟稔了起来，也开始会在她手中啄食，把她当作主人一般。她第一次将信笺绑在鸽子腿上小小的竹筒里，一颗心怦怦直跳，信笺上的一句话，却让她踌躇地写了三天，这么多天毫无音讯，她实在想念又牵挂，千言万语汇在笔下，终只有一句：一别月余，君可安好？

然而回信不出十日就收到了，他的回信亦很短暂，只有寥寥八个字：青青子衿，悠悠我心。

她展开信笺的那一刻，心都要从口中跳出。待看清纸上的字迹，面上又喜又悲，唇边明明挂了一丝笑，可清泪却顺着脸颊流了下来。

第十一回

有女献容

赵王惯是个雷厉风行的人，既然听从了司马颖的主张，便大张旗鼓地开始为皇帝选起继后来。朝中依附赵王的亲贵大臣虽多，可听说是把自己的女儿送入宫中做皇后，个个都开始寻找托词，不是这个说女儿已经定了亲，就是那个言道女儿身有顽疾不可侍奉天子，竟把这“天大的荣耀”当作洪水猛兽般。赵王忙了数日毫无所获，气得嘴角起了几个火燎燎的水泡，实在是上火得紧。

赵王最信任的谋士孙秀，今岁刚过不惑之年，他出身本来寒微，自幼就丧了父母，几番辗转投亲，终于来到京城投身在赵王府里做了个秉笔小吏。然而他生性爱读书，也通一些权谋之道，因缘巧合竟然投了赵王的眼缘，渐成了赵王身边第一要紧之人。

这日他刚到赵王府上，就听书房里传来一声清脆的响声，他迟疑了几步，悄声问门外的侍女：“里面这是怎么了？”那侍女吓得不轻，低声道：“这是王爷今日摔的第五个茶碗了，孙先生赶紧进去看看吧。”

屋外一问一答，屋里的赵王已经听了个分明，高声道：“是俊忠吗？赶紧进来。”

孙秀微一整衣冠，换了一副淡然的笑容，踏着步子慢慢进了屋子，只见屋中一片狼藉，乌檀描金的案几上横七竖八地堆着些文牍，数个精致如玉一般的越窑茶碗在地上摔得粉碎，赵王手里拿着一张薄薄的纸笺，瞧上去气得不轻。案几旁还立了几个侍者，个个都吓得发抖。孙秀接过纸笺读了读，只见是司徒王衍写来的一封信，信中说自己的小女儿已经许配给了中书令裴淼的公子，恐怕不能入宫侍奉天子，言辞虽然恳切，但推托之意一望可知。

孙秀扫了一眼信，心中已是明了赵王生气的缘由，这恐怕不是赵王收到的第一封辞谢信了。他想了一瞬，忽然笑道："恭喜王爷，贺喜王爷，王衍此信实在是推得好！"

"喜从何来？"赵王的脸上有了几分阴郁，没好气道，"王衍这老儿，若不是孤王保了他，就凭他和贾家是姻亲这一条，他现在连命都没有了。孤王把他从一个小小的车骑将军升做司徒，他现在居然还敢来应付孤王。"

孙秀摆了摆手，那几个侍者如释重负地赶紧出去了。他心里盘算了一下关节，缓缓道："以小臣看来，琅琊王家已经出了许多亲贵，渐成王爷掣肘，不可更贵了。"

赵王的双眉微微挑起，心中若有所思。

"何况王谢两家，历来都属高门，若再出一个中宫，日后要成为王爷的心腹大患。"孙秀瞧着他有所意动，劝说道："除此之外，若要在朝中大臣中选一个依附王爷之人，恐怕齐王淮南王他们都要齐力反对。可若要让他们推选，那断然会对王爷不利。"

赵王沉吟道："依你这么说，竟是无人可选了？"

孙秀不紧不慢道："王爷可还记得泰山羊氏？"

赵王皱起了眉头："你是说羊瑾老儿？他当年做过尚书右仆射，倒算得上是名门。只是羊瑾老儿当年就十分的古板不化，先帝也十分厌他。"

孙秀轻描淡写地解释道："羊瑾已经去世十多年了，如今他儿子羊玄之刚刚入京任光禄大夫，只是个闲职而已，与朝臣并无什么瓜葛。他有个女儿，今年十六岁，去年被贾后选入宫中做过女官，相貌仪礼都是上佳。"

赵王想了一瞬，心知羊氏家世单薄，如果入主中宫，也更容易掌控一些，而且齐王他们也没有反对的理由，他心中满意了十分，只是口中仍然道："如此说来，此女也可为人选。"他转念一想，又说道："这个羊玄之可与你有何瓜葛？"

孙秀跟随他多年，素知他性情多疑，当下不敢隐瞒，跪下诚惶诚恐道："小臣不敢瞒过王爷，羊玄之的岳丈孙旂，是小臣的族叔，小臣并不敢瞒私。"

赵王点了点头："起来吧，你既然如此剖清，孤王自然信得过你。"他心中大事已了，当下轻松了几分，转头见桌上还有两盏热茶，便吩咐道："这是巴蜀今年新晋来的白鹤茶，你尝尝看比匈奴人的酪盏如何。”

孙秀细细地品了一盏，却说道：“小臣觉得酪虽香甜，却腥气得紧，不如茶中苦尽甘来的滋味更胜一筹。”

苦尽甘来。赵王细细地品味了这四个字，唇边露出淡淡的笑意。

鸿胪寺很快就择定了新后入宫的日子，上奏道：四月十七便是吉日，可宜天子嫁娶。

到了十七这日，新换御前黄门令汪篌前来荼蘼殿传旨时，阿琇方知此事。她本已对朝政全然不关心，便在白袖和豆蔻的细心装扮后，径直往太极殿去。

一路乌亮的金砖地被擦得可鉴人影，这条路她已经走得很熟悉了，这一次她走过时忍不住向玉阶下望了望，外面是数十株繁丽似锦的桃花，植在青州送来的一长排玉眼瓮里粉霞蒸腾如锦一般。上一次来这里时，宫里的主人还是贾皇后，而她还是与东海同站在玉阶下待嫁的新妇，一转眼这里已物是人非。

远远地东阁门外，进了一辆桃红锦幄的四望车，一概雕金砌玉，华贵无比，红色云锦上遍绣仙草云鹤、方胜鸾雀，更显富贵异常。按照国朝之制，皇后当从太极门抬入，续娶的中宫只能从东阁门抬入，但纵然如此，这卤簿也是阵仗惊人的，数百人的大卤簿在前行，各执五色凤起，后有数十人的小卤簿在后，手捧各色金器珠宝，都是珠玉盈翠，晶光闪闪，阿琇站在殿外瞧去，只觉远远而来的车行马队竟如行云般源源不尽，铺得皇城里一片霞光。

车驾到了东上阁外便停住了，站在太极殿外的九卿之首的司徒王衍朗声道：“羊氏之女，有母仪之德，窈窕之姿，如山如河，宜奉宗庙，永奉天祚。”

阿琇恍然只觉得这姓氏有些耳熟，她还未及多想，只见那四望车上便走下了一个身材纤细的女子，身着胭脂红的闪缎袆衣，皆是金线绣了凤纹，远望去金光闪闪。她头上戴了十二钿的凤钗步摇，每走一步，那步摇上的小金凤便轻轻地啄一下，十分的显目。待她行到殿前，阿琇此时方才看清她的面目，鹅蛋脸，细长的凤眼，却不是羊献容是谁。

两旁文武皆屏息静气地跪了下来，阿琇如遭雷击一般，定在那里动也不动，豆蔻悄悄拽了她好几下，她才如梦初醒地跪了下来。

皇帝早已在太极殿中的西阶上坐定，他不知为何脸色蜡黄，远远瞧去一脸病容。整个人浑浑噩噩地坐在那里，好像一个提线木偶任人摆布。羊献容缓步踏入殿中，在皇帝面前俯首拜倒，便有女长御为她披上幓衣，皇后先拜后起，皇帝后拜先起，两人行过拜礼，只听殿外王衍赞道：“礼成。”

文武百官便山呼海啸一般直呼“万岁”。

阿琇定定地站在殿外，瞧着父亲身边端坐着的羊献容，方才十六七岁如花的年纪，一双清亮晶莹的眸子如黑色的玛瑙一样光彩熠熠，只是此刻她面上没有任何神情，整个人若一枝水仙，盈盈端坐，不染尘埃，更映衬得她身旁的皇帝身形臃肿，面目老态。而她发流如云的鬓边似乎簪了朵白色的芍药花，在满身如烟霞般的红色中，那抹白色却更引人注目，清丽得让人不忍去看。

皇后行过了大礼，接下来便是与皇帝行同牢之礼。女长御捧上了牢盘，献容眉头紧锁，任由那女长御伸箸喂到面前。

阿琇突然闻到一股烧焦的气味，与此同时站在殿中的汪篋也尖着嗓子喊了起来：“什么东西烧着了？”

顿时众人都向殿中望去，只见羊献容惊惶地站了起来，她那件鲜艳的幪衣上不知何时竟起了火，那幪衣本就是丝绸而制，最是易燃，瞬时火势便蹿了起来，她惊恐不已，转眼间已被烈焰围绕。皇帝就坐在她身旁，见状顿时吓得呆了，连句完整的话也说不出来。

惊变迭生之际，一时众人都被烈焰所吓，都不敢近身。阿琇见势紧急，几步便冲进殿内，却见那女长御傻呆呆地立在献容身前，便一把推开了她，她近身就去拽献容身上的幪衣。也不知那女长御是如何给献容系的颈带，竟然在脖上扣了死结。司马颖见势，抽出长剑便抛了过去，叫道：“阿琇。”

阿琇应声接过长剑，轻轻一划，只见那宝剑削铁如泥，顺手就划断了献容脖子上的金丝颈带。她伸手一拽，那着了火的幪衣便抛在地上，此时皇后的凤冠霞帔也燃了火苗，阿琇情急之下脱下自己的外袍去扑她身上的火苗。这时赵王也反应了过来，指挥着吓傻了的几个内侍赶紧给皇后扑火。好不容易将火焰完全熄灭，却见献容的头发衣服都被烧得乱七八糟，尤其是洁白的玉颈上已经烧得焦红一片，看上去伤势不轻，她受了惊吓，双眼一翻便晕了过去。

殿中顿时乱成一团，御医宫人都围了上去给皇后治伤。司马颖见皇帝也吓得不轻，便悄悄命人先扶着皇帝回去。赵王气得发晕，大声呵斥道：“好好的怎么会烧成这样，到底是谁办的好事？”

齐王冷笑着望着赵王，权当是看好戏。

阿琇见许多人都围着献容，便松下一口气来。她此时站在一旁，才觉得手腕上火辣辣地疼，她低头一看，只见自己的腕上被灼伤了好几条火痕，看上去甚是狰狞。司马颖慢慢走到她身旁，低头看了看她的伤势，皱眉道："我去叫个太医来给你看看。"

阿琇慌忙拉住他："十六叔，不用了。让太医先给献容诊治要紧。"

司马颖望了她一眼，与一个太医耳语几句，不多时便过来递给阿琇一瓶碧色的药膏："你且将这个抹在腕上，若养得好该不会留下疤痕。"

阿琇感激地依言接过，她将那碧绿色的药膏轻轻抹在伤口处，果然触手冰凉，一时间疼痛减轻了许多。

"你识得皇后？"司马颖想了一瞬，终究还是开言问道。

"她是我的献容姊姊。"阿琇想也不想，便脱口而出。

司马颖依旧皱着眉，神色却缓和许多，只低声道："以后可不要这样不管不顾了，惹祸上身的事还是少管为妙。"

他话虽说得严厉，可阿琇心知他是关心自己，心下不由一暖，顺从地"嗯"了一声。

司马颖的注意力却从阿琇身上转移到一旁。阿琇顺着他的目光望去，却瞧见原本站在赵王身后的谋士孙秀不知何时站在了人群一旁，他伸手捡起了地上那件烧得半焦的幪衣看了看，顺手掖进怀里，却又几步踱到汪箧身旁，似笑非笑道："皇后娘娘出了这样大的事，黄门令不需要给王爷一个交代吗？"

他此言一出，汪箧顿时吓得跪倒在地，磕头如捣蒜："老奴该死，老奴该死。"

赵王一腔怒火顿时都发泄到他身上，一脚踢在汪箧身上，将他踢了一个跟头："滚出去。"

孙秀躲开滚倒在地的汪箧，往旁边闪了一闪。汪箧踉跄了一下摔倒在地，却和适才给皇后端牢盘的那个女长御撞了个满怀。那女长御顿时呆若木鸡，她偷偷地去瞥齐王，却见齐王看也不看她一眼，鼻中重重哼了一声。

赵王的目光正好扫到他二人，气更不打一处来，指着那女长御和汪箧喝道："都给我拖出去，打死。"

隔日里阿琇独自去昭阳殿拜见新后，却见羊献容已经换过了日常起居的一件藕粉色的绣樱双裙，唯有脖子上缠了厚厚的织锦缎子，远远就能闻到淡淡的药味。

献容不似贾后那样爱奢，但纵然如此宫装也是极为繁复而华丽的，两寸余阔的堆绣金线双凤缠枝纹滚满了袖口，长长的凤尾图案一直逶迤到裙角，她端坐在凤榻上，衣饰妆容皆是细细描过的，十分的精致端庄，可瞧着却如个木头娃娃，总让人觉得说不出的怪异。

阿琇被侍女引得进了暖阁，只见内室中的奢侈用度多半都被移去了，侍奉的宫人也减少了许多，唯有一道珠帘横阻在凤榻前，这珠帘上的珍珠都是自东海贡来，最难得的是颗颗一样浑圆大小，光晕鉴人，这样万金难求的珍宝想来还是贾后时留下的。献容见着阿琇进来，慌忙便站起身来，就要向前迎去，可她身边的黄门冯有节扶住了她，让她一步也动不了。

冯有节是昭阳殿新换的黄门，他面净无须，一副精干历练的模样，瞧着阿琇站定在珠帘外，便尖声道："清河公主前来拜见皇后娘娘。"

献容面红耳赤，便要制止阿琇行礼，可冯有节的双臂何等有力，他双手搀扶着献容的双臂，却叫她一步也动不了："昨日汪篋公公已经遭了难，公主可不能让老奴再难做人了。"

阿琇迟疑地抬起头，望着近在咫尺的献容，却见她一双凤目睁得大大的，全然只是欲哭无泪。她又看了一眼四周宫人纵然都低了头，却全然都是兴致勃勃瞧着好戏的神情，心里不免更为献容可怜，"母后"两个字在口中好一阵纠结才终于轻轻吐出。

冯有节见阿琇行了礼，这才满意地点了点头，便对皇后道："今日既然公主来行过礼了，老奴就先告退，明日再来看望皇后娘娘。"他貌似恭敬，可一躬身便往外走去，却哪里真等献容的首肯。

羊献容瞧着冯有节远去的身影，仿佛才回过神来，她瞧了眼珠帘外的阿琇，轻声道："其他人都退下吧，阿琇，你陪我出去走会儿。"

她身旁的宫女兀自说道："冯公公吩咐了，皇后娘娘不论去哪里我们都要跟着。"

献容目中露出一丝无奈的神情，却见阿琇皱了皱眉头，她身旁的白袖见状便厉声道："这昭阳殿里，谁是主，谁为奴，你们还弄得分明吗？连皇后娘娘的吩咐都不听，都要打发到永巷去才行？"永巷是禁宫中关押犯了罪的宫人的处所，这些宫女一听，都吓得马上跪下磕头，口中告罪连连。献容性子温和，也不欲责罚宫人，只道："罢了，你们且退下就是了。"

白袖知趣地领着宫人退了下去，亲自在门口把守。献容有些羡慕地望着白袖的背影，叹了口气道："身边有这么个忠心耿耿的宫人真好。"

阿琇望着献容，叹了口气，说道："皇……"她语塞了一瞬，只听献容轻声说道："你还是叫我献容姊姊吧。"

这句话却与去年在宫宴上两人初见面时说的一模一样，一时两人都想到了当时的场景，不由都会心地笑了起来。阿琇又说道："姊姊要是想找个贴心之人，何不从家中寻找。从前服侍过的人知根知底，到底放心些。"

献容若有所思地点点头，面色也好了几分，挽过阿琇的手，轻声道："昨日多亏你来救我。"

阿琇道："我们姐妹之间何必说这样的话，若是我遇到此事，你也会一样救我。"

献容心中感激："这个自然。"

阿琇盘算了一宿，心下默默思忖，终究还是决定将心中所疑说出："姊姊不觉得昨日的火起得奇怪。"

献容目光闪动，神色惊疑不定。

阿琇说道："昨日我靠近你时，隐约闻到一股淡淡的硝粉气味，后来等火扑灭之时，却又闻不到了。"

献容倏然而惊道："难道是有人……有人故意害我？"

阿琇摇头道："我也想不出是谁所为，只是昨日你脖颈上的幧衣丝带系得奇怪，竟是扣的死结。若不是十六叔抛剑给我，我是断然难解开的。"

献容一下子站了起来，咬牙道："难怪赵王昨日要处死那个女长御，我与她无冤无仇，她为何要来害我？"

阿琇沉吟道："恐怕不止那个女长御，就是近身侍候你的汪箧也难逃干系。赵王虽然性子暴躁，却也不是胡乱杀人。"

献容只觉得浑身发冷，从未想到这样富丽堂皇的宫里竟如此阴暗怕人，声音也有些发抖："在宫中生存，竟似如履薄冰。"

此时门外白袖忽然高声道："皇后娘娘正与公主殿下说话，汪公公有事需要奴婢禀报吗？"

阿琇与献容相视一眼，顿时会意，两人向长窗外看去，只见那窗外有人影闪动，似是有人在听她们说话，阿琇于是朗声说道："皇后娘娘，今日景色正好，儿臣陪您去外面走走。"

献容也提高声音道："甚好。"

两人相视一笑，似是互相鼓励一般，携了手缓步向殿外的小花园走去。

洛阳本就以牡丹闻名，此时正是花开时节，花园中遍植牡丹，姹紫嫣红，煞是好看。其中最为显眼的莫过于几盆白牡丹，花瓣洁白似玉，上有金线万缕，阳光照耀下，玉瓣上金光点点，曜人眼目得紧。两人既知道有人一直跟着她们，索性就真好好赏起花来。

这花阿琇在宫中见得多了，并不稀罕。献容却是第一次看到这样的名品，她颇有些欣喜地凑近去看，目光清亮明澈，只道：“你来瞧，这宫里的花都和外面的不太一样呢。”

阿琇微笑道：“这是宫里专门培植的金线玉状元，原本是从前汉宫中传下来的一株孤品，相传是合德飞燕姊妹所莳养。先帝喜爱这花的玉色洁白，便让人移栽到昭阳殿来，只是此花莳养起来十分不容易，遇寒遇炎都容易枯萎而死，贾后甚爱此花，专门设了莳花所，一年四季都有专人莳养，每一盆都价逾千金。”

献容本听得津津有味，听到贾后的名字却忽然黯淡了神情，颓然闭目道：“宫里的东西，都是这样名贵，直叫人碰也碰不得。”

阿琇知她触动心事，轻轻拉了她的手，低声道：“献容姊姊。”

献容身上披了一件绣百蝶的平金羽织就的斗篷，她站在百花丛中，微微侧着头，鬓角几缕碎发微微被风吹起，露出了细细描过的青黛眉峰微微蹙起，恰如远山翠色一般，含着淡淡的愁色，轻声道：“我若知道会有今天，当日就不随爹来洛阳了。”

“我在上党的时候，过得那样自在。”她望着不远处天上飘过的白云，嘴角浮现出一缕淡淡的笑意，似是陷入了回忆中，她缓缓道：“阿琇，你看到过上党的云吗？比这里更白几分，高高地飘在天上，美得像画一样。”

阿琇微微叹了口气，摇了摇头。忽然献容止住脚步，一指前方道：“你看那儿。”阿琇定神看去，只见前面不远处的花圃中，有一男一女并肩而立，似在喁喁细语。

献容忽然促狭地一笑，拉了阿琇的手，轻轻地走到树后。两人凝神细听，那男子叹了口气道：“平阳，你这些日子过得还好吧。”献容与阿琇对望一眼，这男子是之前在贾后寿宴上见过的豫章王司马炽，那女子该是王衍的女儿平阳郡主了。阿琇暗暗奇怪，这两人已有婚约，为何还要在宫中偷会。可献容心中了然，近来宫中巨变，王衍何等狡猾，存心观望，竟是称起病来，二人也因此无法完婚。

平阳低声抽泣道：“父亲一直病着，我……我不知该如何……是好……”她本就生得柔弱纤细，此时哭了起来，更是楚楚可怜。司马炽怜惜地望着她，目中都是深情。他忽然伸出手牢牢地握住平阳的手：“平阳，你放心。无论如何，我都不会负你。”平阳双手一颤，却是任由他握紧，她将头轻轻靠在他的肩上，两人一时默默而立。

献容与阿琇瞧着他们的情景，心中都是感动，两人悄悄地走出去很远，献容忽然问道："阿琇，你有心上人吗？"

阿琇心下大是尴尬，隔了良久却轻轻点了点头。献容一下子来了兴致，兴致勃勃道："说说看吧，你的心上人是什么样子？可是高大英俊？他待你如何？现在在哪里？"

她一连串问了许多个问题，阿琇一壁想着刘聪的样子，忽然红了脸，唇边却带了一丝微笑，轻声说道："他个子并不算十分高大，也并不如何英俊，但却很是温和，脸上常带着笑意，我常常寄信给他，每次想起他，便觉得心里安定得紧。"

献容细细地回味着阿琇的话，面上乍喜乍悲，露出一丝迷离的神色。

宫中也许是世上明争暗斗最多的地方，却也是这个世上最健忘的所在。曾经权倾天下的贾后死后还不到数月，人们就好像彻底地忘了这个人和贾氏背后的荣誉与耻辱，仿若只是琉璃宫壁上的一点水痕，轻轻一拭就毫无痕迹。

赵王与齐王明面上在朝堂上联手处理朝政，两人平起平坐、言谈皆欢，可暗地里各自笼络了自己的人都在较劲。齐王与淮南王交好，事事同进同退，大有联盟之意；赵王麾下自有一批将领追随，还有成都王司马颖这个侄儿支持，看起来虽是势薄，但自从羊献容入主中宫，两派便算是平分秋色，朝堂上一时风平浪静。

然而未隔几日，赵王便鼎力推荐皇后的外祖父孙旂出任衮州刺史，区区一个刺史论起官职并不算高位，何况孙旂本就是武官卫尉出身，军功甚多，此事无论如何也没有驳回的余地。

可齐王却如吞了根刺在喉中，直恨得牙痒痒。说起来都怪衮州这个地方十分要害，它横阻在冀州和豫州之间，向东南扼住了通往洛阳的要道，往北就隔着黄河和豫州相望，向西控住了鄢陵，从古就是兵家必争之地，齐王的兵力都屯在徐州，赵王此举不亚于在齐王头顶上悬了把利刃。赵王心知齐王不满，便让日前齐王曾推举过的左氏女为美人，一并入宫，迁入芙蓉殿居住，算是给齐王一派的一点弥补。

齐王的府邸在洛阳以西，先帝从西市辟了一大片田舍赐给了嫡亲的弟弟——已经过世的老齐王司马攸。那时候现如今的齐王还小，尚不知自己的父亲得了这样好的田地为何还那样生气，终日里只是闷在屋里足不出户。先帝赐了宅地却不建府邸，世人都称老齐王贤德，然而贤德的王爷多半是不会活得太久的，老齐王因为小事触怒了一位老太妃，先帝大为震怒，老齐王不久就郁郁而终了。

如今的齐王性子绝不肖其父亲，他不仅把齐王府修得越来越高，甚至高到差不多与皇城齐肩，屋舍殿阁绵延数十里，府内遍是奇珍异宝，美人如云，常有丝竹之声飘出府来，路过的人都能听到齐王府整日不绝的乐声。

淮南王司马允和豫章王司马炽还是第一次来到齐王府，夜里府里掌了灯，几个白衣美婢撑了四角鎏金的风灯袅袅亭亭地来迎他们，一路从回廊走到花厅，只见春风徐徐，拂得柳丝如舞，远处歌声阵阵传来，清凉至极，令人心神俱宜。

司马炽瞧着回廊里一路上都有捧着竹花提篮的婢子，捧了一篮一篮的玉簪花穿梭来去，他不由奇道："这是在做什么？"

领路的美婢抿嘴轻笑道："这是我们府里要做花露了，摘了最新下的玉簪花，一朵朵只选最嫩的几瓣，九蒸九晒，方得小小一瓶。王爷别瞧着摘得多，最后能用的怕没有二两呢，真要做了够用的，怕得做上几个月去。"

"做瓶花露如何用得了这样多？"司马炽兀自不信。

只听那美婢道："这有何用不了的，府里姑娘梳头、婢子妆面，都要用许多。"

跟在后面的淮南王一怔，插口道："这只是给下人用的？"

那美婢笑用团扇遮了面："花露这样粗鄙，哪里是王爷娘娘们能用的，不过是我们这些粗使丫头拿来使用罢了。"

司马炽还欲插言，淮南王却哈哈大笑地搂过那婢子，取笑道："你哪里粗鄙，你若只是个粗使丫头，我府里头那些岂不都是黄脸婆子了。"那美婢也不羞矜，笑嘻嘻地与淮南王笑闹一团。

听他言语有些不堪，司马炽有些尴尬，也不说话，只见齐王迈着大步走了过来，对着两位王爷纵声笑道："总想着要给两个兄弟洗尘，三番五次地请，这次总算才给了兄长我一点薄面，也能踏足寒舍了。"他说着微一点头，便有侍者捧上几盅茶盅，清香扑鼻，根根白毫可见，十分新鲜，一望可知便是用今春新绿而做的团龙细茶。

淮南王轻轻品了一口，却面露不悦之色，咂声道："这茶太淡了，不如酒喝得痛快。"

齐王笑道："快换酒来。"

几个内侍便捧来了府中珍藏的百年陈酿梨花白，着实是醇厚无比，不比宫内宴席上的差，淮南王大是满意，尝了一口道："齐王老哥，兄弟们和你比起来，这些年全都是白活了。你这过的才是神仙日子啊。"

齐王已是四十余岁的人了，然而保养得当，望之如三十许人，他一轩剑眉，含笑道：“哪里是得已的事，瞧着面上光鲜罢了。”

豫章王司马炽心中一动，觉得他言语中似有深意。淮南王却满不在乎，一壁大碗饮酒，一壁摇头道：“休说什么得已不得已，只要把这样的神仙日子分我过上一过，千万个不得已我也愿了。”

齐王微微蹙眉，在他所得到的消息里，这位远放外藩的淮南王虽然行为不羁，却并不是个腹中无物之人，怎么今日做此草包相？但他瞧着淮南王的样子不似作伪，他想了一想，试探着问道：“两位兄弟可听到今日朝堂上赵王的奏议？”

司马炽生性谨慎，并不愿意参与朝政，忽然道：“兄长，我有几分薄醉，可否借家中卧榻一用？”齐王无奈，只得命人将他扶去休息。再回座时，只见淮南王目光一闪，说道：“不知齐王兄长说的可是孙旂出使衮州之事？”

“何止是孙旂之事，”齐王望了一眼司马炽，有几分失望，慢慢说道，“不过前几日赵王又让左氏入宫为美人，这更让人瞧不透啊。”

淮南王倒是颇为大方，朗声笑道：“此事有何难解，不过遮人耳目而已，以一个区区美人之位换取了衮州要地，这老儿的算盘打得何等之精细。”

齐王听他用词对赵王并不如何恭敬，放下几分心来，便说道：“赵王到底是叔王，是为尊长，本王也不敢太驳他的面子，但是这些日子赵王闹得实在不成样子，哪有把两个庶出的儿子都封王的道理，朝堂之上也不把陛下放在眼里，几番人前人后都说陛下是无知愚儿，多拿陛下玩笑，实在是让我们做臣子的忧心。”

淮南王面上显出几分忧色，喟叹道：“齐王大哥，这倒让兄弟想起前朝的一桩事来。”

齐王挥了挥手，花厅中的侍女歌姬便都散了，淮南王呷了一口酒，慢悠悠地说道：“兄长可记得前朝高贵乡公之事？”

齐王何等精明，眸中闪过稍纵即逝的惊喜。这说的是前朝魏国皇帝曹髦与太祖文皇帝司马昭之事了，高贵乡公指的便是曹髦，他年轻即位，不满当时还为太傅的司马昭专权，曾高喊过“司马昭之心，路人皆知”，最后被司马昭所弑。淮南王举的这个例子，虽然避了文皇帝的讳，但话中的意味已经十分露骨。

齐王强捺住心中的喜悦，打量了淮南王几眼，却故作难色道：“赵王之心，也是路人皆知啊。可如今他拥兵在手，又有白虎符为令，我们何能除患？”

淮南王忽然兴致勃勃起来，侃侃道：“白虎符是调千军万马所用，在京中除掉区区一个人，用白虎符有何用？赵王用虎符而杀贾后，在我看来如杀鸡用牛刀一般。便如前朝高贵乡公一样，空有一腔意气，率兵讨我太祖文皇帝，最后不过被一个近身侍卫所诛。”

这话说到齐王心坎上去了，他摩挲着双手，难以抑制心中的喜悦之色，低声道：“这些年本王在京中也有些可用的人手，到了举事之时，兴许可派上用场。”

“我在淮南养兵千日，就为这次一搏，”淮南王浅浅地啜了一口酒，淡淡道，“府中虽不算有多少精锐，但还是有一两个可用之人。”

齐王听他拒绝，有些下不了台阶，讪讪道：“既然兄弟如此有把握，倒是本王多事了。”

淮南王想了一想，也觉得适才口气过于生硬，又笑道：“日后如若时机到了，便是举事之时，到时候兄弟在前厮杀，还望兄长从旁相助则可。”

“这是自然，自然。”齐王仿佛被看穿了心事，有些不自然地躲闪着淮南王直视的目光。

淮南王目中精光一闪，转瞬便哈哈大笑起来，齐王被他笑得有些心虚，却听淮南王只漫不经心地喊道：“来人，换大杯来，今日我与齐王兄长好好痛饮一番。”

朝中人人都在忙碌，唯有成都王司马颖是闲人一个，日日养花莳草，亦是忙得不亦乐乎。赵王急如热锅上的蚂蚁，隔三岔五便要遣人去请他，可偏偏他又多有推托。宫中这些时日都已传遍了此事，就连羊献容来请阿琇，闲来时也做一桩闲话来说。

独有阿琇明白司马颖的心思，她抿嘴一笑，说道：“你瞧朝廷如今可不像一锅热腾腾的羹汤，下面的柴火都烧得旺旺的，就差有人掀开盖子了，十六叔只是不愿意做那热锅里煮沸的鱼罢了。”

献容点了点头，赞赏道：“你倒最是成都王的知音。”

阿琇面上露出几分笑意，忽然想起了玉徽师父。这话也是玉徽师父说过的，天底下最是十六叔知音的，除了玉徽师父就没有别人了。

献容忽然想起一事，添了几分愁容，忧心道：“只是人为刀俎我为鱼肉，如果赵王败了，我恐怕也没有什么好下场。”

羊家的后盾就是赵王，虽然她在宫中如傀儡一般，可如果赵王倒了，羊家地位也难保，她连这傀儡也做不成。阿琇瞧着她入宫不过几日，已由当日的满心不愿到了如今的患得患失，境遇造人，她深深理解献容的感受，安慰她道：“你毕竟是皇后娘娘，哪有人敢动你半分。”

“但愿如此。”献容低下头去，愁眉终是难解。

“你这几日过得还好吗？”阿琇瞧着她已是梳了妇人的发饰，脖子上的锦缎也只薄薄地缠了一层，隐约可以看到一条长长的伤疤蜿蜒而上，触目惊心。阿琇心里转过数个念头，虽是难以启齿，还是忍不住问了出来。

献容显然明白了她的意思，白皙的面上流露出一丝尴尬的神色，声音细若蚊呐：“这几日都是左美人在侍奉陛下，并没有宣召于我，可是，我也不知脖子上的伤势能拖延几时……”

阿琇也不能想象她那年过半百尚且又有脑疾的父亲与献容真的会在一起，她安慰似的握住了献容的手，却不知道该说什么好，安慰道：“你先宽心些，让我帮你想想办法。”

献容一把抓紧她的手，如同抓到救命稻草一样：“好妹妹，你一定要帮帮我，我不能……”她话已经说不下去，但话中之意却很明显。她身边只有一个宫女随侍，这宫女看上去很是持重沉稳，她也跪了下来，苦苦哀求阿琇：“公主，这几日冯黄门日日来催皇后娘娘去侍寝，已经无法拖延了。”

阿琇见她面生，略有几分迟疑。献容指着那宫女说道：“这是我从前在家里时服侍的丫鬟红荇。”

阿琇面对她们主仆二人，只觉得左右为难。

献容又指着书案旁堆得高高的书册，愁眉苦脸道：“这些日子我自己也在读些医书，只是我全无功底，想学个皮毛也难。”

阿琇揉了揉太阳穴，苦笑道：“你若指望就这么几日工夫能成名医，岂不要气死华佗扁鹊了？”

献容扑哧一笑，总算露出几分笑颜。

第十二回

蜉蝣掘阅

阿琇回了寝宫，便取笔墨写了信，用飞鸽送去并州。没隔几日，刘聪便给她回了音，他说已让人送了药来给她，又在信中细细写明了如何用药。

阿琇拿了信心中稍安，一壁派了人给献容回了话，一壁焦急地等着刘聪派来的使者。

没过几天，豆蔻满脸惶恐地跑进殿来，形容了半晌有个样貌丑陋如庙里金刚一样的人来找公主，阿琇反应了半天才意识到刘聪派来送信的人竟然是訇勒。阿琇见她失礼，自是安慰了几句，让她退了下去，又唤了白袖来近身服侍。

訇勒从来没进过女子的寝殿，他紧张极了，一进了殿，人也不看纳头就拜，粗声粗气道："这是四公子派我送来的。"说着从怀中掏出一个洁白如羊脂的小玉瓶来。白袖瞧着他一双黑黑的大手里捏着那个精巧细致的玉瓶，样子滑稽极了，不由扑哧一声笑了出来。

訇勒见那个美貌的侍女笑话自己，更加不好意思，一张脸涨得通红，不过幸好他皮肤生得黑，倒也看不出来。

阿琇一怔之下，才反应过来訇勒便是刘聪派来的使者。訇勒对成都王司马颖有救命之恩，刘聪派他入宫，也可以消除赵王那边的戒备之心，她不得不暗暗感激刘聪的思谋周全。她自是在这边暗自思忖，那边的訇勒却更觉得不自然，只觉得闻着这室中的淡淡脂粉之气，竟是处处都不舒服，背上好像有千万只蚂蚁在爬，不由自主地扭了扭背，又伸手抓了抓。

白袖瞧这訇勒虽然样子吓人，但实在行动好笑，便大了胆子打趣他道："咳，你这黑厮，是背上生了虱子吗，这样的不耐。"

阿琇被他们俩言语来往拉回了现实，这才发现自己只顾想事，竟冷落了訇勒好久。她打量着訇勒换了校尉的服饰，有些歉意道："是我疏忽了，你如今是左军校尉了吧。"

訇勒忽然接话道："我现在已不是左军校尉了，是越骑校尉了。"

按时制，太尉之下设领军将军，又有中郎将和左右将军为辅，武官中最末的便是五等校尉，越骑校尉虽比左军校尉高了一等，实也是最末等的武官了，他却说得这样郑重其事，阿琇也不免莞尔，只见白袖颇是顽皮地走过去向他端正施了一礼，道："奴婢见过越骑校尉。"

阿琇忍住笑道："不要无理，白袖，快扶訇勒将军起来。"

白袖笑着走过去几步扶起了訇勒。訇勒竟然腼腆得连头也不敢抬起来，只闷着头，双手高举过头顶。白袖接过了那玉瓶，转身交给了阿琇。

阿琇瞧訇勒还是坐立不安的样子，便示意他坐下，又让白袖沏了热茶过来，见他稍是放松了些便问道："他在并州一切可好？"

"四公子好得紧，"訇勒听他问起刘聪，心里很是乐意，话也多了起来，"都督大人对大哥很好，天天让他练兵布阵，大哥可忙着呢。"

阿琇点了点头，心中一时有许多言语，却不知该问什么。白袖最知阿琇心思，抿着嘴直笑，插口道："我们公主是问刘将军生活起居上一切可好，不是问那练兵布阵的事。"阿琇被她说中心事，虽是红了脸，却满脸期待地望着訇勒。

谁知訇勒歪着脑袋想了想，忽然面上流露出一丝不自然，似是在掩饰什么，吭哧半天才说道："四公子生活上也好得紧……还是有……有人照料的……"

"那我便放心了。"阿琇闻言心安了不少，浑然没有察觉到他面色的变化，她见訇勒风尘仆仆而来，连骑装也未换下，便柔声吩咐白袖道："你且带訇勒将军去小膳房用些点心，从并州千里奔骑而来，今日怕还是没有吃东西吧。"

訇勒大概是很少听到这样关心的话语，他有些感动地看了看阿琇，见她也温和地望着自己，忽然不知道想到什么，他赶紧低下头去，不敢对视阿琇的目光，只跟着白袖往外去了。

两人到了小厨房中，白袖拿出了欢喜果儿、酥蜜环饼、蟹黄馒头、水团篷糕，又盛了一大碗姜屑桂浇五味粥，更配了蒸葫芦、玉灌肺、拌莼笋、灌香藕几个爽口凉菜，丰盛得摆满了小炕。訇勒何曾吃过这样精致的食物，有些局促地不知该如何摆放手脚。白袖抿嘴一笑，将玉碗与镶象牙榆木筷递给他，道："校尉将军多用些。"

訇勒红着脸就着几个凉菜扒拉了一大碗粥，他吃得狼吞虎咽，如风卷残云般很快就喝了三大碗，他抚了抚肚子，却是意犹未尽。白袖心中暗笑，又将一碟子枣糕递了过去，这糕与市面上卖的大不一样，糕饼细软白滑，更难得的是上面缀着一颗颗极大的蜜枣，香气诱人。訇勒吃了两个这才觉得饱了些，有些不好意思地对白袖道："姐姐也用些。"

白袖微微笑道："我服侍公主殿下时已经用过了，将军不必客气。"

訇勒与她离得近了，只见她肤色白皙，明眸善睐，竟是十分标致的一位美人。他低下头不敢再看，找话道："这枣糕是怎么做的，怎么如此甜腻好吃。"

白袖又拈了一个递给他，笑道："这叫枣锢飞燕，是汉宫里传下的吃食。以乳酪和面，又用上好的细蔗糖点了蜜枣，一并蒸出来的。据说赵飞燕最爱吃这个，临死之时还不忘让宫人替她蒸了一笼，所以便叫作枣锢飞燕了。"

訇勒听得有些发愣，捏着那枣糕竟然舍不得吃下去，喃喃道："枣锢飞燕。"他看了看手中的枣糕，又望了望白袖，一时竟是怔住。

阿琇自是拿着小玉瓶去了献容宫中，两人遣退了四周的宫人。献容犹是有几分担心，检查了几次门窗，唯恐冯有节会突然进来，待确认过确实无人后，阿琇方将玉瓶打开与献容来看。只见玉瓶中有十余粒乌黑发亮的药丸，倒在手中滴溜溜地转，这药远远地便有一股奇香，甚是扑鼻。阿琇轻声道："这药名叫归元丸，十日服一粒，可让女子癸水假至，若是司礼长御验过，会请太医为你调理，就可免行圆房之事。"她按照刘聪信上所说，红着脸絮絮地讲清了这药的用法，又反复叮嘱道："只是此药性本阴寒，若服过这瓶中所有，决计不可再服用，不然会伤害身体，日后恐怕会留下什么病根。"

献容紧紧地把玉瓶攥在手中，感激道："若不是你拿来此药，我只能一死保全清白了。"她将玉瓶交给红荇保管，红荇自是知道贵重，赶忙拿到箱子里锁好。阿琇叮嘱道："你切切记得一定要保管好这药，不能再让任何人知道。"

"这些我都晓得。"献容点了点头，凄然道，"若这药不在，我也没命了。"

阿琇摇头道："先别说这样丧气的话，曾有位故人对我说过，在这宫里活下去才是最要紧的。何况这药也只能支持三月之期，三个月后，恐怕我们还得再想办法。眼下十六叔也并不全然支持赵王，想来赵王势单力薄，也不敢威逼于你。”

献容听她提起赵王，忽然想起一桩事来，对阿琇说道：“成都王不支持赵王也就罢了，你可知道如今朝里谁最为赵王说话？”

阿琇面露诧异之色：“琅琊王还未入京，朝廷之上只有这几个王爷，赵王还能找到哪个帮手？”

献容皱眉道：“我听说赵王极力推荐吴王入朝，如今可是顶为赵王说话的人呢。”

阿琇大惊失色：“阿邺？他还是个孩子，哪能去掺和朝政。”

献容有些忧心地望了她一眼，却说道：“如今他也有十四岁了，不再是个孩子。你也放宽些心，哪能就有什么事呢。”

阿琇愁眉稍解，只叹道：“这孩子如今长大些，便什么也不跟我说了，倒和小时候不一样了。”

献容反倒开始安慰她了：“你别这样沮丧，他虽是你弟弟，但到底也是当朝的吴王，自然是不能如个孩子一样，那不是让你更担心了。”

皇后患有奇症的事很快传遍内宫，赵王愁眉不展，只瞧着齐王送进宫的左美人日日得蒙圣宠，已不是刚入宫时战战兢兢的样子。而羊皇后这边虽然占据了昭阳殿的中宫主位，但除了封后那一日，却连太极殿的门都没再进过，整日里缠绵病榻，恹恹的没有半丝生气，宫中人人都知这位皇后全无圣宠，自然都要瞧轻她几分。

赵王急得无奈，寻了许多太医去瞧她，都称皇后这样的病症从未见过，怕是先天有所不调，即使圆房，日后也难以诞下龙子。

明明是自己筹谋的棋局，却反为齐王作了嫁衣裳，眼见得左美人如此得宠，要是日后生个一男半女，自己步的这颗棋子还有什么用？赵王得了太医奏报，只觉得如哑巴吃黄连一般，气得摔了府里最喜爱的石砚，又找来孙秀好一顿训斥：“还说什么生下一男半女，日后还有储君可依傍，做你的春秋大梦去吧，眼下这皇后的病要是传出去，废后都是指日可待的事了！”

孙秀亦是百思不得其解，他为人细密，羊献容入宫前他曾找负责宫内验身的女长御细问过，羊献容并没有什么沉疴在身，怎么刚入宫就成了这样。他百般无奈之下，只能请赵王一壁在宫内死死地封锁消息，一面派人去通知羊玄之。他自知如今废后是断断不可能了，只能从民间寻找好大夫，奢求皇后的病好起来，不要再让左美人生下一男半女就是万幸了。

齐王不知从何处得到了羊皇后有疾的消息，他自己并不出面，隔了三日是早朝之期，淮南王亲自出面奏请皇帝为左美人加封。今上虽然脑子不甚清楚，却知淮南王所奏请保举的是这几日陪伴自己的左美人，他甚是满意左美人的温柔乖巧，连连点头道："纨素甚好，纨素甚好。"

齐王不动声色，此事早在他掌控之中，豫章王立在他身旁斜眼望着他，心中却是起伏不定。天子一言九鼎，赵王却闻言失色，唯恐今上说出废立的话来，忙拦在淮南王前，奏报道："左美人既然如此深得陛下心意，臣以为可晋封为婕妤。"

今上哪里弄得明白婕妤与美人的区别，一概点头称是。淮南王最是孤勇的性子，并不肯白白失掉这样好的机会，又奏报道："臣听闻皇后有疾在身，不得侍奉陛下，此乃德行有失也。"

这简直是当众给赵王一个耳光，一时众人都向赵王看去。赵王恨得牙根发痒，却不敢面露半分怒色，强笑道："皇后年幼，乍离府邸，偶有些思乡心疾也是有的，慢慢调理便是了。此乃陛下家事，不是你我外臣可以干涉的。"

这话绵里藏针，看似是客气至极，实际上却有诛心之意，暗指淮南王干涉今上的家事。

"国朝皇后之位，岂可如同虚设？"淮南王岂是会退惧之人，一席话掷地有声，直叫廷中众人都不敢抬头，他却直视着赵王，追问道，"赵王说皇后是偶有心疾。可倘若隔上三五个月，皇后娘娘凤体仍不见好转，赵王以为该如何？"

赵王被他逼到无法，只得打着哈哈道："宫里太医皆是国手，岂有治不好的道理，十一郎未免太悲观了。"

淮南王步步紧逼："可若是真的治不好呢？"

赵王阻拦不过，向一旁如同木桩似立着的成都王司马颖望去，却见他瞧也不瞧自己一眼，知他并不会出来替自己说话。他只得仓促敷衍道："那到时候再议废立之事也不迟。"

豫章王司马炽见赵王面上已有些下不来台，便站出来打圆场道："叔王说得是，哪里能有治不好的心疾，我看十一哥也是太多虑了。"他说着伸手拉了一把淮南王，示意他见好就收。

齐王却闲闲地插口道："中宫若无子，势必再起贾氏之乱。到时候豫章王与淮南王都不在京中护驾，不知谁人能再助赵王除逆了，何况自贾充逆贼已亡，太尉一职至今还是空闲。"

赵王心知他是恨自己派人掌控了衮州，有意来给自己添堵，可太尉是三公之首，统管军机，岂能交到敌人手里去。他向这三人望去，只觉得齐王阴狠，豫章王稚嫩，唯有淮南王虽然勇武，却不甚有智谋。这些念头在他脑中只一瞬闪过，他咬了咬牙道："齐王说的是，十一郎虽然年轻，却勇武过人，又统帅过兵马，孤看可任太尉之衔。"

齐王虽然意外，但到底满意，点了点头并不说话。司马炽长舒了一口气，露出几分笑意。唯有淮南王眯起了双眼，嘴角挂了一丝讥讽的笑容。

朝会一散，就有黄门内侍前来请诸王去偏殿留饭，赵王心中恨极，连留饭也不用，头也不回地就向外走了。齐王心中踌躇满志，自是拉着成都王边去偏殿边是闲扯，无非是言及京城中何处听风月最佳，成都王也乐得和他敷衍，心知如今回去也无非是被赵王叫去训斥一番。

淮南王一言不发跟在内侍身后，豫章王司马炽想到今日之事之前并未与兄长商量，心中多是有几分歉意的，特意留在后面对他说道："十一哥，今日之事，勿要见怪。"

"你我兄弟连心，说什么见怪的话。"淮南王行至偏殿中，在席末随意地坐下，叹息道："你不愿牵扯进朝事，可你瞧现在哪里容得下你躲闲。"

司马炽摇了摇头，低声道："兄长入京时还未见过赵王整治贾家的霹雳手段？此人能忍得，也能狠得，端端是个人物。"他顿了一顿，续道："十一哥，你且听我一句。切莫要与赵王当面硬碰，他在京中根基甚厚，是讨不得好处去的。"

"二十五弟的胆子这样小。"淮南王很是不悦地说道，他还欲再说几句讥讽赵王的话，却听那边齐王回头来高声唤他："十一弟、二十五弟，你们快过来。我与十六弟一起带你去个好去处，为你庆功。"

司马炽见着那些内侍正在往席上端着酒菜，便奇道："陛下赐宴，你们都不吃了？"

齐王随意地一摆手，笑道："宫里的饭，多半寡味得紧。连赵王叔父都吃不下去，我们还留在这里吃什么。我在城西有一处清心苑，是听丝竹的佳处，二位弟弟可要一起去听美人瑶琴？"

淮南王展眉一笑，对司马炽热切道："二十五弟，你可同去否？"

司马炽本想推辞，但瞧着淮南王这样热衷的样子，心知他爱琴如痴，拒绝的话便说不出口了。

羊玄之生平做得最大的官，也不过是因为女儿封了皇后而加封的一个右仆射的现职，就连女儿封后之时，也无权在太极殿上观礼，只能在铜驼道上与百官一起拜贺。他踏入内宫之中还是生平头一次，被宫人引至昭阳殿外的玉石阶下，只觉得那玉石阶高不可攀，而头顶上女儿的声音亦是带着几分陌生的疏远：“父亲向来可好，奏请入宫是有什么事吗？”

羊玄之一瞬间竟有点说不出话来，幸而带他入宫的冯有节早受了赵王的嘱托，自然是对答如流：“国丈听闻皇后娘娘凤体违和，特奏请赵王殿下，入宫来探望娘娘。”

冯有节在昭阳殿中颇有权势，宫人不敢怠慢，见他回了话，也不等献容同意，便带了他进殿去。

羊玄之只觉得眼前的光线暗了几瞬，殿中弥漫着一股淡淡的异香，熏得人有些头晕。他略微抬了点头，看见珠帘后端坐着的正是女儿献容，些许日子不见，献容似乎瘦了不少，面上一点血色也没有。

入宫前他心里本就有几分怀疑，此刻看到女儿真的如此憔悴，他心中父女情动，不自觉地问道：“臣听说皇后娘娘病了，日夜忧心，不知道皇后娘娘可好了一些？”

献容听他问得关切，眼眶瞬时红了，便让人赐了矮几让父亲坐下。冯有节见状赶紧悄悄打了手势，带着殿中宫人都退了出去。

等宫人们都走了，献容方才红着双目，缓缓道：“父亲把女儿送进宫来，如今女儿端坐凤榻上，父亲跪在地上回话，这就是父亲想要的吗？”

“天家伦常原本就大于儿女私情，”羊玄之本能地说道，他忽然察觉不能对已是皇后的女儿用这样训斥的语气，忙又站起来弯下腰去，恭敬道，“臣闻皇后之言，只觉惶恐。”

献容见到父亲，本来半是怨恨也半是想念，如今到嘴边的话却都被父亲这一派天下为公的面孔给堵了回去。她默了半晌，示意父亲坐下，又问道：“家里一切可好？舅舅和外祖父他们怎样了。”

羊玄之恭敬地答道：“回皇后娘娘的话，家里人一切都好。”

献容瞧着父亲的神情，一时也寻不出什么话来说。羊玄之也是坐着无话，只拿着茶盏掩饰着尴尬。献容想了许久，忽然问道：“父亲，你让我入宫前答应我的事，可都办妥了？”

羊玄之心里早有准备女儿会问起此事，他已想好应对之法，此时倒轻松了不少，说道：“臣自是按照皇后娘娘的吩咐办妥了，已寻到了明曜，并为他脱了贱籍，又替他寻了个差事……”

他只说到明曜的名字，献容便觉得心内格外难受，摆手打断了他的话，说道："既然如此，我就不过问了。"

父女俩静了一瞬，羊玄之存心找些什么话说，一眼瞥到献容身边立着一只半人高的黑漆描金双凤药柜，柜橱上都是蓝、红等色碧玺镶嵌出的祥云蝙蝠图案，柜顶上堆着几卷医书，便问道："皇后娘娘近来在读《金匮要略》？"献容只是淡淡道："略读些书打发时间罢了。"

"读书倒是有益的，只是不要太过劳神。"羊玄之想了想，又补充道，"赵王殿下也很关心皇后娘娘的凤体，命臣带了些补药来探望皇后。"

献容的语调忽然提高了几度："原来是赵王在关心我的身体。"

羊玄之却道："赵王一心为国操劳，自然也是牵挂娘娘凤体的。"

"父亲，现在你已贵为国丈，外祖父也如愿当上了太守，你还有什么不满足的呢？"献容缓缓说道，"你何必什么事都要听赵王的？有女儿在宫中还保不了你荣华富贵吗？"

"你这糊涂孩子，"羊玄之叹气道，"若没有赵王，你半日的安稳日子也过不了！"他说着似又想到什么，忽然又皱眉道："若是以后赵王有密旨传进来，娘娘可千万记得要听话行事。"

献容乍然心惊："父亲这是什么意思？难道赵王还要做出什么大逆不道的事来吗？"

"那怎么会。"羊玄之含含糊糊地一笔带过，眼睛却扫向窗外，唯恐有人听到。

献容又急又气："父亲可千万不要打什么糊涂主意，赵王狼子野心，若他指使你和外祖父去做什么，你们要先报给我知。"

"那是自然，"羊玄之显然是没听到心里去，他一壁含糊地敷衍女儿，一壁却说道，"赵王心系天下安危，自然是会关心皇后娘娘的病情。还盼皇后娘娘保重凤体，早日为陛下诞下龙子，日后朝堂之上，我们羊氏一门也有所依傍。"他心里的话既然出口，便目也不眨的望着女儿，似要听她给自己一个肯定的答复。

献容冰雪灵透，瞬时已明白过来，在父亲心里这一点儿女之情远抵不过羊氏一门的荣华富贵，若想让他保全自己，无异于痴人说梦。她默了一瞬，只觉一颗心如同堕到冰窖里，四肢百骸都是冷的，已是身心俱疲。她无力地摆了摆手道，对着身边的侍女道："红荇，你替我送送国丈。"

羊玄之有些不甘心，仿佛还有话要讲，可看着女儿倦怠的神情，话到嘴边终还是咽了下去。红苻到底是最知献容心意的，见状便伶俐地送着羊玄之出门去了。

城西原本就是风月佳处，更有一条花枝巷是其中之最。花枝巷，巷如其名，曲折蜿蜒如花枝一般，户户楼阁玲珑，屋舍虽然低小，但门前皆植垂柳，柳枝上罩着红纱，门前偶尔穿梭几个妙龄女子，衣着华丽，皆是行动如杨柳轻摆，说不出的风流俏丽。

现下城中已是宵禁，可此处人行皆自若，仿佛不知已是夜里，淮南王瞧着心下暗自称奇。可成都王司马颖却知道这里是城中秦楼楚馆云集之地，这些女子多是青楼女子，并不需遵守宵禁的规定。唯有司马炽是第一次来花柳地，他跟在三人之后，小心翼翼，连话也不说半句。

四人轻装简从地行走于小巷之中，只见齐王轻车熟路，径直往巷北口一转，此处便没有什么行人了，但屋舍却更见雅致洁净起来，他直向一处小楼前走去，楼上悬了匾额，上书“清心苑”三字，字迹风流潇洒，不知何人所书。

齐王轻轻在楼前叩了叩门，那门户便“吱呀”一声开了，一个绿衫小鬟开了门，惊喜道：“呀，是齐公子来了。”小鬟相貌俏丽，声音轻柔，口音中却夹杂着吴语，与京城口音大异。

齐王点了点头，径直向后院走去。淮南王他们三人跟在后面，他自是知道王公贵族若是流连花巷青楼，传出去多半不雅，常要用个化名。他见这庭院布置得十分雅致，与寻常青楼大不相同，他甚是讶异，打趣道：“兄长果然风雅，这样好的地方也能寻到。”

齐王不以为意，他十分熟悉地对那绿衫小鬟道：“你家玉徽姑娘在吗？”

司马颖闻言一惊，面上带了三分不自然，却见淮南王的目光扫来，于是赶忙侧过头去。

齐王话音未落，只听后院传出一个女子的声气来：“齐公子从不带客来清心苑，不知今日是何等贵客驾临？”

这人声气何等熟悉，不正是在自己府上住了三年的玉徽吗？司马颖面上不敢带半分异样，唯恐被人看出端倪来。玉徽却连瞥也不瞥他一眼，只在月下抱琴而立。

淮南王只觉得心头像被什么挠了一挠，只觉得从未听过这样好听的女子声音，一时间如入温柔乡。他抬头望去，见到月下立着一位正值华年的丽人来，明眸朱唇，乌发如云，也说不上面容如何精致动人，却让人望去只觉得清丽至极，整个人如冰雕玉砌一般，顾眄间别有一番澄澈寒淡的气度。如今已是仲春，天气并不寒冷，那女子却披着一件云白绣绒的大氅，瞧上去美则美矣，却仿佛有些不足之症。淮南王见这女子神态气度，一时竟然有些怔住了，只觉得心跳忽然少了一突，胸口里似是怦怦作响，耳中听到齐王说道："玉徽姑娘，这是我的三个兄弟，深夜来访，是我们冒昧了。"他说着指着豫章王道："这位是炽公子……"司马炽面色发红，只微微瞥了那女子一眼，便转开目光。

齐王正欲介绍淮南王，却见淮南王正色站起身来，说道："在下复姓司马，单名一个允字。"

见淮南王以真名示人，司马颖微感讶异，齐王和司马炽亦是惊异地望了淮南王一眼。

玉徽是秦楼楚馆中的翘楚，自不会惊异他的姓氏，她抱琴施了一礼，亦是端正回礼道："玉徽见过允公子。"司马颖见状也报过姓名，玉徽也还了礼。

淮南王甚是郑重地说道："听齐……齐公子说玉徽姑娘是城中抚琴的国手，今日我们特来聆听雅调。"

玉徽性子清冷，并不喜多言，她略一点头，那绿衫小鬟便伶俐地摆好了琴桌，又捧了一把琴来。齐王与司马炽都是各怀心思，司马颖心中惊疑不定，倒并不如何去看她奏琴，唯有淮南王目也不瞬地盯着那琴，目似痴迷。

司马炽素来不在美色上留意，也不爱听琴，但他自知淮南王这个兄长从小就痴迷此道，此时见淮南王瞧得如此认真，不由也看了过去，乍一看只觉得那琴普通得紧，通体是乌色，不知是什么材质所制，看去并不起眼。可若是瞧得久了，便能瞧见那乌木中却隐隐勾勒着碧色，如同绿藤缠枝，也似春水绕山，内中人影幢幢，极蕴华彩。他就为王侯之尊，见惯天下宝物，却也没见过这样一把琴，正想开口询问，却听玉徽轻轻舒臂，拨了一弦，其音铮然，如鹤鸣于九皋之上，泠泠又似万壑松风。

只听身旁淮南王脱口道："这…莫不是绿绮？"

玉徽微感讶异，抬首望了他一瞬，淡淡道："公子是第二位听出此琴之人。"

淮南王瞬时竟流露出几分羞涩腼腆的神情，目中颇是含情地望着玉徽："不知道第一个听出来的是谁人？"

玉徽目光与司马颖一触而过，彼此都是会心。司马颖微微一笑，听玉徽口中只淡淡道："第一个听出来的是我的女徒。"

齐王抚掌而笑，指着淮南王道："看来允公子今日是你知音。"

"正是如此。"玉徽点了点头，语调却是敷衍的。

淮南王微微欠身："深觉惭愧。"

司马炽忽然望向司马颖道："十六哥在京中日久，难道也不知道这样好的一处所在。"

司马颖心知自己若再一言不发下去，定会叫齐王他们起疑。可他无论如何也想不出玉徽为何会来到这种地方，又与齐王结识。此时他只得站起身来，说道："小弟孤陋寡闻，不如大哥这样风雅。"

淮南王对他们几个的言语置若罔闻，他凑近去看那张琴，似是不信地问道："此琴果真是司马相如的绿绮？怎么可能，不是传说此琴自董卓火烧洛阳，便从此失传了吗？"

玉徽于其他事都很淡淡，可说到琴便有了兴致，她轻声解释道："公子有所不知，当年司马相如一曲《凤求凰》，就是用绿绮向文君而诉。此琴后被宫内所收，汉成帝妃子赵合德雅擅操琴，也奏过此琴。当年董卓破洛阳之时，宫城大乱，此琴流入民间，辗转而到吴地，为吴国都督周瑜所藏，时人说曲有误，周郎顾。周瑜最为珍爱的便是这把绿绮了。"

"名琴亦有佳话传世，"淮南王点了点头，由衷叹道，"此琴若被周公瑾所藏，倒不算埋没了。"

玉徽漫不经心地将目光掠过众人，却只有司马颖明白，她的目光曾在自己身上略作停顿。

齐王哈哈大笑，目光却转向淮南王道："今日不知是否有幸再听一次《凤求凰》？"

淮南王本是如痴似醉，瞧着玉徽已是目眩神迷，却突然想起什么，目色锐利起来："玉徽姑娘是吴人？"

"普天之下，莫非王土，"玉徽语气淡然，可言辞却极是犀利的，"莫非允公子认为吴地不属国朝？"

淮南王吃了闭门羹，自觉有些多心了，如今东吴已灭三十余年，这姑娘看上去不过二八芳龄，至多不过祖上是吴人而已。他见齐王注目着自己，也觉得不该在这样风雅的地方说这等煞风景的话，便换了副面孔温和地笑道："是本王失言了。"

齐王忙打圆场："玉徽姑娘勿怪，我这弟弟就是比较冲的脾气。"

玉徽傲然站起身来，抱着绿绮径自姗姗地去了。

四人空坐在庭院中，竟是一曲都未听到。而那绿衫小鬟见姑娘翻脸，便也冷了脸来收琴桌，尤其是对着淮南王冷哼了一声，甚是气愤的模样。

齐王见状无法，只得起身向小鬟告辞。他有些歉意地对三人说道：“都怪我没跟几位弟弟说清，玉徽就是这样的脾气，若是一言不对，就算是天皇老子来了，她也是不会弹奏的。今日让弟弟们扫兴了，都是我的不是。”

司马颖心下松了口气，口中却说道：“哪里是兄长的过错，原是我们没有耳福罢了。”他今夜隔岸观火，内中曲折已然一清二楚。齐王定是得知淮南王爱琴如痴之事，便使出这样计策来拉拢淮南王，却没想到玉徽性子何等清高孤冷，今夜之事虽然不成，但齐王定然还有后招。

他含笑转过头去，却见淮南王兀自呆呆地望着玉徽离开的方向出神，仿若全然没听到他们的话语。而司马炽心神不宁地看着淮南王，担忧之情溢于言表。

鱼显然已经上钩了，还需要再钓吗？

第十三回

云泥之别

淮南王自打去过了清心苑，回去哪里魂能守舍。他隔三差五便往玉徽那里去，起初玉徽并不理他，连门也不开一次，谁知淮南王是个痴拧的性子，他得知玉徽爱梅，这样春暖时节，也寻了上好的梅枝日日相送，一时之间京城人人都知淮南王是个痴情种子，竟是对花枝巷的一位女琴师痴迷不已。

豫章王司马炽苦劝了许久，见淮南王听不进去，也只得作罢。末了还是齐王出来作保，替玉徽和淮南王安排了见面之席，两人才算同席而宴，席间玉徽也亲奏一曲《凤求凰》，算是尽释前嫌，而就是那一曲，让淮南王日思夜寐，又是几日不知肉味。

这本是眼见着要成佳话，眼见着淮南王沉浸温柔乡中，哪里还知世事变迁。可谁知奇变陡生，阿琇口中的那口热锅很快就被揭开了盖子，揭盖之人便是沉醉风月的淮南王司马允。他乘着大朝会上赵王宣召自己为太尉的时刻，突然对赵王发难，指示一名刺客刺杀赵王。

奇变陡生之际，平素对朝廷之事最不上心的成都王司马颖却拔出平素所佩长剑，与那死士搏斗起来，竟让死士无法贴近赵王身边，赵王乘机逃了出去，淮南王见势不妙，便命从淮南带来的数十个死士包围朝堂，又有东宫左卫率靳准在宫中策应，可赵王到底棋高一着，他用白虎符调集京中兵马，瞬间就平息了叛乱。

消息传到后宫之时，人人都有惊恐之色，只听说参与淮南王叛乱之人极多，都被赵王抓了起来。阿琇听罢豆蔻的讲述，赶紧派人去寻阿邺，生怕他少年气盛也参与其中。这些日子白袖染了时疫起不了身，豆蔻不多时就带了话来，说吴王近日一直都在宫里读书，没有离开屋子一步，并带话说这几日他读书又有了许多长进。

阿琇听了放下了心，谁知豆蔻面色颇有几分不愉快，气鼓鼓地嘟着嘴说道："奴婢这次去吴王府可瞧了件稀奇事，吴王身边有一位水碧姑娘，十分的利索能干，府中一切大小事务都是由她来做主，奴婢通报了是公主这里的宫人，可水碧姑娘也让奴婢等了许久，直到吴王在廊下看到了奴婢，奴婢才得以进去。"

阿琇的惊诧只是一闪而过，她想起之前水碧就对阿邺颇有情意，出宫后再去寻他也不奇怪，她一瞬就想明白了水碧的心事，水碧心中既然有阿邺，就难免对豆蔻这样样貌青春的少女多几分介意，她心中有几分不愉，但还是淡笑道："水碧是我从前的宫人，她去照顾阿邺也很好。她性子比较仔细，你莫要太放在心上。"她想了想白袖似是很厌恶水碧，又叮嘱道："这事不要告诉白袖就是了。"

豆蔻到底年少，很快便开朗笑道："我还道这位水碧姐姐不喜欢我是公主这里的宫人呢。是这样我就放心了。"她很快一门心思就挪到了阿邺身上，又说道："吴王真是清俊，一双眼眸里可全是英气。"

阿琇想起了小时候教阿邺写字的样子，微笑道："是啊，阿邺这两年也长大了。"

豆蔻点头连连，满心都是吴王和自己说话时的笑容，他穿着墨色的衣袍，漫步从廊下走过，她望着他走了过来，很随意地问起自己的名字，他低头看着自己，眼睛那么亮，仿佛有星光闪烁。自己忽然就怔在那里，连回答自己的名字都说得结结巴巴。

他还说过什么来着？他说自己的名字好听，豆蔻梢头，螓首蛾眉，是最美的了。她听他说话，半懂不懂，却觉得他的声音是那么好听，直让她的心都似浸在蜜中，哪里还能看到朱栏后向自己投来的那道愤恨的目光。

这一次无意的相见，就像在彼此生命中轻轻划下的一道痕迹，谁知道会在谁的生命中再次出现呢，至少这一刻的豆蔻还不明白，这一个仲春的午后，一场美丽的邂逅，对她的一生而言意味着什么。

这日刚用过午膳，羊献容一个人忽然跌跌撞撞地跑来茶菽殿，平素里寸步不离的内侍和宫女都不在身边，她进了内室便抱住阿琇的手臂，哭着喊道："阿琇，阿琇……"

阿琇第一次见她这样惊恐的样子，她未着皇后的翟衣正服，只穿着一条素裙，面上也未施粉黛，一张芙面上满是泪痕。

“献容姊姊，发生什么事了？”阿琇忙扶了她坐在绣榻上，给她递了杯热茶，轻轻拍了拍她的背。

献容喝了口茶，终于镇定了几分，却仍是流泪道：“淮南王派去行刺赵王之人被抓了，那人……那人是……”她一时哽咽，竟连话也说不出来。

阿琇心念一动，觑着她的面色，轻轻问道：“那个人……可是贾后寿礼上的那个人？”当日贾后寿宴上，那个王济找来给贾皇后献寿礼的男子挺拔的身影霎时闪现在阿琇脑海中。

“原来你都知道了？”献容神色苍白，愁眉不展，唯有唇边一缕笑容虚弱而又苍白。她听阿琇点破，却又有几分如释重负，面上的悲意更甚：“明曜他不知何时竟成了淮南王养的死士，居然闯下这样的大祸来，我该如何救他！”

阿琇心中一惊，知她此时定然慌张到十分。她凝神想了想，还是问道：“姊姊说的明曜，可是你的……心上人？”

献容点了点头，一滴极大的珠泪挂在腮边。

阿琇望着她，更加证实了心里的猜测，轻轻说道：“其实，那日在南市中，我也遇到过姊姊和明曜。”

献容泪光未敛，眼眸中却露出熠熠的神采，唇边浮起浅浅的笑容：“明曜……是我父亲的家奴。我们自小就在一起长大，他为我牵马，带我去玩耍，我们的感情渐渐十分要好，心中都有了情谊。我们在苍山下许下誓言，苍天和白云为证，我们这一世都不要分开。”

“可父亲却发现了我们的事。父亲大怒之下，抽了明曜一百马鞭，差点把他打死，他把明曜关在柴房里，不许任何人给他送药。我哭了几天几夜，终于从母亲那里拿到了钥匙，等我把药送到柴房里去的时候，却见到明曜已经奄奄一息，只能抓着我的衣襟，一双昔日里俊朗如星的双目里没有半点光彩，他那样平静地望着我，我知道他是在无声的对我说，无论如何他都不会放弃，让我不要害怕。”

她陷入了往事的回忆中，语声里都是恐惧与哀伤：“可我看着他满身的伤痕，想起母亲的话，如果我一定要和他在一起，只会害死了他。”

阿琇瞬时了然，这个时代中家奴的身份十分低贱，连普通的奴仆也不如，当日被刘聪救下的匐勒就是一个逃出来的家奴，献容的父亲绝对不会容忍自己的女儿和家奴在一起。

“可他如何会到洛阳来？”阿琇不忍地问。

“后来我就顺从父亲的意思，随父亲到洛阳来，但条件是他必须把明曜放出来，解除他家奴的身份，让他做一个自由的人。父亲答应我，只要我离开上党，他就放了明曜。”她回忆往事，嫣然一笑，那一瞬阿琇只觉得她的笑容十分灿烂，美若霞光，“谁知道明曜竟然等不及父亲放了他，等我们刚离开上党，他就从家里逃了出来，一直追着我到了洛阳，但因为我们住在外祖家，他始终没有找到我。等我再见到他时，就是那一次在皇后的寿宴上，他成了献礼的使者，那只是为了进宫来见我一面。”

“那你父亲岂不是发现了他？”阿琇很快就想到这其中不妥之处。

献容点了点头，微微蹙眉道：“那天父亲也见到了明曜，但明曜已经成了驸马的使者，父亲也不敢轻举妄动，父亲瞒着我去警告他，告诉他我已经准备进宫去了，让他从此死了心吧。”

阿琇想起在贾后宫里见到做女官的献容，终于明白其中缘由，但她犹有一丝不解道：“可你父亲为什么一定要送你入宫来？明曜只是个家奴，你父亲就没有别的办法让你们不再见面吗？”

献容转过头去，看着窗外的云彩，心底哀凉如斯：“父亲知道我和明曜感情太深，如何也拆散不开，只有入宫才能阻止我们再相见。我入宫之后，每到旬日就可以回外祖家一次，可我总是和明曜偷偷见面，你那次在南市瞧见我们，便是我与明曜偷偷见面。”当时的汉人女子大多十分的腼腆拘谨，对私会忌讳莫深，可献容说起自己与明曜的私会，竟坦荡如此，丝毫没有半分愧色。阿琇明白他们是真心相爱，浑然不觉自己做的有任何不妥，可这对于献容的父亲来说，无疑是家族的奇耻大辱。

“我们本来准备离开外祖家逃走，可那时候宫里出了事，明曜受过一个人的大恩，他跟我说要去救那个恩人，等恩人救了出来，他就会带我远走高飞，去一个没有人知道的地方逍遥地过一辈子。可谁知道他那日离开后，就再也没有回来。”她微微黯然失色，咬住了自己的双唇。

阿琇心下有几分疑惑，但也不便说出，只安慰她道：“也许他当时只是出了什么意外，他并没有忘记你们的约定。”

献容呆了一呆，苦笑道：“我在外祖家日夜期盼，却丝毫没有他的片言音讯。直到有一日父亲来对我说，他已与外祖父商议定了，要送我入宫去做皇后。我自然是不肯去的，可父亲突然跪了下来，老泪纵横地对我说，如果我不入宫，他和母亲还有疼爱我的外祖父，都会受到株连。我哪里还有什么选择，只能求父亲去找明曜，如果寻到他就替他脱了贱籍，让他自在生活。我……我便是这样进了宫，原本以为高墙如山，此生再没有见到他的机会，想不到他还是来了宫里。好妹妹，你要帮我想个主意，我一定要救他出来。”

虽已入了仲春，可风却仍然极大，刮得窗棂瑟瑟有声，更添几丝寒意。房中忽然就静了下来，两个人都不说话了。

阿琇想了一会儿，慢慢理清她话中的几处关键，忽然问道：“献容姊姊，你能确定被抓到的刺客一定是明曜吗？”

献容一下子怔住了，她听了宫女的描述，那个刺客剑法超群，手持一柄削铁如泥的细薄长剑刺杀赵王。而那长剑只因是缠在腰间，所以躲过了太极殿外层层的检查。她一听到缠在腰中的长剑脑中就一片空白，那不正是明曜平日里从不离身的春水剑吗。她摇头低泣道：“我也不知道为何会这样，父亲明明告诉我他已经为明曜脱了贱籍，替他寻到了个好差事的……他怎么会……怎么会……”

阿琇想了一想，说道：“如今我们还是要确定清楚被抓的是不是明曜，才能再做打算。”

阿琇带着献容，在太极殿外苦苦等候。太极殿外宫人穿梭如云，可每个人看着皇后娘娘和清河公主来了都要恭恭敬敬地行个礼。但献容一到太极殿就心惊胆战，她拉住阿琇的衣襟，低声道：“阿琇，你不会是想找陛下帮忙吧。”她从内心深处是深深恐惧这个她名义上的夫君的，虽然他们成婚已有数日，可因为她一直称病，两人的见面便只有婚礼上那一次。

阿琇摇了摇头，轻声道：“等会儿十六叔出来，一切都听我安排。”

眼见着日头偏西，太极殿外的宫人渐渐少了许多，贴着东首宫墙的那扇朱红色的门忽然开了，从里面转出了几个人来，为首的一个正是成都王司马颖，他和身后那几个胡子都花白的老者交谈了几句，便拱手送他们离开。

献容好奇道：“那些是什么人？”

“那些是十六叔找来给父皇看病的大夫，”阿琇低声道，浑然没有注意到献容的面色变得雪白，“父皇一直生着重病，十六叔怀疑宫里的太医受人指使，并不想让父皇的病好，每日午后都悄悄地将民间有名的大夫送来替父皇瞧病。”

献容脸上闪过一丝复杂的神情，却见阿琇快步向成都王走去，也只得硬了头皮跟上去。

成都王司马颖原本就得赵王器重，这次又立下大功，如今进出宫廷都十分便捷，并没有人敢约束他。他见阿琇和献容过来，有些惊讶，但礼数不缺，先向献容行过了大礼，方才温和地问道："阿琇，你们是专来找我的吗？"阿琇点了点头，她本就唇齿伶俐，三言两语便讲清了明曜之事，但她顾忌献容的面子，只说明曜是献容的表弟，却见献容感激地向她望了一眼。

司马颖颇是仔细地听了一遍，很快便明白了她们的来意，他皱眉道："当时我就在朝堂上，与那个刺客交手过几招，他剑法的确极好，用的长剑也是薄如寒绡的春水剑，那人身量并不高大，我仿佛见过他一次，有几分眼熟。"

阿琇紧张道："十六叔你仔细想一想，那人是不是上次在贾皇后寿宴上替驸马献礼之人。"

司马颖目光一闪，点头道："似乎确实是那人。我记得他脖颈上还有个黑色的胎记，倒是比较醒目。"

献容的眼眶瞬时又红了，低泣道："那就是他了。"

司马颖面露难色，轻轻地吁了口气："这可就有些麻烦了，这次淮南王行刺之事，涉及到齐王诸人。而赵王等待这个时机已经很久了，就等他们动手便一网打尽，现在不仅淮南王和明曜都在狱中，连齐王安插在宫内的人都被控制了起来，准备一起处置。"

阿琇心下一沉，但为了献容她不能不竭尽全力。她沉吟了一瞬，却又问道："十六叔，你可知道明曜如今被关在什么地方？"

献容仿佛抓到了一丝希望，双目直视着司马颖。只听司马颖说道："都关在宫内地牢里。"

阿琇望着司马颖，轻声道："有没有什么办法可以去……"

她话还没说完，只见司马颖摇了摇头，面色越发沉重了几分，却道："在宫里地牢救人比登天还难，外面有重兵把守，里面地势复杂，纵然你冒险闯进去，也很难找到犯人在哪里。去年阿邺被贾后关在地牢里，我曾经去救过他，一进到地牢里很快就不辨东南西北，根本找不到犯人关在哪里，那次还白白折了许多人手。"阿琇神色一黯，却也知他说的是实情。

献容脸色苍白，泪痕中微见果决，她的声音喑哑得如水底裂开的冰一般："不管什么代价，我都要救明曜出来。"司马颖静默片刻，忽然直视着献容问道："你可知道淮南王如果行刺成功，第一件事要做什么？"

阿琇有些茫然，却只见献容的脸色变了。

司马颖的神色分外凝重，声音平淡得听不出一点波澜："从淮南王住的地方抄出了已经拟好的几封诏书，第一道就是要废掉皇后，立左婕妤为后，不仅如此，还要抄斩羊氏满门。”

献容的面色霎时又由红转白，樱唇哆嗦了几下，却什么也说不出来。

阿琇大惊失色：“明曜不是淮南王的心腹之人吗？如果淮南王事成，他怎么会不保你？”

“淮南王与羊家无冤无仇，他所图的只不过是除掉赵王罢了。他写这样的诏书，定然是受人所托。”司马颖淡然道，“这就要问清楚皇后娘娘，那个明曜以及淮南王与你羊氏到底是敌是友了。”

献容咬住了嘴唇，什么话也说不出来。

司马颖却毫不可怜她，冷冰冰地说道：“你是赵王安排进宫的，左婕妤是齐王的人。不论你是否心甘情愿，你已经是皇后了。可你始终不肯认命，任由左婕妤在宫中站稳根基，你已是连累赵王和羊家一族输了大半局。今日若是赵王不在了，你连性命都不能保全，还谈什么救人？”

献容额上冷汗涔涔，面色越发苍白。

阿琇从未见过十六叔这样冷面的样子，有些惊愕地对他说道：“十六叔，你何必这样再刺激她，她已经很伤心了！”

司马颖叹息一声，仍是对着献容道：“不是我不愿意帮你们，可你要先想清楚了，他如果成事，心里会有你半分么？现在他杀你全家不成，你还要救他出来，我竟然不知道谁痴谁愚了。”

献容仿佛被人抽去了筋骨，颓然坐在冰冷的青石地上，失声恸哭。阿琇心慌意乱的扶起了她，只见她满面都是泪痕，她瞧着阿琇，低声泣道：“我该怎么办，我没想到他居然想杀爹爹……”

阿琇心中也是戚然，含泪道：“你别想那么多，也许是十六叔弄错了。”

“不会弄错的，那就是明曜，”献容摇着头，眸中的光亮却一丝丝的黯淡了，疲倦地笑道，“他是匈奴人，是我父亲捡来的逃奴，我父亲收养他这么多年，他却恨我家入骨。这到底是为什么，他为什么一定要置我们羊家于死地！”

阿琇这些时日经历了许多事，见事不像献容这样简单，她听司马颖的叙述早就心中有了疑惑，淮南王是何等人物，怎么会轻易选择一个草莽之徒做刺客，明曜既然与淮南王的关系并不简单，由此可见他来洛阳也别有深意，恐怕不仅仅只是为了献容而来。但这些话都不能对献容直言，阿琇想了想，只能安慰她道：“虽然有诏书在，但十六叔并没有亲见是明曜所写，这些都只是猜测而已，你何必自寻烦恼。”

献容闻言面上露出一丝不知是喜是悲的神情，牵了一下嘴角仿佛是想笑，可珠泪却簌簌而落，浸到地上，转瞬就不见了。

隔了这样冗长的距离，他与她分离又相聚，原本以为天涯遥遥再无会面之期，如今竟然同在这座宫闱里，只是天上地下，如同隔了万重的绝壁。

长夜便在这样揪心的焦急与无奈中度过。献容回到宫中，已是更深露重，侍候的宫人知她这几日心境不好，谁也不敢扰她，都悄悄地退下去了。内侍冯有节却端着一碗热腾腾的酪盏走进殿中，他照例开口道：“皇后娘娘，赵王殿下吩咐，还请您尽早与陛下圆房。”

他一壁说话，一壁却顺手就把那碗酪盏放在了献容面前的矮几上，双目直视着她。献容最害怕的就是他每夜都来的问礼，她轻咳了一声，说道：“太医说我病体未愈，不能去侍寝。”冯有节眨了一下三角眼，这次却没有为难她，只说道：“既然如此，那老奴就不打扰皇后娘娘用药了，这碗热酪盏是膳房新热的，娘娘用过就早点安歇吧。”

献容心不在焉地接了酪盏，顺口一饮而尽，只觉得今日的酪盏格外的甜，她皱眉道：“以后少加些糖，太甜了。”

冯有节恭敬地接过空盏：“是，老奴都记下了。”

春末时节，气候最是反常。宫里本都换了薄罗被，撤了厚帐，全然是入夏的准备，可这几日天气实在诡异得紧，竟莫名地又起了寒意。特别是今夜，北风一直呼呼地刮，仿佛一夜回到了寒冬。

阿琇独自倚在西窗边的长榻上，白袖和豆蔻替她放下了薄如烟云的縠纹帐，她看白袖的脸色不好，便道：“你身子还没有全好，先回去歇着吧，今夜有豆蔻值夜就够了。”白袖应了一声，自是去歇息了。阿琇听着外面一阵阵的风声，只觉得每一阵林间树梢的回响都在拨弄心中的烦闷。她拿出“石泉”，信手练了一会儿《幽思》，只觉得琴中苦幽之意甚重，似是不祥之语。她心里总是七上八下的，一颗心没有个着落，老觉得这几天要出什么事。好不容易迷迷瞪瞪地睡了，到了三更时分，她忽然听到外面似是有女子的哭声，一阵阵幽幽地传来，直刺到人的心里。

她从榻上坐起，惊道：“豆蔻，外面是什么人在哭？”

豆蔻眯着眼向外看了一会儿，对阿琇道：“公主听岔了吧，外面只有风声，哪有什么哭声？”

阿琇心下总是不安，又听得风吹得窗上绡纱作响，更觉几分惊心，她说道：“你去差个小黄门到昭阳殿瞧瞧，我总觉得皇后那边有什么事。”

豆蔻掩着口打着哈欠去了，没过多久便回来了：“小黄门回来禀报，昭阳殿里烛火都没点，想来宫人都睡了。敲了半天的门也没人开。”

阿琇霍然坐起身来：“糊涂！昭阳殿是后宫正殿，怎么会没人值守，献容那儿定是出事了。赶紧再去看看那边怎么回事。”

听到殿中的声响，白袖披了衣匆匆赶来，她瞬时意识到事情的严重性：“奴婢这就亲自去一趟。”她一阵风似的跑了出去，不一会儿便苍白着脸回来禀报：“昭阳殿里什么消息都打听不出来，但奴婢听……听太……太极殿的人说，初更时，冯有节亲自送皇后去太极殿侍寝了……还说……”

“还说什么了？”

“那几个宫女还说瞧着皇后进去的时候是被冯有节扶着的，瞧着似乎是有些神志不清的样子。”

“现在是几更了？”阿琇一壁趿鞋起身，一壁匆忙问道。

豆蔻心知出了大乱子，低声应道：“已经四更了。”

阿琇心中如重鼓在捶，她交代献容服药，按理说千差万差不会被人发现，可这几日赵王不再派太医来诊治，她就应该意识到赵王可能是发现了端倪。但今日她与献容都记挂刺客的事，忽略了此节。

今夜定是赵王指示冯有节对皇后下手的。以献容的刚烈性子，断不会清醒的就去太极殿，那就是被人下药了。她想定了此节，心知现下去太极殿恐怕已是于事无补，但她怎能留献容一个人在那里。她想好其中关键，便披起鹤氅，径直向漆黑的夜幕中走去。豆蔻还想追出去，白袖拦住了她，摇了摇头道：“让公主去吧。”

黑暗中远处宫殿都只是个朦胧的影子，就连点点星光也在风中摇曳忽闪忽暗。

阿琇刚转出茶菽殿的大门，忽听鸾铃阵阵，一人一骑亦是疾驰而来，拦住了她的去路：“你要去哪里？”

阿琇抬头一看，拦住她的人正是成都王司马颖。她心下讶异，有几分不相信地望着他：“十六叔，今夜之事，你也参与其中？”

司马颖翻身下马，一袭青袍在风中鼓胀。他没有回答她的问题，只定然道：“你不能去。”他今夜从听得赵王要动手的消息，一直都在宫中守候，在太极殿外看到了白袖的身影，他心中料定阿琇要出来，便急匆匆赶来阻拦。

阿琇心中伤感至极，她想过赵王为人险恶，能使出这卑劣招数，却想不到连最信任的十六叔也参与其中。她望着司马颖深不见底的黑眸，失望道："十六叔，你不能拦我。我必须救献容出来。"

司马颖握住她的手腕，定然道："你绝不能去。赵王已知你给皇后传药之事，他已忍你多时，你今夜若再去太极殿，必会招来杀身之祸。"

阿琇脑中轰然一声："传药的事……怎会……怎会走漏出去？"

司马颖温和的目光锁在她身上，叹气道："你们自以为做得严密，却不知皇后身边的侍女原本就是羊家的人，她得知消息怎能不告诉羊玄之？羊玄之又怎么敢对赵王和孙秀隐瞒此事，自然是和盘说出了。"

"原来是红荇出卖了她，"阿琇想起红荇平素里一副忠心护主的样子，手心顿时发凉，痛骂道，"亏得羊玄之还是献容的亲生父亲，他怎么忍心将女儿往火坑里推？"

"你觉得是火坑，在他看来却是天大的荣华富贵。"司马颖的手拂过她散乱的发丝，劝道，"更何况你莫以为你是在帮她，你所做的这些事，对她有害无益。如今齐王一派和赵王势成水火，孙家和羊家都是赵王的左膀右臂，她现在的位置举足轻重，牵一发而动全身。她的皇后地位能保，赵王就稳如泰山。这也是赵王为何要选在此时下手的原因，这一招虽然阴损，但却十分有效。倘若有一天她因为无子无宠而废，只能在金墉城里苦度一生，那下场更是生不如死的。"

阿琇奋然挣脱他的手，出人意料地语气冰冷道："十六叔，你说的这些荣华富贵，这些利弊关节，我听不懂，也不想去懂。我只知道献容不是一个物件，可以任你们去盘算价值、取舍利用。她是个活生生的人，她也有自己的情感。你们想逼她妥协，可她是宁可死也不会愿意的，你可以拦住我不让我去太极殿，可你们能拦住献容寻死之心吗！"

司马颖瞧她面色凄然，所言不似作伪，他心下一惊，手便松开了。只见阿琇瞬时抛开他的手，转身便向暗夜中跑去。

太极殿外灯火明彻，如白昼一般。阿琇跑到廊下，只见殿外守卫一概都撤去了，殿内也空空如也，一个人也没有，唯有一个宫装女子立在殿外，乌发间尽是珠翠装扮，她生得极其端丽，面容姣好，风姿绰约，难以描摹。阿琇无法可施，便问那女子道："皇后可在这里？"

那女子忽地侧过头来，一双明眸中如水银流淌，可她面上带的笑里却全是冷意，打量了阿琇半晌，方才说道："你是清河公主？"

阿琇急道："皇后还在这里吗？"

那女子神色间似有一分恍惚："我怎么会知道。"

"你这人真是！"阿琇急得一跺脚，就要去后面寻找。那女子忽然间却又开了腔，语声依然是冷冰冰的："这个时辰陛下该去上朝了，皇后想来也该送回昭阳殿了。"

阿琇只觉得这女子阴阳怪气得紧，可她也没空与她废话，又向昭阳殿跑去。

果如那女子所言，献容真的已经回到了昭阳殿。冯有节刚从殿内退出来，见阿琇赶到，皮笑肉不笑地向她问安："老奴见过公主。"阿琇没好气地问道："皇后娘娘还在里面么。"

冯有节霍然挺直了身子，极是得意道："皇后娘娘刚侍寝回来，公主可不要打扰了娘娘休息。"

阿琇眼中怒火难以抑制，斥道："你这背主作恶的恶奴，日后我定不会放过你！"

冯有节并不害怕，反而抬了头望着阿琇，说道："老奴半截身子都埋在黄土里了，还有什么可怕的？倒是公主还青春年少，需要多为自己日后着想，莫要搅在这泥潭里，日后自己也洗不干净。"

阿琇听他絮絮叨叨，言词已是无理之至，她心中虽然恼怒，可无暇再与他废话，径直向殿内走去。

寝殿内静悄悄的，凉风吹拂珠帘，献容一个人独坐在主殿内，唯有一件薄薄的绒毯裹身。阿琇瞧她神色平静如常，心下反倒更惶恐几分，坐在她身旁轻声道："献容姊姊……"

献容茫然地抬头望了她一眼，眼里却空洞洞的，仿佛没见她一般。阿琇心如刀绞，拍着她的背，柔声道："献容姊姊，你若是心里难受，便哭出来吧。"

"哭？"献容冷冷地瞧她一眼，一字一句道，"我为什么要哭？"

阿琇听她语气阴森森的，心里大骇。唯恐她是伤心过度迷了心智，一时间竟不知道说什么好。献容却瞥着她微笑："如今我羊氏一门富贵在手，父亲和赵王从此可以后顾无忧了。"

她纵声而笑，语声却凄凉至极，到后来已是带了泣声。

阿琇心下不忍，方要劝她两句，却见红荇抖抖索索地捧着一碗参汤进来，她眼眶亦是红红的，似乎是刚哭过的样子，跪在地上举着汤碗，一言也不敢发。红荇今日着了一身红裙，面上又似擦过胭脂，头上还缀了几朵珠花，她本来相貌就不错，这样一打扮更显得亮眼了。

阿琇心中恨极了红荇，见她装扮得如此喜庆，更怒道："你还来做什么，是来看你家娘娘有没有被你害死吗？"

红荇不敢还嘴，只对着献容哀求道："娘娘，国丈问话，奴婢不敢不答。"

献容接过那碗参汤，缓缓沉下脸来道："你去永巷自领五十大板，日后不必回来伺候了。"永巷是关押犯事宫人的地方，那里的黄门内侍下手最毒，寻常人五十大板挨下，性命怕也丢了大半条。

红荇简直不敢相信自己的耳朵，她自是知道皇后会责怪于她，但献容惯来对人宽厚惜弱，从不苛责于人，她以为自己来求情便可以得以饶恕。她面如死灰，跪在地上连连叩头："娘娘，奴婢知错了。念在奴婢自幼服侍您的分上，就饶恕过奴婢这一遭吧。"

献容连瞥都不瞥她一眼，自顾自地饮起那参汤。

红荇从未见过献容这个样子，心里惧甚，苦苦地磕头哀求不已。

阿琇虽然心中极是恼怒红荇的背主弃义，但看她跪在地上额头都叩红了，也觉得她着实可怜，她不由开口道："献容姊姊……"

没等她的话出口，献容便冷冰冰地打断她："不用说了，我主意已定。"她忽然扬高了声音："冯有节，进来把这贱婢带走。"

冯有节早在外面偷听多时，被献容点破，也只得尴尬地来拖走红荇。红荇心知今日怕要无幸，哭叫声愈发凄厉起来："皇后娘娘，公主殿下，你们饶了奴婢这次吧，奴婢以后再也不敢了。"

阿琇看了看献容冰冷如铁的面色，求情的话在唇间一转，终究没说出口。冯有节心知献容是杀鸡儆猴，但他也不敢在这个节骨眼上再去招惹她，只能拖着红荇往外走，他见红荇不断挣扎，一壁走一壁低声说："你也莫怪老奴，这是你家娘娘要取你性命啊。"

"娘娘，娘娘！"红荇突然挣脱了冯有节的手，膝行了几步又去抱着献容的腿，大哭道，"奴婢知道明曜公子的下落。"

冯有节心下发急，一手掩住红荇的口，一手将她往外拖。红荇死死挣扎，手指在地上划出深深的痕迹。

献容眉头微微一皱："住手。"冯有节一怔，不知为何他今夜竟有些惧怕凤座上的这女子。红荇如蒙大赦，拼命地爬到献容膝下，极力喊道："娘娘，娘娘。"

献容静静地俯视着她被泪水冲得脂粉模糊的面庞，平淡道："你说。"

红荇瞧见一线生机，也顾不得冯有节在场，便说道：“那日奴婢偷听了国丈与孙大人的话，他们说事成之时，便将淮南王和手下一网打尽，还有一位琴师，都要送到地牢里去。”

阿琇心下骇然，原来孙秀与赵王早有布置要算计淮南王。她听到最后一句，心里却有些不安，追问道：“琴师？你说的什么琴师？”

红荇说道：“奴婢也没听太分明，好像是与淮南王有关联的一位琴师，据说是有名的国手，孙大人还特别叮嘱羊大人不要走漏了消息。”

阿琇胸中如急鼓重捶，她与玉徽分别已有数月，音讯全无，玉徽该不会也卷进这事中了吧。

她反复地追问了几句，可红荇却再也说不清楚。

献容置若罔闻，她斜睨了冯有节一眼，却对红荇微笑：“你知道的倒还不少。只不过我若放过了你，你以为冯黄门会放过你吗？”

红荇睁大了眼，茫然不知所措。

冯有节听红荇口中胡言乱语，心中已是恨不得早把她拖出去碎尸万段，重重地哼了一声。献容冷冷一笑：“罢了，我也不赏你那五十大板了。就让冯黄门来处置你吧。”

冯有节这次不再与红荇啰嗦，一把抓住她的头发就往外走，一路上只留下红荇凄厉的哭喊声。

阿琇心中不忍，冯有节向来睚眦必报，红荇如此落入他手中，恐怕生不如死，下场比杖责五十更要可怖。她忍不住打了个寒战，一时间竟觉得献容陌生得紧。耳旁却听献容开口道：“阿琇，你也觉得我过于狠毒吗？”

阿琇回首看了一眼红荇被拖走时散落在地上的珠花，低声道：“我知道你也有你的苦衷。”

献容冷笑数声：“不错，这宫中原本就是你死我活，哪有什么亲情可言，可怜我到今日才明白这个道理。红荇出卖我，半是因为我父亲和赵王威逼她，半也是因为她心里存了别的念头。你瞧见她今日抹得胭脂戴的珠花没？她竟是想借着我遭难，混个出人头地来。她心里存了这样的念头，我怎么还能容她！”

阿琇心下恍然，红荇久伴献容，自然知道她不愿入宫的初衷。她先配合赵王将献容逼到绝路上，日后再提出以自身替之，以献容为人，定然不会亏待于她，品阶至少也是个美人，而赵王若见她可用，也许更会眷顾她几分，这未尝不是一条攀龙附凤的出路。难怪她今日要精心描眉画目来端参汤，还挤出几滴眼泪惺惺作态，这丫头实在是算得仔细。

献容的语声冷极，淡漠道："这丫头什么都算到了，就是没算到我从此不再是过去的羊献容，绝不会容她兴风作浪！"

阿琇的目光落在她身上，心里长长地叹了口气，她本是抱着来安慰献容的念头，可看她现在的样子，自己的担心反倒是多余的，她已经用锋利与冰冷给自己铸了座铁墙，牢牢地把自己锁在里面。

昭阳殿里一整天都没有声音，人人都知道皇后盛怒之下处置了身边最信任的宫女。而永巷那边传来的哭喊声一日未歇，宫里的每个角落几乎都能听到那撕心裂肺的绝望声，到后来那宫女显然是熬不住刑，声音一点点低了下去，终是微不可闻。宫女回来禀报时，献容只轻轻点了点头，竟像没事的人一样。

夜里依旧风凉，献容睡在临窗的榻上，顺口说道："红荇，替我拿暖手金炉来。"正在榻前放縠纹鲛纱帐的小宫女竟吓得跪在地上，结结巴巴道："娘……娘娘，奴婢这……这就去拿。"

献容望着这吓得瑟瑟发抖的小宫女面生，恍然才想起红荇已经不会再来服侍自己了。她眉间多了几分倦意，瞧着那小宫女淡淡道："你叫什么？"

那小宫女看上去不过十五六岁，瘦弱又娇小，她叩头如捣蒜一样："奴……奴……奴婢叫……叫春杏。"

献容轻轻颔首："我瞧你生得俊秀，就叫红杏吧。"

那小宫女睁大了眼不知道如何回答，旁边的几个大宫女都向她使眼色，她这才紧张地谢恩道："奴婢谢皇后娘娘赐名。"她等了半晌也不见皇后吩咐，再偷偷抬眼看时，却见皇后已经闭上眼，看上去已是睡着了。

第十四回

式燕且誉

这一年的初夏，雨水特别的充沛。缠绵的阴雨如宫中的人心一样晦暗，而那一夜侍女绝望的哭声仿若在每个人心里都埋下了深重的阴影，从此再也无人敢轻视昭阳殿中的皇后，没有人敢擅议有关昭阳殿的半句是非。

阿琇再听到关于中宫的消息时，已是许多天后的一个深夜。豆蔻匆匆把她摇醒，急道："公主快去看看吧，皇后娘娘疯了！"

疯了？阿琇简直不敢相信自己的耳朵，这些天来虽然没有见过献容，但传来的消息都是她理事如常，杀伐决断，断不至于到疯癫的地步。她一壁披衣起身，一壁问道："究竟发生了什么事，皇后娘娘怎会好端端的就疯了？"

"据说是因为永巷那边起了大火……"豆蔻轻声道，她觑了一眼阿琇瞬时变白的脸色，方才接着说道："皇后娘娘赶过去的时候，不知怎么的受了惊吓就疯了，便在那里胡言乱语，许多人都劝不住。成都王让人传话叫公主赶紧去看看吧！"

阿琇听到最后几个字骤然呆住，不敢置信地睁大眼睛："你再说一遍，是哪里！"

豆蔻有些受惊，结结巴巴地说道："是……是永巷。"

永巷，阿琇瞬时心中冰冷，永巷是连接着内府地牢的唯一出口，几日前献容在那边刚刚杖死了一个宫女，今夜那边就走了水。永巷那边若是走了水，任凭一只苍蝇也难飞出去。如今淮南王在狱中，明着把一个藩王处死，朝堂之上也不好议论，最好的处理方法莫过于让他无声无息地死在牢里，以赵王的手段，这样的事他一定做得出。

仿佛一盆冰水从她头顶浇下，她瞬时从头顶冷到脚底。外面的风声依旧呼啸，夹杂着人声嘈杂，她只觉得额头上冷汗涔涔，这一刹她再也顾不得那许多，飞也似的奔出了大殿，便朝着殿外有火光的地方奔去。身后的豆蔻惊呆了，反应了一瞬才跟着追了出去。

等到阿琇赶到永巷时，只见这一带的宫墙已是烧成灰烬。这一片本就是宫内禁苑的最边缘，再往外就是连着金墉城的铜铸高墙了，如今这边已被烧为平地，于是远远望去，金墉城的灰色高墙就显得更加突兀与高大许多。她远远地就看到献容站在一块大石边，素色的衣衫十分单薄地罩在身上，更显得身形单薄。她身旁围着许多人，却都只是远远地站着，并不敢近身。

阿琇走近了几步，这才看清那大石之旁竟然是个隐蔽的地牢入口，连石旁的铁镣铐都被烧得发红，想来里面就是起火的真正地点了。如今里面阵阵恶臭传来，让人闻之直欲作呕。她这才明白旁边的人为什么都不走近，转头时只见成都王一身戎装站在人群的最前端，打着手势示意让她拉回献容。

阿琇强忍着恶心，努力屏住呼吸，走过去轻轻地扶住献容的胳膊，低声道："献容姊姊，夜色已深了，外面寒气重，我们先回去吧。"

"阿琇，你听，他在下面唤我。"献容却仿佛听到什么一样，忽然拉住阿琇的手，指着那个烧得焦黑的入口，面上却露出喜悦的神情。

阿琇心知她已是伤心过度，失去了理智，她心下也有几分难过，伸手揽住了献容的肩头。献容面上露出满足的笑容，在月色下看去分外的诡异，她靠在阿琇的肩上忽然轻声唱起歌来，吐字清脆，发音却很奇怪，阿琇默然听了一会儿，忽然意识到她唱的是匈奴那边的歌谣，她心下更是替献容难受，什么话也说不出来，便只能陪着献容靠在大石头上。

司马颖眼见无法，只得走了过来。

献容瞧着他也过来，微微含了笑意，那笑容却将人与人之间拉开了遥远的距离。她轻声道："成都王，你也来瞧，他们都在下面等着你呢。"

司马颖望向阿琇，苦笑道："阿琇，你快劝劝她吧。她已经在这里站了半个多时辰了，这么多人都看着呢，明日流言蜚语传出去对她终究是不好的。"

暗夜里，司马颖一身墨色戎装，他的盔甲都是紫金所铸，格外的寒光耀目，英姿勃勃中却显得颇有几分生冷的铁气。阿琇仿佛是第一次认识他一般，扭头注视着他道："我瞧着献容姊姊心里清醒得紧，她自然知道自己是在做什么，倒是十六叔您，恐怕不知道自己在做什么了。"

司马颖面上闪过一丝不自然。那便是默认了，阿琇心里伤心到极点，仿佛有什么东西垮塌了，十六叔在她心目中一直都如父亲一样，谁都可以来纵火为赵王除掉心腹之患，可她就是不能接受十六叔这样做。她含着静如秋水的淡薄笑意："十六叔是住在宫外吧，宫中火起，十六叔深夜赶到竟如此迅速，不见半分仓促，实在是国朝之栋梁。"

"阿琇！"司马颖仿佛想解释，可话到嘴边，却除了苦笑，还能说什么呢。

"还不把皇后娘娘扶回去。"赵王大步流星地走了过来，身后跟随着他的侍从，孙秀却不在身后，想是已经得知皇后犯病的事，自是觉得避嫌不愿意过来。赵王瞧了一眼烧得漆黑的洞口，里面阵阵恶臭仍然不断传出来，火已经灭了大半个时辰，可仍有滚滚的热浪从里面翻上来，可想这里面恐怕已再没有活口了。

他显然很满意这样的局面，唯一在这里有些碍眼的却是献容。他的目光有些不愉地扫过了献容，见没有人敢上前去搀扶，不由怒道："怎么还没有人过来！"

冯有节早在旁边等候多时，见主人发话，赶紧颠颠地凑过去扶着皇后的一边胳膊，皮笑肉不笑道："皇后娘娘，您还是回去吧。"

献容恍若未闻，只盯着地上那个偌大的黑洞看着，眼神却渐渐失了神采，如同燃尽的灰烬，茫然而空洞。冯有节见赵王沉着脸不作声，胆子便大了些，手上使劲，竟然是用力地扯起献容来。阿琇大怒，站起身来便给了冯有节一个耳光："你是什么身份，就敢拉扯皇后娘娘。"

冯有节在昭阳殿春风得意惯了，平时连皇后都要买他三分薄面，哪里受过这样的委屈，此时更仗着主子赵王也在这里，越发不能咽下这口气，他三角眼一瞪，竟是对阿琇撒起泼来，大哭道："老奴一辈子忠心事主，从来没有犯过一点错处。老奴有何过错？公主娘娘固然尊贵，却也要给老奴个说法。"

阿琇心中恨极冯有节的狗仗人势，瞧也不瞧他一眼，却是瞥着赵王说道："休管你背后主子是谁，你不过一个阉奴而已，却受谁指使敢这样胆大包天？"

这话竟是在指着骂赵王了，冯有节偷偷觑了赵王一眼，却不敢接话。赵王脸色更加不愉，向阿琇这边踱来几步，苍然道："正是孤王指使这阉奴去的，公主有何高见？"

阿琇并不惧他，抬起眼目不转睛地盯着赵王，声音甚是清朗："天道乾元，自有尊卑。何人敢辱皇后，就是辱国朝。"

见她这样桀骜，赵王脸色一沉就是要发作起来，司马颖忙侧身拦在了阿琇身前，说道：“公主久病才愈，在这里待得久了，怕会有恙，还是侄儿先送她回去。”

这些日子司马颖护卫赵王有功，赵王见他出面求情，面色缓了几分，便不欲再理阿琇，只侧头对着冯有节吩咐道：“还不送皇后回章华台去。”他一想到今夜之事本来甚是圆满，自己不须出面就可以把淮南王那个心腹大患解决掉。却想不到被皇后这么一闹，倒把自己也扯了进来，不觉更有几分气恼，又说道：“这些日子皇后新入宫中，可在章华台多学些礼仪规矩，无事也不必出来了。”

冯有节得意地应了一声，起身时还不忘向阿琇示威似的横了一眼，半扶半扯地拖着已如提线木偶一样的献容，可脚下突然一个踉跄，却不知道被什么绊了一下。他弯下腰去捡起来，只见是一块烧得半焦的木头，方寸大小，上面似有花纹，乌油油的瞧不清是什么木质。

他正拿在手里准备抛掉，忽然阿琇脸色瞬时变了，她冲过去夺过那块木头，仔细看了一会儿，上面隐约有个篆字的“绮”字，她不敢置信地抬头望着司马颖，伸手指了指散发着恶臭的地牢洞口：“玉徽师父也在这里？”

司马颖侧过头去，不与她的目光对视。

阿琇忽然觉得口中一苦，胸中一股腥气涌上喉间，句句刺人：“十六叔，那是玉徽师父，三年来她心中待你何等情分，你纵然无情，难道当真心里半点不知？”

司马颖只是立定沉默。

赵王却是看不惯阿琇这样言辞，训斥道：“公主殿下要知晓分寸，成都王是长辈，怎能这样直斥是非，实在是不知礼数至极。”

阿琇心内越发冷了下去，她转过头去望着赵王，言辞更加刻薄道：“是我不知礼数，还是你们倒行逆施？赵王打着勤王奉公的名义，却是做着剪除异己之实，滥杀无辜，无所不用其极。我的母妃，太子哥哥，贾家、淮南王、明曜、玉徽……现在连献容也疯了，你手里沾了这么多的血，你还要赔上多少人的性命，满足你一个人的妄念……”

不等阿琇说完，司马颖便把她扯在身后，用手捂住她的口，企图用自己的身体牢牢地护住她。阿琇发不出声音，口中咿咿呜呜仍是咒骂不止。

“孤手里沾了血？”赵王阴冷地环顾四周，所有被他看到的人都不由打了个冷战，“这里的人，谁人的手上没有沾染过血？”

司马颖心中大急，唯恐脸色越来越铁青的赵王要对阿琇不利。

正在此时，一匹乌色的宝马忽然奔驰而至，马上翻身下来一个身着黑甲的少年人，黑甲上血迹斑斑，猩红入目，而那少年单膝跪在赵王面前，手中捧着右半白虎符，朗声道："奉白虎符调兵，已将淮南王在京中的数处余孽部属尽数捕杀，特来还令。"

阿琇忽然心头一惊，扭头叫道："阿郧！"

那满身血迹的铁甲少年不是阿郧是谁，他并不理睬阿琇的呼唤声，只跪在赵王膝下，等他调遣。赵王面色转霁，不再理睬阿琇，他将两半白虎符合在一起，朗声笑道："吴王英雄少年，尽忠为国，孤心甚慰。"

阿琇只觉得一下子被抽干了全身的力气，她最为宝贵珍若性命的弟弟，也加入了这无休止的厮杀中，身着的冰冷铁甲与这漆黑的夜幕同色。

阿郧叩首道："臣姊身体不好，今夜受了惊吓。臣想送姊姊先回去休息。"

赵王心里大患既除，自然懒得跟阿琇计较，乐得卖给阿郧一个人情，点点头就算是同意了。

阿郧如今已是高大的青年了，站起身来时，阿琇只到他耳齐。司马颖见他过来，便松开了手。

阿琇只觉得阿郧手心亦是冰冷冰冷的，她心下一软，往事忽如潮水一样涌上来，她忽地想起许多年前，在金墉城里，自己一手牵着祖母，一手牵着阿郧，那时候阿郧还是个小孩子，做什么都喜欢跟在自己的身后。如今他不由自主地护在自己的身前，其实也是怕赵王来伤害自己。

她垂下头去，终是没有再挣扎半分，任由阿郧牵着她回了荼菽殿。

"姊姊，"阿郧临别时忽然回过身来，轻声道，"我有我的苦衷。"

阿琇回身望着他，只见他的眸中全然都是她不熟悉的黯然疲惫。

当天晚上，章华台便起了一场大火，将贾后十余年里布置的奢丽无比的华丽宫殿烧成灰烬。等到第二天宫人扑灭大火找到皇后时，却见她一个人呆若木鸡地坐在宫墙下，呆呆地望着天边出神。世人都悄悄传说，羊皇后真的疯了，赵王无奈之下只能把献容送回了昭阳殿居住，又让冯有节严密地看守她，不让她再出门半步。

自打过了春分，白日一天比一天长了，夜里的光景也分外珍贵了起来。

自从献容被送回到了平乐苑，阿琇便再也没有见过她，赵王这次仿佛真对献容彻底失望，连外家也不许觐见，竟是无声无息地就让皇后禁足了，几番宫宴都无献容的踪迹。

阿琇心中恐慌又担忧，深宫之中哪有人可与她为伴，她只能把心中所思心中所忧，全无顾虑的都写在信中，一封接着一封的寄向并州：

“聪哥哥，我已有数月没有见到献容了，一点她的消息也打探不出来。这次连皇后必须亲临的亲蚕之礼，献容也恐怕不能来参加，宫里的人都说她疯了。那夜永巷的一场大火，将地牢烧得干干净净。淮南王和明曜都死在牢中，而我连玉徽师父的尸骨都没有找到，只找到了她那把‘绿绮’的琴头岳山上的一块小小的枕木。而献容姊姊自己烧了章华台，如今形同废人一样。”

刘聪通常收到信后不出十日必有回音，他的笔法淡略，来信大多只是寥寥数语，然而言辞却都十分切切，足以熨帖阿琇惶恐的内心。

“宫里的人多有心疾，疯癫也好，痴狂也罢，只能静待自医。之前送药之法，并不妥当。她已是皇后，赵王之法虽然狠戾，却对她实有益处。你且平心想一想，便能明白其中道理。”

这话说得与司马颖何其相似。阿琇起初收到信时极是郁郁的，她不想连最信任的刘聪也会这样。可“平心”这两字在她脑中徘徊了一宿，她怔怔地想到天明，终于觉得其实十六叔和刘聪的话也有几分道理。用药来欺瞒赵王，瞒得了一时瞒不了一世，献容的靠山就是赵王，一家富贵性命都系在赵王一身，如果连赵王都倒了，她恐怕连活下去的机会都没有了。

她想明白其中原委，心情终于平静几分，便回了信去：

“献容如今的状况实在很坏，赵王禁了她的足，不让任何人去见她。也不知太医给她医治得如何。这宫廷实在可怕，竟如同一座牢笼一般，要把人都逼疯摧毁。我忽然觉得宫里所有的人都变了，献容变了，赵王变了，十六叔变了，就连阿邺也变了。我没有一日不想离开这里，只觉煎熬痛苦至极。”

这次刘聪的回信很长，他细细地为阿琇分析清楚其中利弊，献容疯癫与否并不重要，重要的是这是她第一年入宫将要主持的亲蚕之礼，若她不能亲临，这个皇后之位便形同虚设，以后人人可以轻言废立。阿琇若想要帮到献容，就务必要为她争取到主持亲蚕之礼。

他在信末又说道：“你再耐心等待一段日子，来年春回之时，就是你我相见之期。”

每次信尾短短的“相见”两字，便是抚慰阿琇最好的灵药，让她可以忘掉宫中的一切烦恼。纵使在绝望之中，只要想起在遥远的地方，还有个人牵挂着自己，便能觉得心下满足，可有无限希冀。

然而阿琇收到他的信，却顿时觉得时间紧迫起来。如今距亲蚕之礼不过数天，献容连禁足也未解，若要让她亲临主持谈何容易？她左思右想全无办法，只得去找阿邺商量。

阿邺静心听完阿琇的话，少年老成地皱眉道："姊姊，此事如想让赵王同意，关键还在皇后自己。"阿琇急道："献容如今连门也不能出，我也不能去看她，哪里知道她有没有好些？"

"姊姊你不要着急，"阿邺颇为冷静地分析道，"事实上皇后的疯疾有没有痊愈并不打紧，我们只要她在亲蚕之礼上听话就可以了，这个很容易办到。可要想瞒过赵王做这一切，就很难了。"

阿琇有些绝望："赵王的耳目遍及宫中，如果想瞒过他，简直是痴心妄想。"

"既然瞒不过，索性不瞒。"阿邺正色道，"皇后总归还是赵王推举的，他心里再恼怒于她，也不愿意拱手把皇后之位让给齐王推举的左婕妤，这才是我们能救皇后的关键。"

阿琇一下子被他点醒，双目一亮道："对啊，聪哥哥信中也说，赵王才是献容真正的依托，唇亡齿寒的道理我竟差点忘了。"

"哦？"阿邺忽然似笑非笑地瞥了她一眼，嘴角微沉，"阿姊还和刘聪有书信往来？"

阿琇脸色有些泛红，喃喃地支吾了几声。阿邺见她尴尬，便转了话题，又道："阿姊，如今我虽得赵王重用，却到底年少，并不能说上话。赵王心内还是对十六叔最为信赖，我说十句，不敌十六叔半句。"

这就是明显地暗示阿琇要去找成都王司马颖求情了。阿琇轻轻嘘了口气，脑海中忽然浮现出玉徽师父，她也知阿邺说得有理，却无论如何也不想再与司马颖多说半句。

献容被禁足了数月，神智渐渐清醒起来，不再整日啼哭或者喧闹，如今她能安静地坐在平乐苑里一待就是半日，太医渐渐便不阻止她见人了。阿琇去看了献容几次，每每与她聊天，虽然与她说十句也听不到一句回答，可也觉得她状况好了一些，于是她便让人传话给羊玄之去向赵王说情，再加上孙秀从旁助力，赵王好不容易才同意让羊献容去主持今春的亲蚕之礼。

可到了大礼的前几天，偏在这节骨眼上，左婕妤被诊出有了三个月的身孕，皇帝懵懵懂懂并不知怎么回事，但对齐王一派而言这却是天大的喜讯，他连连上奏要为左婕妤加封为妃，这次赵王碍于龙裔，也无法阻止。

司马颖径自去找了阿琇，开门见山道："如今左婕妤得势，不可让她再加封了，赵王的意思是这次权且让左婕妤代替皇后去行亲蚕之礼，你瞧着如何？"

阿琇冷嘲道："赵王偌大的权势，来找我这个没亲娘的公主来做什么？"

司马颖硬着头皮道："你毕竟能与献容说上话，若你能劝她再养病些日子，顺当地让左婕妤去行礼，一来可以换取齐王的退步，二来也可免士族找来的许多麻烦。"

阿琇越发尖刻道："是左婕妤不可再加封了，还是赵王怕左婕妤如若封妃，齐王也要循例晋封，岂不是很快就要盖过赵王一头，因而胆怯了？"司马颖道："这些考虑大抵都是有的。"

阿琇却冷笑道："赵王打得好算盘，以为能用献容换得自己平安，我偏不让他如愿。"

司马颖皱眉道："阿琇，你何时竟变得这样不通情理。你在这时如果再怂恿皇后去主持亲蚕大礼，岂不是把她也放在众矢之的的境地？齐王一派有了左婕妤的龙胎，势必不会罢休，而赵王恼怒皇后，也不会为她撑腰，到时候她腹背受敌，病也未曾痊愈，谁人能救得了她？"

阿琇从心底升起一丝寒意，她心中却知司马颖说的都可能是真的，寻不出什么话来辩驳。

司马颖见她面色，又说道："你关心皇后之心我都明白，可眼下不是为她逞强出头的时候。赵王目前还是皇后的靠山，不会让她吃亏。但左婕妤手段实在厉害，你想想她已有三个月身孕，早不说晚不说，偏偏挑在皇后要主持亲蚕之时才说出来，就是为了夺她的威风。而前些日子赵王添孙，左婕妤专从宫里派了人送了金锁金环去贺喜，那锁上写着'社稷之功，福禄永昌'，赵王当时看了就不说话了，心里的那杆秤想必是向左婕妤倾斜了的。"

阿琇脸色发白，有些意外道："左婕妤是齐王保举入宫，竟这样向赵王示好？"

"官场如战场，哪有什么永久的同盟者，"司马颖轻叹道，"赵王如今势大，左婕妤对他示好才是明智之举。这个道理连她都明白，你却想不通吗？"

每年春耕之时，天子亲耕南郊，皇后亲蚕北郊，这是自古便传下来的习俗。在西苑的太液池畔，设有嫘祖的先蚕坛，皇后亲临蚕坛躬桑亲蚕，这是为天下织妇行祈，是身为皇后母仪天下最重要不过的使命。献容第一年为皇后，就不能来亲桑。

左婕妤与皇后同时入宫，却来替皇后来行礼，难怪世人都会议论，皇后之位怕要易主了。

春和景明，阿琇站在桑园外，遥遥地望着先蚕坛上静心焚香行礼的左婕妤，忽然觉得她的背影有些熟悉。她转过身来，轻轻将手中桑叶沾上泉水，均匀地洒在地上，算是对天地和嫘祖的敬意，长长的乌发铺泻如云，一双明眸晶莹如水银，目光流转掠过阿琇时，忽然顿了一顿，仿佛是认出了她。阿琇倏然醒悟，这不是那日在太极殿外遇到的宫装女子，她便是宫中炙手可热的左婕妤。

回宫的路上，左婕妤唤了阿琇与她同坐一辆羊车。车上空间甚大，对摆着两张小小的绣榻，熏了浓浓的茉莉香，左婕妤身形略显臃肿，她斜倚在熏笼上，面如满月，气色颇好，正端详宫人送来的新进的蜀锦纨扇。

她见阿琇上车来，便唤了宫女给她沏好香茶，亦是用香花所熏制，接着又有侍女来上热帕子和诸多蜜饯干果，照顾得十分周到。又间或着有几个宫里司属的宫人来回话，忙碌异常，可左婕妤都一一妥当地做了处置。

左婕妤忙完了这些，方揉着太阳穴对阿琇笑道："如今宫里事忙，一直没得空与公主相见，是我的不是。"阿琇冷眼瞧着左婕妤协理后宫，不似羊献容初入宫时那样腼腆，如今一切都由她掌控施令，极是有所决断。她见左婕妤不提那日太极殿之事，自然也不会提起，只道："婕妤娘娘有孕在身，原本是该我先去拜见婕妤娘娘的。"

左婕妤不同于那日的失魂落魄，今日一见却是处事极为周全妥帖的一个人，她颇为亲和地笑道："这几日天气热了，我瞧着公主还是穿着入春时针线局做的那几套素锦衣裙，怕是有点旧了。回去我便差人替公主用新进的织金堆绣的蜀锦料子再裁几身合适的新衣裳。"

阿琇这些日子消瘦不少，身上穿的是旧衣裙，因而略显宽大，左婕妤一眼便看了出来，有意讨好于她。可阿琇心里不欲与她亲近，口中也是淡淡应付。

可左婕妤仿佛来了兴致，偏要拉着阿琇说些家常："按理说这些后宫之事本该由皇后娘娘掌管，可皇后娘娘偏偏体弱多病，实在让人忧心。"阿琇敷衍道："婕妤娘娘聪慧贤德，也都是一样妥帖的。"

"宫里人人都需一个靠山，"左婕妤却叹道，"我不过是仗着齐王殿下才在宫里苟且偷生，若不是如此，现在哪里还有骨头渣在。"

她的话倒是实情，阿琇一怔，并没想到她竟然如此坦白。

"公主大概还不知道，我姊姊是齐王的侧室。"左婕妤转过头去凑在阿琇耳边，恰是淡淡道，“我们姊妹俩都是一样的命，横竖都是不能做正妻的。”齐王侧妃，阿琇心中一惊，忽然想起左二哥来。那日贾谧给自己念过的《娇女诗》，写的便是左二哥的两个女儿。难道那个小女纨素便是如今面前的左婕妤？她有些迟疑地望着左婕妤，寻思是否要与她说明。

左婕妤被她瞧得有些不自然，眼中精光一闪，却是咬唇轻笑道：“听闻吴王英雄少年，还尚未婚配。我有一故交之女，今年刚刚及笄，最是佳人美貌……”她话音未落，只听阿琇打断道：“吴王若有心娶妻，自是任他去选一心仪女子。何劳婕妤娘娘费心。”

左婕妤倒是未想到她竟一口拒绝，颇是有几分讶异，望着她笑了笑又道：“难为公主殿下一片爱惜手足之心。只是殿下尚在宫中，日后前途未卜，何不选一高门为助力，日后也有出路。”

“婕妤娘娘不必说了，”阿琇甚是齿冷她的为人，冷冷回绝道，“人各有志，何可思量。况且婕妤娘娘现在有龙胎在身，日后如何富贵，就更不是寻常人可预料的。”

她心里动了怒气，话就说得带几分刻薄。

“公主说得极是。”左婕妤轻执纨扇，掩唇自是一笑。

正此时，羊车忽然停了，有人在外面疾呼道：“婕妤娘娘可在？”

左婕妤轻掀车帘，定定看向车外：“郡主怎么来了？”

阿琇顺着左婕妤的目光望去，只见车外是一位黄衫女子，她跑得甚急，此时钗横鬓乱，更有几分慌乱，却正是曾有数面之缘的平阳郡主。只是数月未见，平阳却身形消瘦，面容憔悴。平阳未想到阿琇也在车内，一时竟是怔住，迟疑一瞬，方才道：“臣女见过娘娘，见过公主殿下。”

左婕妤展颜一笑：“郡主不必多礼。”她身旁早有侍女扶着平阳上了羊车，平阳在阿琇身旁坐下，却有些手足无措，十分腼腆地低着头并不说话。左婕妤何等睿智，她微狭凤眼：“郡主有何事来寻本宫？”

“臣女……臣女……”平阳微微抬头，双目里蒙上一层雾气，鼓足勇气说道，“臣女想求婕妤娘娘一个恩典，臣女愿自请入宫为女官，服侍婕妤娘娘。”

阿琇不解地望向平阳，只见她如同受惊一般又垂下双睫，坐在一旁的阿琇很敏锐地感觉到她身体如受寒冻一般轻轻地颤抖。左婕妤凝视平阳片刻，忽然道：“郡主今年该满十七了？”

平阳黯然垂首，轻轻点了点头。

阿琇忽然醒悟，按国朝规制，女子若十七未嫁，便由长吏择选夫婿。可她犹是不信，问道："郡主难道不是早已与二十五叔有了婚聘，司徒怎可……怎可……"

"我与王爷并未行过……行过聘定之礼……"平阳语声细微，泪水滚滚而落，"父亲说……那都是幼时的戏言罢了……"

阿琇顿时大怒："二十五叔是皇家贵胄，先帝之子，岂容悔婚？"

左婕妤却沉思片刻，忽然问道："司徒大人为郡主择的是哪家贵婿？"

平阳心中难过至极，咬唇低声道："是……孙………孙大人的独子孙会……"

"孙秀的儿子？"阿琇大怒，"那孙会是个无赖子，洛阳城中谁人不知，你父亲怎能把你许配给这样的人！"

左婕妤凤目微眺，以扇掩口道："赵王权倾天下，最为倚重的便是孙秀了。王司徒倒是个聪明人，知道这时候该投这条门路。"平阳心中何尝不知道父亲是在拿自己博富贵，她心中凄苦，泪水更是滚滚而落。

阿琇怒视左婕妤："你把平阳当什么人了，她的婚事关系终身，怎能被交换利用！"

左婕妤微微一笑，不去理她。她唇角牵动，却对平阳缓缓道："郡主的苦楚我已知道，只是郡主已满十七，不能再入宫中，恕我难以帮忙。望郡主安心回去，不要再做无谓之事。"她顿了顿，忽然微笑道，"郡主是千金之体，不可再这样任性乱跑，若是传出去恐会对声名有损。"

此言一出，平阳面色煞白，心中已是绝望至极，她默了一瞬，忽然含泪转头奔下车去。

"平阳……"阿琇大声叫她，可平阳头也不回，已是跑得远了。

阿琇转目望着左婕妤，气道："你不愿意帮她直说就是了，何苦说这些话刺伤她。"

"我这是为了她好，"左婕妤若无其事地侧过头去，一手却抚在微微隆起的肚子上，"你让她强行与她父亲抗命，最后又能落得什么好？"阿琇与她话不投机，狠狠瞪了她一眼，亦是摔帘而去。

左婕妤虽然说话不中听，可办事却很是利落，没出三日便命人送了新裁的衣裙来，一概都是茜碧纱縠的双裙，都用的上等的蜀锦缎料，绣样别致又精细，阿琇捧着看了一会儿，便吩咐白袖和豆蔻都送出去。豆蔻大是不解："公主，这衣裙可比您身上穿着的要好得多，为何不愿意换上？"

白袖插口说道："赵王他们皆可倾向于左婕妤，唯独公主殿下不可以。若是殿下也穿着左婕妤的衣裙出去，那皇后娘娘在这宫里便真是孤零零的一个人了。"

阿琇赞许地看了看白袖，顺手择了一条花纹较是简单的衣裙："你将这件衣裳给皇后送去吧。"白袖会意地而去。

豆蔻叹了口气："公主您待皇后真好。"

阿琇却道："你将剩下的这几件新衣裙都给平阳郡主送去，就说是我的一点心意。"

豆蔻点了点头，捧着那衣裙便送了出去。到了夜里，她方才回来，却拿来了一张素笺。阿琇看过笺上的字句，霍然色变，她站起身来问道："这是你看着平阳写的？"

豆蔻道："是啊，奴婢看着郡主一边哭一边写，又叮嘱一定要亲手交给公主殿下，奴婢还奇怪是怎么回事。"

"这信是托我交给二十五叔的。"阿琇骤然松了手，那素笺摇摇晃晃掉到地上。

站在一旁的白袖眼尖，一眼看清素笺上的字："一别两宽，从此未见，泉下若知，各生欢喜。"她亦是白了脸色："郡主这是想寻短见……"

"我们要救下她，"阿琇大声道，"豆蔻，你即刻去司徒府，就说是我让你去的，务必要拦下她。"豆蔻顿时明白事态严重，赶忙奔了出去。

"怎么办，现在只能送平阳出去才能救她，可怎样才能送她出城？"阿琇来回踱步，心烦不已。

"殿下，奴婢有个办法，"白袖忽然插口道，"这几日訇勒将军正好在京中，他是戍外将领，手中定有出入令牌。"

"此言当真？"阿琇目光一闪，顿时精神大振。

"千真万确，"白袖红了脸，顾不得避嫌，实话道，"奴婢今日刚在宫中遇见过他。"

"太好了，你即刻出去找他，拿到令牌，送到平阳那里，一定要星夜将她送出城去。"阿琇说道，"此事决不可有误。"

"奴婢省得。"白袖深吸一口气，迅速跑了出去。

阿琇一夜未眠，直到天明方才等到二人回来复命，她听说事情办妥，顿时松了口气。豆蔻私下里瞧见白袖不在，却偷偷对阿琇说道："殿下，我们一起送郡主出城，奴婢瞧着訇勒将军与白袖姊姊悄悄说了几句私房话，还传送了东西。"

阿琇心中忽然闪过一个念头，问道："是什么东西？"

"奴婢偷偷瞧了一眼，便是一只小小的金蝉坠子，只有拇指盖大。"阿琇默然了一瞬，隔日留心去瞧白袖，只见她颈中果然用红线系了只小小的金蝉。她心中有数，却怕若直问白袖恐会尴尬，便寻思着要找个机会将她放了出去，免得耽误了她的终身。

第十五回

微音迅逝

豫章王与淮南王手足情深，自淮南王死后，任凭齐王如何以权力相诱，他始终只做个无事人一样，日日待在京城的府邸之中，与诸王都绝无来往。赵王瞧着豫章王倒是老实，也不把他放在心上，他见这些日子齐王仗着左婕妤有了身孕，日渐抬头，不由又把注意力移回到他身上。而豫章王便上奏说藩地中还有许多事未能处理，想回豫章郡去。赵王乐得他自己走人，假意留了几次便让人送了许多金银美女，欢欢喜喜地送了豫章王出京。

入了夏日，暑气渐起，宫中上苑一带每到三伏极其酷热，任是如何遍植花木也是无用的。因而从前朝始，每到五月末，便移驾到城北数十里的邙山上避暑，后又因地制宜，在邙山主峰的碧云峰背山处引洛水成湖，松林环抱，绿地如茵，阴凉处更建了座上清宫，权作避暑宫殿。

本朝自从贾后时，因修了章华台，高楼也可纳凉避暑；再加上贾后性情多疑，不愿远离朝堂，因而一次也未去过邙山，上清宫形同虚设，渐渐荒废。到了如今左婕妤掌权后宫，她有了身孕性情更添烦躁，最耐不得宫中酷暑，便提议今上要去邙山行宫避暑。此言一出，齐王自是全力支持。赵王也想着近来并无甚要事，便算是默许。

去行宫避暑确然是个极大的工程，且不说提前要派宫人前去修整宫所，打扫殿堂，单是宫中准备出行的用物都要忙上十余日，至于后宫随行之人，一概都是左婕妤亲笔拟定，阿琇是宫中唯一的公主，自然是要随驾同去的。出乎阿琇意料的是，左婕妤也奏请让羊皇后同去，没有将她留在酷热的宫中。而更让人意想不到的是，左婕妤居然亲自指名要将软禁在金墉城里的始平公主接回宫来，一同带去行宫。赵王虽然讶异，却也没有反对。

朝堂之上，六部官员断不可离京。赵王苦思冥想，只觉得自己必是要跟随今上同去行宫的，可留下齐王在京中主事，他断然不放心。他与孙秀商议多日，最终决议让齐王和自己同去，留下成都王与吴王同守京师。

此言一出，齐王只是冷笑几声，并未有何反应。赵王自然是乐得如此，将京畿各处的兵权都交给了成都王司马颖，又留下了羊玄之都督军事，专守九门，以防万一。

临到出发那日，阿琇主仆才行至宫门，便听到外面有人吵闹。

“你这死丫头，连这点事也办不好！让你给我收拾的乌木浴桶，怎么没有带上？”一个身着公主服制的少女，正在高声训斥一个小宫女。

小宫女抖抖索索道：“婕妤娘娘有令，每一殿都只能用三匹羊车，公主的衣衫就装了七八个大箱，那浴桶实在带不下了。”

少女越发生气，便去拧那小宫女的嘴：“让你顶嘴！我哪里带了许多衣衫？定是你这丫头偷懒找理由。”

她下手甚重，一会儿工夫那小宫女已经被掐得脸都红了，也不敢哭出声来，十分的可怜。

阿琇实在看不下去，走近几步，低声道：“始平妹妹，那浴桶带不下便算了，到了行宫那边还有新的。”她早已认出这少女正是自己阔别已久的幼妹始平。说实话她对始平的印象并不深刻，记忆里她还是那个跟在贾后身边的孩子，不想几年过去，她也长成了一个亭亭玉立的少女，却这样的尖刻狠戾。

那少女抬起头来，相貌与东海果然有几分相似，眉眼间都显出几分厉害，她似笑非笑地瞥了阿琇一眼，只听她放慢了语调说：“我道是谁要拦我，原来是我家嫂嫂。”她刻意不认阿琇为亲姊，却点出她是贾谧妻室之事来羞辱她。

“始平，”阿琇轻唤她的名字，仍是客客气气地说道，“我是你阿姊，难道你不认得了吗？”

始平冷冷地瞧了她一眼，目光里却都是疏离和冷漠，甚至还有几分深深的恨意，她语带讥讽，似要刺伤她更深：“我母后只生了我和姊姊两个，姊姊远嫁并州，这里还有什么阿姊？”

阿琇面上难堪至极，没想到这个妹妹对自己有这样深的敌意。

正在此时，只见左婕妤姗姗地走了过来，她挺着肚子不甚方便，两个侍女在旁小心翼翼地扶着她。左婕妤自从那日与阿琇聊过后，便待她格外的亲厚，此时她在旁已经听了个大概，便对始平呵斥道："公主殿下怎么这样无礼，连长姊也不相认？"她对始平十分的不客气，语气略顿，也不知她是有心还是无心，又道："何况如今宫里只有皇后娘娘母仪天下，哪还有什么母后了。"

始平眼眶顿时红了，目光中恨意更甚，可是碍着左婕妤的脸面也不敢造次，只能委委屈屈地屈膝向阿琇行了个半礼，一字一句简直从牙缝里挤出来道："是我错了，始平见过阿姊。"

阿琇心里到底是怜惜她年幼便吃了这么多苦，也不介意她对自己的冲撞，伸手便去扶她起身，柔声道："你我自家姊妹，不要心里存了误会就好。"

左婕妤也是微笑道："还是清河公主识得大体。"她见无什么纠葛，便由着侍女扶着去了。

却见始平并不受阿琇相扶，她见左婕妤一走，便闪开了身子，冷冷地一挥手，对着那个小宫女狠狠骂道："既然是阿姊出言，今日就饶了你这贱丫头。"说着她也不再理睬阿琇，自是让侍女扶着她上车了。

左婕妤微微瞥了一眼立在一旁的阿琇，忽然说道："平阳郡主竟然离家出走，殿下可知道此事？"

阿琇心中自然有数，但她却冰冷而简洁道："我怎会知道？"

"我还道公主殿下该奇怪此事，"左婕妤停了停，又继续说道，"平阳郡主一向胆小，平日里足不出户，哪里来的出城令牌？这事可着实蹊跷。可怜王司徒也没想到她竟然敢大胆做出这样的事来，一气之下患了气郁之症，这次都不能随驾去行宫了。"

"那是他贪慕富贵，咎由自取。"阿琇恨道。

左婕妤淡扫了她一眼，转身时轻声道："我劝公主少管些闲事，莫要害了自己。"

阿琇正要反唇相讥，抬头时却见左婕妤竟是由侍女搀扶去得远了。

上清宫修在碧云峰的半山腰处，这一片连绵有宫苑三十六处，各占胜景，楼台林立，云间偶见琉璃殿顶飞檐耸出，十分可观。上清宫的主殿原本是东汉时张天师修道之所，张天师曾创五斗米教，天下教众云集，其孙张鲁更是在汉中称王数十年。

后来张鲁降于魏武帝，这处上清宫也得以保存。到了本朝，太宗皇帝甚恶五斗米教惑乱人心，下旨斥五斗米教为“伪法”，下令拆除上清宫。主殿拆除了一半，太宗皇帝便因恶疾驾崩，先帝虽不信道，但听闻此处风水甚佳，是张天师为后人选的龙脉所在，他不愿这样的宝地落入他人之手，遂将此处改为行宫，但顾念张天师的声名，又将张天师的雕像原样移到北面的玉字殿里，依旧供奉香火。

如今山腰处的主殿名叫“太宁殿”，是今上所居的正殿。四面殿阁分别为：东面“琼兰殿”，西面“凝芳殿”，南面“瑶林殿”，北面“玉字殿”。四处宫殿除了玉字殿都是新修，因为只有此处供了张天师的道像，故而一直都没有人动过。

南面瑶林殿本为皇后的居所，左婕妤恃宠而骄，自顾自地住了进去，却让羊皇后住在北面最为简陋的玉字殿中。而阿琇和始平两位公主，则分别居住在琼兰和凝芳两殿。

阿琇去献容那儿看了看，只见偌大一处殿阁，辟了一半做了道堂，剩下的一半居室都很狭窄，屋舍破旧不堪，光线十分阴暗，一进去就闻到一股霉味。她顿时皱起眉头：“山中本就阴凉，北面更是没有光亮，献容姊姊还在病里，怎么能日日晒不到阳光。”

献容却如没听到一样，自是呆呆地看着窗外景致。冯有节也是一脸的埋怨，不满道：“左婕妤也实在不懂事了些，哪有嫔妃占主殿，让我们皇后娘娘住在偏殿的道理。”

阿琇有些意外地瞥了冯有节一眼，说道：“你如今才知道谁是你的主子了？”

冯有节原以为跟着赵王就有好日子过，却想不到自从皇后失势，他也好久见不到赵王了，这些日子他在宫里没少受委屈，吃穿用度都被克扣了不少，此时又悔又恨地咬牙道：“本想着皇后娘娘飞黄腾达了，咱也有几天好日子过，谁知道白白便宜了这左婕妤。现下她将赵王巴结得甚好，哪有人会管皇后娘娘死活。连那个刚放出来的始平公主都能住新修的凝芳殿，偏让我们住在这个道堂里，实在是没有道理。公主要是有心，就替咱们娘娘说个情，可断不能在这里住下去了。”

“一荣俱荣，一损俱损，”阿琇虽然不满冯有节，仍是叮嘱道，“别再去赵王面前折腾，免得又生出不少事端。我住的琼兰殿暖和宽敞一些，还是让献容姐姐先跟我的住所换了便是了。”

左婕妤傍晚去了凝芳殿，只见始平在殿里哭红了双眼，但见了左婕妤来也不敢不迎。左婕妤由几个侍女扶着，在殿中坐下，却罕见地和颜悦色对始平道：“公主今日受委屈了。”

始平掩面哇的一声就哭了出来。左婕妤也不相劝，只轻轻伸手去抚她后背，待她尽情哭了一会儿方才叹息道：“我也可怜公主身世，明明贵为公主，却在那不见人的地方关了这么久，所以才奏请陛下接公主出来。今日之事我虽然有心维护公主，但清河公主是我也得罪不起的，只能委屈公主了。”始平抬头望着左婕妤，眼边泪珠未干。

左婕妤柔声道：“公主在宫中并无依靠，我虽然有心照拂，但其实宫里还有皇后娘娘在，皇后又与清河公主是一派，若将来皇后娘娘病愈理事，有了清河从旁相助，恐怕公主的日子就更不好过了。”

始平咬牙道：“她算是什么东西，不过是庶出的野种，我母后在时，宫里谁管她叫过一声公主？”她话一出口就有点后悔，偷偷看了一眼左婕妤的神色，她母亲贾后是被赵王所诛，左婕妤怕也不会认这个皇后。

左婕妤一眼就看透她的心思，微笑道：“公主在我面前但说无妨。我父亲左思与贾谧是八拜之交，我也受过贾家大恩，很是怀念贾皇后的恩德。”

始平听她如此称呼母亲，瞬时泪盈于睫，哽咽地说不出话来，心里已是万分信赖这位左婕妤。左婕妤叹了口气，又道：“只是如今贾皇后已崩，我也有心无力帮不了公主。我有一法可以解公主危难。”

始平闻言怔怔片刻，问道：“婕妤娘娘有什么法子？”

左婕妤含笑望着她道：“我想为公主择一位富贵的夫婿，若公主日后夫家畅旺，也不必在宫中受清河公主的闲气了。”她看着始平虽然红了脸，却没有不愿的意思，便保持着波澜不惊的笑容道：“孙秀孙大夫乃是赵王麾下第一得力之人，他有一子，名叫孙会，只比公主大上三岁，端端是个青年才俊。年纪轻轻便已官拜射骑校尉，日后飞黄腾达，前途不可限量，公主且瞧着如何？”

“孙会？”始平沉吟着，眸里忽然闪现出光彩，她虽在深宫也听说过孙秀可是赵王身边第一得力之人。左婕妤见状心中有数，更是口若悬河，将这孙会夸奖得自是天上有地下无，貌可比潘安，才更在子建之上。

始平心里欢喜至极，忽然却患得患失道：“只是我如今失去母后庇护，无依无靠，恐怕孙家也未必……”

“公主多虑了，”左婕妤早和孙秀商议过此事，她淡淡瞟了始平一眼，含笑道，“孙秀大人今日见过公主，很是满意公主的才貌。孙大人说了，若公主肯下嫁孙家，愿以金谷园为聘礼。”

始平的脸更红了，她心里千情万愿，只对左婕妤又羞又怯，声音细若蚊呐道：“婚姻大事不敢做主，但听婕妤娘娘之意了。”

左婕妤满意地抿嘴一笑：“既然公主也满意，此事便交给我去办了。保准让公主风风光光地嫁出去。”

上驾一至上清宫，天公却不作美，竟是淅淅沥沥地下起雨来，一连十余日都没有放晴，山中自是阴冷的，逢到阴雨绵绵之时，更是寒意要刺到骨子里去。而宫里带来的多是避暑的薄褥簟席，哪有防寒的衣物，一时间行宫里人人都甚是不满，原本以为随驾来避暑是捡了便宜，如今看来倒不如在宫里还住得适宜些。

献容居住的玉字殿数十年没有修整过，本就阴潮不堪，殿阁陈设俱都破败。阿琇主仆搬进去时，只见大殿正中是一个泥塑的道人之像，那道人道袍垂到脚底，双目半闭，瞧起来似笑非笑，竟塑得神态十分传神。

搬家这日，豆蔻瞧着发愁：“公主，这殿中怎会有这样一尊道人的塑像，这可怎么住人啊。”

阿琇却知道原委，淡淡道：“这供奉的是张天师之像，张天师当年开创五斗米教，解救生民无数。我们还是不要惊扰了他，东西都搬到后面厢房去吧。”

豆蔻和白袖自是去搬行李，阿琇便细细来看这塑像，她越看越觉惊奇，只觉得这塑像上那天师的笑容，说不出的传神飘逸，她侧过身去，只见塑像后还刻有一行工整的小字，若不是她蹲了下来，决然是看不到的：弟子孙秀重供奉仙师法相。

阿琇眸光一闪，似是意识到了什么。

阿琇主仆搬到了后院的厢房里居住，可后面的厢房更是破陋非常，一到下雨时，屋里便下小雨，阿琇无法只能让豆蔻搬了几个木桶在房中四处接水，勉强支撑着过日子。

这日到了夜里，阿琇忽然听到外面有女子的哭泣声，抽抽噎噎虽然不大声，但在雨声中也能依稀听到。她叫醒豆蔻，问道：“是谁在外面哭？”

豆蔻揉着惺忪的睡眼，听了一会儿便道：“定然是西边又在责罚宫人了。”

阿琇有些讶异：“是始平殿里传来的吗？她经常这样责罚宫人？”

“要奴婢说这位公主性子实在不好，”豆蔻吐了吐舌头，直说道，“据说宫人稍有做错事的，她便罚跪杖责，奴婢好几次从凝芳殿前过，都看到她让被杖责过的宫人跪在雨里受罚。”

阿琇望了望外面瓢泼大雨，不由颦起眉头，披衣起身道：“今夜这样天凉，外面雨又大，不能再跪下去了。”

豆蔻慌忙拉住她道：“公主可千万不要去管这闲事，那位殿下实在是脾气大着呢。”

阿琇说道：“她终究是我的妹妹，我岂能任由她闯出祸来。要是出了人命，对她声名也不好。你就在这儿等我，我去看看就回来。”

豆蔻劝阻不住，只能由她去了。白袖披了衣起来，见状叹了口气道：“不用太担心，咱们这位殿下的性子，难道你还不知道吗？”

说话间却见阿琇撑了伞回来，身后还跟着一个小宫女。

阿琇虽然撑了伞出去，但此刻却浑身湿透，发梢湿漉漉地滴着水。白袖心中一暖，心知她必是把伞都尽力罩着身后的那小宫女了。她赶忙去拿了热姜汤来，又让豆蔻取了热帕子替她擦拭。豆蔻看到阿琇浑身透湿，埋怨道：“公主可真是好心肠，自己也不打伞，也不怕折了这孩子的寿。”她说着还不满地瞥了那小宫女一眼，却只见那小宫女有几分眼熟，正是离宫时始平责罚过的那个小宫女。

“你也是个孩子罢了，还管人家孩子孩子地叫。”阿琇笑着端起姜汤喝了一口，想了想又道，“给这孩子也盛一碗来。”

白袖应了一声，自是去端了一碗来。

那小宫女呆呆地捧着碗，眼睛却瞧着阿琇主仆，忽然哇的一声哭了出来。她身形瘦小，本来在雨里跪了好几个时辰，身上早已湿透了，此时雨水混着泪水，更显得可怜至极。

白袖柔声道：“不要哭了，咱们这位公主殿下最是慈和的，不会为难你。”

那小宫女却抽抽噎噎地哭得更厉害了。

阿琇问那小宫女道：“你叫什么名字。”

小宫女抽抽噎噎抬起头：“我……我叫小月儿。”

“还我啊……我的……简直一点规矩也没有。”豆蔻在一旁又忍不住数落她。

阿琇顺手拿过白袖手里的帕子，却替那小宫女擦了擦脸，柔声道：“别哭，别哭。唉，你哭什么？”

“公……公主……你待这个……这两个姐姐真好……”小宫女哭得上气不接下气，说出了心里话。

阿琇扑哧一声笑了出来，她看了看白袖和豆蔻，只见白袖弯了弯嘴角，豆蔻虽然仍是气鼓鼓地嘟着嘴，可脸上也带了几分笑意。

那小宫女害怕地往后缩了缩，手上的袖子分明短了一截，一扭动便露出了满是伤痕的胳膊。阿琇看到她胳膊上还有几道鲜红的鞭痕，一看就是新结痂，不由皱眉问道："是谁把你打成这样？"

"是公主责罚的，"她抬头望了一眼阿琇，忽然发现自己失言，忙改口道，"奴婢是指始……始平公主。"阿琇心下一凉，她望了白袖一眼，白袖便知趣地转身去取药箱里的创伤药。

阿琇一壁轻声问道："你做错了什么，她为何要这样打你？"

豆蔻却很是不平地插口道："这个连奴婢都知道，那始平公主喜怒无常，她宫里的人谁没有被她胡乱责打出气过。"

小月儿害怕地哭道："公主，您可千万别把我送回去。"

豆蔻看到小月儿身上的伤痕累累，心里也可怜她得紧，将刚才那点不快早抛到九霄云外去了，赶忙说道："我们公主菩萨一样的心肠，你就留在我们这里，以后不会再受责罚了。"

小月儿双眸里顿时有了光芒，目光熠熠地望着阿琇道："公主，我真的可以留下来吗？"

阿琇笑了笑，算是默认。可她心里却有些发愁，她救小月儿出来容易，但依着始平的脾气，明日天亮了若是知道此事，定是要过来闹一场的。

第二日天不亮，院子里就吵闹了起来。始平带了三四个宫人径直就闯到玉字殿来，她一进门就被满殿的灰尘呛得咳嗽了几声，抬头只见张天师的塑像端正地供奉在大殿之中，倒把她惊得一愣，半晌她才骂道："这是什么鬼地方，怎么尽摆些神神叨叨的鬼东西。"她身后几个侍女都忙去拉着她，提醒道："公主小声些，这可是张天师的真身，是不能惊扰的。"

始平年纪还小，并不了解五斗米教的来历，再加上从小在宫中娇生惯养，养成了一副天不怕地不怕的脾气，她极是不屑地高声喊道："阿琇，你给我出来。"

阿琇早在后殿听到她的声音，却故意等到此时才姗姗走了出来，她手里执了把织金纨扇，身后只跟着白袖一个，她瞧着始平一脸怒色地望着自己，不紧不慢道："妹妹有什么事吗，大清早的就跑过来？"

始平大声说道："昨天我宫里的小月儿犯了错跑了出去，有宫人看到是姐姐把她领走了，我倒是要过来找上一找。"

阿琇定定地看着她，隔了半晌才闲闲说道："要是在我这儿又怎样？不在我这儿又怎样？"

始平愈发生气道："不管在不在，我都是要搜上一搜的，若这该死的贱婢真跑到姐姐这儿来了，我就打断她的腿。"她此言一出，身后的几个宫女都吓得缩了缩身子。

白袖不满道："长公主殿下是您的姊姊，岂有被搜宫的道理？"

始平却冷冷地瞥了她一眼："这里还有你说话的份？"

阿琇瞧着始平脸上的厉色有一瞬的失神，恍惚间想起了贾后和东海的面上也曾有这样狠戾的神情，血缘之亲，可怕若斯。她心下微微一硬，沉声对白袖道："去请左婕妤来。"

始平心里有些发慌，上前一步拦住了白袖的去路，呵斥道："我看谁敢去。"

白袖素知她性情暴戾，也不敢行动，只侧头看阿琇的吩咐。阿琇也不理她，闲闲地在殿中寻了张胡凳坐下，漫不经心道："长幼有序，我是长姊，你怎能不经我允许就来搜我的宫殿？何况这玉字殿里供奉张天师的真身，你若是打碎了什么，岂不是会惹出许多麻烦？"

始平素来就是蛮横的，哪里会把这些胎塑泥像放在眼里，她听阿琇这样说，左婕妤也就罢了，竟是要用这泥人来吓唬自己，她最是执拗性子，偏不受人胁迫，她细眉一挑，怒道："我怕什么麻烦？这天下都是我父皇的，还有什么不能惹的？"她说着便去推大殿中间那尊泥像。

谁知她推了半天，那泥像纹丝不动，竟似是与地相连。她一抬头便瞧见阿琇仍然似笑非笑地望着自己，心中更是一股急火便蹿了上来，一扭头瞧见不远处有把木剑搁在架上，她拿起那木剑劈头盖脸就往这泥像上砍去。只听铮的一声，那像上的泥彩脱落一半，露出了泥像里面一块生铁来，而她手心一麻，木剑脱手飞了出去，剑上磕了好大一块缺口。

"是谁在这里胡闹！"赵王的声音忽然在门外响起，他怒气冲冲地推开殿门，一眼便瞧见殿中的样子。赵王身后跟着的正是终日不离身的谋士孙秀，此时孙秀面色亦是铁青，他瞧着殿中七零八落的情景，目光转到始平身上，透出了几分寒意。而孙秀旁边跟着的小侍女正是豆蔻与小月儿，她们俩悄悄地探出头来看到了始平，吓得赶紧缩了回去。

赵王最是信天命的，此时他怒对始平道："孤王把你从金墉城放出来，就是让你来跟孤王作对的？"

始平看着他发怒的样子，吓得心胆俱裂，瘫坐在地上道："我……我不知……这泥像碰不得。"

赵王大是恼怒："今早左婕妤还来上表要为公主择婿，公主却这样毫无教养，不如先回宫去好好思过。"

阿琇听到择婿二字，心里一惊，想不到左婕妤这么快就把主意打到始平身上去了。

始平垂下头去，哪里还敢说半句话。赵王气得冷哼了一声，头也不回地走了。

孙秀本也要随着出去，临走时忽然瞥了在一旁一直沉默不语的阿琇一眼，冷冷道："公主是算好了时辰才命人来向赵王报信的吧。"阿琇被他点破，也并不声辩。她自是算准了始平的脾气要来这里吵闹，便拿这天师像来挡灾，她心里原也有几分生气始平太过任性残忍，有心请赵王来整治她。

孙秀说着又觑了一眼地上的始平，对阿琇赞许地说道："公主好谋略，只是公主怎样知道若是推倒了天师像，赵王定要发怒的呢？"

"人算不如天算。"阿琇没好气地回了他一句，其实若不是天师像后的那一行小字，她怎会知道这赵王也有这样深的瓜葛？只是阿琇如何发觉这一层关系，是任凭孙秀如何机诈也想不通的。

孙秀临走时却对始平极是严厉地说了几句话："公主是要出嫁的人了，以后嫁入我们孙家，需要勤勉守礼一些，不要行动妄举，惹人笑话。"

始平吃了这样大的亏，气得闷在地上也不作声。

阿琇见左右无人，有些忧心地对始平轻声道："适才我听赵王提到要为你择婿，你难道是要嫁到孙家去？"

"是又如何？"始平白了阿琇一眼，没好气道，"孙大人现在对我气恼得紧，姐姐你满意了？"

阿琇简直不敢相信自己的耳朵，平阳刚刚跑了，他们竟然把主意打到了始平身上？阿琇忙道："孙秀的独子孙会，可是一个市井无赖。此人我见过一次，绝非妹妹良配，妹妹可要三思。"

"我到底是哪里得罪了姐姐？"始平心底怒火焚烧，一下子就翻了脸，一张俏脸上都是恨意，"今日这样折辱于我不说，连赵王有心要为我择门好姻缘，姐姐也想破坏？"

"我怎么会破坏你的姻缘？"阿琇眉间隐有愤色，仍是按捺着性子劝她，"宫中只有我们姐妹二人，我怎么会不为你着想。择婿之事关系到你的终身，像孙会这样的无赖子，怎会是你良配。"

"姐姐连我宫中的小宫女也要抢走，还说什么都是为我着想？莫非是姐姐看妹妹要嫁在即，觉得自己守寡在身，心里愤恨不过，故意要来使坏？”始平瞪大眼睛看着阿琇，哪有半分领情。

阿琇几乎压制不住自己胸口翻滚起的怒意，她举起手来，便要向始平脸上掌去。可始平仰头冷哼道：“怎么？姐姐被我说中了心事，还想来打我？”

阿琇举起的手终是慢慢放了下去，心内已转冰冷，一字一句道：“罢了，我以后不会管你，你好自为之吧。”

“阿琇姐姐，京城里要变天了，你还是管好自己再说吧。”始平冷冷地刺了她一句，由侍女扶着起了身，头也不回地走了。

阿琇怔怔地望着始平的背影，心里如打翻了五味瓶，不知是什么滋味。白袖和豆蔻拉着小月儿跪在阿琇面前，轻声奏报道：“公主昨夜吩咐我们的事，奴婢们都办妥了。”昨夜阿琇便已经算计好，让白袖假意去禀报左婕妤，实际上在殿中拖住始平。她早派了豆蔻和小月儿去赵王那里报信，一旦赵王不来，小月儿也可以躲过一劫。

阿琇回过神来，勉强一笑，对小月儿说道：“你以后便留在我身边，一切用度都和她们俩一样。”

小月儿高兴得有些发傻了：“奴婢定是上辈子修来的福气，才可以来侍候公主。”

白袖道：“既然留下来，就安心在这里住下，以后把这里当自己家中一样，不用太拘礼。”

小月儿在地上重重地磕了几个响头，欢喜地流下泪来：“小月儿从今往后愿当牛做马，报答公主大恩。”

阿琇亦是微笑吩咐道：“你们俩把她的行李搬来，今晚后院漏雨了，咱们只能在这前殿挤一挤了。”

白袖倒没说什么，豆蔻却白了一眼，只听小月儿十分利索地爬起来道：“不敢劳烦姐姐们动手，我自己去搬就是了。”

豆蔻哼了一声，只见小月儿飞也似的跑了出去。白袖拉了拉豆蔻，示意她一起去帮小月儿搬东西，可豆蔻站着动也不动，哪里会去。白袖只得摇摇头，自是跟着小月儿去搬行李，一切收拾停当，二人又回到玉宇殿中。

此刻阿琇正瞧着那殿中张天师的雕像出神，见这雕像被始平削下一点袍角，她便捡了起来。谁知一捡之下，她忽然觉得有些不对劲，这雕像明明是泥胎所制，可里面竟是生铁所铸，被削下的这一块十分的光亮。

阿琇心中生疑，细细地打量，只见天师旁边还立着一只石雕的大兽，四爪俱现，神态威猛。乍一看去极似一只白虎，可细细看来，这石雕虽是虎躯，却是猊首，身后还有一条极长的尾巴，竟比躯体还长。尤为醒目的是它额上有一块白漆，乍一看似乎是后人无意涂上去的，但远远瞧去，这白漆在额上竟如这猛虎的吊睛一般，更添几分神威。

豆蔻好奇问道："这是大虎吗？"

"不是，"阿琇摇了摇头，沉声道，"白质黑章，猊首虎躯，尾长于身，其性仁义，这是驺虞。"

"驺虞又是什么？"豆蔻从未听说过这样的东西，不免发问道，"奴婢怎么从没听说过？"

阿琇心中略有些不安，淡淡道："这是上古的一种仁兽，礼记里说，驺虞非死兽不食，性情仁义之至。"

白袖在一旁仔细端详那石质的驺虞，忽然道："奴婢瞧这驺虞怎么有些像公主帕子上绣的那只。"

阿琇一怔之下，从怀中取出贾谧交给自己的那块锦帕，只见上面果然绣的是一只驺虞，只是因为绣的是正面，瞧不见尾巴，乍看上去也有几分像白虎而已。现在看来，帕上这只的神态姿势都与眼前这只一模一样，简直就是照着这驺虞所绣制的。而唯一不同的是，帕子上绣的驺虞额上光洁平滑，什么东西也没有。阿琇心中一动，伸手去摸那驺虞头上的白漆，只觉手下凹凸不平，竟似有个坑。

她伸指向那坑中摁去，忽然听到"呲"的一声，似是石头摩擦发出的沉重声音，那驺虞忽然向右平平挪动了数寸的距离，地上竟显出一个大坑来，那坑中有一个蒙着灰尘的匣子，乌沉沉地瞧不清原本的颜色。

小月儿惊得呆了，道："公主，这是暗道吗？"

阿琇摇了摇头，对她道："你去外面守着，任何人都不能放进来。"小月儿赶紧连声应了，自去站在殿外放哨。白袖和豆蔻站在大坑旁，扶着阿琇慢慢下去。却说那坑里勉强只能容下一人，阿琇蹲下身去捡起那匣子，却见那匣子入手甚沉，通体连个锁眼也没有，唯有匣子正中有一个驺虞的标记，与帕子上绣的一样。阿琇由白袖扶着爬了上来，却捧着匣子不得要领。只听白袖轻声道："殿下，那驺虞的额上也许就是机关。"阿琇依言摁了一下那个驺虞的额上，只听砰地一响，那匣子竟自己弹开了，设计之精巧，实在令人赞叹。

那匣子里是一块锦缎，与阿琇手中的锦帕丝质完全一样，只是叠得厚厚的，看上去要大上许多。阿琇取出那块缎子，轻轻展了开来，却见那锦缎竟是一面大旗，上面亦是绣了一只驺虞，与帕子上的绣样完全一致。豆蔻吃惊道：“殿下，这是什么？”

阿琇沉声道：“这必然就是宫里所传的驺虞幡了。”她心中暗暗思索，人人都以为驺虞幡在宫里，谁也想不到竟藏在这城外的行宫之中。

她忽然想起关于白虎符与驺虞幡的传说，先帝设立这二物，就是怕天下有大乱的一天，司马氏的江山不保。祖母将帕子这样如珍似宝地珍藏，也许就是盼着有朝一日能有人按图所指取出驺虞幡，解天下的危祸。她临终时将帕子交给了贾谧，贾谧又将她交给自己。

她想起祖母与贾谧，心里伤感了一瞬，将东西交给白袖道：“你将它放回去吧。”白袖在旁瞧着她神情凝重，也不敢多问。她将驺虞幡重新放回匣子中仔细收好，放回坑底的石匣中，又拨动驺虞额上机关，只听石轮滚动之声，驺虞又重新立回原处，地上一丝痕迹也没有。

阿琇叫了小月儿回来，叮嘱三人今日之事不可告诉任何人。白袖慎重道：“奴婢万死不敢泄露半句。”豆蔻和小月儿亦是点头道：“奴婢省得的，奴婢今日什么都没看见。”

第十六回

貂续狗尾

始平公主下嫁孙秀之子的旨意很快传出，纵然在行宫之中，也紧锣密鼓地操持起来。阿琇心急如焚，几番去找左婕妤商议，可左婕妤每每都找出各种理由来推托，并不见她。反倒是白袖开解了她几次：“殿下何必为始平公主担心，她不会领你的情的，您再去找左婕妤只会惹得始平更憎恨你。”

阿琇叹息道：“我哪里不知道始平会恨我，可我身为她姊姊，若不尽力阻拦，任由她跳进火坑，我于心怎么能安。”

始平大婚之日，一切宫中主事都由左婕妤操持。

此时已是八月之末，最炎热的一段时日已过，左婕妤已有近八个月身孕，肚子日渐大了，连行走也有几分困难，可她仍然撑着在凝芳殿为始平主持嫁仪之事，事事周全之至。

始平头上遮着红绸，自始至终都未向一旁的阿琇行过礼，只弯腰向左婕妤拜了拜。驸马孙会早已在一旁等候，他身材矮小，站在地上不过和始平差不多高矮，一脸酒色之气，瞧着十分不堪。他得意扬扬地扶着始平上马，一步步向外走去。

两人尚未走出宫门，这边迎亲的喜乐刚刚奏起，北面忽然传来一阵厮杀之声。始平身形一顿，似是有些迟疑，阿琇和左婕妤都张皇四顾，却见那孙会忽然低下头去在始平耳边低语几句，也不知道他说了些什么，始平忽然浑身颤抖起来，任由孙会牵着马前行。

那厮杀声越来越近，左婕妤面色苍白，大声道：“外面出什么事了？快去找人禀报赵王与齐王。”

阿琇脑中转了几个念头，说道：“这会儿叫赵王怕是迟了，快去叫人回京禀报成都王。”

左婕妤顿时反应了过来：“对对，快去禀报成都王。”她身边最得力的宫人赶紧向外跑去。

正说话间，几个黄门侍者忽然闯了进来，居中一个黄门手持长剑，一剑就刺向了那正要去报信宫人的胸口，那宫人顿时血溅四周，倒在地上。左婕妤乍见到一地鲜血，惊恐地连话也说不出来。反倒是阿琇镇定几分，几步拦在左婕妤身前，对那黄门说道：“你们是从哪里来的，不要惊动了娘娘凤体。”

“当今天子传位给我们赵王殿下了。今日是新帝的登基大典，我等是特来传旨的。”居中的黄门内侍冷笑了几声，手中展开一卷诏书，朗声宣读了起来。

阿琇只觉得耳中一片轰鸣，听那黄门得意扬扬地颁旨，父亲被赵王尊为太上皇，并且将他赶到上清宫居住。

左婕妤脸色越来越发白，喃喃地自言自语着，面色已是凄惶至极：“赵王不是答应过我，只要我生下皇子，便立为太子吗？他怎么能骗我，怎么能骗我？”

而那黄门侍者宣完了旨意，兀自叮嘱道：“当今圣上吩咐了，太妃和太上皇都在上清宫居住，任何无干人等不得上山打扰。”

左婕妤忽然喊道：“带我去见赵王，我有话要问他。”她说着膝行几步，便要扯住那黄门侍者。谁知这黄门侍者并不领情，一脚便踢在她肚上，喝道：“陛下登基正忙，哪有工夫见你，就在这儿好好待着吧。”左婕妤被他踢得一个踉跄，忽然抱着肚子弯下腰来，已是两眼一闭晕了过去。

阿琇慌忙去抱住她，却见她一袭月白的襦裙上沾了许多血迹，斑斑点点，触目惊心，阿琇惊惶道：“快来人啊，婕妤娘娘要生产了。”这时凝芳宫的宫人都跑得四散，哪里还有人在，她一个人抱着左婕妤仓皇至极，忽听身后一个女子的声音道：“让我来。”阿琇回头顿时惊呆了，献容不知何时站在她身后，身上尽是血迹，却目光凛凛地注视着自己。

“献容姊姊，你怎么来了？”阿琇简直不敢相信自己的眼睛，她望着献容的身后，“冯有节呢？他怎么会放你出来。”

“我杀了他。”献容轻描淡写道，全然不顾阿琇震惊的样子，她慢慢将左婕妤拖到一个较平整的台阶上，阿琇顾不上询问，便忙去与她帮手，两人将左婕妤扶到凝芳殿内的床上躺好，献容又取出几块褥垫来铺在她身下，忙完这些后方喘了口气，对阿琇说道："你去烧一锅热水来，她今日怕是要生了。"

阿琇忙不迭地去后院烧水，可凝芳殿的后院里都被清扫得干干净净，金玉器皿一概都被始平带走了，哪里还有烧水的东西。她心急无法，便从殿里取了个平日洗面的铜盆，里面接了水，又去灶房里生了半天的火，直弄得自己灰头土脸，好不容易才烧了一盆水出来。

待她端了水到前面时，却见左婕妤身旁已经用锦被裹了一个小小的婴儿，而献容手里满是鲜血，她正蹙着眉侧头凝视着合目躺着的左婕妤，洁白的脖颈上犹有那一道鲜红的伤疤，瞧上去极是刺目。"已经生下来了？"阿琇轻轻将金盆放在台阶上，凑头去看那婴孩，只见那小小的婴孩不比小猫大多少，团团地缩在一起，眼睛鼻子都皱着，看起来甚是小得可怜，阿琇瞧着新奇："这是男孩还是女孩？"

"是个男孩。"

"刚生下来的小人儿竟只有这么一点小。"

"左婕妤是月份不足，不到八个月生产，所以比平常的婴孩要小些。"献容用水擦了手，又替那婴儿用热水擦了身子，看阿琇将孩子抱在怀里，满意地对她笑道，"你做得不错。"

阿琇觉得那小婴儿又软又小，抱在怀里软乎乎的甚是有趣，她由衷钦佩道："献容姊姊你竟会接生？若你不在这里，我真不知道该怎么办了。"

献容摇摇头，缓声道："我也从未接生过，只是在家中时看过姨娘生小弟弟的情形。"

阿琇半晌说不出话来，献容反而望着她笑："别怕，左婕妤一直保养得很好，生产也是很顺利的，你不用担心了。"她说到左婕妤时，云淡风轻，好像半分隔阂也没有的样子。

阿琇看了看左婕妤，她虽然闭目睡着，可脸上并无十分痛苦的神色，想来也是无大碍的了。阿琇忽然想起一事，却对献容问道："献容姊姊，你今日是怎么跑出来的？你难道一直都没有……"

"我若不装疯卖傻，怎么能躲过赵王的怀疑。"献容淡淡道，外面天色渐渐暗了，她伸手便点燃了一支油烛，忽明忽暗的灯光朦胧地将她的剪影勾勒出来，更显几分凄清。"那日地牢的大火后，我索性便装了神志不清，冯有节几番试探于我，都没有露出破绽，赵王于是便信了，渐渐不再指望用我来左右朝政，就将注意力放到左婕妤身上。他只要不疑心我，我的家人都可以得以保全。直到今日我听到外面声响，心知行宫有变。冯有节还在拖延我，我便手刃了他出来找你。”

她说起杀人之事，轻描淡写得仿佛只是踩死一只蚂蚁，脸上连神色也未变。阿琇觉得献容自从明曜死后，性情变了许多，过去她连杀戮之事都不忍听闻，如今却格外的果敢刚毅。她瞧献容在看自己，忙遮掩道：“难道姊姊早已察觉出赵王有不臣之心。”

“那场大火不是巧合，是赵王杀人灭口的把戏，”献容幽幽叹了口气，“那日在你来之前，成都王已在那儿对我说了原委。我不愿成为赵王杀人的匕首，只能装疯卖傻，以期躲过风口浪尖。”她以手托腮，瞧了瞧左婕妤，两耳明珠上所垂的珊瑚流苏晃动，殷红欲坠，她漫然道：“也多亏了左婕妤也存了心与赵王勾连，想借此爬到皇后的位置上去，这才演出这幕行宫避暑、里应外合的好戏来。只是左婕妤全然想不到，赵王只是借她做个跳板，一旦用完她达到篡位的目的，便如弃履。”

阿琇不敢相信自己的耳朵：“是十六叔与你说明原委？难道十六叔……他并没有为虎作伥？”

献容道：“成都王一片忠心为国，怎会糊涂到不分青红皂白就跟随赵王为非作歹？那日赵王纵火焚烧地牢之时，成都王已看出赵王有不臣之心，于是劝我暂避锋芒，以期还有可转圜之机。”

阿琇又是悔恨又是惭愧：“是我误会了十六叔。”她想到这些日子来对司马颖的种种怀疑猜忌，心里更不是滋味。献容望着远处隐隐传来的厮杀之声，忽然又有些无奈道，“只是我父亲和外祖实在愚顽，竟然一心为赵王老贼筹谋卖命。我劝不得他们醒悟，也只能装疯卖傻不被赵王利用。”

正说话间，左婕妤忽然轻轻哼了一声，似是有几分痛楚。阿琇慌忙去瞧她，献容拦住她道：“无妨的，我刚才给她服了几粒镇痛之药，她一时半会儿还醒不来。”

凝芳殿外四面都是空廊，山中本就寂静，此刻山风阵阵，殿中竹帘微动，更生几分凉意。阿琇只是发愁：“这会儿外面围得怕是铁桶一样，我们该怎样把信送出去呢？”她瞧了一瞬献容，“你那儿还有可用的人手吗？”

献容摇头连连：“人手有何用，恐怕山门不出都被赵王的人擒住了。赵王早有谋逆之心，这会儿定然已经率了人马回京掌控局势，我们就算是报信也来不及了。”阿琇听到“报信”二字，脑中灵光一现，她伸指在口中哨了一声，声音清寥，很快便传了出去。不一会儿一只白鸽远远展翅而来，落在了阿琇肩上，姿态极是翩然。献容瞧得出神：“这鸽子是你养的？”她说着有些好奇地伸手去摸那鸽子，阿琇阻止不及，那鸽子极是傲性，不但不躲反而啄了献容一下，幸亏献容躲闪得快，不然定然被那利嘴啄伤。阿琇歉意道：“这鸽子是训过的，只认主人，差点弄伤了你。”

献容不以为意，拍了拍手对那鸽子玩笑道：“你这扁毛畜生，也太认生了些。”

阿琇从衣裙上撕下半幅衣襟，咬破食指草草书写几句，便将那布匹系好绑在鸽子的左腿上。她做了个手势，那鸽子振翅上天，竟是直向北而去。

“这是向并州而去？”

“是，”阿琇望着天际渐渐消失不见的白点，说道，“此鸽甚快，一日到高都，两日到潞城，三日便可到并州了。”

“并州？”献容疑惑地望着阿琇，“你要向何人报信？”

阿琇握住了献容的手：“如今洛阳都在赵王掌控之中，我们无人可求援了。姊姊你且信我一次，匈奴五部的刘聪是我知己，他若能说服琅琊王出兵，也许洛阳之难还可以解救。”

左婕妤直到第二日天明方才醒来，她一睁眼看到阿琇和羊献容都守在身边，惊讶得说不出话来。阿琇也是苦恼该如何向她解释，反倒是献容若无其事地抱过身边睡得正酣的小婴儿递给左婕妤，说道：“孩子已经喂过米汤了。”

左婕妤抱紧孩子，泪水顿时涌了出来：“天可怜见，这孩子竟还能活下来。”

阿琇瞧着她也觉得凄恻，轻声道：“现在也没有别的东西可以吃了，还有点粥在锅里，我替你盛过来。”她刚要起身过去，谁知左婕妤忽然拉住了她和献容，她挣扎着从床上坐起身来，费力地向她们俯身拜了几拜，泣道：“我自知是自作自受。若不是你们救我，我和这孩子都没命活下来了。”

献容冷哼了一声，并不理她。阿琇扶起了她，诚恳说道：“婕妤娘娘，以前你也有苦衷，过去的事都揭过不提了，如今在这里我们相依为命，彼此照应也是应该的。说到底，这孩子到底是我的弟弟，我怎能不管他。”

左婕妤听到这话，忽然脸红了一下，有点尴尬地闪过了目光，却哭泣道：“以后再没有什么婕妤娘娘了，若公主不嫌弃，便唤我闺名纨素就是了。”

“纨素姐姐。”阿琇唤了一声，只见左婕妤对她投来感激的目光。

献容冷冷地从旁瞥了她一眼，忽然说道："你们不吃饭，我可是饿了。"说着，竟自是姗姗地去了。

左纨素有些惭愧地低下头，半晌方才说道："皇后娘娘心里可能还在恼怒我。"

阿琇也不知道该怎么相劝，只得笑着逗她怀中孩子说道："你瞧着孩子福泽多深厚，他遭了这样大的难还是睡得香香的，不如就叫福儿好了。"

左纨素望着睡熟的儿子，露出了温柔的笑容："多谢公主赐名。"

不过中午，新帝便有旨意来了，依制阿琇晋为清河长公主，左婕妤晋位太妃，都在上清宫陪伴太上皇。旨意中堪堪提到，皇后羊氏无德，废为庶人。豆蔻和小月儿都被黄门内侍送来照顾阿琇，三人相聚自是又抱头哭了一场。

且说左纨素和阿琇都不敢反抗，跪下忍辱接了旨意。两人瞧着那黄门极是无礼地剥去了献容皇后的衣冠，又收回了她的凤玺和印册，心下俱是难过。

唯有献容满不在乎，却对她们二人道："这皇后的身份对我来说如同枷锁一样，恨不能早点去掉才痛快。你们难过什么，这是天大的喜事罢了。何况成都王还在京中，他不会坐视贼子乱政的。"那黄门听了这话，冷冷笑道："庶人好大的口气，却不知你口中的成都王已经废为庶人下狱了。"

阿琇呆了一瞬，霎时间说不出话来。左婕妤兀自不信，争辩道："成都王与赵……陛下最为亲厚，怎么会下狱？"那黄门却白了一眼道："谁让成都王这么大胆，居然放了齐王出京，眼下就是天皇老子也不敢保他了。"

纨素和献容都向阿琇瞧去，却见阿琇面上已是没有半点血色。那黄门极尽讥讽挖苦之能事，故意将成都王在狱中的惨状说给阿琇听，又说齐王府如今已是满门抄斩了，想来也是赵王授意的。他说罢之后，方才得意地去了。

阿琇身子晃了几晃，已是站立不稳。左纨素忙扶住了她，心里也是复杂滋味，半晌才道："成都王果然忠义，没想到赵王这贼子这样倒行逆施，竟连半点昔日叔侄情谊也不留。"

献容却冷声道："恐怕在赵王心中，原是成都王先叛了他而已。"

左纨素直向献容递眼色，谁知献容瞧也不瞧她，说道："齐王既然逃了出去，事情还有转机可言。我瞧着赵王虽然篡了位，但内忧外患未除，现在又是用人之际，他未必会杀了成都王的。我们与其担忧京中形势，还不如先考虑一下怎么在这里把孩子养活吧。"

情势果然如献容所说，赵王并没有杀掉成都王，他登基不过半个月，齐王便召集天下诸王要前来讨伐，赵王的属下连连吃了几个败仗，他仓卒之际，只得起用大牢中的成都王司马颖。

赵王在洛阳刚放了司马颖，这边便派人来接阿琇和左纨素回宫，他自是知道阿琇在司马颖心目中颇为要紧，假意说是接公主回宫安养，实际却是留在宫中做个人质。阿琇要带献容一起回去，可赵王派来的使者无论如何也不能同意，口口声声陛下御旨里只有左太妃和清河公主二人，若再多一人都无法交差。

阿琇左右无奈，只得和左纨素及孩子一起上路，她心里担心得紧，悄悄叮嘱道："献容姊姊，并州那边来信说琅琊王的大军指日就到，洛阳危难不日可解，你在这里好生保重自己，我会救你出去。"

献容笑道："我在这里好得紧，还回去做什么。"她说罢指了指哭成泪人似的白袖和豆蔻，又说道："还有她们俩陪伴我，你放心就是了。"

豆蔻忽然奔了出来，跪在阿琇脚下，哭泣道："公主，不要丢下我，我要一直陪着您。"

阿琇执着她的手，亦是泪流满面："你在这里跟随着献容，她会好好对你。"

豆蔻只是哭泣不止并不出声，小月儿见状也奔了过来，叩头道："奴婢也要随公主回宫。"

阿琇回头望了望白袖，却见她嘴唇轻动，但并不作声。

左纨素瞧着叹了口气道："你让她们随你回去吧，在宫里总要有个贴心的人照顾着你。"

阿琇心下迟疑，却是望向了那宫使。谁知那宫使迟疑道："倘若殿下带一位宫人回去侍候倒是无妨，可是两位……"

小月儿瞬时面色发白，她怯生生地望了望豆蔻，却不敢再说话。左婕妤见状便道："我宫里人也少，这样吧，她就随我回去吧。"

那宫使竟没有异议，却对左纨素行礼恭敬道："太妃娘娘既然如此吩咐，小臣定当遵命。"小月儿也喜不自禁，忙收拾好包裹随在左婕妤身后。

此时唯有白袖静静地站在一旁，神情黯然。

阿琇走上前去，握住了白袖的手，柔声道："你是我最贴心的人，你留下来好好侍候献容姊姊，若来日……"她没有说完后话，却望向了献容。

献容点了点头，郑重道："你放心。"

白袖明白她话中的含意，瞬时珠泪涌出眼眶，低泣道："奴婢，奴婢……"

阿琇面上露出淡淡的笑容："只要你好，我便放心。"

阿琇和左纨素重回宫中，她很是担心赵王会对左纨素的孩子不利，对左纨素说道："若是赵……陛下要单独召见福儿，你切要小心饮食，不要让他乱吃东西。"

左纨素心中感激，连声道："我都省得，公主也要自己保重身子。"

阿琇依旧住回了荼菽殿，阔别日久，殿中陈设如旧，只是连珠帘上都蒙了一层淡淡的轻尘。又过了数日，宫中来了几个陌生的黄门侍者，说始平公主今日回宫，陛下设宴请长公主去看歌舞。

曾经奢华一时的太极殿，如今成了新帝最爱的夜宴之所。阿琇刚走到平林苑外，遥遥地便听到太极殿外的高台上传来的歌舞之声。她循声望去，只见那阔大的高台上皆是红烛高烧，所见都是丽人影动、窈窕至极。她随着引路的宫人刚转过八扇描金的花梨屏风，只觉得一股极热的檀香气向面上熏来，整个殿阁中暖似阳春。

阿琇抬头望去，只见中间的席位空着，想来是给新帝所留。宴席左边坐着成都王司马颖，他一袭铁甲戎装在身，与殿中众人装扮格格不入，此时见阿琇进来，便向她微笑示意。而孙秀此时贵为太傅，却端坐在右首。

始平和夫婿孙会同坐在孙秀身边，始平今日穿了一身茜红的衣裙，更显得神采飞扬。此时见阿琇进来，始平秀眉一蹙，却是扭过脸去，并不与她招呼。反倒是孙会极是热情地腾出座来，招呼着阿琇在他们那边坐下。

阿琇本不想理他，但碍于始平的面子也只好坐过去，点了点头招呼道："妹夫。"孙会色胆包天，见了阿琇魂都飞了，挤眉弄眼往她身边凑道："一别多日，公主还是这样美貌如花。"他絮絮叨叨就要与她私语，始平见状极是不愉地重重在孙会胳膊上拧了一把，孙会疼得"哎哟"一声，殿中人都向他望了过来。

孙秀见儿子丢脸，赶紧喝道："陛下马上就要来了，你闹个什么！"孙会自小骄纵惯了，这几日在家中没少和始平吵闹。此时当着众人更是下不了台，指着始平恶狠狠道："是她又在撒泼。"

始平脸上挂不住了，顺手就把面前碗碟往地上一掷，哭道："怎么又是我的不是了。明明是你欺人太甚，当着我的面你就敢勾三搭四，在家里你还没勾搭够吗……"

孙秀听他们俩越吵越不成话，忙呵斥道："别说了，都安分一点，别惹人笑话。”始平不敢和他争辩，却是恨恨地扫了阿琇一眼，对孙会道：“什么狐媚子都能入你的眼，真是让人恶心。”

正在这时候，左纨素也被宫人扶着进来，她见状心里有数，便对阿琇招手道：“长公主，坐到我这边来。”阿琇如释重负，赶紧过去挨着她坐下。阿琇与她相见，心里不免暗暗纳罕，左纨素多日不见，却丰腴了许多，虽是身着太妃的服制，但衣着鲜艳，她又戴着满头珠翠，越发显得明艳动人，身后自是有个奶妈抱着小小的婴孩，那奶妈不过三十几岁的年纪，容貌秀丽，尤其是胸脯鼓鼓的，一看就是刚刚诞过孩子，此时她虽然未施粉黛，但瞧上去眉眼却颇有几分清秀俏丽。纨素见阿琇看着那奶妈，便低声笑道：“这奶妈是我从前家里的人，难得有个孩子和福儿一样大，现在奶水正足，福儿被喂得可好了。”

阿琇听了这话，心里也放心不少，说道：“福儿一出生就挨了饿，跟着咱们受了不少苦，现在可要好好地喂养。”

正在此时，昔日的赵王司马伦，如今已贵为天子，他身着龙袍，慢步走进殿来，身后还跟着两个穿着王爷冠服的年轻男子，与他面目有几分相像，想来是他的两个儿子，济阳王司马荂和汝阴王司马馥，司马伦正妻早亡，两个儿子都是庶出。阿琇偷偷抬头，却瞧见不过数月没见，司马伦似老了数十岁一般，头发都花白了，面上尽是皱纹斑斑，看上去十分憔悴。司马伦落座后，众人都起身向他行礼：“见过陛下。”

司马伦挥了挥手，他环顾左右，忽然皱眉道：“吴王怎么还没过来？”阿琇听他提到阿邺，一颗心顿时提到心口，却听旁边的侍者恭敬道：“已经派人去请了，想来现在还在路上。”

孙秀最是了解司马伦，此时见他面色不愉，知他忧心前方战事，便起身笑道：“陛下，今日前方传了捷报来，齐王逆贼的军队撤了三十里。”

“此言当真？”司马伦有几分意外，侧头便向孙秀看来。孙秀不慌不忙道：“这是前方十万加急送来的奏报，定然是不错的。下官命人去汝阳设坛作法，还是有几分奇效的。”

司马伦用手抚额，笑道：“还是爱卿有法子。襄城已丢，汝阳再不可失守，爱卿再命人去设几个祭坛，务必要让我军顺势直下，一把剿灭这些乱贼要紧。”他心思既宽，面上也宽和几分。孙秀会意地一拍手，便有歌舞声起，顿时一殿之中都是丝竹靡靡之声。

孙秀趁机道：“如今京中有太学生数百人，都年少有才，国家正在用人之际，可否请陛下赏赐他们一个功名，也好激励他们为国效力。”他说着从怀中摸出一个厚厚的册页，里面大抵密密麻麻都是要受封赏的人员名单。司马伦看也不看，挥手道：“就依爱卿，都给他们安排个孝廉做。”

满座都是震惊，司马伦的次子司马馥忙进言道：“父皇，前几日刚刚册封了三百余人为侯，世人已讥为‘貂不足，狗尾续’。今日若再举数百孝廉，这成何体统？”司马伦的长子司马荂却道：“这都是市井中的无赖话语，你怎么能在父皇面前胡说。”司马荂与司马馥并非同母所生，出生只隔一个月，由来处处针锋相对。在府邸时兄弟二人原本还算面上过得去，自从司马伦登基后，两人矛盾越来越烈，几次都在朝堂上争吵起来。

孙秀明面上两不相帮，实际上他与司马荂更为交好，是他暗地里的助力，于是他很是谦和地对司马馥道：“汝阴王多虑了，这些士子若举为孝廉，只会更忠心耿耿为我大晋卖命，不会再存二心。”司马伦却皱眉对司马颖道：“十六郎，你怎么看？”

司马颖面色不改，淡笑道：“这些都是陛下的浩荡天恩。”司马伦大笑道：“还是十六郎最解朕心。”他话音未落，一个戎装的少年突然不顾侍卫阻拦大步闯入殿中，跪在司马伦面前大声道：“汝阳失守了。”

他一开口，阿琇便心中一惊，她从旁仔细看去，这正是弟弟阿邺，几个月不见，阿邺似乎瘦了许多，但面上却更见几分冷峻。孙秀心中发慌，他下午才接到汝阳守将张衡的奏报，说齐王大军退了三十里，怎么晚上就失守了，他急道：“吴王殿下，汝阳还有十万精兵在，怎么会失守？”

阿邺瞧也不瞧他一眼，声音冰冷道：“张衡所带的十万精兵遇到齐王铁骑，竟然全无抵抗，弃城而逃。”

“张衡现在何处？”司马伦气得一口血差点呕出来，大声道，“朕要把他千刀万剐。”

“已被齐王大军所擒，割首级示众了。”

司马伦心中霍然有些发慌，他瞥了一眼身边的两个儿子，刚才还斗鸡似的争吵不休，现在两个人都安静下来，肩膀都不自主地抖动，看来吓得不轻。他心里长叹一声，扭头对司马颖道：“十六郎，为今之计，只有你来领兵出征了。”

孙秀皱眉想劝阻，但迟疑着说不出口。齐王已经攻克汝阳，不日便可到洛阳，现在洛阳城中可调之兵不足十万。司马伦的两个儿子都草包得紧，这个节骨眼上京中除了成都王，的确没有人可用了。

司马颖睁开眼来，定定地瞧了司马伦一瞬，终于开口道：“我去。”

司马伦如释重负，忙让人给司马颖斟满杯中之酒，说道：“十六郎真乃社稷功臣。”他从怀中取出右半白虎符，孙秀忽然咳嗽了两声。司马伦想了一瞬，转头对长子司马荂，期望道：“你随十六郎一起去，多向十六郎学习些打仗布阵之法。”司马荂吓得肝胆俱裂：“父皇，儿臣从未骑过马，怎么能上阵杀敌。”他不顾孙秀连连给他使眼色，只是推托不肯前往。

司马伦心里失望至极：“你若是此去取胜，回来朕就封你为太子。”司马荂迟疑了一瞬，却还是不愿接令。

司马馥本来也吓得不轻，听到司马伦这话，却忽然站出来道：“父亲，若大哥不去，儿臣愿往。”司马荂睁大了眼睛望着弟弟，好像听不懂他的话。

司马伦瞧了一眼坐在身边的贵妃明氏，她是司马馥的生母，一直小心翼翼侍奉自己，十分得体，他想了一瞬，将右半枚白虎符递给司马馥，说道：“册贵妃明氏为皇后，指日迁入……”他说到这里忽然顿了一下，瞧了瞧坐在席末的左纨素，说道：“指日迁入昭阳殿。”

明氏惊喜得不敢相信自己的耳朵，跪在地上连连磕头谢恩。司马馥接过白虎符，亦是欣喜若狂，浑然没有察觉兄长司马荂嫉恨的目光。

此时殿中忽然响起了几声清脆的儿啼声，众人的目光都向左纨素和阿琇身后看去，却是襁褓中的婴儿被殿中动静吵醒，哭了起来。司马伦望了一眼，忽然说道：“这是太妃的新生子？”

左纨素弯腰行了一礼，低头道：“正是。”她语声轻柔，甚是悦耳。

司马伦怔了一瞬，说道：“抱来给朕看看。”奶妈赶紧将婴儿抱了过去。司马伦抱着孩子逗弄着，面色瞧不出喜怒。

阿琇亦是盯着他手中的婴孩，一颗心提到了嗓子眼。却听司马伦问道：“孩子有名字了吗？”

左纨素手拨着耳垂上的虎睛石坠子，一壁轻声回道：“回禀皇上，孩子小名叫作福儿。”

“福儿，福儿，”司马伦念了几句，孩子望着他笑了起来，“你笑什么，是在笑寡人吗？”那孩子哪里听得懂什么话，他瞧着眼前这个白胡子的老头长长的胡子甚是好玩，便伸出胖乎乎的小手去揪他的胡子。

身边侍从都是大惊，就要来抱走孩子。谁知司马伦却不以为意，挥手让他们退下：“没什么要紧的，孩子罢了。”他瞧着孩子咯咯地朝着自己笑，心里更是大悦："你这么喜欢朕，朕就封你为王，"说着，他略一沉吟，"就封霸城王吧。"

众人皆是吃惊，孙秀皱起了眉头想劝阻，可他瞧了左纨素一眼，还是把话咽下了。左纨素惊喜交加，赶忙上前谢恩。

阿琇总算放下心来，她瞧着司马伦对福儿并没有什么恶意，甚至还颇有几分喜爱。再看左纨素跪在地上，面上也露出了喜色，颊上浮起两朵红。她不由心下生疑，此时瞧着司马伦，却见他抱着小小的婴儿，面上露出的笑容里似是藏着深深的爱意，她心中一惊。

第十七回

季孙之忧

铜驼街的尽头，是洛阳城高大巍峨的城墙，冰冷的城墙历经千年，昔日灰白的石块如今已有些发暗。城墙下千军万马集结待命，鲜艳的旗帜迎风而展，没有一人发出声响，仿佛连呼吸声都清晰可闻。城楼上一身戎装而立的是成都王司马颖，萧瑟的北风掀起他外披的大氅，他一举右手，便有持节的士兵向三军号令出发，猛然数十万人同声呐喊，地动山摇一般。站在他身后的司马馥吓得一跤跌坐在地上，顿时面无血色。

司马伦遥遥地在宫楼上眺望，面色凝重，只见千军万马齐整地从均武门而出，扬起漫天尘土。他的长子司马荂一想到弟弟这次出征，回来的时候就很有可能是太子了，心里格外不是滋味，便向父亲进言道："父皇，成都王与父皇面和心离，这次出征会不会有什么变数？"他见司马伦不说话，又说道："二弟平时就很懦弱，连马也骑不好。虽然是监军，但出去了恐怕会镇不住成都王。"

司马伦哼了一声，看着儿子道："你二弟懦弱，你又敢去出征？"司马荂赶紧低下头，说不出什么话来。孙秀从旁道："陛下，依臣看还是要再找人设坛而祭，若能请来天兵天将相助，就更有胜算一些。"

司马伦长叹一口气："就依你所言，宫里也要多设几处道坛，请人日夜作法。"他忽然伸手一指城楼方向，问道："那是什么人？"司马伦年纪大了，目力不好，遥遥地只瞧见似乎是一人一骑追出城去。但孙秀却瞧得分明，口中却不敢说到十分："似是吴王殿下也追了出去。"

"吴王？"司马伦大惊，"赶紧叫他回来，要是他也去了，京畿有谁来守？"

孙秀不敢说话，司马荂却忍不住嘀咕了一句："就算现在去追，恐怕也来不及了。"

阿琇在宫里心神不宁，皇上不让她去相送出征，她只能派了豆蔻去相送一程。等到天色将暗侍女方才回来禀报："成都王和吴王都已带兵起程，奴婢一直送到均武门外，瞧得他们都走了才回来。"

"阿邺也去了？"阿琇惊道，"他才多大，怎么能上战场？"

豆蔻说道："吴王瞧见了奴婢，特意下马来与奴婢说道，请公主安心，他此去定要造就一番功绩再回来。"阿琇心里一沉，默了片刻方才涩然道："他还说了什么没有？"豆蔻摇了摇头，忽然又道："吴王没说什么了，倒是成都王让奴婢回来报知公主，左太妃心机深重，不足与谋。"

阿琇怔了一瞬，心知十六叔对左纨素总是有几分提防的，只能以图日后慢慢化解他们之间的恩怨了。

成都王司马颖领军有方，自出征接连大捷，很快便收复了汝阳。捷报传来之时，洛阳震惊。要说也是因为汝阳的地位实在太过重要，几乎是洛阳往南的最后一道屏障，收复此城洛阳大可安定。司马伦闻此喜讯，又加赏了成都王与吴王封地和宅院，也爱屋及乌地加赏了阿琇不少奇珍异宝。

福儿满百日那天，阖宫都喜气洋洋。阿琇特意赶去了左纨素所住的仁寿宫，却见寝殿前的回廊上堆满了各色奇珍礼物，足有数丈高，十分显赫。她走进殿去，只见纨素背对着自己，正在对奶妈问话："皇上今日来看过小王爷了吗？"

"来过了，抱着福儿玩了一会儿，说福儿又沉了呢。"奶妈身着一件暗黄缠枝菊花纹漳绒的襦裙，语气听起来很是随意，便是对纨素也没有什么敬畏之情。只听她说道："现在住的这仁寿宫太狭窄了些，晚上福儿一吵闹，你也安睡不好。陛下不是答应过你搬回原先宫殿的吗？你没事得跟陛下提一提，让你早点搬回去。"

纨素恼道："皇后现在住在昭阳殿里，芙蓉殿里也安置了其他嫔妃，要我怎么提。"

"怎么就不能提了？"那奶妈沉了脸道，"现在他宠爱的人是你，你又有儿子在身边，你有什么要求他会不满足你？再说芙蓉殿也不够大，只有昭阳殿更方便些。那明皇后就一个人，哪用住那么大的屋子，我们还带着孩子，自然是要宽敞些的好。我可是为了你心疼孩子，每天深夜皇上过来，福儿都会被吵醒哭闹一场，好几夜都没睡好了。”

“够了，这事我心里有数，”纨素显然也很烦心，语速极快道，“以后皇上来之前，少给孩子喂点奶，省得又尿在皇上身上惹他生气。”她的语气随意又带着一丝不容置疑的冰冷。奶妈点头答应，正此时小月儿端着热酪进来，瞧见了阿琇便热情道：“长公主殿下来了？”

纨素闻言赶忙转过身来，已是换了一副十分温和的笑意，柔声道：“阿琇来了，怎么也不差人通报一声。”她面上还是闪过一丝尴尬的神色，不知道刚才的话阿琇听去多少。

阿琇瞧得惊心，她忽然想起最近宫里的传闻，人人都说皇上因与左太妃有私，故而对霸城王宠爱异常，没想到竟是真的。她强按捺下心中的不快，勉强笑道：“今日是福儿的百日，我顺道过来瞧瞧他。”纨素从乳母手里抱过福儿时，脸上闪过一丝温柔的神色，她小心翼翼地把孩子递给阿琇，一边笑道：“咱们来看看长公主姊姊，你瞧福儿眼睛都直了，定是没有见过这么美丽的公主。”

要说这福儿也怪，别的孩子生来都爱哭闹，他却很少怕生哭闹，总是笑呵呵地望着人，十分惹人怜爱。阿琇抱着他软和的身子，心里到底有些发软，她拿出一对虎头小鞋，说道：“这是我亲手做的，礼薄了一些。”

纨素赶忙双手接过，那奶妈要拿着给福儿换上，她却下意识地拦了一下，亲手接过穿在福儿的小脚上。奶妈似是闪过一丝不愉的神情，但什么也没说。纨素见那虎头小鞋绣工别致，看来是颇费心力所做，难得的是和福儿的一双小脚正好合适，红锦的蜀缎又柔软又保暖，穿在婴儿脚上再合适不过，最是显出做鞋人的一份心意。纨素感动道：“哪里会薄，这是天下最厚重的贺礼了。”她说着眼圈便红了，连连擦拭眼泪道，“要是没有公主殿下，我们福儿现在没命活在这世上。”

阿琇心下一酸，叹道：“还说这些干什么。现在我们都在宫里，衣食用度还都能顾上，可献容姊姊独在行宫里，现下入冬了，也不知道她有没有寒衣过冬。”

纨素面上一红道：“是我疏忽了，过两日我就打发人去看看献容。”阿琇瞧着她脸色并不是很真诚，也不知她是否敷衍自己，心里到底叹了口气。她在纨素宫里坐了一会儿，只见来送贺礼的人络绎不绝，各宫中人几乎都有礼至，特别是孙秀专程派人送来了一整扇金嵌碧玉的妆台，俱是镂空金丝所制，碧玉上所雕凤纹精美，佐以碧玉高凳，用价不下万金。纨素一一看过礼物，目光却落到榻旁的一颗夜明珠上，那明珠足有碗口大小，通体莹润，看起来极是价值不菲。纨素问道，“这是谁送来的？”一旁的小宫女答道，“是新任的主簿羊大人送来为小王爷添寿的。”纨素微微一笑，无限讥讽地对阿琇道，“咱们这位昔日的国丈大人可与献容的性子大不相同呢。”

“若是献容姊姊知道，心里必定不会好受。”阿琇微微叹息。献容如今被废了后位，囚在行宫之中。可羊玄之仍然死心塌地地为司马伦卖命，并不惜来走纨素的门路，真是可叹至极。

皇后明氏人未亲至，只差人送来了一个银项圈和一对婴孩戴的银手镯。奶妈看了看礼盒，撇嘴道：“好小气的皇后娘娘。”阿琇心里惊异奶妈竟这样无礼，但她瞧着纨素对这奶妈的态度也很不同，便只能对纨素说道：“这也是皇后娘娘的一番心意。”

纨素轻轻一哂道：“那就给小王爷戴上，让陛下来瞧瞧皇后这份心意。”

正此时，宫女们鱼贯而入，手里捧着金盆银皂盒，连同数十个富丽鲜亮、描金粉漆的妆盒，小月儿替纨素匀过面后，便为她梳妆。纨素任由小月儿摆弄，待盥洗梳妆完毕，又在银盆中择了朵玉簪花在发鬓，转头却向阿琇笑道：“你瞧这花如何？”

阿琇瞧着她一张芙面如玉瓣一样，人比花更娇艳。她心里有千句话想问都咽了下去，只点了点头道：“很美。”

转眼临近新岁，前方捷报一扫之前打了败仗的颓唐之气，司马伦下旨要将宫中装饰一新，以除旧岁。又让皇后明氏亲自在昭阳殿设宴款待阿琇，示以荣宠。

司马伦的皇后明氏原本是侧妃出身，但温柔体贴，在王府时处事就极为妥当，深得司马伦信任。阿琇只见皇后四十岁出头的年纪，面容慈善，颇能见几分年轻时的姿色，一身皇后的富丽装束更让她显出几分光彩来。而此时她身边端坐着的却是司马荂，阿琇听人说过司马荂的生母非常微贱，已经去世多年。

明氏甚是沉默寡言，平素里话也很少说几句，但也许是因为儿子和成都王同在前线，她待阿琇极为殷勤。初见之下，阿琇倒也并不厌她。相比起来，始平虽与孙会坐在皇后身边，可面上都是一副极不情愿的模样，瞧见阿琇时也是一如既往的横眉冷目。

酒宴过半，纨素方才姗姗而来，身后跟着的侍女比刚入宫时足足多了一倍，她有些歉意地在阿琇身边坐下，说道："福儿今日闹得厉害，怎么都不肯吃东西，我多哄了他一会儿才出来，来的有些迟了。"

明氏还未开口，却听司马荂忽然"哼"了一声，将头侧了过去，故意大声对孙会说道："你成亲这么久，可是要做父亲了？"孙会一愣，却白了始平一眼，讥讽道："牝鸡只会司晨，哪里能下得了蛋。"

始平顿时急了，涨红了脸嚷道："你说谁司晨。"孙会却不瞧她一眼，嘴中尽是无赖话语："谁是牝鸡，谁就司晨。"始平被他噎得说不出话来，顿时又要哭闹。司马荂早知道他们夫妻不和，此时闲闲地挑了一句道："也不知是谁撮合的好姻缘，竟让驸马和公主这样天造地设地配在一处了。"

左纨素正假装和阿琇说话，听到这话也不由脸红了。始平恨恨地望了左纨素和阿琇一眼，却骂孙会道："我再司晨，也是你明媒正娶的妻室。不是什么阿猫阿狗偷来的别人家的小老婆，要想生下个什么杂种来，那是门都没有的。"孙会被她骂得狗血淋头，气得就要掀桌子。

左氏这壁听始平含沙射影，芙面通红，却也不便说什么。阿琇瞧着实在过分，便斥道："驸马在皇后娘娘面前还是要存几分体统吧。"始平听阿琇开口指责孙会，又来护他，反唇相讥道："我们夫妻间的事，又关长公主什么事，仔细闲事管得多了，闪了你的舌头。"

"唉，始平公主还是要尊重些，"司马荂假意劝解道，"这一位是长公主殿下，一位是太妃娘娘，都是公主的尊长。"

始平哪听得进这话，怒道："呸，什么尊长……"

明皇后忙柔声劝道："好了好了，都别说了。"她遣人布置酒菜，意欲平息她们的唇枪舌剑。司马荂存了心来捣乱，他瞧着始平剑拔弩张对着左纨素和阿琇的样子，嘴角露出不易察觉的微笑。

皇后明氏轻咳了一声，对左纨素说道："你刚才说小王爷吃不下东西，找太医瞧过了吗？"

左纨素垂下泪来："太医瞧过了，说是小孩子的肠胃不好，可能是积食了。"

明皇后道："小孩子肠胃较弱，是比大人更容易生病些。我宫里蒸的重阳花糕是最糯软的，用银耳鲜酪煨一煨，既好进又易消化，小孩子定然爱吃的。"

左纨素迟疑了一瞬，见明皇后面上挂着温和的笑意，便点了点头。不多时明皇后身边的宫女盛了鲜酪来喂食。纨素拿着那碗鲜酪，双手微微颤抖，迟迟不端给孩子，反倒是奶妈见状接了过去。

阿琇瞧着纨素神色有异，正在奇怪，但再看她时，却又是平素里的神情。而福儿由奶妈抱着，一口一口果然吃得很是香甜。左纨素大感宽慰，感激道："多谢皇后娘娘。"

明皇后很喜欢小孩子，见福儿生得白胖，要来在怀里逗弄了一会儿，抬头见左纨素眼巴巴地瞧着孩子，便吩咐宫人送了回去，又问身旁的宫人道："皇上下朝了吗？还过来用膳吗？"

她话音未落，奶妈忽然"啊"的一声惊叫，声音惊慌无比。纨素瞬时神情大变，一把从奶妈手里夺过福儿，阿琇离得最近，只见福儿整个脸都变得青紫，嘴角流出血来，她惊到："福儿……福儿……"

明皇后一时间亦是慌乱，忙叫道："快宣太医来。"

正在慌乱之时，只听殿外靴声霍霍，却是司马伦迈着大步走进殿来，他瞧见左纨素抱着孩子站在殿中，一愣问道："怎么回事？"

左纨素哪里还有什么反应，她面如死灰一般呆立在地，怀里紧紧地抱着孩子。

正此时，太医们也赶到，有个年长的太医瞧了一眼抱在怀中的福儿，又探了一下脉，便跪在地上连连磕头，只道："臣该死，臣该死。霸城王被下了极重分量的鸩毒，已是崩了。"

左纨素闻言忽然连眼泪也止住了，她一动不动站在原地，眸中没有半点光芒。阿琇心中不忍，牵着她手低声道："纨素，节哀。"

司马伦一把抱过婴儿，只见那小小的孩童此时七窍流血，一张小脸已经发乌，连气息都没有了，他怒道："怎么会这样？"

太医跪在地上不敢说话。那奶妈忽然膝行几步，哭道："今日小王爷什么都没吃，就只在这儿用过一碗皇后娘娘赏的酪。"纨素神情大变，嘴唇不住颤抖，她直愣愣地瞧着那奶妈，却什么也说不出来。

那奶妈忽然回头瞧了纨素一眼，眼眸中神色复杂，有伤心更有几分愧疚。阿琇从旁瞧在眼里，只觉得说不出的诡异。却见那奶妈忽然扭头便向殿中朱色的柱上撞去，事发突然，众人回过神来时，那奶妈已是气绝不活了。

纨素瞳孔急剧收缩，一丝火光点燃她眸里的绝望，她软软地倒在地上，泣道：

“陛下，请为我做主。”

司马伦脸色铁青：“给我查。”此时另一个太医已检查过宴席上的器皿，亦是回禀道：“其他器皿都是无毒的，只有适才喂霸城王的那个汤勺上有鸩毒。”司马伦怒极，一脚踢开跪在地上的明皇后，怒道：“你这恶妇。”

明皇后跪在地上钗横鬓乱，哭泣道：“陛下，臣妾是冤枉的。臣妾爱怜太妃的孩子还来不及，怎么会下手害他。”

左纨素忽在旁幽幽道：“是啊，您是皇后，为什么要害我的孩子呢？”她的语声如泣似诉，直教人闻之不忍。

这话如重重一掌击在明皇后胸口，她本竭力自辩，突然便住了口，神情却有些灰败。左纨素话音刚落，司马荂便开口哭道：“父皇，皇后娘娘最是端庄，对您又最是爱重，此事虽然发生在皇后娘娘宫中，但儿臣相信她不会做这样的事，您千万要明察。”他这话如同火上浇油，司马伦本来就心生疑窦，此时冷冷地瞧了明氏一眼，忽然道：“你还有什么话说？”

明皇后陪伴司马伦多年，深知他这样的神情便是动了杀机，她神情一黯，不再祈求，只侧过脸去，低声道：“臣妾没有做。”

司马伦将信将疑，狐疑地盯着明皇后，一时没了决断。忽听孙秀在身后冷冷道：“陛下，汝阴王还在前线用兵，此事就算是皇后娘娘所为，也不宜……”

此话无疑认定了是明皇后所为。她一听提起儿子，脸色瞬时发白，忽然想起宫中那个传闻来，慌乱道：“陛下……这不关我儿的事。”

“那就是关娘娘的事了？”孙秀何等厉害，瞬时便抓住了明氏话里的漏洞。明氏又气又急，只觉百口莫辩，跪在地上痛哭不已。

左纨素抱起儿子的尸体，泪水滚滚而下，泣道：“我的福儿，我的福儿……陛下，您还未亲耳听到他唤您一声……”她哪里还说得下去，过度伤心之中，忽然晕了过去。

司马伦心中恨极，咬牙道：“皇后明氏，失德六宫，废为庶人，迁居金墉城。”明氏闻言面如死灰，颓然坐倒在地，再也说不出半个字。

司马伦瞧了瞧左纨素，终是心中一恸，又道：“让太妃迁入昭阳殿吧。”

阿琇扶着晕厥在地的左纨素，低声答应了。她只见纨素一张脸如金纸一般，没有半点血色，双目紧紧闭着，仿佛身在一场噩梦中。阿琇忽然觉得浑身发冷，她似是闻着了阴谋的味道。她一个个地扫着殿中的人，始平、孙秀、司马荂、孙会……他们每个人的脸上都流露出淡淡的笑容，似乎都在各自庆幸这样的结局。

阿琇一直在昭阳殿里陪伴着纨素，夜里过了两更，纨素终于睁开了眼睛。她虚弱地握着阿琇的手，轻声道：“福儿呢？”阿琇不敢刺激她，她拿过桌上的药羹，一边喂着纨素，一边淡淡道：“他在陛下那儿。”

纨素默了一瞬，方才涩声道：“是被送到祈年殿去了吧。”

阿琇见她神情怔怔，心知她不好过，紧紧握住她的手，低声道：“是，你想开些。”

纨素睁大了双眼，盯着藻井上繁复绮丽的花纹看了半晌，声音嘶哑得怖人：“天下像我这样狠心绝情的母亲，是不是从来未有？”

阿琇手中药盅落地跌得粉碎，她心中是有个影子的，此时闻言仍是心中震动：“你说什么？”

纨素涩然一笑，似嚼苦榄：“司马伦篡位不轨，他的逆子岂能留在世上。”

阿琇倒吸一口凉气，果然福儿是司马伦的骨肉，司马伦篡位后如此礼待纨素，她心里早已生了疑惑，却没想到她竟然能对亲子下这样的狠手。

纨素忽然说道：“你可知道我父亲是谁？”

阿琇垂下双眸，微微苦笑。

纨素淡然道：“我父亲左思，原与贾公子有八拜之交。”

阿琇轻轻吟道：“吾家有娇女，皎皎颇白皙。小字为纨素，口齿自清历。鬓发覆广额，双耳似连璧……”

纨素神色温柔，低声接道：“明朝弄梳台，黛眉类扫迹。浓朱衍丹唇，黄吻烂漫赤……”她默了一瞬，似是想起了许多往事，无限唏嘘道，“父亲当年为我们姊妹写这首诗时，没想到我们姊妹会落得如此下场吧。”

阿琇心念一动，目光中带了几分探寻：“福儿的那位乳母……”

“那是我的姊姊，”纨素一眼便望穿她的心思，点头道，“我们姊妹自幼失母，是父亲抚养长大。姊姊十六岁就嫁到齐王府，曾是齐王最宠爱的侧妃。”

阿琇点了点头。

纨素安然地垂下眼眸，平静道：“公主嫁给贾谧那日，我父亲本也想带我去贾府贺喜，可齐王却让姊姊把我留在了齐王府中。那日之后父亲就再没有回去，我姊姊疯了一样求齐王殿下去救父亲，但殿下并不应允。”

阿琇心下恻然，已知事有不幸，只听纨素平静道，“赵王要诛杀贾逆满门，岂能留我父亲活下去。我姊妹能得齐王庇护逃得性命，已属不易，姊姊实在不知轻重，却因她日夜啼哭终是失去了齐王的宠爱。

到后来献容入宫，赵王势大，齐王希望在后宫中能有人与之抗衡，终是选中了我做这枚棋子。他为了送我入宫，便对姊姊重新恩爱起来，姊姊喜不自禁，唯恐失去了这得而不易的荣宠。

但我已经看透齐王的凉薄，心知他不会是我姊妹的依靠，入宫之后便对赵王示好。正好这时献容一心避宠，我便得势而上，与赵王一拍即合，反倒成了他监视齐王的耳目。”她平淡地说着往事，在阿琇听来却如滚雷一般，直震得心神俱惊，她未曾想到深受齐王庇护的纨素早在入宫之时就已经存心与赵王勾结，此人心机之深，令人不寒而栗。

“你瞧着我太冷血是不是？”纨素瞧着她神色，已知她心思，却叹了口气道，“你外表虽冷，骨子里却是极热的，你这样的性情实在不适宜生活在宫中，可你偏又生在帝王之家。你可知道在这宫里的人要想活下去，最重要的是什么？”阿琇心下有些恍惚，哑声道：“如你一般心冷如冰？”

说了这句，两人便冷住，沉默半晌，纨素才开口道：“宫里谁人不是一副假面孔，瞧上去热络极了，实则心里都是狠的。我姊姊便是痴得太过，一心只信齐王待她如珍似宝，却不想想若齐王真将她看得那样重，怎会将刚刚生下孩子的她留在京城中掩人耳目，自己偷偷跑了出去？齐王这一招瞒天过海，以阖府性命换了自己的一命逃脱。齐王府满门抄斩之时，姊姊的孩子刚刚出生不过一月，也被杀了。”

阿琇脑中电光石火地一闪，显出那个容貌和纨素有几分相似的奶妈，以及她临终前那悔恨的一瞥。

纨素的目中似是蕴了薄薄的水汽，凉意缓缓浸开：“齐王府抄没时，是我悄悄把姊姊弄出来的，但又怕被人发现，只能留她在身边做福儿的奶妈。天下人我谁都不敢信，可姊姊自小与我一起长大，是我最信任的人。哪里想到我反而害了我的福儿。”

她怔了一会儿神，又苦笑道：“姊姊她恨赵王入骨，又暗中受齐王蛊惑，早已自己服了毒，日日喂福儿吃奶。等我发现时我的福儿已经被喂了半个月的毒乳，就算这次的酪里不下鸩毒，我的福儿也活不到足岁的。”

阿琇想起那日在纨素宫里看到的情景，全然无法相信对福儿那样疼爱的奶妈居然会下这样的毒手。

纨素眼光失神，淡淡地瞧着窗外道：“孙秀早就想置明皇后母子于死地，苦于没有机缘。他们昨日在酪中又下了分量更重的鸩毒，我和姊姊只能装作不知，任由那鸩毒一口一口喂给我的福儿，再赖到明后身上。”

阿琇叹道：“明皇后是冤枉的，她并未做过恶事，你们何苦害她。”

“你也怪我狠心？”纨素嘴角微颤，指甲深深地陷入掌心，每一句话都带着彻骨连心的痛意，“我又能怎么办？姐姐已经触柱自尽，我若说出实情，连我自己也逃不了干系。那时我若不顺从孙秀之意，恐怕死的人就是我了。只有扳倒了明皇后，才能让孙秀和司马荂满意，我哪里还有别的选择？”

“姊姊，”纨素眼中泪意朦胧，喃喃道，“她以死来坐实了明皇后杀了我的孩儿，却也终是无颜再面对我。”

阿琇耳中嗡嗡作响，脑海里忽然浮现出明皇后慈和温柔的面容，她不敢去想，怕自己忍不住要叫喊出来，这座宫廷实在太可怕，直让人要窒息一般。

正在此时，小月儿悄悄走了进来，附在纨素耳边低语了几句。

纨素微微侧了侧身子，抬眼直视阿琇，眸中闪过一点光亮，声音如从天外飘来：“明氏自尽了。”

这年的冬天格外的寒冷，纨素一直缠绵病榻，但荣宠更甚。自从霸城王去世，司马伦便日日去看她，索性并不避人，公然夜夜歇在昭阳殿中。

太极殿元日的朝贺年年都有，从武皇帝开始，司马伦便站在殿下叩首，转眼这么多年过去了，司马伦却是生平头一次坐在九五之尊的位置上，接受百官朝拜。日子过得太久，他几乎快要忘了年轻时的事情，他望着满朝文武肃然立在殿下，遥遥地不知有多远的距离，心里油然生起了一种满足。沉默了一瞬，他方才开言道：“十六郎他们回来了吗？”

孙秀如今加封了太傅，自在百官之首，他上前奏报道：“逆贼司马冏大军连连败退，今日成都王发来奏报，已经生擒了逆贼，如今正在回京的路上，想来不日即可到京。”

司马伦大喜过望，大声道：“十六郎果然英勇过人。速命人传令通赏三军，朕明日要亲自去城上迎接。”他忽然想起儿子司马馥也随军出征，心里到底有点歉意，又说道，“明氏虽已服罪，但念其多年侍奉有功，可追封为皇后，随朕葬入皇陵。”百官中有司马馥的党羽，都敢怒不敢言。

唯有司马荂与孙秀对视一眼，露出了满意的笑容。

忽然，一声清脆的鸟啼在殿顶响起。众人都仰头去看，只见一只五彩斑斓的大鸟立在殿顶，冲着西方长声嘶鸣，声音极为尖厉。那大鸟在殿顶上嘶鸣数声，忽然振翅飞了下来，落在殿中。群官顿时混乱一片，孙秀忙道：“快护驾。”便有许多铁甲侍卫围在了司马伦身边。

司马伦惊疑之下，仔细看去，却见那大鸟羽毛斑斓鲜艳，身长一丈有余，神态倨傲，却不知是个什么鸟。

“快给朕拿下这牲畜。”司马伦喝道。

几个铁甲侍卫虽然胆寒心惊，却也只能犹豫地围了上去。

谁知那大鸟一振翅，竟有雷霆之声。侍卫都唬得坐倒在地。那大鸟又一扬翅，却是朝着殿外展翅飞去，它的速度极快，转瞬便在天际中成了一个小点，遥遥地不知所终。

司马伦惊魂未定，想不到这大鸟来去竟然如此之快。只听孙秀忽然上前奏报道：“恭喜陛下，贺喜陛下。”

司马伦不悦道：“何喜之有？”

孙秀却朗声道：“陛下恩德四方，出师战无不利，天降祥鸟以示昭瑞。”他此言一出，群臣顿时反应过来，谀辞如潮，直哄得司马伦转惊为喜。

忽然间，大殿的西南角传来一个少年的声音：“此鸟是服刘鸟，主兵煞之兆，并非祥鸟。”

孙秀脸色一变，循声望去只见是个十余岁的素衣少年，身着一身道服，站在大殿的角落里，相貌十分秀丽。

司马荂怒道：“哪里来的毛头小子，懂得什么，敢在这大殿上胡言乱语？”

那少年却歪着头看了司马荂一眼，忽然说道：“你想做太子？我师父说你做不上。”司马荂大怒，就要拔出腰间宝刀。

“住手，”孙秀忽然说道，“你师父是谁？服刘鸟语出可有典？”

那少年摇了摇头：“山海经里说‘其鸟多鴖，其状如翠而赤喙，可以御火’，便是说的服刘鸟。至于我师父是谁，我不能告诉你。”

孙秀听他出言文雅，又是莫名出现在大殿之上，倒也不敢怠慢，可他翻来覆去地盘问这少年，却也问不出他的师父是谁，只说自己就是来这里等师父的。司马伦忽然有些不耐烦道：“与这毛头小子废话什么，还不快把他关起来。”

孙秀不敢违抗，只能让人将这少年带走，可他心里却始终对那少年的话有几分惊疑不定。而好端端的元日朝庆，被这一童一鸟搅得扫兴至极。司马伦便匆匆宣告退朝，自是去昭阳殿不提。

阿琇在荼蘼殿里听得闲话，亦是觉得诧异。到了夜里，刚刚熄了烛火，忽然殿外有少年人的声音叫唤："清河公主，清河公主。"豆蔻在殿外当值，此时惊醒过来，却只见殿门口站着一个道服少年，面目清朗。他瞬也不瞬地望着豆蔻，目光中都是和悦笑意。

豆蔻大是讶异，却突然想起白日里的传闻，她仔细打量这少年，却见他身着一件素色道袍，双目亮闪闪的，果然不似寻常人一般。她奇道："你果是今日在朝堂上的那个少年吧，你是怎么逃出来的？"那少年却不回答，只对她低声道："姊姊快去叫清河公主出来就是。"

正此时，阿琇在殿内听到动静，问道："外面是谁在？"

豆蔻不敢隐瞒："有个道人打扮的少年要见公主。"

阿琇披衣而起，出了殿来却顿时愣住，只见那少年目也不瞬地望着自己，一双明亮的眸中都是闪闪清光，形容疏朗，却是故人。阿琇急忙过去，对那少年道："修儿，你怎么在这里？"

那少年摇了摇头道："我如今不叫修儿了，我叫崇末。"

阿琇心中一动，将前后经过串联，似是明白了什么。自从贾谧死后，她一直都在暗中打听他唯一的弟弟贾修的下落，直到今日终于放下心来。她泪水涟涟，颤声道："这几年你过得可好？"

"师父对我很好，"崇末说道，"师父说明日城中有变，让我来带清河公主出宫。"

"你师父又是哪位？"阿琇愈听愈奇，问道，"我可识得他？"

"这些不能告诉公主殿下，"崇末摇了摇头，"我师父现在正在吴王军中。"

阿琇心中一沉，似有所悟，她沉吟道："我不能走，我还要等一个人来。"

崇末望了望她，又道："我师父说如果公主不肯走，就要我把这个交给公主。"说着从怀中拿出半枚白虎符。阿琇心中一动，仔细看去，这竟是"左在皇帝"的半枚白虎符，惊道："此物怎会在你手中？"崇末把虎符递给阿琇，郑重其事道："师父说，天下有大难将至，公主命数身系天下安危，请公主一定保全自身。"阿琇接过半枚白虎符，只觉心内巨跳。她此时也明白他的师父一定是友非敌。她看了看豆蔻，迟疑道："我虽不便出宫，但我身边的这位侍女却可以替我出宫去。"

豆蔻大惊，忙道："公主殿下……"

阿琇温言道："你若见到阿邺，替我多劝劝他，让他务必清醒保全自身，不要涉险。"豆蔻含泪道："奴婢明白。"

崇末听她主仆说完，便道："公主放心，我自会办妥此事。"说罢，带着豆蔻消失在茫茫夜色中。

第十八回

寇攘式内

很快便到了成都王班师回京的日子。晴空湛湛，城楼上红绸覆地，虽无鲜花应景，但宫中连夜赶制出万朵五彩绢花将其装饰一新，瞧起来很是姹紫嫣红。

司马伦领了文武百官在宫门城楼上相迎，这是朝中数十年未有的大胜仗，司马伦特命将士们从平日里只有帝王通行的端阳门而入，以示恩重。出征时阿琇未能相送，得胜回来时司马伦下了特旨，恩准阿琇在城楼上一同迎接。

猛然听到遥遥地传来金戈铁马之声，阿琇一瞬间竟有些站不稳，只觉得城楼都在颤抖一般。司马伦朗声大笑："是朕的大军胜利还朝了。"阿琇站在人群最末，只听得前面山呼海啸般的叩头声，万岁声，而司马伦身着龙袍站在城楼最顶，接受着众臣的朝贺。

千军万马在城下集结，居中一人身着战甲，摘下头盔，正是成都王，他仰头道："陛下，臣司马颖不辱使命，请陛下开城门。"

司马伦一摆手，便要命人开城，可孙秀忽然上前一步道："陛下，大军都入城来，恐会引起百姓恐慌，不妨让成都王、吴王和汝阴王先进城来。"

司马伦面露不快："这是何意？"

长子司马荂也跪下道："父皇，儿臣也以为太傅说得有理，不可让成都王的大军都入城来。"司马伦若有所思，他迟疑片刻，吩咐道："传朕的旨意，只让三位王爷进城，其他人马都在城外驻扎。"孙秀露出一丝笑意，又道："陛下，城楼上到底风寒。陛下还是先进去休息，等待三位王爷进来朝见。”司马伦点了点头，自是回城头殿中而去。孙秀转过身来，与司马荂对视一瞬，目中尽是狠戾。

旨意传到城外，司马颖面色未改，可司马馥却怒不可遏，一拍桌案便对来使喝道：“为何不让我们进城？父皇真是让你这样传旨，还是孙秀那个奸贼假传圣旨？”

使者也是孙秀的心腹，他早得了孙秀的嘱咐，此时冷冷一笑道：“汝阴王好大的胆子，就连陛下的旨意也敢质疑，难道是要谋反？”

司马馥气得欲拔刀相向，可司马颖拉住他，轻声说道：“这恐怕是孙秀激你之计，不要冲动。”那使者怎会罢休，又冷笑道：“汝阴王不要胆大妄为，否则恐怕要和皇后娘娘一个下场。”

“我母后如何了？”司马馥一个箭步冲到那使者面前，一把揪住他的衣襟，把刀架在他的脖子上，怒道，“你快说，我母后现在在哪里？”

那使者有几分胆怯，但想到孙秀的嘱咐，便爹起胆子道：“皇后娘娘冒犯了陛下，被废为庶人，已畏罪自尽了。”

司马馥心中伤痛至极，众人只见白光一闪，他已手起刀落，那使者连喊叫都来不及，顿时人头落地。而孙秀派去的副使极为机灵，见状不妙，赶紧跑出了大帐。

司马颖一下子站了起来，喝道：“快将他拦下。”可哪里还来得及，军帐离城门只有数步之遥，那副使一边往回跑一边喊道：“不好了，汝阴王谋反了，汝阴王谋反了。”城楼虽高，可城上众人都听得清清楚楚，人人面上瞬时色变。

那副使还没跑到城门边，猛然从背后飞出一支冷箭，直至他背心，他应声倒地。司马颖大惊，回身看时，只见阿邺搭弓站在他身后。正是他放出的冷箭，只听他对司马馥说道：“我早已收到京中密报，孙秀密谋害死了你的母后，今日大军回京，便是他设计取你性命之时，此时不反，更待何时？”

司马颖怒道：“你既然早已知道此事，为何不告诉我们。”

“不是阿邺不告诉你们，是我不让他们告诉你。”忽然有一人从帐后转了出来，此人正是齐王司马冏。司马颖和司马馥瞧见他，惊愕无比，都看向阿邺道：“是你放了他出来？”

齐王一躬身，诚恳说道：“二位贤弟，我起兵所讨，只有司马伦那老贼一人。吴王少年英雄，与我为内应，诈做投降，实乃回京讨贼。如今老贼司马伦不死，国难难平。难道你们还要继续为虎作伥吗？你们在前方冲锋陷阵，孙秀那干小人却在背后下冷刀子，连入城也只让你们三人先进，岂不是摆明了要你们进去任人宰杀吗？”他望了一眼满脸恨意的司马馥又道：“你还有什么退路？就算司马伦那老贼不杀你，你以为你的大哥司马荂不会害你吗？”

正说话间，只听外面炮声连连，城楼上已是铁甲卫密布，弓箭手齐齐准备，利箭同时对着城下，竟是如临大敌一般。

齐王见机高声道：“攻城。”他虽在沙场被司马颖所擒，可司马颖心地仁厚，从不坑杀俘虏，所有投降士兵一概被押回京城，又有司马邺为内应，此刻早就都被悄悄放了出来。听到齐王一声令下，无数士卒争先恐后地从军中涌出，便向洛阳城发动进攻。

司马伦在城楼上听到下面哗变，弄不清是什么缘由，惊疑道：“快派人去看看，下面是怎么了？”

孙秀却阻拦道：“陛下不用惊惶，定是汝阴王记恨陛下处死了明氏，在城下造反，洛阳城固若金汤，我们只需坚守城门不开，他们内部自会混乱。”

司马荂也趁机道：“二弟真是不忠不孝，目无君父之至。儿臣有个主意，可让他们自起混乱。”

司马伦急道：“快说。”

司马荂说道：“儿臣记得二弟府里还有几个宠爱的妻妾，吴王和成都王虽然都尚未娶亲，但都与清河长公主骨肉至亲，不妨押了她们来城头劝降。”

司马伦心里慌乱之至，连声说道：“你们去办吧。”

孙秀知他此刻全无主张，马上说道：“陛下先回宫去休息，这里交给小臣和济阳王就好。”

司马馥瞧着洛阳城紧闭不开，心急如焚道：“我们在城外硬攻，何时才能攻进城去？”

司马颖心中并未真正打定主意，只瞧着齐王不语。却见齐王胸有成竹道：“莫急，本王还有一袭骑兵在后，定可让洛阳城开。”

司马馥皱眉不语，司马颖却骤然醒悟过来，指着齐王道：“你莫不是暗通了……是匈奴人还是鲜卑人？”齐王颇有些惊异，赞道：“十六郎果是布阵之将才，正是如此。我早与鲜卑统军段将军商议定了，他们派了两万骑兵星夜从凉州起程，想来已是快到洛阳了。”

司马颖大惊失色，急道：“这怎么使得？这是引狼入室啊！”

齐王一怔，说道：“鲜卑人深受我大晋之恩，又被东海王司马越所辖，应该不会存此狼子野心。”

司马颖顿足道："非我族类，其心必异。昔日魏武帝迁匈奴五部于并州，就是为了牵制他们。今日若放任这些异族起兵入洛阳，恐怕日后战乱之祸远甚当年董卓之乱。"

齐王面上阴晴不定，他还未来得及说话，一旁的司马馥霍然站了起来，指着城头叫道："那是什么。"

城头上的女子哭泣声断断续续传来，四五个年轻的女子都被兵士押在前面，最前面一个年轻妇人，手中抱着个婴儿，却正是司马馥之妻王氏，而旁边哭哭啼啼的都是他的姬室。司马馥一下子冲到帐外，望着城头方向皱眉不语。

孙秀就站在王氏身旁，笑道："汝阴王，老臣送来你的妻儿迎你，你可要怎么感谢我。"

司马馥怒目圆睁："奸贼，你害死我母后，我不会放过你。"

孙秀哈哈大笑，极是得意道："王爷要是不想放过老臣，尽管来找老臣算账便是。不过老臣劝你还是先乖乖入城投降要紧，这洛阳城铜壁铁铸，你攻也攻不破。而你一家妻小都在城头上，可是眼巴巴地瞧着你呢。识时务者为俊杰，汝阴王你可不要糊涂啊。"他说着向前一步，迫着司马馥之妻王氏也离城头更近了些，几乎快要掉下去。

司马馥关心情切，却苦于无法上去救援，只能握拳而立。站在一旁的孙会却没有父亲那样的耐心，他用剑尖挑了挑站在王氏旁的一个小妾下巴，对着城下喊道："汝阴王，这是你宠爱的小妾吧，相貌可着实不错。"

那小妾吓得花容失色，哭道："王爷快来救我。"

"哭什么！"王氏面色沉静至极，斥责道，"我们都是王爷的内眷，不要丢了王爷的颜面。"

那小妾不敢高声哭闹，却抽抽噎噎地啼个不休。孙会等得不耐，见父亲示意，便一剑刺入那小妾的咽喉，她瞬时血溅三尺之地，一头从城楼上栽了下来，正好落在司马馥的面前。

众人见此惨状，都惊骇不止，其他几个小妾都情知无幸，哪还止得住哭声。孙会一剑一个，将这些如花似玉的尸身全都推下了城头。

司马馥脸上肌肉抽动，却一句话也没说，静静地看着城头的情形。

阿琇早已被兵士们捆绑起来，她一回头，瞧见不知何时水碧也被人押了过来，与她捆在了一处，她惊道："你怎么来了？"

水碧凄然一笑："就在刚刚，吴王府也被抄了。府里奴婢身为主事，怎么能不被抓来。”

阿琇神色惨淡，忽然听到城头传来女子的哭泣声，她听了一会儿，问水碧道：“你害怕吗？”

“奴婢不怕。”水碧的声音虽然有些发抖，却勉力支撑着自己站稳，说道，“奴婢心甘情愿为吴王而死。”

孙会将剑举到了司马馥的妻子王氏面前，司马馥侧过头去，不忍再看。他出征之时，王氏还未临盆，一转眼儿子已出世，可他还未见上一面。

王氏忽然在城头高声道：“王爷。”

孙会愣住，将剑缩了回来，以为她要求饶。

谁知王氏毫无惧色地朗声道：“皇后娘娘惨死宫中，贱妾未能相救，早已无颜面对王爷。今日贱妾和怀儿遭此大难，望王爷勿以我母子为念，早日替我母子报仇。”她语声清朗，字字干脆，声音远远传出去，三军闻之无不动容。孙会大怒，举剑就要劈头砍下，谁知王氏抱了孩子不仅不退，反而向前纵身一跃，从数十丈的城头上直直地跳了下去。

司马馥几步冲过去欲抱住妻子，却见她气息已绝。

“老贼，我与你势不两立！”司马馥拔剑指向城头，双目欲眦。司马颖赶紧上前去拉了他回来，怕他被箭矢所伤。

孙秀哈哈大笑，又挥手道：“把人带上来。”

孙会亲自押了阿琇和水碧走上城头，对城下笑道：“成都王，这个人你识不识得。”阿邺在帐中听得声响，也疾奔了出来，大惊失色地喊道：“姊姊，姊姊。”

水碧瞧见阿邺，按捺不住心中激动，叫道：“吴王殿下，奴婢在这里。”

可阿邺瞧也不瞧她一眼，目光只关切地停留在阿琇身上，神色焦虑不已。

阿琇淡然一笑：“阿邺，莫怕。姊姊就在这里。”声音柔和又清婉，宛如当年给弟弟说故事一般。

孙会一怒之下，挥手扇了阿琇一个耳光，阿琇的芙面上顿时起了一块红印。

司马颖大惊，怒道：“这是太上皇的长公主殿下，你们怎敢这样作乱。”

孙会猖狂笑道：“今日我便是屠尽洛阳又怎样，倒是王爷你先想想，还要不要这个如花似玉的尊贵长公主的性命。”

司马颖注目着阿琇，沉声说道：“阿琇，你怕吗？”

阿琇摇了摇头，黑瀑般的长发被风吹乱，她反而静静笑道：“大不了一死罢了，在宫里活着都不怕，还会怕死吗？”

“好一个连活也不怕。”孙秀忽然赞道，“公主果然有几分不俗，只是这样青春年少的年纪，却要跳下城头做个孤魂野鬼了。”

阿琇望着他，正色道：“我有何惧，我不过一个孤身弱女子而已。生就孤零，死亦孤单。也没有孙大人这样许多家人儿孙要牵挂。”她嘴角挂了一丝讥讽，却是瞥了孙会一眼道，“倒是大人自己该多想想身后事才是，不要今朝乱臣贼子，明日却和阿琇一样在乱坟岗上粗席裹尸，千秋万代也不得翻身。”

孙会被她这样羞辱，早已愤极，伸掌便推了阿琇一把，阿琇本就站在城墙最边缘，此时直如断线纸鸢一般直直地坠落城头，阿邺和司马颖齐声惊呼，眼见相隔甚远，已是无幸。

忽然一只大鸟从城中飞出，那鸟双翼五彩，展开足有丈宽，正好迎着阿琇跌落的方向飞去，恰好衔住了阿琇的衣襟腰带。紧接着一人一骑从远处快马而来，转瞬已至城下，那人轻吹哨音，大鸟便迎向马上那人飞去，将阿琇抛掷那人怀中。

阿琇本以为自己定无幸免，谁知这大鸟从天而降，竟然救了自己性命。她睁开双眼，只见自己卧在一人怀中，那人一身黑甲，却低头正在看着自己，她瞧着那双黑澄明静的眸子，全身绷紧的力道顿时都卸了，她长舒一口气，轻轻依靠在他的怀里，轻声道：“你终于来了。”

这变故不过一刹之间，待孙秀反应过来时，忙喊道：“放箭，放箭。”

可马上之人早已托着阿琇疾驰远去，连人影也看不见了。

司马伦在太极殿内连摔了几只玉碗，连声呵斥道：“十六郎怎么会反，枉费朕这样提携他，实在是太伤朕心。”左纨素听得阿琇被抓走的消息，急急忙忙地从寝殿奔出，来了太极殿。

司马伦抬头看到纨素来了，心中略有诧异，说道：“你怎么来了？”

纨素哭倒在地：“陛下，求您饶了清河公主，外面的军机大事她怎会知情。”

司马伦虽然心里不耐烦，却对纨素说道：“朕也没把她怎么样，只是让人将她看管起来，你急什么。”纨素心下略定，但她心知孙秀心狠手辣，便叩头道：“陛下开恩，成都王谋反之事还未证实，可否先将公主带回来？”

此时司马伦身边的心腹大臣都随着孙秀在城头守着，只有羊玄之一人跪在地上，他瞧了瞧四周除了纨素别无他人，忽然说道：“陛下，臣以为左太妃说得有理，成都王不会反。”

司马伦瞧了他一眼，正声道：“你说！”

羊玄之自羊献容被废后，已经褫夺了一切实职，只保留着这空头的封号，他心中早已憎极了孙秀的过河拆桥。此时见有机会，他便说道："陛下，臣以为如今就算成都王和汝阴王不想反，也会被济阳王和孙太傅逼反。"

司马伦一拍龙案，气道："你莫非是要离间朕的心腹重臣和骨肉至亲。朕亲耳听到那个不孝儿杀了朕派去的使者，又在城下抗命。"

"难道只有济阳王是陛下骨肉至亲，汝阴王就不是陛下骨肉？成都王就不是陛下心腹？"羊玄之奓着胆子抬起头，见司马伦有所意动，又说道："如今三王得胜还朝，孙太傅和济阳王生了疑惧之心，存心要将他们逼反。他们不让大军入京已是有了陷害之意，三王又无过错，为何不让入京？这是摆明要陷他们于不义。"司马伦心念一动，神情已有变化。

羊玄之又咬牙苦谏道："何况济阳王和汝阴王不和已久，谁又知道孙太傅派去的使者在汝阴王面前说了什么？现在孙太傅更是当着众人把三位王爷的内眷都抓去了，如果陛下再不去看看，真让孙太傅做出什么事来，恐怕几位王爷不反也要反了。"

一瞬间司马伦心中转过无数个念头，他终于咬牙道："走，朕再去看看。"

纨素大喜过望，忙要跟随上前。

羊玄之背上出了一身冷汗，赶紧随着司马伦向外走去，忽然迎面一个小黄门冲入殿内："陛下，不好了，鲜卑人从西面破城了。"

司马伦一下子瘫坐在地："孙太傅和济阳王何在？"

那小黄门却说道："鲜卑人从西门入城，直奔城头而去，孙太傅和济阳王当场被斩杀在城上，现在大军正向宫城冲来。"

羊玄之大急道："皇城中无兵力可守，陛下，赶紧走吧。"

司马伦面色惨白，慢慢地伸手抹去了额上的冷汗，苦笑道："现在还有哪里可以去，还是让朕在这里等他们进来。"

司马颖在城下猛听得城上一片喧哗，正诧异间，却见城上已经直直地抛下几个人头来。司马邺冲过去用剑尖挑起那几颗人头，忽然高声道："十六叔，是孙秀那老贼和司马荂的人头。"

正此时，齐王大步走出帐来，对那城头高叫道："是鲜卑的勇士来了吗？"

只见城头上出现一个极为骁勇的黑甲勇士，那人对着城下用着半生不熟的汉话大叫道："多谢齐王报信，咱们现在就进宫去杀了篡位老贼。"

司马颖忙道："快快打开城门，我们也要入城。"

那人却笑道：“诸位王爷请在城外等一宿，明日我们就回辽西去了。今晚就把那天子的金銮殿借我们住上一晚吧。”

齐王喊道：“我与你们东海王有过书信，你们怎能背信弃义。”

可那鲜卑人哪里会应他，早已带着人马没影了。

齐王霎时脸色惨白，慌乱道：“他们怎么不开城门？”

司马馥恨恨地说道：“他们怎么会开城，果如成都王所言，他们就是来趁火打劫的！”

齐王说不出话来，心里懊悔万分，口上兀自说道：“我想着东海王会约束鲜卑人一二，哪想到他们竟然这样胆大妄为。”

司马馥言辞极为犀利，此时讥讽他道：“齐王机关算尽，竟连这也没有算出？这些番人贼子，有什么做不出来的。现在洛阳城门紧闭，你我又有什么法子能进入城去？”

“都别吵了。”司马颖忽然问道，“鲜卑来了多少人马？”

齐王自知理亏，低头说道：“书信上说会有两万人马。”

“两万人马不够翻出什么大浪，他们最多就是洗劫一夜罢了，”司马颖望了望城内已经燃起的浓浓烟火，叹气道，“只是恐怕城中百姓要遭难了。”

司马馥心有不甘：“难道我们就在城外空等？”

司马颖面色铁青，咬牙道：“不等又能怎么样，这城楼如铁桶一样，怎能攻得进去？”

阿琇只觉得那人负着自己在马背上奔驰，昏昏沉沉也不知走了多久，她终于沉沉地睡去。等到她睁眼醒来之时，却见已身在一片四周无人的山林里，她独自一人躺在地上，旁边生了火，唯有火光中透出些暖意。

此时夜色已黑，四下都是漆漆的树影，随风婆娑而动，颇是骇人。阿琇刚刚坐直起身子，忽然听到不远处有怪声嘶叫，一阵阴风吹来，树上不知是什么落了下来，掉到了地上，发出吱吱的怪声，一个黑黑的影子晃个不停。她吓了一跳，浑身寒毛都竖了起来，缩成一团不敢动弹，只怔怔地瞧着火堆，哪里也不敢乱看。却听得那怪叫声一声连一声不断，让人寒到心里去。

忽听耳边有人笑道：“吓坏了吧。”她转头望去，只见刘聪不知何时站在她身后，笑着望着她。

阿琇脸上一红，嗔怪道：“可要吓死我了，那树下是什么怪东西，还会怪叫，可吓人了。”

刘聪几步走了过去，伸手将那团黑影提了起来。阿琇吓得赶紧闭上眼，不敢瞧那怪物。

刘聪打趣她：“你睁眼瞧瞧吧，这怪物可真大个。”

阿琇双目紧闭：“我不瞧，定是个什么恶鬼。”

刘聪愈发好笑：“这恶鬼可真不错，烤着吃更香。”

阿琇听他玩笑意味愈重，忍不住好奇，偷偷睁开一只眼，却见刘聪手里提着的哪是什么怪物，分明就是一只大野兔，那野兔右腿鲜血淋漓，显然是受了伤，一双乌溜溜的眼睛四处乱转，瞧上去机灵极了。

阿琇伸手摸了摸野兔，那兔子一缩耳朵，却并没有叫唤。阿琇奇道：“它刚才怎么会发出那样的怪叫声？”

刘聪目中一闪，忽然伸指在口中，吹了一声嘹亮的哨音，只见那树上振翅飞下好大一只五彩斑斓的大鸟，堪堪落在他身边。

阿琇却识得这鸟正是在城楼上救了自己的那只，她不敢置信地望着刘聪：“难道刚才是它的叫声？”

刘聪点头笑道：“是啊，这是五色雕，叫声如枭，声传数里。是郭先生的爱物，今日就是它救了你。”

“郭先生又是谁？”阿琇疑惑道。

“你竟连郭子玄先生也不知道？”刘聪大是诧异，“他可是朝中数一数二的玄学大家。”

阿琇想起贾修说的话，心中一惊：“难道他就是修儿说的那位郭先生？”“修儿？”刘聪微微一怔，望向阿琇。

阿琇略是迟疑，便说出了在宫中时贾修来见自己的始末，她本想说白虎符之事，却想起贾修的叮嘱，便咽了回去。刘聪听罢说道：“难怪司马伦夺权后寻遍京城也没有搜寻到贾家的幼子贾修的下落，想不到他还有这样一段机缘。”阿琇有些犹豫地望着他，低声道，“你不会同别人一样那么憎恨贾家，一定要斩草除根吧。”

“怎么会这么想，”刘聪笑着看着她，目中都是好笑的神情，“贾后作恶是贾后一人之事，何必牵连无辜。贾谧从不涉政事，醉心于诗赋，本就未做过恶。贾修更是稚子尔，岂能把那些恶事算到他的身上。”他似是想起了什么，又道，“贾谧在事其仓促之间，竟能将这些事安排得井井有条，此人断事极准，见事极稳，果是一代人杰。”

阿琇听他提起贾谧，忽然心中一乱，想起了许多前尘往事，一时竟是出神。待她回过神来，只听刘聪感叹道：“子玄先生本已官至黄门侍郎，可他却辞官而去，隐逸江湖，世人多不知他的去向，今日若不是五色雕现世，我也不知他老人家已回洛阳。”

阿琇想到贾修若能跟随子玄先生，心中已大是安慰。她于是扭过头去，嗔道：“你这大鸟，扮鬼来吓唬我。”而那五色雕仿佛能听懂阿琇的话，也转身背对着她，好似在和她赌气一样。

刘聪笑道：“别和它置气了，这野兔也是它给我们找来的晚饭呢，你今日可有口福了。”那大雕听到刘聪夸奖它，又直了直脖子，极是神气的样子。

“你要将这兔子吃了？”阿琇瞧见刘聪在取腰中佩刀，忙把那兔子抱在怀中，“不可不可，这兔子受伤了，不能吃它。”那野兔瞧见阿琇护着自己，也忙把头蹭了蹭阿琇。

刘聪瞧着阿琇如临大敌的样子，便对那野兔道：“好吧，瞧在你阿琇姐姐的面子上，今晚就不吃你了，只不过我们却要饿肚子了。”五色雕瞧见刘聪放了那野兔，大是不高兴，直摆翅膀。刘聪见状笑道：“今日多谢你了，你也走吧，下次若有机缘，定要当面向郭先生道谢。”五色雕高鸣了一声，振翅而起，转眼便已消失在山林之间。

阿琇轻轻用小刀裁下衣襟一角，小心地给野兔裹好了腿上的伤口。只听刘聪说道：“今晚洛阳城里不甚太平，我们恐怕要在山里过一夜了。”

阿琇轻轻嗯了一声，忽然觉得这偏僻荒凉的山上，也有几分暖意。

两人抱膝坐在山上，吹着冷冷的山风。此处邙山本就在洛阳城外，视野极佳，若是白日便能放眼望到城中景色。可如今夜色越来越沉，树林间杂有虫鸣，夜色便越发朦胧起来。

此时四寂茫茫，牧野低垂。天空中星子明亮宛若长的一条银带，水银泻地般铺散开，天际都是一片迷人的墨蓝光影，点缀着繁星万盏，山峰耸立，皆似笼罩在一层迷蒙的轻雾中。不远处的天际却是一片耀眼的火红，灼灼然似从天际升腾而起，光晕流转，绮丽无比。

阿琇奇道：“聪哥哥，那是什么？”

刘聪顺着她手指方向看去，忽然面色沉重起来：“那是鲜卑人在到处放火。”阿琇所指的方向便是不远处的洛阳城，此时火光是城里透亮的光芒，远远在城外隔了数十里，也能听到城中的喧嚣。

阿琇不敢相信自己的耳朵："鲜卑人怎么会进城去？"

刘聪摇了摇头，指着城南黑漆漆的一片说道："你瞧那里，就是你十六叔所带的十万大军，他们进不得城去，只能在城外等着。"

"那城里怎么办？"阿琇急道，"城里还有数十万百姓，难道都要被鲜卑人屠杀。"

刘聪望着她，眸子里闪着复杂的光芒，沉声道："齐王讨逆，传檄四方。鲜卑人骁勇善战，今日要趁火打劫，这是命中应有之意，今日来洛阳的是鲜卑人罢了，若是换了其他人，也是一样的。"

阿琇不忍再向洛阳的方向看去，她垂下头，目中全是泪水。

那是生她养她的地方，她却只能眼睁睁见那里生灵涂炭，只能站在远处默默听着城里哭声震天。

恍惚间，远处的火光竟然越来越近，向他们所驻足的山上行来，竟是转瞬已到山脚下。刘聪目力极好，已是看清正是一队鲜卑骑兵快马而来。

他们所在的正是行宫所在的邙山，山上便是软禁了太上皇的上清宫，这队鲜卑兵看来是想上山搜刮。刘聪见机不好，赶紧灭了火堆，又拉着阿琇往山后跑去。

阿琇跟着他在荆棘中跑了几步，衣裙都被树枝划烂，脚下踉跄，便摔在树丛中。刘聪将她扶了起来，此时周边已无藏身之地，唯有近旁一株参天大树有百年之龄，树后勉强可容下两人。此时情急，刘聪拉了她便躲在了树后。

不远处的鲜卑兵已经听到声响，大声用鲜卑语高叫着，想是在呼喝搜罗。阿琇心中惊慌至极，却见刘聪伸手掩住了她的口，不让她叫出声来。两人紧紧地靠着一棵大树而倚，大气也不敢喘一口，耳听得鲜卑人搜得近了，阿琇心中骇极，便把头埋在刘聪的胸口，一颗心怦怦直跳。那几个鲜卑兵擦着他们而过，用长刀在树丛中乱刺，所幸天色颇黑，连星子也无一颗，又零星下着小雨，昏沉沉的夜色里什么也看不清楚。

那几个鲜卑兵寻找一阵，远远又有人高叫，他们便回去了。刘聪这才松开了手，却觉得手臂上一阵剧痛，只听阿琇轻呼道："啊，你受伤了。"他这才看到适才那鲜卑兵的利刃已经刺到了自己臂上，兀自有鲜血不断涌出。阿琇慌乱之下，用撕烂的裙角替他包裹伤口，目中都是惊惶的泪水。

他低下头去，只见阿琇的泪不断落在他的衣甲上，颗颗晶莹，他心里忽然软了一瞬，伸出没有受伤的手轻轻抚在阿琇的颊上，柔声道："没事的，阿琇。"

他的语声温柔至极，阿琇想擦干眼泪，可眼泪却越来越多，竟怎么也止不住。她索性扑在刘聪怀中，任凭泪水在面上肆虐。刘聪轻轻抚着她的后背，心知她这些时日受的委屈实在太多，他只能以沉默安慰。阿琇哭了一会儿，心里觉得舒坦许多，她抬头见刘聪双目中含着关切之意，忽然脸一红，垂下头去，轻声道："聪哥哥，你是不是心里在取笑我。"

"我没有笑你，"刘聪正色道，"你是大晋最勇敢、最善良的公主，我怎么敢取笑你。"

阿琇啐了一口，终于破涕为笑。忽然她一回头，失声道："那……那是谁？"刘聪循着她手指的方向看去，只见一个侍女跌跌撞撞地从山上冲了下来，她身后有几个手持利刃的鲜卑兵在追赶。阿琇仔细看了一瞬，忽然惊道："那是白袖啊。"

刘聪早已看得清楚，那侍女腿上受了伤，一瘸一拐地往山下跑，却眼见要被追上。阿琇急道："我们快去救她。"眼见得有一个鲜卑兵伸手就要抓住白袖的衣衫，刘聪正要出手相助，突然不知是什么东西打到那些鲜卑兵身上，只见他们纷纷倒地，竟是气绝。两人一怔间，只见一个黑甲男子冲了过去，背起了地上的白袖就往山下跑。

"是匐勒。"刘聪松了口气，低声在阿琇耳边道："有他相救，白袖不会有事。"

阿琇松了口气，兀自不敢相信自己的眼睛："他是用什么打死的那些鲜卑兵？"

"影箭。"刘聪轻声道，"箭在袖中，发之无形，是匐勒的绝技。"

此时来搜捕的鲜卑兵越来越多，匐勒虽然暗器厉害，但也无法一人抵挡这数百人的围攻。眼见得匐勒背着白袖无处可逃，刘聪忽然清啸一声，拉起阿琇往山上冲去，却把他们所躲藏的大树让了出来。

鲜卑兵果然被他们所引，跟着他们又往山上跑去。刘聪遥遥地一指那棵大树，匐勒目力极好，会意地一点头，情知刘聪这是出手相救，他顿时心中都是感激之情。

匐勒与白袖虽然脱险，但刘聪与阿琇很快便陷入危机中，眼看着鲜卑兵很快就要追上来，阿琇忽然双目一亮，低声道："聪哥哥，我知道后山还有一条路，直通我曾经住过的玉宇殿，那里僻静得很，什么人也没有。"刘聪道："好，我们便去玉宇殿。"

阿琇所指的小路原是修建上清宫时临时挖出的一条小路，昔日宫殿整修时，泥土砖块都是从这条小路上运送，因而路旁处处都堆着砖块，道路极是崎岖难行的。

阿琇平日里连宫门也很少出，更别说自己走如此狭窄坎坷的山间小路了，她不过刚走几步便气喘吁吁，脚步踉跄。刘聪瞧她很难行快，鲜卑人怕又转瞬回来，只得说道：“阿琇，我背你上去。”阿琇摇头道：“你手臂上有伤。”可刘聪却半蹲在她面前，状似坚决。阿琇无奈之下，只得双手轻轻环上他的脖颈，他负了她起来，低笑道：“不吃力的，公主殿下比小时候也没有重多少。”

阿琇双颊飞红，好歹是在夜色中，彼此瞧不清面色。她伏在他有力的背上，头轻轻地靠在他的肩上。

细雨微洒，她忽然想起十二岁那年，他背着自己离开皇宫的情景。

一晃十年过去了，她仍然在他的背上，哪怕背后有刀光剑影，可她只觉心中须臾间安定下来。仿佛时光定格，从未变迁。

第十九回

风露中宵

小路的尽头，遥遥便可望见宫殿的飞檐，两人心头都是一热，情知玉字殿近在咫尺。刘聪的步子便越发快了些，三步并作两步地就往上攀去。阿琇记性甚好，黑暗之中尤能东指西辨，道路认得极为清爽。两人很快行到玉字殿后，只见殿内黑漆漆的，一点烛火也没有，想是久未住人。刘聪正欲推门进去，忽听阿琇在背上惊呼一声：“你瞧，那里怎么了？”

刘聪循声望去，只见相距不远处的另一座高大的殿阁里灯火辉煌，竟如白昼一样，里面人影绰绰，仿佛有不少人。他瞧了一眼，只见阿琇脸色煞白，心知不妥，只听阿琇声音凄惶道：“那好像是我父……父皇的住所。”

夜色漆黑朦胧，是最好的保护。刘聪当下无话，背负着阿琇悄悄向那殿阁潜去，只见那殿外也并无鲜卑人把守，看来都聚集在殿中。两人在大殿东角的长窗下伏下，窗下正巧有一角缝隙，可以窥见殿中的情形。

阿琇向里面望了一眼，顿时大吃一惊。只见里面尽是鲜卑兵把守，父亲惠帝坐在左侧的宾位上，居中坐着的却是个身着黑甲的鲜卑人，那人八字胡，三十余岁的年纪，瞧上去极是悍勇。

一个鲜卑兵走上前一步，对中间那人叽叽咕咕说了几句，吐字怪异，似乎是鲜卑语。阿琇茫然地望向刘聪，只见他表情忽然凝重起来，阿琇露出几分惊讶的神色：“你能听懂他们的话？”

刘聪慌忙捂住她的口，又做了个噤声的表情，在她耳边轻声说道："里面穿黑甲的人就是这次鲜卑人的主帅段务目尘，他们似乎在找什么东西。"

果然中间的段务目尘听了属下的禀告，拧起眉头用极其生硬的汉语对惠帝道："陛下，你的白虎符和驺虞幡在哪里？"

阿琇心中一惊，想不到这鲜卑人要找的竟是驺虞幡。只见惠帝茫然道："什么驺虞幡？可食否？"

段务目尘一愣，他早知晋国皇帝愚蠢，却不知连三岁小儿也不如。但他惯是奸诈，唯恐惠帝使诈，他一拍手，对左右吩咐道："看来陛下饿了，给陛下准备点吃的来。"

惠帝听到有吃的，乐得开怀大笑。只见段务目尘属下的鲜卑兵不多时就端来了一个石盅，放在惠帝面前。惠帝揭开石盅，只见里面是一碗烧得极香的烧肉，佐以白饭，香气扑鼻，连在窗外的两人也能闻到。

在这山上饮食短缺，每日连三餐果腹都有困难，惠帝已有数月没吃过肉了，此时看到这样香的烧肉，他哪里还忍耐得住，拿起筷箸便用了起来。段务目尘冷冷地瞧着他吃了一会儿，忽然说道："陛下，这肉香否？"

惠帝嘴里塞得鼓鼓的，点头含混不清道："甚香。"

"陛下可知这是用什么肉所做？"

惠帝茫然地抬头望了他一眼，只听段务目尘一字一句道："此乃用篡位老贼司马伦的肉所做，陛下还觉得适宜吗？"

惠帝听了略微一怔，面上却没什么表情，又继续吃了起来。

这下段务目尘反而愣住了，他身旁的鲜卑兵低声说道："主帅，这人怕真是个傻的。"

段务目尘气得面如金纸，用鲜卑语大声道："继续搜，掘地三尺也要搜出白虎符和驺虞幡来。"

鲜卑士兵很快就把行宫中所有留守的小黄门和宫女们都绑在一起，押到了主殿中。段务目尘瞧着数十个跪在地上的人，冷冷说道："你们谁知道白虎符和驺虞幡藏在哪里，说出来重重有赏。"

跪在地上的黄门们大多是司马伦派来看守惠帝的，他们哪里会知道什么驺虞幡，只听清楚了这鲜卑主帅要找什么东西。有个大胆点的忽然站了起来，指着宫女中一人说道："奴婢们都是下人，哪里能知道什么。这是先前的皇后娘娘，将军不妨去问她。"

阿琇瞧得清楚，被指的那人虽然低着头，但从背影来看确是献容无疑。阿琇心中慌乱，头便向窗檐上倒去，刘聪反应极快，已是伸掌垫在窗檐上，总算没有碰出声音来。刘聪对她做了个凝重的表情，示意她千万不要出声，殿中的鲜卑兵没有百人也有八十，若是他们发出任何声响，恐怕很快就会被乱刀砍死在这里。

段务目尘的目光直视向羊献容，只见这女子虽然穿着宫女的服饰，衣上沾满了尘土，面上也有些灰尘，可露出的一段脖颈却白得耀眼，上面有一道红痕，宛若一抹胭脂蹭在白玉上。此时她惊愕地抬起头来，一双清亮的眸子盯着段务目尘，可目光中却是迷茫还有几分癫狂的神色。

此时旁边有人凑到段务目尘耳边说道："这个女人过去是皇后，不过已经疯了，早就被废掉了。"

"疯了？"段务目尘玩味地盯着羊献容，又看了一眼不远处哈哈傻笑的惠帝，忽然对左右的侍卫吩咐道："拿水来。"很快有人端了一盆水过来。段务目尘一指羊献容，那几个侍卫便将一盆水兜头往献容身上泼去。

献容躲闪不及，已被泼了个透湿，她第一反应便是护住自己的脸，可她手刚一动，就被段务目尘抓住，他将那水抹在献容脸上，仔细地将她脸上的尘土都洗了去，竟显出了惊人的丽色，而她湿透的衣衫紧紧地贴在身上，更显出了曲线的窈窕。殿中的鲜卑人呼吸都粗重了几分，人人都目不转瞬地盯着她，眼中燃起了炽热的火焰。

段务目尘似是很满意这样的状况，他低下头去，凑近献容耳边，开口用汉话说道："皇后娘娘，现在可以把白虎符和驺虞幡交出来了吧。"

"呸，"献容忽然啐了他一口，直中段务目尘双目之间，"区区贼寇也敢觊觎国宝，休想。"

段务目尘躲闪不及，伸手拭去脸上的唾沫。他眉目间闪过一层怒色，说道："你们汉人常说，敬酒不吃吃罚酒，皇后娘娘如今也想尝尝罚酒的滋味了吧。"

他一挥手，便有几个鲜卑士兵拿来了他用的长鞭，段务目尘接过鞭子，便向献容身上招呼去。献容衣着本就单薄，几鞭子下去，衣裳都被撕烂了，身上被打出一条条红苔。阿琇在外看的不忍，便要冲进去相救，可刘聪死死地拉住她，不让她动弹半分。

阿琇面色凄惨，低下头去，不肯再往里看一眼。刘聪轻轻搂住她，却向殿内看去，只见献容纵然衣衫褴褛，可面上毫无惧色，兀自高声怒骂道："你们这些该死的胡人，吃了熊心豹子胆，竟来乱我华夏河山。”

其他鲜卑士兵虽然听不懂汉话，但瞧她神情也知她在怒骂，人人面上都显出了几分怒气。段务目尘神色未变，可下手却更狠了，每一鞭抽下去都在地上碰撞出响亮的声音。

此时的献容已被抽打得皮开肉绽，如血人一般，可她兀自昂着头，没有半分屈服之意。

段务目尘似是漫不经心地瞥了献容一眼，已知她嘴里撬不出半句话来，他忽然一笑，说道：“皇后娘娘这样瞧不起我们胡人，但您知不知道落入我们胡人之手会怎样？”

殿中忽然安静下来，阿琇一怔之下，也将头抬了起来，向殿中看去。只见段务目尘一手扔了鞭子，狞笑着走向献容，一伸手便撕去了她颈上衣扣。裂帛声响，献容一声惊呼，身上的衣衫被撕作两半，洁白如玉的身躯完全袒露出来。殿中的宫人都流露出愤怒的神情，不少人垂下头去，不忍再看。唯有惠帝神色自若，兀自埋头吃着锅里的烧肉。

段务目尘一把抱起献容，将她扛在肩头，大步向一旁的侧殿走去。他用鲜卑语对其他士兵吩咐道：“把皇帝带走，其他男的都杀了，女人就归你们了。”众人齐声高呼，便有几个人过来带走了痴痴愣愣的惠帝。

阿琇惶然地问道：“他在说什么，他要把献容姊姊怎么样？”

刘聪伸手挡住她的双眼，低声道：“阿琇，别看了。”殿中传来几声惨叫，那几个小黄门都被一人一刀送了命。

阿琇一怔之下，此时殿中女子们的哭泣声传了出来，混杂着鲜卑人兴奋的狞笑声，刺耳至极。她忽然反应过来，惊恐道：“他们要辱献容姊姊的清白，我们快去救她啊。”

刘聪无奈地摇了摇头：“阿琇，我们管不了这些。”

阿琇不敢置信地拉住他急道：“难道我们要眼睁睁地看着她被那些鲜卑贼人欺辱，我们要救她。”

“我们救不了她，段务目尘是绝顶的高手，我对他尚且吃力，更何况这殿里鲜卑高手如云，更无法护你周全。”刘聪侧过头去，不再看她。

阿琇双目通红，忽然要拔足往殿内冲去，刘聪死死地抱住她，在她耳边一字一句道：“想想你死去的母妃、你的兄长、你的祖母，你真要冲进去和那些女子一样受辱吗？”

“我们汉人说，宁为玉碎，不为瓦全。我宁可和她们一起死，也不要在殿外看着她们受屈，自己独自苟活。”她对刘聪怒目而视，眸子里都是刘聪不熟悉的刚烈神情。

刘聪被她话中的“汉人”两字狠狠地灼痛，他忽然手下用力，一把将她扛上肩头，容不得她反抗，将她双手牢牢缚住，便向玉字殿疾奔而去。

所幸鲜卑士兵都在大殿中行乐，无人在外面值守，两人如此吵闹也没有惊动到人。到了玉字殿中，他方才把阿琇放了下来，将她双手牢牢捉住，直视她说道：“就算在你眼中，我与那些鲜卑人一样，也是不懂玉碎瓦全的胡人，但我今晚不会让你跑进去。你恨我苟且偷生也好，恨我见死不救也罢，也只能如此。” 阿琇望着他，目光中透出几分陌生，冷冷道：“在山下你会相救匐勒，因为他是你的死士，你要收买他的心。可对献容你就不会出手，因为她对你毫无用处，对吗？”

刘聪气的双手发抖，他转过头去，好一会儿才道：“天地不仁，以万物为刍狗。这也是你们汉人说的。现在便是城破之痛，国破之痛！今晚不止这里，你看那洛阳城中，惨剧将何止百倍于此，可我们谁也救不了。”他顿了顿，又道，“在山下时，不过几人追赶，我们又在暗处，当然可以冒险出手。可刚才在殿外，个个都是绝顶高手。一个段务目尘我都很难打发，如何护得你周全？阿琇，你出生帝王之家，未见多少世上险恶无奈之事，很多事我们都无可奈何。今晚不仅是我们，就连你手握重兵的十六叔也只能在城外静静地看着，这是谁都没有办法改变的现实。”

阿琇本在竭尽全力挣扎，听到他最后一句，忽然安静下来。她的手撑在旁边的一个矮柜上，忽然碰到了什么东西，发出“铮”的一声。

刘聪反应极快，已是伸手捡了起来，却是一把古琴，上面覆了一层灰，瞧上去许久没有人用了。他望着阿琇面上复杂的神情，轻声问道：“你认识这个？”

阿琇泪水涌了出来，她点了点头，凄声道：“这是玉徽师父留给我的琴，我留在行宫里的。”她拿起那把琴，轻轻搂在怀中，忽然想起玉徽师父临别时将这琴交给自己说过的话，过刚易折，保全自身。

玉徽师父的话如此清晰地在耳畔回响，仿佛就是昨天的事。是了，宁为玉碎，不为瓦全往往容易；可是过刚易折，带着委屈活下来，有时却会是更难的事情。

刘聪瞧见她面上神色不定，忽然说道：“阿琇，你知道吗，我这次回去才知道，母亲已经过世许多年了。”

阿琇不敢置信地抬起头来，有些吃惊地望着他。

他轻轻转过头去，目中都是痛苦和隐忍的神情：“母亲才四十来岁，已与她唯一的儿子阴阳永隔。而我身为儿子，不能在母亲膝前行孝，是我最大的罪过。但我更罪不可赦的是，我明知母亲的死有蹊跷，却连提也不能提一个字，只能在仇人身边委屈笑对。”

他回并州这一年，阿琇常与他书信来往，却从不知他竟受了这样的波折，一时不知说什么好，只能问道：“仇人……难道你知道仇人是谁？”

刘聪死死地攥住双拳，指头都有些发白，声音依旧是极低极低，带了许多苦意：“我在家中时，嫡母和三哥便处处给我母子气受，等我离家后，母亲更是无所庇护。我猜也能猜到是谁瞧着我母亲不顺眼，存心要她性命。可我能做什么？只能忍，忍下去，只要活着，就有给母亲报仇的一天。”

阿琇受了极深的触动，她从未想过温和如斯的聪哥哥，也有着这样深的仇怨与委屈。她的目光中闪着几分愧疚，望着他轻声道：“对不起……聪哥哥，对不起……”刘聪长叹一口气，轻轻揽过她的肩头。两人长夜相默，却都没了言语。

鲜卑人的洗劫果然如司马颖所说，来得快去得也快。第二天天还未亮，段务目尘自是带了人马下山。刘聪听到人声渐渐远了，便带着阿琇出来。此时偌大的行宫里已经空空荡荡，一个鲜卑兵都找不到了，唯有北面殿中隐隐约约还传来女子的哭泣声。阿琇拔腿便要跑过去看望献容，刘聪看着她苦笑道：“你若要过去，她就只能自尽了。”

阿琇愕然，有些疑惑地望着他。他叹息了一声，说道：“你不是说了，你们汉人宁为玉碎，不为瓦全。你现在去看她，她已是失节之身，哪里还会有颜面在世上活下去。”

“可我若不去，不也有其他人知道她……”阿琇脸色发白，只见刘聪嘴角衔着淡淡的苦笑：“她聪明果决得紧，昨夜连段务目尘都看出她是在装疯，她不是那么容易死的人。”

阿琇忽然明白过来，双唇抖动道：“不会的，献容姊姊不会的。”

她话音未落，忽然听到大殿那边传来了几声疾呼，她来不及多想，便向大殿的方向奔去。等她到长窗下，向里看时，顿时惊呆了，昨夜那些刚刚受过鲜卑人凌辱过的女子，好不容易都幸存下来，早上还听到她们的哭声，可此时却横七竖八地倒在地上，气绝身亡。而在大殿中手持匕首，袒身露体，只披着一件鲜卑人的袍子，赤着双足在满地尸首中仔细检查是否还有活口的女子却不是献容是谁。

此时刘聪已经随后赶到了，他向里看了一眼便明白已经发生了什么。他有几分关切地望向阿琇，却见她已经骇得呆了。而献容平静地检查完了满殿的尸体，忽然抬起头来，她的嘴角犹带着一丝未干的血迹，却挑起一丝满足的冷笑，极是惬意地长舒了一口气，明明是如花似玉的容颜，却让人瞧上去心中生冷。

“走吧，聪哥哥。”阿琇轻轻地扯了扯刘聪的衣袖，已是心灰意冷，她不愿再向殿中人看上一眼。两人当下无话，便缓步向山下走去。行了约莫小半个时辰，两人又到了昨日躲藏的大树旁，阿琇见树下歪歪斜斜的用烧过的木炭画了一个横线，她微微一怔，刘聪望了过去，已是会意道：“这是匐勒留下的标记。”他又见阿琇气喘吁吁，心知她走不动了，柔声说道：“我们且歇会儿，不急着赶路。”

说着，他便在路旁选了一块干净的大石坐下，阿琇亦是抱膝不语，眉间都是郁然之色。

刘聪知她这一夜，心里受了极大的惊吓，有意逗她开怀，便指着天边蔚然发青的天色道：“阿琇，你瞧那边。”

彼时天色刚是蒙蒙，天际一线处透出些鱼肚的白色，却仍是迷蒙一片，瞧不出什么。阿琇仔细瞧了一瞬，摇头道：“并没有什么呀。”

忽然她觉得眼前一黑，已是一双阔大的手掌覆上了她的双眼。

“过一会儿再睁开，”他在耳边温声道，“我会让你看到世上最美的景色。”

阿琇默默等了一会儿，只觉得他的气息轻轻撩动耳旁的垂发，脸上不觉泛起了淡淡红晕，便问道：“好了吗？”

“再等一会儿。”他的声音十分平静，如同一剂良药，熨帖了她心中的起伏。

她闭着眼，在黑暗中静静地等待，感受到他手掌贴在双眼上的温度，她心中竟是从未有过的放松与平静。这一夜实在折腾得辛苦，她渐渐生起了困意，不由觉得头越发沉了，便昏昏沉沉地伏在他肩上睡去。

等她睁开眼睛时，正好对上他含笑的目光。他带了几分促狭的望着自己：“醒了？”

阿琇有些不好意思地抬起头来：“我是不是睡了好久？”她瞧见他微笑不语的神情，又懊恼道，“你适才是故意骗我的不是，就是想笑话我、看我睡着。”

“我没骗你，”他拉着她的手，忽然一指山的前方，轻声道，“你瞧那里。”

此时朝阳初升，邙山一带霞云间红光万丈，映衬着苍茫山势，翻滚的云势中氤氲着淡淡的光彩，何等的壮丽如画。阿琇瞧得呆住了，这样的壮阔景色她何曾见过，放眼天际，竟是与无边无际的阔野相连。而山下田野阡陌，皆在如金日色中笼上一层薄薄的轻雾。

刘聪在她身旁道："这是你在宫中没有瞧过的吧。"

阿琇点了点头，宫里只有将天色遮成方井一样的高墙和碧瓦，哪里能见到这样美的朝阳。

山风拂过，一时间心头的烦郁与闷然仿佛都被清爽的凉风涤净，只觉开阔。

刘聪含笑望着她，琥珀色的双眸中光泽温润："你还想回宫去吗？"

阿琇微笑地眺望着远处的山峦与阡陌："我再也不想回去了。"

刘聪亦是欣然微笑："你想去哪里，我带你去。"

"我想去江南，那里听说四季温和如春，山柔水美，十分怡人。"她目中透出一丝向往，遥遥地望着天边，似是能看到江南的燕子和春色。他神色平和，淡笑着望着她："好，我们就去江南。"

"可是聪哥哥，你能陪我去吗？"阿琇忽然有几分忧心，望着他道，"你父亲让你来京，定是有事让你去办，你怎会有空陪我到处去走。"

刘聪面上忽然浮出一丝迟疑的神色，他默然一瞬，侧头瞧着阿琇有些紧张地盯着自己，微笑着抚着她的秀发道："不碍事的，过些日子等我处理完这边的事，就陪你去江南。"

阿琇顿时心中一甜，愈发欢喜起来。刘聪瞧着她笑若春花初绽，也不由含笑而对。

阿琇望着他含笑的神情，有些发窘道："聪哥哥，你笑什么。"

"阿琇，以后你离开宫廷，日子也许会艰苦很多。"

"我不怕苦，"她微微一顿，语气坚定道，"只要和你在一起，我就什么都不怕。"

"你真的愿意从此以后跟着我，去过艰苦而普通的日子？"他一双晶亮黑幽的双眸直盯着她，目中都是喜悦期盼的神情。

她轻轻点了点头，唇边漾起一丝浅笑："去江南也好，去大漠也罢。不论如何艰苦，我都甘之如饴。"

他忽然一把搂住她，高声笑道："我好欢喜。"

"你欢喜什么？"她忍不住拿他打趣。

他忽然转头对上她的目光，笑道："我在笑以后的北方草原上，要多一位尊贵的公主跟着我骑马狩猎了。"

她伏在他的膝头，如瀑的青丝婉转垂在他腿上，她含羞沉默了半晌，终是心里默默说道，三百多个日夜，我一直在等你来接我。

等到三王的军队从南城入洛阳之时，段务目尘早已卷着一城的金银珠宝扬长西去，只留下满城的疮痍。鲜卑族马快人悍，来去极其迅速，转眼人马都不见踪迹。段务目尘临走前还在太极殿内留下书信一封，上面歪歪扭扭地用汉字写着：多谢诸王的宝物馈赠。直看得齐王差点把鼻子气歪了。

而此时的洛阳城中随处都是被洗劫过的痕迹，城中到处都有焚烧过的房子，哭喊的百姓。四市凋敝，血流成河，不复昔日繁华景象。

成都王司马颖回京做的第一件事，便是去邙山行宫上将惠帝接回宫中，复立为帝，同时复立的还有羊献容的皇后身份。宫中所遭洗劫尤甚市中，存活下来的宫人少之又少，司马颖命人清点宫中人数，司马伦和孙秀党羽除却在宫难中被杀的，剩下的人也都抓了起来，等待处决。司马馥心知大势已去，便交出右半枚白虎符给齐王。齐王便赦免了他的罪过，让他就藩而去。然而齐王私下里翻检宫室，却始终找不到左半枚白虎符，他大是惊诧，却也不敢声张，只道已被鲜卑人拿去了。

刘聪带着阿琇悄悄地折回了洛阳城，他的兄长刘和在京中时，曾有贾后下旨建造过一座驸马都尉府。如今刘和和东海都回并州去了，偌大一座府邸便空了下来，唯有昔日里服侍刘和的两个大丫鬟玉燕和翠缕还在这里居住。只是二人性子安静，又很有分寸，将这个府邸收拾得井井有条。

此处虽然庭院不大，却内设曲水石桥，颇有几分雅致。刘聪与阿琇住在府中，纵然外面闹得天翻地覆，府里却甚是悠闲清静。

他们初回府中，刘聪便对阿琇道：“我带你见一个人。”阿琇一怔间，只见刘聪便出去引着一个一身墨衣的年轻人走入房中。阿琇仔细瞧了那年轻人一眼，忽然惊道：“你，你不是……”

那年轻人忽然跪下道：“小人明曜见过主人，见过公主。”

刘聪笑着扶起他道：“何必这样多礼。”

明曜微微一怔，便躬身对刘聪行礼道：“小人不敢忘记身受主人大恩。”

刘聪瞧着阿琇瞠目结舌的模样，淡笑道：“你是不是瞧着他颇为面熟。”阿琇此时已经完全惊呆了，这年轻人的眉眼、模样，全然便是那个在贾后宴上舞剑的匈奴少年明曜，他不是早已葬身火海，如何又在这里出现。她连声问道：“你果真是那日舞剑的明曜？你不是与淮南王一同被困地牢，如何会在这里？”

明曜说道：“小人来京行刺赵王不成，失手被擒，还连累了淮南王殿下。”他说到这里，语声有些哽咽，心情已是颇为不平静：“幸得吴王殿下和公子出手相救，小人这才逃出地牢，小人此生愿为公子效力，永不相负。”

阿琇转身直面刘聪，颤声道：“是阿邺？”她想起了那夜的情形，顿觉疑窦丛生。

刘聪点了点头，轻声道：“吴王那夜出手相助，我也不明就里。但明曜是匈奴人，我便安顿他回了并州。”

阿琇随即想到同关在地牢的还有玉徽，赶忙问道：“那玉徽师父也被救出来了吗？现在她在哪里？”

刘聪摇头道：“内中详情我也不知。是吴王进去救的人，只将他送到我这里。”

明曜却抬头道：“公主殿下所说的可是那位弹琴的玉徽师父？她与淮南王一同被关押在地牢中，小人被救出时是蒙着双眼的，并没有见还有其他人被救出来。”

阿琇心下一沉，心知那地牢戒备何等森严，救出人来已经是万难之事，怎能企盼都能获救。此时阿琇心中生起无数疑窦，但一时间却也分辨不明，她便直视着明曜道：“你可知献容姊姊有多为你担心，你既然逃出来，为何不告诉她？”

明曜忽然重重地对阿琇磕了几个头：“小人有一事相求，请公主殿下万万不要将小人还活着的事告诉皇后娘娘。”

“这是为何？”阿琇简直气不打一处来，她想起献容从前为了他形销骨立的样子，想起她在邙山上受的侮辱，怒道：“你可知她为了你受了多大的苦楚……”她话音未落，刘聪轻轻地捏了一下她的手掌，她顿时住口，心知邙山上的事万万不能告知明曜。

明曜呆了一瞬，却叩头涩然道：“从前的明曜已经死了。如今小人是公子的家奴。请公主殿下勿将此事告知皇后娘娘。她既然已经贵为皇后，与小人便毫无瓜葛，恩断义绝。”

“恩断义绝，你说得轻巧！”阿琇此时怒极，但她瞧着明曜低着头显然死心的样子，又瞧了瞧刘聪无奈的表情，气得一跺足，径自抛下二人出去了。

“你呀。”刘聪苦笑着对明曜摇摇头，追了出去。

他见阿琇跑到了后院的梨树下，兀自生着闷气，便轻轻走过去，笑着说道：“你又何必和他置气，他也有自己的苦衷。”

“我是气他负心薄幸，”阿琇的一张俏脸涨得通红，怒道：“献容姊姊为了他吃了多少苦楚，受尽委屈，仍然一门心思惦记着他。他倒好，轻飘飘的一句毫无瓜葛，就将献容姊姊的一番心意都糟践了。”

刘聪娓娓劝道：“你并不了解他们的纠葛。他本就是匈奴人，从前就与你的献容姊姊的身份地位有别。羊太仆是何等人，怎会让女儿嫁给一个匈奴的奴隶。更何况现在他们一个贵为皇后，一个却是匈奴逃奴，他二人若想在一起，岂不是比登天还难。与其苦苦挣扎，不若像现在这样让羊皇后以为他死了，从此都死心了便好。”

“匈奴人又如何，汉人又如何？只要真心相爱，有什么险阻可以困住他们？”阿琇猛然回头直视着刘聪，不敢置信地说道，“你我也是一个是汉人，一个为匈奴人。难道他日若有阻难，你便也要抛下我让我死心？你们匈奴人竟对世间之情瞧得这样凉薄。”

刘聪重重在树上击了一掌，不悦道：“他们是他们，我们是我们，你怎么好端端的非要把旁人的事扯到我们身上。”他出手甚重，这梨树被他击得摇晃不已，梨花瓣瓣落下，恰坠在阿琇发间。阿琇被惊得一怔，脸色瞬时变了。刘聪也自觉失态，忙伸臂搂住阿琇，柔声劝抚道：“你别想那么多，明曜的事并不简单，这其中有些事连我也不太清楚。但我们断不会像他们那样的，你一万个放心便是了。”说着他轻轻地抚着阿琇的乌丝，只见上面缀着瓣瓣皎白的花瓣，越发映衬得阿琇的肤色如雪似冰。

阿琇不欲与他争吵，可她越想越是委屈，忍不住悲从中来，倚着那株梨树，眼泪簌簌落下。

刘聪心知阿琇不喜明曜，便找了个理由将他打发回并州，明曜心中虽然不愿，却也不敢违背刘聪的命令。

惠帝既然复位，自有百官朝贺之仪，刘聪虽是外藩质子，也得入宫朝贺。到了夜里他回到府中，听到东院里传来琴声叮咚，知是阿琇在房里练琴。他思虑再三，还是对阿琇如实说道：“今日宴席上我瞧见了献容，她已被复立为皇后，端坐在你父皇身边，应对举止都十分得体。”

阿琇倒颇平静，伸指在弦上轻抹，却是流水之音。

刘聪又道：“你的妹妹始平，也没有受到孙秀之事的株连，宫难那天她正好出城去了邑上，躲过了一劫。”阿琇听到始平的消息，终是欢喜的，面上露出笑容。刘聪瞥了她一眼，忽然问道：“你妹妹是不是与你有什么过节？”

阿琇怔了一瞬：“过节？她是不是与你说什么了，冲撞你了？”她顿时有些急切起来，心知始平的脾气不好，恐怕她会冲撞到刘聪。

刘聪望着她并不言语，脑海中却浮现出下午撞见始平的情景。

午后他刚入宫，便遇到了回宫休养的始平公主。她衣袂蹁跹，身后侍从如云，手中都托着金壶、玉盆、锦帕、麾伞等物，俱是公主出行时所用，排场十分壮观。刘聪远远瞧见她过来，便恭然侍立在道旁相候，谁知始平经过之时，忽然在他面前停了下来。她浅浅一笑，面上似有一层浮光，她扬起了尖尖的下巴，声音亦很尖锐道："这位就是新晋的匈奴右部都尉吧。"

刘聪拱手施礼："臣见过公主。"

"我姊姊下嫁了你哥哥刘和，"始平漫不经心道，"如今她过得可好？"

刘聪一怔之下，随即反应过来她指的是兄长带回并州去的嫂嫂东海公主，这位嫂嫂在府中闹得可算是天翻地覆，既刁蛮又骄纵，事事都要压人一头，连嫡母呼延氏也被她气得头风病发作了好几次。可这些话他如何说得出口，只能答道："嫂嫂在臣家中一切安好，公主勿要挂念。"

始平柳眉一竖，面上已是有了几分厉色："我姊姊是堂堂正正的大晋嫡长公主，下嫁到你胡人家中，已是千万般委屈。你们若敢有半分怠慢我姊姊，我必将你全家千刀万剐处置。"

刘聪唯有诺诺答应，心里却是苦笑，心道你那位公主姊姊不找家里人麻烦便罢了，谁还敢怠慢了她去。

始平发作了刘聪一番后，却忽然想到自己的姊姊东海虽然嫁得人不如意，但好歹还在并州过得逍遥自在，哪像自己这么年轻就丧偶寡居。她越想便越有怨气，面上罩上了一层薄薄的怒意。她目光一转，却伸手让身旁的侍女离开，对刘聪说道："你且慢走，我还有件事要交给你做。"

刘聪心里不耐至极，但面上仍做得足全："公主有何吩咐？"

始平侧首看他，仍旧傲慢说道："你去帮我找个人出来，就算是搜遍洛阳城也要找到。"

"公主要找的是什么人？"

"一个女子。"始平顿了顿，描述道，"大概是十七八岁的年纪，样貌……样貌颇有几分姿色，是从宫里跑出去的。"

刘聪心里咯噔一下，面上神色不改道："还请公主告知这女子的名字，臣也好派人去找。"

"她叫……叫阿琇，是我宫里的一个小宫女而已，"始平脸上难掩一丝慌乱的神情，却咬牙道，"你要是抓到她，也不用问话，直接将她处死便是了。"

刘聪低头一想，再抬头时神色越发缓和，微笑道："公主既然有命，臣当竭力去办。"

始平大是满意，又叮嘱道：“此事一定要办得小心，切不可让成都王和吴王知道。”她提及成都王时，脸上闪过一丝惧意，似是颇为害怕。

刘聪微微一笑，早把她的神情都收在眼底。

这些话他却不会告诉阿琇，他瞧着阿琇望着自己的殷切目光，摇头道：“无事，她半句也没有提起过你，似乎与你很淡薄，我就是随口一问而已。”

阿琇面上流露出一丝伤感的神情：“始平从小就失去了母亲，性子难免执拗一些，与我也有许多误会。”

刘聪不想再多提始平，他转了话题说道：“但左婕妤就没有那么好的运气了，今日宫难后成都王命令清点宫人，她宫里人都在，却没有人瞧见她去了哪里。”

阿琇起初一惊，想了一瞬却恍然道：“纨素的智谋不在献容之下，她定然不会有事。”

刘聪目光中流露出一丝赞许，温和地瞧着她道：“不错，若她此时出现，别说羊皇后，就是齐王也不会放过她。我瞧着现在齐王给自己加了九锡，如今反而比成都王更占风头些。”

阿琇听到成都王三个字，更有几分留意，急问道：“齐王何德何能，怎么能够加九锡？”

“众王同时入京，人人都有拥立之功，自然要争个高下来，”刘聪叹道，“汝阴王司马馥毕竟是罪人司马伦之子，虽然罪不及诛，但一入京便被齐王夺了兵权，废为庶人监押起来。吴王司马邺到底年少，也没有独当一面的气势……”

“阿邺也回京了？”阿琇听到弟弟的名字，有几分忧虑道，“他年纪太小，怎能和他们争在一处？”

“你始终把他当作孩子瞧，我看吴王虽现在还小，但鹰视虎步，将来不在这诸王之下，”刘聪对她微笑道，“如今朝中还是齐王和成都王更占优势些，吴王也没有什么危险。”他略顿了片刻，又道，“齐王这些日子又把已经久不问世事的先帝第二十五子召回了京，不知有何意图。”

阿琇微感诧异，先帝最小的儿子便是司马炽了，先帝去世时她这个名义上的二十五叔才只有六岁，上有诸位年长的兄长们争位，下有赵王、齐王一干王爷虎视眈眈，这位二十五叔干脆被送出宫去，一直在宫外藩邸长大，上次他随同胞兄弟淮南王一起入宫，可淮南王却遭横死。于是豫章王司马炽又返回藩地，想不到如今他又回京了。

“齐王到底不是先帝所出。如今先帝诸子凋零，真要论起皇位继承，恐怕还是先帝所出的成都王最有可能。齐王此举也许是想给自己加点砝码抗衡成都王吧。”刘聪叹了口气，“你二十五叔一回京就成了齐王的座上宾。”

“齐王这几日总找你去参宴？”阿琇忽然抬头望着他，目光中颇有几分关切。

刘聪听她言语关心，嘴角挑上一丝带了温度的笑容，“是，不只是我，还有各部的质子，都是齐王宴请的对象。”

阿琇面上有点发红，她想了一瞬，却担忧地皱眉道：“我听说淮南王死前，也常去齐王府中赴宴。”

“宴无好宴，”刘聪何等睿智，早已明白阿琇语中警示之意，笑道，“人心不足蛇吞象，昔日是赵王之心，如今该是齐王之心了。我明白你的心意，我不会涉足冒险的。”

他此话一出，阿琇便不说话了。她表情虽然镇定，但两颊却烧得通红，出卖了她心底的不平静。此时在灯下瞧她，眉色间锁着薄薄的温柔，双眸清澄而灵动，整个人都是说不出的清丽动人。一双玉手搭在墨色的琴弦上，指若葱削，越发显出几分纤尘不染。

此时刘聪瞧见她神色缱绻，心中一荡，忍不住便想去握住她的柔荑。朝思暮想的佳人明明近在咫尺，灯下望去更是娇俏柔美。可刘聪心里虽然爱煞了她，却知二人尚未婚配，该是以礼相待。他极力把持心智，只一瞬便坐直了身子，不动声色地化解了尴尬的氛围，转开话题说道：“齐王到底在京中布局多年，老成谋国，势力不可小觑。而成都王手有兵权，屡战屡胜，这两人若要相争，恐怕朝中又有一场大乱了。”

阿琇听他又说起国事，也平复了心情。她瞥了瞥刘聪，忽然断然道：“十六叔不会相争的。”

“哦？”刘聪似有不信地望向她，颔首道：“如今他是一人之下，万万人之上。千古有谁能逃过名禄二字？更别说将到手的权力拱手让出去。”

阿琇不置可否地微微一笑，却是斩钉截铁道：“我就是知道，十六叔是不会这样做的。”

刘聪若有所思地望着她，却见她双眸含笑，两人间似有一股微微的气流触及皮肤，在面上荡起涟漪，他略克制地转过头去，却一眼瞥到她的绣床上似是放着一件青色的衣袍。他装作不经意地踱步过去，信手拿起了那件袍子，却见针脚极是细密，袖口一概用墨云线滚了柏叶图样，瞧上去素净又淡雅。

阿琇见他仔细端详，慌忙过去便要抢走。刘聪轻轻一避便轻巧地转开身去，把那衣袍披在身上，只见正好合身，端端便是为自己所做。他心下感动："这些日子瞧你屋子夜里总亮着灯，就是在忙这个？"

阿琇垂眸轻声道："这衣服还没有做好呢。"她的声音细若蚊呐，几乎听不见，"我没做过衣袍，你别笑话我。"

他心下骤然触动，忽然转过身子，大力将她搂入怀中。他的唇轻轻地触在她柔软的双唇上，她仰起头来，只觉心中无限甜蜜。他见她亦是动情，忽然回身便抱她到了榻上。阿琇羞红了脸，轻轻垂下头去。他望着她道："阿琇，你愿意嫁给我吗？"

阿琇将头埋在他怀中，半晌才轻声道："我愿意一世相随。"他心头一荡，只觉情动若此，伸掌便要灭去床头烛光。

阿琇忽然轻声道："你还未送雁来我家。"声音细弱蚊呐，他却心底一笑。按风俗，汉人婚嫁，需送一只大雁到女家，才是婚娶的定物。两人虽然情投意合，却没有媒妁婚约，阿琇语虽委婉，却流露出嫁娶之意。

刘聪心里爱她敬她，亦不愿强她所难，便静静抱着她靠在竹榻上，轻声道："你放心，我定会将你风风光光地娶回去。"阿琇闻言，一颗心如沉进蜜缸中，只觉得欢喜无限。

刘聪用力握了握她的手，说道："在我们匈奴，若要娶得新妇，须得结帐为青庐，天地为祝祷。"

"我便等你的青庐。"阿琇颔首相允。

夜如此静，两个人心中只存了彼此，便觉得这夜色何等的明媚美丽。窗外月儿也是悄然无声，温柔似水的银光洒在这小小庭院的每一个角落中。

第二十回

素衣朱绣

事情果如阿琇所料，成都王不欲与齐王相争，比起齐王大兴土木重修王府，成都王甚至连旧日在京中的府邸也没有回。他安排完京中事宜，竟自行卸了兵权，回封地邺城去了。

成都王前脚刚走，齐王便大喜过望，贬谪了昔日成都王的故旧，开始大肆加封自己的亲信。一时间赵王一党刚灭，齐王一党又起了势头。

天翻地覆仅仅只在朝堂上出现。不过短短一年的时间，偌大的洛阳城便恢复了从前繁华有序的节奏。市井之间几乎寻不到半点被洗劫过的痕迹，纵是那些被焚烧过的房屋，也早被纳入城中新贵的宅邸中，俱是雕梁画栋，别有一番兴盛景象。

秋去冬来，寒霜渐降，转眼又是一年冬至。

这日刘聪一早便来看阿琇，却是带着一对鸽子递给阿琇。阿琇本在厨中忙碌，大是惊喜地迎了出来：“呀，它们怎么在这？”

刘聪微笑道：“我这几日让匐勒把它们从并州带回来了。还是给你养着。”

阿琇很喜欢这对伶俐的鸽子，如获至宝一般，轻轻点了点它们的小脑袋，露出了笑容。

刘聪见她在厨中忙碌，不由奇道：“你怎么起得这样早，这些事让下人做就是了，你在这里做什么？”

阿琇抿嘴一笑：“今日是冬至，我一时技痒，想下厨做一道春盘。”

刘聪闻着她淡淡的馨香，忍不住心神荡漾，便在她额上轻轻一吻，道：“我差点忘了，今日齐王约了我去城外狩猎，等我晚上回来后可要尝一尝小阿琇下厨做的菜。”

阿琇笑着把他推出厨房，道：“你快去吧，等你晚上回来，便能尝到了。”

且说刘聪随着齐王狩猎去了，阿琇独自在厨中忙碌。玉燕在旁瞧着不由好奇道：“阿琇姑娘，你这是在做什么？”

阿琇微笑道：“今日聪哥哥去城外狩猎，我为他做个春盘，等他晚上回来便可用上了。”

玉燕抿嘴一笑：“阿琇姑娘待我们家四公子真好。”

按照京中的旧俗，每到冬至这日，家家户户都要煮柏叶酒，制备春盘。这春盘在民间是用大蒜、小葱、韭菜、芸薹、胡荽这五样所制，原本只是用滚水烧开，将五样辛料在水中一过，用陈醋拌好，佐餐时变成一道凉菜，以辛辣驱除寒气所用，可玉燕瞧着阿琇又切鸡丝、又煮嫩藕，不由瞧得奇了，惊诧道：“阿琇姑娘，你做的春盘怎么如此复杂？”

翠缕从门口经过，她的见识到底比玉燕多些，瞧了会儿便道：“我瞧着阿琇姑娘做的竟有几分像宫里的春盘，前年我们大公子娶妻时，宫中就赏出过这样的菜色来。”

她一提到大公子，玉燕忽然不言语了，面色也沉了几分，瞧上去甚是不乐，一扭头竟是自顾自回房去了。阿琇自是知道这二人心思的，她们原本都是刘和房里的丫鬟，实与侍妾无异，但东海嫁过来后，自然容不下她们二人，回并州时连提也没提要带她们回去，就把她们留在了京里。所幸刘聪对她们俩颇为礼遇，并不把她们做寻常丫鬟使唤，她们在京里过得还算适宜。

翠缕忙赔笑道：“阿琇姑娘不要见怪，玉燕就是这个性子。”

阿琇也不点破，笑着说道：“这是葱白拌豌豆、砂瓶煮藕丝、细蒌点韭黄、银线蒸金鸡、雕花蜜饯，原也是各用一味五辛料所做，还是家常的菜肴，取个巧头而已。”她见翠缕瞧得仔细，便夹了个蜜饯梅子给她。翠缕尝了尝，恭维道：“姑娘好手艺，这梅子实在是比宫里传出来的御膳还要甜上几分。”

阿琇抿嘴一笑，道：“你去把玉燕也叫来尝尝，兴许她一吃这菜就高兴了。”

翠缕微微诧异：“不等四公子回来一起吃了吗？”她从旁瞧了这些日子，自是看出阿琇和刘聪互有情意的，眼见阿琇这样精心地做菜，不是为刘聪所做还能是为谁？

谁知阿琇含笑瞥了她一眼道："不妨事的，他晚上才回来，难不成咱们中午还饿着不成。"翠缕恍然大悟："姑娘定是还给四公子单独备了一份的。"

阿琇笑着啐了她一口，可眼角眉梢都是喜气。

玉燕别别扭扭地被翠缕从房里拖了出来，眉色终是郁郁不乐的。阿琇性子温和，与翠缕你一言我一语的与玉燕逗乐，玉燕到底是年少心性，很快便与她们说说笑笑到一处了。

三人吃了一会儿，忽听门外响起马嘶之声。翠缕面上促狭一笑，对阿琇道："定是四公子回来了。"说着她便去起身开门。阿琇心里微微疑惑，怎么这么快便回来了？

谁知翠缕刚刚拉开门闩，大门就被猛地推开，倒把门后的翠缕撞得一个踉跄，跌倒在地上。只见进门的是一个身着大红衣衫的年轻女子，她牵着马大步走进门，用马鞭指着地上的翠缕，柳眉倒竖："你就是那个缠住四表哥的狐狸精？"

玉燕忙过去扶起翠缕，抬头望着那女子怒道："你是什么人，居然敢私闯驸马都尉府邸，还出手伤人。"

那红衣女子没想到这两人居然敢顶撞她。她脾气极烈，瞧着地上的翠缕容貌秀丽，身上穿着上好的蜀锦绫罗，哪里是普通的丫鬟打扮。她玉腕微抬，手中的马鞭劈头盖脸地向翠缕身上抽去，冷笑道："我出手伤人又怎样？"

翠缕躲闪不及，身上被狠狠地抽了一鞭，右臂上的衣帛立马被撕裂了一块，洁白的肌肤上露出一条深深的红痕。她痛得狠了，嘤然一声，开始啼哭不已。而那红衣女子似乎越发嫌恶起她来，还想举手再打。忽然她的手臂被人架住，她扭头却见一个相貌极是清丽的女子拦住了自己的胳膊："住手！"

红衣女子一怔之下，怒道："你又是何人？"

玉燕瞧着翠缕被打伤，又气又急道："阿琇姑娘，你快躲开些，这就是个疯婆子。"

"阿琇？"那红衣女子的衣着与汉人十分不同，她并不像汉人女子一样穿着长裙，而是穿着窄窄的袖袄裆衫，臂上垂着金镶琥珀的腕钏，上面缀着数十个小小的金铃，行动间铃声便会清脆作响，她容貌娇艳，与她身着的大红衣衫一样夺目，她见到阿琇初是一怔，忽然面上生起了薄薄的怒意："你就是阿琇？"

阿琇心中似有千丝百结，竟是缠绕不开，她点了点头，说道："我就是阿琇，你是来找我的吧。"

那红衣女子面色一沉，忽地又扬起马鞭对准了阿琇，口中怒叱道："这一鞭是让你记住了，以后离四表哥远一点。”

她举鞭就向阿琇身上招呼，竟是用上了十成的力气。

忽然，一支冷箭从两人中间穿来，红衣女子马鞭脱手，被那支长箭牢牢钉在地上。

紧接着，一个匈奴装束的年轻男子大步走了进来，高声说道：“纤罗，不要无礼。”

那红衣女子扭头瞧见那年轻人，又是委屈又是伤心，忽然哇的一声哭了出来，转身投入那男子怀中，叽叽咕咕地用匈奴语哭诉了起来。那男子不断地拍着她的背，似在轻声安慰。

阿琇在旁静静地瞧着，只见这红衣女子和那年轻人相貌有几分相似，一样挺拔的鼻梁，一样俊俏的眼眸，不同的是，这男子身形健朗高大，并不似汉人那样修长秀逸。

这男子上下打量阿琇，只见她通身没有什么首饰，只着一袭月白色的堆绣双裙，以罗绢镶边，绣了几只浅绛的飞蝶，脸上未施粉黛，更衬得一双乌眸明净澄澈，瞧上去素净极了，一身如此素淡的衣裳竟被她穿出冰雪风骨，灿然生辉。他眸中闪过一霎的惊艳，可很快便敛入了眸光中。

他轻轻对阿琇一拱手，用纯正的汉话说道：“在下匈奴人呼延南经，今日之事，舍妹多有得罪。待四表弟回来，我自会再向他请罪。”

纤罗本伏在那男子怀中哭泣，听到这话，忽然抽身怒道：“哥哥，你对这狐狸精客气什么！四表哥已与我定亲，可她偏要从中破坏。”

阿琇听清她的话，只觉脑袋一蒙，竟有些回不过神来。

地上的玉燕和翠缕忽然回过神来，膝行几步，向那男子磕头拜倒：“奴婢们见过表公子、表小姐。”

这兄妹二人是匈奴呼延氏，阿琇是知道如今的匈奴五部都督便是呼延氏的族长呼延贵。呼延氏与刘氏是姻亲，她也曾听刘聪说过他的父亲刘渊的嫡妻便是呼延氏的女子，如今听这两人言辞中的称谓，她再不知他们来历，也该猜出这二人是为了刘聪而来。

她勉强一笑，对呼延南经说道：“你们且在房中休息一会儿，他随齐王狩猎去了，晚上便会回来。”

纤罗极是泼辣的性子，扫了她一眼，恨恨道：“你是他什么人，这里怎么你成了主人。”

阿琇无言以对，呼延南经忙解围道："既然姑娘这么说，我们就先去厢房等候四表弟回来。"他瞧着妹妹纤罗还斗鸡似的盯着阿琇，便伸手一拉她的衣袖，低声道："走吧。"

跪在地上的玉燕和翠缕心知这是他们的家事，两人谁也不想掺和进来，于是都心惊胆战地各自回房去了。阿琇一个人在院子里站了会儿，看着一桌子的菜，忽然也没了吃饭的胃口。她自是将残羹剩饭都收去了厨房，又将碗碟洗净。做完这些事，她忽然觉得也没什么事要做，不远处厢房里纤罗的哭声一阵阵传来，刺激着她本就紧绷的神经。

她第一次觉得这个家是如此的别扭，她站在这里是何等名不正言不顺，处处都别扭得紧。

门口忽然有人客气地说道："阿琇姑娘，可否打扰你一会儿。"

她抬头看去，却是呼延南经站在门口，温和地望着自己。她点点头，简洁道："有话便说吧。"

呼延南经望着她，嘴角含了一丝薄薄的笑意："阿琇姑娘的身世，舍妹不知道，末将却是知道一二的。姑娘是大晋尊贵的公主，是我们匈奴人不敢望及的大贵人，今日舍妹得罪公主殿下，南经在这里请罪了。"

阿琇默然一瞬，慢慢道："这些并不是将军真正想说的吧。"

呼延南经的眸中掠过一丝赞赏，含笑道："公主果然聪慧过人。舍妹纤罗虽然顽劣，但自幼在家中如掌上明珠一般，是匈奴五部为之佼佼的娇女。父亲想为纤罗择婿，五部子弟无不趋之若鹜，可纤罗只看上了四表弟刘聪。"他瞧着阿琇微变的神色，刻意加重了话中的分量，"这次表弟出来前，家父和姑父已经做主为二人定下了婚约。我此番来京是专门接表弟回去完婚的。"

阿琇霍然变色，声音有些发抖："你说……他们已有了婚约……"

呼延南经目光落在阿琇无瑕的脸庞上，心中微微一狠，语声却安然平静："我们呼延氏和刘氏都是匈奴的望族，此番有婚约便算是亲上加亲，这是五部共襄的盛事，家中父母已年高，都盼着这门婚约早日能成。小妹在家中翻看到了你与表弟的几封书信，心里可能存了些误会，误解了公主与表弟的关系，这才与公主起了争执，还望公主大人大量，不要与她计较。其实四表弟是十分重情意的性子。当年在京中为质子时深受先太子的深恩，因而对公主格外照拂，实是报恩，并不会真有私情在。舍妹实在是不该心中误会。"

他一句句平和地说下去，虽然神色谦和，可阿琇如何听不懂他话中句句指着婚约。她贝齿轻咬，只觉胸口一甜，一股腥气翻入口中，已是站立不稳，右手撑在了高几上。心中玩味着他语中的话，婚约，报恩。

那么多的山盟海誓，原来是这样不能直视的刺目。

原是自己想得不够透彻，这些日子的耳鬓斯磨，真心以待，尽是报恩而已。

呼延南经瞧着她惨然的神色，心中略有不忍，伸出手似要扶她。可阿琇侧身避开了他的手，她别过头去，只是轻声道："呼延将军想要我怎么做？"

呼延南经微微蹙眉，温声道："末将不敢让公主做什么，四表弟是庶出之子，哪里配得上公主这样的尊贵出身。更何况公主本就许配过驸马，还未出热孝之中，再嫁恐对声名有损。在下只求舍妹与四表弟的婚事合意。"

阿琇眼中有盈盈泪光，长长的睫毛轻扇，口气却是极疲惫的："我知道了，我的出现既然如此不合时宜，以后也不会和他有任何瓜葛。"

呼延南经娓娓又道："公主也知道，四表弟是个重情谊的人，此番若见公主受此委屈，必会看在先太子的分上更加殷勤照拂。我出来之时，姑父也有句话托我带给公主。"

阿琇听他说到这份上，心中反而平静下来，静静道："你说。"

"刘氏家小业小，恐不能再高攀一位公主为妇，"呼延南经一字一句复述着刘渊的话，"姑父还说，还望公主看在父兄的面上，放过我儿一马。"

一言既了，阿琇心底已是如坠冰窖中，彻底凉透。

半晌，她才木然地点点头，只觉得头有千斤之重，竟很难再抬起一寸："我都明白了，我现在便离开，再不会出现。"

"公主这样明白事理，末将实在感服。"呼延南经从心底嘘了口气，瞧着她垂首不语地走出去的单薄背影，忽然生出几分不忍。可随即他脑海中便浮现出纤罗红肿的双眼，哀求的神情，他轻轻地摇了摇头，郁然地叹了口气。

阿琇身上其实也别无他物，除了一把琴，她竟找不出什么是自己的东西。她收好了包裹，深呼了一口气，推开了房门。

玉燕和翠缕都站在她门前等着她，见她出来，翠缕嘴唇抖了一下，没敢说话。玉燕白了她一眼，说道："姑娘那样维护你，你却什么都不说。"翠缕的脸色越发白了。阿琇温和道："翠缕，你身上的伤好些了吗？"

翠缕眼中划过一丝愧意，小声道："阿琇姑娘，不是奴婢们不维护你，实在是我们本就不受东海公主待见，更不敢得罪表小姐。"阿琇心里知道刘家的复杂，也明白这两人不敢涉事过深。她淡笑道："我没有什么委屈的，你们能来送我，我就很感激了。”

玉燕想了一想，终是为阿琇不平道：“阿琇姑娘，你为何不等四公子回来。四公子对姑娘的好是真心的，奴婢们都瞧在眼里，他定会为姑娘做主。”

阿琇摇了摇头：“他们是一家人，我……我何苦再给他平添烦恼。你们不用劝我了，厨房里给他做的春盘还放在灶台上，等他回来你们盛给他尝尝。”

翠缕见她去意如此坚决，也不敢多劝，轻声问道：“姑娘以后可有落脚的地方？我们俩身上还有些银钱，也许可以……”说着她从怀中拿出了一个包袱，那包袱是锦缎所制，一看就沉甸甸的，这哪是两个丫头能够拿出来的手笔，只见玉燕有些责怪地望向翠缕，翠缕越发胆怯地低下头去不敢作声。阿琇望了一眼便心知肚明，嘴角敛起了笑容，淡淡道：“不用了。”她不再与她们多说，拉开了府中的大门，头也不回地离去。

阿琇徘徊在铜驼街上，孤身一人背着一张琴，身旁尽是街市的繁华喧嚣之声。可天下之大，哪里还有她的容身之地。皇宫，她是绝对不会再回去了。她好不容易才摆脱那个地狱一样会活活把人吞噬的地方，怎么能再踏回半步。她原本日日期盼的就是他来接她离开，可现在连最后一个栖身之地也没有了。

她心情低落到极点，不住在街头徘徊、徘徊，却不知哪里才是自己该去的地方。那对鸽子把阿琇认作主人，见她从家中出来，便都跟着她，不断在她身边盘旋。阿琇苦笑一声，说道：“你们还跟着我干什么，回到你们真正的主人身边去吧。”那对鸽子似是听懂了她的话，咕咕地叫了几声，便向远处飞去。

阿琇怔怔地望着那对洁白的身影在天际划过优美的弧线，却浑然不知在她身后，早有一双不安分的眼睛牢牢地盯住了她。转眼太阳就要落山，她在街市上晃荡了一日，这才觉得肚子有些饿了。此时街旁有店家开始蒸春饼，热腾腾的香气扑鼻而来，她走过去轻声问道：“老伯，这春饼怎么卖？”

蒸春饼的老者抹了一下额上的汗，瞧她是个衣饰齐整的小姑娘，便说道：“两文钱一个，又香又脆的蒸春饼，姑娘可要买一个尝尝？”

阿琇吞咽了一下口水，这才发现身上一文钱也没有。她有些尴尬地望了一下老者，勉强笑道：“不用了……”此时旁边涌上来几个孩子，都一窝蜂地扎在摊前伸手买着春饼，老者忙不应暇，自不会再看她一眼。

她有些懊恼地默默走开几步，忽然有人拍了拍她的肩膀，她转过头去，只见是个年轻的闲汉拿着一个春饼递在她面前，说道：“姑娘，吃吧。”她瞧这人神情甚是狡诈，不似是什么正经人，像是个街上乱逛的闲汉，便不去接那春饼，扭头就往前走。谁知那闲汉早已盯了她多时，快煮熟的鸭子怎么肯放走，他招呼一声，便有好几个无赖闲汉围了过来，将阿琇围在中间。

阿琇又惊又怒，叱道："你们要做什么？"

那闲汉望着她油嘴滑舌道："不做什么，大爷看小美人身上没银两，都晃荡一天了，也不吃点东西，实在是心疼得很。"说着，他把那春饼塞到阿琇手里，几个无赖都笑了起来："小美人快吃了，不要辜负了大爷的心意。"

阿琇被他们迫到墙边，死死地扭过头去，不肯吃那春饼。这几个无赖都是这南市上出了名的，寻常百姓躲都躲不及，竟没人敢出来解围，都远远地绕开了走。那闲汉越发得意了，手上也不干净，就向阿琇身上摸来。阿琇急愤至极，劈脸便给了那闲汉一个耳光。

那闲汉被她打得一愣，忽然反应过来，怒道："反了你了，敢打大爷。看大爷不扒了你的衣裳。"

此言一出，几个无赖都围了上来，开始撕扯阿琇的衣服。阿琇哪里敌得过这么多人，虽是拼命挣扎，衣衫却也被撕去了一大块，露出了雪白的肩头。那几个无赖更是起了色心，手下越发放肆起来。

忽然有人快马疾驰而过，那马上的人手里拿着一柄长剑，此时剑未出鞘，只用剑柄劈了下来，几个无赖都被点中要害，全都滚倒在地。马上的人跳了下来，却是一个中年男子，身着墨蓝色的长袍，面长有须，他望着那几个无赖呵斥道："再让我看到你们在京中胡作非为，定然要了你们的命。"

那几个无赖显然不是第一次被这人收拾了，他们一瞧见这男子就如同瞧见阎王一般，吓得瑟瑟发抖，连连磕头道："靳大人饶命，靳大人饶命。"

那中年男子厉色道："还不快滚。"几个无赖哪里敢抬起头来，吓得屁滚尿流地爬走了，连那滚落在地的春饼也没敢拿。

中年男子捡起那春饼，闻了闻，皱眉道："被下过迷药了。"他本以为只是几个无赖在市井中调戏民女，想不到竟有拐卖人口之事。他转头欲找那几个无赖回来问话，却哪里还找得到人。

阿琇吓得面色惨白，此时才透过一口气来，对那中年男子拜了一拜："多谢大人救命之恩。"

这男子瞧着阿琇不语，眼中忽然闪过一丝惊诧。

阿琇瞧着他身着文官服饰，心里有几分紧张，赶紧低下了头。

中年男子迟疑道："不知姑娘怎么称呼？"

阿琇道："我姓……姓……"她想了半天，也没给自己编出个姓氏，生怕这男子会认出自己。

这中年男子以为她不放心自己的来历，便说道："我是太仆靳准，姑娘不妨告诉我住所，我好护送姑娘回去。"

阿琇忽然抬起头来，双眸熠熠生光："那就拜托靳大人，送我到邺城去吧。"

靳准一怔，却道："姑娘识得成都王？"

阿琇笑道："这是自然，十六叔……"她话一出口，旋即愣住。

靳准却有一瞬的讶异，皱眉道："十六叔？"

阿琇脸上一红，她本就不善说谎，此时越发支支吾吾，不知所措。

靳准轻轻地瞥了她一眼，却笑道："清河公主何必瞒我，我初见公主只觉眼熟，似是在太极殿前远远见过。"

阿琇心神巨震，只想拔腿就跑。

靳准仿佛一眼就看穿了她的心思，淡淡道："公主可知太仆是何职位？"

阿琇有些迷茫地望着他，三公九卿她自是知道的，可太仆一职她却闻所未闻。

靳准面上平静无波："太仆是宫中饲马之职。"

阿琇闻言抬头望着他，有几分不敢置信。她见到过靳准的身手，听他谈吐亦是不凡，这样的一个人物竟是个饲马小官，她怎能信。

靳准又道："我昔日曾是东宫左卫率，随淮南王举事，早已不抱生念。当年九死一生，好不容易逃出性命，可又遇到了齐王任用亲信，将我贬谪到御马监做太仆。我已年近四十，仍是一事无成，空有满怀抱负，尚不能养活家小，光耀门楣。如今朝廷混乱，齐王专权，我更不愿在朝中为官。所幸能遇见公主，还盼公主为我做个引路人。"

"引路？"阿琇眉心一跳，"你要我为你引荐……"

靳准一眼就望穿她的心思，"我愿送公主去邺城，一则为公主护驾，二则为自己一搏。"

阿琇听他如此直言袒露想法，反倒深吸一口气，迟疑地打量着他。忽然她看着他手中长剑，剑鞘上镶着一块白玉，她双目一闪，正色道："大人能否将此剑借我一观？"

靳准将剑递了过去，阿琇看了几眼，抬头双目直视着靳准，轻声道："大人可识得吴王？"靳准不料她如此发问，略是一怔，坦然道："不错，下官确实与吴王相识。"

阿琇见他手中的宝剑甚是眼熟，她想起昔年之事，愈发肯定眼前这位靳大人便是当年教授阿邺剑法之人。靳准见她神情，已知她心事，遂直言道：“昔日我受淮南王之托，多有照料吴王，与他有数年师徒之缘。后来我随淮南王举事，不愿牵连他，便没有告诉他实情。谁料事又不成，我深陷地牢，是吴王将我救出。他与我虽有师徒之缘，但我不想再牵连他，便想去邺城投奔成都王。”

阿琇顿时了然，难怪当日阿邺会冒险去地牢救人，原来他要救的就是他的师父靳准。她心神巨震，忽然想起那日阿邺对自己说的“苦衷”之语，只悔自己枉为姊姊，却不能体谅他的苦衷。既然她知道了实情，便对靳准多了几分信任，点头道：“如此甚好，就有劳大人送我。”

这一切都被不远处的呼延南经瞧在眼里，他本是跟随阿琇出来，见到无赖动手时，便想出手相助，此时瞧见了靳准，心知阿琇的安全有了依靠，便转身回去。

他回去先推开了妹妹屋子的门，见纤罗兀自红肿着双眼，趴在床上气恼不语，便苦笑道：“你何苦再让人去做那些事？”

纤罗霍然坐起身子，一双美目望着哥哥却是倔强道：“我只不过想让她走得彻底些，给她些银钱，让她远走高飞，一辈子都不要出现在四表哥面前。”

南经叹了口气，轻轻摸了摸妹妹的头顶：“若是给些银钱让她远走高飞也就罢了。可你何必让人去为难她。”

纤罗眸中闪过一丝慌乱，兀自强辩道：“是她勾引四表哥在先，让四表哥气坏了姑父和姑姑，还离家跑到京里来。我当然要为姑姑和姑父出气，给她点教训。”

南经面上闪过一丝愠色：“糊涂，你明知四表弟的心在她身上，还要这样出手狠辣。你若是真伤到了她，岂不是让四表弟记恨你一辈子，以后你们如何还能做夫妻？恐怕连亲人都会变成仇人！”

纤罗显然没有想到这一层，她忽然有些慌乱地起身，道：“那我去看看。”

“你现在去哪里还来得及，”南经苦笑着摁着她坐下，说道：“她已经没事了，现在想来也离开洛阳了，你放心吧。”

纤罗一怔，便嗔道：“哥哥总是吓唬我。”

南经望着妹妹懵懵懂懂的样子，心里无声地叹了口气：“再说，你知道她是什么身份吗？”

纤罗直直地望着哥哥，目中却有困惑之色。

“她是大晋的清河公主，是何等尊贵而高傲之人，你若为四表弟的正妻，她断然不会为妾的，”他轻声叹道，“不过你这次倒是真的伤她了。”

纤罗脑中一蒙，过了半晌才结结巴巴道："哥哥，你早就知道她是公主了吧，你怎么不先告诉我？"

"你知道她是公主又能怎样？你心急气躁，又一味地只会斗狠厮打，怎么能真的取胜？"南经望着妹妹的眼光始终是柔和的，"哥哥只能帮你到这一步了，虽然有姑父和爹爹支持这门婚事，但哥哥始终觉得四表弟不是你的良配。他……"南经瞧着妹妹不悦的神情，把话咽了回去，含糊道，"他母亲是个汉人，对咱们的姑姑总是有几分生分的，对你也未必会好。但你执意要嫁他，也只能随你。"

纤罗不乐意道："那只是因为姑姑不是表哥的生母，隔了肚皮而已。若我嫁给了他，就是真真正正的一家人了。"

"姑姑家的事，你知道的太少。"南经低声道，"当年姑姑和姑父的婚事，也是一波三折得紧……唉，不提也罢……"他转过话题又道，"夫君始终是你自己的夫君，以后要靠你自己去抓住他的心。这世上没有能用武力抢来的人心。"

纤罗似懂非懂地听着南经的话，心里却七上八下的忐忑不安，她不知道四表哥回来后，该怎样面对这样的结果。

靳准确实是个十分妥帖的人，他很快便租来了一架并车，待阿琇上车后，亲自在前方驾车。

并车是用耕牛所拉，没有漆毂，因此也不引人注目。并车的四周都用围屏障开，简陋异常。而且并车到底是行得极慢的，两头耕牛摇摇晃晃地出了城门，忽然不远处烟尘滚滚，已是一行人马疾驰而来。靳准低声道："公主，我们要到路旁稍避，这是齐王的行驾回来了。"

阿琇心中一惊，慌忙将头转过去，不去瞧那行人马。靳准亦是悄悄抬起头，打量着齐王的猎车。只见齐王带了足有数百人马，俱是貂裘锦帽，人人都骑着西域贡来的大宛宝马，后有不少侍从捆着野鸡和獐子，看样子是狩猎刚回。最前一车便是齐王的猎车，有两层行楼，底下一层高约两丈，四周立有栏杆，上面一层站着数个持着长矛的侍卫，这种猎车多半是用来出猎猛虎野兽所用，但这个时节已值隆冬，并不是打猎的时节，何况京郊多农田，哪里会有猛虎野兽，因而猎车里也是空空的，只是徒增气势罢了。想到此处，靳准不由皱起了眉头，这样大规模的狩猎，人马践踏，恐是损了不少农田的。

齐王一马当先，入城时连马也不下，早有守城小吏在城下跪迎，又奉上美酒数盏，请他暂解忧乏。齐王哈哈大笑，将杯中美酒一饮而尽，却对身后人说道："你瞧孤王狩猎与你们匈奴人相比如何？”

他身后之人正是刘聪，他十分恭敬地在马上稽首道：“王爷勇武过人，箭法精准，让人佩服。鸿雁岂是燕雀可及？更何况大晋物产富饶、土地肥沃，又岂是匈奴的陇上荒原所能相比的。”齐王问的是狩猎之技，他答的却是风土，虽然离了十万八千里，但正中齐王下怀。此时正是齐王最得意之时，强敌尽除，连碍眼的司马颖也避走邺城，放眼天下还有谁是他的对手？

齐王得意洋洋，笑道：“还是爱卿知我。”他见身后的吴王司马邺并不言语，便对他道：“阿邺，玄明箭法甚好，可以让他授你骑马狩猎之技。”

司马邺瞥了刘聪一眼，却道：“守疆土何用蛮夷狩猎之技，臣弟不愿学骑射之法，只愿学安邦定国之策。”

齐王面上霍然一沉，但司马邺救他有功，总不能在人前给他颜色太过。他眼中精光一闪，划过一丝不易察觉的恨意，仍是含笑道：“阿邺有此雄心壮志，日后定是我大晋的江山柱石。”

司马邺坦然微笑。齐王心中不快至极，他瞧了瞧右边的马上沉默不语的年轻人，忽然说道：“豫章王，你怎么看此事？”

那马上的年轻人身披一件明黄的长袍，正是先帝最小的儿子豫章王司马炽。他年纪与刘聪差不多大，生性敦厚，喜爱读书，并不擅长骑马。这一日出城狩猎，多受刘聪的照拂，因此他微笑望着刘聪道：“臣弟有一物想赠给玄明。”

说着他翻身下马，却是从侍从手中拿过了自己的金柘弓，交到刘聪手中，笑道：“玄明骑射俱佳，愿此弓能助尔守保疆土。”

刘聪早已单膝跪在地上，已是感激涕零道：“臣愿为马上先驱，万死不辞。”

齐王心中甚是开怀，豫章王司马炽此举无疑为他笼络了匈奴诸部，他拍了拍司马炽和刘聪，说道：“你们齐心报效国家，孤王心中甚慰。”他军中有一散骑常侍名叫田密，最是机敏，见状便道：“齐王殿下胸有四海，天下无不归附。”

不远处的道路边有个算命的瞎子，正摆着望气算卦的招牌，面前还有个破陶碗，里面却空空如也。此时路人都围在一起，便有人对那瞎子取笑道：“郭老头，你总说你神算无疑，你来算算眼前这几个王爷，谁能为天子？”

那瞎子双目空洞地望着司马炽，忽然小声说道：“云气青色，犹如华盖，是至贵之气，能为天子。”众人都哈哈大笑，人人都知司马炽是先帝最不受重视的小儿子，几十年碌碌无为，如何能成天子。可阿琇心中却一惊，有几分狐疑地看着那瞎子。

靳准亦是听得分明，他投了一枚大钱在瞎子的陶碗中。那瞎子茫然地转过头去，空洞的双目直直地对着靳准，忽然说道："贵人有贵命，老汉不敢妄言。"靳准不悦道："谁要你观我的命数了，你看看那边几个人。"

瞎子点了点头，这次却看向了司马邺的方向，又说道："此人头上有黄气，直立数丈，是景云祥风啊，也是天子之气。"

阿琇心中大惊，她伸手在瞎子眼前晃晃，那瞎子却毫无反应，看来真是盲的。她疑惑道："老伯，你真能看到他们头上有气？"

那瞎子却瞪着一双空洞的双目，低声吟咏道："姑娘没读过《鹏鸟赋》吗？且夫天地为炉兮，造化为工；阴阳为炭兮，万物为铜。合散消息兮，安有常则？千变万化兮，未始有极。天道从来自是有的，只是看你瞧不瞧得分明！"说着，他微微仰头，又冷冷道，"在老瞎子看来，姑娘头上却有一道紫气，该是帝王之家的出身，只是这气极淡，如今已快不见。"

阿琇惊诧至极，她一指刘聪道："老伯，此人头上是什么气？"

那瞎子仿若真能看到一样，竟转向她手指的方向，忽然脸色肃穆起来，说道："此人绝非人臣之气，他头上是煞气中天而行，状若蟠龙。"

旁边众人俱是哈哈大笑，乐道："这个也是天子，那个也是天子，这郭老头看这一眼，竟出了三个天子了。"

那瞎子极是不悦，辩驳道："这样重的煞气，老瞎子从未见过，当真是天下罕有，你们若要存条命在，都当速速避走。" 说着他一拄拐杖，收起那破碗，竟是急匆匆地去了，他走得极快，地上多碎石，还被绊了一下，十分仓皇。

众人瞧见他走得狼狈，越发笑得开怀，纷纷道："这老儿天天在这里说些大逆不道的话，合该有一日被官府抓了去。"

阿琇瞧着靳准若有所思的神情，疑惑道："靳大人也信这瞎老伯的说法吗？"

靳准淡淡道："望气之说，从古有之。昔日武帝伐吴，所依者也不过望其气数已尽，虽不可全信，也必然有三分道理。"

阿琇凝神想了想，忽然笑道："十六叔便不信这些鬼力乱神之说。"她唇边浮起一层薄薄的笑意，想起了十六叔果断英武的神情。

靳准却说道："成都王英明神武，自然不用惧鬼神。可天道却非鬼神。"他轻轻地叹了口气，抬头望了一眼墨云翻卷的天色，轻叹道，"要变天了。"

许是这边过于嘈杂，不知为何，刘聪忽然向这个方向投来一瞥，他目光极是锐利，似是在人群中搜寻什么。

阿琇大惊失色，慌忙低下头去。她本以为自己是理智的，可以摒弃所有杂生的念头，坦然与他擦肩。可如今瞧着那熟悉的目光，心中却如重鼓敲击，百般滋味齐上心头。这些日子的相伴相知，忽然如潮水般涌来。此时相距咫尺，却终是有了无法跨越的距离。她多想冲过去质问他，为何早已与人定亲，又为何要欺瞒她。

可她什么也不能问，只能站在原地。是害怕齐王他们发现自己，还是害怕会真的得到那个答案，他所做的一切只是为了报恩而已。

一时间她只觉面上忽冷忽热，如在油锅和冰窖中反复煎熬。

幼时读卓文君的《白头吟》，诗里说，闻君有两意，故来相决绝。

她年幼时心高又执拗，只道若有负心汉如此，还伤心作甚，大可径自去了，一了百了才是干净。

可如今真应了此语，她一时竟觉胆怯，已挪不开脚步。

是了，既然相忘，终不过一别。

何必再面对赤裸裸的难堪，一切大不了相忘于江湖而已。

子夜吴歌

知夏【著】

ZIYE WUGE

下册

新世界出版社
NEW WORLD PRESS

第二十一回

黾勉同心

齐王今日兴致极高，出行打猎了整日不说，到了回城时，仍不放过随行之众，对众人道："今日孤王宴请诸位，晚上便到我府上痛饮一番，不醉不归。"他说罢转头去瞧众人，只见吴王司马邺兴致勃勃，豫章王司马炽含笑点头，唯有刘聪面露迟疑之色，齐王心中不悦，便指着刘聪笑道："众人皆都欣然，怎么玄明反而面露难色，难道家里还有美人相候？"

众人都笑了起来，有几个相熟的将领更是不荤不素地开起了玩笑。刘聪却陡然心惊，抬头望了齐王一眼，只见齐王眸中水波不兴，他骤然间只觉得寒意从背上升起——齐王竟是知道的。

齐王却看也不看他一眼，笑着在众人簇拥中，一马当先而去。

司马炽素来温厚，见刘聪面露尴尬神色停留在原地，便解围道："玄明，便一同去齐王府上吧。"

刘聪再无法可设，心中又忐忑万分，只得策马跟上。他一抬头，却看到两只鸽子忽然在头顶盘旋，心中有几分不安。

齐王拿出了府中的陈年佳酿款待众人，这些人大多都是将领出身，不少人都是新鲜面孔，刘聪瞧着都眼生得紧，却见齐王和吴王与众人皆谈笑风生，看起来已是相熟了。司马炽拿了碗酒递给刘聪，低声道："这几位都是新换的将领，可不能怠慢了。"

刘聪心中了然，齐王一入京就借着剿除赵王余党的名目，撤换了京中原本的将领，甚至连成都王的人都换了不少，如今安插的都是自己的心腹。他接过司马炽递来的酒，便随着走过去一一向诸将行礼。

诸人用过了酒饭，齐王便命人来传歌舞。人人都知齐王最是爱奢，府中歌姬舞女比教坊中尤甚许多。此时献舞的女子身着绯红绣云裙，面容娇艳，翩然之姿，宛若仙子，众人皆瞧得如痴如醉。待得舞罢，齐王忽然望着豫章王司马炽笑道：“二十五弟觉得此舞如何？”司马炽望了一眼那献舞的女子秀美绝伦的面上浮起的淡淡红云，沉吟道：“齐王府里的歌舞，自然都是极好的。”

齐王极是得意，哈哈大笑道：“本王可不敢居功，此女并非府里歌姬，乃是田将军的独生爱女。”此言一出，众人顿时哗然，纷纷向齐王身旁的散骑常侍田密望去，只见田密面上却是浮起一丝得意之色。

有人洞悉齐王心意，适时道：“听闻豫章王还未有婚配，不知可是实情？”豫章王司马炽微觉尴尬，正迟疑间，只听齐王笑道：“田将军这个女儿可是京中有名的美人，只是不知二十五弟可觉得喜欢？”

司马炽心中一怔，回身看了田密一眼，迟疑道：“臣弟不敢造次。”

田密顿时面上涨得通红，他的女儿颇有姿色，本想献给齐王，奈何齐王在女色上甚淡，便与他道可以许配给豫章王。他得了齐王的许诺，怎肯轻易罢休，面上就显出几分怒意来。然而现下齐王沉吟不语，他倒是也不敢造次。

酒过三巡，诸人皆有醉意。齐王便携众去外间园林中赏玩。此处府邸才新修过，园中高竹崇桧，已森然蓊郁，园中更设垂云亭一间，极得山野之趣。众人都啧啧称赞不止，齐王极是得意，抚须笑道：“孤王园中亭台水榭都俱，谁人能为之题？”齐王的部属多是武将，胸中少有墨水，此时大多尴尬。而文臣不齿于此，也无人出首。忽有一白发老者坦然而出，笑道：“老臣可否一试？”

刘聪定睛望去，只见此人是司徒王衍。他若有所思，王衍何等才高名望，竟愿做这等事？却见齐王大喜过望，忙道：“给王司徒取笔墨来。”王衍接过笔墨，略一思忖，便在纸上题了诸匾，有“延福”与“华林”，这竟是按宫中规制了。齐王心中悦极，口中却推托道：“孤怎能受得起。”

王衍坦然一笑，却道：“齐王风度朗然，笼盖人士，能识真龙，非凡识也。若死而可作，臣恨不能与之同归。”说着对齐王长拜不起，众人见他这样做作，虽然齿冷，却也不得不随之谀辞不断。吴王冷笑一声，低声道：“这王老儿，年纪越大便越不要颜面了。”齐王极称心怀，喜对司马炽道：“王司徒这笔字，甚是不凡。”

吴王司马邺忽然在旁插口道：“昔日我听郭子玄先生说起过，他观天下之气，只觉王司徒之女最有贵相。”

齐王肃然道：“郭先生果然这样说过？”

司马邺望了一眼神色不定的王衍，坦然道：“臣弟听得分明。”

“郭先生有通天纬地之才，他说的话定然不会错的，”齐王这番成事，多靠郭象为他筹谋，他心中敬重他十分，只可惜献计之后郭象便飘然而去，再无踪迹，齐王感叹道，“孤王听说王司徒之女与二十五弟早有情意，又有郭先生此言，孤愿意成全这段佳话。”

司马炽心中大喜，即刻便道：“臣弟多谢兄王做主。”刘聪冷眼瞧去，只见田密鼻子都要气歪了。齐王极爱王衍为他题的字，便携众人又向园内走去，自是去看其中楼台之盛。刘聪落在人后，回转头时，只见适才献舞的田氏又羞又恼地跪在地上，竟是无人唤她起来。他心念一动，走过去数步，伸出手虚虚一扶，低声道，“田小姐快起来吧。”

田氏仰起头来，忽然对上一双明澈的双眸，心中竟是一怔，如同着魔一般就着他的手臂缓缓站了起来。她望定了刘聪的双眸，面色由红转白，忽然坚定道：“将军一扶之恩，妾永不敢忘。”

“无他意，”刘聪抽回了手，淡淡道，“聪只是不忍见美人受辱。”

等宴散从齐王府出来之时，已是三更时分，刘聪只觉得身心俱疲。他望了一眼天边昏暗的月色，眼前忽然浮现出阿琇的清丽面容，早晨出门前她的笑语仿佛还在耳边，一想到她言笑晏晏的神情，刘聪只觉胸口一热，快马加鞭便向家的方向疾驰而去。

他心里略有些不安，早晨出门时阿琇便说要亲自下厨做一桌春盘等他回来，可如今已是三更，她可还会等着他？也许她该会有些气恼了，不，决计不会，阿琇是何等温柔善良的女子，她定能体谅他的苦楚。他脑中胡思乱想着，不知不觉已到家门前。门却是虚掩着的，里面黑漆漆的并无灯光。

刘聪翻身下马，轻轻把马拴好，轻手轻脚地向院里走去。他走到阿琇日常住的厢房门口，里面黑漆漆的一点光也没有，他心里忽然有些不安，只觉得今日院子里静得有些骇人，不过家里就只有阿琇和翠缕、玉燕三个，她们自然是都睡了。

他想到此心里宽泛了些，略站了站，便准备回自己的屋子去。可正此时，厢房里的灯忽然亮了，里面似是有人起身，他惊喜地便迎了过去。那房门吱呀一声微微开了，露出了女子大红的衣裙一角。

刘聪心中微微觉得温暖，缓声低道："阿琇。"

从门中探出来的一张芙蓉面上笑容顿时滞住，隔了半晌，那女子方才僵声唤道："四表哥。"

刘聪亦是愣住，这女子柳眉薄唇，月下看去红裙格外的耀眼，不是纤罗是谁，他微微一怔："纤罗，你怎么会在这里？"

纤罗一双大眼睛里蕴满了泪水，她想哭，却忍着不让眼泪掉下来，已是委屈到极致："四表哥，这话该我问你。"

刘聪心里如乱麻一样，他从平阳家中出来，就是不愿与那个家再有联系。他和阿琇好不容易相聚，本以为日子从此可以平淡地过下去，可谁能想到纤罗居然会追过来。他向房中看去，只见房里空空如也，连往常阿琇在桌案上的那张琴都没有了，却哪里还有阿琇的身影。

纤罗见他着急的神情，心中更是气苦，一怒挡在他身前，说道："你在找那个汉人公主是不是？我已经把她赶走了，我不许你看她，不许你找她。"

刘聪怒道："你怎么能这么做？"

纤罗哭道："我千里迢迢来看你，你却连问也不问我一句，只顾着找那个女子，她有什么好，就因为她是公主吗？"

刘聪找不到阿琇本已心烦意乱，听她纠缠不清，更是头疼不已，转身就要往外走。纤罗见他要走，伤心欲绝，拔出腰中长鞭，一鞭子抽到刘聪肩上。刘聪新上身的袍子顿时撕裂了好大一条缝。刘聪忍痛立在原地，却只顾先把袍子除下来看是否撕坏，他见背上好大一条扯破的痕迹，便面沉不语，眉宇间却都是心痛之意。

纤罗打了他一鞭，心里已是后悔，可瞧见他这样捧着袍子伤心痛惜，她纵是个傻子也该明白这袍子是谁做的了。纤罗心里如同打翻了五味瓶一样，酸甜苦辣混合在一起，说不出是什么滋味，她伤心到极点，举起鞭子又要向那袍子狠狠抽去。刘聪瞧也不瞧她，反手将她手腕捉住，一把用力推开，纤罗哪里是他的对手，顿时跌倒在地，爬不起身来。

正此时，西屋的房门也打开了，呼延南经急匆匆地冲了出来，他瞧见纤罗跌在地上，赶紧过去扶起了妹子。纤罗把鞭子一扔，哭道："哥哥，哥哥，他就这样对我。在他心里，我连一个汉族女人做的袍子也不如。"呼延南经在屋里听了经过，他心里知道妹妹太过急躁，但瞧见妹妹伏在地上哭得涕泪横流的样子，心里只觉不忍，便责备刘聪道："纤罗自幼就是家里的掌上明珠，你也知道父母亲和姑父姑母有多宠爱她。家里人连她一个指头也没动过，你怎么能这样待她？”

这时候后院的翠缕和玉燕也都惊醒了，急忙忙赶了出来，只见前院里已经乱成了一团。翠缕吓得跪在地上哆嗦不敢言语，玉燕却惊道：“四公子，你的肩上流血了。”说着她急急地奔回房里取来药膏，为刘聪包上。

呼延南经见妹妹委屈哭泣的样子，愈发心中有气，强按住心中的不满，对刘聪说道：“四表弟，你自离家之后，纤罗日夜为你忧心，姑父嘴上不说，心里也是挂记你的。纤罗听得訇勒回报说你来了京中，千里迢迢也要找你，我不放心她一个人出远门，也跟着来了。我临走时，姑父有一句话让我转给你，若你再不回去，便不是刘氏子孙了。”

匈奴人最重族群，对于匈奴人而言，逐门除姓是最大的屈辱，是比杀头更重的惩罚。纤罗听到这句话，震惊地抬头望向哥哥，却见哥哥神色如常，仿佛在说一件极平常之事。

这一字一句如惊雷一样落入耳中，刘聪顿觉手足冰冷，他很快恢复了理智，静静地等玉燕包扎好伤口，方才站起身来，忽然将袍子弃在地上，对纤罗伸出了手，说道：“纤罗妹妹，对不起。”

“四公子……”玉燕大是讶异，她以为四公子会为了阿琇与他们翻脸，她自然还记得当初阿琇给他披上这件袍子时，四公子面上温柔的神色。可现在的四公子，仿佛一切都变了，他面上没有一点表情，眸光深不见底，静静地直视着地上的红衣女子，向她伸出的手何等坚定。

纤罗扑在哥哥怀里，扭过头去，不准备理他，可眼泪瞬时就流了下来，怎么也止不住。

呼延南经瞧着刘聪仍然一动不动地对妹妹伸着手，轻轻地拍了拍妹妹的肩膀，哄道：“好了，纤罗，你也打了他一鞭，算是出气了。”

纤罗这才扭过头来，只见刘聪的肩头果然有很深的一道血痕。她心中微微一软，便伸出手去，任由刘聪拉住了自己。

呼延南经见两人这样情状，方才笑道：“这样便好。你们俩啊，还像小时候似的，总是好一阵闹一阵。”

纤罗只觉得手被刘聪牵着，心里已是欢喜至极，破涕而笑，嗔对呼延南经道：“哥哥……”

刘聪心里已没了知觉，他木然点了点头，握紧了纤罗的柔荑，只是心里忽然空了一瞬，仿佛失去了什么最宝贵的东西。

呼延南经望着二人和好如初，终是露出了舒心的笑意，他轻轻地拍了拍刘聪的肩膀，低声道："四表弟，天下大势将变，父亲和姑父都盼着你早日回去。"

刘聪木然地握着纤罗的手，问道："我若回去了，京里的事怎么办？"

"这个不劳四表弟操心，父亲和姑父都已经安排好了，五表弟已在路上，明日即可到京打理这边的事。"

"五弟？"刘聪顿时愣住，父亲只生了他们兄弟四个，什么时候还有个五弟？

呼延南经望他半晌，点头道："四表弟大概还不知情。明曜回平阳后，姑父与他甚是投缘。续起族谱来，明曜原也是出自你们族中。姑父便收了他为义子，如今是五公子了。"

邺城东靠太行，南去黄河不远，旁及齐秦，结凑冀道，开胸殷卫，跨蹑燕赵，自古以来便被称为"河北之襟喉，天下之腰脊"。魏武帝在城中筑造铜雀台，名盛一时。此时听闻阿琇将到邺城，司马颖格外高兴，亲自在铜雀台上设宴相迎。席间他将一把金漆匕首递给阿琇道："你甚是文弱，以后还是需有利刃防身。这把匕首是我昔年所得，锋利异常，你可留在身边。"

阿琇瞧那匕首不过尺长，鞘上却镶满了缠丝玛瑙，而柄上有文字，却是古朴莫认。靳准从旁瞧了一眼，忽然惊道："这难道是先秦时专诸所用的鱼肠剑？"

司马颖有几分讶异地望着他道："先生竟知道此剑？"

靳准淡笑道："专诸乃是春秋时天下闻名的刺客，以一把鱼肠剑刺杀了吴王僚。只是没想到此剑竟能流传至今。"

司马颖点头笑道："不错，专诸刺吴王时，曾将鱼肠剑藏在鱼腹之中，虽然刺杀得手。但却在与侍卫激烈交战时力竭而死，此剑便一直藏在吴宫之中。先帝灭吴时，在吴宫中得了这把数百年前的宝剑，发现唯有剑端有损，命能工巧匠巧截其型，改剑为匕，才得了这把锋利无比的匕首。"

他轻轻拔出匕首，只见匕首的锋刃上竟是暗墨色，乌沉沉的一点光影也照不出。靳准轻轻拔下一根发丝，放在匕刃上，却见那头发遇刃则断，足见匕首之锋利。阿琇这才知道这匕首是何等难得，她迟疑道："十六叔，这匕首既然如此锋利，应该留给十六叔贴身。"

司马颖将匕首回鞘，望着她微笑道："如今有人想要近我身旁也难，要此物何用。"

阿琇心下感动，将匕首慎而重之地放在怀中，又对司马颖道："十六叔，这位靳准先生博学多才。这次他护送我来邺城，一路十分不易。”

司马颖果然对靳准高看几分，他对靳准道：“先生在洛阳时所居何职？”

靳准恭敬道：“下官为太仆。”

阿琇感念靳准一路护送照料之功，便对司马颖说道：“靳大人颇具才干，屈居太仆一职，实是罔用了。”

司马颖侧头瞥了靳准一眼，忽然说道：“请教先生，如今邺城人口不过十万之众，刚经战火，夜里常有鸡鸣狗盗，城中百姓烦扰不堪，当如何治理？”

靳准略一思索，说道：“这是吏治不清之过。邺城平原千里，漕运四通，素来人口繁杂。城中有鸡鸣狗盗之徒自扰百姓，定然是有官府皂役包庇，须先从官中下手，严整皂役中吃里爬外之人。再重新抽取年轻老实的壮年人，编组成队，夜里巡逻四城，不出旬日，定然可以路不拾遗夜不闭户。”

司马颖目光逡巡不定，皱眉道：“多设皂役，岂不是让百姓多添苛苦？”

靳准从容自若道：“给百姓带来困苦的是苛役，可用魏武帝的五色棒法把这些人整治好，自然就无苛役了。”

司马颖细细一想，眉间舒展开来，笑道：“靳先生果然有治国安邦之才，做个区区太仆实在是委屈了，便在我城中做个仆丞吧。”

靳准应声叩拜，谢恩不提，阿琇在旁也为他欢喜。

司马颖问过靳准的事，转头便来问阿琇道：“那一日我瞧见你在城头上，有人快马把你救走，那人是谁？”阿琇支支吾吾半晌，瞧见靳准的目光盯在地上，心知不可瞒下去，只能说道：“是匈奴左部将军刘聪。”

司马颖看在眼中，皱眉问道：“匈奴人也入京了？”阿琇心惊肉跳，赶忙道：“十六叔，南匈奴诸部并不像鲜卑人那样野蛮，他们已经在并州多年，深受我朝教化，连服饰和饮食都与我们无异了。”司马颖重重跺足道：“齐王何等糊涂，我避走邺城，就是不欲和他有意气之争。他仍是不知教训，大肆用异族之人，长此以往，定要生出祸乱。”

阿琇赶忙用求助的目光望向靳准，想让他美言几句。靳准有些尴尬地轻咳一声，说道：“王爷不必太过担忧，如今最为要紧之事便是豫章王已经入京，恐怕是冲着王爷来的。近日已有人在朝堂上提及议储之事，王爷和豫章王都是皇太弟的人选。王爷虽有避退之心，可现在情形并不乐观。”

司马颖这几日也收到了宫中急报，皇帝身体不好也不是一天两天了，这个节骨眼豫章王入京确实蹊跷。但他不愿意让阿琇担忧，转头对侍从道：“先送公主回去休息吧。”

阿琇却道：“十六叔，我虽为女子，也愿为天下分忧。”

司马颖见状点了点头，并不在意。

却见靳准有些担忧地望了阿琇一眼，方迟疑地对司马颖道：“陛下咯血之事……”

阿琇心里一惊，只见司马颖亦是有几分忧虑地瞥了自己一眼，方才缓缓道：“陛下的身体，我也听说了。只是在行宫中受了些苦头，想来没有什么大碍的，若能回宫调养，就会好转。”

阿琇低下头去，心知他是在安慰自己，她对自己的父亲说不出是什么感觉，若说骨肉亲情，可到底有几分生疏，自幼至今，甚至连靠近父亲说一句话的机会都没有，反不如十六叔更亲近。靳准摇了摇头：“臣斗胆进言，陛下情形若好，王爷还有转圜之机。若陛下一直不好，到时候王爷又上哪去躲？恐怕不等王爷躲开，就有反对齐王的朝臣来拥戴王爷为主。”

司马颖喟叹道：“其实我哪里愿意争什么皇太弟，倒是齐王这样执迷不悟，叫我一番心血都白费了。”

靳准说道：“王爷不愿意去争，固然是心存天下的慈悲之心。但有的时候，不争是争，争是不争。”司马颖目光一暗，沉吟不语。阿琇却急道：“靳先生此话怎讲？”靳准缓缓道：“王爷若不争，就是刀俎鱼肉，迟早有一天要面临滔天大祸。早从王爷带兵出征起，就已没有了韬光养晦的资本。不管您是在洛京还是在邺城，齐王都不会放过你这个劲敌。如今不如出来一争，若真为国储，有一日荣登大宝，才能真正按您心中的抱负大计成事。”

“这才是你真正想来与本王说的吧，”司马颖忽然冷冷地瞥了他一眼，含了一抹冷淡的笑意道，“登基而为九五之尊，天下谁人不想，就连赵王那样聪明睿智之人，也不免被孙秀这等小人蛊惑，冒天下之大不韪去篡位，最后落得个遗臭万年的下场。我若不警醒自身，也不知被多少人蛊惑了。”

阿琇心中微震，她早知司马颖从无夺位之心，她随靳准而来，半有引荐之意。从心底仍是盼着如今天下大乱之势，能有十六叔出来主持。但她却从不知十六叔竟然意绝如此。

靳准面上一滞，兀自劝道：“王爷和司马伦的状况怎能一样，他是篡位小人，您可是可为皇太弟，名正言顺的皇位继承人。”

司马颖一哂道：“宫里的这些把戏，我自幼就看得熟了。所谓名正言顺也好，夺权篡位也罢，都不过是一家之言，又哪有什么是非正义。我不愿为君上，只愿为贤王，今日之事你勿要再提，我绝不会相允。”他此言说罢，便十分不客气地甩手而去。

靳准望着他的背影，长叹了口气，道：“唾手而得天下如王爷者，竟这样视之如弃履。”

阿琇默然顷刻，方道：“十六叔心中的抱负，是我们都不懂的。”

靳准连连叹息：“以如今天下之势，恐怕祸乱就在眼前。王爷这样顾重声名、袖手旁观，把兵权都交了出去，岂不是要任人宰割？”

阿琇有些茫然，忽然她想起一事，正色道：“若是十六叔有了名正言顺的掌兵权的法子，又该如何？”

靳准侧目凝神：“公主有何妙策？”

阿琇心里闪过了一瞬白虎符与驺虞幡，可她想到了司马颖斩钉截铁的表情，终是咽了回去，迟疑道：“没有什么，我只是随便说说。”

靳准始终是忧心忡忡，叹道：“若成都王也不愿逐鹿，这大好江山却不知要落到谁的手里了。”

豫章王司马炽人虽年轻，却甚是谦逊，很快便得到了朝臣的交口称赞。齐王见机便道：“诸位，如今圣体违和，国本却未立，已是该立皇储之时。”朝中这些人都是他的心腹，怎不知拥戴之意，此时田密便道：“王爷除掉逆贼司马伦，已是功德盖世，是我朝不世而出的功臣，合该……”

众人一时都静默下来，不知道齐王心中打的是什么算盘。

刘聪望了望站在齐王身旁沉默不语的豫章王司马炽，心里如明镜一样。如今齐王与成都王各半功劳，成都王是先帝之子，声望又高，若论储位，只在齐王之上。齐王自召豫章王入京，就是存了别的心思了。他见齐王脸上的失望之色越来越浓，心里存了一赌的念头，便向前一步说道：“臣以为，豫章王是先帝之子，年轻敦厚，可为储君人选。”

齐王面上霍然有了光彩，笑对刘聪道：“玄明之言有理。”吴王司马邺却露出不忿的神色。齐王既然开言，众人马上揣明了他的意图，人人都开始夸赞豫章王如何年轻有为，如何可堪大统，一时间谀辞如潮，也不在话下。刘聪瞧着齐王亲昵地携着豫章王的手，让他坐在主位上，心里总算松了口气，这才发觉自己从前胸到后背都被汗水湿透了。

他一回头，只见吴王司马邺冷冷地瞥着自己，轻声道：“刘将军真好智谋。”

“吴王殿下借郭象之口说和亲事，何尝不是智谋绝伦？”刘聪淡然道，“保存自身而已，彼此彼此。”司马邺望了他一瞬，不屑地摇了摇头走开。

消息传到邺城，司马颖为了让齐王安心，不日便向京城递交了奏折，亲笔保奏拥立司马炽为储君。阿琇心中思量许久，便私下里悄悄将手里的半枚白虎符交给了司马颖。司马颖拿到半枚虎符大是惊诧，问道：“当日我与齐王同时入宫搜寻，却没有找到此物，如何会在你手里？”

阿琇便说了崇末将半枚虎符交给自己的始末，只是隐去了他便是贾修的实情。司马颖细细想了想，却道：“那日在军中时，确是见过一位老道，齐王尊他为郭先生，难道他便是名赫一时的郭象？”阿琇心念一动：“郭子玄之名，我听靳先生说起过。”

“当时我还以为他神神道道，并不怎么信他，”司马颖迟疑道，“如今看来，能从赵王手里拿到白虎符的人少之又少，他又让徒儿交给你而不是交给齐王，这郭象师徒是友非敌啊。”他收好半枚白虎符，面上露出几分喜色，却对阿琇和颜道，“阿琇，你将这东西拿来得正是时候，如今可以解一桩大危难。”

不出三日，便有京里来的使者来到邺城。使者来时，司马颖却不在城中，侍卫们都说成都王一早就出城打猎去了。齐王派来的使者名叫董艾，是齐王的妻舅，因此格外骄纵。此时董艾极是不满，呵斥半晌，便要在城里找个主事的人快来接旨，侍卫无法，只得来找阿琇。

阿琇见这董艾并不眼熟，以前未在宫里见过。她自己未穿公主服制，那使者董艾也并不识得她，直道是王府内眷，便趾高气扬地将密信交给她，让她速速去寻成都王回来答复。阿琇看了密信，拿不准齐王使者的来意，只得一面好言好语让人带了董艾去歇息，一面派人去找成都王回来。却见司马颖身边最得力的侍卫曹统吞吞吐吐，她愈发心中生疑，问道：“十六叔到底去哪里了？为何你们都这样紧张？”

曹统忽然跪下道：“公主恕罪，非是我们故意要隐瞒公主，王爷此去乃是绝密之事。”

阿琇心里霍然一惊，问道：“难道十六叔并不是出城打猎？”她瞧着曹统神色，愈发证实了自己的猜测，急道，“此事你必须告诉我实话，现在朝中派人来传旨急召十六叔，若是他不在城中，恐怕会引来祸乱。”

曹统望着阿琇急切的神情，只得说道：“不敢隐瞒公主，王爷是去了东海郡，要与东海王商议诸事，此去没有十天半月是回不来的。”

阿琇颓然坐在榻上，心里已是没了主意。曹统见她这样神色，心里也有些发慌，说道：“王爷的马是日行千里夜行八百的好马，他已经走了大半日，这时候派人去追怕也来不及了。”阿琇冷静了一瞬，说道：“你先去将那使者陪好，务必要小心侍奉着，待我慢慢想想该怎么办。”

曹统有些担心地望了望她，却见她语意坚决，也只得去了。

阿琇在花厅里坐了半晌，将那信看了三四遍，心里愈发不安了起来，念头忽动，便向靳准的住处走去。谁知她一进屋，却见靳准正在收拾行囊，阿琇慌忙道：“先生这是做什么，可是这里有什么不周到之处吗？”

“天下马上就要大乱了，我还待在这里做什么，”靳准说着抬起头望了望阿琇，摇头道，“王爷今日不在府里，公主这时候来找老臣，是不是京里传来消息了？”阿琇心里已是服了八分，说道：“先生料事如神，确实是京中来了信，十六叔又不在城中，我便想来找先生拿个主意。”

说着她将信交给了靳准，只见靳准接过那信笺，略略扫了几眼，便冷笑道：“公主以为这信是什么意思？”

阿琇自看那信起，便觉得有几分异样。这信是齐王亲笔所写，内容极是谦和，是说先帝 如今病重，不宜商议立储之事，还盼成都王早日回京探病，共商大事。阿琇迟疑道：“齐王本是极力推举豫章王为皇太弟的，为何突然变了卦，反倒耽搁起来。”

“他推举之时，是害怕成都王成了储君，自己大权旁落。可如今成都王都不争了，他还怕个什么。”靳准淡淡道，“此时他只怕豫章王真的为储君。”

阿琇皱眉道：“那齐王是假意拥护豫章王？他怎么不能如十六叔一样为了天下且做退让？”

靳准审视她，平静地说道：“豫章王毫无根基，如同摆设一样，有何可惧？齐王真正害怕的是深得拥戴的成都王。你让他如何体谅成都王？他在朝堂上争不过成都王，在战场上被成都王俘虏过，这对于齐王来说永远都是一个无法化解的心结。”说到这里他叹了口气，又道，“更何况齐王原本以为成都王定会争夺皇位，想不到他主动让了出来，还推举保奏豫章王。此时齐王自然会想，成都王与豫章王二人本就是亲兄弟，万一齐心协力，日后还有齐王什么事，他的如意算盘岂不打了水漂？他自然是要除掉王爷的，所以那日我对王爷说，他退也是进，不退也是进，已没有任何退步的余地了。”

阿琇又惊又急，说道：“那此时让十六叔入京，岂不是凶险万分！我这就去回绝那使者，让他回去。”

靳准摇头道：“不妥，齐王已经明说了是奉旨请王爷回京的，王爷若此时回绝不去，就是目无君上，这时齐王出师有名，只怕马上就会发兵邺城了。”

“去也不是，不去也不是，”阿琇急道，“现在十六叔也不在城中，那该如何是好？”

“王爷这一出城，怕是没有十天半月回不来吧。”靳准忽然说道。

阿琇微微一怔，只得点头说了实话：“实不相瞒先生，十六叔这是去了东海郡。”

“如今自身都难保，王爷还想着天下苍生，不仅自己交了兵权，这是去劝说东海王归心朝廷的。”靳准露出了一丝苦笑。

阿琇心里自然如明镜一样，她在洛阳亲眼见到鲜卑人烧杀掳掠的情景，谁都能猜想到若没有背后之主东海王的指示，鲜卑人哪里能有那样嚣张。十六叔拿到了白虎符，自然第一件事便是要去收东海王的兵权。只叹他一片为国之心，却不知齐王已将利刃悬在邺城上了。

“依我看，如今王爷不在城中不是坏事，”他言辞犀利至极，瞧着阿琇面色微变，他面不改色道，“若王爷在城中，以你我之力，能阻住王爷？只怕他明知是龙潭虎穴也会即刻只身入京来解国中危难的。”说着靳准转过头去，又开始收拾他的包裹，声音极是寡淡的，“不过现在大祸临头了，邺城之祸恐怕已迫在眉睫。从王爷交出兵权开始，就没了跟齐王抗衡的东西，这就已经是个死局，无法可解了。”

死局，死局。阿琇心中反复琢磨这两个字，忽然她疾声道：“先生，若是有驺虞幡在手，可解此局吗？”

靳准霍然回过头来，目中似有不信之意：“公主所言，是先帝所设的白虎符、驺虞幡吗？”

阿琇点了点头，面色已是苍白道：“先帝不是说过，白虎符可调天下之兵，驺虞幡可解天下之兵。如今驺虞幡还未出现过，倘若有此物在手，可解天下危难吗？”

靳准犹豫道：“确有这样的说法，可此二物都是传说之物，诸王之乱至今，从未有现世，难道真有这两样东西？”

阿琇道：“白虎符现下半枚在十六叔手中，半枚在齐王手中，谁都调不动兵马。驺虞幡我亦是知道在哪里的。”说着她便讲了贾谧临死时交给自己帕子的来历，以及在邙山上发现那驺虞幡的始末。靳准愈听愈是专注，说道：“这驺虞幡被贾后、杨太后、司马伦这些人都这样重视抢夺过，看来先帝临终的传言恐怕是真的，若公主真能拿到驺虞幡，也许可以解邺城的灾祸。”

阿琇已是重燃希望，振奋道：“我这就让曹统去取驺虞幡回来。”

“只是……”靳准沉吟道，“公主，此事绝密之至，事涉国运，决计法不传六耳，不可再让一人知道，必须公主亲自去取。”

阿琇咬了咬牙，说道：“好，那我就亲自去一趟，一定要拿回驺虞幡来。”

靳准望着阿琇说道：“公主此去邙山行宫，有两日路程，一去一回少说也要四五日，到时候恐怕齐王并没有这样的耐性等下去，只怕不日就会兵临城下，围困邺城了。”

阿琇蹙眉凝视着靳准，只听靳准一字一句地说出了自己的答案：“我们可以对使者诈说王爷生了重病，再由公主摆明身份，以公主之尊随使者回京复命，才能让齐王挑不出错处来。等到公主回京后，悄悄去邙山行宫拿到驺虞幡。到时候就算齐王再想出什么名目处置成都王，公主都能解救危急了。”

阿琇没有半点犹豫地说道：“只要能为十六叔分忧，阿琇愿意一切都听先生的安排。”

靳准拿着那封齐王的书信仔细看了几遍，忽然双目一亮，快步走到桌边，拿出笔墨，便在小笺上快笔书写起来。阿琇不免好奇地凑头去看，却顿时瞠目结舌，只见那笺上的字体笔意竟与书信上的一般无二，浑然便出自一人之手。靳准写完书信，正欲交给阿琇，忽然一拍脑袋道：“瞧我真是老糊涂了，竟连火漆也未封上。”阿琇心知事关重大，信函万万不可走漏风声，便点头道：“无妨的，待先生封好就是。”靳准拿着信函去了内帐，不多时便转身出来，把用火漆封好的信函交给阿琇，再三叮嘱道：“这信你万万要收好，若能寻到合适的人物，日后当能派上些用场。”

阿琇讶异道：“先生何以能写出齐王的笔迹？”

靳准微笑道：“这都是幼时习的末技，公主见笑了。”

第二十二回

防有鹊巢

曹统陪着董艾在邺城最好的楚馆里听了一下午的歌舞，又命人找来城里最好的舞姬倌人来陪伴佐酒，好不容易才把这个京城来的使臣哄得有七八分高兴。曹统本是宗室子弟，自幼拜得剑术名家学习剑法，年纪轻轻就在军中任佐领，后又跟随成都王征战沙场，他只不过二十余岁的年纪，便在沙场上积了军功而到将军，本以为前途无限，谁知成都王司马颖交出兵权，撤了邺城防军，一时间数年挣命都成了空。成都王看中曹统的才干，便留了他在身边。曹统忠心耿耿，自愿任为成都王的侍卫，成都王索性将王府中大小事务都交给了他，极是信任。此刻他脑中都是公主焦虑的神情，那样年轻美丽的公主，她能处理好这么棘手的事吗？

董艾搂着两个娇媚的舞姬，已经喝了八九分醉了，他瞧着曹统心神不宁的模样，大着舌头不满道：“曹……曹侍卫，你看这么多的美人儿，怎么反倒愁眉苦……苦脸的……”

说话间，便有个有眼色的舞姬马上坐到了曹统怀里，替他斟酒。曹统身子略有些僵硬地搂住了那舞姬，对董艾笑道：“卑职哪有愁眉苦脸，定是大人瞧多了美人的花容月貌，便瞧着卑职格外碍眼些。”

董艾开怀大笑：“好……好……”

他话音未落，忽然冲进几个小侍卫来，个个都带着刀剑，连通报一声也无，瞬时便将屋里的人都围住了。

董艾大惊之下，酒也醒了大半，推开了怀中舞姬便站了起来，呵斥道："大胆，你们是什么人。"谁知那领头的小侍卫瞧也不瞧他，只对着曹统单膝跪下道："曹将军，大事不好，王爷身受重伤了。"曹统脑中嗡然一声，已是站起身来，匆忙道："我这就回府去。"说着他向董艾行了一礼，道："大人，末将失陪了。"董艾眯着一双小眼睛，乌黑的眼仁滴溜直转，他看着曹统却道："不碍事的，既是王爷出了事，合该是要去看看。我也随你一起去吧。"

曹统迟疑道："这……恐怕有些不妥吧。"他瞥了一眼前来报信的小侍卫，只见那人不易察觉地向他点了点头。董艾却急道："这有何不妥，本官是朝廷钦差使臣，难道连个小小的成都王府也不得探望吗。"曹统无奈之下，只得点头称是。

两人刚到王府前，只听得屋内的哭声已经传了出来，曹统皱眉道："是谁在府里啼哭，太不成体统了。"小侍卫还未答话，却见府门便开了，一个宫装女子走了出来，一身鹅黄的茜纱罗裙上系着珠珞金带，正好合着她婀娜的身姿，腰间所系的白玉双佩叮当作响，与发上所簪的明珠金钗交相辉映，更映衬出她肤色如雪，眉目如画。

董艾就算再不济，也该认出这服制是公主的服制，他正讶异间，却见曹统已是纳头拜倒，道："末将见过公主殿下。"董艾恍然醒悟过来，这气质高华的女子便是晌午见过的那位少女，他到底在齐王身边待了数年，也算有些见识，便也跪拜在地，说道："微臣董艾拜见清河公主殿下。"

阿琇还礼，却对二人蹙眉道："十六叔今日出城狩猎，捕猎猛虎时不慎坠马受了重伤，可如何是好。"

曹统心下讶异，明明知道成都王今日是去了东海郡，怎会狩猎受伤？但他情知公主此举定有深意，便说道："末将即刻去请名医来为王爷诊治。"

阿琇摇了摇头，目中已含了泪光："从十六叔回来到现在，已经将城中名医尽数请来，此刻都在里间诊病，汤药针石都用上了，王爷还没有醒来。"

董艾心下生疑，目光一闪，说道："王爷自幼擅长弓骑，身体健壮，不会有大碍的。"他对上阿琇的双眸，却见那双清澈无瑕的眸子仿佛要直射到他心底，他有些心虚地低下头去。

隔了片刻，只听那悦耳又清冷的声音说道："还请二位随我进屋来说话。"

两个人各怀心思随着阿琇走进了屋子，只觉得霍然敞亮了起来，这里正是成都王的起居室，共分内外两间，外间点了数百盏明烛，直视晃人眼目，地上还有蜿蜒的血痕，一直延伸到内屋。内外间隔了一道珠帘，不断有侍女匆忙地进出，里面若隐若现有一张床榻，上面躺了个人，看不清相貌身形，里面的地上还跪着几位太医，瞧上去都须发花白了。珠帘外的桌案上放了一个头盔，上面都是斑斑血迹，瞧上去触目惊心。

曹统本是狐疑不定的，待他看了一眼桌上所放的头盔，心里忽然咯噔一下，这头盔何等眼熟，正是自己素日所戴。他顿时放下心来，心知里间的人决计不会是成都王，便将注意力放到了董艾身上。阿琇把他和董艾让到了东首的软榻上，又命侍女给他们上了茶。

董艾向内间不住地探头探脑，说道："臣想进去探望一下王爷。"

阿琇用绣帕轻拭眼角，含泪道："刚才大夫吩咐过，十六叔如今伤重未醒，不可吵闹惊扰到他。"

曹统长叹口气，已是洒下几滴泪来："想不到王爷一辈子为国事奔忙，好不容易从沙场挣命回来，却横祸天降。"两人一唱一和地叹气，董艾信了足有八分。正说话间，有侍女捧了汤药进来，阿琇站起身略看了看，便道："送进去吧。"

三人继续在外间闲聊，然而董艾的目光一直不断往珠帘内逡巡，阿琇都看在眼里，心里冷笑。

不多时，那侍女又端了药碗出来。董艾假装失手，桌上的茶盅落在地上，茶水溅到那侍女的衣裙上，侍女赶忙放下药碗，低头去捡地上的碎片，又给董艾擦拭衣袍。董艾顺势站起身，向那侍女端着的药碗看了一眼，这才笑道："不碍事的，不碍事的。"

只听阿琇气恼道："还不赶紧出去。"那侍女本已吓得瑟瑟发抖，这才如蒙大赦一样端着药碗出去了。

董艾心下盘算一番，说道："王爷既然受了这样重的伤，想来一时半会也不能起身入京了，我便先回去给齐王殿下复命吧。"

曹统心下松了口气，正想答应，却见阿琇正色对董艾说道："董大人，实不相瞒，齐王殿下给十六叔的那封密信我已经看过了，信中说父皇病重，我心下也十分不安，我离京也有数月，一直牵挂父皇的病势，还望能随大人一起还京。"

董艾有些犹豫，迟疑道："这……"

阿琇轻轻拍手，便有几个小黄门捧了沉沉的几盘黄金而来，足有百两之多。她见董艾瞧得眼睛发直，说道："邺城地小物薄，对大人招待不周。这一点微薄之礼，是给大人做路资的，还望大人怜恤我挂念父皇之心，带我回京。"

董艾为人最是贪财好色，见到这样丰厚的孝敬哪里还说得出拒绝的话，他心下盘算只觉得带一个清河公主回京也不是什么大不了的事，何况齐王要是知道了成都王身受重伤这样的好消息，定会好好地嘉奖自己。他满口答应下来：“这个不碍事的，只是公主路上难免要委屈了。”

曹统心下震惊，说道：“公主殿下，让末将随你一同入京。”

阿琇还没说话，却听董艾极是大方道：“都去都去，无妨的。”

成都王既已受了重伤，董艾便归心似箭，连连催促着阿琇一起动身。阿琇本不想让曹统入京，想让他在邺城中留作照应，可曹统执意不肯，他说道：“董艾是个小人，公主只身随他入京，路上不定会出什么岔子，还是末将随公主一起去。”阿琇见拗不过他，也只能答应了他，便将邺城的防务都秘密嘱托给了靳准，这才随着董艾一起上路。

董艾最讲排场架子，一路上都要滋扰地方，搜刮一番，每天行不了数十里便借口天气炎热，要休歇下来，自然就有地方官前来孝敬一番，更有歌舞美姬侍候，这一路走得十分得意。一路上阿琇从来都不露面敷衍，只在营帐中歇息，更有曹统在帐外把守值夜。董艾也乐得他二人不出面，搜刮得更肆无忌惮些。曹统私下问阿琇道：“那日如何能骗过董艾？”

阿琇鄙夷地撇了撇嘴，轻声道：“像董艾这样的贪财好色的小人，却也最爱耍小聪明。那天侍女端进去的那碗药，就是消除他疑心的关键。”

曹统疑惑道：“那碗药有什么玄机？我见她端出来时还剩了大半碗啊。”

阿琇淡然道：“那碗药端进去，若是一口不动，董艾定要起疑，可若是全部喝完了，哪里会是重伤昏迷之人所为？定要剩下大半碗才能打消他的疑惑。”

曹统已是叹服：“公主果然圣明。”阿琇轻笑道：“一时之间，我哪里能嘱托侍女做得这么周全。其实那日躺在屋子里的是靳先生，仓促之间还能顾虑周全，靳先生才是智谋深远。”曹统心悦诚服道：“我们只知在沙场上厮杀，不如靳先生一条妙计来得管用，不费吹灰之力便能化解危局。”阿琇抿嘴笑道：“将军也不用这样过谦。若不是有战无不胜的曹将军在旁震慑，董艾若真的闯进去一探究竟，我们都是妇孺之辈，哪里能阻拦得住。”

两人话音未落，却听外面又传来了丝竹管弦之声，曹统向外望了望，说道：“今日又只走了三十里。如今才是四月天气，如何就热了？董艾就是借此滋扰地方。”阿琇淡淡一笑：“他都不急，你何必着急。我只盼他走得越慢越好，这才能给十六叔争取时间，让他赶回来处理这桩大事。”曹统心领神会，自是又去向董艾找了些事端，怂恿他走得愈发慢些。

如此走走停停，第六日才到了京城。

董艾将阿琇安置在城外的驿站里，曹统又少不了重金贿赂一番，他便在曹统面前打了包票说道："兄弟权且放心，有我在齐王面前为公主保奏，定然风风光光把公主接回宫去，不但大有封赏，连兄弟你也不会落下好处。"经这一路，曹统早知他其实是齐王内舅，此时自是好好拍须一番，直教董艾喜滋滋地去了。

阿琇听得董艾走远，方从房中转了出来，叹道："此人死到临头还不知道，真是个蠢材。"

曹统将信将疑："齐王真能知道咱们王爷诈病之事？"

阿琇正色道："齐王何等人物，怎会没几个心腹为他谋划。此时就算邺城的消息没有传回来，东海郡那边也该有消息到了。我们若在这儿苦等，恐怕一辈子也进不了城了。咱们走吧。"

曹统此时已对阿琇心悦诚服，于是恭敬道："公主要去哪里，末将定要相护卫的。"

阿琇望了望外面有些阴晦的天色，轻道："要变天了，咱们得赶在天黑前去邙山行宫走一趟。"

董艾回到齐王府，便让人通报要见齐王，府里的人都说齐王还在宫中。他心下冷哼几声，心道：这些势利的下人，若是等会儿姊夫看我立了大功奖赏了我，看怎么收拾你们。想是这么想，他私下一盘算，便径直往王府后院走去。

董氏此时正在屋里，见他进来，讶异道："王爷不是派你去邺城了吗？怎么这么久才回来。"董艾满不在乎地往榻上一靠，说道："姊姊，我这次去可是立了件大功回来。"董氏犹自不信，她素是知道这个弟弟既无本事又没出息，望了他一眼，便道："只要你不出去给王爷惹出祸来，我便要去感谢菩萨了。"董艾愈发生气，道："你懂什么，姊夫让我去办的可是件机密大事，若不是自家人去，外人谁能信得。"

董氏嗤了一声，道："我说你就安安稳稳待在家里多好，偏偏你要我去帮你向王爷讨什么差事，那成都王是好惹的？在战场上连咱们王爷都讨不得好去。"

"姊姊真是妇人之见，"董艾一扭头，不满道，"不入虎穴，焉得虎子，我如今可不是立了大功回来。""果真是立了大功？"董氏半信半疑道，"阿弥陀佛，若是你能少惹些事，我就放心不少了。"

董艾自是好好吹嘘了一番他在邺城的功绩，直说得董氏心花怒放，以为这个弟弟真长进了。董艾又道："姊姊，王爷如今这样看重于你，我再帮你多挣几件功劳，若是你将来生下一男半女，就坐稳了王妃的位置了。"

齐王的家眷都在司马伦的政变中被杀，这位董氏夫人也是齐王在豫州时纳的，只是侧室而已，因为一直随他征战南北，故而极得信任。董氏拿起绣帕，拭了拭泪水，念了声佛道："如今王爷又纳了几个狐媚子，整日里妖里妖气地缠着王爷，着实恼人得紧。"董氏虽是唯一跟随在齐王身边的侍妾，但新近齐王得势，自然少不了新纳内眷，董氏难免会有些怨气。

董艾笑道："这有何妨，姊姊不是还有我在，只要我多为姊姊挣些功劳，到时候有谁敢欺负我姊姊。""只要你不惹是生非，我就平安得紧。"董氏嗔了一句，心里却是深以为然的，便破涕为笑了起来。她瞧着弟弟出去了这半个月，不但没有瘦，反而更胖了些，心下到底是欢喜的。董艾从怀中摸出一个锦袋，里面装着的便是他一路上搜刮的奇珍异宝。董氏顿时便被华光耀目得挪不开目光来。董艾得意道："这是我这次出门弄到的宝贝，姊姊这里也太寒酸了些，该好好置办置办。"

董氏接过那袋金银，结巴道："这……这如何使得。要是王爷知道，该会生气的。"董艾轻声笑道："我姊姊今日是王妃，日后说不定当个皇后都当得，有什么使不得。"

"有谁要当皇后？"却听有人怒气冲冲地推门进来，董氏姊弟两人抬眼望去，只见齐王黑着脸大步进屋，董氏慌忙拉着弟弟跪在地上请罪。齐王理也不理董氏，只望着董艾斥道，"你还有脸回来！"

董艾最怕齐王，此时吓得跪在地上，忙道："王爷，我去邺城可是遵照您的旨意。"董氏心疼弟弟，亦是劝道："他这不是刚回来吗，王爷何必生这么大气。"

齐王瞧着董艾就气不打一处来，怒道："两日的路程，来去走了大半个月，他除了会耽误大事，还会做什么。"他看董艾梗着脖子就要辩解，喝道，"我问你，你在邺城见到成都王没有？"

董艾缩了缩头，小声道："没有……"

"没有？那你回来做什么！"

董氏劝说道："你先听艾弟把话说完嘛，他这次也不是没有办成事回来。"

"姊夫，你都不听我说完就这样责备我，"董艾好不容易得到了说话的机会，辩解道，"我到邺城那日，成都王正巧出城打猎去了，我等了一天，到了晚上他人倒是回来了，却是被抬着回来的，他在城外时马受了惊，被跌落下马，受了重伤，自是没法随我回来的。"

“你亲眼所见他受了重伤？”齐王望着他，眸中墨色愈发深了些。

董艾回想当日情形，愈发坚定地点了点头，道：“我亲眼所见。”

齐王盯着董艾，一字一句道：“那东海郡怎么会有密探来报，这两日成都王已到东海，与东海王密商大事。”

董艾闻言吓得腿都软了，他硬着头皮道：“姊夫，决不会如此。从邺城到东海有数日路程，我临行那日成都王还在床上重伤躺着，就算他是神仙也不会现在就插翅飞到东海。我可是一听这消息就快马加鞭回来给姊夫报信的。”

齐王道：“若是你那日真见他受伤，的确是不会现在就到东海了。”他陷入深深的疑惑中，踱步不止，忽然他余光瞥到董艾得意洋洋的样子，更是生气地喝道，“不过你哪里是快马加鞭赶回来？这两日的路被你走了七天，沿路搜刮百姓、滋扰地方，早有弹劾你的奏报传到京里来了。”

董艾吓得发抖，也寻不出什么言辞出来辩解，便向董氏使眼色。谁料董氏还没看到，却都落在齐王眼里：“来人，”齐王怒意更浓，大喝了一声，自有侍卫进来，齐王一指董艾，说道，“把他给我拖出去，先打五十大板，再关到柴房里去，若是东海那边消息有假，就放他出来，可若是成都王真到了东海郡，那就要了他的狗命。”

董艾吓得肝胆俱裂，跪在地上苦苦求道：“姊夫……姊夫……王爷……王爷饶命啊。”齐王一甩袖子，哪里理他。董艾便又去跪在姊姊董氏足下，抱着她的衣襟苦苦哀泣。董氏心里不忍，刚想开口，却听齐王冷声道：“若谁劝一句，就多打他十大板，本王之令，谁人敢违。”

侍卫得令之下，自是拖着董艾去了。董氏听得弟弟的哀嚎之声，只觉肝肠寸断，可又不敢相劝，只扑在榻上轻声抽泣。齐王更觉心中烦恼，便极是不悦地拂袖而去。

曹统在客栈外准备雇乘大车，谁知天色阴暗欲雨，集市中的人都赶着回家去，一时间竟是家家户户都关了门。曹统心急如焚，只听阿琇轻声道：“若是雇不到车，我们便骑马去吧。”曹统微微一怔：“公主千金之躯，如何能骑马抛头露面？”阿琇眉头微蹙，轻轻伸指拭去了眉间一抹鹅黄的花钿，抹去了胭脂膏，又将细细的远山黛描得粗了些，再对镜梳拢了乌黑的长发，将一头如瀑青丝都笼在帽中，她见曹统看得目瞪口呆，也并不言语，径自去内室换了套衣服出来，却对曹统说道：“这样打扮可像个男子？”

她身上穿的是件窄身的胡服，此时做了男装的打扮，更显得颇有几分英姿。曹统细看了她一瞬，忽然面上有些发红，颇是不自然地扭过头去，有些尴尬地说道："那我们走吧。"

阿琇其实并不会骑马，曹统特地让客栈老板牵了匹矮小的马儿出来，慢慢地扶着阿琇上了马。阿琇心里吓得不轻，可面上还强装出镇定的样子，她握紧了缰绳，又让曹统在前面指引，所幸这匹小马十分的温顺听话，行得十分平稳。

行到邙山脚下，天上墨云愈发浓了，翻滚着如云海怒涛一般，黑云压城，颇有几分可怖。曹统有些担心道："公主，怕是要下一场大雨了，我们还是找个地方先躲躲吧。"

阿琇却不肯，执意道："曹将军，行宫就在这山上了，用不了半个时辰就可以上山，到时候去山上躲避也不迟。"

曹统拗不过她，只得在前领路。两人沿着山道走入行宫之中，阿琇对这一带显然轻车熟路，东一拐西一转，便向行宫北苑的一片荒凉之地走去。曹统忙问道："公主，你这是要去哪里？"谁知阿琇并不吱声，忽然望着前方面色凝重了许多。

谁能想到这样荒凉冷清的行宫北苑居然隐隐人声喧沸，有一女子骄横的声气在前道："快点快点，你们都不想活了吗。"

曹统抬起头来，只见前方十来个人抬着一顶鸾轿，轿上的女子微微侧着头，正在训斥一旁的宫女和轿夫。旁边还跟随了不少铁甲侍卫，个个身着墨色铁甲，珠帽锦袖，执弓挟矢。曹统并不识得宫中服制，却识得那铁甲侍卫正是宫中最精锐的铁甲营，他正诧异间，只见阿琇忽然面色煞白，咬唇不语。

那顶鸾轿在一间广厦前停住，轿上的女子在几个宫女的搀扶下缓缓下来，径直向里走去。曹统远远望去，只见那殿阁的牌匾上写了三个大字"玉字殿"。阿琇见那女子进去，便赶紧追了过去，曹统阻止不及，只得跟着她过去。阿琇显然对这里非常熟悉，几步便绕到了玉字殿后面的长窗下，可此时宫殿都被整修过，原先长窗下的那些破损都被补上了。阿琇只是着急，曹统瞬时明白了她的心意，他轻轻伸指在口中润湿，便向纸窗上戳去，纸窗竟毫无声响地破了个不起眼的窟窿。阿琇顿时领会过来，学了他的样子也向殿内看去。

那鸾轿上的女子端坐在大殿正中，身旁簇拥着许多侍卫，瞧上去威风极了。女子狐疑地在殿中打量了一圈，只见里面唯有一个张天师的泥像，和一只驺虞的石像，其余的地方空空如也，自是什么都没有了。她便吩咐道："给我挖，掘地三尺也要找出来。"

阿琇心中一紧，忽然有些不祥的预感，难道她要找的竟然是驺虞幡。

那铁甲卫领着众人在殿中挖了一会儿，便对那女子禀报道："公主，这地面都是金砖所铺，金石都钻不开，实在是挖不动。"

那女子略一沉吟，说道："把小月儿给我带上来。"

侍卫们应了一声，自是从外面如拎小鸡一样拎来了一个身材略高些的宫女，她一看到始平就吓得匍匐在地上发抖。

曹统心中大惊，他有些迟疑地望着阿琇，却见阿琇面色愈发苍白了，双目一眨不眨地望着殿内，已是紧张到了极点。曹统瞬间明白过来，这殿中的女子竟是当朝的始平公主。

且看始平冷笑一声，对小月儿说道："你别以为躲在浣衣房里，我就找不到你。说，阿琇那贱人在这里藏了什么！"

小月儿颤声道："奴……奴婢……不知道公主在说什么。"

始平霍然起身，走过来抽了小月儿一个耳光，直打得小月儿半边脸顿时红肿起来，她厉声道："撒谎，你没看到？莺儿！"

莺儿是始平身旁的宫女，此刻她走出一步，添油加醋道："那天奴婢看到清河公主将小月儿领了出来，奴婢就跟在她们后面，亲眼看到她们在这殿里鬼鬼祟祟地挖东西。"

始平怒极，狠狠地踢了小月儿数脚，她下脚颇狠，每一脚都是向着小月儿的要害踢去，口中兀自骂道："让你嘴硬，让你嘴硬。"

小月儿唇角口鼻都被踢出血来，她趴在地上，极是可怜。

始平踢得累了，喘了口气，忽然冷声道："你脑子要清楚一点。阿琇救过你又怎么样？她现在人都不知道死在哪里，还指望她能护着你？趁早说出来她在这里埋了什么！"

那小月儿害怕得缩成一团，垂下头去不敢看她，却低声道："奴婢那天搬来玉字殿，并没有看到什么，长公主殿下只让奴婢守在殿外，奴婢哪里能听到什么。"

始平哪会相信："连莺儿都能听到只言片语，你怎会一个字都听不到？"

小月儿瑟瑟发抖，只摇头哭道："真的没有听到。"

始平一脚踢开小月儿，冷声对身边侍女吩咐道："拿针来，给我扎，扎到她开口说实话为止。"

阿琇在外面瞧着小月儿的惨状，心下不忍，便要冲进去。曹统看了半晌，已知这里面几个女子所说的秘密与阿琇有关，便牢牢地捉住了她，在她耳边轻声道：

"公主不要冲动，里面的侍卫都是铁甲卫，武功高强至极，我们冲进去也于事无补。"阿琇挣扎了几下，却哪里挣脱得了曹统。她双目一闭，两行清泪流了下来。

始平身边几个侍女捏着银针走了过来，她们手脚极是麻利地捉住小月儿的手脚，在她身上扎针。小月儿哀声叫唤，那几个侍女不但没有半分心软，反而下手更重，竟也是往她身上的要害穴位扎去。

小月儿面色惨白，头上黄豆大的汗珠滚了下来。她苦苦呻吟着，低声道："真的没有听到，公主饶命啊……饶命啊……"阿琇亦是浑身冰凉，喉头发出了极低的一声痛哼，曹统顿时出了一身冷汗，唯恐里面的人听到。

正在此时，天上响了一声滚雷，瓢泼大雨倾盆而下，恰好遮住了阿琇的声音，殿中的人毫无察觉。

小月儿忽然神色一变，她已痛苦至极，凝神半晌，忽然说道："我招，我招。"曹统面色一沉，他手中一直扣着一枚金针，若是小月儿要说出阿琇的秘密，便要将她灭口。他左手微扬，阿琇忽然捉住了他的手，轻轻地摇了摇头，面色已是煞白。

曹统迟疑地唇语道："这秘密若事关重大，不可让她说出一个字。"

阿琇摇头不语，却牢牢地抱住了他的双手，绝不让他射出银针，神色亦是坚决之至，亦是用唇说道："她若扛不住招了，我不怪她。"

始平冷笑道："你早些招了，不就不用受这些苦？快说吧，到底埋在了哪里？"

小月儿咬了咬嘴唇，忽然双目通红，轻声说道："你附耳过来，我只说给你一人知道。"

始平狐疑地望了她一眼："你可别耍什么花样，不然我就让你五马分尸。"小月儿抿了抿嘴，并不接话，却很是坚决。始平迟疑一瞬，到底附耳过去。小月儿凑近她耳畔，忽然一口银牙便向始平耳上咬去。

奇变陡生，始平猛地向后躲去，却还是被咬下了半片耳垂，鲜血淋漓得甚是可怕。始平痛极怒道："给我打，打死这贱人！"

谁知小月儿早已下定死志，她一吐口中半块耳垂，却已闪身站起，便向着殿中那石雕的驺虞撞去。旁边的人哪里救得了，只见那驺虞额上顿时开了一朵血花，而小月儿已是倒在地上，一地鲜血淋漓。

阿琇痛呼一声，忽然挣开了曹统，冲进了殿里。她一把抱住小月儿的身子，见小月儿的口唇边有一丝鲜血蜿蜒流了下来，身子已有些发软，她半抬双眸，望着阿琇，忽然露出一点愉悦的笑容，轻声道："公……公主……"

阿琇拼命忍着泪，点头道："是我，是我来晚了……"

小月儿轻轻摇头，忽然面上绽出极其愉悦的笑容："长……长……公主殿下……小月儿没有……出卖您……"

阿琇凄然地握住她的手，哽咽道："小月儿……"

小月儿的眸中忽然迸出一点星光，似是欢喜至极，可头却轻轻垂了下去，斜斜地倚在阿琇的臂上，再无一分气息。

阿琇心中大恸，抱着小月儿还有余温的尸身，默然流下了两行泪。

始平初时震惊不已，转念心中狂喜，冷声对着阿琇道："我正到处找你，想不到你自投罗网来了。"

外面忽然起了骤风，黄豆大的雨滴便砸了下来，卷起满地尘烟。

阿琇回眸静静地望着她，目光中没有一丝温度，她缓缓抬起左手，手上还带着小月儿额上鲜血的温度，指着始平道："你行事歹毒狠辣，必有报应。你我姊妹，从今以后，恩断义绝，便如路人。"

始平忽然抬头冷笑了几声，似是无限讥讽："我们从来就不是姊妹，是仇人。我母后恨你母亲入骨，我亦恨你入骨。若不是你，我和东海姊姊怎么会落到今天这样的下场。"她说着声音陡转凄厉，"小月儿死了，你却还在。快说吧，这殿里的东西藏在哪里？"

阿琇微微抬了抬下巴，淡淡扭过头去："我不知道。"

始平被她这样傲慢的样子激怒，指着阿琇对身旁侍卫道："给我打，打死这个贱人。"

谁知那铁甲侍卫首领并不领命，反而冷冷道："公主殿下，末将奉齐王之命，是来协助您找宝贝的，您已经打死了一个，若再把人都杀光了，我们可怎么回去向齐王交代。"

始平气道："若不是我去告诉齐王，他怎么会知道这里还藏了宝贝，你们要是不听我的话，回去我就告诉齐王你们图谋不轨，不肯协助我取宝。"

那铁甲侍卫首领无奈，对阿琇点了点头，说道："对不住了。"说着他便指挥着两个侍卫上前，似是要鞭笞阿琇。

阿琇哪里会惧怕，她强硬地挺直了腰背，并不屈服半分。

那侍卫高高举起了钢鞭，阿琇侧过头去，只听一声劲风在耳边响过，那鞭子却是狠狠地抽到了地上。她回过头去，只见曹统站在她背后，已是把那铁甲侍卫拦开了数步。

始平大是气恼，指着曹统骂道："这人是谁？怎么闯了进来？"

而那铁甲侍卫首领双眼一瞪，忽然认出了曹统，正色道："阁下可是成都王麾下曹将军？"曹统点了点头，却见此人身形矮小，相貌极是平常，不知是什么来历。那首领忽然面色一震，对曹统抱拳行礼道："昔日沙场上曾与将军有一面之缘，想不到如今又能相逢。"

曹统对那人打量良久，忽然想起昔日战场上似有一个校尉与此人容貌相似，他却想不起姓名来："你是……你是长沙之战时那个校尉？"那侍卫首领躬身行礼道："末将李含。"曹统点了点头，说道："昔日在翊军校尉中，独有你能挡我十余回合，在齐王麾下，你是佼佼者。"

那人面上露出了几分愧色，亦有几分欣喜，低头道："能得曹将军记得，末将荣幸之至。"

曹统淡然不语，那日在阵上时，齐王一连派出十余员大将与自己交战，多是数招便败。最后有一位面容有须的陌生将领与自己交战，三招即不济，眼看要被自己枪挑于马下，谁知一个小小的校尉为了营救那人，居然快马过来挡了自己一枪，又一连挡了自己十余回合的进攻，这才让那将领逃了回去。这小校尉情知敌不过自己，全凭一股拼了命的打法抵抗，见主将已逃，便引颈在马下，准备束手就死。曹统怜他忠义之心，也未取他性命，枪头掉转，策马便回去了。想不到一别余年，竟在这样的场合相见。

始平听他们竟然叙起家常来，极是不悦地斥责道："齐王派你来，是协助我抓人的。如今贼人闯入殿中，你与贼人是旧相识，这是何故？"

李含转头道："公主有所不知，曹将军原是军中第一勇士，昔日跟随成都王征战沙场，两军阵前，连退齐王麾下十余名大将，连……连齐王……"他自知失口，忙转口道，"当时长沙一役，曹将军无人能敌。就连齐王殿下也几番夸赞于他。"

始平上下打量曹统，只见他年纪尚轻，又生得白净俊美，如一个布衣书生一样，却哪里像行军打仗之人？她本有几分不信，可见得李含这样毕恭毕敬的样子，又由不得她不信。正思索间，却见曹统已是从地上扶起了阿琇，极是体贴的样子。始平不由怒火中烧，指着李含骂道："这贼人既然是成都王麾下，就是齐王死敌。你是齐王信赖的精锐，不但不知擒敌，还要为他摇舌鼓唇！我回去定要好好向齐王参奏一番。"

李含被她话语所激，面上便显出了难色。他心知如今的齐王位高权重，猜疑之心日重，已不同于当年在沙场上那般求贤若渴。若这位始平公主真的回去参奏自己一本，保不准便要惹来杀身之祸。他脑中念头一闪，却还是对曹统恳切道：“将军可知那日在沙场上，我冒死相救之人是谁？”

曹统眯眼想了一瞬，摇头道：“记不清了，似是个面长有须之人。”

李含正色道：“那正是齐王殿下。”

曹统微微皱眉，却道：“原来是齐王。”

始平不满插口道：“李含，你还不动手，在干什么！”

李含极是恭敬道：“齐王爱贤若渴，一直感慨与将军无缘相见。若是将军肯随我回京去，定然会极得重用。”

曹统面上忽然露出几分悔恨之意，李含以为他心动，露出欣喜之色。就连阿琇也抬头望着他，谁知曹统却咬牙道：“若当时知道他是齐王老贼，我便取了他的性命，也解国之忧患！”

他此言一出，众人都是一惊。始平当即便笑了起来，说道：“李含，你要是还不动手，看你如何对齐王交代？”

李含面色微黑，伸手按住了腰间宝剑，对曹统道：“曹将军，今日恐怕要得罪了。”

曹统却无所谓地一笑道：“各为其主，无妨。”说着，亦是抽出了腰间佩剑，与李含相对。

两人相对而立，曹统忽然正色说道：“今日我有一事拜托于你。”

李含忙道：“曹将军尽管吩咐。”

曹统轻轻松开了阿琇，对李含说道：“这位清河公主是陛下的长公主殿下，望将军多多照料，不要让公主受辱。”

阿琇含泪道：“曹将军……”

曹统低头看着阿琇，眸中似有说不清的东西，眼眸间薄薄地浮上了一层薄雾。

李含正色道：“末将决不负嘱托，必会护卫公主。”

始平不耐烦地催促道：“还废话什么，快把他们拿下。”

第二十三回

牧野洋洋

李含闻言一肃，应声长剑出鞘，手中宝剑正是龙泉名剑，这天下难得一见的宝物，原本是齐王佩剑，长沙一战后因念李含有功，便赏赐给了他。此时宝剑出鞘，波光流转，隐隐覆了一层碧色，连曹统也喝了一声：“好剑。”

宝剑晃得厅中众人都有些眼花，只见剑光一闪，便向曹统胸前刺去。

曹统轻啸一声，已是点足便至李含面前。两人身若游龙，缠斗在一起，李含一身墨色铁甲，曹统只着素色布衣，一暗一亮，一素一墨，哪里还看得清人形，只见得剑影光寒，隐隐有肃杀之气。曹统与他相斗数回，此番交手只觉李含苦练剑法，已远非昔日可比。但曹统到底是剑术名家，他留神观察，发觉李含剑势虽快，但每每转身时身形略有滞涩，并不十分流畅。他一发现李含剑法中的这个破绽，果断足下暗转，剑法中略显颓势，人也向殿中的驺虞石像挪去，李含自是乘胜追击过去。

在驺虞石像旁相斗，空间自是狭小许多。曹统连连退让，显出了几分应接不暇。阿琇心下着急万分，奈何却毫不通剑法，只得在旁边凝神观察。却见曹统闪身转到了张天师的塑像之后，李含颇有几分临阵经验，并不以身犯险，他将龙泉宝剑舞得极密，护在身前。曹统忽然身法奇快地回过身来，一剑直直地向那剑网中间点去，李含大惊失色，可退让哪里还来得及，他转身之时，身形一滞，已是把腕口的破绽露了出来。曹统一剑切下，李含双目一闭，心头一凉，心知这持剑的右手怕是不能保了。

谁知曹统的剑尖堪堪点到他的腕上，却顺势一偏，只用剑背平平地拍上了李含的右腕。李含顺势将长剑抽出，两剑即交，反而是李含的剑锋对上了曹统的剑背。

只听当的一声轻响，两人都跃开数步之远，只见曹统的长剑只剩下了半截，李含低头看自己的手腕，却连个伤口也没有。他自是知道，在刚才电光石火的一瞬，若不是曹统手下留情，自己这持剑的右手已是没了。而龙泉宝剑锋利无比，却是削断了曹统手中的长剑。李含心中惭愧，自知曹统又对自己手下留情。可殿中其他人却并没有看懂，始平尤其怒气冲冲，以为李含明明占了上风还故意想让，便大声喝道："李含，你还愣着干什么，是想造反吗？"

李含抬起头来，只见曹统满不在乎地弃了手中半截佩剑，双目却直直地瞧向了站在一旁面色煞白的阿琇，那目光中有担忧，有怜惜，却没有半分对自己现在处境的关注。始平见李含站着不动，曹统和阿琇四目相对的样子，愈发有气，忽然她伸手拔出了身旁最近的侍卫腰中的佩剑，直直地便向阿琇刺去。

阿琇身无武功，哪里躲闪得开。曹统心中知是不好，已是闪身护在阿琇身前，可却无论如何也躲闪不开始平这一剑。

只听一声轻响，曹统只觉臂上一凉，似是衣襟撕裂了一条长口。他转头望去，却见始平手中的长剑落地，亦是被削作了两段。出剑相阻的，却不是李含是谁。而他此时的长剑所对着的，已是始平。

此时始平已经愣住了，她呆呆地望着李含，声音有些嘶哑："你是不是疯了？"

李含的面色忽然平静下来："我答应过曹将军，不会让人伤到长公主殿下。李含出言有信，绝不相背。"说着，他剑尖轻送，却是直直地插入了始平的心窝。

始平不敢置信地睁大眼睛，直到长剑冰凉地刺入自己身体的那一刻，她尚且不能相信这是真的。李含慢慢地抽出长剑，剑尖上殷红的鲜血一滴滴落在地上。始平的身体慢慢地软倒，终于瘫倒在地，鲜血汩汩地从伤口流出，这一剑正中胸口，已是不能活了。

阿琇震惊而动容，却见始平原本俏丽的面容上已是没有了血色，她睁大了眼睛，眨也不眨地望着自己，只是那眼眸中再没有半分温度，眼珠也突了出来，异常骇人。阿琇轻轻地走到她的身旁，用手背试她鼻息，却已是毫无气息。她心下不觉也有几分凄然，将手覆在她的眼上，替她合上了双目。

此时殿中情形已是大变，原本服侍始平的几个侍女都吓得惊叫起来，殿中其他的铁甲卫也都露出了惊惧的神色。李含面不改色，却对殿中铁甲卫说道："你们都是我一手调教出来，跟随我多时的，今日你们若想回去博取功名富贵，这里殿门大开，你们自是可以回去，我绝不为难你们。”

那几个铁甲卫互相望了一眼，却都抱拳道：“我们愿意跟随将军，绝不背叛。”

李含点了点头，面上仍是肃然：“很好，你们若心意如此，便做出些表率来。”

那几个铁甲卫略微一怔，各自拔出腰间宝剑，向殿中几个吓得瑟瑟发抖的侍女和黄门刺去，很快一人一剑都结果了性命。

莺儿离阿琇最近，此时见到杀戮，吓得魂飞魄散，膝行几步抱紧了阿琇的双腿，哭泣道：“公主救我，公主救我。”

早有一个铁甲卫跟随过来，抓住了她脖后的衣襟，就要对她下手。阿琇虽然心中恨恼了莺儿，却也不愿见她横尸于此，便将她往身后一拦，道：“李将军，手下留情。”

那铁甲卫住了手，却是等着李含的指示。李含微微皱眉，凝神望了阿琇片刻，说道：“既然公主有命，就放了她。”

莺儿叩头如捣蒜，连连道：“奴婢感激公主救命之恩，永世不忘，做牛做马也要报答公主。”阿琇却不看她，只望着地上始平和小月儿并排的尸身，冷声道：“我不要你的报答，若小月儿生而有灵，知道这件事一定会怪我的。你也不必谢我，赶紧下山去吧，日后不要再让我见到你。”

莺儿抹了抹眼泪，却是不敢再接言半句。她有些胆怯地回望了一眼殿中的人，只见人人都十分冷淡地望着自己，她心中害怕到极点，一步步慢慢向殿门挪去，见无人理睬自己，便转身冒着大雨飞奔下山去了。

“你们也出去吧，我有话对李将军说。”阿琇忽然冷声对周围的铁甲卫说道。

铁甲卫们瞧着李含点头，都退到殿外守候。

曹统此时低头看自己的臂上，却是被始平刺出了很长的一道伤口，还有鲜血不断浸出。他心中感激李含，知道适才若不是他相救，自己这条胳膊恐怕是保不住了。他见李含此时表情复杂，心知他刺杀始平原就是一不做二不休，自然是无法回齐王那里去了。李含勇武过人，剑术高超，若成都王可得这个人才，必然是日后佐力。便对他道：“李将军，你是如何打算？可愿意跟我们一路回邺城去？”

李含却瞧着阿琇，迟疑道：“曹将军有所不知，今日我出来之前，齐王刚刚颁下旨意，成都王与东海王密谋勾结、意图不轨，已经将成都王的罪状传檄天下，很快就要派兵征讨了。”

曹统大惊，怒道：“齐王贼喊捉贼。成都王连兵权都交出去了，哪有谋反之意。”

李含说道："正是如此。可齐王似乎决心已下，执意要出兵征讨成都王。还把他的内舅董艾给关起来了。"

曹统瞬时有些慌乱，他按照靳准之计，给了董艾许多钱财珠宝，原以为董艾可以拖住齐王一些时日，却想不到齐王连董艾也关了。他便对阿琇道："公主，得赶紧拿个主意了。"

阿琇轻轻嗯了一声，却低头不语。

李含心中一凛，跪下道："末将适才惊扰了公主，末将罪该万死。"

阿琇望了他一瞬，说道："情急之下你刺死始平，我并不怪你。可你为何又要杀这么多人？"

李含垂头不语，曹统瞧着他神情尴尬，便解释道："此处行宫离京城太近，李将军也是担心消息走漏出去。"

阿琇却不理他的话，只对李含正色道："我知你心中定然怪我是妇人之仁，不懂斩草除根的道理。是，在沙场上征战的人，多半杀人如麻，并不在乎蝼蚁的性命，不然何以挣得功名？你杀伐决断有度，能力挽危局，有勇有谋，是大将之才，我不会看错你。但为将为帅者，心中不可不存苍生，不可不知怜悯。"她停了停，又道，"若你只知杀戮，不知苍生，那不过是个刽子手。以暴制暴，天下之人何其多也，你几时能杀得完？真若想成就大事，必先存仁者之心，将军仔细想想我说的话可有半分道理。"

李含起初不语，听到后来已是汗如雨下，终是对阿琇心悦诚服地拜道："末将受教。"

阿琇双手将他扶起，诚恳道："若日后能有将军这样的虎将相助，成都王定能如虎添翼。"

李含心中大喜："公主这是愿意向成都王引荐末将了？"曹统也甚是欢喜，面上亦露出几分喜色。

阿琇淡然微笑："将军是虎将，我愿为引路人。"

李含在地上连连叩首，激动道："末将誓死为成都王效力。"

"将军且慢，"阿琇将手臂轻轻缩回，却是合抱在胸前，望了他半晌方道，"我并非要带将军回邺城。"

李含猛地抬起头来，虎目中含了怒意："公主何意？"

阿琇缓缓道："齐王挟天子而祸国，已成祸害，若假以时日，定然再酿出赵王的祸乱。将军可愿意为国除贼？"

李含面色转为凝重："公主是让末将去弑杀齐王？"

阿琇点了点头，沉着道："如今齐王已经拟定了成都王的罪状，很快就要传檄四方，若我们不先下手，真让他纠集兵马出征邺城，势必又是一场大战。将军是齐王铁甲护卫，最受他信任，只有你能近身于他。此事事关重大，还望将军三思。"

李含只是犹豫不语，齐王征战多年，何等戒备森严，寻常人哪里能近身行刺得了。纵然如他这样得齐王信任的，也从不许携兵刃靠近半分。

阿琇一眼便知他的心思，轻声道："你是担心始平已死，你回去了齐王不会信你？"曹统亦皱眉道："此事怕是不妥。"

李含说道："齐王猜疑之心甚重，末将护卫始平公主，本就是为取宝而来，却连取的是什么都不知道。要是末将现在回去，齐王定会对末将军法处置。"

阿琇唇角一扬："齐王现在何处？"

李含迟疑道："适才始平公主是在宫中见的齐王，想必现在齐王仍在宫中。"

阿琇微微一笑，忽而莲步轻移，却是向着殿中的驺虞款款走去。

曹李二人都睁大了双眼，目也不瞬地却看阿琇移动机关，那驺虞忽然微微移动，固若金石的地面上竟出现了方方正正的一个大坑来。

阿琇轻轻蹲身下去，从坑里捧出了一个木匣。也不知她如何扳动数下，那木匣便开了，她取出里面所藏之物，却正是那面白色的锦缎绣旗，正中一只驺虞栩栩如生。

带兵打仗之人谁人不知先帝临终的两样统兵的重宝，曹统和李含同时脱口道："这是……驺虞幡？"

阿琇却将那驺虞幡交到了李含手中，轻声道："你拿这个回宫去，齐王便不会生疑了。"

李含接过驺虞幡，不敢置信地看着阿琇道："公主，此乃国朝重宝，公主竟然这样便托付给末将？"

阿琇坚定地望着他："我信得过将军，这样要紧之事，只有将军可以为之。"

李含感激地跪下叩头道："末将定不辱使命。"

此时窗外雨声越来越大，砸得窗棂作响。阿琇的声音却十分平静："听说齐王有一位夫人董氏，便是你说的那个董艾的姊姊吧。"李含心念一动，眼睛眨也不眨地望着阿琇道："公主的意思是？"

阿琇晶莹的双眸里深不见底，慢慢说道："枕边刀，往往才是温柔刀。将军是明白人，自然是知道该怎么做的。"说着她从怀中取出一封火漆封好的信函，交到了李含手中，“回城后，将军要先看这封信，便会明白该怎么做了。”

李含瞬时心领神会，他接过信函，说道：“此事虽并不困难，但董氏……董氏……”他迟疑地没有说出下文。此时曹统忽然插言道：“李将军所思不错，董氏到底是个妇人，还需一把利刃才能事半功倍。”

阿琇心念一动，从怀中取出那把鱼肠剑，递给李含道：“此匕虽小，但锋利异常。可一并交给董氏。”

李含接过匕首，在地上重重地磕了几个头道：“殿下放心，末将自然会去办好这件事。”

阿琇对他点头轻笑道：“无须多礼。真到事成那日，我会在邺城亲自向十六叔举荐你。”

李含当下无话，带了铁甲卫便冒雨而去了。

此时殿中的人都走了干净。阿琇静静地注目小月儿与始平，她见小月儿身上的衣衫都已经撕裂，伤口尚且裸露出来，心里微微不忍，便脱下身上的披衣给她轻轻覆上。她望着始平和小月儿安静的面孔，心下伤痛难忍，终是硬着心肠站起身来，将她二人的尸身挪到了地上的那个大坑中，又把那驺虞石像上的机关一拧，那石像便缓缓挪动到原来的位置上。

阿琇看着小月儿的面容终是一点点地被盖住，心里大是痛楚，不觉又垂下泪来。曹统本是在旁静静瞧着，此时见阿琇这样难受，终是开口劝解道：“公主节哀。”阿琇的头微微一低：“我对小月儿并没有太多的恩惠，可她却以死报我。”

外面风雨似是小了些，不如刚才那么急了，树叶间沙沙作响，如歌似泣。曹统叹道：“月儿姑娘一片忠义之心，不输于男儿。”

阿琇唇边浮起一丝凄苦的笑意，轻轻拭去眼角的泪光，怅然地望着窗外，却始终不言语。

曹统心下焦虑，眼见着窗外一点点露了晴色，便催促道：“公主，我们赶紧回邺城吧，如果李含回去万一被看出破绽，齐王怕是很快就会派人来这里查看。”

阿琇并不起身，却只淡淡道：“现在还不急走。”

曹统催促道：“公主还要耽搁什么。驺虞幡也交给了李含，我们在这里还有什么事要做？早点离开才是正经。”

阿琇一双明亮的眸子却移向了他，轻声道：“曹将军，你随十六叔征战日久，能否讲一两件出征时的趣事给我听？”

曹统心里急切，一抬头却哽在那里，说不出话来。只见阿琇一身男子的装束皆是布衣，可折腾了一晚已有些褶皱，此时她的帽子除下，飘逸的长发都披散在肩上，如泻玉墨光，十分的光艳耀眼，竟比女子装束更妩媚数分。他心下叹了口气，知道这位公主是外柔内刚的性子，若她拿定主意的事，怕是难说动的。他半晌才说道："成都王英武果决，在战场上从来都是身先士卒。只是沙场杀人如麻，都是惨烈之事，哪有什么趣事可讲。"

阿琇仿若不信一样，摇头道："我便不信了。你瞧前朝虽然有官渡、赤壁几番大战，但不也有曹公走华容，诸葛定三分的事吗，件件都是有趣的。你可是瞧不起我，不愿讲给我听？"

"末将怎敢，"曹统被她逼得无奈，凝神想了半晌，才说道，"要说当日征战之时，都是寻常之事，并没有如何惊心。倒是长沙之役时，有一桩小事，让我一直记得。"

阿琇盘膝坐在地上的蒲团上，竟是摆出了要长谈下去的架势。

曹统只得讲道："那是前年约莫冬月，我们刚收复了长沙郡。夜里我随着王爷在城内巡视。南方的冬月，夜里是极湿寒的，滴水成冰的天气，也没有什么人在路上行走。而城里新遭了战乱，不时有妇孺的哭泣声，王爷心里不忍，便让兵士将御寒的衣物尽量匀出些给百姓。"

阿琇插口道："那兵士们可有异言？"

曹统摇头道："王爷军纪甚严，兵士们人人都无异言，除了在帐外巡逻守营的，其余人都把衣服给百姓送了去，一时间城里的哭声小了不少，到了第二天时，几乎没有听到了。当时城中粮草短缺，几乎到处都有饿殍。王爷又安排了风纪官陆机大人，城中家家户户都要登记核查，不可再饿死一个人。"

"陆机？"阿琇听到这个名字忽然一惊，可曹统讶异道："公主也识得陆机陆士衡？他是东吴名将陆逊之后，颇有将帅之才。"

阿琇强笑道："只是听说过罢了。"

曹统续道："但第三天我们巡视到城南时，却忽然听到一户人家里传来了一个孩童的啼哭声，那天吴王殿下也在，便第一个进了屋去，只见这一家大人都死尽了，只有一个六七岁的小孩在地上啼哭。"他略是一顿，又道，"吴王殿下亲自抱了那孩童起来，问了好一些话，那孩童年纪虽小，口齿却很清楚，说道自己这一家人原是姓马，本是做粮米生意的。前两日来了许多官兵，将家中粮食都抢走了，还将大人都杀了。"

阿琇听到弟弟的名字，略是愣了一瞬，面上露出一些不自然的神色。曹统并没有留意，仍是叙叙道："成都王一看这样的场景，当时便有些发怒。他早交代过士卒务必要将百姓人家都妥善安抚，却不想还有这样的孩童失怙。当时成都王还没有说话，负责军纪的陆将军便跪了下来，自称失职，要请军法处置。"

阿琇脱口道："此事有疑，一个小小孩童怎能脱口便说出家事？饿了三天还这样口齿清晰？"

曹统点头叹道："此事当时在场人人都心存疑惑，可吴王反复盘问那孩子，却听他回答流畅，并无任何破绽。于是也不由得大家都信了。当时成都王震怒之下，命人将陆将军绑了起来，命人好好查实。"

阿琇皱眉道："你说这事是发生在长沙时，那时候齐王可有被俘？"

曹统叹了口气："那是大战前的最后一夜，第二日齐王就在沙场上被擒了。"

阿琇面色煞白如纸。

曹统直视着她道："公主许是猜到了，陆将军就是那晚在军牢中自尽了。"

阿琇心中很快将这一切勾勒起来，阿邺抱起的孩子，陆机自杀，最终的受益者只能是齐王。是了，那时候齐王和阿邺就已经秘密勾结在一起，为齐王日后诈降埋下了伏笔。他们都知道若是有陆机监督军纪，齐王降后事情定然会有阻碍，便先找了个由头除掉了陆机。

曹统觑着阿琇神色，忽然道，"公主可知陆将军自杀前说了什么？"阿琇道："你说。"曹统答道："陆将军临终时说：'欲闻华亭鹤唳，可复得乎？'"阿琇双睫微动，忽而想起那年雪中贾谧说的话，一时心中竟不是滋味。

曹统的声音里却没有温度，只说道："后来成都王也许也知道陆大人的死是有疑处的，但他却将此都归罪到自己身上。我知道王爷虽然嘴上不说，心里却是极为后悔的，因此回京后不久便交出了兵权。"

阿琇脸色青一块白一块，嘴唇哆嗦了一会儿，才哑声道："你告诉我这些，是让我提防阿邺？"

"末将不敢，"曹统垂头道，"末将知道公主与吴王是姊弟之亲，并不敢妄言。只是恳请公主想一想陆将军的死。"

阿琇怔了一怔，脸上神色变幻不定，半晌方才苦声道："你放心，我现在等的并不是阿邺。"

殿外风雨渐渐住了，此时天际隐隐有些发白，檐头滴水落在青石阶上，带着浸骨的寒意。外面忽然有铃声作响，曹统霍然警觉，亦是护卫在阿琇身前。然而推开殿门进来的却是个女子，衣着朴素，眉长入鬓，十分的端丽。曹统见那女子是孤身而来，心下放宽了三分，正想询问来历，却见身后的阿琇冲了过去，对着那女子哭道：“献容姊姊。”

曹统一怔之下，已是明白这端丽的女子便是当朝的羊皇后 ，他也跪下行礼道：“参见皇后娘娘。”

羊献容虚虚一扶，让曹统免礼。她瞧见阿琇，已是两行清泪落下：“阿琇，天可怜见，我终于再见到你了。”

阿琇泣道：“你若瞧见那驺虞幡，必会来这里找我，因此我就在这里等你。”

羊献容也有些动容，轻轻握住了阿琇的双手，叹道：“那日我回宫之后，就再没有见到你。直到今天看到有人给齐王送来了驺虞幡，便想到也许是你在这里，于是我谁也没有惊动，独自上行宫来看看你。”

阿琇更觉伤感：“夜深天寒，难为你一个人巴巴地跑来一趟。”

“我如今还怕什么，”羊献容微微叹了口气，低声道，“横竖都是死过好几回的人了，再没什么可以畏惧的。我今日来是想告诉你，夜里齐王刚收到奏报，太原刘渊自立为汉王了。”

阿琇倒吸一口冷气：“刘渊？”

羊献容望着她陡然变了的神色，点头道：“不错，便是匈奴五部的右都督刘渊，他终于按捺不住，自立为王，明日京城形势便会有变。现在齐王还一门心思盯着成都王和东海王，要出兵征讨成都王，他刚刚修书一封给刘渊送去，让他出兵相助，若如此，便认可他的汉王。”

曹统跺脚道：“齐王真糊涂，刚引了鲜卑人来祸害洛阳还不知醒悟。若真把匈奴人引来，天下就真要大乱了。”

羊献容脸色白了一瞬，咬牙道：“谁说不是呢？”

阿琇犹自不信，追问道：“匈奴五部都督不是呼延贵吗？刘渊被朝廷压制多年，怎么会突然自立？”

羊献容瞥了阿琇一眼，轻声道：“你还不知道吧，半个月前，呼延贵的独女嫁给了刘渊的四子刘聪为妻，朝廷派了使臣去贺喜。结果在婚宴那日，呼延贵忽然暴毙。呼延家族和刘家在匈奴五部中势力极大，一时群情激愤。更有人说是朝廷的使臣在酒中投毒，于是当场便把那使臣乱刀斩杀。朝廷为了压制此事，安抚匈奴各部，便让刘渊接了匈奴五部大都督之位。谁知刚刚安生了半个月，刘渊就造反了。”

“真是齐王派去的使臣投毒吗？”曹统追问道。他却一转头看到阿琇紧咬双唇，身子摇摇晃晃，已是站立不稳，而双目中都含了泪，更是凄然无比。

羊献容自是看到了阿琇的神情，也只能假作不知，说道：“齐王巴结匈奴诸部还来不及，怎么会去使人投毒。”她有些犹豫地看了阿琇一眼，含含糊糊道，“倒是那使臣原本是吴王的门客，而那杯酒据说就是使臣敬给新郎官的，当时新郎官醉得不省人事，呼延贵心疼女婿，就代替他饮了。”

阿琇瞬时如遭雷击，口中轻道：“阿邺，难道是阿邺……”

羊献容拍了拍她的肩，她自是对阿琇和刘聪的事都了然的，心里也很愤恨刘聪的薄幸无情，而司马邺心中的愤怒更是可想而知，若他做出这种事来，也属正常。于是羊献容此时便劝慰道：“你别想太多了。再说齐王也没将吴王怎么样，只是下令让他不得出府一步。倒是你也看开些，蛮夷之人何等凉薄无情，是他负你在先，你又何必为他着想？”

阿琇冲出大殿，站在寒冷的山风中，忽然觉得满身的烦热都被风吹得透了。此时山野宽阔无边，夜幕低垂，漫天星子灿然笼罩四野，夜风在耳畔流转。

不远处的洛阳城依然是星火点点，此情此景，何等相熟。

仿佛只是不久前的那个深夜，在这夜里的邙山上，有人与自己结誓相知。

她一直在寻找，那晚两个人并肩的那块大石。不过数月的工夫，却怎么找也找不到之前那块大石头了。不知道是因为夜色太深，还是因为这里的一切也都变了。

沿着弯曲的山道她一直向山下走去，到处都是荆棘，划破了她单薄的衣袖，风裹挟着水雾吹到她的面上，淡淡的，带着几分腥气。她前行了几步，终于目光一闪，找到了那块大石头。

星光下的山石上长出了郁郁的青苔，一层层茂密地叠起，不再是那时光秃秃的荒凉。她爬上了那块巨大的岩石，闭起双目。夜静时，该能听到林中鸟儿轻啼，一切恍如昨日。可为什么结誓的那个人，说过的那些话，却再也不会回来。

她忽然觉得喉头一苦，低下头去，轻轻以帕拭唇角，却只见帕子上殷红斑然。

曹统护送着阿琇回到邺城之时，邺城里已经尽是兵马整集，竟是要出征的势头。司马颖听阿琇说了此番去京的始末，他听到小月儿屈死一节，亦是叹息几声，又好好安抚了阿琇一番。阿琇想起靳先生的吩咐，略过了驺虞幡一节没有说，只说自己是担心董艾回京对齐王胡言乱语，便按照靳准的计策在路上拖延他一阵。

司马颖赞许道：“阿琇，这次多亏你了，若不是你在路上拖延住董艾，恐怕我也不能这么从容地和东海王商议好出兵之事。”

阿琇惊道："十六叔要和东海王一起出兵？"

正此时，忽有黄门来报："东海王到。"

司马颖笑道："他倒是巧，刚说到他便到了。"

门口走进来一个面色白净的中年人，说道："成都王在说我什么？"

阿琇留神望去，只见此人长脸、双眉入鬓，极是清秀的样貌，真想不到他便是在东海威震一时、杀人如麻的东海王司马越。司马越原本是高密王司马泰的长子，父亲司马泰既是旁支，定藩时便去了甚是偏远一直有鲜卑人作乱的东海郡。然而司马泰不懂兵事，就藩不久便被当地鲜卑人所杀。司马越当时只有十八岁，他再三上表朝廷，要为父亲报仇。可那时先帝去世，朝中一团混乱，哪里有人会管他一个旁支宗亲的事。司马越一怒之下，纠集府中仆役杀到鲜卑人的族中，宰杀了刺杀司马泰的鲜卑首领祁宏。司马越下手狠辣无情，鲜卑人无不闻风丧胆。但他又颇有智谋，在鲜卑族中扶持了段务目尘为新的首领，又娶了鲜卑族中女子为妻，不多时东海郡竟被他所平定，他也自请上奏，改高密王为东海王。

司马颖对东海王说道："这位便是陛下的清河公主，这次若不是公主去京拖住董艾，我们恐怕也不能这么顺畅地集结兵马。"

东海王打量了阿琇一瞬，笑道："公主好胆识，巾帼不让须眉。"他身后还站着一位戎装将领，服饰却与汉人不同，此人狼视虎步，却正是段务目尘。

阿琇不由退后一步，想起在洛阳时种种见闻，心里愈发不快起来。她面色微变，对司马颖行了一礼道："十六叔，我有些不舒服，先回去了。"说罢，径自姗姗地去了。

司马颖很少见到她这样无礼的样子，倒是有几分惊诧。东海王却不以为意，他从怀中取出一幅地图，铺开在桌案上，便和司马颖商量起布防的事情来。

阿琇回去之后始终闷闷不乐，她每每想起鲜卑人在邙山行宫之事，便恨得咬牙切齿。她心下思忖再三，还是决定找靳先生去拿个主意。她刚刚走进后院书房，只见靳准正在伏案临帖。见她进来，头也不抬便道："公主从洛阳回来了？驺虞幡可是托付给合适的人了？"阿琇点了点头，讲了将驺虞幡托付给李含的始末。

靳准侧头听得极认真，他将笔搁在架上，沉吟道："李含的铁甲卫是齐王心腹，若能得他相助，事可成也。公主殿下这步棋看起来险，却下得极好。曹统没有说什么吧？"

阿琇道："曹将军虽然不解为何我要把驺虞幡给李含，但他还是什么都没说。"

靳准笑了笑："曹统是老实人，必不会走漏出去的。"

阿琇却有些担心，问道："靳先生，李含拿到了驺虞幡，会不会给了齐王反而成为一个助力。"

靳准淡然一笑："公主可知道，不入虎穴，焉得虎子？如果齐王拿到驺虞幡，他本有百万大军，若真要打过来，小小的一个邺城哪有防守之力。如今胜负在此一举，就靠用驺虞幡一搏了。"

阿琇点头叹道："怪不得当初我跟十六叔说过白虎符和驺虞幡的事，他也并不为意。"

靳准亦是赞许道："王爷看得通透。"

阿琇随即苦恼道："如今此事是办妥了，但东海王怎么来了？他手下都是虎豹豺狼，十六叔哪里能统领得了。"

靳准瞧着她气恼的模样，忽然哑然失笑："公主这是怎么了？竟然对东海王这样不满？"

阿琇气道："先生你是没见到那群鲜卑人在洛阳城里烧杀抢掠的样子，我一辈子都忘不了。十六叔怎么能和他一起合作？"

靳准叹了口气："王爷手里的兵马不够，只能去求人。"

阿琇眨了眨眼，想了一瞬道："可十六叔原本手里有兵，是自己放了兵权啊。"

"这就是王爷心里的仁念所致，他本想息事宁人，谁知齐王步步紧逼，"靳准沉声道，"王爷不愿自己手上沾了杀戮，一念之差以至于此。"

"十六叔借了东海王的兵马，到时候若真打败齐王，东海王他们岂肯善罢甘休，肯定会再生祸乱。"阿琇皱眉道，"请神容易送神难，上次鲜卑人乱洛阳，便是教训了。"

这次靳准并不答话，他取回笔，蘸饱了浓墨，便在纸上挥毫。待他住了笔，自己仔细地打量了一下纸上的字，便对阿琇道："公主，你来瞧瞧老夫这几个字写得如何？"

阿琇凑过去一看，只见纸上写着五个大字：以德居天下。她心中若有所动，笑道："先生擅写各家书法，这是张芝的笔意了。"

靳准赞许道："公主果然好眼力，张芝的笔意，妙在书外。"

第二十四回

反刃之尤

齐王百万大军，风头盛极。可谁知临出征那日，军中却忽然出了变故。一下子大军按兵不动，只在城外集结。这倒是让司马颖和东海王困惑不已，派了几批探子出去，都打听不出京中到底出了什么变故。

曹统心里总如打鼓一般，悄悄来问靳准道：“先生，是不是李含动手了？”靳准却十分坦然，说道：“曹将军何必着急，京城离此不过两日路程，是福是祸，不出两日便知道了。”曹统皱起眉头：“我是个武人，实在想不明白为何先生不让我把此事告诉王爷。”

靳准抬头看了他一眼，半晌才道：“有些事我们自觉做得好，可对于王爷来说，却并不一定这么想。”曹统迟疑道：“我听说，这次王爷布置兵马，并不是为了对齐王，而是为了对付自立为王的匈奴刘渊。”

“兵法云，虚虚实实。王爷出兵的目的自然是不会告诉你我的。”靳准顿了顿，又道，“这次去邙山，公主没有什么事吧？我昨儿瞧见她脸色不太好。”曹统忧心道：“公主在邙山上受了风寒，末将十分担心。”靳准赞许道：“你如此忠心护卫公主，十分可嘉。若日后多挣下几件军功，何尝不能尚公主？”

曹统本心就爱慕阿琇，此时听了靳先生一语道破，竟然心里一时甜蜜一时忧患，竟是一夜无眠。

到了第四日，成都王忽然命人来传他。

曹统战战兢兢地去了司马颖的军帐，却见东海王和阿琇都已在帐中。他心里七上八下没了着落，而东海王似笑非笑的神情更让他心中惊疑。

只见司马颖依旧是一袭素袍，眨也不眨地望着阿琇，忽然厉声道："跪下。"

阿琇乍然间涨红了脸，她紧紧咬住双唇，双膝跪倒在地。

司马颖瞧着她，面色沉得怕人："齐王遇刺的事是你做的手脚？"

阿琇扬起了脖子，"嗯"了一声。

司马颖一拍紫檀桌案，案上的碧玉镇尺掉在地上断作两截："你好大的胆子，居然敢做出这样大的事来。是谁给你出的主意？"

阿琇偏过头去，一言不发。曹统从未见过成都王这样气恼的样子，只觉得后脑一阵阵发麻，忽听成都王对自己道："曹统，你来说。"

曹统瞧了瞧阿琇，惶然跪倒："末将……"

"连你也要为她欺瞒？"司马颖勃然大怒，"给我拖出去军杖四十。"

两旁侍卫应了一声便要上前来拖曹统。

阿琇忽然清声道："不关他的事，都是我一个人的主意。"她话音未落，在一旁静默不语的东海王嗤地笑了一声，似是讥讽。阿琇恨恨地瞧了东海王一眼，竹筒倒豆子般说道："是我带着曹统回洛阳取了驺虞幡，又让齐王的心腹李含将驺虞幡拿给齐王，再伺机动手暗害于他。曹统只在路上护卫，并不知内情。"

司马颖越听面色越是不善，极要发作，又忍了下来。倒是东海王略是诧异道："驺虞幡？"他瞬目望了司马颖一眼，"先帝的驺虞幡竟是真的？"司马颖怒道："驺虞幡、白虎符，这都是帝王才可以掌控的，若是落入豺狼之手，可生出多少祸害？"他极是失望地对阿琇道，"我看着你长大，一直觉得你是明事理的女子，怎能如此被人蒙蔽。谋害齐王的主意也是靳准给你出的吧？"

阿琇手心都是湿汗，说道："十六叔，我便是不懂。齐王既然有心害你，你为何不愿意与他为敌，还要交出兵权来。"司马颖冷着脸道："我只问你，是不是靳准给你出的主意？"

阿琇点了点头，咬牙道："是靳先生秘密嘱咐我的，我都按他说的做了。"

"你可知道靳准现在何处？"司马颖缓缓转目瞥了曹统一眼，倒让曹统也心惊起来。

阿琇亦是蹙眉望着司马颖不解。只听东海王轻笑道："那老儿着实狡猾，事先摹写了老十六的笔迹，昨日就出城去了，现在恐怕都快到洛阳了。"曹统霎时面白如纸，跪下道："臣负责城中防务，此事是臣失职，愿受军法。"

司马颖重重一拂衣袖，怒道："自然要追究你的失职，但你最大的过错却不是这事。"他见曹统仍不解地望着自己，摇头道，"靳准不知使了什么法子，挑唆得齐王杀了内舅董艾。而董艾只有一姊董氏，愤慨之下，竟然在夜里刺死了齐王。可怜齐王也是一代英杰，竟就这么丧于妇人之手。"阿琇双手握拳，依然沉默不语。

司马颖恨道："你还以为你做得对？你知不知道现在洛阳三军无主，谁才是渔翁得利？"阿琇心里忽然一惊，有几分忐忑不安起来。

只听东海王在旁冷冷地说出了答案："洛阳王衍、并州刘渊。"他笑着望向阿琇，解释道，"如今司徒王衍嫁女于储君，重掌权势。并州刘渊久有不臣之心，自立起兵。"

阿琇不敢置信地抬起头道："不可能是这样。齐王是要率军来征讨十六叔的，怎么会是去征讨刘渊的？他不是一直在讨好胡人吗？"

司马颖怒道："这都是谁告诉你的？你真是被靳准卖了还茫然无知。"

阿琇心中冰冷，半晌方才涩声道："这都是献容姊姊亲口所说。难道……难道是献容姊姊骗我……可是这怎么可能，靳准并不识得献容……"

东海王笑道："孤王有一事不明，还请公主指教。李含是齐王手下最得力之人，董氏是齐王的内眷，他们如何能被公主所用？"阿琇道："靳先生擅摹人字迹，他事先摹了一份齐王笔迹的信笺，内容是杀死董艾的。我把信交给李含，李含看了信后附的计策，自是知道该怎么去做。"

"这么说，公主给李含的信封中是装着两封信了？"东海王盯着她道，"公主有没有想过，里面可能还有一封给司徒王衍的信呢？王衍身为司徒，这次羊皇后回宫便是他所力保。若他与羊皇后勾结，轻而易举便可瞒天过海。"

阿琇迟疑道："可是我亲眼所见……"

"障眼法何其多也，公主可见过幻术？种种蛊惑人心、瞒天过海全在奇巧筹谋之间，"东海王轻笑道，"我也未亲眼所见当时情景，不知靳准给公主的信函究竟是怎样，也许他交给公主的信早就被他换过了吧。"说着他斜斜地瞥了阿琇一眼，忽见阿琇面色发白，更是证实了自己的猜测，却只笑道，"这也是小王的一种推测罢了。况且靳准原本就是京中官员，又在大理寺任过职。他若识得王衍，一点也不奇怪。如今的关键倒不在这里，而是靳准居心可怖，他为何要挑唆你们帮他除掉齐王，到底他是帮谁的？"

阿琇此时细思靳准那日言谈，忽然想起那日他密封火漆之时确实进过内帐，此时种种奇怪之处都在脑中闪回，一些从未念及之事一一浮出，她的面色便有些发白。

东海王转头向她浅笑道："公主可以仔细回想，这次回来靳准和你说过什么没有？"阿琇手心微微出汗，说道："他说过不入虎穴，焉得虎子……"

"这就是了，"东海王慢慢摇头，"公主到底年轻，没有见过这些老奸巨猾之徒。他明则是为公主和成都王分忧效力，实则却是刘渊的心腹。他此番来邺城，全是为刘渊起兵做谋划。"

阿琇心下一片冰凉，靳准对她有相救之功，可如今想想，若他与刘家人早有相识，恐怕连当日的相救也存着蹊跷。她想到此处，已不敢再细想下去，心知自己一举一动，无不在别人的筹谋布置之中。

曹统忽然跪下道："王爷息怒，此事不关公主的事。都是末将粗心大意，没有将事情及时禀报给王爷，才惹下如今的祸事。"东海王皱眉笑道："你倒是个有担当的，不管青红皂白都揽在自己身上，如今可不是英雄救美的时候。"

曹统闻言一张脸又涨得通红，只是跪地告罪。

东海王也不理他，漫然道："不过那王衍老儿实在猴急，他不过把个女儿平阳郡主嫁给了司马炽，国丈都还没当上，就这样着急要揽权了。"

司马颖厌恶道："此人手段最卑，如墙头草一般，既无半点骨头，又贪得无厌。昔日先帝就说过他机巧而已，成不得大事。如今他把洛阳弄得乌烟瘴气，实在该杀。"

东海王瞧着曹统和阿琇跪着实在尴尬，便大笑对司马颖说道："章度 ，我来为他们讨个情吧。一个是你的亲侄女，一个是你的心腹爱将。此事也不怪他们大意，只怪那靳准太狡诈了些。你就饶了他们吧。"

阿琇和曹统都没想到东海王会开口相救，一时间都有些不知所措。

"一个王衍而已，在京里翻不起什么大浪来。"司马颖隔了半晌方才说道，"罢了，如今最重要之事，是要一面控住京中事态，一面发兵洛阳，不能让刘渊乘势而下，占了洛阳。"

东海王目光一闪，说道："章度，如今邺城可用人马还有多少？"

司马颖望着他，面上露出几分伤感："这是最让我头痛的。邺城这四十万大军，每日光是吃粮就让人发愁。"

东海王低头沉吟半晌，应声道："他有驺虞幡，咱们有白虎符，还算势均力敌。请成都王发令，我愿听从调遣。"

司马颖将那地形图细细又看了一遍，方才拿定主意，号令道："王兄，请你带领部属去左国城，力争一举剿灭刘渊的匈奴诸部。我自带人马去京中稳定局势。”东海王眸中失望的神色一闪而过，很快他便俯身接令，带着人马出去了。

司马颖理也不理跪在地上的阿琇和曹统，叫来了军中将领，一一开始发号施令，不多时案上的将令发完，军中就连参将也接了军令。可此时大帐里的人都散尽，司马颖独却不提曹统二字。

曹统又羞又愧，膝行几步，叩头道：“末将知错，恳请王爷给末将一个悔过自新的机会，末将定在沙场上拼死报恩。”阿琇亦觉得自己对不住曹统，连累他如此受辱，也是为他求情。

司马颖此时面色稍和，却对曹统冷声道：“我这里还真有一条将令，只是不知你接不接得了。”

曹统脸色一震，高声道：“末将万死不辞！”

司马颖缓缓开口道：“你带五百死士，悄悄随着东海王往左国城方向去。你就跟随在他之后，无论他有何等动作，你都要隐忍不发，不可擅离半步。”

曹统大是惊愕：“末将若去了，谁来护卫王爷？”

“我身在洛阳，有什么需要护卫的？”司马颖面色一沉道，“你牢牢记着，无论我发生什么事，你都需恪守军令，不可擅离职守。”

曹统心下万般不愿，仍然领命而去。此时帐中只剩下阿琇与司马颖二人。司马颖瞥了阿琇一眼，叹道：“我何尝不知你心里憎恨东海王和他手下的鲜卑人，只是如今用人之际，我也是不得已才用他们，还须防备一二。”

阿琇只觉得眼角酸涩，轻声道：“我以为十六叔……不知道他们作恶多端。”

“知道又如何，不用什么事都放在脸上。”司马颖疲惫道，“现在这也只是最坏的打算而已，你不用太过担心。”他想了想又对阿琇道，“我实在不放心你一个人留在邺城，你就随军跟我去洛阳吧。”

阿琇抬头望着他，忽然开口道：“十六叔，如今邺城里的可用之兵还够五万吗？”

司马颖深深看了她一眼，缓缓道：“你都猜到了？”

阿琇自悔多言，低声道：“我这就回去收拾东西。”

司马颖忽然低低道：“阿琇，此事谁也不能说。”阿琇默默看去，只见他低着头仍在看着桌上的卷轴，她忽然心里也生几分凄恻，轻声道：“十六叔。”

这一声司马颖却没有听到，他聚精会神地看着地图，手在图上虚指，颇是入神。

司马颖的大军很快便赶到了洛阳，京城里原本因为齐王的死乱作一团，但如今成都王既到，他积威极高，又颇有杀伐决断，处置了一批跟随齐王的旧人，杀了几个在京中兴风作浪的小人，他本想将司徒王衍一同问罪，奈何司马炽为其求情，司马颖不得不给储君面子，便罢黜了王衍的官职，京里形势很快便稳定下来。而吴王司马邺一直追随齐王左右，此时成都王也未对他法外开恩，将他兵权尽削，只保留王爵。

阿琇既是以公主之仪还京，自是要回宫居住。她初回宫依例要到太极殿拜见父皇，谁知惠帝却并不在殿中，唯有羊献容一袭皇后冕服，端坐殿上，身边还陪坐着先帝的第二十五子，如今的皇太弟司马炽。他身着储君的服饰，看到阿琇便点头一笑，倒是十分的腼腆。

阿琇与这位二十五叔遥遥的有过一面之缘，只知道他是先帝最小的儿子，比起十六叔还小了五岁，一直长在外藩。此时见他容貌清秀，只觉得他十分的优雅清贵，便也还了一礼。

羊献容见阿琇不理睬自己，开口道："现如今圣上病重不能理事，本宫代圣上赐酒公主还宫。"阿琇见了羊献容便想起当日在邙山之事，只觉得心中如梗着一根刺一样。她低下头去，并不发一言，连宫女送上的金樽酒也不接。羊献容微微一笑，倒是十分直接地道："公主可是恨着我？"阿琇垂首不答，司马炽见状便圆场道："公主恐怕是长途奔波，有些不适罢了。"

"不饮也无妨。"羊献容挥了挥手，那送酒的宫女自是知趣地端走了金樽。羊献容忽然笑道，"如今宫里人少，也没什么可以娱情。教坊新排了歌舞，却还可以一看，公主可愿意与我同赏？"

阿琇刚想摇头推辞，谁知羊献容早已拍掌让教坊舞伎上来。她无奈之下，只得观看。

只见一群身着鲜丽翠裙的年轻舞伎轻步而来，俱是豆蔻年华，明丽青春，十分的娇艳。她们皆是赤着双足，足尖在红锦地衣上轻点舞蹈，身姿优美，曲调旖旎，十分的怡人。宫中歌舞阿琇虽看过许多，但这样的歌舞却从没见过。此时她只觉这歌声曲调都十分的怪异，她仔细辨别其中歌女的歌声，忽然脸色有些发白。

羊献容细细瞧着阿琇的神情，忽然拍手笑道："公主觉得这歌舞如何？"她既开口，歌舞自是停了下来。

阿琇强作镇定道："这歌声吐字有些奇怪，听不太清楚。"

羊献容一扬下巴，对一个长相清丽的歌姬说道："婉玉，你去给公主好好唱一遍。”

那个名叫婉玉的歌姬有些胆怯地低下头，怯生生地站到阿琇和司马炽的席前，柔声唱道：“河水清复清，成都定洛城……”此语一出，连司马炽的手也是一抖，手中所持的酒盏顿时倾洒出不少。

“够了，”阿琇猛然打断那歌姬的歌声，怒对羊献容道，“皇后娘娘，这样市野中无稽的谣言，怎可在宫中传唱。”

羊献容故作惊异：“哦？什么谣言？我倒未曾听说过。”

阿琇气得面色发白，她早知自从十六叔回京时，京中便有传言十六叔是来争夺皇位。可没想到羊献容竟在宫中教习歌舞，还让人当着司马炽的面传唱这些歌调。她索性扭头对着司马炽道：“这是皇后娘娘意下如此，还是二十五叔的主意？”

司马炽面露尴尬，快速望了羊皇后一眼，口中含糊道：“孤不知公主在说些什么。”

阿琇诚恳道：“十六叔是为了保京中太平，才回京来。如今匈奴已反，鲜卑人蠢蠢欲动，这正是国难当头之际，我们不能互相猜疑，给人可乘之机。”

羊献容极是不满道：“公主这是做什么？我好好请公主看歌舞，何必这样大动肝火。”

阿琇也不理她，只对着司马炽道：“二十五叔若信不过成都王，何不与他直面而对，你们亲兄弟又有什么不能明说的？切莫受人挑唆，日后徒是悔恨。”

司马炽心念一动，若有所思地垂下头去。

羊献容见司马炽不仅不听自己所言，反而被阿琇说动，自是愤恨地起身拂袖而去。

阿琇回到荼蘼殿，却见一个青年男子正在殿外等候。阿琇望着他的背影，迟疑道：“阿邺……”

那男子转过身来，却正是阔别日久的吴王司马邺。他瞧见阿琇，微微笑道：“阿姊。”

阿琇瞧着他只穿一件单袍，神色萧肃，不是当日意气风发的模样，心下也有几分心酸，说道：“你别怪十六叔，他不是不想保你，只是齐王的事……若不按律处理，恐怕不能服众。”

“我明白成都王的难处，”阿邺说道，“是我自己不懂事，给他添了这么多难处。今日我来见阿姊，并不是想找阿姊求情。我是来向阿姊道别的。”

“阿邺，”阿琇听他这么说，心中愈发酸涩，“你要去哪里？”

阿邺慢慢说道："成都王派我去琅琊郡。"

阿琇心中一惊："如今刘渊已反，琅琊王却袖手旁观，他那里会是什么好去处！我去找十六叔说说，就让你留在京中就是了。"

"不用了，阿姊，"阿邺按住了她的肩，平静道，"自我背叛成都王，引齐王回京开始，我就该承受这样的后果。我愿意去琅琊王军中，男儿就当沙场磨炼，如果在京城苟且偷生，对我而言生不如死。"

阿琇心里哪里还忍得住，已是泪如雨下。

阿邺如今已经比阿琇高了一个头了，着实是壮实的青年人。他低下头去，看着姊姊哭泣的样子，迟疑道："阿姊，齐王是枉死的。齐王征战沙场多年，怎会被妇人所伤，那信虽是刘渊使的离间计不假，但真正要人性命的却是匕首上喂过的毒药。而那毒药是早就喂在姊姊的那把匕首上了。"

阿琇心念一动，忽然想起那夜却是曹统开口提醒没有利刃难以成事，自己才会拿出那鱼肠剑交给李含。

阿邺瞧着阿琇神情复杂，轻声道："齐王死后我去过他府里，那夜里刺杀他的董氏疯疯癫癫地告诉我，她那匕首只是浅浅一刀划破了齐王的皮肤，但齐王却七窍流血当场毙命了。"

阿琇微微语塞，脑海中忽然浮现出那匕首的样子。她心中如乱麻一样，刚理清的一点头绪一时竟又乱了。

阿邺瞧着远远地似有人来了，心知不便多说，便淡然道："阿姊，我告诉你这些只为了让你好好保重自己，千万莫要卷入这些是非中。"

阿琇麻木地点点头："我明白的。"

阿邺望着姊姊微笑道："豆蔻在我那里一切都好，她已有了三个月的身孕，姊姊放心。"阿琇大是讶异，她与二女隔绝音讯许久，今日才知她们竟是在阿邺府里。她心中一时酸涩又欢喜，柔声道："豆蔻有身孕了？"

阿邺望着远处群山暮烟，忽然轻轻侧头道："姊姊，这次我不能带她远行，你能替我照顾好她吗？"

阿琇心中明了，他此去琅琊王军中，恐怕必有一场痛苦磨炼，随军对豆蔻并无好处。她郑重点头道："你且放心，我会照顾好她。"

阿邺面上露出一丝坦然的笑意："既然如此，我便放心了。白袖我也寻到了下落，到时候我会把白袖送入宫来，让她继续服侍姊姊。"

入夜，阿邺命人送了白袖入宫，白袖跪在阶下低泣不语。阿琇心中微微触动，叹了口气道："你为何要回来？"

白袖引袖拭泪，却不言语。

阿琇摇了摇头："我那日留你在献容身边，便是知晓你与匐勒有情，希望有一日你能逃离宫中这个牢笼，你还回来作甚？"

"他……他……"白袖泪如雨下，抽泣道，"他有他的抱负志向，奴婢实在不愿意拖累他。"她话虽如此，可心中却伤恸难忍，泪水更如断了线的珠子一样往下落。

阿琇辨她神色，忽然道："在那边有人为难你？"她见白袖神情，心念一动，涩声道，"是呼延夫人，还是纤罗？她们是否憎你是我的侍女？"

"与公主殿下无关，"白袖微微摇头，良久方道，"他如今是汉王心腹爱将，自不能娶我这样出身奴婢的汉女。"

阿琇心下全然明了，纤罗与呼延夫人本就憎恨自己，眼下呼延贵又遇刺而亡，这笔账难免要算到阿邺头上的。白袖是自己昔日的宫人，她们怎能不迁怒于她。

白袖重重磕了头道："奴婢从此之后一心服侍公主，若……若公主不愿收留，奴婢愿意削发去做姑子，青灯古佛一世罢了！"

"你也是个痴人。"阿琇叹了口气，"往后就安心留在我这里吧。"

皇太弟司马炽是最先来成都王府一试口风的，他本就是齐王和成都王共同保奏的储君，却一直有名无实，除了草草颁布了一个诏令外，竟然连加冠礼也未行。此时这兄弟二人相见，自是众所瞩目，人人都在看司马颖究竟会如何对他。

谁知司马颖竟然大开府门，在门前以跪拜之礼迎接司马炽。司马炽大是感动，双手扶起司马颖道："兄长在上，小弟怎敢受拜。"

司马颖摇头道："你是储君，我是臣子。君臣有尊卑之别，不可怠慢。"他执意对司马炽行完大礼，方才起身恭恭敬敬地将司马炽迎入府中。

司马炽走进司马颖的书房，却见房中置办好了一桌酒菜，他笑着看了一眼东首的案台上搁了一副对联，上面写着"枯桑知天风，海水晓天寒"。司马炽微微一怔，道："十六哥好雅兴，这是蔡邕的诗。"

司马颖淡笑道："蔡邕的诗平和中正，颇与他的琴音相通，很得平静天然的妙处。"司马炽凝神细思了一瞬，已是心中畅快许多，便在桌旁坐下，笑道："与十六哥相谈，何等畅快。"司马颖替他布了菜，又将每样都尝了一口。司马炽心知他是为了消除自己的疑心，便也都样样尝了。

兄弟二人在书房内密谈良久，直到深夜司马颖方把司马炽送出了府邸。他一直目送着司马炽的马车远去，方才回身准备回屋，谁知一回头却瞧见阿琇站在门旁。

司马颖微微讶异：“阿琇，你怎么来了？”

“十六叔，”阿琇微微一咬唇道，“你是不是要走了？”

司马颖被她说中心事，倒是一怔，他确实是觉得此间洛阳诸事已了，并不想在这里久待，有了想回邺城的念头，适才与司马炽相谈，其实就是说的此事。

阿琇见他不语，心知自己所料不错，她便鼓起勇气道：“十六叔，你有没有想过自己做皇帝？”

司马颖面色一沉：“你怎么想到这个？”

阿琇退后一步，轻声道：“我只是想，父皇不理国事，才会导致如今这样混战的局面。二十五叔这样年轻文弱，将来未必能够做个好皇帝。若十六叔能够做皇帝，对大晋而言才是最好的。”

司马颖面色减缓，叹了口气道：“这就是孩子话了。皇储是国本，哪里能够轻言废立。”

阿琇抬起头目也不瞬道：“可十六叔也是先帝所生，为何不能一争？”

空气顿时胶着起来，司马颖望着她，一言不发。阿琇只觉得脊背发凉，心里毫无底气。

“我若想当皇帝，早就可以一争，”司马颖忽然开口道，“但我既已经保奏立了二十五弟，就会尽心尽力地保扶他。现在大晋真正的希望是二十五弟，他虽然年轻，只要历练几年，终是可以担当大用的。而我留在洛阳，并不能再做什么。时间久了，人心思动，反而会生出新的事端来。”他说到这里，轻轻叹了口气，“母妃去世前有遗训，让我不得搅入诸王的是非中。我如今这样已是对不起我的母妃，如果再妄生念头，恐怕日后无法在地下与母妃相见。”

阿琇争道：“谢贵妃去世时，并未见到如今情势。”

“我这一世，只愿做贤王，不愿为君主。”司马颖摇了摇头，望着阿琇露出笑意，“况且当皇帝有什么好，日日被困在富丽高台上，终日言不由心，又有什么乐趣？”

“那十六叔要做什么？”

“我只想等天下太平了，安安静静地找个地方做个富家翁，再也不要有这些事相烦就好。”司马颖轻轻叹了口气。

阿琇有些失望地低下头，轻轻踩着脚下的石子。

“阿琇，谢谢你。”司马颖忽然开口道。

阿琇微微一怔，只见司马颖露出了温和的笑意：“要不是你劝二十五弟来找我，恐怕我们兄弟也很难这样尽释前嫌。这件事情我该多谢你。”说着，他拿出半枚白玉虎符递给阿琇，微笑道，“此物完璧归赵。”

阿琇没有去接，仍然道：“十六叔，这白虎符还是你保管吧。”

司马颖摇了摇头，却将那白虎符交给阿琇，笑道：“驺虞幡我转交给二十五弟了，日后他为天下之主，一旦有变，可以掌控。此物是天下人为之变色的白虎符，可它只有半枚，拿着又有什么用处。父皇将它传给了你的母妃，还是留给你做个念想吧。”

第二日司马颖便收拾好行装，带着大军回了邺城。

自此之后，京中人心大定，人人都道成都王是真心保扶皇太弟，一时间谣言不攻自破。司马炽命人送了数十把上好的牙骨绢扇到了荼菽殿，俱是蜀锦织面，在日头下看去，扇上金丝耀眼，极是华贵。又有数十筐蕲柑堆在殿外，极是难得。白袖替阿琇剥了一个，盛在金盘中奉上。阿琇尝了一口，只觉得入口生津，清甜无比，便问道：“这是谁送来的？”

白袖说道：“这是今日司徒夫人入宫时送来的，每宫都分得数十筐。”

阿琇听说是王衍的夫人送来的，面色便不是很好。她素来听说王衍自为国丈以来，奢侈至极，心里早是不喜，又瞧着殿中侍女们人人都甚是期盼的眼神，便让人先将蕲柑送到吴王府去，又把绢扇都赏赐给了宫人，于是满殿尽是欢喜。

白袖悄悄对阿琇进言道：“公主将这些蕲柑赏吴王府里倒也罢了，只是这些绢扇是储君所赏，公主赐给宫人的事若传了出去，储君难免会觉公主心中怠慢。”阿琇微微一怔，她平素并不爱这些名贵之物，倒也不放在心上。白袖见她迟疑，便拿出了阿琇赏给她的那把绢扇，轻轻放在桌榻上，又道：“奴婢听说过几日东海王妃要来京，到时候定有宫宴，公主若带了这绢扇去，储君定然会高兴。”

阿琇略有诧异，道：“东海王妃要来京作甚？”

白袖略有吃惊：“公主竟不知晓？宫里都传遍了，东海王司马越连克刘渊大军，一举收复了蒲阪诸郡，刘渊连连败退，率师撤守五国城坚壁不出。如今冬月，西北寒冬严苦，东海王的大军长途袭敌，准备近日班师回朝休整。朝廷为了表彰他的功绩，便让东海王妃来京。”

阿琇心中略觉不安，但一时之间也想不透这其中关窍。她于是命白袖取来纸笔，将此事细细写好，又将信笺交给白袖道：“你将这信拿到东华门去，让人送信到邺城去给成都王，切勿有误。”白袖虽不明白阿琇为何如此不安，却也知道此事非同小可，当下领命而去。

东海王妃到京之日，东海王的大军还在路途上。宫宴上阿琇自是带了那把绢扇去，司马炽远远瞧见，点头微笑，神色和悦。平阳初为王妃，形容十分腼腆，只静静地坐在司马炽之侧，连话也甚少说，唯有看到阿琇时微微点头，微笑示意。

席间羊献容也是注意到那绢扇，问道：“公主手里的扇子甚好，那上面绣的不是花鸟人物，倒像是几句诗。”

阿琇不慌不忙地轻执绢扇，微笑道：“这扇上不过是我绣的几句日常吟诵的诗罢了。”

羊献容眼波浅漾，似是随口道：“公主可否一诵？”

阿琇望着她淡然吟诵道：“顾眄屏风画，如见已指摘。丹青日尘暗，明义为隐赜。”豆蔻如今已是吴王妃，她坐在阿琇身侧，此时微微觉得不安，她略欠欠身，却是抬眼望了望羊献容。

这两句诗流传日久，原本是曾经名噪一时的才子左思为他两个女儿写的《娇女诗》，左思的大女儿曾是齐王侧妃，小女儿便是贵为贵妃的左纨素了。宫里人人都知左妃与羊皇后不和已久，当年险些有废后之事，只不过自从羊皇后还宫后，左妃下落不明，宫里这才少了些风波。此时听阿琇提起旧事，人人都沉默不语。

羊献容微微蹙起眉头，已是极为不悦。平阳初嫁入宫，自不便多言语，豆蔻深知她们的恩怨，此时哪敢说话，她身旁的东海王妃蒲察氏本是鲜卑人，不通诗文，尚是不明就里地问道：“这诗里是何意？”

阿琇瞥了羊献容一眼，淡淡道：“只是几句说女儿家德行功容的话。”

蒲察氏虽不解其意，却也瞧出羊皇后面色极是不佳，自是识趣地转开了话题。席间羊献容赏赐了蒲察氏许多奇珍异宝，又赏赐了在京中的一处极豪华的居所，一切自是隆重。

相比之下豆蔻虽然身为吴王妃，却压根不被羊献容提起半句，她自觉心中失落，阿琇安慰她道：“如今你是有身孕的人，万事别太焦心，仔细对身子不好。”

豆蔻默默垂泪道：“我只盼郡王早些回来。”阿琇微笑望着她，目光中有深深的鼓励之色：“阿邺是在军中效力，男儿总有出头之时，到时候妻凭夫贵，何尝没有你的好日子呢。”豆蔻点了点头，神色稍宽，便由侍女扶着出去了。

阿琇望着豆蔻的背影，忽然想起弟弟阿邺，心中更是挂念万分。忽听身后有人轻声道：“公主殿下何必得罪皇后娘娘？”阿琇回过身来，却见是平阳站在身后，她略是一怔，却不愿解释得太多，只道："只是念诵诗文罢了，皇后娘娘何意动气。"

平阳犹豫了一瞬，心下转过几个念头，终是鼓起勇气说道："殿下还是小心为上。"

第二十五回

蓼蓼者我

隔日东海王还京，见到王妃出迎，大是惊愕道：“你怎么会在洛阳？”

蒲察氏本是一怀喜悦来迎接丈夫，开口就听到丈夫的指责，自是委屈道：“是朝廷的旨意让我来京，你怎么反而这样不高兴？”

东海王面色陡然阴沉几分，踱步道：“糊涂，他们要你来京能安了什么好心思。”

蒲察氏有几分不信道：“皇后娘娘对我很好，既赏金银又赐宅邸，让我安心在京城侍候王爷，还要我把安儿和武儿都接来，一家子好好在京城团聚，不必急着回东海去。”

东海王手握成拳，怒道：“他们这样狠毒，还想把我们一家子一网打尽。”

蒲察氏陡然有几分紧张起来，担忧道：“这可怎么办？是谁要对我们下手？我出来之前左思右想，还是没有把武儿和安儿带来，现在他们在家里会不会出什么意外？”

东海王听到两个幼子都没有跟来，总算面色稍和，说道：“在家里能出什么意外。不用怕，到时候见机行事就是了。此事不知道是谁幕后主使，若是司马炽便无什么，区区一个乳臭未干的小儿，再加上一个老朽昏庸的王衍能成什么事？倒是成都王就不得不防了。不过如今他远在邺城，也不惧他什么。”

东海王胜仗还朝，宫里连着三日都是大宴。起初东海王还有几分警惕，可渐渐每日只见羊皇后和司马炽赐宴，成都王绝不来朝，便也心中宽泛许多。

第三日又逢司马炽赐宴，宴席便设在东宫的畅音阁中。阿琇一入席便瞧见羊献容端坐正中，豆蔻相陪在侧，司马炽却坐在东首，陪着东海王夫妇。她转头环视，却见平阳不在席中，微微诧异道："王妃怎么不在？"

司马炽微微皱眉道："她身子不适，就不来了。"阿琇略觉诧异，又见豆蔻先来了，心中就更是奇怪，她今日来了怎会不先告知自己，但宴席已开，也不便再生波折。

豆蔻甚少参与宫宴，竟然突兀插言道："近日宫里不甚干净，王妃若是身体不适，还是少入宫的是。"她话一出口，司马炽便皱起了眉头，似欲岔开话题。可羊献容却凝眸于她："如何不干净了？"

豆蔻小心翼翼地瞥了一眼司马炽，道："臣妾也只是听说，永巷那边常有夜鬼啼哭，十分可怖，宫女们夜里都不敢从那边经过。"

蒲察氏插口道："宫里果真闹鬼？那可要好好驱上一驱。"

羊献容轻轻摇扇，淡笑道："鬼神之说都是怪力乱神，这是下人们自己吓自己罢了。若是真有鬼神，合该多少人先遭报应，可你几时见恶人遭恶报？反倒是好人多不善终，可见鬼神一事都是虚妄。"豆蔻面上一红，欠身道："皇后娘娘教训得是。"

此时已入初秋，偌大的湖面上波光粼粼，满池尽是听雨残荷。酒用的是宫里的御酿，蒲察氏一杯下肚，面色便添了红晕，她微微摇头，显得极为不适。豆蔻坐在席上瞧得清楚，问道："王妃可是饮不得此酒？"

蒲察氏本就不善饮酒，此时只觉得头晕脑涨，然而瞧着满席的人都瞧着自己，便尴尬道："不碍事的，兴许是夜风太凉的缘故。"东海王亦是转头瞧见蒲察氏脸色不好，关切问道："你怎么了？"蒲察氏摇了摇头，低声道："妾无妨的，别为妾扫了大家的兴致。"东海王只得作罢，但他到底关心妻子，脱下身上的长袍披在了蒲察氏身上。

司马炽坐在主位上遥遥瞧见，便笑道："王嫂既然身体不适，何不让人先送王嫂回去。我陪兄长多饮几杯便是了。"

东海王亦是转目看着蒲察氏，关心道："我陪你先回去可好？"

蒲察氏本想拒绝，奈何司马炽也道："今日湖上风大，是孤考虑不周，让王嫂受寒。改日定当面赔罪，只是今日可否把王兄留下，让我们兄弟好好畅饮一宿。"

蒲察氏只得道："殿下说哪里的话，是妾身自己的不是。"阿琇本在旁观，一转头远远地见有个绿裙宫女似在对自己招手，她仔细一看，却不是白袖是谁。她心念一动，便起身道："二十五叔，我也觉得天气寒冷，可否让我先送王嫂回去。"

司马炽笑道："如此甚好，王兄也可以放心了。"

东海王望向蒲察氏，目光里都是柔情："还是我送你回去吧。"蒲察氏摇头道："不劳王爷了，让长公主殿下送我即可。"

阿琇扶着蒲察氏慢慢走出畅音阁，走到东宫门口，蒲察氏略有歉意道："不敢劳烦殿下远送，我自己回去便是了。"阿琇瞧着她嘴唇有些发白，面色却奇异的红晕，便道："王妃娘娘，我瞧你脸色不好，我送你回去吧。"

蒲察氏摇头执意不肯，东宫门前的侍者也道："王妃所住的云胤阁就在宫门外，奴婢们定能将王妃好好送回。"

阿琇见此，也只得作罢，在东宫门前与蒲察氏作别。

夜里回到殿中，白袖捧了金盆来侍候，她将素帕栉巾样样准备妥当，却见阿琇摇了摇手，只将头靠在榻边，闭上了眼。白袖知道她是乏极了，便为阿琇解散发髻，用乌木梳轻轻梳散那长长的青丝。阿琇轻轻叹了口气，问道："是邺城那边有信来吗？"

白袖对左右使了个眼色，殿中的侍女便捧着金盆等物出去，她方才小声说道："殿下，奴婢今日又去东华门外等候，却见到数十个侍卫把守在宫门口，外面稍有人靠近，都被侍卫驱逐了，奴婢在那里探头望了几眼，便有侍卫过来盘问。"

"你怎么说？"阿琇慢慢地拨动着手中的珠花。

"奴婢说是东海王妃宫里的，来看看有没有东海郡送来的信札。那侍卫倒没问什么，就让奴婢快些回来了。"

"你做得不错！"阿琇微微一笑，嘉许地瞧了白袖一眼。

却见白袖恭敬地低着头，低声说道："奴婢还是担心得紧，不知道为何侍卫多了这么多。可是皇后娘娘还因为齐王的事……"她顿了顿，心知此事是宫中忌讳，只小声道，"听宫里人说，齐王死得实在蹊跷，竟是他最宠幸的侍妾所为……"

"这必然不是针对我们的，恐怕是因为这几日东海王回来的缘故吧。"阿琇被她提醒，忽问道，"齐王死后，他的家眷是处死了还是关起来了？"

"成都王为人宽厚，虽然齐王罪人图谋不轨，但王爷宽恕了他的家人，如今家眷都关在永巷，奴婢有时候夜里经过，常能听到那边哭声瘆人得紧，"白袖有些诧异地抬起头，"公主怎么好端端地问起这个来？"

阿琇听到永巷二字忽然凝了神，皱眉道："无事，便是随便问问罢了。"

两人说话间，只听有人慌慌张张来报："公主殿下，大事不好了，吴王妃娘娘出事了。"

"出什么事了？慢慢说。"阿琇霍然站起身来，只瞧来人正是豆蔻身旁的侍女胭脂。

"殿下，快去救救我们娘娘吧。"胭脂一入殿便伏在地上哭道，"我们娘娘被送到永巷关了起来，现在情形不妙。"

"她适才不还在席上饮酒赴宴？"阿琇只觉得如晴天霹雳一般，"是谁把她关起来的？"

"就是刚刚的事，"胭脂哭道，"公主殿下走后，我们娘娘又说了几句永巷闹鬼的事，触怒了皇后娘娘。刚才皇后娘娘发了好大的火，说我们娘娘胡言乱语、触犯宫规，罚她到永巷去自省。我们娘娘又气又急，一到永巷就晕了过去……"

"她怎么能这么做，豆蔻可是有身孕的！"阿琇顿时站起身来，"豆蔻现在情形如何？"胭脂叩头哭泣道："公主殿下，我们家娘娘现在见红不止，奴才这才冒死前来通报。"

阿琇咬牙道："走，我去瞧瞧去。"

"殿下且慢，"白袖忽有几分迟疑，却盯着胭脂问道，"我平时瞧着吴王妃是个谨慎稳重的人，她到底说了什么话，惹得皇后娘娘这样生气。"

"具体说的是什么，奴婢也记不清了，只记得并没有说什么过分的话，可皇后娘娘却生气得要命。"胭脂也不惧白袖的逼问，抬头直视着她，哭泣道，"白袖姐姐，我们娘娘平日里是不是有什么开罪您的地方，奴婢替她向您叩头赔不是了，如今是人命关天的时候，还请姊姊放下前嫌。"

白袖气得脸发红，这话里竟是怀疑自己故意阻拦阿琇去救人了。她刚要反驳，只见阿琇站起身，利落道："此事就一万个蹊跷，我也要去。她肚子里的是阿邺的骨肉，我绝不能不管。"白袖还想再劝，可看着阿琇这样急切，她也只能匆匆跟了出去。

永巷从汉时起，便是关押犯错宫人的所在，与冷宫无异，自从前些年一场大火烧死了淮南王，齐王便命人重新整修了永巷，将此划入禁苑，寻常若无令牌都不得出入。此时已是夜里下钥，永巷地处偏僻，并没有什么人走动。

胭脂在前领路，走过了一条长长的宫巷，眼前的路便逼仄起来，脚下亦甚是不平整，到处都是碎石嶙峋；白袖提着一盏八角宫灯，在前面为阿琇引路。三人穿过这段碎石路，贴着宫壁的便是一排黑漆漆的宫房，四下里处处都是黑蒙蒙的影子，一时也看不分明。白袖迟疑道：“殿下，永巷这一带平时都有人把守，今日怎么一个人都不见？”

阿琇正迟疑间，只听东首的屋子里忽然传出一声女人的哀号声，似是受了极大的苦楚，如夜枭啼鸣，尖厉地刺破黑夜，听起来瘆人极了。

白袖被唬得一抖，脚下一个踉跄便摔倒在地，手里的宫灯跌落在地，风一拂过，那灯瞬时熄了。只听胭脂颤声道：“殿下，便是这里了。”阿琇匆匆地往前跑去，白袖刚准备去追，却只觉得脚上钻心地疼，低头一看，昏暗的月光下可见她的脚脖子肿得馒头一样，看上去扭得不轻。胭脂见状便道：“姊姊在这里等着，我陪着殿下看看就回。”

阿琇扶着墙壁，慢慢地走到那间屋子门口。只见里面一丝光也没有，窗上隐隐约约能看到有一个女子的侧影。她轻轻推开门进去，忽然觉得脖子一紧，竟是有人使劲掐住了她的脖子。她使劲地挣脱，那手腕竟如铁铸一样，紧紧地掐着她的脖子，哪里还挣脱得开。白袖在外面听得不对，赶紧一瘸一拐地冲了进来，却只见一个女子死死地把阿琇按在墙角，一双手掐得阿琇喘不过气来。白袖赶紧去拽那女子，那女子却似是疯了一样，手里半分也不松，嘴里还念念有词。白袖情急之下，抄起桌上的烛台便向那女子头上砸去，只听扑通一声闷响，有什么东西掉在地上，那女子应声倒地，躺在地上微微抽搐。

阿琇这才挣脱了，她咳嗽连连，勉强喘过一口气来，她起身要去看那女子动静，忽然那女子挣扎着又来掐阿琇的脖子。白袖大惊失色地要去扶开阿琇，忽见那胭脂本来站在一旁，此时不知从地上捡起了个什么东西，猛向那女子刺去。阿琇忙叫道：“别伤她。”她话音未落，却见胭脂已经利刃脱手，堪堪刺入了那女子胸口中。那女子抽搐几下，忽然没了声息。

“你别走！”白袖忽然嚷道，“你要去哪里？”她只觉眼前一花，胭脂竟是向屋外冲去。她想尽力去追，可哪里追赶得上，眼见得胭脂身子晃了晃，已是消失得无影无踪。白袖咬牙道，“奴婢去找点烛火来。”

阿琇心口怦怦乱跳：“先别点烛火，你看看那女子怎么样了。”

白袖这才心惊胆战地将那女子翻了过来，却见那女子满脸鲜血，瞧不出面容，身体冰冷，哪里还有气在。白袖惊道：“公主，这疯女人……好像是死了……”她从那女子胸口取出利刃，却见是一把金光闪闪的匕首，正是当日阿琇交给李含的那把鱼肠。

白袖伸手要抹去上面的血迹，阿琇想起阿邺临走时说的话，慌忙制止道：“别捡，匕首上有毒。”

白袖大惊失色，只见阿琇从裙上撕下半幅衣料，将那匕首细细包裹好，方才交给白袖道：“你将这个收好，明日找太医来验一验，刀上是什么毒药。”白袖答应了一声，刚想把匕首放入怀中，忽然外面脚步声纷叠，只听外面传来许多人的声音道：“将这里都围起来。”

阿琇主仆一怔，只见外面火光忽然亮起，映得这四下如白昼一般。一排排铁甲卫忽然冲了进来，将狭窄的斗室内围得水泄不通。此时白袖已经吓得慌乱不已，不知发生了什么。反倒是阿琇镇定些，她站起身来，轻声说道：“皇后娘娘。”

铁甲卫忽然都向两旁让出一条路来，果然羊献容就站在屋外，她望着阿琇，微微露出笑意：“公主殿下，深夜在这僻静永巷中何为？”

阿琇只觉得自己必然踏入了极大的一个圈套中，可她却一时有些想不分明，只得实言道：“我是来看吴王妃的，想不到这疯女人忽然要置我于死地，我刚将她挣脱开。”羊献容慢慢地走进室内，她看了看躺在地上的女子，忽然面色一变道：“公主休要巧言令色，你看看这地上的是谁？”

阿琇低头一看，却瞬时心惊胆战，只见内侍们抹去了地上的女子面上血污，那女子端然是杏眼桃腮，分明是刚刚在东宫外分别的东海王妃蒲察氏，却不知为何竟换了一身麻布衣衫。

正在此时，东海王的声音在外面响起：“王妃找到了没有？”说着，他已是大步闯入室内来。

羊献容悄悄地往旁边挪了一步，东海王便看到了地上躺着的女子，他不敢置信地俯下身去，双手颤抖地拂过那女子的面容，颤声道：“碧蕊，碧蕊……”

可地上的女子发髻松散，双眸紧闭，却哪里还有半分生气。东海王紧紧搂住妻子的尸身，仰天长号，目中却无半点泪意。众人听到他的号声，只觉凄厉为甚，亦是伤心至极。东海王忽然目视室中众人，厉声道：“是谁，是谁害死了孤的王妃？”

众人都吓得一哆嗦，唯有羊献容镇定道：“王爷节哀，今夜王妃娘娘并不是宫里第一个遇刺的人。”

“还有谁？”东海王大声喝问道。

羊献容目光却转到阿琇身上，一字一句地道：“今夜太极殿中，陛下亦遇刺了。”

“父皇遇刺？”阿琇大惊失色，惊道，“这是什么时候的事？那父皇现在如何了？”

“刺客在陛下肩上刺了一剑便跑了，陛下如今还昏迷不醒，储君正在太极殿照料陛下。”羊献容一双凤目盯着阿琇，一字一句道，“那剑上是喂了毒的，陛下生死还未料呢。”

阿琇听到最后一句，霍然心惊，站起身道：“皇后娘娘，我想要去太极殿看看父皇。”

“清河公主且慢，”东海王霍然转身，直面阿琇道，“清河公主今夜离开东宫后，又去了哪里？为何会出现在永巷中和孤的王妃在一起？而宫廷中谁能近身刺杀陛下？”

“王爷说得甚是，”羊献容不紧不慢道，“公主如今还未洗清自己的嫌疑呢？宫里侍卫都瞧得分明，那刺客是个女子身形，便是向永巷这一带跑来了。我带人来搜，却只见公主居然身在这禁苑之中，岂不是嫌疑最大？”说着她双目圆睁，大声道，“清河公主跪下！你深夜进出禁苑，行踪诡异。今夜陛下遇刺，东海王妃被害，可是与你有关？”

“今夜我送王妃到了东宫门口，王妃执意不用我相送，是东宫侍从送她离开的。”阿琇此时心里明白了几分，她反而镇定下来，瞥了羊献容一眼，缓缓道，“至于我为何在这里，既是禁苑，却又无人把守，如何不能进入？何况皇后娘娘不也在此，如何只是我有嫌疑？”

东海王神色犹疑，目光又转向了羊献容，面上带了几分怀疑的神色。

羊献容脸色涨红，倒是无语来反驳。只听她身旁侍女红杏劝道：“皇后娘娘不要动怒。此事是黑是白，一搜便知。若公主殿下真是清白，想来也找不出什么凶器的，自然就可以洗清公主的嫌疑。”

阿琇冷然一笑，反唇相讥道：“你遣人将我引到此处，再伺机陷害，你算得倒好。”

“本宫陷害你？”羊献容面上忽然抹了一丝笑意，“今夜水榭中人人都可为证，本宫未离开水榭半步。”

阿琇心里一惊：“你不是遣人将吴王妃抓起来了吗？”

“公主可是失心疯了？”羊献容大笑道，“本宫好端端在开宴席，为何会与吴王妃过不去？”她忽然脸色一板，“倒是公主殿下要说清楚，你为何要在这里？”

阿琇心下一沉，心知自己跌入的圈套实在太深，如果豆蔻无事，那为何胭脂会来报信，她不敢再想下去。

“此事成都王怕是也脱不了关系了，今晚吴王妃秘密呈上了一封成都王逆谋造反的书信，也与此有关。”羊献容忽然冷声道。

她既说到成都王，东海王便信了九分，他怒道：“你可有成都王逆谋的书信？拿给我一看。”

羊献容从袖中拿出一封信来，上面密着火漆，信笺上却正是成都王亲笔的“阿琇亲启”的字样。阿琇此时心知肚明，若东海王真信了她的话，恐怕后果不堪设想。她对东海王道：“王爷，阿琇与十六叔没有做这样的事。王爷切勿要信她的离间之计。”

羊献容笑道：“这书信是吴王妃亲手呈上，王爷与公主对质可知。”

“豆蔻？”白袖简直不敢相信自己的耳朵，趴在地上道，“她怎么会来陷害殿下？”

“吴王妃深明大义，不愿公主与成都王共同谋反，她呈上书信之时，再三请求本宫宽恕公主殿下，”羊献容冷笑道，“一个小小的侍女尚且如此深明大义，公主殿下却还执迷不悟？”

阿琇听得分明，再想一想适才胭脂的言辞，忽然心底一片冰冷。

东海王轻哼一声，将那信展开来看，他愈看脸色愈沉，忽然重重地将信扔到阿琇面前，道：“你自己看。”

阿琇接过信笺，展开一看，只见纸上只有八个字：移花接木，杀人灭口。这八个字再熟悉不过，正是成都王亲笔。阿琇闭目片刻，静静道：“若王爷真信此信，才是中了他人‘移花接木、杀人灭口’之计。”

羊献容望了一眼阿琇，冷声道：“此事已然证据确凿，凶器且要先找出来。”说着她环顾左右道，“给我搜一搜。”

不过片刻，宫人便从白袖怀中搜出了一把匕首。

东海王只瞧了一眼那匕首，忽然面色一沉：“这匕首上有毒。”

羊献容又对东海王道：“王爷，今夜之事，事涉陛下和王妃，都恐怕与此匕首有关。即刻便宣太医来，验一验匕首上的毒与陛下所中之毒是否一致。”

东海王面色一沉，冷声道：“速宣太医。”

不多时，几名白发苍苍的老太医便跪在门外候命。羊献容命宫人将匕首传了出去，却听那为首的太医道：“启禀皇后娘娘，匕首上有鸩毒。”

羊献容点了点头，又问道：“可与陛下所中的毒一致？”

那太医说道："正是。"

羊献容转过头来，却是森然对阿琇道："清河公主，既有吴王妃呈上你造反的密信，又有凶器在此，证据确凿，你还有什么话说？"

东海王缓缓走到羊献容身旁，亦道："既然如此，恐怕清河公主和成都王难逃弑君之罪。"

阿琇被他们的语声激得后背发麻，心下忽添了几分绝望。她凄声道："我没有做过的事情，你们休想诬赖在我身上。"

瘫坐在地上的白袖忽然目光惶恐，喃喃道："皇后娘娘恕罪，王爷恕罪。"

"白袖，"阿琇不敢置信地回头望着这个自己最信任的宫女，却见她此时脸上已无半分血色，在地上叩头连连："奴婢罪该万死！"

羊献容目中露出一丝惊喜，得意地扫了阿琇一眼，沉声道："说！"

白袖小心翼翼地瞥了阿琇一眼，目光中有凄凉，也有决绝，她颤声道："今夜是奴婢把东海王妃带到永巷来，暗中杀害了她，这一切都是奴婢一人所为，殿下并不知情。"

"哪有此事！"阿琇大声喝道，"白袖，你没有做过的事，为何要认！"

白袖却哭泣道："奴婢不敢欺瞒皇后娘娘与王爷，奴婢所言句句属实。这些事都是奴婢一人所为，公主殿下绝不知情，请娘娘明鉴。"

"你为何要杀害王妃？"羊献容显然有些意外，她逼问道，"你与王妃素不相识，若你不受人指使，怎会去做此事？"

白袖抬起头来，一字一句道："奴婢乃是匈奴人，奉汉王之命潜在宫中，密谋监视晋廷。今夜之事，都是汉王指使，与公主无关。"

阿琇大惊失色，回首望着她道："你此言是真？"白袖点了点头，目中含泪，却是徐徐引开衣袖，只见她雪白的藕臂上确实刺着一个狼首。

此时东海王已信了八成，他双目圆瞪，用剑尖指着她道："你这贱人！"

"不，绝不是白袖。"阿琇有片刻的震惊，白袖是匈奴人，她为何一直隐瞒说是汉人？她明明已经和訇勒一起逃出宫去，为何又会回到自己身旁，还有她臂上的狼首，一瞬间似乎都有了答案。她竟是刘渊和訇勒安插在自己身旁的一个耳目，所谓只因是汉人而被赶出来云云，不过都是编的瞎话罢了。

可阿琇知道她绝对不是凶手，为何现在她出来要以身抵罪？阿琇低头望着白袖，却见她目中都是泪光盈盈，目中有难过、有绝望，却无半分躲闪。阿琇很快回过神来，便拉开白袖："我明明看得清楚，不是你杀的东海王妃。"

“殿下，奴婢对不起你，奴婢不能一错到底，这罪孽奴婢今日还清，只是以后不能再侍奉殿下了。”白袖目中泪水簌簌而落，她决绝地望了阿琇一眼，忽然猛地往东海王剑上撞去。只听嗤的一声轻响，宝剑透身而过，白袖如一团败絮一样倒在地上，再无气息，唯有洁白的颈项间滑出一端小小的红绳，刺目的让人不忍直视。

“不！”阿琇大喊一声，呆呆地看着白袖软倒的身体，泪水夺眶而出。

“公主的侍女奉命刺杀陛下，谋害王妃，已是死罪。事到如今，公主殿下也逃脱不了干系。”羊献容已是变了脸色，侧头对铁甲卫吩咐道，“传本宫旨意，清河公主所犯大逆之罪，已经查实。成都王与清河公主交往过密，恐为同谋。东海王，你即刻起程去邺城将他幽禁起来。若有反抗，格杀勿论。”

东海王冷冷地瞥了阿琇一眼，便应了一声，自是领命而去。

阿琇惊道：“不可，若十六叔被幽禁，天下诸王便无人可制约。”

羊献容忽然凑近了阿琇的耳旁，低语道：“你猜得到今夜谁最想看到如今的结局？”

阿琇恍然大悟：“是二十五叔主谋，还是东海王？还是你自己？”

羊献容露出了极为灿烂的笑容，在她耳边一字一句道：“今夜是我此生最为快活的一夜，我入宫这近千个日夜，无时无刻不在想如何杀了你父皇。”

她话音未落，只听外面有人急报而来：“启禀皇后娘娘，储君让您过去。”

羊献容微微一怔，随即冷声对着众人道：“传本宫口谕，将清河公主……哦……不，将大逆罪人关押起来。无我手谕，任何人不得入永巷半步。”

众侍卫将阿琇扔在这宫房内，拖走了东海王妃与白袖的尸体，便将门锁上走了。阿琇一个人静静地待在屋子里，竟觉得从未这样凄凉过。不知不觉天色渐白，外面的光一点点透进来，地上还有白袖未干的血迹，映衬在这凄清的室中愈加显得寡然。

忽然外面传来了几声钟鸣，振聋发聩，这样巨大的声响，禁城的每个角落都该能听到吧。阿琇仔细数着钟声，一声，两声，三声……她忽然脸色愈来愈白，钟声响了整整九声方停。

九声，这是天子之丧，她的父亲，驾崩了。

她一瞬时清醒过来，纵然她的父皇这一世连话也未跟她说过几句，可他到底还是去世了。这是与她血肉至亲的人，将她的生命带来这个世上的人。无论他浑浑噩噩的一生中是否有片刻真正意识到过自己是他的女儿，他终归为自己带来了作为公主无上荣耀的一切。

可到如今，父皇也死了。

与自己骨肉至亲的人，祖父、祖母、母亲、哥哥、父亲……他们一个个都离自己远去。只有她孤零零一个人在这个世上而已。

她仿若还记得那一次父皇瞧见自己时，露出的惊喜笑容，还有父皇那声轻轻的呼唤："阿玖。"

这一瞬间，她恍然明白。

阿玖，那是母亲的名字。

原来在父亲始终浑噩的一生中，他唯一铭记的人，是母亲。

心底的苦味渐渐弥漫到舌尖，这种带着麻木的痛感一丝丝牵扯着五脏六腑都是痛的。明白过来这一切的阿琇只觉得眼角冰凉，似有泪水悄然滑落。

阿琇扑到窗上，屋内的窗上都围了很粗的铁栏，便是个囚室了，她还能去哪里。

日子一天天冷了起来，白天的阳光也越来越少。阿琇便待在这个斗室之中，每日除了一个年老的黄门来送饭，她几乎不知时日久长。

她本以为羊献容会尽快处决了她，可说来也怪，羊献容除了派人剥去了她公主的服制，将她安置在永巷内严密地看守起来，再也没有新的处罚。她似乎就这样被遗忘在宫闱最不起眼的角落里，没有人再注意到她的存在。

那位来送饭的老黄门已有六十余岁了，起初每次都是轻轻将篮子放在门口，渐渐地偶尔也会跟阿琇说几句话，但从不会涉及朝政。眼见天气渐渐寒冷，这日老黄门来送饭时，篮子里多带了一件棉衣，一壶热茶。阿琇拿起那有着霉味的衣裳，轻声道："谢谢。"

那老黄门忽然身子一抖，转过头来瞧了阿琇一眼，轻轻地叹了口气。

阿琇侧耳听着外面的爆竹声声，轻声道："外面可是新帝登基了？"

那老黄门忽然开口道："殿下，外面乱着呢。"

阿琇默然一瞬，声音有些酸涩："成都王现在如何了？"

"也与公主殿下的处境差不多吧，"那老黄门摇了摇头，"现在外面斗得一团糟，东海王打长沙王，长沙王打河间王，一干司马氏的王爷们杀得好不热闹。这样的光景，也与早些时甘露年间差不多了。"

阿琇微微一怔："您竟是甘露年间便在宫里的？"说着她从篮子里取出那壶热茶，给那老黄门斟了一杯，双手递给他。

那老黄门受宠若惊："怎敢劳烦公主殿下……"

阿琇淡淡笑道："现在哪有什么公主殿下，我便是个罪人而已。公公照料我多日，斟一杯茶是我应当的。"

那老黄门心中感激，啜了口热茶，用双手搓着茶杯，慢慢道："在这宫里一晃也待了五十多年了，像殿下这样体恤下人的主子，老奴真没遇到过几个。老奴刚入宫时服侍过一位贵人张娘娘，也是殿下这样慈悦有礼的性子……"他若有所思地住了口，仿佛想起了许多往事。

阿琇随口问道："那位张娘娘后来如何了？"

那老黄门出神片刻，说道："后来张娘娘被前朝高贵乡公立为皇后，帝后本是恩爱一时，只可惜好景不长，不久高贵乡公就被弑了……"

阿琇猛然一惊："你服侍的这位贵人莫不是前朝的张……张皇后……"

那老黄门叹道："不错，张娘娘为人仁慈谦和，高贵乡公被弑后，宫中嫔妃多被殉葬，她身旁宫人拼死以身而代，她才逃过死劫。不过对于张娘娘来说，关在这永巷中，生与死又有什么分别呢。张皇后心中痛苦，不进饮食，不到二十五岁就郁郁而终了。"那老黄门瞧了她一眼，淡淡道，"其实张娘娘实在福薄，就在那一年年底，太宗皇帝大赦天下，将前朝的宫人都放出去了。若张娘娘能撑到那时出了宫，现在也许已经儿孙满堂了。"

阿琇沉默半晌，方才说道："公公的好意，阿琇全然明白。"

那老黄门叹了口气，淡淡道："唉，这世上谁做皇帝，谁做奴婢，都是假的。老奴活了一大把年纪了，就觉得只有活着，才是真的。"说着他淡淡地瞥了一眼阿琇的衣带，忽然轻声道，"这便是先帝所传的白虎符吧。"

阿琇甚是震惊，霍然站起身道："您怎么知道？"白玉虎符乃是宫中至宝，除了见过此物的人多半已是或死或囚。阿琇仓皇之下无处可藏，便将这半枚虎符系在衣带上，谁能想到永巷中一个最末等的黄门竟能认出来？

那老黄门颤巍巍地伸出手去，摩挲了一下那半枚白虎符，叹了口气道："老奴最后一次见到这个东西的时候，它还在张娘娘手里。唉……"阿琇简直不敢相信自己的耳朵："白虎符是武皇帝所制，怎会前朝就已有此物。"

"这有甚奇怪，"老黄门慢慢说道，"白虎符与驺虞幡都是前朝就有的老东西了。说起这白虎符，确是大有来历。公主听说过完璧归赵的故事吗？"

阿琇点了点头："和氏璧本是楚国至宝，后又被赵国所得。秦王觊觎和氏璧，假意以城池换之，终被大夫蔺相如所破，携完璧而归赵。"

"公主说得不错，"老黄门垂目道，"后来秦国一统六国，终得和氏璧，始皇帝将其制成玉玺，是为传国玉玺。秦灭汉立，玉玺代代相传，到王莽篡汉之时，逼入宫中找王太后索要玉玺，王太后大怒之下将玉玺掷在地上，玉玺便碎一角。后来汉朝的光武皇帝刘秀继位，让人用金镶在玉玺上，补齐缺口。”阿琇听到这里已是怦然心动，迟疑道：“难道这白虎符……”

老黄门点头：“是，这白虎符便是从传国玉玺上磕下的一角。世人只知光武皇帝以金镶玉玺，却不知光武皇帝将那玉玺上磕下的一块剖成两半，制成了白虎符，意在警示后人，勿忘王莽乱政。”

阿琇怔怔地望着老黄门，只听他续道：“后来的事殿下应该都知道了，到了汉末十常侍乱国，诸侯征战，传国玉玺流落江东，为孙坚所得，在此后玉玺辗转许多人手，虎符也随之一同数易其主，众人拼死抢夺，又折损了多少英雄好汉。”说着他悠悠地叹了口气道，“其实诸侯相争，谁人不是英雄？只是人人都恐旁人议论是非，总觉得持玉玺与虎符方为正统，又何其可叹。”

阿琇心下微微一动，老黄门说的是前朝事，可与今日诸王之争又何其相似。

外面忽然爆竹声震彻，天际烟花绚烂缤纷，朱红的宫墙上都映着绚丽的影子，极是富丽灿烂的景象。两人都不约而同地向殿外瞧去，见那红光映彻了半边夜空，却更显出这永巷的冰冷寂静。

第二十六回

香漪红露

除夕是夜，羊献容换了一身新的碧彩赤金衽褛，通身不饰点翠，唯有发上簪了一枝墨青色的五方菊，斜倚在一个青白斗花的斑丝薄锦隐囊上，手中解着一段丝络。红杏轻轻地走进殿来，将殿角的半山莲座的镂空熏炉里添了些新的香料，须臾间一股清甜的暖香便氤氲而出，殿中更显幽谧。

羊献容倦声道："这添的是什么香？"

红杏赶忙磕头道："回禀娘娘，奴婢斗胆添了些新贡的花子香，不知娘娘是否中意。"

羊献容放下丝络，抬眼瞧了她一瞬，道："这么冷清的地方，添这样喜庆的香，反倒显得不适宜了。"

红杏咬了咬唇，不敢接话。曼罗却笑道："太后娘娘富贵荣华，受得起这样的喜庆。"

红杏听她言语放肆，忍不住向她微微瞥了一眼，却见这新入宫的宫女不知为何竟这样得羊献容宠爱。羊献容听了也只是微微一笑："傻丫头。"

曼罗不服气道："难道我说得不对吗？"红杏忍不住插话："在太后娘娘面前，不要我呀我的，要说奴婢。"

曼罗一瞪眼，还想反驳几句。羊献容笑道："罢了罢了，曼罗刚入宫，还不太懂规矩，红杏你慢慢教她吧。"

红杏称了是，退在一旁不语。曼罗却一噘嘴，竟是扭着身子自行退下了。

羊献容忽然问道："皇帝今日来问安过吗？"

红杏轻轻摇头："陛下近日事忙，说是没有空过来向娘娘问安，想来过几日就会来的。"

"今日是除夕，能有什么大事？"羊献容轻嗤了一声，"自古有奉嫡母、庶母为太后的，却没有皇嫂做太后的道理。皇帝不想来见我，也是正常。"

今上登基已有数月，却迟迟不肯来慈孝殿拜见，心中自是不愿意认羊献容这个太后了。何止是皇帝如此，便是新入宫的王皇后也是一次没来过慈孝殿拜见。红杏想了想从前平阳郡主巴结的样子，也替羊献容觉得心寒，口中却劝慰道："娘娘不必忧虑，您是先帝迎入昭阳殿的正宫娘娘，您的太后之位是稳稳妥妥的。"

羊献容似笑非笑，只瞧着那丝丝缕缕的香烟出神。过了半晌方才问道："邺城那边有信来吗？"

红杏低声道："今日邺城太守冯嵩刚送过信来，成都王还是幽禁在大牢里，每日除了要些纸墨写写字，并没有什么动静。"

"那东海王呢？"

"东海王得了娘娘的吩咐，正在严密监视长沙王，若没有娘娘的懿旨，无事不敢回京的。"红杏抿嘴笑道，"所以说娘娘尽管高枕无忧，这几位王爷个个都安生着呢，哪敢轻举妄动的。"

"冯嵩是父亲昔日用过的旧人，我是信得过的，"羊献容眯着眼，倦声道，"吩咐他，邺城那边连只苍蝇也不要放回来。既然成都王这样闲适，便和阿琇一样，吃用都不用短了他们的，让他们安心在里面待着就好。"

"成都王和清河公主都是司徒王大人亲自定了大逆之罪，昭告天下了，娘娘为何拖着不处决他们？"红杏迟疑道，"奴婢斗胆猜想，陛下这么久都不来拜见娘娘，说不定也是司徒大人的意思。"

"愈是有人要他们死，我就愈不能让他们死。只要他们活着一天，就迟早会有人认我这个太后。"羊献容冷声道，"至于王衍，别看他现在得意得很，若把他的事抖出来，诛他十族是逃不掉的，咱们怕他什么。"

红杏若有所思地点了点头，见羊献容有些倦乏地揉了揉太阳穴，忙躬身过去替她轻轻松肩，一边道："娘娘实在圣明。"

"你遣人去太极殿，适时地给皇帝递个话，就说东海王还借故滞留在邺城，"羊献容闭着眼道，"也别让皇帝闲着，省得总盯着咱们。"

红杏似懂非懂地眨眼问道：“娘娘，您这又是为何？东海王现在可是一心一意都听从娘娘的，何必再让皇上猜忌他。”

羊献容在软榻上靠了靠，又拿起那丝络，十指灵巧地将一缕梅染绦子系了起来，一边淡笑道：“坐在这个位置上，就和解这丝络是一个道理，既不能理得太清，又不能一团乱麻，总得让他们都互相牵制起来，我才能真正透口气。总之是要恰到好处才适用的。”

红杏伏在地上听得极认真，忍不住点了点头。羊献容忽然问道：“我父亲还有消息吗？”

红杏低头道：“自从前次宫难，娘娘的母家都因为孙秀之事被株连了，国丈也一直没有消息。”

羊献容叹了口气，忽然伸手抬起红杏的下巴，凑近了瞧了她一眼，只见她不过数年光景，竟长大了不少，琼鼻美目，肤如白玉一般。羊献容忽然心念一动，放开了她，淡淡道：“红杏，我送你去个富贵的去处，你瞧着如何？”

红杏大是紧张，跪在地上道：“娘娘……”

羊献容瞬时便定了心意，沉吟道：“白袖是他们送到阿琇身边的，这颗棋子已经废了，难怪他们急着把曼罗送进来。来而不往非礼也，我也要回送一个人过去有个照应。红杏，我身边最信赖的便是你了，你可愿意走这一趟？”

红杏闻言心中大惊，她生长宫中，只知匈奴人着实可怖，哪里愿意去，听到羊献容的话，眼泪簌簌而下，哭泣道：“奴婢愿意服侍娘娘。”

“好孩子，”羊献容叹了口气，抚着她乌黑的发丝，轻声道，“本宫又何尝舍得你呢？只是与匈奴人合作，本宫也有几分担心。你就去当本宫的眼目，替本宫盯得紧些。”

夜里飘起絮絮的飞雪，然而太极殿却烧的热热的金丝炭，一室都暖意融融。如今时值国丧，宫内一概都用素色，便连熏炉上也都覆了一层水色的细缎。司马炽正极为不悦地训斥着一个内侍道：“东海王怎么还没有信来？”

“邺城那边音讯全无，”那内侍诚惶诚恐地低下头，颤声道，“奴婢再派人去邺城查问。”

“怎么会音讯全无？”司马炽心中生了疑窦，眸色愈发深了几分。站在一旁的司徒王衍轻咳了一声，说道：“臣猜想，是不是东海王生了异心，他从前就和成都王来往过密，如果被成都王说服，可能会一起作乱。”

司马炽却似不信，迟疑道："十六哥不是这样贪恋权势的人。当初他来洛阳，明明可以大权在手，他却拜我为君。"

王衍嗤笑道："陛下太过仁慈，哪知这些人的狼子野心。成都王若真心保扶陛下，为何不自己去征刘渊，却让东海王去？他在京中只为了收买人心罢了。"

司马炽眸色一沉，重重地一拍桌案，咬牙对那内侍道："你遣铁甲卫的人去，速传东海王回京！"

王衍添油加醋道："陛下，若东海王还是不肯奉旨回京，可否将他……"他后面的话没有说完，却用手做了个斩下的动作。

那内侍吓得心惊胆战，又看了看司马炽道："难道要将东海王……"

司马炽的目光在他脸上轻轻一转，叹了口气道："如果他不肯奉旨，再回来禀报朕。"

王衍却笑道："陛下真是太过仁慈了。"

在晦暗如墨的夜色中，一支军队趁着夜色不知不觉地已经到了黄河岸边。

是夜大雪纷飞，将天地都覆上了一层茫茫的白色。大军的最前，一马当先的刘渊翻身下马，望着面前的大河叹道："这便是黄河了？"

他身旁的中年人轻声说道："汉王，这正是黄河。"

刘渊忽然哈哈大笑，但语声却极是萧瑟："一别四十年，我终于又回到这里了。"

那中年人亦是感慨万千，语声却不漏半点波澜："恭喜汉王。"

这中年人正是满腹智谋的靳准，他微微侧过脸去，月光下便能看清身旁这位匈奴人奉为神灵一般的汉王刘渊，一时间心里也浮起昔年种种。当年刘渊还是匈奴五部大都督的世子时，他便追随在他身后。一晃四十年过去，两人都已两鬓星星花白，昔日俊朗的容貌上，都添了新的皱纹。此时尤为醒目的是刘渊额上裹着一条白巾，这是匈奴人服孝的习俗了，他是在给刚刚过世的匈奴五部都督呼延贵服孝。

说话间刘渊和靳准身后跟上来两个年轻人，一路上他们快马加鞭方才追了上来，此时他们都有些愧色地下马，靳准自是识相地向旁边让开，斜眼打量过去，只见刘渊的这两个嫡子都站在了他的身旁。刘渊的嫡妻呼延氏所生的三个儿子，刘和、刘刈、刘隆，其中刘刈早死，如今只剩下了两个嫡子和一个庶出的儿子刘聪。这两个年轻人便是刘渊的两个嫡子刘和与刘隆了。

刘渊哈哈大笑，指着两个儿子道："你问问你们靳伯伯，我像你们这么年轻时，可以骑着骏马奔驰五个昼夜，可没喘过长气。”

靳准微笑道：“虎父无犬子。大公子筹谋布阵，连臣也拜服不已。三公子英武过人，阵上杀敌，连取四城，军中传作美谈。”

刘渊摇头道：“都是些雕虫小技，匹夫之勇，司仆莫要夸他们。”

靳准瞧着刘和虽不说话，刘隆却露出了不悦的神色，靳准自是不再吭声，只是微笑不语。

刘和等了一瞬，见父王并不再说话，便问道：“父王，大军连日奔袭，已是疲乏不堪，可否在黄河岸边安营扎寨，且做休息一晚。”

刘渊点头道：“甚好，传令下去。大军就地休息，不许埋锅造饭，只准吃军中自带的干粮。”靳准借机便道：“那臣先传令下去。”

刘渊说道：“司仆，你叫上聪儿一起去传令，他有时想得仔细。”

靳准赔笑道：“四公子心细如发，想出了在马蹄上裹上棉布的法子，大军行经数百里，竟没有人发现。这也多亏了四公子的智谋。”

刘渊唇边微微露出一丝笑意，但他素来教子甚严，从不轻易夸奖。

不多时数十万大军就地扎寨休息，竟没有发出多大声响，可见军纪森严。刘渊对两个儿子道：“行军布阵之事，你们要多向靳先生讨教。不要一味地好功冒失，要多用点脑子。”他说到后面语声愈发严厉。

此时河面上冻了厚厚的冰，纵然昔日里汹涌澎湃，如今一点声息都没有，平静得仿佛尘封日久。刘渊不由心生感慨，微微瞥了身旁的两个儿子一眼，说道：“昔时冒顿单于在位时，我匈奴一族极盛，这黄河一带，曾经都是我们匈奴人的天下。可我们匈奴人也就是从这里一步一步退出中原，远走漠上的，你们可知道是什么缘故？”

刘隆性情直爽，便抢着说道：“这里没有草原，土地也不肥沃，夏天炎热，冬天冷得要命，牲畜都被冻死了，我们才要去漠上放牧。”

刘渊沉默不语，神色极是萧索。刘和沉吟道：“当年是因为诸部争位，互相侵碾，才会败于汉朝。如今父亲率师三十万，攻打天下，势如破竹一般。”他此言一出，刘隆马上露出钦佩的表情，说道：“父王，大哥说的可有道理？”

“只说到了三分，”刘渊摇了摇头，却侧头叫道，“聪儿，你过来。”

刘聪本是远远地跟在众人之后，此时听到父亲叫自己，只得策马跟了过来。他先向兄长和父亲行过礼，方才站在一旁恭敬道：“父王有何吩咐？”

刘渊点头示意，刘和便将适才和刘渊的问答一五一十地复述了一遍。刘渊望着刘聪，期许道：“聪儿，你们兄弟几个里，你读的书最多，怎么看？”刘和虽然面无表情，但刘隆却露出了极为不屑的神情，重重地哼了一声。

刘聪迟疑了一瞬，低头道：“儿子愚笨，觉得大哥说得有理。”

刘渊面上露出失望的神色，摇了摇头，便背着手走开了。

刘隆讥讽地望着刘聪道：“读那些南人的书有什么用，一身酸腐气，闻着就臭。”说罢，他瞧着刘聪只是低着头立在原地，连反驳的话也没有一句，愈发鄙夷地往地上重重啐了一口便走了。

刘和看了他一眼，过了良久方才说道：“三弟性子耿直，因为纤罗的事心里一直对你存着气。你别怪他。我会好好说说他。”

刘聪低头道：“臣弟不敢。”

刘和见他这样冷的天，身上竟只穿了一件青布单袍，便脱下了身上的大氅披在他身上，轻松了口气说道：“你和纤罗妹妹新婚燕尔，她常来信问你的状况。你别和她置着气，有空也去信关心她。洛阳不比平阳暖和，要是冻坏了你回去，她可要找我讨命。”

刘聪听他提到纤罗，更是沉默不言。刘和送他回了帐前，抬头见他的营帐门口挂着两个笼子，里面有两只白色的鸽子，他知刘聪把这对鸽子爱若至宝，纵然是行军打仗也从不离开。

刘和心里叹了口气，心知他们的恩怨纠葛，于是便拍了拍他的肩，岔开话题道：“明天就要过黄河了，到了洛阳估摸着还有场硬仗要打。你也早点休息吧。”说罢，径自回自己的营帐去了。

靳准不知何时走了过来，静静道：“刚才汉王问公子的话，公子果然想不出吗？”

刘聪低着头，沉声道：“想得出如何，想不出又如何？我已受嫡母猜忌，不愿再失兄长的庇护。”

靳准淡淡道：“如今再无旁人，我可否有幸听到公子真言？”

刘聪抬头看了靳准一瞬。靳准竟有一时的错觉，只觉面前这个年轻人的眸光深不见底，但他更想细看时，却发觉这年轻人已经低下头去，轻声道：“匈奴虽然骁勇，易得天下，可若不循汉人仁爱治国之道，终究难守天下。”

靳准面上微微变色，叹道：“公子如真这样想，匈奴兴许还有气数。”

刘聪抱着双臂，苦笑道：“天不遂人愿，自打岳丈去世后，夫人对我猜忌日重。若是往常，南经兄还能护我，可现在南经在家守孝，夫人却硬塞了三哥在军中，岂不是成心怕我立了功劳回去。我哪里还敢出头露面，躲也躲不及。”

靳准凝神听他说完，笑道：“原来公子是烦恼这个。公子可愿听我一言？”

刘聪心知靳准是父亲身边最得力的谋士，旋即跪倒道：“还望先生教我。”

“既然躲不掉，不如去争，”靳准微笑道，“公子本就足智多谋，深得汉王信任。如今一味惧怕嫡母和长兄的猜忌，白白失去了许多机会。却不知若再躲下去，失了汉王的欢心，才是真正给了别人把你踩到脚底的机会。”

刘聪深深看了他一眼，却问道：“先生这样足智多谋，深受成都王信赖，何以要来助我父王？”

“追云从龙，乃我辈之志。”靳准却是神色如常，“成都王虽然贤明，却无半分进取之心，江山垂手不取，终不成大事。我在邺城之中，只觉耻臣非类也。”

“耻臣非类。”刘聪触动心事，忽然若有所思地向灯火通明的大帐望去。

靳准一眼瞧破他的心事，却不点破，只笑道：“公子与臣不同，公子的妻舅都是外助，但不是用来给公子挡灾挡难的。如今汉王心怀天下，万事济济，公子若事事身先士卒，为汉王开辟天下立下百十件大功来，有谁还敢再给公子脸色看？真到论功行赏时，到时候再加上呼延一族的威望，恐怕连世子之位公子都可以好好争上一争！”

刘聪听到最后一句心中怦然一跳，待他抬起头来时，却见靳准早已迈着大步远去了。

第二日天蒙蒙亮，匈奴大军已经整装待发，将渡黄河。刘渊在马上盟誓曰：“今日我若能渡黄河，将平天下以慰呼延公。”刘和跟随在侧，这句话听得极是明白的，只觉振聋发聩，一时间心潮起伏不定。三军中有许多呼延氏的贵族子弟，无不下马涕零。刘渊极是意气风发，右手一扬马鞭，已是一马当先地渡河而去。紧跟其后的刘和马上追了上去。

刘聪心里总觉得有些不稳妥，想去追赶，却见千军万马都在前行，瞬时间黄河上黑甲密布。他心里到底有些不托底，这时瞧着刘隆从身边过，便叫道：“三哥，留步。”

刘隆素来与他交恶，本想假装没见着，听他叫自己，也只远远隔了数丈勒了马，慢吞吞道：“何事啊？”

刘聪匆匆拍马过去，凑近急切道：“三哥，怎么今日没有见五叔的人马？”

五叔便是刘景。刘渊同胞兄弟五人，他排行老二，除了大哥早逝之外，三弟刘盛、四弟刘锐、五弟刘景都一直跟随于他。刘景在他们兄弟几人中最为骁勇善战，素来统领左骑营，平日里从不离刘渊半步，今日渡河却未见他。

刘隆不耐烦道："父王命他去攻黎阳，今晨已经先行过河了。"

刘聪大惊失色："这样大的事，父王怎未知会三军？"

刘隆白了他一眼道："是五叔自行请战的。父王和大哥都已经同意了，难道还要你过问？"

刘聪被他呛得一愣，心中焦急起来，诚恳道："五叔性子刚烈，最是莽撞好战。他若去攻黎阳，恐怕事会有变。三哥可否将右骑营兵马暂借给我，我这就赶去黎阳。"

刘隆顿时心里的火气腾腾而起，他怒极反笑道："将右骑营借给你？你得先问问我手里这根马鞭答不答应。"

刘聪还想再劝，却见刘隆一挥马鞭，已是扬尘而去。

司马炽听闻汉军过了黄河，在太极殿中霍然站起，连声道："你们说什么？刘渊已过黄河？"

众臣都在太极殿下叩首，御史中丞诸葛玫说道："如今只有请东海王和成都王出兵，才是定法。"

司徒王衍却站了出来，说道："不可，成都王如今已是庶人，心怀不轨，断不能让他带兵。"

诸葛玫高声道："成都王何罪之有？司徒大人这是公报私仇。"

王衍回首瞥了他一眼，状似不屑："老夫一心为了陛下。私即是公，公即是私。倒是御史中丞口口声声保荐大逆罪人，是何缘由？"

诸葛玫被他倒打一耙，大怒之下涨红了脸，指着王衍还要说什么，却一口气背了过去，倒在了殿上。

司马炽只觉得做这个皇帝竟是处处不顺心，怒道："这就命人去传令给东海王，火速出兵。"

王衍目光一闪，叩头道："臣愿居中调度，为陛下分忧。"

司马炽瞧着倒在地上的诸葛玫和乱作一团的朝臣，心里烦乱至极，点头道："就依爱卿。"

汉军过了黄河，便在孟津扎寨。刘聪心急如焚，快马赶到父亲的帐外，便要进去禀报。可正巧刘和从帐里出来，见了刘聪倒是一怔，笑道："四弟，父王刚刚歇下了。”刘聪急道：“大哥，我有急事要见父王。”

刘和神情不变，淡淡道：“父王新纳的陈娘子也在里面伺候，你若要进去也可，但是什么后果你自己想清楚了。”刘聪旋即愣住，他今日出兵时确实瞧见过有个娇俏柔美的汉人女子在父亲帐外一闪而过，便是这位新纳的陈娘子了。

刘和瞧着他发愣，忽然说道：“父王今早说的话你可听明白了？”刘聪垂下头去，低声道：“父王让我们渡黄河去。”

刘和扬了扬眉，轻声道：“你没听到后一句吗？父王要平天下了。”他瞧着刘聪不作声的样子，叹了口气，“三弟都跟我说了，你要去跟父王说的是不是五叔的事？我劝你别说，父王是容不下他的。”

刘聪反倒怔在原地，不敢置信道：“什么？”

刘和皱眉望了他一眼，始终欲言又止，只道：“父亲戎马一生，何等筹谋。四弟，我劝你还是先回去吧。”

在平阳正为兄长料理丧事的呼延氏接到三子刘隆的来信，震怒不已。她未想到丈夫出征不到数月，便在军中纳了一个小妾，她哪里还捺得住性子，立刻快马赶到军中。她赶到之时，刘和与刘隆都被派出去巡视军情，刘渊正在帐中与众将商讨军事，忽听有人来报：“禀报汉王，大军营地外来了几个女子一直吵闹不休，说是汉王家眷。”众人都是一惊，还未反应过来怎么回事。却见一个中年的妇人闯进帐来，大声道：“刘元海，你躲在哪里！”

此时帐中众人都向这妇人望去，都已认出这妇人身材高大，颇有几分英气，却正是刘渊的嫡妻呼延氏。众将大觉尴尬，知是汉王家事，谁也不敢劝解，纷纷告退出去。

刘渊面色铁青，呵斥道：“成何体统！成何体统！”刘和与刘隆都不在帐中，刘聪只得硬着头皮，扶住嫡母呼延氏，低声道：“夫人，这里是军帐。”谁知呼延氏不仅不领情，反而回首给了他一个耳光，骂道：“你这逆子，不仅不劝解你父亲，还由着他一把年纪为老不尊、胡作非为。”刘聪捂着脸，只觉得左颊火辣辣地痛，正此时，一个红裙的身影忽然一阵风似的飘了进来，接着一个清脆的声音在他耳畔急切道：“四表哥，你怎么了？痛不痛？”却是纤罗也来了。

刘渊此时只觉得头都要裂开，想不到夫人打翻了醋坛子，还带着娘子军一道来了。当着儿子和媳妇的面他不好训斥妻子，只道：“聪儿，你先带纤罗出去，我有话要跟你母亲讲。”

刘聪应了一声，刚要出去。谁知呼延氏却哭着坐在地上大声道："谁都不许走，都在这里给我评评理！我哪点对不起你们刘家了？就这么欺负到我头上了。"她一边哭一边指着刘聪骂道，"我哥哥就是为了这个丧门星的儿子才惨死的，他还尸骨未寒啊……"纤罗极是不忿地插口道："姑母，爹爹去世不关表哥的事，都是晋朝皇帝太奸恶，派来的人下毒害死了爹爹！"

呼延氏白了她一眼，继续呼天抢地："小的丧气也就罢了。连老的也欺负到我头上，这出门才几天，就娶了小狐狸精养在军中。这可叫我怎么活下去。"她声调极高，这一哭号，整个军营怕是都能听得清楚。

刘渊脸上哪里还挂得住，可他知道夫人的脾气，如今是刘聪已经挨了打，若他过去怕也是一个耳刮子打过来的。他只得忍气对纤罗道："纤罗，快劝劝你姑母。"大多数匈奴人家都是一夫一妻，是不像汉人一样有纳妾的传统的。

纤罗本来心里也气着姑父纳小妾的事，又担心刘聪会不会也在外面养了小妾，这才吵着让呼延氏带她一起来。可一见面就见到自己丈夫挨了打，心里的天平顿时就偏向了丈夫这边，便劝解呼延氏道："姑母，我先扶您回帐休息吧，咱们赶了几天的路，您还没有歇息一会儿呢。"

呼延氏本来满腔怒火，此时却又有些担心。她想到自己一身泥土，恐怕现在哭得也没个样子，刘渊会不会更厌恶自己。一时间心里更患得患失，便依着纤罗让她扶着自己出去了。

刘渊一使眼色，刘聪便即会意，赶紧出去把那位陈娘子带出刘渊的寝帐，另行安顿下来。

等他回到自己的寝帐时，却见纤罗已经坐在帐内，一双凤目斜挑着自己，说道："你替姑父把事情都收拾干净了？"

刘聪心里一惊，忙道："你都瞧见了？可别去跟夫人说起此事。"

纤罗不屑道："姑父这样年纪的人了，居然还拈花惹草，惹姑母伤心。你可不许学他的样子。"她甚是期待地瞧着刘聪，却见刘聪不答，竟像是没听到一样。

她心里瞬时有些难过，自己与他新婚不过数月，他见到自己竟无半点欢喜，连一句温和言语也没有。她一下子红了眼眶，想起自从爹爹去世后，母亲和兄长对他也多有误解，都是自己在为他周全，可他却待自己还是如此冷淡，她忍不住悲从中来，伏在床上呜呜地哭了起来。刘聪叹了口气，轻轻扶了她的肩，问道："好端端的，又哭个什么？"

纤罗本想扑在他怀里好好地哭一场，可一抬起头来，却瞧见他身上穿的竟还是那日的那件青色单袍，袍上还有长长的一道补痕。她一时间恼了，反手就往他脸上打去，正好结结实实打在他右颊上。这一巴掌打出去她便后悔了，看他脸颊肿了起来，想起适才姑母也打过他，心里又有几分愧疚，哭道："你，你……"

刘聪莫名其妙就被她打了一巴掌，他强忍着心里的不快，站起身来，说道："你先歇下吧，我还有事要做，晚上再来瞧你。"

他出了寝帐，在外面吐了一口气，只觉得心中烦郁莫名。正此时，靳准忽然匆匆过来，瞧见刘聪便道："四公子，快去大王寝帐，黎阳出事了。"

刘聪心里一沉，跟着他便往父亲寝帐走去，一边问道："怎么了？"

"情况甚是不妙，"靳准叹了口气，忽然抬头看见刘聪两个脸颊都是肿的，不由问道，"四公子，你脸上怎么了？"

刘聪尴尬道："不碍事的。"

刘聪一进大帐便瞧见刘和与刘隆都已经回来了，和众将一起站在两旁，父亲端坐在帐中的虎皮上，唯有五叔刘景跪在地上，却是一副得意洋洋的样子。

刘渊怒道："你可知错！"

刘景仰头道："臣弟打了胜仗回来，不知道何错之有？"

刘渊一拍竹榻，榻上的杯盏都跌落在地，摔得粉碎。他怒道："孤命你出兵黎阳，何时让你杀降？将三万晋军投在黄河中溺死，是谁的主意？"

刘景不服道："汉人狡诈，谁知他们是真降假降？再说我哪有那么多粮米喂他们？不丢进黄河里喂鱼还能怎么办？"

刘渊气得面色铁青，指着刘景的手都有些颤抖，怒道："给我拖出去……"

正在此时，忽有将领急急来报："禀告汉王，东海王率师十万来袭，黎阳已经失守。"

黎阳才打下不过一日，便又回晋军手中。刘景一下子站起来，惊道："怎么可能……"

说话间，又有将领冲进来道："禀告汉王，宜阳、洛宁、新安尽皆失陷，晋军已逼近孟津而来。"

他话音未落，刘渊忽然觉得肋间剧痛，竟是一口气没有上来，身子一仰，向后倒去。

帐中众人大惊失色，刘隆一个箭步冲了过去，急道："父王，父王。"刘和忙道："快宣军医来。"

此时在后帐休息的呼延氏听到消息后，赶忙过来查看，又是呼天抢地地哭了一番。

刘聪站在一旁，原本想也过去照料，却见呼延氏和她的两个嫡子将刘渊紧紧围住，哪有自己插手的份儿。正此时，靳准在旁边悄悄一扯他的袖子，对他摇了摇头。

军医来时对刘渊进行了诊治，又给他扎过针灸，方才对呼延氏说道："汉王颈上有痈，肝胃火毒上攻，故而才会晕倒，并无大碍。在下给汉王施过针，过会儿便可转醒，只是切忌动怒。"

呼延氏不过是妇道人家，哪里懂得这些，只是一味啼哭罢了。倒是刘和说道："那就有劳大夫替我父王悉心诊治了。"

过了片刻，刘渊便幽幽醒来，瞧见呼延氏眼眶红红的仍在啼哭，不免心烦道："你哭什么，孤还没有死。"

呼延氏不敢再闹，任由刘和与刘隆哄着回后帐歇息了。刘渊抬眼瞧见刘聪还站在帐边，又看到他双颊红肿，心下一软，拍了拍软榻旁的空位，叹了口气道："聪儿，你过来。"靳准忙推了刘聪一把，自己却闪身出了帐去。

刘聪心下忐忑地挨着父亲坐下，心里忽有些奇异的感觉。印象中父亲甚少与自己如此亲近，他几乎不记得父亲何时对自己这样和颜悦色过。他一抬头，却瞧见刘渊正望着自己，似能看穿自己的心思一般，他忙垂下头道："父王，您要好好保重身体。"

刘渊瞧着这个儿子总是与自己有几分生分，心里便也凉了几分，他嘴角轻轻抽动，过了良久方才疲惫不堪地说道："聪儿，这次出征已然如此，我们怕是要回平阳去了。"

刘聪心头一紧，面上却不敢带出半分，半晌方答道："父王大军势如破竹，何愁天下不定？"

刘渊摇了摇头，叹道："你五叔坑杀降军，已经激起民愤。如今民意沸腾，我大汉军队到哪里恐怕都会遭到拼死抵抗，洛阳不比黎阳，更是难以攻下。行军打仗，三分靠天时，七分靠人心。汉人常说要知天命，天意如此，我们已失了夺洛阳的时机。"

他喟然长叹，面上都是郁郁之色。刘聪心念一转，忽然想起兄长对自己说的话，心中更是冰冷，心知父亲对自己也不过如此，从不会袒露心声。

刘渊低头瞥了他一眼，却瞧着这个儿子低眉顺目地站在自己身旁，眉眼颇有几分自己年轻时的样子，缓缓道："以后你要多多辅助你的大哥，你们兄弟同心，来日再战洛阳，便是替为父偿还夙愿吧。”

刘聪不知是怎样走出父王的寝帐的，他只觉得心头一空，那些思绪杂念如浮萍飞絮一样漂荡不定，仿佛置身在云海中，找不到方向。

纤罗瞧着他双目无神地走进帐来，脸孔冷得发青，不由心中一紧，忙过去扶住了刘聪道：“四表哥，你怎么了？”

“纤罗，我们大概要回平阳去了。”刘聪淡淡道，他胸臆间烦闷难当，慢慢走到榻边坐下。

纤罗只是一怔，倒并未多放在心上，却斟了一碗热热的酪盏过来道：“姑父这次出征不利吗？”

刘聪摇了摇头：“洛阳易守难攻，本就不是易事。”他犹豫地住了口，转头却瞧见纤罗正关切地望着自己，一双黑白分明的星眸里似是含着水一般，而一身薄绿腰裙如碧似翠，衬着水色银鼠的比甲，瞧起来竟有几分熟悉。

纤罗见他打量自己，颇有几分不好意思地垂下头去，有些局促地捏着衣角，心中却忐忑不定，不知自己这一身衣裳换得可是对了，她今夜本就精心打扮过，此时从灯下看去，只觉她薄施粉黛的芙面上光华流转，竟如一颗明珠一样熠熠生辉。她少有这样娇羞的模样，平素里更是从未穿过汉人女子的衣裳，此时心里如小鹿乱窜，胸口噗噗地跳个不停。

刘聪呆望了她半日，忽然用力将她搂在怀中。纤罗微微一怔，心中惊慌更有几分期待，她心里思忖只一瞬，便欲拒还迎地伸出藕臂揽住他的脖颈。刘聪埋首闻到她衣襟上染着淡淡的素香，心中忽然一动，伸臂将她揽入怀中。他鲜有对她这样的亲近，纤罗简直不敢置信一般，有些僵硬地将头埋在他胸前，心中只觉温柔甜蜜。

第二十七回

风行草偃

汉军撤退的消息传到洛阳，晋廷上下都舒了一口气。最为心满意足的当属司徒王衍，他洋洋自得地表彰了自己居中调度的功劳，却将东海王出征的功劳都几乎抹尽。东海王司马越自是极为不悦，但碍于王衍身为国丈，倒也并不敢去争夺，只上表说愿意守在项城。

谁知今上问明事端，却令使节捧了天子佩剑赐给东海王，好言抚慰了一番，又驳回了王衍晋爵的奏承。

朝堂之上如沸如腾之时，后宫之中却平静得如一潭死水一样。阿琇所在的永巷更是与外界隔绝不通音讯，巷内皆用铜浆铸地，一棵草木也不栽，何等的单调萧瑟。她每日里望着窗外飞雪茫茫，一丝生机也无。这日忽然无意向窗外眺去，却见宫墙的缝隙里迸出了一点新绿，虽然只是小小的一颗绿芽，却嫩得仿佛可以掐出水来，那是满目萧条中唯一的一点活着的颜色。阿琇的双眸中顿时有了光彩，她凑近窗前，细细地看那株小芽，舍不得移开目光。

忽然一只堇色的绣鞋恰好踩在那嫩芽上，阿琇一惊之下抬头望去，只见那人一袭月白绣花湘水裙外罩着一件墨金色的鹤氅，瞧起来端然有一股华贵的风仪，却是阔别日久的羊献容。

羊献容见阿琇的目光在自己面上只是一转，旋又转到她的足下，便向脚下看了一眼，随即发现阿琇注目的焦点是什么。她轻轻挪开脚步，隔窗淡笑道：“一别多日，公主近来可好？”

阿琇静默良久，轻声道：“金碧栋梁与永巷冷宫，原也没什么好坏之分。”

羊献容心中一触，点头道：“不错。”她见阿琇的目光始终聚在那一点新绿上，心中倒是微微诧异，望着她道：“公主如今倒这样怜花惜草。”

阿琇却并不接话。羊献容自觉无趣，又找话题道：“公主可知道，今日皇帝已经改年号永嘉了。”

阿琇两手微微发颤，面色也有些发白。羊献容瞧在眼里，却说道：“想起去年这时，我陪伴先帝在华林园一带散步，彼时也是隆冬，忽然池边传来几声蛙鸣，众人都觉得奇怪，先帝问道：‘这是什么东西在叫？’”

听她说起去年之事，阿琇心中略有几分诧异，但仍是静静地听着。羊献容瞥了她一眼，极是舒心地笑道：“当时齐王与今上都跟在后面随侍，齐王回禀道：‘这是蛤蟆’。先帝听了却问出一句甚是让人惊异的话来，公主猜猜是什么？”

阿琇默想半晌，说道：“我猜不到。”

羊献容眸中含了深深的笑意：“先帝问道：‘此蛤蟆这样啼叫不休，是为了官事还是为了私事？”

阿琇面上微微变色，心知自己的父皇蠢笨如几岁孩童一样，治国完全不通，却不想如今还要这样被羊献容羞辱。她双手攥紧拳头，克制着自己不要发作。

羊献容只作不知，慢条斯理地说道：“当时我与众侍卫都不知该如何回答先帝的疑问，便是齐王也有些无措。谁知今上却说道：‘陛下，臣弟猜想蛤蟆在官地鸣叫是为了官事，若是在私地鸣叫，就是为了私事吧’。”言毕，她略略一顿，又笑望着阿琇道，“今上应变之速，当时也令我刮目相看呢。”

阿琇低头看着地上，忽然觉得那一抹新绿亮得有些锥人眼目，她默然一瞬，方道：“有话直说吧。”

羊献容轻声笑道：“公主果然是爽利人，我今日来找公主，是想请公主写一封信给成都王。司徒王衍一直对成都王多有敬重，奈何成都王一直对司徒存有误会。若是成都王能够放下成见，交出白虎符，司徒大人未尝不能为王爷洗清冤屈，重出辅政。到时候别说王爷可以施展才干，便是公主也可以恢复尊位，享尽荣华。”

阿琇细思了一瞬，忽然说道：“献容，果然是你。”

羊献容微微一愣，神色十分不自然：“公主说些什么？”

阿琇却望着她眨也不眨，说道：“昔时我只是疑心，那晚在邙山行宫里你跟我说的那番话是有人授意。如今看来，你果然和王衍有所勾结。”她见羊献容脸色微变，更是证实了心里的猜测，一字一句道，“献容姊姊，你原本就已是皇后了，天下之贵没有能够胜过你的。你何必再图谋这些权势，你究竟图些什么？王衍又给了你多大的好处，能让你这样死心塌地地帮他？”

羊献容后退了数步，脸色铁青道：“我今日来是让公主想明白，如今这世上，像今上这样通应变的才是胜者。成都王和公主如果能明白这个道理，也不会落到阶下囚的地步。你昔日是不是对平阳有恩，你看她现在身为皇后了，又何时来看过你一次？人都是要为自己打算的，识时务者为俊杰，成都王手里不过半枚白虎符，现在拿着有什么用处？不要日后灭顶之灾时才知后悔，公主好好想想我的话吧。”

阿琇冷笑道：“我再不识时务，也知道大局为重。如今定是二十五叔对你和王衍起了疑心，渐渐疏远了你们，你们便想到要用十六叔手中的虎符来对抗。你们这样浅薄的计谋，连我都瞒不过，就算真写了信给了十六叔，又怎么能哄过他去？”她顿了顿，又道，“献容姊姊，你如今的日子怕也是不好过吧。”

羊献容眉间突地一跳，冷不防被她揭开了痛处，她盯着阿琇道：“我有什么不好过的，先帝尸骨未寒，我依旧是太后。你道皇帝还是你叔父？他如今视你和成都王如眼中钉一般，若不是我保全你，你焉能活到今日？”

“你若真的不后悔，便也好。”阿琇瞧着她有些戾气的神情，无比失望地关上了窗子。

羊献容恨恨地一跺足，却将地上那嫩芽重重地踩了几脚，直到踩得一片稀烂，这才解气地去了。

夜深三更，北风呼啸，阵阵如泣似诉。纤罗醒来时，却发觉枕边的人已不知去向。她心下大是疑惑，便趿鞋起身，向帐外寻去。一出帐门，只见刘聪平时饲养的那对鸽子都咕咕地对着自己叫，她平时最讨厌这两只东西，可今日不知怎的却瞧着格外顺眼，顺手抓了一把稻黍喂给它们，可这两只鸽子却并不领情，反而啄了她一下，幸亏她反应快，赶忙把手缩了回去。她气道：“你们这些扁毛畜生，看我不把你们做了汤。”

汉军扎寨在荒野上，四面空旷得紧，一望可知除了戍卫的兵士并无他人。纤罗心里有几分着急，便问那守卫的兵士道：“你可瞧见了四公子？”

那兵士茫然道：“未曾瞧见公子出来。”纤罗还想再问，却看见不远处汉王的寝帐掀开了，三表哥刘隆搀扶着姑母从帐中出来，她不欲与刘隆相见，闪身便向后寨跑去。

她一路不敢声张，却不知不觉走到了一片土丘旁，忽然听得土丘之后有两个人的语声低低地传来，声音虽细，却很容易听出是丈夫刘聪的声音。她有些好奇地侧头望去，却见丈夫正身披一件青袍站在土丘背后，他的脚下还跪着一个黑衣的壮汉。

纤罗本想出声相唤，可丈夫的一句话传入耳中，她忽然就转了念头。只听刘聪低声说道："洛阳那边消息如何？"

纤罗此夜的甜蜜忽然便转成了浓浓的醋意，她脑海中浮现出阿琇的样子，心里已是郁怒到了极致。却听那黑衣人低声道："洛阳五公子传来消息，说大事几可定矣。"

那人微微抬头，却正是刘聪最得力的部属訇勒。纤罗在平阳时，曾见过訇勒多次，自也是极熟识的。纤罗一怔，忽然有些好笑自己先前的胡思乱想，自己的丈夫是何等人，星夜筹划的必是大事，怎会是自己所想的那样。

她想回去的念头一闪而过，等她回头时，忽然却见自己身旁竟然多出一人，却不是三表哥刘隆是谁？却原来刘隆适才在帐外已经瞧见了纤罗，但他并未动声色，先将呼延氏送回寝帐后方才过来找寻纤罗，却尾随着纤罗走到了这土丘之后。

纤罗大惊失色，便想出声示警。谁知刘隆反应极快，已是一伸手捂住了她的嘴，目光中露出了少见的威胁意味。纤罗被他挟持在怀中，丈夫和訇勒的对话一句句传入耳中，她心里急得简直要疯了，却毫无办法。

"此话当真？"只听刘聪掩盖不住语气中的激动，说道，"消息属实吗？"

那黑衣人抬起头道："属下一一查实，并不敢欺瞒四公子，五公子在晋宫中确有内应。如今离间之计已然生效，此时东海王带兵出走，晋廷空虚，正是出兵之时，公子是否要将这个消息传给汉王？"

刘聪心中一动，便想起父亲对自己说话时倦怠的神情，他思忖了一瞬，方才说道："先不要告诉父王。"

忽然土丘后有人拍手道："四弟好智谋，竟然连父王也要瞒过。"

刘聪和訇勒都是一惊，訇勒极是忠心耿耿，迅速拔刀护卫在刘聪身前。却见刘隆一手挟着纤罗，慢慢地从土丘后走了出来，目光中透着得意地瞧着刘聪："想不到四弟连洛阳来的传书都要隐藏。走吧，随我去父王帐中走一趟吧。"

"三哥，你误会了。"刘聪上前一步，解释道，"我并不是想欺瞒父王，只是现在我们的大军疲乏不堪，父亲也萌生了退意，并不是进攻洛阳的最好时机。"

刘隆冷笑道："这些话你还是留着去父王帐下说个明白吧。"

刘聪心中着急万分，心知若父亲听到此事，定然会对自己起了猜忌之心，他急道："三哥切不要告诉父王，大夫嘱托过父王不可动怒。若是小弟做得有不妥之处，请三哥多多包涵。"

纤罗亦是哀求道："三表哥，求求你千万不要告诉姑父。"

刘隆忽然松开了纤罗，几步走到刘聪面前，恨恨地低声道："你若真想让我包涵，当初就别跟我争纤罗。"他一扭头，大步向前走去，"走，去父王帐中，今日定要把此事说个清楚。"

忽然嗤的一声轻响，刘隆高大的身躯突然便倒在地上。纤罗离得最近，瞧得清楚，只见匐勒右手微动，却是他暗中下了手。刘聪一把推开匐勒，厉声道："你做什么！"他抱起刘隆的身体，只见刘隆面上带着不敢置信的神情，双眼圆睁，却已经没了气息。

纤罗惊道："三表哥，三表哥。"亦是扑了过去，围在刘隆身旁。

此时大变陡起，刘聪放下刘隆的尸身，拔着腰中长剑，对着匐勒道："你竟敢如此！"

匐勒右手一松，手中影箭落在地上，他坦然面对着刘聪的剑尖道："四公子，此人不除，今日之事决计瞒不过去。"

刘聪脑中嗡然一声，一时竟乱了方寸。他何尝不知以三哥的性情，定然会将此事添油加醋说给父王，到时候父王猜忌自己，恐怕再无什么前程可言。

可这到底是他同父异母的兄长，纵然他们再不亲近，毕竟血脉相连，他怎能眼睁睁地看着自己的属下将兄长刺死。匐勒跪倒在地，静静道："匐勒自知犯了大错，甘愿承受处罚。只望公子日后记得还有个匐勒曾经追随过公子。"说着他迎上刘聪的宝剑，便要自刎。

电光火石的一瞬，刘聪将宝剑撤开已是拿定了主意，沉声道："你现在立刻赶回洛阳，待在刘曜身边，一步也不许离开。记住，你从未离开过洛阳，也从未来过这里。"说罢，他叮嘱道，"今日之事，你务必烂在肚子里，永不可再提。"

匐勒茫然地听他说完，忽然在地上重重地磕了几个头，说道："公子，我这就去了。"说罢，跳起身便上了马，向南疾驰而去。

刘聪疲惫地转过头来，对着身旁呆若木鸡的纤罗道："纤罗妹妹，你可愿意帮我一次？"

纤罗一双杏目中含满泪水，她身子颤抖了一瞬，迟疑道："四表哥……"

刘渊听到三子被刺身亡的消息，震惊地从软榻上坐了起来，怒道："这怎么可能？”

靳准瞥了站在一旁的刘聪一眼，缓缓道：“启禀汉王，此事属实。晋军派来的刺客想偷袭汉王的大帐，却遇到了巡值的三公子。三公子与刺客力搏而死，身上有好几处暗器所伤的。”

刘渊扶着榻边的立柱，努力让自己接受这个噩耗。此时刘和搀扶着母亲呼延氏走入帐中，呼延氏哭声连连：“我的隆儿在哪里？”

刘和眼中泪光一闪，直直地望着刘聪道：“我听说是四弟先瞧见此事，然后禀告靳先生？”

刘聪双目红肿，低声道：“正是，我从帐中出来，瞧见三哥似与一个黑衣人恶斗，等我赶过去时，三哥已经中了暗器倒地，没了气息。”

刘和面露疑色，却道：“四弟的寝帐离这里最远，那刺客既是来行刺父王，为何在四弟帐旁活动？”

此言一出，呼延氏目中亦是露出了凶悍之色，她便向刘聪扑去，怒道：“定是你害死我儿。”

刘和忙拉住母亲，说道：“母亲无需动怒，一切有父王主持公道。”

刘聪忍住气，在刘渊面前拭泪道：“父王，儿臣亦不知那刺客为何会出现在儿臣帐旁，还望父亲明察。”

刘和却道：“既是深夜，四弟为何不休息，却在帐外走动？”

正此时，忽然帐外传来一个女子的呼声：“姑父、姑姑，是我先瞧见的。”

众人看去，只见纤罗轻移莲步，从帐外走了进来，一双妙目中噙满了泪水，跪在地上哭道：“姑父，四表哥是听了我的喊声才赶来的。”她望了刘聪一眼，目中似是凄楚无限，哽咽道：“夜里我与四表哥起了争执，我心里烦闷不过，便在帐外透气。”她说到此处，声音渐低，众人心中都信了九分。人人都知他们虽是新婚夫妻，但感情并不相谐，常有吵闹之事，难怪深夜都没有睡。

纤罗顿了顿，含泪续道：“……谁知遥遥地却看到两个人恶斗的身影，我害怕不过，便大声喊了四表哥出来。等四表哥赶去时，那刺客却已经逃走了，只有三表哥躺在地上。事情经过便是这样了。”她口齿伶俐，一番话娓娓道来，又哭对呼延氏道，“姑母，若是要怪，就怪纤罗好了。是我没有早点发现三表哥遇到刺客，不然三表哥也不会因此丧命。”

呼延氏两眼一翻，痛呼了声：“我的儿。”便晕厥了过去。刘和心疼母亲，自是又出去找军医来为母亲诊治。

刘渊瞧着呼延氏被军医施过针后，悠悠醒转过来，心下松了一口气。他想起三子的意外之死，心里更是恨到极处，细细地盯着桌上的那把染血的暗器看了一瞬，忽然拔刀砍下桌角，道："我刘元海不报杀子之仇，誓不为人！"

靳准后退了几步，跪下顿首道："晋室不仁在先，大王征讨有道。请大王发号施令。"

刘渊缓缓道："传我口令下去，三军休整三日，发兵洛阳！"

众人皆在帐前跪倒，此时传令官已经传令下去，三军都挑起了白幡。

靳准见机奏道："汉王掌天下之君，何必臣于昏庸晋室。臣请大王自立为帝，以正汉室。"刘渊当下并不推辞，便自立称帝，封妻子呼延氏为皇后，长子刘和为左贤王，四子刘聪为右贤王，当下便要起兵讨伐晋室。

谁知皇后呼延氏却并不放过刘聪，她当着众将的面道："刘聪乃是庶出之子，怎能与和儿同立为王，我呼延一氏绝不答应！"这次她竟是搬出了呼延一族来压迫刘渊，刘渊心中一动，便向长子望去。可谁知刘和并不吭声，只是跪在地上。此时刘渊看到帐中诸将皆露出了犹疑之色，心知呼延一族在匈奴人中有极高威望，便只能依顺。呼延氏命人削去了刘聪的兵权，又找出了刘渊宠爱的侍妾陈氏，将她带在身边，这才听了纤罗的劝告一起回了平阳。

王衍今年已经五十七岁，早过了知天命的年岁。他少年得志，十四岁即入朝为官。虽然世事混乱，但他始终左右逢源，从未受过坎坷。当年更因他目光"卓远"，将女儿许配给当时最无人瞧得上的豫章王，因而如今一跃而成国丈，已然是权势滔天。他住的宅院是从前齐王的王府，自是画栋雕梁，奢华无比。

曹统来拜见王衍时，王衍正在家中，但门上的小厮却甚是瞧不上曹统落魄的打扮，冷冷地白了他一眼，并不给他通报。曹统无奈之下，拿出了身上仅剩的银两，这才换来小厮的一个白眼，将他引入花厅，冷道："大人先在这里等等，司徒大人前面还有六七拨贵客要见，今日未必能轮得上见你。"曹统急道："我从孟津赶来，有重要军情向司徒大人禀报，还请通融一二。"

那小厮冷声道："再重要也不过是个芝麻大的武官，就老实在这等着吧。"

曹统无奈之下，只得在花厅里等候起来。他奉司马颖的命令，一直跟随在东海王的军马之后有四月之久。直到三日前，他得了极重要的军情，这才向洛阳而来。可他跑遍兵部诸司，谁也不认他这个虚职的邺城副将，更有人因他是成都王旧人，想将他抓起来。他迫于无奈，便想来找司徒王衍。

此时他在花厅上将茶喝了三壶，太阳渐渐偏西，连倒茶的婢女也不来了，他再也坐不住了，便向后堂冲去。一路上有丫鬟侍女看到，阻拦他道："呀，这是国丈府邸，可不能乱闯。"可他们哪里能够阻拦住曹统，等他闯到后堂之时，却见一个身着墨袍的老者正在送客。那老者神态从容潇洒，风姿安详文雅，曹统一怔之下，便猜出这老者便是国丈大人了。此时府里的家丁都冲了过来，便要捉拿曹统。他情急之时纳头拜倒在地："末将曹统，见过司徒大人。"

王衍略有讶异，他思忖一瞬，方道："你是陈留王曹景明之子？"

曹统呆了半晌，脸色煞白道："司徒大人竟识得我父？"

王衍叹了口气道："你父为燕王世子时，老夫便与他熟识。直到他被废为陈留王，远去封地。老夫与他一别已经三十多年，看你相貌有几分相似，这才一猜。"说着，他招了招手，道，"你过来，老夫好好看看你。"

此时那些家丁还愣愣地站在廊下，不知什么情况。王衍不客气地说道："还站着干什么，都退下去。"这些人这才赶紧退了个干净。

曹统膝行几步，跪在王衍面前。

王衍细细看了看他的面貌，方才笑道："不错，果然有几分像景明年轻时的样子。你兄弟几人？你父亲可还好？"

曹统双目一红，低声道："我兄弟三人，我排行最小。永宁二年父王便去世了，如今是大哥袭了封位。"

王衍略是一愣，似是想起了许多往事，半晌方才喟叹道："景明比我还小一岁，想不到他先去了。"

曹统目中含泪，却伏在地上不敢出声。他一直将家世瞒得极紧。他祖上赫赫有名，乃是前朝魏武帝之后。到了祖父这一辈，依旧是天潢贵胄的燕王。父亲曹奂，字景明，乃是司马昭废除高贵乡公所立的魏元帝，后来晋武帝司马炎废除了形如傀儡的曹奂，将他贬黜为陈留王。他自幼随父亲生长在陈留，目睹了父亲虽为一方王侯，却有名无实，过着被严密监禁的生活。

晋武帝去世后，这种监禁方才有所松缓，但父亲除了能领些闲散的俸禄，并不能做任何事。这陈留王的封号，与其说是一种尊荣，更不如说是曹氏一族的耻辱。所幸他是庶子，无须继承封爵。自打十五岁起，父亲就令他离家学艺，后又让他去了成都王帐下效力。如今在外漂泊十余年，他从未与人提起过家世来历。纵然连父亲数年前离世的消息传来，他亦身在前线不得回去。此时听王衍提起过往，他忍不住悲从中来，泪水簌簌而落。

王衍心中亦是伤怀，叹了口气道："老夫与景明知交多年，他子亦如我子。你拭干眼泪，随老夫到屋里来。"

曹统赶紧起身，随着王衍走进他的书房。却只见他的书房中并不似府里那样奢侈辉煌，用具皆用竹制，从桌榻到柜顶都放满了书卷，桌边还焚着淡淡的素香，看起来甚是清贵。王衍细细地问了曹统这些年的经历，曹统便拣着父亲让他学武从军的事说了，又讲了自己一直在成都王帐下为校尉。

王衍听到成都王三字，眉头陡然皱紧，说道："他让你去孟津做什么？"

曹统迟疑了一瞬，还是照实说道："成都王让我在孟津严密注意南匈奴诸部的动向，若他们有过黄河的企图，就要回来禀报。"

王衍听清其中关节，点头道："成都王的部署是对的，若是匈奴人过了黄河，洛阳便危险了。"

曹统没想到王衍居然这样豁达，并不如外人所传与成都王结怨已深。于是他霍然站起身来，急道："我今日赶回来就是为了禀报此事，如今刘渊率部已过了黄河。"

王衍呆了一瞬，脸色煞白道："怎么可能？东海王不是驻守在附近吗？"

曹统轻轻摇头："末将也不明白其中缘由，东海王原本是驻守在黄河南岸，与匈奴人隔河相望。可在半个月前，东海王突然撤军东走，眼下匈奴诸部都过了黄河了。"

王衍霍然起身，在屋子里踱步不止。曹统跪下道："司徒大人，如今匈奴人大举来犯，只能请成都王出山挂帅了。"王衍摇手道，"贤侄休急，此事要慢慢商议。我且问你，匈奴人马多少？几日可到洛阳？"

曹统答道："匈奴五部倾巢而出，总数不下三十万人。恐怕三日内就可抵达洛阳。"

王衍脸上一白，半晌方才叹了口气道："你先回去，记住，此事谁也不能提。我这就入宫去告知陛下。"

曹统苦劝道："司徒大人，一定要请成都王出来，方能定匈奴之乱。"王衍挥了挥手道："你回去吧，老夫自有分寸。"又说道："贤侄在京中可有住处，老夫让人为你安顿好。"

曹统无奈之下，只得从王衍府中告退。他刚从后院走出去，王衍忽然吩咐下人道："去请二老爷、三老爷来，我有要事相商。"

王家的管家客客气气地将曹统带到了上元居安顿好，又对老板吩咐道："这是司徒大人的贵客，务必好好招待。”客栈老板满脸奉笑，眼睛都眯了起来，自是将曹统带去天字一号的房里歇下。

且说曹统在客栈里用过晚饭，一个人喝了二两酒，心里始终并不踏实。王衍虽然对自己十分客气周到，可半个字也没有提及要放成都王出来。他越想越急，在洛阳城里人生地不熟，也无人可以拜托打听。他想了半晌，忽然想起一个人来，便一个人匆匆向城西的铁甲营走去。

走到铁甲营外，远远就有多名铁甲卫戍卫。曹统报明来历，那铁甲卫便进去通报。不多时，铁甲卫的首领李含便走了出来。他见到曹统倒是一怔，忽然爽悦大笑道：“曹将军，什么风把你吹来了。”

曹统眉头皱紧，说道：“一言难尽，我今日找你是有要事相商。”

李含迟疑道：“若是为成都王和清河公主之事，我劝你提也休提。这是陛下御笔定罪，谁也使不上法子。”曹统心下一惊，说道：“连清河公主也定罪了？”

“你小声些，”李含紧张地将曹统拉到一旁，见四下无人方才说道，“清河公主被关在永巷之中，与成都王一样，都是定的大逆。”

曹统呆了一瞬，方才说道：“我今日并不是为了他们二人而来，而是为了更严重的一件事。你可知道匈奴人已经过黄河了？”说着，他便把孟津发生的事一五一十地都对李含说了。李含听他说了对王衍所说的话，跺足道：“你怎能相信那老贼的话，他素来与刘渊的义子刘曜交好，京城里谁个不知？只怕这次东海王撤离守地，也有他的份儿！”

曹统简直不敢置信：“司徒大人身为国丈，他怎会做此卖国之事？”

李含摇头道：“这老贼有什么做不出来？自从刘渊反后，他的义子刘曜居然还在洛阳城里出手阔绰，结交士林。京兆尹几次要捉拿他，都是那老贼出面拦下，说什么两国相交不斩来使。陛下已经对老贼起疑，命我私下查他暗通刘渊的证据。你这就随我进宫去，将此事一五一十地告知陛下。”

李含带着曹统匆匆入宫，他手里有皇帝御赐的金牌，入宫十分顺畅。不多时便在太极殿里见到了熬夜批奏折的皇帝司马炽。李含将曹统所说之事一五一十地禀报给皇帝，他听后放下手中的奏折，默然良久，方才道：“曹将军星夜赶来奏报，辛苦了。”

曹统跪下磕头道：“末将愿为陛下肝脑涂地，万死不辞。”

司马炽的声音里却有几分干涩，道：“你所说的东海王兵马已经撤走，是否属实？”

曹统答道："臣亲眼所见，绝无虚言。"

司马炽慢慢起身，吩咐左右道："查！是谁的命令，让东海王撤军。"

不多时，左右黄门侍者便回来禀报："启禀陛下，微臣已经查清，是司徒大人十日前拟发的陛下手谕。"

李含已愤慨至极，连连顿首道："臣不明白，为何司徒大人可以签发陛下手谕。是谁在手谕上用了陛下贴身的玉玺。"

司马炽愣了片刻，声音平静道："叫皇后前来回话。"昭阳殿所住的王皇后，是王衍之女平阳。他此言一出，众人都不敢吭声，黄门侍者便领命而去。

李含说道："陛下，司徒大人与匈奴人暗通证据已实。请陛下下令，臣这就带人去捉拿他和刘曜。"

司马炽微微瞥了曹统一眼，疲惫道："你去吧，但恐怕已经来不及了，朕的岳丈是何等人，怎会等到你们登门而去。"

李含微微一愣，还是带人冲了出去。曹统此时一个人跪在御阶下，忽然觉得四周都静了下来，他不敢抬头，只是伏在地上。

过了片刻，他忽听司马炽轻声说道："曹爱卿，朕这个皇帝是不是做得很失败？"

曹统心里一颤，小心翼翼道："陛下英明神武，是奸臣太过狡猾。"

"你很会说话，"司马炽勉强一笑，"李含提醒过朕多次，让朕提防王衍，可朕总念在这些年他照拂过朕的情分上，始终对他下不了手，却想不到他竟然做得这样决绝，"司马炽皱着眉头，心下黯然，"当年他袖手旁观十一哥之事，还有陷害十六哥，暗地里私通刘曜，朕都瞧在眼里，却只作没瞧见一样。原想着他会收敛些，不想他却把匈奴人给朕引到家门口来了。"

曹统闻言，心中不觉一震，说道："成都王实属无辜。陛下若能放出成都王，让他统兵，也许洛阳还有幸……"

正在这时，那黄门回来叩报道："启禀陛下，微臣赶去昭阳殿时，皇后娘娘已经……"他顿了顿，不敢说下去。

"说！"司马炽的声音忽然提高了许多，那黄门少见他这样愤怒的样子，战战兢兢道："皇后娘娘已经自尽了。"

"好，好……"司马炽呆了一瞬，已是面色发红。满殿明耀耀的光影衬在他脸上，更浮出一层淡淡的青气。他默立了一会儿，忽然对曹统吩咐道："你带人去邺城，传朕旨意，即刻释放成都王，让他赶往洛阳护驾。"

曹统精神一振，大声道："是！"

昭阳殿内，司马炽站在自己皇后的身旁，静静地看着这个陪伴自己多年的发妻熟悉而美丽的脸庞，仿佛昨夜她温柔的话语还在耳旁流转，一转眼物是人非，阴阳两隔。"平阳，"司马炽低低唤了一声，眼角不知何时已经湿润了，他听着满殿宫女的哭声，忽然极不耐道，"吵什么！都给朕拖出去。"

侍从们便将宫女都拖了出去，殿内顿时安静下来，司马炽悄悄俯下身去，却是在平阳额上轻轻一吻。李含进来时，正巧看着这一幕，但他只作未知，禀报道："臣无能，王衍和刘曜带着满城戍卫都已经逃跑，连同王衍的族弟王导和王敦也都已经出城了。现在洛阳城无一兵一将可守，形同空城。"他见司马炽仍旧低着头，有些迟疑道，"臣已命人将他们的家眷拿下，现在请陛下示下，该如何处置？"

司马炽怔怔地瞧着平阳的面容，忽然间心灰意冷："都关押起来吧。"说着，他头也不回地大步离开了昭阳殿，李含见状只得快步跟了过去。

昭阳殿内冷清如斯，忽然从王皇后的榻后转出一个素衣女子，极是得意地对榻上人说道："本宫这计策不错吧。"

榻上的王平阳陡然间死而复生，她坐起身来，含泪道："多谢太后娘娘相救，臣妾一家性命方得以保全。"

那素衣女子正是羊献容，她望着王平阳微笑道："皇帝心慈手软，若你先自尽而死，他必不忍心处置你的家人。"

平阳心里到底有所愧疚，低下头道："是我偷了陛下的玉玺，我父又带兵逃跑，我实在无颜再见陛下。"

羊献容仰天笑道："你不闻魏武帝有言，宁可我负天下人，休叫天下人负我。你今日只见司徒大人弃洛阳而去青州，却不知他保全自身，日后前途不可限量。一个是在晋为臣，一个是半壁江山为主，你猜你父会选什么？"

平阳只觉后背冰冷一片，已是冷汗浸湿了衣衫。她哪里还敢对视羊献容的目光，双手紧紧地攥住了衣襟一角，心中只是迷茫浑噩，却不知自己这样做，到底是对了，还是错了？

司马炽从昭阳殿出来，耳听得身后宫室中仍然不断有哭声传出，只觉得心中空茫一阵，似是脚下有千斤之坠，直堕着他往九重深渊而去。李含瞧着司马炽面色不佳，心里有话却也不敢劝。张怀瑾是御前服侍的老人了，见状便小心翼翼道："陛下，可要先回太极殿歇息一阵？"司马炽默然半晌，却道："陪朕去永巷走走。"

李含大惊失色，谏道："陛下何必去那样的地方，臣替陛下去传旨便是了。"司马炽却摇头道："你去城上盯着，若城中有事，速向朕报来。那个地方，朕是该去亲自走一趟的。"李含本还想劝，张怀瑾却给了他一个警告的眼色，终是不敢再言，只得领旨而去。

第二十八回

贻我握椒

永巷四下里静悄悄的，似是又一重人间。张怀瑾见永巷内尘埃覆地，便对司马炽道：“陛下且在此等候，老奴去传公主出来便是了。”司马炽点点头，便等在外面。

张怀瑾走到一间不起眼的屋室前，轻轻叩门道：“公主殿下在吗？”

看守的老黄门年迈昏聩，并不识得张怀瑾的服饰，却是十分警惕道：“你是什么人？”

张怀瑾心中不耐，却也不敢发作，只得忍气道：“你休要阻拦，我是奉旨来见清河公主的。”

老黄门心中愈发狐疑，拦在门前道：“你若不说清来历，我便要喊内侍官来。”两人正僵持不下，却听房门吱呀一声开了，阿琇缓步走出来，面色沉静道：“是陛下要见我吗？”

张怀瑾毕恭毕敬地低下头去：“殿下，这正是陛下的旨意。”

老黄门兀自心中惊疑不定，轻声劝阿琇道：“公主殿下，如今非常之时，还望殿下小心。”

阿琇诚心诚意向他一拜，说道：“多承公公照料我多日，阿琇心中感激不尽。只是如今世乱，恐无报答之期。”说着她却对着张怀瑾道：“张公公，我想向您求个恩典。”

张怀瑾慌忙道：“殿下但说无妨。”

阿琇轻声道：“请放这位王公公出宫去。”

老黄门老泪俱下：“殿下……”阿琇低声道：“这是我唯一能为公公做的了。”

张怀瑾心想这等小事也不算什么，便点头道：“好，此事老奴一定为公主殿下办到。”他心中着急皇帝还在外面等着，又催促道：“公主可否随老奴移驾。”

阿琇心中事了，便随着张怀瑾向外走去。谁知刚走出永巷，却见一人身着龙袍，正望着自己，却不是司马炽是谁？张怀瑾瞧着皇帝还没有等得不耐烦，心里松了口气，笑道：“殿下，陛下已经等候多时了。”

阿琇默不吭声地便跪在了地上。

司马炽立了半晌，方才微微皱眉道：“阿琇，你对朕有怨气？”

阿琇心中痛得一缩，道：“陛下，罪女不敢。”

司马炽“嗯”了一声，唇边露出一点苦涩的笑意：“不敢便是有了，都不如从前一样叫我二十五叔了。”

阿琇微微抬起头，余光瞟见张怀瑾不断给自己使眼色，可心里却不知为何如一根刺扎在心头，还是说道：“罪女不敢为自己开脱，却想替十六叔鸣不平。十六叔一片忠心天地可鉴，陛下却将他囚于阶下。”

司马炽心中微微酸苦，侧过头去并不言语。张怀瑾忍不住道：“当初的事都是王衍蒙蔽陛下，怎能都怪在陛下头上？”

阿琇却咬牙道：“十六叔视陛下手足同胞，心心念念要拥立陛下为帝。可陛下登基第一件事便是囚禁了十六叔。罪女并不怕死，却不知千秋后世怎样评价二十五叔。”

张怀瑾还想说什么，司马炽摆了摆手道：“阿琇，你没事就好。让宫人先送你回寝殿休息，这些日子你受屈了。朕定会补偿于你。”说罢，他身形微微晃动，似是步履不稳地向远处走去。

阿琇抬头看着张怀瑾，心中无数疑窦，结结巴巴道：“陛下为何要赦我与十六叔？不是说陛下一直都要杀了我们吗？”

张怀瑾气道：“殿下都是从哪里听来的传闻，当初陛下被奸人蒙蔽，却也从来没有想过手足相残。琅琊王自请去吴地任安东将军、都督扬州军事，陛下也已放行。陛下对手足何等亲厚，如今亲自来接殿下出永巷，便是想补偿这些日子殿下所受的委屈。何止是殿下，如今便是成都王也正在回京的路上了。”

阿琇仿佛不敢相信自己的耳朵：“十六叔也可以回京了？”张怀瑾没好气道：

"曹统已经领旨去赦免成都王了，现在已在路上，到时候殿下亲眼见到成都王便知老奴说的是真是假。"

阿琇既然被放了出来，第一件事便要去吴王府看望豆蔻。谁知豆蔻却闭门不见，阿琇在门外怅然良久，心知当日永巷之事与她脱不了干系，她心中一时茫然。吴王府的门房有些歉意道："公主殿下，非是我们王妃有意不见，实则是如今小世子刚刚出世，王妃着实抽不开身。"阿琇轻轻点了点头，漠然道："既然如此，你去通报一声我来过便是了。"那门房答应一声，瞧着阿琇慢慢地离去。

四月戊申日，刘渊头扎白巾，一马当先领着大军渡过黄河，直向洛阳而去。军心激愤，旗上皆挂白幡，气势高涨之至，一路上势如破竹，几日内便连取三城，洛阳已遥遥在望。白日里刘渊与众将论起出征之事，众将都言当强攻洛阳，尤其是长子刘和带着一些少壮的将领，急于争功，抢着要出城为先锋。刘渊虽然言语上没说什么，心里却是有几分不悦的。

夜里大军驻扎安好，刘渊亲自巡营，巡到四子刘聪帐外时，却见帐中还有烛光，靳准在旁笑道："四王子真爱读书，这么晚了都还没睡。"刘渊微微一怔，道："是吗？"说着便掀帐而入。只见刘聪正襟危坐，却是正在榻边读书，他看到父亲进来，忙跪道："父王。"

刘渊见他果然在读书，便拾起那书册，却见是《淮阴三篇》，他微微诧异道："韩信之书，你竟能读？"

刘聪跪在地上，垂目道："父王曾教诲过，若不读兵书，何以用兵。儿子并不敢忘。"

刘渊随口考校道："韩信用兵制胜，所在为何？"

刘聪略一思索，说道："淮阴侯出兵至奇，胜在用计也。"

刘渊心下略惊，忽然想起白日里与众将的议论，便来回踱步道："你且说说，韩信如何至奇，如何用计？"

刘聪审慎地说道："以正守国，以奇用兵，先计而后战，以胜勇而击敌，这是出其不意的法门。至于用计，兼形势，包阴阳，才是用计的技巧。"他说完了这番话，可父亲却久久没有言语。他心中迟疑不定，悄悄抬起头来觑了父亲一眼，却见刘渊侧着头看着帐外，似在思索什么。他又瞧了站在刘渊身后的靳准一眼，此时的靳准面上露出了三分笑意，对他不露声色地微微颔首。

宫门外的垂柳又长了几寸，阿琇有些焦急地等待在柳枝下，翘首盼望着远方的来人。不知过了多久，远远地一人一骑飞驰而来，马上的人身着一袭粗布素袍，身姿挺拔，形容疏朗，却不正是成都王司马颖。阿琇欣喜若狂，便飞奔过去，口中唤道："十六叔，十六叔……"

司马颖跃下马背，亦是露出笑意："阿琇。"

然而奔到近处，却忽然驻足止步，迟疑叫道："十六叔……十六叔你的头发……"阿琇此时所见的司马颖，面目依然，甚至连笑容也与去岁分别时一样。可是昔日里满头乌黑的头发，竟成了白霜之色。阿琇心中大恸，瞬时眼眶便红了。司马颖微笑地凝视着她道："莫抹眼泪了，走，我们一起去太极殿。"

阿琇跟在他身后，只见十六叔消瘦了不少，衣服空荡荡地架在身上，唯有那股清俊之气与从前无二。

到了太极殿外，司马颖抬头瞧了瞧阔别一年的大殿，只觉巍峨堂皇。他正等内侍进去通报，却看到司马炽亲自走出太极殿来迎接。司马炽这几日大病了一场，脚下亦是虚浮无力，全由张怀瑾扶着他出来。他见到司马颖的须发尽白，内心亦是极为震动，牢牢握住了司马颖的双手，心中歉然之至，他性情本就柔软，此时两行清泪便顺势滑落下来。反而是司马颖笑着说道："陛下是一国之君，千金之子，不坐垂堂。"

张怀瑾忙解围似的扶住司马炽，将他重新扶回金殿之上。司马炽喘了口气，缓缓说道："朕自知有罪，只盼皇兄全念大局为重，主持洛阳都城一切事务。"他话音未落，便猛烈地咳嗽起来，面颊上也泛起一抹鲜艳的红晕。张怀瑾焦虑至极，说道："陛下这几日一直卧床养病，今日还未用药，还请王爷海涵。"说着，便命人将司马炽扶进内殿，自是去用药了。

司马颖缓缓巡视左右，只见满殿大臣竟有多半面生，自己熟悉的故旧大臣多半早遭贬谪。他只是瞧了一圈，便见到中间不少认识的人也都心虚地低下头去，去年王衍掌权之时，许多人都曾经附和王衍落井下石过，此时重新瞧见成都王站在这里，唯恐他追究前事，哪里还有抬头的勇气。

谁知司马颖并不追究前事，用兵调度，一概如常。他先是命人去调琅琊、东海、长沙三郡兵马，又派人加强城防，力图等到援兵至时守住城池。可坏消息却一个接一个地传来，先是长沙郡不肯出兵，琅琊王远走江东，也不肯发兵。而洛阳城中的情形却是一日坏过一日，城中不断有驻守的兵士逃出城去，百姓人人自危，市价飞涨，已成一座死城一般。

到了第五日，司马颖收到了东海郡的奏报，东海王已决计不肯出兵，他颓然坐倒在虎榻上，半晌没有说话。正在此时，阿琇捧着一盅桂花莲子羹进来，瞧见司马颖面色不对，轻声道："十六叔，是军情不利吗？"司马颖背负着双手，面色疲倦至极，说道："去叫曹统过来。"他想了想，又道，"让他随我一起入宫一趟。"

阿琇心里惶恐至极，一边去叫了曹统，一边却也让人抬了翠辇入宫去。

司马颖环顾朝堂，只见今日上朝的众臣已是三停中去了两停。司马炽依旧卧床不起，不能上朝，只有张怀瑾站在殿上。司马颖问道："如今城中还有多少可用之兵？"张怀瑾摇头苦笑道："城中原有十万兵防，如今尽被王太傅带走，已无可用之兵。"听到这话，满堂尽是震动。司马颖又问道："匈奴逆军还有几日可到城下？"却见庭中有一人走上一步，大声说道："匈奴人前日已过黄河，这几日都无军报来，末将推算，最多明日便会兵临城下。"

张怀瑾见司马颖不识此人，便说道："这是新任的骑射校尉杜婴。"

司马颖点了点头，大声说道："如今洛京已无可守之兵，城中民心惶惶，各位都是朝廷重臣，亦有家小在城中，若是想出城去，我便相允。今日之内，尽可携眷出城。"

此言一出，人人都十分震惊，顿时朝堂上沸议起来。曹统离得最近，劝道："王爷，这可使不得啊。"司马颖并不理睬他，只是望着众臣。其中有几个人耐不住先问道："王爷此言当真？"

司马颖一字一句道："本王言必有践。"

那几个朝臣互望一眼，便纷纷站了出来道："既然如此，小臣便得罪了。"说完，便飞也似的退出朝堂。此例既开，很快便纷纷有人效仿。不少观望者见司马颖动也不动地站在朝堂之中，并没有对那些逃走的人做些什么，便也都上前或是躬身作礼，或是面露惭色，人人都离宫而去。张怀瑾见剩下的人越来越少，急得直跳脚，对司马颖埋怨道："王爷，你这是做什么，城中已无兵防，若是连大臣们也走完了，这洛阳岂不是空城？"

司马颖摇头道："蝼蚁也知求生，如今的洛阳已是无人可守，何必将他们都拘在城中？传我的话下去，打开宫门与西南城门，在匈奴人来之前，让宫中奴仆和城中百姓也有条逃生之路。"他停顿了一瞬，对曹统吩咐道："你先去安顿宫中内眷，务必今日都要撤离洛阳。"

张怀瑾听司马颖做完安排，反倒是愣在远处，喃喃自语道："这天下，真的要完了？"司马颖淡淡地瞧了他一眼，缓缓说道："国不可一日无君，陛下是国之根本，你现在就调拨五十精锐，先送陛下出城去。”张怀瑾迟疑道：“陛下的性子倔得很，几日前臣等都劝说过陛下早日出城，可陛下便是不听，执意要在城中等着王爷来，说一定要与洛阳共存亡。”

司马颖坚决地摇了摇头：“如今由不得陛下的性子了，先帝与陛下都无后嗣，若是在洛阳被俘，大晋便是真的亡国了。”张怀瑾点了点头，又道：“那王爷何时走？”司马颖淡然道：“我孤身一人，无可去处，便守洛阳到死。”张怀瑾听他这样言说，自是不敢再劝，便去后殿劝说司马炽。司马颖回头看了一眼，只见朝廷上还有几个人孤零零地站在原地，他问道：“你们为何不走？”

其中一人正是适才答话的杜婴，他叩头道：“末将无亲眷家人在城中，愿随王爷誓死守城。”司马颖的目光缓缓扫过他，又落到他身后几人身上，只见那几人都跪倒道：“臣等愿追随王爷，誓死守城。”司马颖面上终于露出一点笑意：“很好，你们去清点城中还有多少兵士自愿留下来，将他们收编成队，随我去守城。”

司马颖走出太极殿，只见殿外已经乱成一片，宫中到处都是哭喊声，再也不见平日里整肃的景象。他巡着殿阁走了几步，却见阿琇瘦小的身影站在阶下，便诧异道：“阿琇，你怎么还没走？”阿琇双目哭得红肿，摇头道：“阿琇要随十六叔一起守城。”司马颖脸一板，鲜见地厉色道：“孩子话！你当打仗如小孩过家家一般？还不赶紧让你宫里的人收拾东西，带你出城去。”阿琇被吓得一怔，过了半晌方才哭出声来，她扑在司马颖脚下，哭泣道：“那十六叔怎么办？”

司马颖心下到底感动，叹了口气，抚了抚阿琇的长发，又温言道：“我一个人并无拖累牵挂，来去自如，自然有离城的办法，你不用为我担心。”阿琇想到司马颖平素武功过人，心下放宽了几分。

此时司马颖看到曹统远远地安排内眷出城的车马，便唤道：“曹统，快过来，安排长公主殿下出城。”曹统赶忙跑了过来，只见阿琇还跪在地上哭泣，便说道：“殿下莫要哭泣，宫中内眷的车驾中还剩下一辆，我扶殿下过去。”

阿琇百般不舍地含泪与司马颖道别，叔侄俩十余年相依为命，各自都知今日一别，不知日后何时才有相见之期。阿琇上了大车，仍旧啜泣不已，掀开车帘向外看去，只见司马颖的身影越来越远，渐渐消弭在宫门内不见。

天际灰蒙蒙的一片，如同闷着一场大雨要下，可偏偏下不来，更闷得人心中焦烦混乱。车辚辚向城外而去，耳听着天际打了几个闷雷，一声声如重鼓一般突突地敲在阿琇心间，她正焦急未定，只听外面隐隐有女子的哭喊声：“求求你，带我们一同逃命吧。”

侍卫的声音极是不耐烦：“快让开，宫里已经没有车驾了，都自行逃命去吧。”

阿琇掀开车帘一角，只见远处站着几个华服女子，哀哀地伏在地上哭泣不已。她隔得远了瞧得不甚分明，便说道：“快停车。”赶车的黄门诧异道：“殿下有何事情？”

阿琇指了指远处宫门外那几个女子道：“你去问问，她们是哪个府上的？”

那黄门犹豫了一瞬，转身便跑了过去，不多时却领了那几个女子过来。为首的女子怀中抱着一个刚刚出世的孩子，那女子满面都是泪痕，却不是豆蔻是谁。她抬头看到阿琇，大是惊诧，却有些局促地跪倒在地，凄声道：“奴婢自知对不住殿下，不求殿下饶恕。但这孩子是吴王的骨肉，请殿下将他带出城去吧。”

阿琇盯着她看了一瞬，忽然道：“这孩子是阿邺的骨肉？”

豆蔻点了点头，双手紧紧地抱着孩子，目中都是泪水。

阿琇望了她一眼，忽然起身走下车来，却对豆蔻道：“你上去吧。”

豆蔻大惊失色：“公主殿下……”

阿琇冷声道：“还愣着干什么，还不快上去。”她所乘的车驾甚是狭小，原本是出入宫人所用，只能容身一人。豆蔻含泪抱着孩子上了车，那赶车的黄门迟疑道：“公主殿下，这是成都王亲自吩咐的，让您……”

“将他们母子送到长安去，”阿琇斩钉截铁道，“他们是吴王府的人，不能出任何意外。”

豆蔻未想到她竟然不计前嫌，这样救她，她一时间睁大了双眼，怔怔地瞧着阿琇。阿琇忽然拿出半枚白虎符，递给豆蔻，低声道，“这是我这个做姑姑的送给孩子的见面礼……他叫什么名字？”

“叫做裒儿。”豆蔻喃喃道，手中攥紧了那半枚白虎符。

“裒儿，”阿琇望着熟睡的孩子，唇边露出了一丝笑意，轻声道：“快走吧，阿邺也盼着见到你们母子。”

那小黄门见阿琇心意已决，情知不能再耽搁下去，他一扬马鞭，赶着车驾疾驰而去。

阿琇站在原地，望着远去的大车扬起的烟尘，忽然心中有一丝的感慨。阿邺的孩子也出世了，他若见到他们母子，该会高兴吧。只是自己呢？她苦笑了一声，自己孤子一人，又有什么必要逃命呢？

忽然间一个年轻的侍女跑了过来，却是对着阿琇娇声道：“我们太后娘娘听说长公主殿下在此，特命奴婢来请。”阿琇微微一怔，便意识到她口中的太后娘娘该是羊献容，她心下便有了拒意，正想着寻个什么托辞推了去，谁知那侍女口齿极是伶俐，瞥着她且说且笑道：“太后娘娘吩咐了奴婢，若是请不来长公主殿下，便该亲自来请了。”

阿琇闻言，只觉得胸中忽然郁了一股忿忿之气，她心里既然存了气，便转身道：“那我随你去。”这侍女微微一笑，并不多言，自是引着阿琇往前走去。

却说护送太后车驾的将领名叫韩士武，原是曹统麾下的一员偏将，他本在马上随侍，见到太后忽然唤停车，大是惊异，问道：“太后娘娘为何要停车？”那在前引路的侍女微笑道：“有劳将军大人挂念，这是太后娘娘要传见公主殿下呢。”韩士武低声道：“曹都尉吩咐过要加紧赶路。现在刚刚出城，恐怕追兵会来，还请太后娘娘快些起程。”正说话间，只见阿琇轻移莲步，已是姗姗走了过来。韩士武不敢造次，赶忙低下头去站在道旁侍立。

虽然是在逃亡途中，可羊献容的排场依然摆得十足，众车中唯有她的车驾是明黄的绣绘龙凤的蜀锦所罩，两个侍女轻轻挑起帘幔，里面阔然有丈宽，羊献容独坐在正中的软榻上，旁边自有侍女服侍打扇，软榻后还有一间耳室，都笼着碧绡縠帐，便是下人用来备茶添膳的地方。不过数月不见，羊献容却明显气色好了许多，额上缓鬓倾髻，松松地垂在耳畔，挽作玉山模样，鬓上斜斜地插着一支东珠衬托的步摇，在青白色的光影映衬下，更衬出她如丹点的唇色上勾勒着点点妆痕。羊献容看着阿琇在对面坐下，方才微微一笑道：“阿琇，我们好久不见了。”

阿琇瞧了瞧她身上朱红色的绸裙上重重叠叠的金线绣莲图样耀眼夺目，沉默了一瞬便点头道：“太后娘娘别来无恙，还是一般康健。”

羊献容面上挂着和煦的笑意，只异常亲热地笑道：“阿琇，从前与你有些许误会，你不要放在心上。当日都是受王衍挑唆，我心里实是一直都挂念你的。”她顿了顿，瞧着阿琇面色木然，心知她心中不信，便笑着从怀中取出一支珠钗道，“我记得这是从前你常戴着的，我一直替你留意收着，只盼着有一天可以还与你。”

阿琇接过那钗，却正是母亲当年送给自己的那支七宝琉璃钗。她那日被诳去永巷，匆忙中未戴此钗，再回宫时找寻不到，不知何时却落到了羊献容手里。几经周旋颠沛，这钗终于又回到她的手里。她心中略是柔和了几分，瞧着羊献容的神情温柔不似作伪，心里便也软了三分。羊献容笑道：“今日出宫赶得匆忙，怕是连午膳也没有用过吧。”说着她扭头道，“曼罗，将哀家的酥乳饼给公主添来。”

适才引路的那侍女曼罗俯首应了一声，便去耳室了。不多时，她便端着漆盘出来，盘上盛着一碗酪盏，配着几个小巧如满月的酥饼，甫一端出来，便有一股浓浓的酪香四溢。阿琇本就怕腻，微微皱了皱眉头。

羊献容见状便拿起一个酥饼吃了，又对阿琇笑道："这饼是曼罗做的，你瞧瞧她的手艺如何？"阿琇无法，只得拿起一个酥饼，慢慢地嚼了，只觉得一股羊奶的腥膻味实在难以下咽。曼罗闻言轻声笑道："瞧太后娘娘说的，倒是自卖自夸了。"她在羊献容面前是极为得脸的，言语也十分的随意，她侍候着羊献容用了一个酥饼又进了一碗酪盏。羊献容便道："罢了，哀家用得好了。你去给外面的将士们都添些酪盏，今日难为他们都还饿着肚子。"

曼罗抿嘴一笑，便端着酪盏出去了。献容见阿琇吃得艰难，便笑道："还不快给公主添碗酪盏。"

说话间从耳室里忽然又转出一个人来。阿琇忽然愣住，此人娥眉凤目，容色秀丽，却是司马炽的原配皇后王平阳。

阿琇很快明白，这一切都是一个圈套，平阳根本没有死，这本是和羊献容商量好的金蝉脱壳之计。想清楚此节，阿琇很快便意识到自己处在怎样的一种境地中，此时只有她们几个人在这车中，自己还有什么反抗之力。她咬牙道："王衍是个卖国求荣、贪图富贵的小人，你何必与他勾结？"她又看着平阳道，"陛下思念皇后娘娘您，茶不思饭不想，已经患了咯血之症，皇后娘娘就是这样报答陛下？"平阳哆嗦了一下，霎时面色雪白，却不敢接话。

阿琇手里攥紧了那七宝琉璃钗，只掐得自己手心都要破了。

羊献容面上忽然浮起一抹奇异的笑，她轻声道："阿琇，你知道现在外面还有几个活人吗？"她忽然起身用力拉开了帐子，阿琇骇然睁大了双眼，刚才守卫在车辇旁的韩士武和众多侍卫内官，一个个都倒在地上，俱七窍流血，哪里还有活命。

阿琇倒退几步，心中恐惧至极，结巴道："你，你……你究竟是为了什么……"

却见羊献容漫不经心地向外看了看，轻声笑道："为什么，你说为什么？我这些年所受的苦楚便是所有的为什么。"曼罗此时早已收起了那副恭敬的模样，却对羊献容道："太后还与她废话什么，趁早做个了断。"

平阳到底心软，眉目间闪过一丝不忍，本想相劝，但迟疑了一瞬还是忍住。

"不忙，"羊献容慢悠悠地看向了平阳，"你父亲的人什么时候来？"平阳战战兢兢道："父亲书信上说今日申时之前，便有人来接应。"

阿琇心知如今自己形势极为不利，她心下一横，便对羊献容怒骂不止。羊献容微微皱起了眉头，却给曼罗使了个眼色，曼罗出手劈向阿琇后颈，阿琇身形一晃，已是倒在地上。平阳瞬时吓得面无人色，却听羊献容笑道："不用怕，只是让她晕过去了而已。"

"阿弥陀佛。"平阳念了句佛号。

羊献容皱了皱眉，不耐道："你父亲带了人马，现在到了哪里？"曼罗亦是焦急："我去路口等待一会儿。"

羊献容瞧了瞧昏倒在地的阿琇，忽然笑道："原是怕你碍事，想一起了结你。但如今本宫却改变主意了。"她看了一眼在旁垂头不语的平阳，轻笑道，"若是王司徒的人不来，公主或许还有些用处。"

平阳身形颤抖了一瞬，尖声道："父亲不会这样的。"

羊献容嘴角浮起一丝凄凉的笑意，似是在嘲讽平阳一般："连亲生女儿都能舍下的人，还有什么做不出的呢？"

曼罗一直等到了日落，方才回来，一脸沮丧道："道旁连个人影都没有，哪里有人来？"

此处离洛阳城不过十余里路，却处人迹罕至，已是萧条荒凉之至，眼前大路平川，放眼便可见通路上静悄悄的，根本没有人会来。羊献容此时却镇定下来，她对曼罗道："王司徒指望不上了，你去替我传信给五公子，就说我在城外等他。"

曼罗面上闪过一丝犹疑的神色，却看向了平阳和昏迷在地上的阿琇，低声在羊献容耳边道："这两人一个是大晋的公主，一个是皇后，太后若想投奔我家公子，带着她们终有不便。"她顿了一下，又道，"便是五公子答应了，陛下那里也是不会答应的。"

羊献容眸中闪过一瞬时的狠戾，便向平阳望去，却说道："公主的性命权且留下。"说罢便移步到一旁车内去了，并不欲亲眼目睹杀戮。

平阳被曼罗的目光吓得向后倒退数步。曼罗拔出了银质小刀，一步步向平阳迫近。平阳猛然向后跑去，可脚下却一个踉跄，却是被阿琇绊倒，猛地跌倒在地。曼罗哪里容她再逃，一刀便向她脖子上划去，却听嗤的一声裂帛之声，平阳本以为自己已经就死，谁知睁开眼却见几滴血正滴在她面上，却原来是阿琇不知何时醒了过来，以臂膀挡在她身前。此时曼罗见一击不中，便拔刀又刺，但阿琇死死地护住平阳，不让曼罗近身。曼罗怒道：“你让开。”阿琇护紧了平阳，愈发不让半分。

曼罗并不理睬她，只拿刀向她们追去。阿琇和平阳都是足不出户的闺秀，哪里跑得过曼罗，几步便被她追上，眼见便要无幸，却听身后忽然传来震天动地的呐喊声，似是有人在喊：“城破了。”

三人同时震住，回望时只见不远处的城头上硝烟弥漫，红光冲天。远远地似有铁骑从城内冲出。曼罗震惊之下，马上便向羊献容的车驾奔去，她奉命保护羊献容，不敢有任何闪失。曼罗翻身上马，赶着大车向南而去，远远扬起烟尘。

此时旁边再无藏身之处，唯就近有一处灌木约有半人高，勉强可以藏身。阿琇果断地扶起平阳，躲在灌木丛中。平阳惊道：“公主，你受伤了。”却原来阿琇的右臂受伤甚重，血从衣襟中渗出，滴在她身上。阿琇并不搭理她，她把地上的黄土在平阳和自己脸上涂抹，又将她的外衣上擦上许多灰尘。平阳自幼生得娇惯，极是不适宜地连连呛声，可她瞧见阿琇也是这样涂抹，也不敢说什么。却见城中虽然烟尘弥漫，但并不见人马出城而来，就连适才的人声也渐渐远了，看来并不是往她们这个方向而来。

阿琇心里略松了口气，她回头打量了一下平阳，见她如难民一般再也看不出宫里出来的痕迹，方满意地点点头，转头便向回行去。平阳一把拉住她，惊恐道：“公主，你要去哪里？”阿琇轻声道：“十六叔还在洛阳，我回去看看他。”平阳大惊失色：“我们好不容易逃出来，这会儿回去，岂不是送死？”阿琇心里本不喜她，她略一顿，慢慢说道：“我并没有说要带你一起回洛阳，适才救你，我已对不起当今陛下，我们就此别过。”

平阳面色由红转白，她犹豫了一瞬，终是说道：“公主，我随你去。”

阿琇大是讶异，回头不敢相信地望着她：“你当真想清楚了？”平阳点了点头，似是鼓足了勇气道：“我要回去陪伴陛下。”阿琇微微动容，只一点头便算答应。

两人一路往洛阳走去，倒是十分顺利。沿路上哀鸿遍野，不断有难民从城中逃出，有些从城中逃出的人瞧见她们，都喊叫道：“你们往城里走干什么，北门都被匈奴人攻破了。”平阳吓得心惊胆战，牢牢拉住了阿琇的手，只觉得双腿如灌了铅一般。阿琇勉强笑道：“国难之时，多有谣言，未必是真的。”

两人一直走到天黑，方至城下。此时城门已闭，阿琇抬头见城门上还有铁甲卫把守，心里松了口气，便在城下叫道：“守城大人，请开门。”

谁知那城上却无人应答，她叫喊了数声，城上那铁甲卫只是立着，全然不言声。平阳忽然吓得一缩，指着铁甲卫颤声道："那人不是活的……"阿琇定睛看去，果然那城上的铁甲卫随着风吹微微飘起，绝不是活人。阿琇此时心中亦是恐惧，可她不愿在面上露出半分，她走到城门前轻轻一推，那城门却也只是虚掩而已，此时再无什么思索的时间，她拉着平阳便进城而去。

说来也怪，离开不过数个时辰，可这洛阳城竟如一座死城一般，完全没有半点生气。昔日里繁华熙攘的南市，如今一盏灯火都没有，四下里黑黢黢的，只是沉寂，唯有一条铜驼路贯穿南北，更无人烟车马，于是显得愈发宽阔。两人沿着铜驼路向北走去，走过昔日里熟悉的街市、店铺，家家户户都门窗紧闭，唯有空气里弥漫着一股奇怪的味道。

她们愈走愈是心惊，脚步便更加快了，走到九重宫阙外，只见宫门也是大开，抬头便可望见城中最高的太极殿，此时在暗夜中巍然耸立。平阳忽然挣开阿琇，向太极殿上冲去，一边跑一边哭喊着："陛下，陛下……"

阿琇赶紧随着她跑了上去，可奇怪的是两人把太极殿都走了一遍，里面却一个人都没有。平阳不住哭道："陛下在哪里？"阿琇忽然心念一动，望向了平阳。平阳一震之下，忽然明白了阿琇的含意，拔腿便向自己居住的昭阳殿跑去。

昭阳殿的殿门半掩，里面悠悠传来一个男子的声音："平阳，平阳。"语声无限哀婉，似是伤心至极。阿琇向身旁的平阳瞧去，只见她面上都是泪水，心中忽然明了。

平阳有些颤抖地冲进殿去，忽然放声恸哭："陛下，臣妾回来陪伴你了。"阿琇驻足在门外，只见里面坐在龙榻上面色虚弱的男子，正是当今皇帝。他不敢置信地看着眼前跪着的平阳，面色却渐渐由震惊转成欣慰，他伸出枯瘦的手抚摸着平阳的发丝，而平阳伏在他的脚边，已是泣不成声。

阿琇慢慢地退了出去，走到门外，却听里面的皇帝声音沙哑地说道："阿琇，十六哥在北门城头上。"

阿琇赶到北门之时，果然见到高高的城头上站着几个全副铁甲的卫士，正中拱卫的人便是成都王司马颖。阿琇心里松了口气，刚想高声喊叫，却忽然听到司马颖对身旁的杜婴说道："城内都安置好了吗？"杜婴答道："城中七千六百户内，尽安置好桐油干柴，只等匈奴恶狗入城！"

司马颖忽然跪倒在地，面向帝阙方向庄重行过三跪九叩之礼，低声道："父皇在天有灵，不孝子司马颖今日无法守护洛阳平安，只能以身护城，以匈奴人的血祭列祖列宗。”他身旁众将听他的誓词，无不心情激荡，纷纷拔剑盟誓道：“誓以我血，尽诛奴狗。”

众人磕头拜过之后，司马颖站起身来，拔出佩剑道：“众将听令，开城！”

曹统手持利刃，便要去割断城门绳索。他一抬头，却正好瞧见站在暗处的阿琇，诧异道：“公……公主殿下，您怎么还在这里？”他这样一说，众人都向城边看去，只见阿琇正站在城门旁，眼中都是泪水。

司马颖大怒道：“曹统，你现在就背上公主，马上送出城去！”阿琇此时看到城下堆着的数丈高的干柴，想起城中闻到的奇怪气味，忽然明白过来，结结巴巴道：“十六叔，你要烧城……”司马颖面色一沉：“你快出城去，不许拖延！”

阿琇哭泣道：“十六叔，你什么时候出城？”司马颖心中不忍，终是骗她道：“等你们出去了，十六叔便会追来。”

他眼见城下的匈奴人已经集合准备攻城，心知不能再耽误下去，忽然对曹统怒喝道：“你还愣着干什么，你骑上我的马，带着公主殿下赶紧出城。”曹统不敢违抗，他走到阿琇面前，跪下道：“末将得罪了。”说完便背起阿琇上马，司马颖的坐骑乃是西域名驹照夜玉狮子，此时宝驹也知与主人分别在即，扬蹄长嘶了一声，便驮着二人向城外疾驰而去。

司马颖望着暗夜中两人一骑向南飞奔而去，心里长长松了口气，喊道：“开城！”

杜婴手中长刀脱手，门禁森严百年之久的洛阳城门吱呀一声，毫无戒备地向着北方大开。

第二十九回

死生契阔

匈奴人在洛阳城下已有一日，洛阳到底是千年古城，到了本朝又几番修缮，固若金汤一般。刘渊虽然自恃兵众将广，但也知攻城并不是一日之事。此时忽然见城门大开，自是大喜过望，拔刀道：“攻城！”

“且慢。”刘聪忽然一骑跃到阵前，说道：“父皇，司马颖素来知兵，为何深夜大开城门，恐怕有诈。”刘渊的五弟汝阳王刘景素来狂妄，大声道：“定是他怕我大军，因而出城投降。”刘聪恳切道：“父皇，不可轻敌啊。”他见刘渊迟疑不决，便向长兄刘和望去，谁知刘和却出人意料地并不吱声。刘景见刘和也并不支持刘聪，愈发胆大道：“聪儿在汉人的都城里待了这些年，倒学了些汉人的懦弱无能。”他此言既出，刘聪面色一灰，默默退到一旁。却见刘景高声道：“陛下，给臣弟五千兵马，定叫这些汉狗乖乖投降，有什么花招也使不出来。”

刘渊略一沉吟，点头道：“好，拨给右将军五千精锐领头，朕随后便来。”刘景放声高笑，自是不屑地领着人马冲进城去。

守在城头上的杜婴面色有变，低声道：“王爷，匈奴人这样狡猾，只有五千人马入城，我们该怎么办？”

司马颖向城南望去，只见黑暗中照夜玉狮子四蹄雪白，飞驰出城，便知曹统应是办妥了差事。他看了看刘景的先头人马已经入城，心知城中布置恐是瞒不了多久。此时杜婴又见刘景的将旗上有个景字，急道：“王爷，此人就是屠黎阳的刘景。”

司马颖缓缓道：“休慌，刘渊若不入瓮，岂不白费这番心思。”

刘景在城中大声呼喝，却见毫无人应答，心中自是得意，对城外喊道：“那些汉狗都被吓跑了，大哥不用害怕，速速进城来吧。”

刘渊听了禀报，自是要领兵入城，刘聪再三相劝：“父皇，不可轻敌。”刘渊转头露出失望之色：“你莫真被你五叔说中，果然被消磨尽了胆气。”说罢，便领着刘和率众将入城。

司马颖见匈奴人已入城十有七八，忽然道：“放大石。”

杜婴应声自去放下城门大石，却原来洛阳初设都城时，先帝便设有关卡，四个城门上都设有千斤巨石藏于城上，若此石放下，城门便再难撼开。巨石瞬时放下，一时间烟尘弥漫，响声震天，如雷霆之动。此时刘渊父子都已入城中，心知中计，但此时大军从中被切断，人人自是恐慌不止，刘景为首便大声喝叫道：“晋狗，快快出来受死。”

司马颖冷笑数声，忽然火光映亮城头，却见他一袭战甲正在城上，悠然道：“刘渊、刘景，今日便是你们的死期。”刘渊强自镇定，在马上并不言语。可刘景双目欲裂，提刀便要冲上城去，但司马颖哪里等他行动，他忽然拔出长弓，拔箭便向城下射去，刘聪见事不好，慌忙扑向父亲，抱着刘渊滚至马下，堪堪躲开了这箭，谁知司马颖这一箭去势极强，正在此时，刘渊身后的刘景不知为何忽然摔倒，此箭正中他胸口，他大叫一声，跌下马去，已是不活。

杜婴在城上大声叫好，便把手中火把投到城下，忽然之间火光映满天际，地上的桐油瞬时都被点燃，只一瞬间这洛阳便成火海。

一时间人喊声、马嘶声，振聋发聩，滚滚浓烟直上九天。

曹统背负着阿琇向南疾驰，刚一出城，便听到身后千斤巨石落地的声音。两人同时向后望去。却只见洛阳城如同一个火窟一般，瞬时已是通红一片

此时黑烟弥漫，照夜玉狮子也被惊住，突然站立起来悲嘶不已。阿琇哭泣道：“十六叔，十六叔还在城里。”曹统强自镇定，安慰她道：“公主殿下，王爷必定给自己安排了一条退路，公主不用着急。”

正此时，一个白衣的身影飘然已至面前，却是一个女子的声气焦急地喊道：“成都王是否还在城中？”

阿琇猛然怔住，忽然大声道：“玉徽师父。”

来人衣襟皎白如月，面容清冷似寒泉，却不是阿琇昔日的恩师玉徽是谁。谁能想到玉徽竟会在此处出现，阿琇喜极而泣，抱住玉徽哭道："玉徽师父，你原来没死。"

玉徽微微一怔，却急问道："成都王是否还在城中？"

阿琇点了点头，大眼睛里蕴满泪水，哭泣道："十六叔放火烧城，将匈奴人都围困在城中，可他自己，却也没有出来。"

玉徽忽然发足疾奔，她竟是一副极好的武功，只见她足尖几步轻点，已在城头之上。暗夜中，只见她一袭白衣如玉蝶一般，很快便消失不见。

司马颖见火势高涨，城中匈奴人如没头苍蝇一样满街乱窜，对天长啸道："苍天有眼，今日诛尽匈奴人于此，臣不算愧对江山社稷。"

太极殿上，平阳扶着司马炽从内殿中走出，颤颤巍巍地站在殿外看着满城的火光，平阳大惊道："陛下，我们何以逃走？"司马炽面无表情地望着远处的北城楼，反倒释然许多："十六哥放火烧洛阳，便是做了殉城之念。我身为一国之君，怎能苟且偷生。"

平阳如今反而坦然，她望向司马炽，握紧了他的手，凄然一笑道："好，妾与陛下同生共死，绝不相负。"

城内的刘渊父子此时慌乱如丧家之犬，匈奴大军完全乱成一团，城外援军无法攻入城中，城内士兵多身着铁甲，被烈火焚身，个个都狼嚎鬼哭。刘渊连连跺足，已是欲哭无泪："这是天要亡我，天要亡我！"

刘聪见事极快，情知在大火之中父亲的黄袍着实显眼，他一把扯下父亲的黄袍，又掩护着父亲往小巷中躲去，刘聪身上须发皆焦，可他仿若不知痛觉一般，一直将父亲牢牢护在身后。

两人躲在一处狭窄的小巷内，眼见得烈火扑面烧来，刘渊闭目痛哭道："聪儿，是为父不听你劝诫，平白拖累你兄弟丧命于此。"刘聪握紧了刘渊的手，眼瞧着火势越来越大，却哪里还有什么抵挡之力。

城下的刘和此时纠集起了五十勇士，便向司马颖所在的城头上攻去，匈奴人杀红了眼一般，情知今日若不能夺下城头便是死路一条。可司马颖却安然立在城上，微微露出一丝讥讽的笑意，似在嘲笑刘和的徒劳无功。他早在铜墙铁壁一般的城楼上灌满了引火之物，此时城楼就如一座火墙一般，哪里攻得上来。

眼见匈奴人就要全军覆没于此，忽然天上凭空响了一个惊雷。众人皆被这巨雷吸引，抬头望去却见天色不知何时变了，惊雷滚滚、霹雳雷鸣，忽然间，瓢泼大雨便下了起来，竟如天池倾泻一般，升腾起的水雾瞬时模糊了所有人的视线。

这变化只在陡然之间，刘聪已是心中狂喜，大叫道："父皇，父皇，这是天佑我大汉！"

城中的猎猎大火瞬时便被这倾盆暴雨浇熄。刘和本是绝望，此时忽然觑见一线生机，大声叫道："弟兄们，随我上！"匈奴众勇士都跟在他身后，在暴雨中向北面城头攻去。

大雨中，司马颖面色铁青，雨水顺着他的鬓角流下，他喃喃道："天意，天意竟不佑我。"杜婴他们眼见匈奴人就要攻上来，纷纷护卫在司马颖身前，急切道："王爷，快快出城去。"

司马颖摇头道："天数已尽，岂可不以死捍之。"说罢，他拔出腰间长剑，猛向脖颈抹去。

众将齐声痛呼，想去救援已是不及。正此时，忽然有一袭白衣女子的身影旋即到了他们眼前，杜婴和刘和等人只觉眼前一花，那女子竟是抱起司马颖，几个起伏便是去了。此女来去如鬼魅一般，众人都只觉眼花，一个瞬间才反应过来，提枪追出城去。

阿琇焦急地在城下等候，只见雨势渐渐小了，城内的火光也黯淡许多。不多时，玉徽便抱着司马颖从城楼上翩然落下。玉徽轻功奇佳，来去不过一刻之间，身上衣襟竟也未沾湿许多。她刚一落足，便将司马颖平放在地上。阿琇长舒了一口气，忽然瞧见司马颖竟是闭目不醒，脖子上血流如注，她顿时吓得呆了，颤声道："十六叔……"曹统赶紧取出怀中的金创药，洒在司马颖的伤口上。可药粉刚一洒下，便很快被如注的鲜血冲散，司马颖此时面如金纸一般，哪里还有气息。

曹统伸出手去，号了号脉，已是泪如泉涌，伏地哭拜道："王爷，王爷……"

阿琇瞧了瞧曹统的神情，惊道："曹大哥，你为什么要哭。你告诉我，十六叔不会有事的，对不对，对不对？"她拼命地摇着曹统的胳膊，似是希望他给自己一个肯定的回答。曹统忍悲道："殿下，节哀。"

阿琇猛然惊醒过来，忽然意识到一直护着自己的十六叔，真的便这样离开自己了。她心中肝肠俱断，失声痛哭起来。

"哭什么？"玉徽忽然瞪了阿琇一眼。阿琇被她喝住，不敢再做悲声，可泪水却如何止得住。

突然间城门大开，远远地竟是数十匈奴人追赶了过来。曹统大是惊恐，忙对阿琇和玉徽说道："你们快去躲避，我在这里抵挡他们。"

阿琇伤心欲绝，此时只顾哭泣，而玉徽如木桩一样一动不动地戳在地上，面上更无半点血色。曹统情急之下背起阿琇，又去拉玉徽，谁知玉徽竟冷冷道："我已与匈奴狗打过照面，他们定然会来找我。你保护好阿琇就是，不用管我。"说着一把甩开了曹统。

阿琇心知她说的是实情，仓促之下她从怀中取出那支七宝琉璃钗，递给玉徽道："玉徽师父，若是匈奴人要为难你，你就拿着此钗去见他们的四王爷。他也许能保你平安。"玉徽接过那钗，淡淡地瞧了一眼，却不说话。

曹统无奈之下，见近周百步处有一棵歪脖槐树，便负起阿琇跑到那树后，将她藏好。阿琇拉住他惊恐道："曹将军，你要去哪里？"曹统回头切切道："公主殿下，请您切记，不管发生了什么事，一定不要从这里出来。一切都有末将在，你不用担心。"他想了一想，又从怀中掏出一锭金子，交到阿琇手中："若公主与臣失散了，这锭金还能保命。公主记得要往南跑，跑得越远越好，再也不要回头。"

他说完这番话，情知不能再耽误时间，他心下一狠，甩开了阿琇的手，大步回到玉徽和成都王身边。

追来的匈奴兵都是刘景部下，此时见到成都王司马颖躺在地上，却都在他积威之下驻足不前。曹统拔剑护卫在司马颖身前，咬牙切齿道："匈奴恶狗，都过来吧，爷今日以一挑十，好好收拾你们。"

那几个匈奴兵交头接耳商量了一会儿，有一个黑衣人策马在旁，却对身旁的一个人耳语了几句，那人竟是汉人，此时便大声道："能活捉司马颖，封万户侯。取其头颅，赏金千两。分一块肉，赏银五十两。"此言一出，众匈奴兵都眼中放光，人人拔刀向前。那汉人又喊道："畏缩不前者，军令处斩！"

重赏之下必有勇夫，匈奴人本就彪悍，虽然畏惧成都王的积威，但此时也都不管不顾地拔刀冲了上来。曹统怒道："田密，你也是我大晋之臣，怎能这样无耻。"

却原来那汉人正是昔日齐王麾下的校尉田密，他此时怒道："大家都上啊。"匈奴兵便都冲了上去，曹统虽然勇猛，却哪里能以打得过数量众多的匈奴人，他拼尽全力与冲上来的匈奴人搏斗，心中只一股信念，不让这些人碰到成都王一分。

他着实勇武过人，虽然以一抵十，却不落败象。十个匈奴兵皆被他削断手足，躺在地上哀号不止。田密只觉得面上无光，大喝一声，又有十人列阵冲了上去。曹统纵然再是勇猛，却也渐渐体力不支。两列匈奴兵恶战之后，他身上已中十余刀，肩背铠甲都浸出血来，可他兀自大喝道：“天佑大晋，天佑大晋。”那马上黑衣人忽然冷冷道：“你投不投降？”

曹统双目圆睁，大声道：“我是晋臣，岂能受辱而降。”

阿琇心中如万箭穿心，几次都欲冲出去。可她听到曹统的声音，心知他是在告诫自己，决不能出去在匈奴人面前受辱。

那马上的黑衣将领冷冷道：“再来。”

又一列匈奴兵持刀而上，这次十分轻松，不过一炷香的工夫，便有一个小头目将刀刺透曹统肩胛，曹统大叫一声，倒在地上。那闷然倒地的声响极是轻微，在匈奴人的呼喊中几乎渺不可闻，可阿琇心里忽然一空，心内似有血滴下。

一个匈奴兵兴高采烈地冲到司马颖身旁，提刀便要割下他的头颅。可他刀还没挥下，突然手腕一麻，他不敢置信地睁大眼睛，却眼睁睁地见自己的手臂连着刀一起飞了出去。

此时匈奴人都愣住，齐向司马颖身旁端坐的那个白衣女子望去，却见她面上毫无血色，一身白衣映衬，竟如一尊月下观音一般。

黑衣人身旁的田密面色一变，便欲对她射出冷箭，谁知马上的黑衣人忽然伸手拦住了他，饶有兴味地说道：“给我捉活的。”

“是。”田密对身旁几个铁甲卫吩咐了一声，便有匈奴侍卫足下轻点，几步便至玉徽面前。玉徽挥剑向他刺去，可这匈奴人是武功高手，不过三招两式，便夺下了玉徽的兵器，将她双手牢牢缚住。

却见玉徽忽然缓缓抬起头来，一双清泉一样的眸子里都是寒光潋滟，她冷冷地瞧着那黑衣人道：“你要怎样？”

那黑衣人被她丽色所摄，只一怔神便大笑道：“美人儿，只要你随我走，我就不将你怎样。”

玉徽目也不瞬地望着他：“你是什么人？”

黑衣人收起马鞭，哈哈大笑道：“我是当今左贤王，你若跟随于我，必有享受不完的荣华富贵。”

玉徽微微偏过头去，似有意动。

此时城中却突然冲出一人一骑，那人在马上喊道：“大哥，父皇让你速速回城。”

躲在树后的阿琇忽然心中一震，双手止不住地颤抖，她微微侧目望去，那人的声音将她化作灰也能识得。

黑衣人极是不悦，冷道："知道了，我等会儿就回去。"他此时除下帽来，却不是刘渊的长子刘和是谁。

刘聪翻身下马，望了一眼地上的玉徽，沉吟道："大哥，此人是谁？"

刘和极是不屑道："似乎司马颖的一个姬妾。"

刘聪微微一怔，缓声道："大哥，司马颖身边的人，不可不防。"

刘和大是恼火："本王决定的事情，几时需要你来指点？"

刘聪顿时语塞，低下头去沉默不语。

刘和不去理他，只瞧着玉徽道："美人儿，本王的耐心有限，你考虑好了吗？"

玉徽抬起头来，只一凝眸，丽色便让人不敢正视，却听她柔声道："这地上的人，是我的心上人。你让我给他唱一支歌，我就心甘情愿地随你走。"

匈奴人素来重情义，倒也并不以为意。刘和笑道："好，就依你。"

他此言既出，手下的匈奴高手便放开了束缚，玉徽微一挣脱，便站起身来。

"你们都让开。"玉徽忽然冷冷地发了话，围着司马颖的一众匈奴人都向刘和瞧去，只见刘和点头，便都退让了开去。

玉徽忽然面上露出温柔的神色，怔怔地望着司马颖。"王爷只是太累了，要休息一会儿。"她无限温情地望着司马颖，轻声道，"王爷，玉徽走了三年，终于回来看你了。你欢喜不欢喜？"

"你是玉徽？"刘聪忽然心中一震，急切问道，"你可知阿琇在哪里？她逃出来了吗？"

玉徽一双清目忽然转向刘聪，目中寒泉涌动。刘聪只觉得这女子目中如藏利剑，他垂下头去，过了良久却听她冰冷说道："她死了。"

"她怎么死的？"刘聪如遭重创，声音里透出丝丝绝望。

"城破之时，岂有完人？"玉徽冷淡地连看也未看他一眼，却把一根七宝琉璃钗掏出来抛给刘聪，"她是自缢而死。"

刘聪双手发颤地捡起那钗，却见那钗上明珠如旧，光耀一如初见时那样明亮夺目。他知道这钗是阿琇的母亲的遗物，亦是她贴身之物，此时见钗如此，他心中已是大恸。

"好了，美人儿，你不是要唱歌吗？就快些唱吧。"刘和不耐烦地催促道。

玉徽忽然伏在司马颖身边，轻声地唱起歌来，声音柔媚又娇羞，甚至颇带着几分喜悦，歌声轻柔地唱道：

“绿兮衣兮，绿衣黄裳。心之忧矣，曷维其已！”

她唱了一句，微微喘了口气，似有几分不支，她已辛苦奔波了三四日，至今还未合过眼，体力耗损已是极大。匈奴人虽然听不懂她所唱的含意，却听出了她歌声中悲伤无限。刘和有点不耐烦道：“真是丧气！人都走了，听也听不见了，唱点喜庆的。”

“他能听见的。”玉徽微微一笑，唇边浮起的艳色如朝阳初升一般。她无限柔情地望着司马颖，歌声愈来愈亮，最后竟是站了起来，赤着双足，绕着司马颖的尸身边唱边舞。她的歌声愈发凄婉动人。

绿兮衣兮，绿衣黄裳。心之忧矣，曷维其亡！

绿兮丝兮，女所治兮。我思古人，俾无訧兮！

絺兮绤兮，凄其以风。我思古人，实获我心。

……

她唱到尾音时，已是微不可闻，字字句句都如同从喉中泣出，哀婉亦凄艳。她慢慢伏低身子，人亦是伏倒在司马颖的面旁，只是眼中是十分的痴恋。

她的脸颊轻轻贴在司马颖已经冰冷的额上，似是轻声在司马颖耳边说了句什么，刘和听得并不甚清楚，却见刘聪的脸色忽然变了，似欲冲过去拉住玉徽。可他哪里还阻拦得住玉徽，只在这电光石火的一刹那，玉徽早已拿起了放在司马颖身旁的那柄长剑，已是对着自己的心窝刺了下去。

阿琇忽然睁大了眼睛，眸中已是血光一片。可此时的玉徽已经慢慢地倒了下去，以侧卧的姿势静静地倒在司马颖身旁。

“王爷，我好欢喜。”她的面上都是十分满足的笑意，却是慢慢闭上了眼睛。

两行清泪顺着阿琇的面颊静静滑落，她从未想过坚韧而美丽的玉徽会选择这样刚烈的方式永远陪伴着十六叔。可她什么也不能做，什么也不能……她的双手牢牢地抓住槐树的树皮，指甲深深地陷了进去。

匈奴人都震惊在原地，刘和面上神色未变，却道：“中原的女人真是扫兴。”那田密却谄媚道：“这个可有用处？这是城破时，末将从宫里搜到的。”说着他竟从怀中取出了半枚白玉虎符。阿琇远远瞥见，心下大惊，这虎符怎会落到他的手里？她仔细望了望，却见是右半枚白虎符，心里到底松了口气，毕竟半枚白虎符不能调兵。

刘和果然喜出望外，大声道："走，快去献给父皇。"说罢，自是带着田密回城去了。

刘聪看着兄长走远后，见众匈奴兵都在一旁跃跃欲试，希望能割下一两块肉回去分得金银，他过了良久方才说道："好好收殓了这三个人。"说罢一指路旁的大树，示意匈奴兵将尸体抬过去。阿琇吓得缩回头去，只觉得一颗心都快要跳出腔来。

匈奴人哪里耐烦挖坑埋葬，几个匈奴兵不悦道："王爷，这里有个土丘。"离大树几步之遥，有座小小的荒丘。刘聪知他们不满，便点头应允。

匈奴兵虽然不愿，却也不敢违抗命令，只能拿草席将三人尸体草草一裹，抛在土丘下。

刘聪在一旁一直看着匈奴兵做完这一切，说道："你们几个回城后，去我的营帐每人领银五十两。"几个匈奴兵喜出望外，齐声呼喝万岁，争先奔跑回城去了。刘聪一个人站在土丘旁，从怀中掏出了那个七宝琉璃钗，对着光亮处仔细地看了看，忽然重重地叹了口气。

这叹息声近在咫尺，阿琇忽然有一瞬时的恍惚，两人有多久没有这样近的距离了，自从离别后，她一眼便望出他的衣衫如旧，甚至连袖口她亲手绣上的那枝翠竹颜色也洗得有些发白了。从他的叹气里，她能听出淡淡的惆怅。可她却始终没有迈出这一步，站在他面前。

也许是为了十六叔，为了玉徽师父。

也许是为了这满城的百姓。

也许也是为了自己吧。

玉徽师父说自己死了，她是知道自己的，知道自己也许见到了这个人还会有些不舍，所以她决绝地断了他们相见的可能。玉徽是对的，眼前的那个人是强盗，是不可原谅的刽子手……可尽管，他曾经还是自己深爱的人。

刘聪走后良久，阿琇才从树后转了出来，一场大雨将天空冲刷得格外湛蓝，可这样明媚的天色，身边的三个人却再也看不到了。阿琇看到十六叔和玉徽、曹统的尸身都浸在泥水中，心中阵阵发酸："难道要把他们三个人留在这里吗？"她心中念动，便去把三个人都拖出泥水，放在土丘上稍为干燥的地方。

阿琇本想挖个土坑将他们好好安葬，可她徒手掘了半天，也只掘出浅浅一点泥土，心知自己终是无法完成这个大任了。她伏下身去，在三人身旁拜了又拜，泣道："十六叔，玉徽师父，你们生不能同衾，死不能同穴，是阿琇对不起你们。"又对曹统的尸身也拜了几拜，心中默道："曹大哥，你若不是为了我，也不会落到这样的下场。是阿琇对不起你。阿琇一定会好好活下去，有朝一日为你报仇。"

虽然遭此国难家仇，可阿琇站起身时，却忽然心中轻松许多。如今她终于明了，她不是为自己而活，于是愈发应该好好活下去，替他们活下去。

第三十回

东行吴舟

舟行江上，如履平地一般，并不觉摇晃异常。艄公与舟子都是吴人，说话语音甚是难懂。这船是那日阿琇奔到渡口，再三哀求船家，又将曹统给她的金子都给了艄公，艄公才悄悄收留下她，只叮嘱她装作是艄公的外甥女，切不要得罪船上的贵人。

虽然是在难中，但船上的这位贵人还是京中富贵做派，吃穿用度都颇奢。船行了四五日未曾靠岸，船上饮食渐薄，多是粗茶淡粥。这位贵人的大丫鬟便对艄公发难："我家大人付足了船资，何以让我们夫人日日吃薄粥与腥鱼？"

那艄公愁眉苦脸道："姑娘莫怪，实在是在难途中，难得买到新鲜时蔬。"那丫头岂是好相与的，白眉赤口地便斥道："你休要黑了心欺瞒我，这大江两岸皆富庶之地，怎有买不到时令菜的道理？"那艄公还未答话，舟子便喊道："姑娘难道不知现在是乱时，岸上都是追兵，我们怎能靠岸停船？"

那贵人在窗内听得柳眉倒竖，微微掀开船帘，露出薄唇粉面，却是指着那艄公道："连个小小舟子都要顶撞于我。今日若不能吃到新鲜菜，到了吴地，便把你这破船凿了去。"阿琇本在船头不语，实在听不过去，劝道："这位夫人息怒，如今在舟中，权且委屈一二，等到了吴地便好了。"那位夫人极是不屑地瞥了阿琇一眼，瞧她衣衫褴褛，自是看不起她，她的丫头强口道："你们这些粗人可以忍耐，我们夫人何等高贵，可是吃不了这样的苦。若是到吴地，看我家老爷怎么收拾你们。”阿琇气道：“这位夫人好不讲道理，船上人人都吃得粗粥淡饭，偏就夫人吃不得？”

那夫人在窗内冷笑了数声，望着她道：“你是什么人？敢这样跟我说话？”

阿琇还想再说，艄公苦笑着压住了她的话，说道：“这孩子是小人的外甥女，在船上做些杂活，是她年轻不懂事冲撞了夫人，夫人万万海涵。”他对这丫头连连作揖，又道：“好好，今日小人一定想办法让夫人满意。”这丫头这才满意地回舱而去。

阿琇大是不忿：“船家为何这样忍让她？”艄公小声道：“姑娘有所不知，这位崔夫人大有来头，她本是出身吴兴的大户钱家，又嫁给了青州长史崔源崔大人。姑娘得以能觅舟南下，全然是因为崔大人半个月前就已经包下了小人这艘船送夫人回娘家回门。若得罪了她，小人怕是到了吴兴也没有好日子过了。姑娘切莫叫嚷，这崔家和钱家，哪一家都是咱们得罪不起的啊。”

虽说要停舟靠岸，可在兵荒马乱中谈何容易，艄公直到过了晌午才寻到了一处看起来平静的渡口停了船，上船一问，原来是到了夏口。艄公给了舟子一些银钱，吩咐他快些上岸置办东西，切莫耽搁时间。阿琇瞧见他们神情作难，便问道：“此地太平否？”艄公叹了口气：“夏口原是个大市镇，若说平时倒是太平，不过现在这光景哪里说得准。”舟子一去就是两个时辰，艄公在渡口上急得跳脚，到了黄昏时遥遥地却见那舟子背了一篓子菜回来了，可身后却跟了两个女子，都是面黄肌瘦的，瞧起来像是吃了不少苦头。艄公面色顿时僵住：“这是做什么？”

其中一女身着红衫，开口道：“我们都是京城逃难出来的，还望船家可怜一二。”说着便垂下泪来。艄公皱起了眉头，舟子却面露喜色，凑到艄公耳边低声耳语了几句。艄公本是极其不悦，但听了他说的话似有动心，极是迟疑地看了她们一眼，另一个白衫女子却甚是伶俐，开口道：“若是船家送我们去江南，我付十金船资。”这价格却比刚才与舟子说的又高了一倍。舟子两眼放光，连声道：“好，好，你们快上船吧。”艄公还在迟疑：“船上已经收留了一个，还怎么藏得住？”那红衫女泣道：“若是船家见死不救，我们主仆怕要命丧于此。”

艄公连声叹气：“不是我们不肯收留，实在是因为船上有官家夫人，不能得罪。”阿琇本准备下船，听到船外对话声忽然背上冷汗涔涔，这两个女子的说话声音竟这样耳熟。她悄悄掀开帘子望了一眼，顿时愣在原地，那红衫女子凤目薄唇，却不是羊献容是谁。站在她身后的白衫女子正是那日害她的曼罗。

此时只见曼罗唇齿伶俐道：“原来是有官家贵人在此，可我家小姐也出身官家，不知船家可否引荐一二。”羊献容面上掠过一丝惊色。艄公大是迟疑，道：“敢问二位是何来历？”曼罗微微一笑，附在艄公耳旁轻语几句。艄公大惊失色，慌忙跑回舱内去了。

不多时，钱氏便带着丫鬟迎了出来，对着羊献容极是热情道：“原来是王家二小姐在此，快快上船来吧。”原来曼罗诈称羊献容是王衍的次女，主仆二人出京后与府中人失散，逃难至此。

如今王衍带兵出走，在江南有自大之势，钱氏的夫婿崔源在青州为官，如何敢不巴结王家的人。这钱氏一门心思与王家交好，自是对羊献容极是殷勤，与羊献容同住内舱，更是将她们身上衣衫都换了，巴望着到了吴兴后将这位大贵人送回王家，给自己的夫君挣一件大功劳。

阿琇心急如焚，她冷眼瞧着曼罗心狠手辣，敢如此诈称是王衍亲眷，必是留了后招。可她哪里敢离开后舱一步，唯恐一露面就给曼罗和羊献容发现。

船又行了旬日，倒也相安无事。眼见将到江南，阿琇渐渐放下心来，她只终日里缩在后舱不出来，不与船上的人照面。这日钱氏与羊献容闲聊，看到羊献容只有曼罗一人服侍，便插口道：“王妹妹怎么不多带几个服侍的人出来？”

羊献容不欲与她多话，淡淡道：“都在路上失散了。”

钱氏却颇热情，一边给羊献容添茶，一边说道：“这怎么能行，妹妹是尊贵之人，应当多几个人服侍才好。”她念头一转，说道，“这船上有个艄公的外甥女，虽然乡下人手脚粗笨了些，但看着年轻，调教一番也是可以用的，不如妹妹收去多个人陪伴。”羊献容没有接话。曼罗却留了心，笑道：“哦？这艄公还有个外甥女在船上？我怎么没有见过。”钱氏忙喊来艄公。

这艄公听到几个人问话，心中如鼓敲，硬着头皮答道：“小人确实有个外甥女在船上，是小人姐姐的孩子，乡下人粗笨没见过世面，不知是否冲撞了诸位贵人。”

“那倒是没有，”钱氏笑道，“快把那个小妮子带来给王妹妹瞧瞧。要是瞧得上了，也算是你家的大福气。”

艄公大是尴尬，不知该怎么应对。羊献容吹了吹杯中的浮沫：“不用瞧了，乡下人身上怪脏的。让她好好梳洗打扮打扮，明天送进来服侍。”她说罢打了个哈欠，钱氏知趣地行了礼，领着几个人退了出去。

羊献容此时方皱眉对曼罗道：“你好不谨慎，竟不知这船上还有一个人，若是今日动手，岂不是暴露了我们的行踪。”曼罗不服气地噘了嘴，却也不敢顶撞羊献容，原来她们准备今日就动手将船上的人灭口。

艄公回舱后愁眉苦脸地跟阿琇说了始末，阿琇大是恐慌，若是明日见到羊献容和曼罗，岂不是三人身份都要被拆穿，她们定会将自己灭口。可艄公却不知她的担忧，兀自安慰道："姑娘你也想开些，你家里的人都没了，不如就跟了这位贵人回去做个丫鬟。虽然说是服侍人的活，但起码衣食有个着落，比你自己漂泊强得多。"

阿琇这一夜在床上辗转反侧，直到三更才迷迷糊糊睡着。可刚睡没多久，就被江上的喧嚣声吵醒，她起身时只见舱外灯火通明，竟如白昼一般亮堂。此时船上的人都被惊醒了，纷纷涌到船头，却见他们所乘的船被两艘快船一前一后所夹住，那两艘船上都点着灯火，却无任何标志。阿琇留了个心，并没有随着众人出去，只在舱内透过狭窄的窗缝向外看。

却见艄公已吓得胆战心惊，他素知江上有劫船的夜盗，却从未见过敢这样明火执仗来劫的，他胆战心惊走上前道："请问来者何人？"

正前方那艘小船上忽然有人问道："敢问有位羊姑娘在船上吗？"

艄公大是惊疑，奓着胆子道："小人船上只有青州崔大人的府眷，并无外人。"

舱内钱氏与羊献容、曼罗也都被惊醒，钱氏吓得面无人色，惨然道："这是劫船的夜盗？"

而羊献容和曼罗听到外面的呼声忽然都变了颜色，彼此对望一眼，却不说话。

此时阿琇透过窗缝瞧去，只见外面那艘船上又走出一个年轻的男子，面如冠玉，神情倜傥，面目有几分眼熟。她凝神细思了一瞬，忽然心念一动，简直不敢相信自己的眼睛。却见那男子忽然大声道："献容，我知道你在船上，还不下来？"这男子神情面容，都与从前一般无二，却是从前在贾后宴前献技的明曜。阿琇上次见到他还是在洛阳城的客栈中，只不过那时他已被刘渊收为义子，改名刘曜。阿琇想清楚这节，瞬时便意识到自己处境多危，若是匈奴人追到这里……她想到此处，愈发紧张起来，眨也不眨地向外望着。

羊献容身子一抖，望向曼罗的眼神里竟流露出几分凄楚。曼罗一下子站起身来："主人，是主人来了。"说着，她起身欲冲出舱去。羊献容一把将她按住，轻声道："且慢。"

钱氏此时再不济也有了疑心，她望着二人问道："外面这人是来找你们的？"

曼罗不耐烦地喝道："你若还想活命就闭嘴！"

钱氏闻听此言吓得浑身哆嗦，瘫坐在地，哪里还敢说话。

那船外的刘曜气定神闲，瞧起来并不着急，他见船上没有反应，又喊道：“献容，我知道你心里恼我。可我这不是来接你了吗，快点下船来吧。”

曼罗亦是催促：“娘娘，主人来接你了，你还等待什么？”

羊献容面色由白转青，她深深地吐了口气，忽然站起身来，走出船舱，一双美目中却无半分喜色，望着刘曜静静道：“我在这里。”

刘曜一瞧见她，面上便露出飞扬的神采，柔声道：“献容，别置气了，快随我回去吧。以后我们去过安定的日子，再也不让你受苦。”

羊献容忽然道：“五公子，我有几句话要问你。”

刘曜却只瞧着羊献容，目中都是和煦的笑意：“献容，你还在怪我没有遵守约定吗？洛阳城破时我还在青州，并不知你身处险境。你瞧，我一到洛阳便赶来找你。”

“我不是问你这个，”羊献容摇了摇头，“红杏，她现在什么地方？”

刘曜面上忽然闪过一丝尴尬的神情，他沉默了一瞬，缓缓道：“我把她献给义父了。”

献容脚下一虚，竟似是站立不住，脸色瞬时变得苍白：“我将她托付给你，你怎能这样做？”

“托付？”刘曜苦笑了几声，目光也变得凝重，“你到底是赏给我一个侍女，还是在我身边安插一个探子，你自己心里最清楚。”

羊献容哑口无言，她将红杏安插在刘曜身边，确是有监视之意，却不料送去后红杏只传来过两次消息，便音讯全无。

“献容，在义父身边并不是什么不好的去处，义父如今在洛阳，身边没有人服侍。红杏伶俐温柔，甚得义父欢心，指日便可封妃，这是天大的好去处，你且宽心些。”他又向前走了一步，柔声道，“今日是我们相见的大好日子，你该欢喜才是，跟我回去吧。我带你亲眼去瞧瞧红杏，你看她过得好不好。”

羊献容只觉得心里像被抽去了一截，她心中怨过恨过，恨他骗自己，恼他一次次利用自己。可瞧见了他的这一瞬，却忽然什么都释然了，是的，她心甘情愿被骗被利用，不都是为了这个人吗。

阿琇忽然恍然，刘曜便是刘渊布在洛阳的那颗棋子。此时一切都可揭开，谁能想到远在并州的五部大都督一个最不为人知道的义子竟能与大晋太后勾连，又威吓赶走了司徒王衍，断送了大晋江山！阿琇恨得咬牙，身子向前一倾，却是重重地磕在了舷窗上。羊献容就站在她的窗外，听到声响忽然一回头，阿琇躲闪不及，目光正好与她对上。阿琇心中大急，暗道不好。谁知羊献容忽然若无其事地转过头去，却含情脉脉地瞧向了刘曜。

刘曜心中一喜，便向她伸出手来，羊献容亦是与他牢牢握住。曼罗看到这一幕总算松了口气，面上也露出喜色。刘曜看着羊献容与曼罗都上了船，他忽然冷冷地回头望了一眼那艘船，艄公和钱氏触碰到他冰冷的眸光，都吓得胆战心惊。刘曜心中盘算自己的行踪决计不能泄露，便想着将这船上的人都灭口。曼罗一望便知他心意，说道："主人，这些人留不得了。"

谁知羊献容忽然握了握刘曜的手，轻声道："你我今日能相聚，便是缘分，且饶了他们吧。"刘曜虽然心中不愿，却也不想拂了羊献容的面子，便回头对艄公和钱氏警告道："今夜之事若泄露分毫，便要了你们的狗命。"艄公与钱氏在船舷上叩头如捣蒜，连连说道："小人不敢。"等他们抬起头时，只见那两艘快船逆水而行，却是已去得远了。

这一路经此风波，钱氏与艄公都吓得不轻，便消停了不少。又隔了三四日，船终于到了吴兴，钱氏下船上岸，她的夫君崔源已是在岸边等候，原来崔源是随王衍一起出城，早就到了建邺，今日又专门赶回吴兴。崔源在岸边等到娇妻，亲手扶她下船。钱氏望见丈夫，心中欢喜之至，谁知一抬眼只见丈夫的眼光不知为何竟不在自己身上。钱氏顺着他的眼光望去，便见阿琇不知何时从舱中出来，正站在船舷上。崔源诧异道："这位姑娘是？"

那艄公在旁巴结："这是小人的外甥女。"

"布衣荆钗竟不掩国色天香。"崔源随口赞了一句。

钱氏心中不悦，恶狠狠地盯了艄公一眼。崔源却没有瞧见妻子的神色变化，他又向阿琇看了几眼，目光中都是欣赏和赞许。钱氏满怀愤妒，却也不便发作，便对丈夫道："父亲母亲还在家中等着我们呢。"崔源这才恋恋不舍地收回目光，陪着夫人回去。

钱氏夫妇与家人相聚，自是一派热闹。

这日夜里，钱氏身边的大丫头翠喜忽然上了船来，对阿琇冷淡道："我们夫人让你去家里磕头领赏。"阿琇微微一怔："我为何要去？"

翠喜恼了脸道："竟有这样不识抬举的丫头，连我家夫人的话也敢不听。"那艄公在旁悄悄劝道："钱家是吴兴大户，你便去磕个头就回来，不要得罪了他们。想来夫人也不会为难你。"阿琇本来心中气恼，但瞧着艄公可怜巴巴的样子，心里到底感念他千里迢迢将自己带到了这里，便瞧在他的面子上咽下这口气，随着翠喜去了钱家。

钱家果然是当地的富户，庭院连绵数里之阔，此地的风俗却又不同于洛阳，屋舍庭院小巧却精致异常，走在院中，只觉步步山水，方寸间都是别致，阿琇边走边看，心下啧啧称奇。翠喜只当她未见过世面，极是不屑地在前领路，脸色极是难看。她将阿琇领到正堂，便在一旁退下。

只见这正堂上坐着一对花甲年纪的夫妇，瞧上去都甚是精明，俱身着蜀锦织缎，富贵异常。钱氏坐在右手边，她身旁还坐着一个年轻的女子，还是未出闺阁的打扮，面目亦与钱氏有几分相似。

钱氏见了阿琇也不以为意，便对那对夫妇说道："爹娘，这就是那个船家的外甥女。"阿琇不愿下跪，只躬身行了一礼："见过钱老太爷，钱老夫人。"

钱氏身旁的年轻女子微一撇嘴："不过是个乡下丫头罢了，一点也不知礼数。"

钱氏走到母亲身边，耳语了几句，露出了祈求的神情。钱老夫人忽然开口道："你可愿意留在我家做活？"

阿琇忍住气，说道："谢谢老夫人的好意，只是我还有亲眷在建邺，不能留下。"

钱氏听到建邺二字，神色愈发不好，望着阿琇的目光中亦露出了几分厌恶。只听钱老夫人不悦道："你有什么亲眷在建邺？如今兵荒马乱的，上哪里找到我家这样好的去处？"

钱老夫人话音未落，忽然钱老太爷说道："既然不愿意就算了，不要强求人家。"说着，他又道，"钱福，拿点银子赏给这位姑娘。"旁边一位老仆应了一声，取出一锭大银递给了阿琇。

钱老夫人和钱氏都还想说什么，钱老太爷便站了起身，摇了摇头竟是回屋去了。钱氏恶狠狠地望了阿琇一眼，到底不敢违抗父亲的话，便只能重重地哼了一声。

阿琇心中不快之至，只觉得这家人简直莫名其妙。她走到门口，将银子交还给钱福，冷冷道："这银子我不敢收，替我谢过钱老太爷。"说罢，径自去了。

钱老夫人看着大女儿面色不佳，安慰道："桂枝，你想开些，贤婿只不过是看了几眼，未必便是瞧上了这乡下的丫头。"

谁知她的小女儿在旁边忽然冷冷插口道："姊夫自然可能看上那丫头，我看那丫头眉眼整齐，要是好好梳洗打扮一番，只怕比姊姊标致多了。"

钱氏气得鼻子都歪了，钱老夫人忙喝住小女儿：“明月，你就别气你姊姊了，快点给我回房去。”

钱氏回到屋子里，只见翠喜端了热茶过来道：“小姐怎么气色这样差？”钱氏怒道：“还不是因为那个船上的贱丫头。”翠喜跟随钱氏多年，最知她心事，眼珠一转便说道：“小姐何用发愁，不过是个贫家女，给艄公一点钱让他随便找个人家卖了便是，哪用小姐放在心上？”钱氏大喜，眉开眼笑道：“你去办这件事，若是办得好了，重重有赏。”

阿琇回到舱中，艄公见她脸色不佳，心知只怕是在钱家吃了苦头，也不敢出言相劝，只说道：“姑娘，咱们明天等钱家的人来结过船钱，就送你去建邺。”阿琇点了点头，胡乱吃了点东西果腹，闷闷不乐地躺下了。

到了三更，她在睡梦之中，忽然觉得手脚都被缚住。她拼命挣扎，可身旁不知是何人拿了一块布往她鼻子上一捂，她便人事不知，晕沉沉地睡了过去。

等阿琇醒来时，已不在船舱内，却是在一间黑蒙蒙的屋子里。屋内看不清是什么陈设，只闻到一股极其腥气的气味，她挣扎了一下，却只觉得双手都在背后被捆绑在柱子上，哪里挣扎得出来。阿琇努力回想，只记得睡前艄公对自己说了几句话，当时船上并无异样，怎么竟到了这样的光景。

不知过了多久，屋门忽然吱呀一声开了，一个身着碧色衣衫的少女忽然走了进来，她凑到近处看了看阿琇，忽然笑道：“你果然长得不错，难怪我姊夫看上了你。”阿琇见这女子唇红齿白，却不正是钱氏的妹妹，她气急怒道：“你们钱家好不讲道理，我又没得罪你们，为何硬绑我来这里？”

“你不是得罪了我姊姊吗，”那少女促狭地一笑，瞧着阿琇的面色真个不知，这才说道，“你别觉得冤枉，若不是我姊夫多看了你几眼，我姊姊也不会想要把你卖到私窑去。”

“私窑？”阿琇简直不敢相信自己的耳朵，她大骂道，“你们钱家真是卑鄙无耻，伪善下流。若我出去，一定不会放过你们。”她哪里能想到她遭受的这场大祸，竟只是因为在码头上被人无意多看了几眼。如果可能，阿琇一定要用内心最恶毒的话来骂他们，可她到底碍于自幼的教养，翻来覆去也不过“卑鄙无耻”几个字罢了，此时她目中怒火如果能燃烧，一定可以把面前的少女焚烧成灰烬。

“你瞧这里像是私窑吗？”少女等她骂得累了，才笑盈盈道，“你还骂我卑鄙无耻，若不是我给了王四几个钱，现在你只怕就已经在那个地方了。”阿琇彻底被她弄得糊涂了，不知道这少女是敌是友，半晌她才错愕道：“你当真救了我？”

那少女一点头，淡笑道："我瞧着翠喜鬼鬼祟祟地跑出去，就不像是要做好事。便跟在她后面去看，就看到了这么一出好戏。那翠喜只给了艄公一两银子，艄公就答应把你卖掉。还答应若是姊夫问起你，就只说是你回家去了。不过其实姊夫哪里还会记得你呢，偏姊姊就那么小气。"

阿琇终于弄清了事情的原委。她迟疑道："谢……谢谢二小姐。"却见那少女漫不经心地一笑，哪里放在心上。阿琇又道，"二小姐既然救了我，能不能发发慈悲放我出去，我还有叔伯在建邺，请小姐放了我。"

"那是不行的，"谁知道钱二小姐一扭头便拒绝了她的要求，她眼中都是兴奋的光彩，语声轻快道："我救你也并非什么慈悲，你也不用谢我。我只是不喜欢姊姊罢了，若她想做什么，我就必定不让她痛快。但你现在如果被姊姊看到，恐怕连我也会被娘亲骂。你就在这里再待两日，等姊姊和姊夫回建邺了，你就乖乖给我当个侍女吧。"

"二小姐，二小姐……"阿琇还想出言恳求，那钱二小姐哪里还听她说什么，她拍了拍手站了起来，轻手轻脚地关上了柴房的门出去了。

阿琇在柴房里被关了两日，每日里钱二小姐都偷偷让个叫芸芸的小丫鬟来给她送些吃的。到了第三日，那丫鬟竟然解开了她手上的绳索，面无表情道："去见我们二小姐吧。"

钱家二小姐闺名叫做明月，可她性情古怪刁蛮，却半点也不似明月一样温柔。她只有十六岁的年纪，却酷爱骑马打猎，又在后院里养了数十只獒狗，极是凶猛，连钱氏夫妇也不敢靠近。她让阿琇留在身边做了侍女，可每日里便让阿琇去喂喂狗罢了，倒也并不繁琐。阿琇起初心事满怀，只想着如何能逃出去。可后院里养着这么多狗，她还没靠近院门，那狗便都叫起来，哪里能出得去。

日子一天天过去，天气渐渐寒冷起来，阿琇要逃走的心亦是淡了，只想着便这样厮混度日罢了。

到了大年初一那天，明月破天荒地带了她和芸芸去正屋拜见父母，钱老太爷不在屋里，只有钱老夫人一人坐在堂上，她瞧见阿琇大是错愕，惊道："你姊姊不是把这丫头……把这丫头……"她终是没说完后面的话，阿琇低着头跪在地上，心里恨极，心知连这老夫人也是心知肚明的。明月不屑道："姊姊就是那样无聊，过了这些日子姊夫连问也没问过一次，可不是乱操心吗？"

钱老夫人脸色依旧不好："你这孩子就是爱胡闹，要是给你姊姊知道了，肯定要生气。"

明月撒娇道：“只要母亲不说，姊姊哪里能知道？”

钱老夫人还要皱眉说教，只听屋外靴声响起，却是钱老太爷回来了。明月笑道：“爹爹怎么一早就出去了，是去府台拜年了？”

钱老太爷脱下大氅，神采飞扬道：“多亏了贤婿在朝里受到了太傅大人的看重。今天连刺史大人都出来迎接我，真是面上有光啊。”

明月听到他提到崔源，瘪了瘪嘴嘀咕道：“什么看重？不过是一起狼狈地逃出洛阳而已。”

“说的什么话！”钱老太爷厉色怒斥女儿，他回过头来这才看到地上还跪着两个丫鬟，又换了面色，对钱老夫人说道，“今天听刺史大人说，琅琊王也到了咱们吴地，怕是过完年就要登基做皇上了。如今王司徒虽然没了，但王太傅还是琅琊王面前第一红人，咱们姑爷可是有前途着呢。你去给家里的下人多做些新衣裳，再拿些粮米去外面发给灾民。一朝天子一朝臣，咱们是吴兴第一富户，如今又有贤婿在朝做官，不能薄了名声。”

阿琇跪在地上，听着忽然身上一抖，竟说不出心里是什么滋味。

钱老夫人一边答应一边又诧异问道：“没听说天子驾崩啊，怎么又要有新皇上了？”

“咳，皇上都被匈奴人捉走了，可不是就要有新皇上登基了吗？”钱老太爷似是不愿给妇道人家解释太多，又叮嘱道，“贤婿和桂枝过两天要回门拜年，给的封礼可不能太薄。”

“皇上被捉走了？”阿琇忽然抬起头来，脱口问道。芸芸跪得离她最近，听她开口忽然背后冷汗涔涔，钱家规矩甚大，哪个下人敢这样无礼。

钱老太爷和钱老夫人都愣住，都未想到这个低等的侍女竟敢这样冒失。钱老夫人还未发作，明月不满地斥责道：“你问这做什么？难道你还识得皇上不成？”

阿琇垂下头去，掩盖住自己的情绪，轻声道：“我从洛阳出来，因此一问，若是皇上都被捉走了，家里人怕是也都难幸免。”

钱老夫人怒道：“太没规矩，主人说话，岂是下人可以插口的。”说着便想唤钱福来惩罚。谁知钱老太爷摆了摆手：“大过年的，不要闹出太大动静。好啦，你们都退下吧。”芸芸赶紧带着阿琇退了下去，一出门就埋怨道：“你不要命了？”

阿琇满脑子里都想着钱老太爷说的二十五叔被抓走的事，只觉心中慌乱无比，竟是怔怔地没听到芸芸在说什么。

第三十一回

分索则易

正月初一，合是宫中该朝见的日子。刘聪到了太极殿外，却见里面热闹极了，长兄刘和与皇后呼延氏都端坐在殿中，与刘渊言笑晏晏，一家子父慈子孝，完满无比。刘聪在外瞧着，只觉耳旁嘤嘤嗡嗡，嘈杂异常，他竟难以拔腿进去，只觉得自己如同多出来的一样。他在殿外立了一瞬，只听殿中刘渊大声道：“是聪儿在外面吗？”

刘聪怔了一会儿，应声道：“是儿臣。”

刘渊爽朗大笑：“进来吧。”

刘聪硬着头皮走入殿中，在刘和身旁坐下，只觉得座上的呼延皇后目光锋利地向自己扫来。正此时，殿外忽有人报：“启禀陛下，襄阳大捷，司吏校尉匐勒大破晋军，斩杀逆贼王衍首级。”

刘聪闻言肃然一惊，微微侧首，只见刘和正打量自己，他赶忙转过头去，瞧向刘渊，却见刘渊大喜过望道：“此人现在何处？”

内侍通禀道：“正在殿外等候。”刘渊笑道：“快快宣入殿中。”须知他自从占洛阳后，每日里最惧的便是晋人王衍带出去的数十万大军，唯恐他们哪日卷土重来。如今小小一个司吏校尉便能斩杀王衍，除了他的心腹大患，他焉能不喜？

不多时，匐勒大步迈入殿中，在玉阶下叩头连连，粗声粗气道：“末将匐勒见过陛下。”

刘渊瞧见他身材魁梧，状貌粗野，饶是有趣道：“便是爱卿诛杀的王衍？”

訇勒道：“正是。”说着他从腰间解下一个包裹在殿中打开。一时间众人只闻得一股恶臭之味，刘聪定睛看去，竟是一个人头。呼延皇后顿时不悦，掩鼻道：“这等无礼。”

刘和却眨眼道：“将军为何不将他带来见过陛下，反而一刀杀了他？”

訇勒闷声道：“那老儿实在啰唆，末将一刀便宰了他，望陛下恕罪。”

刘渊哈哈大笑，他深喜訇勒的粗犷不羁，大笑道：“真乃一员虎将也，朕要重重赏你。”他顿了顿，问道，“你想要个什么官做？”

訇勒抬起头来，却是目也不瞬道：“末将不想做官，末将想向陛下讨个天大的恩典。”

刘聪心里一惊，不知訇勒要说出什么话来。刘渊大是好奇，问道：“你要个什么恩典？”

“末将是羯人，从小在洛阳的富人家为奴，无名无姓，只有主人叫我訇勒，”訇勒嘿嘿一笑，说道，“末将想请陛下赐名。”

刘渊讶异了一瞬，朗声大笑道：“好，好，朕就赐你这个恩典。”刘聪顿时松了口气，心下终于安下几分，却也对眼前这个壮汉刮目相看。

刘渊细思片刻后沉吟道：“昔时西域四十八国，曾有石国。后羯人随我匈奴入塞，安顿在羌渠一支，朕便赐你姓石，名勒。日后你便不是无名无姓之人了。”

訇勒叩地感激涕零：“末将石勒 叩谢陛下圣恩！”

此时刘和回首向刘聪低语道：“四弟门中之人，果然不同凡响。”刘聪听到他话中似有深意，却不能不答：“石勒为陛下所用，是陛下之臣。”刘和低声而笑，却终是没有再说什么。

好不容易宴尽席散，刘聪迟疑了一会儿，眼见着石勒往自己的方向走来。他不欲与之照面，转身便向宫外走去。沿着宫道走了许久，不知不觉走到一座不起眼的小楼前。刘聪忽然驻足，呆呆立在门前。

忽听身后有人说道：“四哥怎么不进去？”刘聪一扭头，只见却是刘曜在门边笑望着自己。

“这里现在是你的府邸？”刘聪随口问道，抬足便迈入府中。

刘曜笑道：“在这里住得习惯了，倒也不想再挪地方。”他瞧着刘聪神色郁郁，便道，“听说从前四哥也在这里住过？”

“住过一些日子。”刘聪淡笑道，信步却走到了后院。如今刘渊既已称帝，诸子皆封王，刘和为左贤王，刘聪为右贤王，就连死去的刘隆也追封为兴义王。他又把两个弟弟刘盛和刘锐分封安昌王和西昌王。唯有刘曜是螟蛉义子，刘渊本有意封王，奈何呼延皇后的弟弟呼延攸联合西昌王强烈反对，刘渊便也作罢，宫中便称五公子，算是含混过去。刘聪知他心中不悦，故而这种日子还躲在府里偷闲，并不乐意去宫中敷衍。

后院的小楼旁种了两排湘妃竹，竹上斑痕点点，如美人泪一般，刘聪抚竹忽然怔住，一时间往事竟如潮水般涌上心头。

他回转过身，只见刘曜已命人布好了酒菜，便入席而坐。又见桌上有酒盅，便给自己倒了一盅，闷然一口饮尽。刘曜瞧他一瞬，笑道："四哥心里不痛快？"

刘聪并不欲隐瞒，一杯接着一杯地饮了起来，口中却是淡淡："今日在宫宴上父皇赐了匐勒姓氏。"

刘曜凝神想了片刻，笑道："这个羯奴真不简单，竟连陛下也哄了去。"

刘聪皱眉道："你说什么？"

"你道他是怎么杀的王衍？"刘曜目光一闪，微笑道，"王衍是不战而降，无用之至。"

刘聪倏然而惊："那他为何还要杀了……"

"这就是这个羯奴的狡猾之处，"刘曜嘴角微提，"像王衍这样的贪生怕死之徒，若是投降岂能不啰嗦一番？甚至说出什么大逆不道、怂恿他拥兵自立的话，怕也是有的。只要有一言半语落入陛下耳中，能不生猜忌之心？"

刘聪细思石勒表面粗犷，但内心却如此细密，只觉不寒而栗。他咬牙道："其心可诛。"

"更有意思的是，这羯奴取道潼关，竟然把始皇帝陵墓掘了，"刘曜眨眼笑道，"此事四哥恐怕还不知吧。"

刘聪手一抖，酒便撒了出来，惊道："他竟这样大胆。"他沉吟一瞬，面色已是沉了下来，"我得好好警告一下他了。"

刘曜笑笑道："四哥竟这样老实，这节骨眼儿上别人可都在忙着栽培自己的人，四哥可知道大哥引荐的那位田密，父皇可器重得紧。"

刘聪淡淡道："那日破城之时，田密献上了半枚白虎符。"

刘曜目光一闪："只有半枚？"

"当年齐王与成都王相争，各持半枚虎符。田密是齐王心腹，这半枚该是齐王那半枚。"

"成都王那半枚又在何处？"刘曜忽然望向了刘聪。

刘聪心里一惊，便不说话。

刘曜笑道："罢了，不说这些扫兴的事，还是说风月好了。"他望着刘聪道，"大哥都有两个儿子了，四哥怎么还没有动静，连家眷也不带到洛阳来？"

刘聪叹了口气，给自己又斟了杯酒，一口饮尽。

刘曜也陪着饮了几杯，用羹匙轻敲酒盅，喟叹道："这世上难道还有什么样的人是四哥得不到的？四哥这样的英雄大丈夫，何必要委屈自己。"

刘聪却点了点头："酒醒梦醉，星沉月落，都是人间惆怅事。不说也罢。"

两人各饮了七八盅，都蒙蒙有了些酒意，刘曜忽然笑道："我瞧着四哥原来是个痴人，世上之事，欢喜少，愁苦多，不如及时行乐。我替四哥叫几个美貌的姬妾来取乐，如何？"

"不用。"刘聪连连摆手。

刘曜笑望了他一眼，忽然叫道："献容，献容。"

不多时，一个身着红袄的丽人姗姗而来，手捧一把琵琶，笑倚在刘曜身旁。

"给我和四哥唱支曲子。"刘曜笑道，"让四哥听听你的琵琶。"

羊献容微微对刘聪行了一礼，只听转轴拨弦，如石破天惊，清泉入耳，却听她轻声唱道：

分索则易，携手实难。

念昔良游，兹焉永叹。

刘聪忽然心念一动："这是陆士衡答贾谧的那首？"

刘曜且笑点头："四哥果然博识，且听献容唱完。"

只听羊献容忽而正襟危坐，手中促弦转急，却是扫弦如雨，歌声也亦高昂：

公之云感，贻此音翰。

蔚彼高藻，如玉如兰。

她的收句又转轻声，却是曲中收拨，慢捻轻弦，唯有余音泛泛，若绕梁间。而刘曜亦是脉脉含情地望着她，手亦是牢牢相握，并不分开。

刘曜私纳晋帝废后之事刘聪已有所耳闻，此时见到刘曜身旁的女子容貌艳丽，颇有几分楚楚之姿，自是心知肚明。刘聪此时见二人如此情谊，便知不可再撼。他到底与刘曜交好，听她唱完，只点点头，却对刘曜道："父皇最近脾气不好，你小心些。"

谁知刘曜满不在乎地说道："大哥不也娶的晋女？为何我便纳不得。"他此言既出，身旁的羊献容便多了几分宽慰之色，瞧向他的目光亦愈发柔和。

刘和的妻子是晋帝与贾后之女东海公主，从前固然是尊贵无比，可如今晋室被灭，亡国公主哪还有半分地位尊荣，便是今日这样的大日子，刘和也未带她入宫，只将她扔在家中。刘聪皱了皱眉头："你若见到大哥，万万不要提这话，大哥如今最是忌讳这个。"

刘曜哪里放在心上，他站起身道："我去后面松乏松乏。"羊献容马上站起身来，将狐裘披在刘曜身上，刘曜回头望了她一眼，目中深情款款。两人虽言语不多，却如同长久夫妻一般，一举一动都不经意间便流露出情深。刘聪瞧在眼里，心下却是感叹，便不再劝。

羊献容见刘曜走远，忽然轻声对刘聪道："洛阳城破，王爷难道没有派人打听过阿琇妹妹的下落？"

"她死了。"刘聪下意识地摸了摸胸口衣襟处藏着的东西，语声里却都是眷恋和不舍，"在城破之时自缢了。"

"哦？"羊献容眸中忽然光亮一闪，抿嘴微笑道，"王爷亲眼见到了吗？"

刘聪在雪里立了片刻，只觉天地之间都是一片混沌雪色，哪里还分得清什么天与地的界限。

刘渊知晓刘曜私纳羊献容之事，果然震怒异常，立刻便着人赐了鸩酒到刘曜府中。来人连招呼也未有半个，只冷冷道："这是陛下的旨意，劳烦五公子仔细掂量掂量。"

刘曜心急如焚，他便要进宫去求情，谁知来侍拦住了他，却道："今夜左贤王和皇后娘娘都在宫里侍宴，五公子若是去触了陛下霉头，可不更麻烦？"

羊献容跪在一旁，亦是泪水涟涟地拦住了刘曜："你我既有今日之聚，已是妾几世修来的福分，妾自愿就死，勿要连累公子。"那侍者冷哼一声，却听刘曜脸色铁青地说道："我绝不能让你死。"说着，竟是一把夺过那鸩酒，尽皆泼在地上，拔足便走了出去。侍者惊得呆了，再抬头时，却哪里还看得到刘曜的踪迹。唯有羊献容独立在风雪之中，面上都是冷漠的笑意。

刘曜快马奔至宫中，到了太极殿外下马，却忽然被冷风吹得清醒过来。如今贸然去求陛下，岂不是火上浇油。他仔细一想，却是策马去了芙蓉殿。如今宫内芙蓉殿里居住的是刘渊最喜爱的张夫人，她本是羊献容的侍女红杏，刘曜将她敬献给刘渊，阴错阳差却极得宠爱。

此时殿前宫女见到刘曜，都未阻拦，任由他进去。红杏如今养尊处优，不比从前干瘦，面容红润许多，穿饰华贵，满头珠翠，富贵异常，就连身形也丰腴几分，更显风韵。她看到刘曜亦是诧异，问道："今日五公子不在太极殿侍宴，怎么来了我这里？"

刘曜来不及寒暄，三言两语便说清来意。红杏听说故主尚在人世，如今又有这样的遭遇变化，早惊得呆了，直跺足道："娘娘怎么会在公子那里？五公子真是好糊涂！"

"我怎知消息会这么快传出去？"刘曜亦是后悔不已，只是嘴上却不肯服软。

红杏责备道："公子可知如今有多少人盯着你？你府里早不知道被多少人安插了眼目，妄自公子还只作不知。"

刘曜悔不当初，伸掌重重击向花梨书案："如今你可有法子救献容？我愿当牛做马，也要救她性命。"

服侍红杏的宫中长史极是忠心，皱眉道："夫人，今夜是皇后侍宴，怕是难以进去。"

刘曜此时满怀希望都寄予她，催促道："夫人这样受宠于陛下，三言两语便是了，还要等什么？"红杏白了他一眼："公子如今关心则乱，怎么连轻重缓急也不分。今日你才宴右贤王，便有旨意鸩杀羊娘娘。你早就被人盯上了，只怕是有人不乐意你和右贤王有来往。公子仔细想想这中间关节。"

刘曜霍然醒悟过来，点了点头，心中已是恨苦："不错，是有人看不惯我和四哥来往！"

红杏点了点头，似是下定决心一般，忽然道："我去见陛下。"

那长史劝道："夫人，万万要三思啊。"

红杏面上一白，忽然不自觉地用手捂住腹部，面容却是决绝："羊娘娘有恩于我，我绝不能不报。"说罢，她又对刘曜道，"五公子，你且回去照顾好羊娘娘，我一定尽力而为。"那长史见不能再劝，只能命侍女打伞送红杏去前殿。

刘曜自是感激涕零，回头却见那长史望着红杏远去的背影，恨恨道："五公子可知道给我们夫人惹了多大的麻烦？"刘曜茫然无知，那长史回过脸来，面上都是厌憎神情，“我们夫人这是用命去救，望公子日后可长些记性，别再惹祸了。”说罢，竟是拂袖而去。

刘曜虽是受了气，却心中并不觉委屈。他翻身上马，便疾驰回去，路上自是忐忑不安。回到府里，却见房门紧闭，猛听得房里一声凳子倒地的声音。他心知不好，一脚踹开房门，只见羊献容悬在梁上，双目紧闭。他大喝一声，冲过去便抱下羊献容，将她放在榻上，大声呼道：“献容，献容……”

过了片刻，羊献容方才慢慢转醒，缓缓睁开双目，轻声道：“五公子……”

刘曜心中气苦，又瞧见她脖颈中红痕甚深，心中更是后怕，抱紧了她道：“你何苦做此傻事。”

羊献容目中含泪，将头埋在他怀中半晌，方闷然道：“妾不欲连累公子。”

刘曜怔怔地望着她，只觉悲喜交集，轻声道：“你我几经波折，好不容易才有今日，你怎么能舍我而去。”

羊献容悄悄拭去眼角泪水，绽出笑容：“妾今日得公子这句话，虽死无憾。”

刘曜望着她如春花一般的面容，竟是怔住，良久方将她紧紧揽入怀中。这一夜两人只觉心意相通，又是甜蜜又是忐忑，竟是一夜未眠。

到了第二日一早，宫中便传出旨意来，言道陛下已有赦命。刘曜携着羊献容叩头连连，那使者却面容带笑道：“五公子稍安，宫里有天大的喜事，我们张夫人有了身孕，陛下龙颜大悦，这点小事算得了什么。”

羊献容大是诧异，问道：“张夫人？”

刘曜面上笑容一滞，轻声道：“便是红杏。”

羊献容慢慢站起身来，心中大是惊疑，却见那使者带着赏赐源源不断地赏下来，竟是恩宠异常，方才有几分放心，笑中带泪道：“红杏有这样的造化，合该是她的福气。”那使者拍马道：“若是再诞下一位小王爷，我们张夫人的福气还在后头呢。”

刘曜想起昨日红杏临去时决绝的身影，心中忽然一动，他微微低下头去，面上不辨神色。

东吴风物不同北方，这边的士人格外风雅，家家户户都是折梅迎年。到了元宵这日，吴山上的寒梅尽皆绽枝，漫山都是氤氲梅香，十分宜人。这日是钱家大小姐与夫婿回门的日子，一早明月便吩咐阿琇道：“今日姊姊和姊夫要回来，姊姊怕是不喜欢看到你，你便去吴山替我折几枝梅，过了酉时再回来。”

阿琇心中一跳，却听明月说道：“芸芸，你和阿琇一起去。”又道，“要是看到了街上有桃花酥卖，买些带回来。”阿琇心中大觉失落，却也不敢带在面上，只和芸芸一同点头应允。

两人吃过了晨饭便从后院小门出去，芸芸大觉不满，嘟囔道：“真是晦气，大过节的去什么吴山，可不冷死了。”阿琇心念一动，却温言道：“芸芸姐姐，你若是不想去，便去街上逛逛，我一人去折梅就行。”

芸芸埋怨地望了她一眼：“我可不敢，要是把你弄丢了，二小姐还不剥了我的皮。”阿琇心中一惊，面上却是笑道：“这是哪里的话，我这么大的人了，哪里会走丢。我这里还有点散碎银钱，芸芸姐姐去街上买些点心吃，要是咱们去得晚了，恐怕桃花酥就卖光了。”

钱家对下人在银钱上甚是苛刻，她们很少能有几钱碎银子零花。芸芸看着她递来的银两足足有二两，买了桃花酥还能剩不少，她心里虽然怨二小姐偏心，可便有些动心。阿琇观察她神色，便笑道：“芸芸姐姐服侍二小姐这样辛苦，有这么个机会出来多难得，这些跑腿打杂的小事交给我去办就成，姐姐还不好好去歇歇。”

芸芸接过银两抿嘴一笑：“也罢，便烦你去跑一趟了。”

阿琇的一颗心简直要从胸口跳出来，面上却只是微笑：“这有何烦，都是我分内之事。”阿琇一直目送着芸芸的身影消失在巷口，方才拍了拍胸口，长舒了一口气。身后的钱家轿夫奉命将她送到吴山，其实路程不算遥远，约略过了半炷香的工夫便到了吴山脚下。阿琇笑着拿出银子递给两个轿夫道：“二位大哥辛苦了，这里有些散碎银两，拿去打酒喝吧。”那两个轿夫感激不尽，接过银两谢道：“谢过姑娘了。”

此时钱家所有跟来的人都被甩掉了，阿琇很快敛起笑容，审慎地向四周打量。今日来吴山的人着实不少，城中大户几乎都有小轿送来赏梅、折梅，她心知若此时便跑，恐怕没走两步便会被人发现。于是她便信步上山而去，先在山上观察地形。

一到山顶，阿琇便安心不少，吴山已是在城外，山边有条小路向北延伸，再往前就是一条江，隐隐可以看到上次来时的渡口。阿琇看到渡口心中便稍安，只要能从小路跑出去，便能离开这个地方了。此时山顶上不少公子在亭中吟诗作赋，许多人都被吸引在周围，并没有人注意到自己。

阿琇心知这是最好的时机。

她见人不注意，便一个人慢慢地向那小路走去。

谁知走了没多远，忽然有人拍了拍她的肩膀，她心下一惊，竟是怔在原地，脑海中浮现千万念头，一时不敢回头。过了片刻，她稳了稳神，方才回过头来，却是怔在原地。那人见她这样目瞪口呆，淡笑道："怎么是你？"

阿琇微敛衣襟，向后退了一步，施礼道："见过姑爷。"却原来这人正是钱家的女婿崔源。此时阿琇心中极是迷惘，今日明明钱家大小姐和崔姑爷一起回家，为什么崔源却会在这里？却见崔源亦是不解地望着她，打趣道："你不在府里好好干活，却跑到这里来闲逛。"

阿琇低下头道："是二小姐让我来折梅。"崔源瞧着她两手空空，又问道："那你折的梅枝呢？"阿琇面上一红，偷眼瞧他神色霁和，参着胆子道："满山都是庸脂俗粉，还没瞧到上品的好花枝。"

崔源听她言语有趣，心中大感趣味，却假装板着脸问道："那你觉得何谓上品？"

"梅虽清艳，却不俗媚。像这样满山烂漫，斗艳枝头，任人赏玩，不过下品而已；若是中品，需植楼阁深院、王侯之宅，摒凡俗之气，半枝微绽，已压庭芳。至于上品，"她微微一顿，却是放眼向远处望去，淡淡道，"真正上品者，孤芳静立，能历霜风雪雨；远在江湖，何曾屑玩赏于人？"

崔源心中大震，从侧望去，只见她微微蹙着眉，眼中惆怅无限，眉间淡淡几分凄苦，似是天然一抹远山愁黛。隔了良久，崔源方问道："你读过书？"阿琇点了点头。崔源心中忽然一动，沉吟道："你似是有所指？"

阿琇见他瞧上去甚是清正，心中一横，扑通一声跪倒在地："崔大人，求您救我一命。"

崔源大是诧异："你有何冤屈？"

阿琇一咬牙，便把钱家人如何威胁船家，将自己强扣为奴婢的事一五一十地说了。崔源愈听面色愈沉，听到钱桂枝居然下药想将她卖到私窑娼家之时，已是怒不可遏，面色铁青道："你说的可是实情？"

阿琇哭道："我说的全是事实。我家在洛阳，来建邺投奔亲友，哪知却遭此横祸。"

崔源到底细密，又问了几处关节，阿琇除了含混了家世，其他都据实以答。崔源问了几遍心中已信了完全，沉吟道："你所说之事我都了然，今日你随我回去，我定然给你个公道。"

正此时，忽听身后有一人道："崔公子不去喝酒，却在这里做什么？"崔源与阿琇回过头去，只见身后站着一位年轻公子，却是似笑非笑地望着二人。崔源略有尴尬，含混道："这是岳父家中的丫鬟，正巧遇到罢了。"

那公子上下打量了一番阿琇，笑道："不俗，不俗。"崔源心知这位王恬乃是王导次子，端然是富贵公子做派，最是爱开玩笑，若今日事被他说出去恐不知会成怎样。便道："我府里有些小事，待我处理完后便陪兄长多喝几杯。"

王恬笑着连望了阿琇几眼，自是去了。

阿琇求告道："我不想再回去了，只请姑爷放我一条活路。"

"你且起来，"崔源正色道，"你受此委屈，怎能轻易便算了？我崔源绝不会放纵家人作恶。"他沉吟一瞬，只觉今日之事若是被同僚知道定然不好，便道，"只是此事听你一面之词并不作数，你随我回去，一同与桂枝和钱家人对质。"

崔源领着阿琇走后不久，吴山上又来了几位贵公子，居中一人诧异道："崔源怎么没来？"王恬笑道："他岳家在吴山是望族，刚才岳家有人过来，想来该是回家去见岳丈了。"居中那人微有不满："今日是琅琊王来吴山，王大人和曹公子也要来，他怎能怠慢不陪。"王恬与崔源交好，便替他说道："琅琊王是日日都能见到的，我父亲也极是随和的脾气。那曹公子虽是新贵，得到王爷信任。但有我们周公子在，便不能算怠慢。"中间那位周公子乃是周戡，他父亲周顗位居尚书左仆射，听王恬这样说，这才缓和了脸色。此时他抬眼便见远远有人策马上山，赶忙道："王爷来了。"众人便都迎了上去，一时间谀辞如潮涌，也不在话下。

且说明月在家见了姊姊，大是诧异："姊夫为何没有随姊姊回来？"钱桂枝心里也在埋怨丈夫，没好气道："你姊夫说有几个相熟的公子在吴山赏梅作诗，便去瞧瞧去了，晚些再来。"明月心中大是忐忑，面上便有些不自然。

桂枝与她到底是姊妹，奇道："你怎么了？"明月自是遮掩："无事，我便是怕爹爹会心里怪罪姊夫。"桂枝心里何尝不埋怨丈夫不会在自家做人，但口头上却不肯输人，啐道："你姊夫是官家的人，难免应酬要多些。"

一家人在家里苦等崔源，可崔源直到过了晌午方才回来。桂枝见他回来，大是高兴，笑着便迎了过去，可她随即便看到阿琇居然也跟在后面，她当时便柳眉倒竖，指着阿琇道："这……这丫头怎么还在这里？"

钱家一家人都知此事底细，大是尴尬，可崔源却冷笑道："她不是船家的外甥女吗？什么时候成了你家的丫头？要不是我今日在吴山上碰到她，还不知道你做的好事。"

桂枝见父母妹妹神色如此，心中已知大概，偏偏丈夫在侧，她只是又羞又恼，跺足道："你们都这样对我！""姊姊。"明月想去搀扶她，可桂枝狠狠地甩开她，却哪里理她。

钱老太爷见女儿们闹得不成话，碍于女婿在场，干咳了一声，说道："好了，都别闹了。今日是贤婿回来的好日子，还是先开饭。阿琇啊，给大小姐盛碗汤，算是赔罪你之前弄坏她的妆盒。"阿琇何曾弄坏过桂枝的妆盒，钱老太爷这么说不过是给桂枝一个台阶下，也是提醒她不要在姑爷面前闹得太过，万一传出去她贩卖人口之事，怕是面子上更难看。

可阿琇却跪倒在地，哭泣道："钱老太爷，大小姐、二小姐，求你们放我回去吧。"

钱老太爷大是尴尬，手直哆嗦："你，你这是说的什么胡话。"钱老夫人亦是不忿："你这白眼狼，我们钱家好吃好喝供着你，什么时候短亏过你？你居然还不知足。"

阿琇哭泣道："我也有家人，我并不愿意为奴婢，恳求放我一条生路。"

崔源铁青着脸道："好岳丈，好贤妻！这就是你们钱家做的好事！"

桂枝听丈夫说得严厉，心中有几分害怕，便去拉丈夫的衣袖，哭道："相公，相公。"崔源扭过头去，面色难看之至，吼道："我崔家真是祖上烧了高香，竟与你这等人家结亲！"

钱老太爷心里盘算一会儿，忽然向阿琇行了一礼道："阿琇姑娘，是我们钱家多有亏待，老汉这里给你赔礼了。"阿琇见他态度忽然转变这样大，一时间倒不知所措，迟疑道："钱家并没有亏待我，只请您放我回家。"

"那是自然，那是自然，"只听钱老太爷连声应和，又对钱福吩咐道，"钱福啊，好好带阿琇姑娘回房去休息，我一定好好教训我的两个不听话的女儿，等阿琇姑娘吃过了饭，我带着两个女儿给阿琇姑娘赔罪，再好好地把姑娘送回家去。"

钱福何等伶俐，赶忙哈着腰对阿琇行礼道："阿琇姑娘，请您随我去暂作休歇吧。"

阿琇望向了崔源，却见崔源对自己点点头，她便默然随钱福而去。临行时，似听到明月重重地哼了一声，她心知明月对自己并不坏，便对她报以善意的笑容，可明月面色却难看至极，目光如刀子一样，眼风狠狠地从阿琇身上扫过，再没有半点平日里的友善。

此时厅中只剩下钱氏一家和崔源，桂枝兀自哭哭啼啼，拉扯着崔源的衣袖，只连声道："相公，相公，我知错了，你可不能休了我啊。"钱老太爷被她吵得头痛，对钱老夫人吩咐道："你把桂枝和明月带回去，我有点话要跟贤婿聊聊。"钱老夫人"哼"了一声，便拉着两个女儿出去了。

钱老太爷见崔源脸色仍然很难看，便起身给崔源斟了杯酒，赔笑道："贤婿，这是上好的女儿红，老夫留了二十余年，今日专门招待贤婿。贤婿尝一口吧。"

酒过三巡，众人都很尽兴，琅琊王端坐正中，王导便在他身侧之座端然而坐，琅琊王笑对王导道："今日入席的都是年轻的才俊，我们俩真算是老头子了。"王导躬身笑道："王爷正当壮年，怎能言老。这席中只有老臣是老朽了。"其实琅琊王与王导同岁，只是保养甚佳，虽然年过五旬，但远望去不过四旬出头的样子。琅琊王闻言微微一笑，对王导道，"罢了罢了，如今都是青年才俊之天下了。"

今日宴席是王导安排其第二子王恬主持，意在琅琊王面前推举儿子。此时王导微微颔首，王恬便自斟了一杯，先向琅琊王行过礼，又敬向琅琊王右边之人道："久闻曹公子的剑术天下无双，不知可有眼福一见？"

坐在琅琊王身侧的曹公子却是身形微微一滞，却并不起身。

王恬听闻这位曹统曹公子是如今琅琊王身边一等一的重要人物，王爷十分信赖与他，当然要好好拍马一番。他听说曹公子是习武出身，剑术最是不凡，便有意请他舞剑，需知座中都是吴地名士，若是曹公子当场舞剑，明日便有诗文传遍天下。

琅琊王自是知道他们父子的意思，他淡笑道，"士昀身上的剑伤未复，便不要勉强了。"王恬大吃一惊，只见父亲对自己投来一缕责备的目光，心下更是惶恐之至。

却听曹统开言道："实不相瞒，那日洛阳城破之时，末将已立下誓言，此生不再用剑。"众人未想到他竟然直言抗拒，一时都是惊愕。琅琊王仿若不觉众人神色，却对曹统道："那日你是怎样逃得一条性命？"

曹统苦笑道，"当时末将奉命护送清河公主出城，可却在城外被匈奴人捉住，一刀砍在右肩上，顿时人事不知。等末将醒来时，便是在城外的乱石岗上，末将的身旁只有成都王和……"他似是想到了什么，忽然改口道，"……便只有成都王的尸身。"

琅琊王摇了摇头，叹息道，"十六郎一身霁月风光，竟落得这样下场。"

周戡与王导交好，此时见提到当日洛阳城破之事，心知王导必然尴尬，便插口恭维道："曹公子如今弃武从文，已成琅琊王左膀右臂，日后前途更不可限量。"说话间，却只听有人冷声道："当今国家乃用兵之际，弃武从文，岂不可笑。若朝中都是读书人治国，如王夷甫一般，更是祸国。"

既提到王衍，一时间众人都缄默无声。王导心知是因为自己的缘故，他的兄长王衍带走了洛阳所有的兵力逃跑，却在路上遭石勒大军所捕，又欲投降，被石勒所诛杀。他抬眼瞧了一眼，只见说话的人正是琅琊王府中的掾吏顾谆，他顿时沉默不语。可他的儿子王恬却没有这么好的脾气，站起身来便要驳斥，王导重重地哼了一声，王恬到底畏惧父亲，于是便将话咽了回去。

顾谆也许是饮多了酒，自斟了一杯，又转头对周戡道："周大人可知王夷甫是怎么死的？"

周戡微微瞥了王导一眼，只道："不知。"

顾谆嗤笑道："那王夷甫惹人耻笑之至，他率军数十万，路遇石勒，居然不战而降。石勒本也敬他是两朝老臣，想免他一死。谁想他聪明过分，竟然劝说石勒拥兵自立，你道石勒军中有多少刘渊密探，此言若传出还能得了。石勒当时便斥其无耻，可怜我朝堂堂太傅大人，清谈名士，竟然被一个羯族庶奴斥责得满头是汗，连连叩头自称死罪。纵使如此，那石勒也不会放过他，当时取了他的首级便送到洛阳去了。"

他言到此，王导却面不变色，反而手持酒盏，唇露笑意。顾谆还不放过他，又道："如今天下有气节之士，当如羊玄之一般，听闻女儿投贼，便以身殉国，也算落得个清白。苟延残喘于敌前，无非惹人耻笑罢了。"他这话说得极重了，座中人人都知上个月初国丈羊玄之在家中自缢而亡，琅琊王追赠车骑将军。这是以羊氏之荣，暗讽王氏之耻。

王导的儿子王恬气得脸色发白，本想拍案而起，但忽然想到此人是琅琊王带来的，琅琊王怕是默许他如此。他想到此处，再看父亲沉静的面容，背上都是冷汗，只得忍气不语。

酒既然喝得不畅，众人便无话再说，人人都觉这顾谆扫兴至极，偏偏琅琊王要带他来此。琅琊王瞧见气氛尴尬，便开言道："士昀，你便瞧在本王的面子上舞剑一曲，给大家助兴。"

曹统默了一瞬，起身躬然道："是。"

他一起身，忽然一张画卷从怀中掉了下来。周戡离得最近，捡起画卷展开看了一眼，笑道："曹公子好生风雅，画上的人真是美人。"

气氛顿时和悦不少，琅琊王亦抚须笑道："果真？士昀也有心上人了？"

王恬凑近望了一眼，忽然奇道："这画上人哪里见过。"

周戡与他熟识，便打趣道："世上的美人哪有我们洵安兄没见过的，仔细曹公子与你拼命。"他话虽是这样说，却终是儒生做派，将画轴卷了起来，递给了琅琊王。

琅琊王接过画卷只看了一眼便淡笑了笑，瞥向了曹统，却见他神情抑不住有一丝紧张。

王恬有些着恼道：“我非是打趣，这画上女子我今日还见过。就是适才在这吴山上与崔源兄说话的便是了。”说着他一指那画上的女子，又道，“她脖颈上有一颗胭脂痣，这画上也有，决计不会有错。”

曹统闻听此言大为震惊，他盯向了王恬：“你此言当真？”

王恬还未作答，只听琅琊王忽然打断道：“不必说了，这画上的人是先帝的清河公主，已经在洛阳城破时殉国了。”王恬睁大了眼，迟疑了一瞬，再看父亲投来了警告的眼光，终于咽道：“臣见得不实。”

第三十二回

附骨之毒

后厅厢房里，桂枝还在哭闹不止，钱老夫人叹了口气道："你消停些吧，万事都有你爹爹在呢。"桂枝一下子睁大了眼："爹爹真的能哄好相公吗？"钱老夫人冷笑了几声："我跟随你爹爹二十多年，在吴山这个地方，还没见有你爹爹摆不平的事。"桂枝想起钱老太爷平时行事，突然有些害怕："娘，爹爹不会对相公不利吧？"

钱老夫人道："傻丫头，你道你爹爹连亲疏都分不清楚吗？"桂枝这才微微放下心来，钱老夫人见明月在一旁不说话，便责怪道："明月，你以后少给你姊姊惹麻烦。"桂枝怒道："就是，若不是明月捣乱，哪里有这么多事。"明月低下头去，并不说话。

钱老夫人侧耳听着前厅里谈话声渐低，又道："你们俩快收拾收拾东西。"

明月抬起头来："娘，我们要去哪？"

阿琇一直等到晚饭，也没有人来放她走。她心中忽然觉得有点不对劲，使劲推了推门，却发现门被反锁了。她心里愈发焦急，大声喊道："钱老太爷……二小姐……崔大人……"可哪里有人理她。她这才慌乱起来，打量四周，只见这间房门窗紧闭，竟是从外面都反锁住了，哪里跑得出去。

她心里实在怕极，大声喊叫起来，可奇怪的是，往日里热闹的钱家竟然一点声音也没有，哪有人理她。她此时心中惊惧至极，忽然闻到一股浓浓的烧焦的味道从楼下传来，她一瞬时忽然心中冰凉，竟是呆呆地坐在床沿。

桂枝倚在钱老夫人身边，且笑道：“娘亲，爹爹是怎样说服相公的？今日相公待我格外亲厚。”钱老夫人叹了口气：“女婿是明白人，自然知道我们这样的人家是不能开罪的，更别说休妻，那是想都不要想了，到底是你舅舅还在王家有点地位，要不然女婿怎么能登得了王家的门。”桂枝将头埋在母亲怀中：“那个死丫头怎么办，我可不想让她好过。”

钱老夫人轻声道：“自然不用让她活着，都安排好了，今晚一把火烧了就是了。”

桂枝一下子抬起头来：“放火？那绣楼岂不是可惜了？”

“傻丫头，一个绣楼费得了多少银两？”钱老夫人语重心长道，“我们到底是大户人家，现在又有姑爷做官，要是传出去我们家有虐婢和私相买卖的事，那可怎么了得。”

桂枝愕然道：“父亲和相公都知道了吗？”钱老夫人道：“自然都是说好了的，你只盯着些你妹妹，这事别让她知道了坏事。”说着钱老夫人又有些感叹道，“若是当时便把那丫头处置了，也不会多生这些事，都是你妹妹坏事。”

阿琇在房中正是绝望之际，忽然听得门外传来脚步声，阿琇大是惊喜，站起身冲到门口，疾呼道：“是谁？”那门外的人忽然站住，并不说话。阿琇拼命呼救，“求求你救救我吧，放我出去吧。”

那门外的人似是怔了一瞬，忽然只听门锁轻响，阿琇只觉得这声音若世上最动听的声音，一时间泪水忍不住涌了出来。过了约莫片刻，楼下的浓烟滚滚，火似乎烧了上来，那房内的浓烟愈发呛人，阿琇焦心如焚，门外的人亦是着急，可她试了许多把钥匙都不对，锁仍然未开。阿琇见门缝里隐约透来火光，看来火势已经很大了，她绝望之下大声道：“你别管我了，你快逃出去吧。”

她话音刚落，锁声忽然清脆一响，门竟是开了。阿琇随即愣住，站在门口的女子手里拿着长长的一挂铜钥匙，面色清冷，却是明月。阿琇从未想到竟是她又来救自己，一时间心中感激万分，却不知该说什么。

明月拉着她就往楼下跑去，火势这样大，顺着木质的楼梯蜿蜒而上，很快就将她们的衣襟和发丝烧得炽热，楼梯几乎都要被烧尽。两人冲到楼下时，楼梯堪堪烧塌，轰的一声倒在地上，两人都被吓得不轻，跑出绣楼时不约而同地对视一眼，却在对方眼中都看到惊惧。

“还愣着干什么，还不赶紧逃出去。”明月哑着嗓子冷冷道，“这是我最后一次救你，下次你未必有这样好的运气。”阿琇虽然恨极了钱家的人，却也知道明月对自己着实不错，她低下头深深地向明月行了一礼：“日后若能相见，我一定会报答二小姐的大恩。”

明月点了点头，面上神情却是平常：“今夜他们都不会过来，你从后门出去吧，一直往北走就是渡口，不要回头。”说着她从怀中取出一支金步摇，递给阿琇，“你随我这么久，我也没什么东西给你，这支步摇还可以换些银钱，你拿着吧。”

阿琇想不到她会出此言，一时间竟是愣住了，迟疑道：“二小姐……”

明月默默看了她许久，方道：“我看你言行举止，不似出于贫寒之家。定是洛阳城破，你才遭此劫难。我都能看出此节，爹爹娘亲和姊夫更是都能看出。他们既然已经得罪了你，留着你难免日后会生祸乱。这也许是他们定要取你性命的缘由。他们虽是我亲人，但我并不认同爹爹他们的做法，你我相处甚洽，我不愿加害你。在此我只求你一件事，如果日后你会回来，请你看在我的份儿上不要怪罪我的家人。”

阿琇沉默半晌，轻轻点了点头道：“二小姐宅心仁厚，日后定有福报。阿琇不会忘记。”

明月听她许诺，始是放下心来，轻道：“走吧。”

阿琇转身便向门外走去，身影渐渐消失在沉沉夜色中。她终于明白，自己实在不谙这世事的险恶，直到临别时明月的那几句话她才醍醐灌顶，自己为何会遭此大难一场。若想在这乱世存身，永须记住要明哲保身，自己看似衣着质朴，可一言一行却无时不流露出旧时的影子，今日若无明月相救，恐怕就要命丧钱家绣楼，做个冤死鬼了。

元宵即过，冰雪很快消融，一时城中绿芽新萌，百物待新，都是一派勃勃生机，若不是宫里换了新的大汉旗帜，浑然瞧不出与去岁有何区别。

张夫人有身孕的消息很快传遍宫中，刘渊极是欢喜，又赐张夫人黄金万两，以示恩宠。张夫人并不忘旧恩，言道羊献容曾是故主，曾有恩于己，定要认为义姐。朝臣虽竭力反对，但刘渊仍是不愿拂逆红杏的心愿，也对羊献容多有赏赐，甚至赐她出入张夫人寝宫的恩典，至于她与刘曜之事，权当睁只眼闭只眼，不再过问。张夫人一时间恩宠之盛，无人能及。

呼延氏心中恨极，私下与刘和言道：“汉女最是狐媚，偏能迷惑陛下，我恨不能效仿吕后将她做成人彘。”刘和大是惊骇，赶忙捂住母亲的口，低声斥道：“母后可是糊涂了，这话若是传出去还能得了。”

呼延氏话一出口也有些后悔，可她强辩解道：“这是我的宫中，我看谁敢传出去！”刘和苦劝道：“母后，如今不比当初在并州时，父皇已经登基为帝，母后虽为正宫，也要恪守言行，不要给别人落下话柄。”

寝殿里须臾间便寂静下来，宫女们识趣地退了下去。呼延氏望着儿子，忽然悲从中来，呜咽道：“你三弟也不在了，如今母亲只有你一个，偏你父皇还迟迟不肯立太子，而那贱人生下的儿子哪里是好相与的，可你父亲还把他与你并立左右贤王，我怎能不焦心。若是你大舅父在还好，你父皇到底敬他三分，现在你大舅父也不在了，小舅舅想为你说话，但你父亲从来都不听他的。”

刘和心知母亲的幼弟呼延攸实在是个草包，他不满地打断母亲道：“小舅舅心比天高，但实在无甚才学，过去大舅也不看重他，这事怨不得父皇。”

呼延氏白了儿子一眼：“亲舅舅你都不帮着，你还指望谁能替你说话？我每每想到此事，就夜不能寐。这也就罢了，安昌王和西昌王两个都狡猾得要命，迟迟不肯在立太子的问题上表态。而那个刘曜摆明了和刘聪结成一脉，处处与你作对，若他们弄进宫的那个小狐媚子再生下个儿子，就不知你我母子在你父亲心里还有没有半分重量了！”

刘和默然片刻，心底也是黯然，半晌才说道：“当初册封诸王时，母后怂恿匈奴诸将执意不肯立五弟为王，难怪他要与我们作对。”

呼延氏面露憎色：“那贱人生的儿子要封王也就罢了，到底是你父皇的骨肉。可他一个奴隶出身，也配和你同封为王？我断是咽不下这口气的。”刘和叹了口气道：“母后这就有失大局了，如今之计，笼络人心最为重要，不可处处都树强敌。而且那次之后，父皇也对匈奴诸将警惕许多，总觉得他们听命呼延一族，又削减了小舅舅的兵权，母亲岂不是自削羽翼。”呼延氏固执道：“听命我们呼延氏有什么不好，当初若没有我哥哥，他一个质子岂能为王？”

刘和急道：“母后噤声！这话哪里说得的。父皇如今是皇帝，雷霆雨露都是天威。”他心知母亲到底是妇道人家，不知轻重，又缓和劝道，“如今张夫人虽然得宠，但根基不牢，无非是宫中无人能与她争，风头才会强劲一时。母后若真想压制于她，我倒有个法子。”

呼延氏眼前一亮，忙问道：“你有什么法子？”刘和轻声道：“广开后宫，多纳嫔妃，自有人能和她争，将她压制下去。”呼延氏皱起眉头，大是不悦：“你父皇年纪大了，还要弄些狐媚子入宫，岂不是要折腾垮了他。”

刘和望着母亲，摇头道：“母后不让父皇纳嫔妃，父皇就会进昭阳殿吗？母后当初抓到过一个陈娘子，把她牢牢看管在并州，可是不久不就有张夫人进宫。”他瞧着呼延氏脸色发白，便缓了口气，顿了顿道，“父皇如今已经登基，是天下之主，母后一味吃醋岂是长久之计？母后不若做得漂亮大方些，索性多选些美貌姬妾入宫，到时候姹紫嫣红一片，那张夫人还有什么可得意的？至于她肚子里的孩子……”他凑近呼延氏耳边，轻声道，“岂不是更好解决。”

呼延氏怦然心动，现在的确是这样，如果自己动手弄掉张氏肚子里的孩子，刘渊第一个便会疑心到自己，可如果后宫人多了，就不是这么回事了，她缓缓地点了点头，算是默许了儿子的提议。刘和忽然又问道：“母后在父皇身边，还有没有什么得力的人可用？”

呼延氏想了一瞬道：“有个侍中刘乘，过去受过你舅舅的大恩，你父皇并不知道此事，想来是可用的。”刘和长舒了口气：“那母后要私下里给此人多点赏赐，如今能在父皇身边说上句话不是容易事。”他见母亲无话，又道，“我近日与氐族族长单征颇为交好，氐族既然归顺我们大汉，以后也能为我所用，母亲放心。”

刘和说服了母亲，便往外走去，他如今是左贤王，朝堂之上以他为尊，自是有许多事要处理。呼延氏看着儿子健硕的背影，忽然想起当初和刘渊少年夫妻，情投意合的甜蜜时光，少女时的无忧无虑似是瞬时重回心头，一幕幕仿若昨日一般，彼时何知夫婿飞黄腾达之后竟有今日这样的困扰无奈。她重重叹了口气，命人去请弟弟呼延攸进宫来商议，可忍不住有几滴清泪从已不那么清澈的眸中缓缓滑落。

阿琇到了渡口，只见两三舟子守在船边，便问道：“可有船能去建邺？”那舟子极是狐疑地望了她一眼，却问道：“你是北人？”阿琇点了点头，只见那舟子变了脸色，却跟另一人耳语几句，方才白了她一眼道：“今日不渡了。”阿琇大是焦急，问道：“为何不渡，我又不是不付船资。”那舟子没好气道：“不渡就是不渡，去别家问去。”阿琇还想软语相求，那舟子竟是一撑船桨，将船驶得远了。阿琇气苦，险要坠下泪来。旁边另一个正在往岸边搬货品的船公看上去年纪大些，便说道：“姑娘莫气，他不载你是有缘由的。如今所有人入建邺城都要查问户籍，若是北地口音的一个都不能入城。”

阿琇大是诧异：“这是什么缘故？”

那船公说道："听说是王太傅下的命令，说是防止奸细。"阿琇大惊："是哪个王太傅？"那船公亦是有些吃惊："便是王导王太傅，王太傅保驾有功，姑娘连这也不知晓。"阿琇迟疑道："为何不是王衍？"那船公说道："姑娘有所不知，那王衍带兵仓促逃出，被匈奴人石勒所擒，已被斩杀。如今在建邺执掌朝政的是王衍的族弟，王导王太傅了。"

阿琇心中忽然清明几分，王衍带兵仓皇南逃，害得晋帝赴难，王导身为王衍族弟，哪里能脱得了干系。他自是怕人揭穿他的底细，便不许人入城。她低下头想了一瞬，问道："琅琊王快登基了吧？"

那船公笑道："哪有的事，我刚从长安来，皇帝在北边遇难，听说有个年轻的小王爷继承了皇位。已经先一步在长安登基了。咱们琅琊王何等气量，不会跟侄子争皇位的。"阿琇只觉一颗心忽然跳慢了一拍："哪个小王爷？"船公皱了皱眉头，想了半晌道："听说原来是叫做吴王的，咱们都是干活的粗人，哪里知道那些天子的事。"

阿琇身子微微一颤，是阿邺，竟是阿邺登基做皇帝了。她想也没想，便对那船公道："老伯，您老人家还要回长安吗？能不能带我一起去。"那船公有些皱眉："回倒是要回，明天有一批绸缎我要运回长安，就是咱们是运货的船，实在不便载人。"阿琇摸出怀中的金步摇，递给那船公，恳求道："我还有亲人在长安，求您捎上我一程，这就给您做船资了。"那船公双眼放光，迟疑了一瞬便道："那好，姑娘请上船吧。只是船上实在简陋，姑娘要委屈几日了。"

船行北上，一直都颇顺利。行了五六日，眼见过了晋军把守的地界，那船公便紧张起来，对阿琇说道："姑娘这几日小心些，前面便是匈奴人把守的地方了，咱们是货船，他们一般不会为难咱，但也不得不小心些，姑娘最好还是不要下船去。"说罢又把船上的账簿和过关簿文都藏了起来，权是等着到了夜里再过江去。

夜里阿琇睡得甚轻，忽然听到外面喧嚣声渐大，她一下子惊醒过来，忽然想到来时在夏口遇到的劫船，心知这一段不甚太平，她愈发小心，缩在船舱内不敢动弹。可谁知外面喊声越来越大，不多时那船公便出去了，似是在与岸上官兵应答。阿琇偷偷缩在门边向外望去，只见几个匈奴骑兵正在盘问船公，状貌甚凶。那船公极是恭敬，先给他们都磕了头，方才小心翼翼地递上一锭银子，说道："小人的船是运绸缎的，不敢叨扰大人，这点银两给大人打点酒喝。"

那匈奴骑兵接过银两，却并没有缓和脸色，反而板着脸用半生不熟的汉话说道："绸缎？什么绸缎？"那船公以为他存心勒索，忙从舱中取出两匹上好的绸缎，递给那骑兵道："军爷，这绸缎也是孝敬您老的。"谁知那骑兵看了绸缎，忽然面露几分讶异，和身旁的匈奴队长商量了几句，那队长便捧着绸缎向回跑去。

江南苏绣最是有名，这船公运的都是上好的云锦织金绣的绸缎，更是苏绣中的上品。阿琇心知不妙，这些匈奴人怕是起了贪财之心。情急之下，她伸手在船舱上的煤灰里抓了一把，便向脸上抹去。

果不其然不多时这匈奴队长便回来了，他大喊道："长官有令，全都押回洛阳。"匈奴兵们便过来驱赶船公，竟是要把这一船的绸缎都全数拖走。那船公顿时傻了眼，连连告求道："这绸缎可是有商家付钱订过的，不能充公啊大人。"但那几个匈奴兵哪里听他说话，那队长更是一把将他推开，上船便去抢夺绸缎。

匈奴队长带着数个士兵冲入舱内，阿琇无处可躲，只能侧着头坐在床边。那几个匈奴兵瞧见这船中忽然有一个年轻女子，都面露讶异。阿琇虽然脸上都抹过了煤灰，瞧上去甚是貌陋，可这些匈奴人都是常年征战在外，哪里还按捺得住。那匈奴队长便不怀好意地靠近了过来，伸手想去扯她，她尖叫一声："别碰我"。伸手便打开了那人的手，拼命向后躲去，可她身后已是船板，哪里还有可躲的去处。那队长此时见这女子如同落入彀中的羔羊一般，自是狞笑连连，哪里管她呼救讨饶，却一把将她搂入怀中，便向床板上摁去。

他动作极是粗野，凑在阿琇唇边便要亲她，满脸的胡子扎得阿琇的脸颊生疼。阿琇又是绝望又是情急，忽然猛向那人耳朵上咬去，只听那队长痛叫一声，再看阿琇满嘴是血，竟是生生从他耳上咬下一块肉来。一时间船舱内的人都惊得呆了，那匈奴队长大怒之下，拔出马鞭便向阿琇身上抽去。

"无耻的匈奴人！"阿琇蜷缩在地上仍是痛骂不止。

那些匈奴人汉话不通，但听她语气激昂也知道她定然是在咒骂，这队长下手愈发重了，竟是使出了极大的力气向她抽去。忽然只听有个匈奴士兵紧张地说了句什么，这队长竟是住了手，却见一个面净无须、身穿红袍的人走了进来，皱着眉头似是斥责道："不过是装点绸缎，怎么这么大的动静。这些缎子都要运到宫里去的，你们小心着些。"

那匈奴队长忙丢下马鞭，跪在地上有些尴尬道："属下知错。"匈奴军纪甚严，几个匈奴兵都有些害怕，不知此人会怎么处罚自己。

谁知那穿红袍的匈奴人微微瞥了阿琇一眼，只见她发髻松散，满面尘土地蜷曲在地上，身上都是血迹，也不以为意，只对那队长说道："别弄出太大动静。"

那匈奴队长得到了长官的默许，大是高兴。几个匈奴兵都呼喊万岁，叫好连连，人人面上露出喜色。为首的匈奴队长手下使劲，忽然扯下了阿琇半幅衣裙，只见她右臂全然裸露出来，颈项姣好，脖颈细腻柔白，并不似脸上那样乌黑。那穿红袍之人本要出舱去，一个回头忽然怔住，他一眼瞧见阿琇赤裸的双足和微裸的身体，竟是如玉一样洁白剔透。

他微微一怔，忽然反应过来，几步冲过去赶开了那个匈奴队长，捡起阿琇掉落在地上的衣裙，用力往她脸上抹去，只见他抹了几抹，阿琇脸上的煤灰都被蹭掉，竟是个眉目如画的绝色美人。

此时舱中的人都惊呆了，匈奴队长还色心未死，想去摸阿琇的脚。那红袍人忽然面色一沉，一脚踢开了他，沉声道："大胆，这样的美人也是你消受得起的？好生护送回京。"

匈奴队长咽了咽口水，偷偷地瞧了阿琇一眼，心中极是不甘。却不敢违抗长官的命令，只能低头称是。

那身着红袍之人看起来极有权势，一路上护送着阿琇和这数百匹绸缎入洛阳，沿途城池竟无人敢查问。只是他为人格外仔细，生怕手下的人冒犯阿琇，竟是亲自在大车中看押护送，每日里都是好吃好喝地供着阿琇，只是他话极少，从不与阿琇交谈。阿琇也只偶然听得那些匈奴士兵都唤他为"单大人"。阿琇心中极恨这些匈奴人，自也不会理他，每每看到那些匈奴人她目中便会露出愤恨的怒火。

一路无话，不过十数日，便至洛阳，临入城时，那红袍人低声命人取下了车上所有的标志，他一转头，却见阿琇正呆呆地掀开车帘一角向外看，面上露出又是凄惶而又迷离的神色。那红袍人诧异问道："姑娘来过洛阳？"

阿琇点了点头。那红袍人奇道："你是洛阳人？过去家里是做什么的？"

"我家是做小生意的，后来洛阳城破，便逃难去了南方。"阿琇轻声道。这是她第一次开口说话，红袍人心中略微放心，沉吟道："你家里现在还有人在吗？"

阿琇摇了摇头："都死了。"她迟疑了一瞬，忽然问道，"单大人，你是要送我入宫吗？"

那红袍人问道："你怎知我姓单？"

阿琇一指窗外的士兵："我听他们有时候称呼你。"单征发觉这女孩虽言语不多，其实却玲珑聪明，心中更是高兴，便说道："我叫单征，是氐族人。入宫是个好去处，你家里既然亲人都不在了，以后就认我做义父吧。我把你送到宫里去，以后你便有享不尽的荣华富贵。"

阿琇眸中忽然一闪，露出一丝奇异的光彩：“入宫能见到皇上吗？”单征点了点头：“那是当然，入宫就可以见到了。怎么，你想见皇上？”

阿琇掩饰地低下头去：“是的。我听说当今的皇上是位百世不出的匈奴大英雄，很想见一见。”

“嗯，大英雄。”单征似是有些感叹地重复了一遍，却没有再言语。

阿琇怔怔地看着窗外，只见城边绿柳如茵，哪是当初仓皇逃离时凄风苦雨的景象。她心下忽然一沉，这洛阳，她终是又回来了。

只不过这一次，她抱定了必死的信念。

三月初七，是呼延皇后的生日，过去数十年里呼延氏的寿宴都由刘渊亲手操办，一直是刘家最重要的事。今年新迁都城，呼延皇后眼巴巴地盼着丈夫给自己做寿宴，可刘渊似乎是忙忘了，迟迟没有下旨筹宴。到了初七那日，唯有呼延攸和刘和一早便来了昭阳殿，给呼延皇后送贺礼。

两人一入大殿，便见殿中氛围颇是冷清，呼延皇后独自一人坐在榻上抹眼泪，一双凤目哭得又红又肿。刘和吓坏了，忙道：“母亲这是何故，好好的日子为何哭泣？”呼延氏侧过脸去，并不说话，可眼泪却如断了线的珠子一样往下落。呼延攸瞧见宫内情形便明白了几分，他大是不忿，怒道：“姊夫再忙也不该忘了姊姊的生日，我看他就是被芙蓉殿的那个小妖精迷去了魂。”刘和皱眉不悦道：“舅舅说的什么话，父皇是一国之主，张夫人是父皇的嫔妃，舅舅要客气些。”

呼延攸还想反唇相讥，可呼延皇后抹了抹眼泪，却怒道：“够了，都别吵了，还嫌咱们丢的人不够大吗！”呼延攸闷闷道：“越来越没规矩，外甥居然敢教训舅舅了。”呼延皇后便对刘和道：“你对你舅舅尊重些，你舅舅这些天可是为了你立太子的事跑断了腿。”

几日前刘和刚刚被刘渊册立为太子，若论起来呼延攸确实薄有功劳。刘和瞧在母亲的面子上，忍气对呼延攸道：“小舅舅，是和儿失礼了。”呼延攸扬扬得意：“这还差不多，对了，你猜我今年给姊姊寻了个什么大礼？”

“是千年的古玉，还是万丈的红绸？”刘和顺口道，这些日子呼延攸到处搜刮民间，所费不下万千，又在城中遍铺红绸，尽用金丝绣纹，几有万丈，被刘渊得知后狠狠地训斥了一顿。呼延攸面上一红，却对呼延皇后说道：“我这次可是给姐姐找了个大宝贝，氐族单征在江南寻到了一个绝色的女子，准备献给姊夫，你说这可不是天大的喜事？”

"此言当真？"呼延皇后眼前一亮，急问道，"果然是绝色吗？"

"当然是绝色，标致的江南美人，更难得是举止相貌，无一不是一等一的好，"呼延攸瞧见刘和也听得极认真，大是得意道，"我亲自去看过了，别说是芙蓉殿的张夫人，就是九天上的仙女怕也是比不上的。"

呼延皇后忽然有些忧心："又是汉家的狐媚子，会不会迷惑了陛下，更加冷落我们？"

"她敢？"呼延攸哈哈大笑道，"她已被单征收做义女，从此便是氐族之女，以后都会服服帖帖听我们的了。"

刘和亦是点了点头，第一次见到这个小舅舅居然还能办件靠谱的事，他对呼延皇后说道："事不宜迟，今晚还请母后举办家宴，将此女献给父皇，也许还能为我们挽回些局面。"

呼延皇后心中万般不愿，匈奴人并不纳妾，她自幼心高气傲，如今竟让她亲手把女人送到丈夫的床上去，这口气她怎能咽得下去。可她一抬头瞧见儿子和弟弟都期盼地望着自己，到底心下软了几分，点了点头，无力道："我知道了。"

到底还是春寒时分，夜里微风起时，便添了几丝凉意。呼延皇后将宴席设在华林苑，每席都置牙床，又有宫人数人珠笼金玉，或手执香球，或肩挑宫灯，随侍在侧，无不是精挑细选的美貌少女，让人眼前一亮。呼延皇后祝寿，刘和身为皇后嫡子自然是要忙碌在侧，他命人布置事务，极是有条不紊。

华林苑亦是从前贾后最爱的置宴之所，刘聪与刘曜入席时对视一眼，刘曜忽然眨了眨眼，向前迫近一步，在刘聪耳边轻声道："他能做得太子，四哥为何做不得？四哥就没想过……"

"住口！"刘聪忽然神色大变，果断地喝止了他。他如今与太子刘和本就生了猜疑，这样的话再传出去……他只觉额上汗如泉涌。刘曜哈哈大笑，满不在乎往刘聪杯里斟酒。

呼延皇后在席上等得心焦，刘渊却迟迟不来，左手张夫人的坐席亦是空着，她面上便有些挂不住了。刘和清咳几声，一转头只见刘聪和刘曜正在低语，便笑道："两个弟弟在谈些什么，这样有趣？"刘聪微微一怔，躬身道："五弟说了个玩笑而已。"太子刘和淡笑着目光从他身上一扫，却是落在刘曜身上。

刘曜却不欲与他敷衍，他冷哼一声故意搂过了牙床上的少女，与她调笑起来。刘和城府极深，也不与他计较，他回头只见一个红袍男子走了进来，便忙迎了过去，与他交谈甚密。

刘曜见刘聪露出诧异的表情，便道："四哥不识得此人？"刘聪摇了摇头。刘曜小声道："西昌王刚刚打下了蒲板，这是率部投降的氐族族长单征。氐族人能征善战，父皇还是很看重他们的。这才几天的工夫，咱们的太子殿下可就去笼络人心了。"他说得阴阳怪气，刘聪只是笑笑而已，心中却是暗暗纳罕。

第三十三回

风醉酴醾

少顷，只听几声娇笑连连，却是张夫人未至笑先闻，接着刘渊便也随着入了席，目光却不离张夫人身上。此外还有尚书田密、西昌王刘锐等人都依次跟在身后，园中顿时热闹几分。

呼延皇后从旁望去，只见张夫人虽然腹部微微隆起，然而面却如桃花一样娇艳鲜丽，更添了几分成熟妇人的风韵。她心中微微发苦，口中却笑道：“张妹妹身子可好？”

张夫人见皇后发问，到底有几分害怕，弯腰便要行礼，谁知刘渊满不在意地一挥手道：“你有孕在身，这些礼数全先免了。”张夫人小心翼翼地谢过恩，方说道：“谢皇后娘娘关怀，臣妾这些日子并无碍的，只是胃口不大好，有些想吃酸食。”刘渊插口道：“这有何难，命人快马递些青杏来，务必要越酸越好。”

呼延皇后皱眉道：“如今哪是杏子成熟的季节？”皇后出言指责，张夫人亦是有些惶恐地低下头去，刘渊却一笑搂住张夫人：“爱妃若是要吃，朕有何满足不了的，皇后不必多言。”呼延皇后被他顶得一怔，心头愈发气苦，竟是不知该说什么。

还是尚书田密察言观色，解围道：“陛下说得是，臣这就去办。”呼延皇后斜斜地瞥了一眼田密，心中已有怒意，便要发作。

太子刘和见母亲神色不对，便离席跪在地上，对刘渊说道：“今日是母后寿宴，儿臣有礼物献给母后，愿母后凤体安康。”他既开口，诸人便都跪在地上，齐声为呼延皇后祝寿。刘渊面上略显尴尬，他确实忘记了呼延皇后的生日，便说道：“太子如此有孝心，做父母的也觉得欣慰。和儿为你母后准备了什么礼物？”

刘和缓缓说道：“儿子寻到了一块美玉，想献给母后。”说着，他从怀中取出了一块上好的美玉，上面琢着一只凤凰，正昂首向天。呼延皇后册封已有年余，可刘渊却迟迟不颁玺印给她。她此时接过美玉，忽然忍不住泪如泉涌。刘渊心中到底亏欠于她，便笑道：“这美玉甚好，可做皇后之宝。”呼延皇后与刘和大喜，双双跪在地上俯首纳谢。

呼延攸趁机笑道：“太子有这么好的礼物献给皇后娘娘，可不是冷落陛下了。”刘和应声道：“儿臣还有一宝，愿献给父皇。”

刘曜忽然嗤笑一声，摇了摇头，这几人一唱一和，做戏做得也忒明显了些。刘渊果然闻言有些惊喜，他今日心情甚好，笑道：“哦？太子还有给朕的礼物？”

刘和回头望了一眼单征，示意他上前，又跪在地上道：“此宝是儿臣借花献佛了，乃是氐族的族长单征要把族中至宝献给陛下。”

“至宝？”刘渊略有惊异，“尔有什么至宝？”

单征先向刘渊行过三跪九叩的大礼，方才回过头去，轻轻击掌数下。十六个氐族少女围成一个圆圈，来到殿前，她们身姿轻盈，脚步曼妙，更奇异的是她们所着的服饰。只见她们都身披着璎珞，将头发垂下，编成数股小辫，头戴象牙佛冠，面上描着七彩，手中却拿着龙笛、头管、小鼓、筝、琵琶、笙、胡琴、响板、拍板，还有金刚杵和金铃，竟似是要起舞奏乐。宴中人都不解其意，唯有刘聪知晓这是氐族的十六妙乐奴。

她们向刘渊行过礼，忽然散了开来，她们正中围着一个蒙着面纱的红衣少女，此时便出现在众人面前。只见那少女赤着双足站在一面大鼓上，她身着大红绡金长短裙，上着合袖天衣，外披一件织金杂袄，云肩上亦是缀满珊瑚玛瑙，耀人眼目。她虽低着头，蒙着面纱，可每个人都只觉得这女子竟是美到极处，艳到极处，竟是让人不敢逼视。

刘聪从瞧见这女子起，只觉得有人用重锤在心上猛击了一下，一股血气翻涌上来，他极力才忍了下去，只把双手攥成拳头，指甲狠狠地掐在肉里。刘曜在旁瞧得清楚，他微微诧异，低问道：“四哥识得这女子？”他瞧着刘聪面色不对，便仔细向那红衣女子望去，忽然有几分诧异，“呀，这不是那清河公主吗？”

他自是知道刘聪与阿琇之间一段情事，也瞧见过刘聪听闻阿琇已死后失魂落魄的状貌。可她怎会没死？又来到宫中，做什么氐族女子？刘曜脑海中瞬间转过无数个念头，但话到嘴边反倒是轻声安慰刘聪道："四哥莫急，世上相像之人很多，可能是咱们认错人了。"

单征从旁奏报道："这是小女单琇，今日想为陛下和皇后娘娘献舞一曲。"他此言一出，众人顿时了然。

西昌王刘锐哈哈大笑，凑近了尚书田密，低声道："听闻你有个女儿，国色无双，怎么没如这单老儿一样送进宫里来。"田密此时又悔又恨，心中暗暗筹谋，口中却道："我乃汉臣，怎敢送女入宫。"西昌王刘锐瞥了他一眼，知他口不对心，哈哈大笑道："本王看送得，送得。"

两人说话间，那十六个少女开始奏乐，氐族人最擅歌舞，这妙乐奴更是在氐族人中专司礼乐、祭祀神灵，因而俱是国手。此时只闻仙乐飘飘，若九天之外传来，而那红衣女子身姿一转，已随乐声翩然起舞，舞姿优美，身影灵动之至。单征至此一颗心才放了下来，他一直担心这半路上劫来的女孩会在席上不听指挥，却想不到她竟然这样配合。

刘曜听到这女子名叫"单琇"，心中已知不妙，他目光狠厉地向刘和扫去，却见刘和若无事人一样，只是欣赏着歌舞，丝毫不觉有异。刘聪心中亦是诧然，阿琇何等刚烈的性子，怎会这样服帖地在宴上献舞。此时只见那阿琇足下转急，伴着琵琶声清脆入耳，鼓点亦如急雨一样，她娇小的身姿在鼓上起舞蹁跹，忽然一个急转，她竟是伸手摘掉了面上的轻纱。

众人都是一声惊呼，只见那面纱之后竟是张倾国倾城的绝世面孔，眉如青黛，唇似樱珠，颦笑间盈盈都是风姿。刘渊直瞧得如痴如醉，简直神游天外。可自她揭下面纱的那一瞬起，刘聪的面色便更加僵硬难看，他瞧得分明妥帖，这红衣女子就是阿琇，便连她左颈上一颗胭脂痣也鲜红如初，哪里会认错人。

在看到阿琇容貌的那一瞬，刘曜没有错过太子刘和脸上闪过的那丝错愕神情，他心里更是纳罕，难道他之前没有见到这女子容貌？一曲即终，刘渊兀自拍掌连连，极是激赏。刘聪忽然站起身来，便要说话。刘曜急忙在桌下扯了他一把，轻声道："四哥，这可能是个圈套！"

刘聪被他一言点醒，顿时愣住不动。刘渊远远瞥见他起身，笑问道："聪儿有什么要说的？"

刘聪侧过头去，只见刘曜瞧着自己的目光里都是警告的神情，刘聪余光又看向刘和，刘和的目光中似是充满了淡淡的讥笑和挑衅，他转头向阿琇望去，却见她低着头，哪里会看自己一眼？刘聪心中到底一凉，闷然道：“儿……儿臣恭喜父皇，得此佳人。”

刘曜松了口气，放开了他的衣袖。刘和面上闪过一丝诧异，似是有几分不信。只见刘渊哈哈大笑道：“汉人瞧不起我匈奴人，说我匈奴人茹毛饮血，不知诗书。可聪儿是我诸子中读书最多的，今日你就以此赋诗一首，给大家瞧瞧。”

至此情景，刘聪还有什么心绪赋诗？刘和瞧着刘聪脸色不佳，却笑道：“父皇说得有理，聪弟最擅诗书，今日春宴又逢母后寿辰，父皇也得佳人。可以春字为韵，书一书此夜之情。”

此言更是灼人心之至，刘聪面色由红转白，瞬时间仿若被人抽去血气一样。呼延皇后虽不知他为何脸色这样难看，却也知这定然是个难题。她抿嘴一笑，便命内侍举来牙床，又呈上金镶水晶砚、格玉管笔，都放在刘聪面前。一时间，众人目光都聚集在他身上，竟是看他是写还是不写。

忽然间，刘曜离席而起，手捧金壶倒出一大碗酒，走到刘聪身边，他笑道：“四哥最是才思敏捷，写一首诗有何难。小弟是个粗人，愿浮一大白敬兄长，为兄长添些诗情。”说着他将碗中酒一口饮尽，又斟了满满一碗递给刘聪。

匈奴人饮酒甚豪，宫中不置金杯，都用金碗。刘聪接过这酒，也是一饮而尽。刘曜踱了几步，却走到单征身边，忽然笑道：“我与单统领的三个儿子都有相交，却不知单统领何时冒出这样一个如花似玉的女儿来？”

单征心里惶恐，面上却强撑道：“这是我的庶女，贱名不足辱五公子之耳。”

刘曜大笑道：“单统领说的哪里话，出身名门，何贱之有。我看她大是富贵命相，日后定然尊贵过统领。”说着他信自回位坐定，哪里理睬背后的单征冷汗涔涔。

刘聪被他一打岔，心思便稳了些。他转目看向阿琇，只见她垂首默立，连发丝也未动。心中一时间竟是恍然，迷蒙中拿起格玉管笔，龙飞凤舞便在纸上写了起来。

写罢满满一页，刘乘将那纸捧到刘渊面前。只听刘渊却摆了摆手，吩咐道：“靳准，你来念。”靳准本站在众人之后，此时便也来到圣驾前，躬身念道：

柳色初浓，余寒似水。
东风皱起，纤雨如尘。
纹波细皱，碧水粼粼。

仙娥花月，奏凤管弦，

万岁声中，北斗绽新。

九霞杯内，长醉芳春。

刘渊听了一遍，大声赞道：“好，好。”他顿了顿，又道，“拿过来给我看看。”靳准将纸递了过去，却见刘渊低头默默念诵，似是面色有些变化。

呼延皇后浑然不解其意，凑去问道：“这诗里写了些什么？”刘和露出一丝笑容，解释道：“都是些好话，赞赏氐族女子如仙娥一样，又祝母后芳春。”

此时间，刘渊已命人赏赐刘聪银绢百匹，又道：“聪儿才学过人，深得朕心，晋位为楚王。”

刘聪忙叩头谢恩。此时呼延皇后与太子刘和对望一眼，面上均有几分难看。却听刘渊忽然问道：“听人说南经和纤罗兄妹这两日都到洛阳了？怎么不进宫来？”

呼延攸跪下笑道：“无陛下旨意，他们兄妹俩不敢擅自入宫。”

刘渊无所谓道：“都是自家儿女，宣进宫来热闹热闹。”呼延皇后听他提起南经兄妹，总算脸上有几分光彩，她使了个眼色，呼延攸便识相地出宫去宣旨了。

忽然，那阿琇轻声说道：“陛下，可将这诗给我一看吗？”

呼延皇后大怒：“好没规矩，怎么还我啊我的，在御前要自称奴婢。”单征也是吓了一头冷汗，跪下连连叩头：“都是末将教女无方。”

“无碍的，”刘渊摆了摆手，让靳准把纸递给阿琇，目光亦是转向了她，却是奇道，“你识得字？”

阿琇面无表情地从靳准手中接过那纸，点了点头，目光却没有从纸上挪开：“小时候爹爹让人教我读过些书。”

刘渊大是高兴，便对单征说：“还说你教女无方，朕看你自己一个字也不识得，却知道教女读书，还是很有方的。”

单征只觉得汗水浸湿了后背，哪里还说得出话来。

刘聪从旁看去，只见阿琇捧着那纸看得极是仔细，几缕发丝散落在鬓边也浑然不觉，他心中微微一颤。却见阿琇忽然放下了那纸，轻移莲步走到他身边。刘聪心中大动，一时间手脚发麻，不知该如何应对。而阿琇对他微微行礼，十分平静地对上了他的目光，说道：“王爷，奴婢想借纸笔一用。”

刘聪嘴角划过一丝苦涩的笑意，将手中的格玉管笔递给她，两人手指相触的一瞬，似有一阵电流从彼此手中经过，两人离得近了，那股馨香便传了过来，仍是熟悉的气息。可只就是那么轻微的一触，她很快就侧了侧身，信手在纸上写了起来。

她下笔极快，刘聪见她写完，心中忽然涌上一丝奇怪的预感。可刘渊却远远说道："聪儿，她写了些什么，你替朕读一读。"

刘聪无奈之下，硬着头皮读道：

桃靥红匀，梨腮粉薄。
凤阁虚临，鸳径亡尘。
龙池空设，芳意粼粼。
清明时酒，重祭碧霄。
一朝仙韶，内苑又新。
九重鸾杖，天上长春。

此时刘渊饮了不少酒，听得并不甚分明，只隐约听到几句好话，便十分高兴地对单征笑道："汝女这样有才情，十分难得。"他想起适才刘聪写的那诗，又沉吟道，"九霞杯内，长醉芳春。"

一抬头，见单征有些茫然地看着自己，刘渊有些恍然地一笑："你女儿担得起这样的赞词。"单征干笑连连，心中却如重鼓敲击。刘渊此时醉里斜眼瞧向阿琇，只觉能得到这样才情与样貌并佳的女子，他心中是喜欢到十分的。

众人瞧他眼色，都知他定要纳了单征的女儿了，一时都默不吭声，只听刘渊如何宣封。便连呼延皇后也紧张到了十分，她本是心中又嫉又恨，可瞧着在一旁的张夫人腆着大肚子面上却露出淡淡凄凉之色，忽然又觉得心中痛快得很。

刘渊沉吟了一瞬，忽然说道："单氏有女，才貌并重，册为右皇后，钦此。"

此言一出，满座皆惊。最是欢喜的莫过单征了，他一下子跪在御前，叩头谢恩道："谢陛下恩典。"

可只听砰的一声，呼延皇后手中玉杯掉到地上，跌得粉碎。刘和心知不妙，与舅舅呼延攸对望一眼，都向呼延皇后看去，只见呼延皇后满脸都是不可置信的震惊神情，她霍然站起身来，双手亦有些发抖地说道："陛……陛下……"

刘渊连眼也没瞧她，只淡淡道："皇后有什么话要说？"

呼延皇后瞥了一眼儿子和弟弟焦急的神情，忽然心一横，大声道："六宫命妇乃皇后所辖，臣妾以为此封不妥。"

刘渊心中大是不快，他此时酒劲上头，听到呼延氏竟敢出言拂逆，大怒道：

“朕有何不妥？”

天子之威，响若雷霆。呼延皇后与他夫妻近三十载，何曾得他如此当众怒斥过。她已是心中激动到极点，哭泣道：“臣妾有何失德之处，竟让陛下如此厌弃，前有晋宫小婢辱我至深，如今就连氐族的一个庶女也要欺凌到臣妾头上，臣妾宁愿一死，也不愿受此大辱。”

刘渊勃然大怒：“你嫉良妒善，没有丝毫贤良，已失妇德。朕瞧在你呼延氏一族的颜面上，不与你计较，你道张氏与陈氏之事，朕当真不知？”他此言一出，最是震惊的便是刘聪。

却见此时刘渊饮酒上脑，便将心中的厌恶都说了出来。张氏便是刘聪生母，亡时不过三十余岁，刘渊面上不说，心中一直耿耿。今日他越说越怒，仗着酒劲忽然拔出腰间佩剑，掷在地上道：“至于在朕身边安插耳目，刺探消息，干涉朝政，简直罪不容诛。你作恶之多，朕厌恶至深，你自己寻个了断吧。”

太子刘和闻言大惊，慌忙膝行几步抱住刘渊的腿，哭泣道：“父皇，母后只是一时糊涂，求父皇饶恕。”

呼延皇后听到丈夫的话，脸色霎时惨白。数十年来她全心全意地为了这个家付出，一门心思地维护着丈夫。可哪知丈夫心中竟这样厌恶自己，而自己所做的一切不能见人的事他都瞧在眼里。在他心里，自己便是那样恶毒不堪的女人，恐怕从张氏死时起，他便是瞧在兄长面子上应付自己。她想到此处，心中已是冰凉一片，她转头徐徐望去，席间众人都在瞧着自己。

张夫人、刘聪、刘曜、单征，便是那个新入宫的红衣女子也在冷冷地看着自己。这些目光中有厌恶、有憎恨、有怜悯、有惊诧……诸多目光如无数细韧的铁索一样将她紧紧缚住，她只觉心中凉透了，从此之后，她还有何面目坐在六宫之主的位置上？

她此时心灰意冷极了，忽然捡起地上的长剑，仰起脸来，目光直直地逼视着刘渊，高声道：“陛下，臣妾对不起你，你就没有对不起臣妾之事吗！”她语声未落，忽然众人都惊呼起来，只见她将那长剑全然插入了自己胸口，鲜血瞬时染透了她的凤衣。

“母亲！”太子刘和眼目欲裂，冲到了呼延皇后身边，牢牢地抱住了母亲。

“姑姑！”“姊姊！”此时这一幕正好被带着南经和纤罗兄妹入宫的呼延攸看到，三人同时冲了过来，围在呼延皇后身边。

太子刘和只见这一剑刺得甚深，母亲眼见亦是不活了，他心中再也难忍悲痛，眼泪大滴大滴地落下来："母亲，是和儿不孝，是和儿不孝。"

"好……孩子，"呼延皇后虚弱地抚了抚刘和的脸，目光却又向呼延攸和南经、纤罗看去，见他们都围在自己身边，她终是露出了一丝满足的神情，"都……在这儿了，只剩隆……隆儿和大哥……不……不在……"

南经和纤罗同时握住了她的两只手，恸哭道："姑姑……姑姑……"

呼延皇后看到他们兄妹，目中闪过一丝伤痛，她眼眸已经有些涣散，声音也愈发低了，一丝鲜血从她唇边流出。她的目光忽然转开，望向天空，轻声喃喃道："大……大哥……是我……是我对不起你……"

她的声音愈来愈小，终是消不可闻。南经和纤罗齐齐抱住呼延皇后，却见她没了脉息，唯有一双凤目仍是睁得大大的，仿佛至死不能瞑目。

刘和霍然站起身来，只觉眼眸中一滴泪也没有，全然都是灼烧的痛苦，他双目直直地望着刘渊，大声道："父皇，母后为您生儿育女，三十年尽心持家，母后何过之有！"

经此大变，刘渊的酒也醒了大半，瞧见呼延皇后横死于地，心中大是愧疚，痛惜道："是朕失言，朕对不起你母后。辍朝七日，以国葬之礼安葬皇后。"

太子刘和还想再说，可呼延攸从旁扯了扯他，示意他止声。此时张夫人忽然痛呼了几声，刘渊忙回头道："怎么了？"张夫人身旁的长史焦虑道："夫人受了惊吓，怕是动了胎气。"刘渊急道："快快把夫人扶回芙蓉殿。"众人便将脸色惨白的张夫人扶走了，刘渊心中记挂张夫人，也无颜面对哀哀哭泣的呼延氏众人，自也是离去了。

酴醾台下，满阶新色。

册封阿琇之事虽因呼延皇后之死耽搁下来，但阿琇俨然已是宫中最要紧的人物。刘乘自然不敢怠慢，他将阿琇安顿在宫中景色最好的酴醾台中，又拨了十余个侍女侍奉于她，自是好一番殷勤，临行时仍说道："娘娘先在酴醾台暂歇几日，今日先皇后的灵柩还在昭阳殿，等先皇后下葬之后，陛下自然会将昭阳殿赐给娘娘的。"

阿琇不耐人多，只挥了挥手让他退下。她索性将侍女都遣散了，又将酴醾台的凉窗都打了开。此时凉风阵阵，只闻淡淡馨香扑窗而入，她方觉得心静些，便独自倚在软榻上睡去。

呼延皇后的尸身被宫人收裹好，抬回了昭阳殿中。太子刘和强忍着悲痛，却是与南经和纤罗一起，在昭阳殿中守灵入夜。刘聪远远地瞧着他们都走了，心中竟觉得松了口气。他饮了一夜的酒，已觉有些头痛，便用手摁了摁太阳穴。忽听身旁刘乘在吩咐一个宫人道："好好将新娘娘送到酴醾台去，务必要侍候妥帖了。"刘聪接口道："酴醾台？"

刘乘一抬头，只见是刘聪站在身边，便谄媚道："王爷，老奴将新娘娘安置在酴醾台，也不知道妥帖不妥帖。"酴醾台离主殿甚远，却在华林苑之侧，是景色最为秀丽的一处宫所。

刘聪点头道："不错。"刘乘抬头觑了他一眼，只见他脸色不佳，插口道："王爷今夜莫不是酒饮多了？便在宫内住下吧，老奴为王爷安排一个清净的住处。"刘聪道："便依你了。"刘乘自然服侍得极为殷勤，亲自将刘聪搀扶到住处，又命人端上醒酒汤，直到服侍了刘聪入睡方才离去。

睡到半夜，刘聪只觉得口渴，迷迷糊糊地睁开眼，却只觉得触手温软。他迟疑道："是谁？"那女子却是"唔"了一声，并不言声。若是平日，刘聪定然会有所察觉不妥，可今夜不知为何，他竟觉得口渴得紧，脑中模糊一片，哪里还分辨得了什么。寝殿中的灯烛都暗着，亦是一片茫茫的黑暗。

他伸手去摸床边，却恰好有一杯水，他取来就口饮下。顿觉得干渴稍解，可随即一股热气忽然升腾而起，生平从未有这样难受过。他脑中轰然迷迷糊糊，眼目一概都有混沌。恰此时，身旁那女子似是翻了个身，恰好与他肌肤相触，那女子的肌肤如丝一般滑顺，冰凉得仿佛能把他的炙热溶解。

他只觉胸口闷热得紧，正此时，那女子便嘤然一声，似是醒来，疾呼道："是谁？"

他眼见那女子，心中大惊，随即伸手捂住了她的口，强忍着胸中的烦闷，低声道："别叫，是我。"

阿琇从梦中惊醒，只觉自己床上竟是躺着一个人。她此时清醒了八分，心念微动，忽然开口轻声道："四王爷这样好的雅兴，不在深宵入梦，却在父皇的嫔妃宫中坐着。"她语声轻柔，带着几分淡淡的讥讽，却让刘聪心中一滞，半晌他方才答道："我也不知为何会在你这里。"

阿琇拿了一块苏绣的软垫靠在身后，半倚着身子靠在垫上，一头如瀑的长发未经挽起，却是垂在身前，她身着白色的内裙，肌肤的光泽仿若可见，面容宛若十六七岁的稚女一样天真可爱。可她语声中却带着如刀一般的锋利："四王爷是因为妾睡不着，还是因为大仇得报才睡不着？”

刘聪目中似有火焰灼热一闪，道：“你有何见教？”

阿琇心中淡淡嗤笑：“万岁声中，北斗绽新。九霞杯内，长醉芳春。”她念完这四句，只见刘聪面色似有所变，他闭上双目，却做养神状。

“若我没记错，王爷的生母张夫人，便是闺名‘霞芳’吧。”她索性与他点破了，“旁人只道四王爷瞧见我时那样的心绪激动，却想不到小小一首词作里，王爷都暗暗下了功夫。让陛下记起张夫人之事，心中便会憎恨呼延皇后吧。一箭双雕地既报了杀母之仇，又将我送到高位之上。又是‘北斗绽新’，又是‘奏凤管弦’，王爷真是不把我捧上皇后之位不肯罢手。”她讥诮地笑道，“难为了王爷一番苦心，以至于呼延皇后如此失态，竟忍不住自刎而死，这更是意外收获了。王爷这样好的手段，将这席中之人都瞒了去，却不怕我将此事告诉单征和呼延攸？”

“你只说对了一半，”刘聪忽然睁开了眼睛，定定地望着阿琇道，“我想报仇不假，但我不想把你送到父皇身边。”他忽然伸出手去，搂定了她，将她的身子紧紧箍在胸前，在她耳边轻声道，“我只要你做我的皇后。”

阿琇窥不见他面上神情，一时间竟是怔住，只觉领口处忽然微微一凉，却是亵衣被他解开了一颗珠扣，却只觉得胸口皮肤被他手指所触，惊起细细的栗子。“你做什么！”阿琇心中惊慌不已，微微一推，下意识地捂住自己的胸口，他反而将她纤腰搂得更紧，凑在她耳边暧昧低语，声音亦是喑哑得有些陌生，他不愿再按压心中的激动，带着酒气道：“你不愿意？”

“王爷喝醉了。”阿琇目中闪过一丝复杂，将他手指逐一掰开，摇头低声道，“我是你父皇的妃子，王爷请放尊重些。”

“父皇？”他忽然嗤笑了起来，语声却转高昂，“你真愿做我父皇妃子？还是……”他明明饮了醒酒汤，可为何只觉得脑海中醉意愈发深了。他伸手猛然入她怀中，她只觉得胸口微微一凉，已是被他解开了亵衣，而裹在亵衣中的匕首掉了下来，却被他拿在手中。他凝望着那短小墨黑的利刃，轻轻抽出匕首，只见寒光扑面，一看便知是削铁如泥的宝物。他再望向她呆若木鸡的神情，忽然唇边抹上一丝讥讽的笑意，“我父皇马上得天下，何等武功！你这点小伎俩连我都瞒不过，又怎想在床上瞒过我父皇？”

阿琇的脸涨得通红，却想去夺那匕首，可刘聪身子一闪，她哪里夺得到。刘聪似是玩味一般看着那匕首，又瞥了瞥她。她这才惶然地捡起亵衣，捂在自己胸前。

刘聪不置可否地弯了弯唇："这样好的匕首，怕是内府所藏。公主好胆识，想牺牲色相入宫，就是为了报这家仇国仇？却也不怕连累了单征与呼延攸。"

"他们本就只是利用我，"阿琇不屑地一侧头，将自己的胸口捂得紧紧的，"匈奴人人都该死，我恨不能食你们的皮肉。"

忽然刘聪一抛那匕首，却是猛地折过她手腕，将她牢牢箍在怀中，凑在她耳边轻笑："我就是你极恨的匈奴人，你来食我皮肉吧。"他只觉得浑身都是闷热的，胸口似有一团火在烧，便干净利落地剥去了她身上仅有的薄裳。她拼命地挣扎，手脚在他身上乱踢乱打，他仅用一只手就牢牢捉住了她纤细的手腕，将头埋在她颈间细细嗅吻。她气苦难忍，忽然重重向他肩头咬去，直咬得他肩头鲜血淋漓。他闷哼一声，忽然扯过那亵衣塞到她口中，手下动作却不再温柔，他低着头，沿着她紧闭的嘴唇 、细长的脖颈一路狠狠地吻了下去，这吻里似有低然而压抑的喘息声，如同快意的索取，如同蛮横的掠夺。

殿外忽然下起了暴雨，敲得玉阶声声作响。殿前的荼蘼花朵朵凋敝，洁白的花瓣印上了深深浅浅的红痕，似是被这夜风所扰，更是被那无情的急雨所摧。

天将黎明，雨竟一夜未住。他醒来时，只见她侧着身子对着自己，枕上却是一片湿痕。他探出指去抚过她脸颊的皮肤，指尖都是泪水。而她几乎整个身子都裸露在被外，白皙的肌肤上，也多多少少留下了些昨夜的红痕。他心中微微一动，只觉若似内院中暖池的玉莲朵，丝缕都是润腻。

他想探臂将她搂定，可略一动胳膊，就觉得肩头刺痛。低头看去，自己肩上被她咬出的伤口血已经凝住了，但有几滴落在素色的绸榻上，却与她留下的殷红浅淡地重叠在一起，恰似印出数朵小小的合欢花。他凝神望着那血痕一瞬，忽然拉了拉绸被，将她露在外面的身子盖住。只一行动，她便从极浅的梦中惊醒，慢慢地转过头来，双手却在胸前牢牢地抱住了那把匕首，面色苍白得怕人，眸中泪水已全然干涸。

他心下怜惜，便伸手去拉她，她却抱住匕首，身体只是抗拒。他又气又笑，低语道："你有一夜的时间，却没有舍得杀我。"她目中忽然似要喷出火来，猛地拔出匕首，匕尖对准了他的胸口。他无所谓地迎着那匕首，双目亦是镇定地迫着她。她与他对视了一瞬，忽然指尖微动，那匕首恰恰嵌入他肤下一毫，在他胸口划过长长的一道血痕，然后手一松，那匕首便落在地上。她忽然侧过头去似个孩子一样大哭起来，泪珠大颗大颗地往下落。他到底叹了口气，拾起了落在床边的珠钗，温柔地替她簪在发边，他的口气亦是放柔，"别哭了，阿琇。"阿琇有一瞬时的恍惚，这口气与十多年前一般无异，恍若还是那年在母亲的寝宫里，他背着自己冒着追捕逃出宫去。那时的少年如今已成了自己的仇人，她只觉万般情愁绕在心间，却哪里还能想彻什么。

“你等着我，我会将这事处理好。”这是他临去时说的最后一句话，她面如死灰地坐在榻边，似是未闻一般。

第三十四回

二女同椁

芙蓉殿内弥漫着令人作呕的血腥味，呼延攸坐在殿中的榻上，皱眉怒喝道：“单征呢？传了他五六次，怎么还没有来！”跪在地上的宫人战战兢兢道：“单统领昨日饮多了酒，说还未醒，不能入宫。”呼延攸一脚将那宫人踢开，只觉满腔都是怒火。

站在他身旁的人却是身着铁甲，面堂黝黑发亮，一看便是常年戎马倥偬、过惯军中生涯之人，尤其是一双眸子精光四射，仿若一眼便能把人看穿一般。

他轻声一笑，说道：“单征这个老狐狸，如今正做国丈梦呢，怎么会把你放在心上？”说着他望了一眼站在身旁沉默不语的刘和，又笑道，“太子殿下怎么看？”

太子刘和此时面色怪异得怕人，殿内的腥气实在太重，令他无可避免地将目光扫过横尸在地的张夫人和父亲刘渊，冷笑道：“叔父和舅父把事情都已经做了，还问我做什么？”他身旁还立着一个年轻人，正是夜里一同在为呼延皇后守灵的呼延南经。

原来这身着黑甲之人正是刘渊的四弟西昌王刘锐，他深夜入宫与呼延攸一同刺杀了刘渊，又把太子召进芙蓉殿来商议对策。

呼延攸听这两人又要吵起来，忙劝道：“和儿，我们都是为了你好。你父皇既然能逼死你母后，自然会废掉你的太子，哪里把你当亲生骨肉？你舅父我是情急才找他评理。”

刘和冷冷地瞥了刘锐一眼：“父皇要废太子的事也是你告诉舅舅的？”他身旁的呼延南经本来一直没说话，此时忽然抬头看了呼延攸一眼，神情复杂。

刘锐无所谓地回过头，眯了眯眼道：“是。大哥连夜召见我和三哥商议了太子废立之事，我听了就告诉你舅父了。”刘和心中勃然大怒，他夜里正在昭阳殿为母守灵，忽听禀报芙蓉殿出事，等他赶到时就已经成了这样，父皇和怀孕三个月的张夫人都已经倒在血泊之中。而父皇的亲弟弟，他的四叔西昌王刘锐正若无其事地抱手站在一边，他的亲舅父呼延攸手里还拿着带血的利剑。

他心里恨到极处，知道这个四叔最是大胆暴虐，今日定是他挑衅舅父弑君。可大祸已经埋下，他还能怎么办，如果消息走漏出去，呼延氏怕要灭族。而自己这个有着呼延氏血脉的长子，恐怕也再无机会重见天日。他的双手紧紧攥成拳头，目光如火一样盯着刘锐。

呼延南经却蹲在地上，细细在刘渊身上摸索。刘锐亦是吃惊：“南经，你在做什么？”南经寻找了半晌，却从刘渊身上取下一个巴掌大的宝玺，递给了刘和。刘和接过宝玺，只见上面正刻着“天子之玺”，他一时间竟是只觉掌心灼热，仿若捧着一块烫手的山芋。

呼延攸大是忧虑，来回踱步：“这么说还有安昌王知道这事，他要是走漏出去风声怎么办？”

“把老三先弄进宫来，若他不允，就做掉他。”西昌王刘锐满不在乎地说。

呼延攸怦然心跳：“安昌王可是你的亲哥……”刘锐大笑着却盯着呼延攸道：“那人还是你的亲姊夫呢，你下手的时候可也没手软。”

呼延攸点了点头：“好，先稳住安昌王，再把刘聪弄进殿来。”

刘锐看了看外面的天色：“这个时候他的艳福享足了，人也该起了吧。刘乘怎么还没有信来？”

刘和霍然站起身，沉着脸道：“你们还要把四弟怎么样？”呼延南经亦是抬起了头，望向了刘锐。

只听刘锐却大声笑道：“你不想知道你四弟昨夜在哪里过的？他就在酴醾台拥着你父皇的新妃子，可是欢愉了一夜。”呼延攸焦急道：“你都安排好了吗？我们是不是现在就去把他们抓住？”

呼延南经听到这话，面色愈发难看，他狠狠地一拍桌子，桌角便碎了一块。

“抓他做什么？让他死前享足了艳福吧。咱们就在这儿等着他来就是了，”刘锐的笑声如夜枭一般，说不出的刺人耳膜，“这么好的机会，你说咱们怎么能错过？我皇兄养了个好儿子，先睡了他父皇的女人，又闯入殿中弑父作恶，哈哈哈哈，简直是天衣无缝。”

呼延攸亦是赞赏地点了点头：“妙计！”

刘和越听越是不堪，皱眉道：“这千载之后，我父皇的名声岂不是被污？”

刘锐仿若看怪物一样看着他，大声道：“无毒不丈夫，你父皇命人刺杀呼延德，又手足相残，杀掉同胞兄弟。他哪里仁德过？不过以牙还牙而已。”

刘和不敢相信自己的耳朵，大声道：“大舅父是父皇派人杀死的？”呼延南经忽然开口道：“这是真的。”说着他直直地看着刘和，说道，“太子殿下。当断不断，必受其乱。”

太子刘和一时间便沉默了，忽然想起母亲临死前悔恨的神情，还有呼延德离奇的死状瞬时勾连起来，他脑中霎时清明过来。可此时他却有些犹豫地望向了刘锐，不知他这样起劲，究竟是为了什么。

呼延南经一眼便望穿了他的心思，他二话不说，拿过殿中一个玉碗，却在指上划了一道，将血滴入酒中，大声道：“今日我们盟血为誓，拥立太子为新帝，若有背盟，天地不容。”他将玉碗举到众人面前，呼延攸二话不说，也是割血盟誓，刘锐略有迟疑，也接过匕首滴血入碗。刘和最后接过玉碗，将自己的血滴入碗中。四个人倒酒入碗，各饮一口，便算盟誓。

初春天气仍是肃杀，天刚微明，内禁中甚少有人行走。刘聪从酴醾台出来，抬头望了望天色，却只见蒙蒙天色似被暝云所笼，万里长空仍是微茫一片。唯有一轮新日在云间呼之欲出，却将周遭青灰的天际衬出几分红光透亮。他立在台下看了一会儿，只觉到底与平日所见有几分不同。忽听身后有人唤自己，他一回头却见是刘乘手捧佩剑巴巴地赶了出来，谄笑道：“王爷将佩剑落在宫里了。”

刘聪素来佩剑不离身，便点了点头，又嘱咐道：“昨夜之事不可说出去。”

“小臣省得。”刘乘极是伶俐地点了点头，眸中透出一丝狡黠的神采，又说道，“王爷可要是去见陛下？陛下昨夜歇在芙蓉殿的张夫人处了。”

刘聪点了点头，又整了整衣冠，抬步便往芙蓉殿走，刚走了没几步，就迎面撞上了靳准。靳准穿着一身素袍，行色极是匆匆，瞧见他忽然松了口气，喜道：“总算找到王爷了。”刘聪点了点头，却只听天边有几声嘲哳之声，抬头一望，原是几只老鸦在檐角乱叫。他心里没来由地一沉，只听靳准急声道，“王爷，大祸将至了。”

刘聪一呆，说道：“靳先生之意如何？”

靳准跑得衣冠散乱，忽然一抬头看到刘乘在宫门后缩手缩脚地窥视，他大急之下一把拔出刘聪腰间的佩剑，刘乘大惊赶紧向回逃去，靳准哪里能让他逃走，一剑送出便要了他的命。

刘聪看着刘乘倒在地上的尸身，惊道：“大胆！你这是做什么！”

靳准撒剑跪在地上，说道：“臣冒死来示警，芙蓉殿出了变故，陛下恐怕不测。”

刘聪心里怦然一跳，瞬即明白事情的严重性，脸色瞬时发白，脱口道：“何时之事？”

靳准道：“便是昨夜三更，呼延攸与西昌王带人夜闯芙蓉殿，张夫人受惊小产。陛下怒责之下与呼延攸大有冲突。如今芙蓉殿宫门紧闭，一律通报不进。”他见刘聪脸色不好，又道，“臣知情形不好，便去王爷府上，谁知王爷并不在家中。臣冒死又入宫中，请王爷速速离宫。”

刘聪大惊失色，快步便往前去：“你的消息确实吗？我要去芙蓉殿看看。”靳准死死拉住他，低声道：“王爷切不可去。老臣的消息是有人从昭阳殿递出来的，绝无半句虚言。老臣推断，陛下若还有神志，怎会不处置呼延攸？可宫里现在什么消息都没有，这便是最坏的情形。从另一层看，昨夜王爷未曾离宫，此事我亦知道，宫中岂能瞒得住。如今陛下若安在，王爷定然难逃怒责。万一陛下有遭不测，”他艰难说道：“为何到现在还没有消息出来？王爷就不怕这是个陷阱，有人正等着王爷去上钩呢。”

刘聪不想他说得竟这样直白，脑海中电光石火地闪过几个念头，昨夜为何能听到刘乘吩咐侍女让阿琇住在酴醾台，自己又如何酒醉后神魂颠倒地闯入酴醾台，竟然全无人阻拦。他忽然心里隐隐有几分不安，只觉一颗心堕入冰窖中，脱口问道：“他们是准备推到我身上？”

靳准点头道，指着地上刘乘的尸身道：“这贱奴是呼延攸的人，老臣先替王爷结果了，望王爷赦罪。”刘聪点了点头，心中已经醒了大半。

只听靳准续道：“如今形势有变，于外呼延一族皆有不忿之心，于内若是与单氏女之事被陛下所知晓，保不准又是一场滔天大祸。王爷若想保命，便听臣一言。”

刘聪此时心中已服了十分，正色道：“求先生教我。”靳准道了声不敢，却松开了手正色道："我若是王爷，此刻便领兵出城去守着。只要有军权在手，天下之事又有何惧？"

刘聪皱眉道："我若领军出城，父兄岂能容我？"

"若是老臣猜想有错，未有大变，我料陛下不会过于责罚王爷，"靳准说道，"王爷如今仍是领兵的楚王，抵戍外城，却是本分。王爷只说西南有异报，不及回禀便是了。"他顿了顿，却加重语气道，"万一真有变故，王爷进可戍国，退可保身，朝中有谁敢不忌惮，这是万全之策。"刘聪听到此只觉额上冷汗涔涔，长拜道："多谢先生教我。"

靳准侧身却不受他大礼，只跺足道："莫再等待，速去，速去。"

刘聪不敢拖延，翻身上马便向宫外疾驰，宫门戍守的侍卫见他出来，大惊道："王爷要去哪里？"刘聪哪里理他们，挥鞭疾驰出宫。那侍卫大惊失色，喊道："速速禀报太子殿下与呼延大人，就说楚王出宫去了。"

"他跑了？"呼延攸与西昌王刘锐听到消息同时大惊失色地站起身来。刘锐厉声问道："是怎么跑的？刘乘怎么没有信报来？"

那侍卫抖抖索索道："小人并不知情，只看到楚王策马疾驰出了宫门。"刘锐面色一变："坏了，定是走漏了风声。"他忽然有点狐疑地望向了呼延南经，厉声道，"你妹妹在哪里？"呼延南经面色霍然一变道："我妹妹一直都在姑母宫中守灵。"

刘锐面色更加难看，还要说出更难听的来。太子刘和却拉住了他，皱眉道："先别吵了，说正事要紧。"

正说话间，却听又有人慌张来报："禀报王爷，安昌王进宫了。"

呼延攸霍然站起身来，急急在宫中踱步，口中只道："怎么办，怎么办？"

刘锐不满地横了他一眼："慌什么！等会儿三哥来了，你按我的吩咐行事。"说着，他看了看地上的尸身，皱眉对南经道："你先将这些弄到后殿去。"南经望了一眼刘和，见他无话，便自是去办了。

且说刘聪冲出宫中，第一件事便是赶去拿到调军兵符。此时司徒府众人都不知有变，见他神情肃穆，纷纷跪倒在地，盟誓曰："我等都愿听楚王调遣。"刘聪便无他话，一边派人去请刘曜，一边率着部众出城而去。

众人出城不久，去请刘曜的副将便赶了回来，大声道："启禀王爷，五公子让末将传话，他如今执掌司徒府，愿为王爷内应，为王爷赴汤蹈火，绝不出城。"刘聪大是感动，连声道："好，好。"

安昌王刘盛一入芙蓉殿，只见太子刘和坐在正中，旁边立着刘锐与呼延氏叔侄，便皱起了眉头："不是说陛下要见我，怎么是你们在这里？"

刘和微微语结，只听刘锐含泪道："楚王大胆弑君，陛下已然驾崩了，临终遗命太子为新君，还请三哥与我们一同保扶太子。"刘盛大惊失色："楚王为何要弑君？陛下现在又在哪里？"刘锐便按照事先编好的那一套说辞，却见刘盛越听脸色越是不对，问道，"如果楚王之事为真，陛下既在芙蓉殿中陪伴张夫人，如何能发现楚王之事？陛下昨夜才传见过我们，之后便应该安歇了，怎还会生这许多风波来？"

刘锐被他问得无法对答，只说道："我们四个都是见证，难道三哥信不过我们吗？"

呼延南经忽然一举手中宝玺，高声道："陛下宝玺在此，见之如见天子，安昌王是要造反？"

刘盛忍住怒气，便向刘和跪下，口称道："太子。"

刘锐见他拜服，心里总算松下一口气，笑道："三哥果然识时务。"他又对刘和说道："陛下刚刚驾崩，还没有安排好天下大事。如今楚王又有不臣之心，应速速下令，捉拿楚王。"

刘盛的目光扫过呼延攸与呼延南经，只见他二人目光都有躲闪。他心中一沉，目光终落到刘和身上，沉声道："纵然陛下已然驾崩，如今棺柩也还未安葬。陛下大业未成，天下百废待兴，太子殿下切不要听信小人谗言，猜疑兄弟。试想若连兄弟都信不过，天下还有谁可信？太子若做出手足相残之事，天下人又会怎么评价呢？"

太子刘和似是被他说动，只是沉默不语。刘锐勃然大怒，以剑指着刘盛道："三哥说谁是小人？"刘盛侧过头去，淡淡哼道："谁自以为所指，谁便是那搬弄是非之小人。"

刘锐怒不可遏，脸成青黑之色，只觉两侧太阳穴突突直跳，五官亦是有些扭曲，他大声道："你再说一遍！"刘盛岂可受激，亦大声道："谁自以为所指，谁便是那……"他口中话语未完，忽然啊的一声大叫，仿若不敢置信一样看着直直插入自己腹中的长剑，再看刘锐面上都是狰狞之色，手里长剑用力一送一扭，直透刘盛而过。刘盛哪里还说得出话来，口中嗬嗬作响，却是双目圆睁地倒在地上，已是没命。

这一下变故迭起，呼延攸惊得说不出话来，刘和亦是站起了身来。刘锐从怀中拿出一块帕子，轻轻擦去剑上血迹，大声对刘和道："陛下，请即刻下旨，捉拿楚王。"刘和长叹了口气，抛了那宝玺在地上，掩面道："罢了，你自己拿去拟旨吧。"刘锐捡起宝玺，大声道："陛下，臣要分军三路调动军马。"他久经沙场，瞬间已是谋筹得当，命呼延攸率领永安王刘安国的部队进攻刘聪大军左翼，尚书田密、将军刘睿进攻刘聪大军右翼，自己与呼延南经一道率部进攻中军。又命呼延南经先行在中军集结，自己坐镇都城。

刘和长叹一声，抬了抬手，便在诏书上用了宝玺。呼延南经忽然跪下道："陛下，恳请您赦免臣的妹妹。臣妹虽为楚王妃，但并不得楚王爱重。望陛下看在故去的姑姑面上，千万宽恕于她。"刘和瞧见刘锐似是有话要说，忙道："纤罗也是朕的妹妹，朕自然不会让任何人动她。"刘锐见他将话已说满，脸色一沉，到底还是闭了嘴。

且说刘锐的布置极快，刘聪接到奏报时，心中一沉，自己所拥部众不过十万，呼延攸和刘锐竟是倾国兵力来攻，所帅部众五倍于己。他在中军帐中长叹道："呼延攸与刘锐弑君乱国，我等虽寡亦死战到底。成败便在今日。"令传下去，三军起呼："虽寡犹战！"声若排山倒海，振聋发聩。

阿琇在酴醾台中被惊醒，大声道："外面是什么声音？"侍女匆匆赶来，回禀道："启禀娘娘，陛下昨夜驾崩。太子出兵讨伐楚王，这是出兵的号鼓。"阿琇脸色一白，顷刻忽然笑道："匈奴人也有今日？"那侍女瞧着她脸色怪异，大是惊诧。却见阿琇疾步奔至酴醾台上，远远眺望，却只见城头旗帜翻卷如云，黄尘蔽天，竟是千军万马倾城而出。那侍女战战兢兢道："娘娘，您在看什么？"阿琇默默望了一会儿，忽然面露微笑，却是冷声道："我在亲眼看着匈奴人自相残杀，灭族而亡。"

整整三日，没有一个人到酴醾台来，宫中仿若被冰冻了一样，没有一点生气。到了第三日，那侍女有些害怕，悄悄对阿琇道："娘娘，宫里许多人都逃出去了，连膳房都没人了，要不您也跑吧。"阿琇顿了片刻，笑道："你先走吧。"那侍女闻言大喜，便快步奔出去。走到门口又回头道："娘娘，您不走吗？"阿琇眼中忽然划过一丝奇异的神采，漫不经心地用长长的指甲划过花梨的书案，淡笑道："我不能走，我还有一些事要做。"

呼延皇后与大行皇帝的棺柩都停在太极殿中已经三日了。阿琇到太极殿外时，果然见到这里一个人都没有了，连守灵的内侍都逃得不知所终。她轻轻推开门，扑入眼帘的是高高垂下的巨大的白色帷幔，似飞瀑一样从藻井坠下。她拨开一层又一层的帷幔，最终驻足在两具高大的深色棺柩前。

这便是刘渊和呼延氏的棺木了，在它们之上的，便是至高无上的皇帝宝座。阿琇静静地注视着宝座，忽然脑海中浮现出一些过往的画面。她幼时在这里见过祖父和祖母，后来是父亲和贾后坐在上面，然后是二十五叔……

不过二十多年的光阴，这宝座却几易其主。

害得大晋江山断送的人如今也躺在棺柩里了，这宝座的下一个主人会是谁？她试着登上玉阶，在那宝座上轻轻坐下。忽然间她能感到彻骨的寒意，至高之处，便是至孤独处。她终是可以感受到从前她的那些亲人曾有过的感受了。

帷幔忽然一动，阿琇有些警惕地喊道："是谁？"可眼前静悄悄的，却哪里有动静。阿琇狐疑地走了下来，忽然只觉眼前一花，只觉一把冰冷的匕首已经架在脖子上，她微微侧头，只见一个浑身孝服素裳的女子冷笑地出现在面前，目光中全然都是恨意。阿琇有一瞬时的恍然，很快她便认出了面前的女子："是你！"

这女子正是呼延纤罗，阿琇见落入她手中，心知无幸，低声道："你要杀了我？"

"我自然想杀了你。"纤罗恶狠狠道，"想活命就别多嘴。"

她话音未落，只听殿外忽然有一群士兵大声说道："西昌王说了，抓到楚王妃，封万户侯。"众人大喜过望，便要进殿中搜罗起来。纤罗脸色瞬时惨白，低声咒骂道："这该死的刘锐。"

原来呼延南经出征之前，到底不放心刘锐，让人告诉纤罗千万不要回家，就在宫中躲藏。她心知虽有哥哥保护自己，但心狠手辣的刘锐既然要对付刘聪，又怎会放过自己这个对付刘聪的最好武器，必是秘密遣人来捉拿自己。

所幸这大殿中遍是白幔，殿堂又阔大，一时半会儿都未发现她们。可此时那些士兵越来越近，眼见就要搜到面前，两个女子却能去哪里躲藏。情急之下，阿琇忽然一指阔大的棺柩，回头看向纤罗。纤罗微微一怔，已是明白了她的意思。此时已是情急无奈，纤罗再无办法，她只有用匕尖撬开金丝楠木的大棺，使出吃奶的力气方将棺木推开一个尺余宽的开口。从怀中取出一个玉钩，轻轻挂在棺木上，她轻身功夫极佳，扯着玉钩上的细线一跃便跃入棺中，只觉这棺柩竟然这样阔大，漫说藏一个人了，便是十个人也能藏进来。她再看阿琇还呆呆地立在棺外，心知她没有武功。纤罗忽然心里有一丝得意，却伸出手来，递与阿琇。

阿琇听着外面士卒的声音靠近，心知不能再耽搁。她鼓足了勇气伸出手握住了纤罗的手，另一只手攀着棺木，慢慢往上爬去。纤罗心里焦急，不断催促，阿琇到底爬了进去。纤罗从里面关上棺木之时，那些士兵堪堪搜罗到棺木周围。纤罗背上惊出一身冷汗，心知若晚一瞬，她们二人定然会落入刘锐手中。

她们俩翻进的是呼延皇后的棺柩，如今天气渐渐有些热了，呼延皇后的尸身在这里停了三日，已有些腐烂，棺内都是一股刺鼻的腐烂气息。此时两人凑得近了，也能看到呼延皇后虽然身上穿戴崭新，但面部耳鼻已有腐朽，阿琇只瞧了一眼，已觉恐怖之至，便欲作呕。纤罗心里自然也有几分瘆得慌，但到底是自己姑母，她却不觉害怕，却一把扶住阿琇，口中轻声嗤道："没用的汉女。"她话音刚落，忽听利刃的声音重重撞击到棺柩上。

纤罗心里大惊，便不敢作声。阿琇忽然回望了她一眼，却是握住了她的双手。纤罗只觉不惯，微微一挣，只见阿琇目中都是宽慰之意，她便有些不自然地扭过头去，一时间只觉心中格外复杂。

此时只听有人在旁大喝道："搜楚王妃便是了，不要惊扰陛下和皇后的棺柩。"那人声音非常熟悉，却是刘曜，众士卒都得令称是。纤罗与阿琇二人对望一眼，心中都略宽慰。两人在棺柩中躲了半个时辰，只听外面的声音渐渐小了，似是士卒都撤出了殿中。纤罗心中一宽，便欲推棺而出。阿琇却一把拉住了她，在她耳边轻声道："再等等。"

纤罗浑然不解其意，等了约莫半刻，只听殿门忽开，又有人冲进来搜罗了一番，对外面喊道："确实不在这里了。"说着殿门又重重地关上。

纤罗看了阿琇一眼，只见她轻轻点了点头。纤罗便推开棺盖，跃了出去，这次她在棺外冷冷看着阿琇，却不伸手拉她出来。阿琇也不求她，她回身挪开呼延皇后的尸身，却是要搬她身下的玉床垫足，纤罗气得挥出袖中长鞭，抽了阿琇一下，怒道："不要碰我姑姑。"她虽然生气，到底还是伸出手来，拉着阿琇出来。

阿琇慢吞吞地爬出那棺柩，两人对面而立，俱是劫后余生的心有余悸。纤罗忽然问道："你适才怎么知道他们还会回来？""我只是猜想。"阿琇慢慢说道，"兵法上说，兵不厌诈，多等一会儿便安全一些。"纤罗没好气地白了她一眼："你们汉人就是奸诈。"阿琇也不与她辩，她瞧着纤罗慢慢将长鞭和钩子都收入怀中，忍不住问道："你怎么带了这么多东西？"纤罗甚是得意，献宝似的把怀中东西都拿了出来，有玉钩、金刚索、短匕、小弓、金丝长鞭……杂七杂八竟然有数十样之多，这下只看得阿琇眼花缭乱，谁能想到纤罗如此纤细的身上竟然带了这么多东西。纤罗瞧见她讶异，极是得意地笑道：“我们匈奴的女子，谁不是马上能骑射，马下能舞剑。我最擅长的是长鞭，便是一般的壮年男子，只怕也打不过我。”

阿琇想起当年之事，唇角微微绽出一点笑容，点头道：“我领教过。”纤罗想起当年用鞭子抽打阿琇之事，脸上忽然一红，她不知想起了什么，忽然叹了口气道：“你们汉人女子的那些温柔小意，我们也是没有的。”

刘锐精心策划的三路大军，第一个出了变数的便是尚书田密和将军刘睿率领的十五万右路军，二人奉命领军出城，竟然率众直奔楚王大营投奔，后援军还未反应过来，前路军已成了刘聪宴上的座上宾。刘锐勃然大怒，便欲追杀出去。呼延南经再三苦劝，言道如今刘聪已有二十五万人马，己方虽有三十五万，但保不准再有叛军。刘锐霍然被他点醒，便命三军休整，彻查奸细。

这一查不打紧，夜里从左路军永安王刘安国的帐中居然搜出了数封刘聪的书信。刘锐与呼延攸一朝被蛇咬，格外痛恨叛徒，哪容刘安国辩驳，一刀便取了刘安国的头颅。左路军中多是永安王的部属，永安王既被杀，军心便思变。

第二日一早，刘安国的副将刘钦便用斧头劈开城门，率部逃向了楚王军中。

不过两日工夫，刘聪不费一兵一卒，已得刘锐五分之三的兵力，此时优劣逆转，刘聪岂会错过时机。他迅速集结大军，便直捣刘锐大军。呼延攸仓皇领兵出征，盔甲刚刚披在身上，连马背也未坐稳，却听到前面来报：“西昌王已被斩于马下。”呼延攸吓得一跤跌下马来，再抬头时，只见侄儿呼延南经已是一手提了刘锐的头颅，面色铁青地围了过来，将他围在当中。呼延攸心知大势已去，只是死活不知侄儿呼延南经为何也会反水，他抬头怒问道：“南经，你不欲为你父与你姑姑报仇吗？”

呼延南经凑到他耳旁，轻声道：“小叔叔，天下大位，能者居之，是你不识时务，我却不能不保全呼延一族。”说着手起刀落，极是利落地斩下了呼延攸的首级，自是率部归顺刘聪。至此，呼延攸与刘锐的三路大军尽皆覆灭，刘聪大获全胜，率兵势如破竹杀入城中。

城头呐喊声忽然大响，纤罗忽然站起身来，喜道：“定是哥哥和四郎得胜归来了。”阿琇瞥了她一眼，道：“你怎知是他们，不是刘锐的人来了？”纤罗傲然道：“我就是知道，四郎是不会输的。”她眼中心里都是深深的信任与甜蜜，阿琇默默望着她，忽然觉得有一瞬的熟悉与恍然。

纤罗哪里按捺得住，她飞也似的打开殿门，踮起双足在太极殿外远眺，喜道："是四郎，果然是四郎。"却原来刘聪的大军已经攻入宫中，外面已尽是"楚"字大旗招展，漫天蔽日。她忽然想到了什么，回过了头，蹙眉望着阿琇，神色却变得复杂起来。阿琇见她眸中闪过一丝杀意，不由倒退了一步，心下一沉，便抬起了头直视她道："你想杀我。"纤罗被她点破心事，却也不隐瞒道："不错，我是想杀了你。"说着她手忽然挥出，一柄短匕已经架在她脖前。阿琇闭上双目，并不躲避，竟似是甘心就死。纤罗望着她坦然的模样，手下忽然迟疑。她一咬牙，左手却向阿琇颈后劈去。

阿琇顿时眼前一黑，便什么都不知道了。

不知沉睡了多久，她似是做了个冗长的噩梦，梦里有火光与呐喊、哭泣与哀号，她仿若在梦里回到了冰天雪地的幼时，在那里见到了许多人，祖父、祖母、父亲、母亲……他们都穿着厚厚的衣裳，都哀戚地望着衣衫单薄的自己，目光中都是同情与悲怜。忽然熊熊烈火烧起，她看到了横剑自刎的十六叔、看到了倒在血泊中的玉徽，还有很多很多人，洛阳城的大火这样炽热，烧得她几乎都要骨肉融尽。就这样一阵冷又一阵热的交替，不知过了多久她才醒来，等她睁开眼时忽然怔住，眼前微笑地望着自己的女子怎么这样熟悉。她挣扎着想起身，可总觉得晕眩，手肘支撑不住便向后倒去。那女子一把扶住了她，急切地向身后叫道："曜郎，快看，阿琇妹妹醒了。"

"这是哪里？"阿琇艰难问道，眼前清瘦的女子，素服清雅，未施脂粉。唯有秀眉如蹙，还是昔年的模样，却不是羊献容是谁。羊献容轻声劝慰道："阿琇妹妹，不要害怕。这是在我的家中。"阿琇看了一眼羊献容，目光却很快扫到她身后面色沉静的刘曜，心里微微一惊："我怎么会在这里？"

"这事说来话长，"羊献容轻声道，"是曜郎在宫里发现了你，不知道是谁下了重手将你打晕，又把你扔在永巷里。他便将你救出宫外，好妹妹，你已经昏迷三日了。"说着，她目中泪水盈盈，急切之色溢于言表。阿琇的心却如坠冰窖一般，隔了好久，她方望向刘曜，冷笑道："五公子杀人如麻，洛阳屠城三万余人，手上沾满了鲜血，怎会对我有这样的好心？"

刘曜面色微微一变，却不接话。羊献容急道："曜郎救你并无恶意，当时宫里都在搜罗你的下落，是他冒着万难将你送出宫来。"阿琇侧过头去，冷哼一声，却不言语。

刘曜望了望羊献容急切的神色，却说道："你好好陪陪她，我先回宫里去了。"羊献容只觉心中对刘曜有愧，更是起身要送他出去。忽听阿琇冷声道："献容姊姊，你可知道羊伯父是怎么死的？"

羊献容瞬时如遭雷击，她呆呆地望着阿琇，只听阿琇冷道："他不能忍受女儿身为皇后却委身贼人的屈辱，在建邺自尽了。"

羊献容嘴唇急速地抖动数下，眸中晶莹有泪，已是盈盈欲坠。刘曜本想阻拦不让阿琇说出此事，但哪里来得及。他有些担心地望向羊献容，却见献容很快拭去了腮边泪水，唇边又抹上了一丝淡然的笑容，她温婉地望了刘曜一眼，轻声道："你入宫去，早去早回。"刘曜紧紧地握了握她的手，十分不放心地离去了。

阿琇回过头来，见羊献容托腮在自己身边，眼眶却是红红的。阿琇心中一动，轻声苦劝道："献容，你何苦要和他在一起，他心狠手辣，冷面冷心，在洛阳杀人如麻，他并不是什么好人，你和他在一起到底是为了什么？"

"他是我十四岁时就认定的良人，"过了良久羊献容方悠悠道，"我这一世，终是不会和他分开。"

阿琇恨恨地瞪着她，却见她目中都是晶莹的泪水，还有淡淡的愁思。

第三十五回

狐裘在堂

刘和听到呼延攸和刘锐已死，心知大势去矣，便在太极殿内自缢而亡。刘聪入殿之时，只见他以发覆面，向壁而缢，已是气绝。他久久立在兄长的尸首旁，默然无语。左右侍从问道：“大王，是否要将逆贼的尸身取下？”

刘聪决然地回过头去，淡淡道：“罪定大逆，全尸收殓。”车骑将军田密却进谏道：“大王虽有仁德友爱之心，但弑君大逆之罪不可不察，按律该诛杀其家人幼子。”刘和尚有两子，都不过总角年纪，小时候都被刘聪抱过。但此刻刘聪心下微硬，点头道：“爱卿去办吧。”

又过两日，刘聪被朝臣拥立称帝，册封呼延纤罗为皇后，皇后内兄呼延南经为大司马，王弟刘曜为大司徒，又命拥立有功的田密领尚书印，刘睿领大将军，靳准为中书令，一时间朝廷焕然一新。外朝既然稳定，田密便上谏道，鉴前朝事，不可后宫独大，应广选名门贵女，充斥六宫。刘聪却驳斥道：“朕与皇后呼延氏鹣鲽情深，不愿再纳后妃。”此言既出，朝中更是哗然。田密与刘睿都连连上谏，甚至长跪太极殿外不肯离去。唯有中书令靳准叩奏道：“此乃陛下家事，臣不能擅专。”

呼延南经在太极殿外转了一圈，见进谏长跪的朝臣竟有十数人之多，他心知不妥，却是转去了昭阳殿。呼延纤罗瞧起来兴致极好，正依偎在母亲兰氏身边，领着侍女们结花络。她瞧见哥哥进来，自是欢喜莫名，喜道：“哥哥，今日怎么来了？”兰氏瞧见儿子，亦是面有喜色。

呼延南经先给母亲行过礼，方缓步走到房中坐定，见妹妹如今做了皇后，衣饰打扮分外华丽，颇有皇后的派头，便赞许地点点头："我来瞧瞧你，在昭阳殿可住得习惯？"

纤罗一撇嘴，将手里的花络扔在床上，嗔道："有什么习惯不习惯的，总归也不能出去，走几步都有一大堆侍女婆子跟着，怕是闷也要闷死人了。"兰氏也插口道："这边什么都好，只是天气太炎热了，住得没有在平阳习惯。"

呼延南经不悦道："母亲如今已是国夫人，言行举止要得当，不要太娇惯妹妹，让她失了仪态。"纤罗嘟着嘴，却不敢反驳，低下头去只是玩着手里的彩绳，却要将那丝绦都结成一团乱麻。呼延南经见妹妹神色，心里也可怜，柔声道，"纤罗，陛下经常来瞧你吗？"

这句话恰恰说中纤罗心事，她忍不住气道："他怕是连昭阳殿的门往哪开都不知道。"

呼延南经一下子便沉下了脸，半晌不语。兰氏瞧见儿子的神色阴沉，却说道："陛下忙得紧，如今天下有无数事要他处理，他连折子都看不完，夜夜都宿在太极殿里。"

听她这样说，南经总算缓过脸色，又对纤罗道："你要懂事些，不可像从前那样任性惹祸，你们多年夫妻，他心里总是有你的。"纤罗忽然有些烦躁，眼圈一红道："四郎心里有我又有什么用，还不是有一干大臣巴不得他多娶些到宫里来。"

南经入宫正是为了此事，便劝妹妹道："此事虽然有陛下阻拦，但朝臣忌讳姑母之祸，亦是忌惮我呼延氏，会一直上谏。你若是懂事些，便要出来承担此事，方显贤德。"纤罗不敢置信地望着南经，却见哥哥的眼中没有一丝玩笑的神采，她脱口道："不，绝不可能。"南经低声道："先帝为何那样恨姑母，连姑母死时都没有落一滴泪？你也想和表弟走到那个份儿上吗？"纤罗怔怔地睁大眼，几乎说不出话来。南经叹了口气，又道："姑母一生，便败在一个好强嫉妒上，你不要重蹈姑母覆辙。"

兰氏深以为然，亦是告诫女儿道："男人都喜欢温柔些的女人，谁喜欢你那如烈马一样的暴脾气，你可要好好改改。"纤罗被母亲和哥哥数落，又想到丈夫要娶许多女人入宫来，忍不住悲从中来，伏在枕上呜呜地哭了起来。

到了晚上，纤罗在母亲的劝说下，洗去了面上泪痕，却是重新画上了胭脂，描上了妆容，穿好了皇后的冠带，自是了去太极殿外。她先是扶起了田密与刘睿等多位肱股众臣，又含泪道："诸位大人为陛下谋筹之心，我都已知晓，诸位大人若信得过我，且先回去休息，我定会竭力劝说陛下。”田密和刘睿犹自犹豫迟疑，可纤罗字字坚决，“大人们在此跪叩，岂不是在逼迫陛下，失了为臣之道。”田密也觉得她说得有理，便点头道：“如此臣等便托付与皇后娘娘了。”

纤罗到了太极殿外，脱去了簪钗跪在席上，竟是诚恳叩求。刘聪深感纤罗诚意，出迎道：“朕有皇后贤德如此，是社稷之幸。”至此，就算同意了众臣的恳求。当天夜里他便宿在皇后的昭阳殿里，第二日兰氏瞧见女儿与女婿恩爱和美，心里也觉得欣慰，此时恰好儿媳于氏有孕，她便请求出宫，自是回家照料儿媳。

既然皇帝准允扩选六宫，皇后又出面亲自主持，京中豪门氏族顿时沸腾，纷纷选择貌美如花的妙龄少女，以期待自家女儿能如单征之女一样飞上枝头。田密送入宫的是自己独女田姝儿。姝儿擅歌舞，生得又艳丽多姿，入宫便封妃，极受恩宠，便是皇后也礼遇三分。

田姝儿入宫之日，铜驼路尽覆红绸，皇帝更是以妃礼相迎，着她能受命妇朝拜。一时间阖宫内外，喧闹至极。阿琇站在门外远远地望了一眼，转身便欲回屋。忽听身后羊献容轻声道：“你并不乐意见到这样吧。”阿琇淡然道：“他已是皇帝，寻常百姓拾得一斗金银，还要娶个三妻四妾，更何况一国之君？”羊献容倒是讶异，瞥了她一眼道：“你竟这样想得开。”

阿琇微微皱眉：“与我有何关系？”羊献容一时只疑心自己听错，想了一瞬又问道：“你如今作何打算？”阿琇垂首道：“若为了二十五叔，我可以再入宫去。”羊献容听她这样说，终是放下心来，却叮嘱道：“此事切不能告诉曜郎，他若知道我告诉你会稽郡公之事，必不会让你回宫去。”“我省得。”阿琇点了点头，却是盯住了羊献容：“只是你为何要告诉我此事？”

羊献容躲开她的目光，叹道：“我终是有亏于晋室，若能救出郡公，也算弥补我的罪孽。”

阿琇半晌抬起头，望了望有些晦暗的天色：“只愿你真心如此。”两人一时俱是无语，忽听外面隐约有皂隶的斥责声夹杂着女子的哭声，阿琇问道：“这是什么声音？”羊献容淡淡道：“那是废太子的家人，陛下下令尽数杖毙。”阿琇神情陡变：“杖毙？”

正在此时，几个女子忽然从外面跑到阿琇所在的家门口，口中大喊着：“救命，救命。”为首的正是她阔别多年的姐姐东海公主。她一手搂着一个孩子，大的不过十岁，小的才五六岁，两个孩子都在大声哭号。

羊献容低声道：“两个孩子都是废太子的姬妾所生，并不是她所出。”阿琇顿时醒悟，刘和与姊姊东海感情并不睦，贾后活着的时候便是如此，贾后死后，姊姊的生活恐怕也好不到哪里去。她心下怜悯，有些动容地望向东海，却见她发丝散乱，衣襟脏兮兮的，还溅了许多泥点，面容比出嫁时老了许多，眼角多了几道浅浅的皱纹，整个人都在崩溃疯狂的边缘。她一抬头看到阿琇，忽然怔住，眸中划过了几分复杂的神情。

羊献容见阿琇脸上神情变化，摇了摇头，轻声阻拦道：“莫要惹事，是田密奉命处置废太子家人，我们惹不起他。”东海望向阿琇的眼神里却流露出深深的厌恶，她回头恶狠狠地盯着身后几个兀自哭泣的姬妾，忽然一整衣冠，呵斥道：“哭什么？”那几个姬妾被她吓住，都不敢出声，俱是睁大了眼惶恐万分。

正此时田密手下的士卒追了过来，手中都持着利剑，见到这几个女子，也不由分说，拔剑向几人胸口刺去，几个女子顿时血溅当场。而东海并不哭喊，亦不挣扎，她唇角始终带着一抹冷笑，却是斜斜地瞥了阿琇一眼。

阿琇想出声叫她，忽然她搂着两个幼子竟是直直地向那士卒手里的利剑上撞去，顿时血溅三尺，转眼间俱是横尸遍地。

“快将这里都收拾干净了。”

忽然有一行人疾驰而来，为首之人是个年轻公子，面容消瘦，双眼浮肿，一看就是酒色过度，唯有一身衣衫都是崭新亮丽，就连袍角都以苏绣密密地滚了竹枝边，人还未到近处，一股浓浓的熏香味便传了过来。他摇着头道：“这宅院是本公子要用来修戏台子的，弄这么多血怎么行？”

那侍卫首领恭声道：“靳公子，我们是奉田尚书的命令处置废太子家眷。”

“阿琇姑娘救我。”此时忽有两个女子大声疾呼。阿琇定睛望去，却见是玉燕和翠缕不知为何都在废太子的家眷中，二人看到阿琇，都大声求救，哀切异常。

那年轻公子显然也看到她二人，却是偏过头去，厌恶地皱眉道：“快把人带走，不要把地弄脏了。”羊献容小声道：“这人是靳准的独子靳光。”

阿琇不及多想，大声说道：“住手。这两个都是陛下昔日私邸时的侍女，并不是废太子家人。”那田密手下的侍卫长狐疑地问道：“你是何人？”羊献容见隐瞒不住，只得说道：“我们是司徒大人家中之人。”那侍卫长听说是刘曜府里的人，也不敢怠慢，只问道：“她说的可是实情？”

此时翠缕也清醒过来，大哭道：“我们确实在私邸中服侍过陛下，并不是废太子家的人。”阿琇亦道：“她们说得是真是假，将军进宫一问便知，若是错杀了陛下私邸之人，恐怕陛下日后也会怪罪。”靳光此时也插口道：“陛下在京城时确实有段时间住在私邸，那时候他还常去我家喝酒呢。”他的神情极是自傲。

那侍卫长瞧见这两个女子都做侍女打扮，并不是刘和姬妾，便一挥手道：“罢了，将这两个女子带回去再审。”

阿琇见她二人逃脱性命，感激地向靳光行了一礼道：“多谢公子相助。”谁知靳光哼了一声，白了她一眼，哪里搭理。而他身后过来了两个眉目俊俏的少年人，却妖妖娆娆有几分女态，给靳光递了一块素色的帕子去。靳光接过帕子在脸上抹了一把，自是搂着那两个少年去了。阿琇瞧得目瞪口呆，羊献容低声在她耳旁道：“这位靳公子好男风，在京城里已不是什么秘密了。”

阿琇望着那靳光的背影：“靳先生何等人物，怎会养出这样的儿子来？”

“父为虎，子类犬。”羊献容也是摇了摇头，叹息道，“靳大人可是头疼得紧了。”

入夜时刘曜归家，带了玉燕与翠缕回来，却说道：“这两个侍女以后就留下服侍阿琇姑娘吧。”二人自是感激不尽，先拜谢了刘曜与羊献容，又对阿琇叩了几个头，都含泪道：“我们愿意粉身碎骨，报答姑娘。”阿琇素来寡言少语，也不说什么，径自领着二婢回房去了。

羊献容瞧见刘曜脸色疲惫，轻声问道：“这件事很难处理吧？”“也没有什么难的，”刘曜微微皱眉，“就是跟田密老儿多废话几句罢了，他也不敢真的去问陛下。”他顿了一顿，又问道：“她为什么一定要救这两个女子？”羊献容心中一跳，脑海中模模糊糊有一点影子，却不敢据实说，只道：“想是她们从前在这私邸里服侍过阿琇的缘故。”刘曜摇了摇头，轻蔑道：“她连自己的亲姊姊都不救。”羊献容口舌发干，半晌方才淡淡道：“东海是贾后所生，从前害过阿琇。”

“哼，”刘曜冷哼了一声，声音极是轻微，“帝王之家，多出铁石心肠。”他望了望羊献容抿起的双唇，又问道，“她可愿意入宫去了？”

“还未说起此事，”羊献容敛容道，“再给我一些时日，我试着说服她。”

刘曜有些怜惜地看着羊献容：“你也别太费心神，若实在说不通她，我便去跟四哥说，让他派人把她接回去。”他顿了顿又道，“四哥这几日命人搜宫都搜了三四次，搜的都是酴醾台那边，皇后虽然嘴上不说，心里也是有数的。”

“那样终是不好，”羊献容摇了摇头，“阿琇性子这样刚烈，要是入宫做出什么事来，只怕会连累曜郎。”她想了想，忽然道，“今日救这两个侍女时，靳准的儿子靳光也露了一面。”

刘曜目光一闪，却道："他怎么会在这儿？"羊献容回忆道："我隐隐约约听了一句似是要用废太子的宅院修戏台子用。"刘曜轻笑道："那宅院看上的人可不少，听说田密也看上了。"羊献容说道："那怎么办？这两家谁能拿下宅院？"

"陛下已经赐给靳家了，"刘曜摇了摇头道，"田密和刘睿都自诩为带兵拥立之人，田密心胸又窄，最是不能容人。他向来便不把我和靳准放在眼里。如今靳准这不成器的儿子敢跟他争，我看定要生出一些事来。"

"都有陛下圣裁，他还能生出什么事来？"羊献容问道，"难不成他还要抗旨？"

刘曜冷笑道："你且看吧，我倒还罢了，好歹还有陛下视我如兄弟一般。靳准是前朝重臣，更被他们猜忌，恐怕不日就要生变。"

羊献容皱眉道："这些人争来争去，真无半点消停。陛下只怕也头痛得紧。"刘曜微微一笑："为人君者，最盼的就是属下相争，两派相持不下，方有平衡之道。最可怕的就是臣子团结一心，那陛下更要寝食不安了。"他此言虽然说得大胆，但羊献容细思其中关节，只觉不寒而栗。

田密心胸狭窄，断然是睚眦必报之人。他送女入宫心愿既成，便盯上了当初没有支持纳妃的靳准。私下里田密便邀刘睿到府中小聚，席中说道："我们都是拥立陛下登基的有功之臣，他靳准算得了什么，不过是个蝇营狗苟的报信之人，有什么功劳？偏偏陛下还要让他在我二人之上，岂不可气？"刘睿头脑简单，果然勃然大怒道："确是如此，他一介草民出身，也配做中书令？他家人建宅邸居然还占了废太子的前院。明日老夫就去参奏他一本。"

田密眼珠一转，微笑道："不急，若是想扳倒靳准，单靠区区一件占地的事，是动摇不到分毫的，需要做些更大的事。"刘睿不由脸上一呆，只道："要如何做才好？"田密给他斟了杯酒，附在他耳边低语了几句。刘睿一拍桌案，赞道："好，尚书大人果然智计过人。"

说来也怪，自打新帝登基后，宫中不断有神鬼之事。时常有宫人声称自己夜里在内禁中见到了白衣鬼怪，状貌怕人。不多日竟有传言散漫，说那鬼怪乃是废太子的冤魂没有散去，还盘旋在宫城之上。刘聪几次明声厉令，不许乱议鬼神之事。可哪里堵得住这悠悠之口，过了几日，最是得宠的田妃竟也被鬼神吓得病倒在床，竟缠绵病榻，而不能起身。刘聪虽然恼怒，却也对田妃百般慰问，又遣了御医在床前问药，极是周全。

过了三日，却是传出消息，田妃并不是郁疾，而是有喜。宫中顿时一扫阴郁的气氛，人人都欢喜起来。这是刘聪的第一个孩子，他亦是格外重视，马上加封田氏为贵妃，亲令田密的夫人与小女儿一同入宫照料，务必要照顾妥当。

纤罗听到消息，便把昭阳殿内所有陈设都摔在了地上。兰氏快步赶入殿中，却是拉住女儿，苦劝道："女儿，田贵妃有孕是宫里的喜事，你心里再难受也不能这样任性。"纤罗一下子扑在母亲怀中大哭起来，"你们日日要我忍耐，可忍耐有什么用，她们一个个都要爬到我头上来。"兰氏叹了口气，目中也含了泪，"母亲也知道你苦，但又有什么办法呢。你既然嫁给了帝王，就只能忍着。"她瞧了瞧女儿红肿的双眼，又劝说道，"若你肚子争气的话，你生的孩子到底是嫡子，那些妃嫔是比不了的。"

"四郎每月只有正日和旬日才来我宫中。"纤罗悲从中来，抽咽不能成语。兰氏叹气道："田贵妃是高门之女，陛下难免要多偏着些。现在田贵妃有孕，陛下自然会多来看你。"

话虽是这么说，可纤罗只觉五内俱焚，心如刀割，却哪里能忍住泪。

日近中秋，一场秋雨便添一场凉意。这日羊献容对阿琇私语道："过几天宫中有中秋宴，各家命妇都要入宫，你可愿意陪我一同入宫去？"阿琇摇了摇头本想拒绝，可羊献容又凑近了她耳边道，"会稽郡公也要去。"

阿琇乍然变了颜色，用手绞着衣襟，只是沉默不语。羊献容悠悠地叹了口气，忽然说道："你还记得那日见过的那位靳光公子吗？"阿琇点了点头，她只记得那位靳公子身上的熏香气味让她好几日都吃不下饭。

"他死了，"羊献容顿了一顿，收敛了笑容道，"死在闹市之中。三日前靳光喝醉了酒，大白天的与人在花楼上争夺一个娈童，结果失足从楼上跌下，死时全身赤裸，一手搂着一个男宠。"

阿琇简直不敢相信自己的耳朵："这怎可能？"她细思片刻，便觉得疑点无数，"既是喝花酒，怎会是在白日？靳光既然要和人争夺娈童，又怎会死时手里还搂着两个男宠？至于全身赤裸，岂不更是荒谬？"

羊献容嗤笑一声："你也觉得荒谬？可有甚不可能的，堂堂一个宰相公子，便是这样青天白日地死在洛阳城最热闹的南市里。他从楼上跌落，连同那两个男宠一起摔得血肉模糊，围观的人围了三四层，怎香艳二字了得。京兆尹领了中书令大人去看，你道靳大人说什么？”

阿琇回想起靳准素日里不苟言笑的样状，迟疑道：“靳先生……”

羊献容瞥了她一眼，缓缓说道：“靳大人只看了一眼，神色木然道‘不认得’。”

阿琇微微踟蹰：“那是他独生之子……”

“这便是朝堂，”羊献容一字一句道，“血腥、阴谋，没有一丝给人透气的机会。你我出入宫廷这么多年，宫中的阴谋权诈又百倍于此。”

阿琇怔神片刻，已觉刻骨之寒，偏偏羊献容的话一句句窜入耳中：“阿琇，你若想保全别人，第一便是要保全自身。若没有自身的强大，又怎能庇护得了别人的安稳？到头来连累自身，空是被人笑话。”阿琇神色一黯：“不用说了，献容姊姊，我随你一起入宫去。”

靳准到底被儿子的事所拖累，他上奏皇帝，自请去职。刘聪知他心灰意冷，仍挽留道：“朕也听到市议，都是无稽之谈，与卿何干？”靳准坚辞不已，便不愿上朝。刘聪无奈之下，只得准奏，让他做个中军的闲职。

刘睿听到田妃有孕的消息，心里极是不忿。此时靳准既除，他与田密同为拥立大臣，岂甘示弱、落在人后，他便从自己族中选了两个貌美少女，也要送入宫去。田密闻之心生不快，觉得刘睿是故意与自己作对，便上谏道：“陛下与刘睿同姓，怎能纳刘氏之女？”

刘睿大是苦恼，只得将两个族女又接回家中，私下对刘曜抱怨：“那田老儿只许自己送女儿进宫，却不让我送，还说什么同姓不得通婚，那都是汉人的臭规矩，我匈奴何时有同姓不得通婚的讲究？”

刘曜却问道：“大将军出身何处？”刘睿不解其意，说道：“我祖上出自淮阳，司徒大人何有此问？”“这就是了，”刘曜笑道，“大将军出生淮阳，祖上许是周朝的刘康公，与陛下虽然同姓，但祖先不同，当然可以送女入宫。”刘睿顿觉醍醐灌顶，第二日便依这话上奏刘聪。

刘聪闻之笑道：“卿不读书，这话是谁教卿？”刘曜在旁心中一突，唯恐刘睿说出实情。刘睿虽是个粗人，却并不傻，他粗声粗气地回禀道：“没有人教臣，是臣自己回去查的族谱。”刘聪哈哈大笑，当日便命人迎了刘睿的两个族女入宫，都封了贵人，又赐名刘英、刘娥。消息传出，田密勃然大怒道：“他的族女成了娥皇女英，我的女儿却又是什么。”

同样烦恼之人还有羊献容，她对刘曜说道：“你何苦使计让刘睿把人送进宫去，万一大小刘贵人在宫中得宠，我们一番心思岂不是白费。”刘曜一捻她鬓边珠花，笑道：“你懂什么。没了靳准，田刘二人的结盟何等脆弱，马上就会针锋相对，若不挑得他们自相残杀，陛下必会给他们找个新的敌人。”

献容只觉得不寒而栗：“难道竟是陛下故意为之？”

刘曜冷笑道：“陛下把废太子的宅院赏给靳准，就是摆明了坐山观虎斗。靳准虽是个明白人，约束得了自己，却哪里约束得了家人，生生折损了独子的性命。”此时暑意未消，羊献容竟打了个寒战：“帝王之术，实在可怖。”刘曜将她搂紧，低声道：“不妨事的，有我在呢。至于陛下，他对阿琇才是十足真心。再等一段时间，等到一个合适的时机再把人送入宫去。”

待到中秋是夜，宫中重新铺张一新，纤罗存了心思要好好除尽前些日子宫中的晦气，便让人将宫中重新张上彩灯，却将正宴设在太极殿中。

此时朝臣未至，宫妇先入席中。待到入席之时，宫人都是笑脸相迎，对羊献容言道：“夫人随我来。”却是把献容迎至末席，遥遥地竟与前座隔了数十丈远。羊献容微微讶异，她到底是刘曜的夫人，怎能受此怠慢，可她环顾左右，只见身旁宫眷命妇多做汉人打扮，便有几分了然，心知皇后是存了心让田贵妃难堪。她抿嘴一笑，也不说话，却在众人讶异的目光中领着阿琇款款坐下，轻声道：“这里更适宜我们看戏呢。”说着她轻轻瞥了阿琇一眼，只见阿琇恍若未闻，眉头紧紧锁住，眉间似笼着一层薄雾。

不多时，宫灯张亮，四下都是辉煌耀目。却是田贵妃和大小刘贵人都入席中。阿琇远远瞧去，只见田贵妃果是个神采飞扬的美艳女子，尤其难得的是一双美眸中颇有勃勃英气。她如今身怀有孕，身形虽不明显，可面若银盘，颇有几分丰腴之姿。远观大小刘贵人却都颇是瘦弱纤细的美人，虽然也颇有姿色，但比田贵妃却逊色许多。

到了入席时，果然田贵妃之位也置于二刘之下，田贵妃脸色甚是难看，而二刘亦是惶恐，都立在席边不敢入座。皇后纤罗却笑道：“两位妹妹怎么不坐下？今日我们宫中姐妹相聚，不论尊卑，大家便如一家人一样，只叙情谊。”

大小刘贵人还是不敢坐下，都跪下道：“我等不敢居贵妃娘娘之上。”纤罗面上顿时有些不好看，她贴身的女官珊瑚便呵斥道：“皇后娘娘都说了只叙姐妹，不论尊卑。二位贵人娘娘出身匈奴高门，原就是我们皇后娘娘的姐妹，却有什么不敢坐下的？”

二位刘贵人听到她这么说，对望一眼只得拘谨地坐下。田贵妃面色顿时变得难看至极，她又瞧见自己的母亲被安排在侧席最末，心里极是不忿，眼眸一转，却望向了坐在皇后之侧的国夫人兰氏，冷笑道：“皇后娘娘，臣妾有一事请教，国夫人也是汉女，何以坐在席前？”

纤罗未料到她竟在这里发难，顿时语塞。可珊瑚口舌却颇利落，反唇道：“国夫人是皇后娘娘生母，何以坐不了上席？”田贵妃听了这话顿时露出了一丝得意的笑容，她轻轻地把手放在腹上，漫不经心地说道：“如此说来，我虽是汉女，可肚中已有陛下的龙子……”说着，她却盯住了纤罗，只瞧见纤罗面色愈发难看，唇边便绽出胜利的笑容。纤罗听着心烦不已，一摆手道：“给田贵妃娘娘换座。”自有田贵妃身边得脸的宫人前去换了座位，恭敬地将田贵妃请到皇后左手的席位上。

等到刘聪领着诸臣子入席之时，风波早已过去，刘聪在主座中坐下，浑然不知之前他的妻妾们刚刚发生过什么，其言笑晏晏便似一团喜气，恍然便是和睦之景。而阿琇偷眼看去，只见坐在朝臣席中多是有功之臣，自有呼延南经与田密、刘睿在席上，那是不必再提。她一一望去，只见席末有一人未着朝服，满头白发，却有几分眼熟，她仔细看去，却见那人也望着自己笑，却是阔别许久的靳准。她心念一动，不过一别数年，靳准已须发皆白。她亦是还报一笑，十分淡然。

她的目光逡巡而至席末，只见最末的人身着一件青布衣裳，眼眶深陷，面上都是青黑之色，仿若病入膏肓。那人似是察觉，忽然回望过来，却正是这太极殿曾经的主人晋怀帝司马炽，如今的会稽郡公。两人目光对望，都是一怔，阿琇目中珠泪滚滚，拼命忍住不落下，而司马炽亦是红了眼眶，目光中却显出关心焦急的神情。阿琇轻轻对他摇了摇头，示意自己无恙。司马炽心中微安，他一眼已瞥到阿琇身旁端坐的羊献容，心中也知羊献容委身刘曜之事，如今阿琇得她庇护，想是太平无恙。

酒过三巡，皇后纤罗先领着嫔妃祝祷道：“臣妾祝陛下龙体安康，江山万年。”年年岁岁都是这些祝酒的话，刘聪也不以为意，将杯中之酒一口饮尽。皇后刚落座，却听田贵妃笑道：“每逢宫宴都是饮酒，并没有什么乐子。”

刘聪似是颇为宠溺地望着她，笑道：“爱妃还想要什么乐子？”田贵妃不经意地瞥了一眼坐在众臣之首的父亲田密，见他微微颔首，便大胆娇笑道：“臣妾听说，今日会稽郡公也在席中……”

她此言一出，众人都是静住，一时间目光都向司马炽身上扫去，却见他轻轻举起酒盏自斟自饮，恍若未闻。

“爱妃意下如何？”刘聪不动声色道。

田贵妃仰一仰脸，却笑道：“臣妾听说会稽郡公能烹好茶，宫中莫有能及者。不知臣妾是否有幸，能饮一盏会稽郡公亲手烹的茶呢？”此言一出，众位晋室旧臣都是色变，阿琇亦是脑中一蒙，不敢置信地望去。却见司马炽仍是不动声色地坐在席上，张怀瑾唇边浮上一丝苦笑，二人仿若习惯以至麻痹了一般，并不言语。

刘聪只微微望了一眼田贵妃之父田密，开口道：“爱妃这样好兴致？”田贵妃扯着刘聪的袖子撒娇道：“臣妾向陛下讨个恩典。”刘聪微微一顿，颔首道：“便依爱妃。”

田贵妃讨到首肯，心中喜极，却向左右使了眼色，自有人将烹茶器物置在司马炽面前。

司马炽面对着眼前的器物神色如常，却是坐着纹丝未动。田密便开口斥责道：“会稽郡公可要抗旨？”司马炽身后的内侍张怀瑾忍不住反唇道：“田尚书与郡公毕竟有君臣之谊，何必苦苦相逼？”田密大怒：“陛下面前，岂有你一个亡国阉人说话的份儿。”

张怀瑾面色惨淡，不敢还口。这下子连已经归降的晋臣都觉面上无光，侍中庾珉性情刚烈，高声道：“我等虽是亡国之臣，田尚书却不也是汉人？一日为君，终身是君。田尚书莫要欺人太甚。”田密自觉是刘聪面前得脸之人，竟这样被他们斥骂，他一时直气得双手攥拳，满脸怒容便要发作。阿琇十分担心地望着席上，可她远远瞧去，刘聪却是视若无睹，只与大小刘贵人闲言轻语。

羊献容轻轻扯了扯阿琇的衣袖，轻声道：“千万别作声。”

说话间，只见司马炽轻轻执壶，竟是从容不迫地开始煮水烹茶，他右手执壶，左手执茶皿，却是待水沸尽，方如梦初醒一般，轻轻执壶取水。众人瞧得出神，他手下亦是专注，时而调佐姜盐，时而慢点茶沫，他动作极缓，可手下却平稳如磐石，便是移着沸水烹茶也似是不觉烫手。众人都将目光聚集到他身上，匈奴人更多的是瞧着新奇，而汉人的目光中却多少有几分难堪。

司马炽仿若感觉不到旁人的目光，他只从容地做着面前这一件事。司马炽煮好了茶，却没有人过来端。张怀瑾想动手去端茶，却被田密恶狠狠的目光扫去，吓得不敢动手。司马炽默了一瞬，轻手捧起面前茶盏，敬至刘聪面前。

有那一瞬的静默，刘聪与他目光相对，只觉他眼眶深陷，眸中如死水古井一般，可他什么也没说。刘聪接过茶盏，淡淡地嗯了一声，便作罢了。司马炽又捧起数个茶盏，一一放在各嫔妃与王公大臣面前，他身后的众位晋臣无不红了双眼，虽极力压抑仍是热泪滚落。待到他敬茶于田密面前，田密忽然冷哼一声，竟是错手撒了杯盏，滚热的茶水霍然泼到司马炽身上，直淋得他青衫尽是茶渍水痕。田密却对刘聪一躬身，慢悠悠道："是臣一时失手。"刘聪面上神色未变，只对张怀瑾吩咐道："替郡公换件衣袍。"

晋臣见司马炽受辱，无不伤苦难挨。侍中庾珉忽然哭号出声，疾行几步奔到司马炽面前，扯着他的袍襟大哭不止。司马炽目中亦是有泪，终是回身引袖掩面，叹了口气。

羊献容有些担心地望着阿琇。只见阿琇忽然走开了几步，不再去看席上情景。她一双大大的眼眸中都蕴满了泪水，眸中点点俱是泪光。忽听身后有人道："会稽郡公在席上多受折辱，这并非第一次了。"

阿琇回过身来，只见靳准竟站在自己身后，似是同情地望着自己。她沉默不语，却只听靳准道："你若想入宫去，刘曜树大招风，并不是好的引路人。"阿琇看了看他，却不作声。

靳准垂手淡笑道："老夫的话，公主殿下姑妄听之，若有用得着老夫处，或许可为助力。"

第三十六回

人为刀俎

回到家中，阿琇一反常态，只是沉默，便连翠缕与玉燕怎样与她说话，她也并不言声。翠缕极是担心，私下对羊献容道：“姑娘这几日足不出户，每日里话也没有，连东西也没吃几口，奴婢实在担心。”羊献容却淡淡道：“我知道了。”

又过了几日，阿琇忽然来找刘曜与羊献容，一入房门便说道：“我愿意入宫。”

刘曜大是诧异，回头便望着羊献容，却见羊献容轻轻颔首。刘曜沉吟道：“你果真想好了？”

阿琇极是决绝地点头，目中透出一分义无反顾：“我自愿入宫，无半分怨言。”

刘曜目光只在她身上逡巡不定。阿琇脸上微微涨红：“我只有一个要求。”

刘曜大声道：“讲。”

“请让我以靳准之女的身份入宫。”

刘曜讶异了一瞬，目中却透出几分了然：“我会为公主殿下办到。”

阿琇淡淡微笑：“望公子言而有信。”

羊献容有些迟疑道：“阿琇，你为何……”

阿琇回眸正视着她：“你与我也不是全然言尽，请恕我对你们也有所保留。”说着她目光直视刘曜，忽然端正向他下拜道：“我若入宫，定会为五公子助力，但我只有这一事相求于公子，望公子成全。”

刘曜凝神片刻，点头道：“我尽力为之。”

有了刘睿的例子，刘曜便也很坦然地在一次朝会后提起自己物色到一位美貌少女，想献入宫中。田密皱了皱眉刚想反对，可刘睿却感承刘曜的情谊，抢先开口道：“臣恭喜陛下，司徒大人族中女子，定是才貌双全的一位佳人。”刘曜听他说得不伦不类，心里暗暗好笑，却正色道：“这女子并非我族中之人，乃是靳准靳中军的女儿。”刘睿大是诧异，再看刘聪这次倒并不推辞，却是头也不抬地看着折子，口中淡淡说道：“那就送进来吧。”

入宫那日却是立冬，阿琇是被一乘青布小轿悄悄送入宫中的，入宫之时，刘聪口谕只说靳准庶女出身卑微，也只册了位分低等的采人。羊献容大是不平，埋怨道：“田姝儿入宫就封妃，二刘入宫也是贵人，为何独有阿琇是小小一个采人。”刘曜笑而不语，已是胸有成竹。果然田密知道此事，大是快意，对刘曜和靳准愈发不屑。而刘睿深觉歉意，也觉得自己对不住刘曜的引荐，又遣人送了几名使女给阿琇。

宫内承接的内侍名叫黄晋，他瞧着阿琇这样寒酸入宫，颇有轻视之心。又听说靳采人奉旨住在最是偏远的晖华殿，更是抱怨连连道：“晖华殿是什么地方，除了永巷再也没有第二处的冷清地方，真是倒霉，怎么跟了这样一位主子。”阿琇并不言语，翠缕心直口快，不忿道：“中侍大人若不愿意留在这个地方，大可去换了便是，何必在我们娘娘面前使气？”黄晋没好气地白了她一眼，抱着手便走了。

他既是这样态度，同是分来侍候阿琇的人也没有什么好气，俱是一副冷嘲热讽的模样。唯有刘睿遣来的两名使女十分恭敬，并无半分轻视之色。

翠缕气鼓鼓地骂道：“这群狗眼看人低的东西。”反倒是玉燕悄悄拉了拉她衣袖，轻声道：“别与人置气，给娘娘多添是非。”

这一切阿琇听在耳里，却恍若未闻。她默默打量这宫殿，珠帘上蒙着淡淡的灰尘，床榻边素白的帷幕上依稀还有银线刺绣的小兔小猫的图样，阳光透入殿阁，便在帷幕上印下淡淡的光泽。那还是她小时候，母亲为了哄自己，信手在帷幕上绣的图样。

她竟是有一瞬时的伤感，这里与十余年前母亲住时并无分别，连室内陈设也是依着原样。翠缕手脚麻利，即刻便开始收拾东西，抹拭灰尘。玉燕瞧着阿琇落泪，轻声道：“娘娘怎么了？”阿琇摇了摇头，一转身已是拭去了眼角的泪痕：“看到这里，想到一些旧事罢了。”玉燕心中疑惑，却没有再问。

宫中规矩繁冗，光是嫔妃请安便分晨请与夕请，又有许多觐见问安的规矩，数不胜数。然而皇后呼延纤罗厌烦那些规矩，改每日问安为三日一次，又干脆免去了低等嫔妃的问安之礼，这样一来，也只有得宠的田贵妃与大小刘贵人需要常去昭阳殿立规矩，其他宫人都无须出入皇后宫中。

入宫第一日，阿琇就命翠缕送了一对极好的碧玉双环到大小刘氏宫中，两位刘贵人受宠若惊，又得了刘睿的吩咐，双双便来晖华殿回礼，言语都对阿琇极是亲热。而阿琇盛装打扮出迎，谦和有礼之至，临行时大小刘贵人亦是回赠了一对金镶玛瑙的步摇给她，又言道要和她结为姊妹，阿琇一一笑着应承。

话传到田贵妃宫中，田贵妃大是恼怒，便命内侍吩咐詹士宫，从侍寝的金盘中抽掉了靳采人的玉牌。詹士宫长丞颇是犹豫，迟疑道：“田贵妃娘娘，此事并未得皇后同意。”田贵妃冷笑道：“你怕什么，难道本宫肚子里的龙子还不能保你的狗命？”詹士宫的长丞跪在地上汗如雨下，最终只得奉命去办。

皇后纤罗听到田贵妃如此擅专，初时极是愤怒，可侍女珊瑚劝道：“娘娘何苦生气，田贵妃这是与二位刘贵人相斗，娘娘何必管她们闲事。”纤罗觉得有理，果然不再过问，却使人将消息传给二位刘贵人。

小刘贵人听闻此事，气道：“这田贵妃不过仗着肚子，便这样欺侮我们姊妹。那靳采人只是给我们送了一对玉环，她便拿靳采人出气，岂不是杀鸡儆猴，往后宫里谁还敢与我们姊妹接近。”大刘贵人亦是不忿：“田贵妃实在欺侮我们太甚。”可她想了一想阿琇的容貌神态，又道，“不过那个靳采人姿色容貌那样出色，远在我们姐妹之上，以后她若得宠，我们更难被陛下记起了。”一语点醒了小刘贵人，她自是幡然醒悟过来，再也不提此事。

阿琇入宫已逾十日，刘聪竟连一次也未踏足过僻远的晖华殿，阿琇近身事务一概都由翠缕和玉燕打理，那些詹事府拨来的宫人们见阿琇恩宠全无，更不将她放在心上，日日里连人都不知跑到哪里去了。阿琇却不以为意，反觉得更加自在。

唯有刘睿遣来的两名侍女还算妥帖，二女名唤云英、木槿，木槿性子沉稳，做事得力；云英生性活泼、言语有趣，极能逗得阿琇喜欢。两人年纪尚小，阿琇喜她们单纯可爱，便让她们在身旁伺候，有时候连翠缕也不叫，只让她们俩在殿内做些端茶送水的杂事。

是夜，红烛燃尽，已是三更。宫阙中只是寂静一片，宫人俱都入眠。阿琇枕在榻边看书，双眸微合，已有几分倦意。翠缕轻轻为她捶着双腿，忽然说道："娘娘，今日五公子送来一幅画。"

"拿给我看看。"

翠缕小心翼翼展开那画，却是刘曜亲笔所绘，乃是一只凤凰飞在九天之上，其下有一团烈焰相炽，宛若浴火凤凰。刘曜雅擅丹青，笔致灵活，几笔勾勒栩栩如生。阿琇凝神看了一瞬，便道："收起来吧。"翠缕依言收好，依旧茫然道："娘娘，五公子此画何意？"

"他有些捺不住了。"阿琇淡淡道，"想让我出手助他。"

正说话间，殿门忽然开了。刘聪亦是缓步入殿，他今日换了一身家常的衣裳，只一袭雨过天晴的缀绣夔龙袍，身上还带着淡淡的香味。翠缕忙给刘聪沏好茶，笑道："我们娘娘一直等着陛下呢。"

刘聪接过茶呷了一口，坐在阿琇身旁，笑道："今日朕来晚了些。"翠缕知趣地退了出去，伸手带上了门。

阿琇依旧倚在榻上，只"嗯"了一声，身子却未挪动。刘聪少见她这样倦怠神色，倒是觑了她神色，轻笑道："怎么，今日有些累了？"阿琇拿着书，身子顺势转了过去，却是脸对着床内。

刘聪自觉没趣，抽出了她手中书卷，笑道："爱妃在看什么，朕也要瞧瞧。"他揭开书页，却是一卷《淮南子》，他翻了翻，不免有些好笑，"都是些鬼神异志、奇物灵怪之事，爱妃这样有兴致。"

阿琇忽然从刘聪手中抢过那书卷，却道："我便是爱瞧这些奇物灵怪的书又如何？"语声却是忿忿的。

刘聪失笑道："你今日是怎么了，是谁给你气受了？还是怨朕来晚了？"阿琇不理，她仰面而躺，却将那书卷掩在面上。刘聪轻轻从她面上掀开那书页，却见她已是泪从眼角滑落，眉间都是凄苦神情。他又是心疼又是焦急，伸臂搂住了她问道："你究竟是怎么了？"

阿琇轻声抽泣道："我是亡国之女，合该见不得人的，只是陛下以后不用再来晖华殿了。"

"原来是为了这个，"刘聪笑着将她搂紧，却是温存道，"不是朕要把你金屋藏娇，实是如今还不是合适的时机。”

“何时才是时机？”阿琇忽然转头，目光直视着他道。

刘聪有些尴尬地转过头去，说道：“昔日在宫宴上许多人都见过你，都知道你是氐族之女，父皇才下葬，热孝未过，实恐引人非议。”他顿了顿，又道：“再说现下有什么不好的，朕日日都来陪你，还有什么不足？”

阿琇迎着他的目光，定定望着他道：“若是怕引人非议，却何苦那日来酴醾台找我。”

刘聪大觉尴尬，陡然收起笑容，一时默然。两人都是各怀了心事，并不如年少时那样坦荡深情。

此间明明烛下相伴，却都各觉孤冷。

少顷，阿琇忽然转过身去，在榻边默默垂泪。

刘聪见状到底心软，又搂住她道：“莫要伤心了，等到合适的时机，朕自然会风风光光给你一个名分。”

只因晖华殿窄小，云英和木槿两人夜里都挤在东首一间小小的厢房里。是夜难得天晴云静，云英忽然推了推木槿，轻声道：“你听到什么声音没有？”木槿迷迷糊糊地摇了摇头：“没有啊。”

云英忽然坐起身来：“我明明听到有脚步声。”木槿被她冷森森的语调吓得惊醒过来，亦是坐直了身，却听不出什么异常。云英有些害怕道：“姊姊，我一直不敢告诉你，这几日我常常半夜听到怪声，好姊姊，你出去看一眼好不好。”

木槿虽然心里也害怕，却勉强撑住道：“你休要自己吓唬自己，这里这么僻远，哪里能有什么声音。”

云英只是央求她不止。木槿拗不过她，只得披衣起身：“好，不过我只去瞧一眼，回来咱们就睡。”云英喜道：“能瞧一眼我便能放心了。”

木槿趿了鞋出了门，外面夜色昏暗，却哪里有什么动静。她心中虽然不耐，却也往外走了几步，一直走到晖华殿前，忽然听到里面似有人声，她微微一怔，瞬时已是愣住。殿里竟是男子说话的声音，虽然压得极低，却亦是从殿中清晰地传了出来。

木槿唯恐自己听错，又往前走了几步，便要伏在窗前。突然翠缕不知从哪里冒了出来，挑着眉厉声喝道：“你在这里做什么？”

木槿吓了一跳，忙跪道：“奴婢该死，奴婢听到外面有声音，便出来看看。”

翠缕轻哼一声，冷道："哪里有什么声音，你们半夜不好好睡觉，却来惊扰娘娘。"木槿不敢再辩，伏地连连叩首："奴婢再也不敢了。"

二人话音未落，忽然殿门开了，有一个男子的声音低问道："是什么人？"

木槿心里惊恐到极点，头伏得更低，只看到眼前有一角明黄的袍角在门槛处微闪，袍边滚了金线绣的如意祥云纹，直晃得她眼目晕眩。

殿内透出的红罗炭火的气息裹杂着淡淡的龙涎香在空气里流动，她攥紧了手中的绢子，指甲快要陷到手心里，耳旁只听翠缕轻声道："是宫里的一个小宫女。"伏在地上的木槿心里忽然闪过一丝莫名的恐惧，只觉得自己仿若一只微不足道的蝼蚁，随时都可以被捏死。

也许只是过了一瞬，可对于她来说却何等漫长，那男子微不可闻地唔了一声，转身便回去了。殿门须臾间关上，一切仿若没了痕迹。翠缕低声喝道："快滚回去吧。管好你的嘴。"木槿叩头连连，如同三魂丢了两魂一般，连滚带爬地回去了。

回到房中，云英见她脸色不好，便问道："你瞧见了什么？"木槿强笑道："没有什么的，檐下瞧到一只死老鼠。"云英狐疑的目光在她脸上轻轻一转。木槿赶忙扯过被子，将头蒙进去道："想想就怪怕人的，快睡吧。"

第二日一早，云英和木槿进殿去伺候阿琇起身洗沐，云英言笑晏晏，在阿琇身旁尽心服侍，木槿却只是跟在后面，目光四处乱转，只见晖华殿内处处都是珠帘琳琅，光晕流转，瞧得室内雾蒙蒙的，并不甚分明。阿琇仿若刚从梦中醒来，面上还带着淡淡的红晕，可眉头紧锁，极是困倦的样子。木槿放下帷幕，在一旁往木桶中注水，一边用手轻试水温。

云英为阿琇除下衣衫，只见她身上尽是红痕，讶异道："呀，娘娘，这是怎么弄的？"阿琇自己往铜镜里照去，只见身上斑斓若夜花绽放。她往镜中看得仔细，忽然看到身后的木槿亦是呆呆地瞧着自己，便转头道："你怎么了？"

木槿赶忙低下头去，声音低低的："水有点烫。"正此时，翠缕忽然进来，面露不悦，训斥二人道："你们怎么回事，可是要冻坏娘娘。"

"翠缕姐姐，你看娘娘身上……"云英指着阿琇的身上一道一道的红痕，迟疑道。翠缕面上闪过一丝不自然，却是用薄缎笼住了阿琇，厉声道："这是风疹，都是你们笨手笨脚，才让娘娘受了风。"阿琇面色却是如常，仿若没有听到一般，只轻轻地唔了一声，声音极是低的。

翠缕低声道："娘娘不必担心，等会儿沐浴后奴婢让太医过来开几服药便好了。”说着她眼风狠狠地扫过云英和木槿：“你们这些笨手笨脚的丫头，还不快出去。”两人忙叩了头退出殿去。

两人一直走到殿外，云英犹自愤愤不平，气红了双眼道：“我又没有说错什么，翠缕姐姐为何那样对我。”木槿迟疑了一下，轻声道：“你在宫里说话要小心，这里不同之前在府里的，稍不留神，可能会没命的。”

云英见她神情肃穆，心里也有些害怕，紧紧偎依在木槿身边，小心道：“我们去求求大将军，让我们回两位贵人身边吧。”

木槿神情大变，慌忙捂住了云英的嘴，低声道：“这样的话以后提都不要提。采人娘娘对我们好，并没有猜忌提防我们，可话若传出去，别人会怎么想？”

“可是守着这位娘娘，如同守在冷宫一样，有什么出息。”云英蹙眉道，“你看嘉兰、鸢尾她们几个跟着两位贵人娘娘，现在何等风光富贵，我们这位采人娘娘连陛下的面也没见过一次，却只能守在枯井一样的地方。”

木槿怔怔地瞧着远方，轻声道：“你瞧我们宫里的吃穿用度可短过半分吗？”

云英有些迷糊地摇摇头，迟疑道：“这倒是没有，便是我们这些小宫婢的用度都是詹事府送来的顶好的。”

“翠缕，”阿琇任由翠缕扶着她进入木桶中，直待热水浸过她的脖颈，她方才缓缓开口，“你是不是有什么瞒着我？”

“奴婢不敢。”翠缕微微失神，手上点了薄荷膏轻轻点在阿琇身上，却是微不可觉地抖了一抖。

“玉燕这几日在做什么？”阿琇忽然问道，“已经好几日没有见到她了。”

翠缕轻声道：“她这几天身子有些不适，让奴婢帮忙告个假，等身子好些再来伺候娘娘。”

“嗯，”阿琇淡淡道，“我这里也没什么事，她好好养着吧。”

翠缕轻轻用手摁着阿琇的太阳穴，说道：“娘娘，那两个小妮子可能知道了点什么。要不要……”

阿琇缓缓道：“我们是迫不得已如此，何必再为难她们。打发她们远远的就是了。”

“奴婢总是不明白，既然陛下这样爱重娘娘，夜夜都要来咱们宫里，”翠缕迟疑道，“为何不让人知道？”

“宫里见过我的人太多，无论他们以为我是单征的女儿，还是其他什么人，传出去对他总是没有好处的。"阿琇闭目淡淡道，"不如像现在这样自在清净。"

翠缕想了想，忽然鼓足勇气道："陛下私下里问过奴婢，娘娘有没有和其他什么人接触……"

阿琇霍然睁开了眼："你怎么说？"

翠缕忙欠身道："奴婢自然说是没有的。"阿琇这才稍稍松了口气，神情却仍是凝重。翠缕想了想，又小声道，"今日田贵妃要为母亲做寿，午后要开宴席，却要宣会稽郡公入宫去，怕是又有折辱。"

阿琇面色须臾间沉了下去，她拨了拨腕上的翡翠金丝镯，取下递给了翠缕，沉吟道："这个赏你。"

翠缕喜不自禁，接过镯子叩头谢恩，又道："娘娘，今日还要送东西去郡公府里吗？"

阿琇点了点头："这些日子冷了，把咱们宫里的金丝炭再送几篓过去。"她想了想，忽然起身道，"你替我梳妆，咱们走一趟芙蓉殿。"

翠缕有些担心："田贵妃娘娘可不好惹。"

"那也要惹一惹才知道。"阿琇淡淡道，却在镜前细细地描起远山眉黛。

阿琇沐浴之后，兴致颇好，又难得出去走动一番。且说晖华殿外有一大片荒芜的园子，里面尽是枯枝败草，瞧着十分荒凉。阿琇瞧着心中感叹，想起又是母亲住在此处时，满园都是繁茂的景象，不由叹息道："这里竟是可惜了。"

木槿和云英都跟在身旁，二人十分伶俐，此时双双对视一眼，木槿一咬牙，便开口对阿琇说道："我二人能莳花草，愿为娘娘清理这个园子。"阿琇眺着不远处巍峨的宫墙琉璃，却是尽在冬日暖阳的薄薄光晕中镀了迷蒙的影子，她淡然笑道："你们会植什么花草？"

木槿一呆，云英便抢着道："奴婢会植牡丹，昔日大将军府里'紫芸呈瑛''明霞漱玉'的名品奴婢们都曾照料过。"她说得极是得意，"洛阳牡丹名盛一时，大将军府里所植更是寻常坊间难得一见的珍品，照料起来极是不容易的。"

"可会植冬梅？"阿琇忽然问道。

云英顿时哑口，良久只听木槿怯怯道："奴婢曾植过一些，只是……只是……"她欲言又止，神情极是羞怯。阿琇忽然转过身："只是什么？"

木槿迟疑片刻，脑海中忽然闪过一角明黄的袍角，便低声道："只是大将军并不喜欢梅花，命奴婢都从园子里除了去。"

阿琇默了一瞬，吩咐道："你们随翠缕去趟琼林苑领些花苗来，就在这园子里植些梅吧。”

木槿小心翼翼称了是，抬起头来，却只见云英眼中都是迷茫神色，而阿琇已是走远了去，唯有一身浅碧的十斓裙与周遭寒天之色浑若一体。“下雪了。”木槿轻声道。

云英这才发现不知何时天色竟转了阴蒙，鹅毛般的雪片落了下来，如撒盐一般，霎时在地上覆了一层白霜。

阿琇只携了翠缕一人去了芙蓉殿，她自进去时，众人皆已齐全。只因今日下雪，宴席便设在芙蓉殿外的廊下，从外望去，田贵妃端坐正中，一身绯红的绣芙蓉蝶的大氅何等耀目，其容色之明艳，更远在衣饰之上。在她之下便是母亲秦氏。众人都是一边享宴，一边赏着雪景，又是其乐融融。

田贵妃的母亲秦氏是大将军田密的续弦夫人，今年也不过刚刚四十出头，与女儿一样的瓜子脸、薄嘴唇，她身着一件新做的月白色缀莲瓣纹的寿纹缎袍，便连袍上纽扣都是珍珠所缀，极是华贵。她发上簪着十支碧翠点银细钗，脊背挺得笔直，端坐在女儿身边，盛装打扮下容光焕发，只是如若细看便能看出皮肤已不如年轻时那样紧致，而眼角也有细细的鱼纹。

其余宫妃嫔妾都在殿上落了座，除了皇后不在席上，竟是聚得齐全，偌大的殿中人声不闻，众人皆屏气凝神细听田贵妃与母亲笑语，席上连落针之声都可闻。

阿琇甫一入殿，众人目光便都落在她身上。大小刘贵人坐在右席，姐妹二人便欲欠身，却都先看了田贵妃一眼，怯怯然不敢开言。田贵妃并不识得阿琇，见她衣饰平平，倒是陌生，只听她身旁侍女素影轻声道：“娘娘，这是晖华殿的采人。”

田贵妃微微一愣，面上便浮起一丝淡淡的嘲意，见阿琇过来向她端正行礼，竟是倨傲地扭过头去，全当不见。阿琇也不以为意，依照礼数向田贵妃行过大礼，方才在自己的席上坐定。只听田贵妃道：“今日抚州供来几篓银橘，这个时令也算难得，素影，分给诸位姐妹尝尝吧。”

素影依言将银橘分下，众人都起身谢了恩。阿琇冷眼瞧去，许多人脸上都浮现出不忿之色。

果真宴开不久，田贵妃便着人去传郡公前来。翠缕心中一紧，便向阿琇看去，却见她只是轻轻剥着银橘，并不作声。

不多时，司马炽便被宫人引至席前。田贵妃素来与他有旧睚，今日又无刘聪在侧，更是无所顾忌。她见司马炽即来，便冷冷吩咐身旁内侍道：“给郡公拿一身内侍的衣裳来。”

众人皆是惊惧，便向田贵妃望去，却见她面上都是得意的神情。她身后内侍微微一怔，赶紧下去准备衣裳。

人人惧怕田贵妃权势，何人敢开口劝阻？

忽听一个女子的声音道：“郡公大人乃陛下亲封，田贵妃娘娘为何辱之？”

众人循声望去，却见仗言不平的竟是坐在席末的那个小小的靳采人。

司马炽本来面色麻木，听到这声音忽然一惊，不敢置信地回过头去，恰与阿琇目光相触。阿琇避开他的注视，却是上前几步，径自走到席前。田贵妃自入宫来何等得意，从未受过人顶撞，闻听此言，她顿时怒意横生，盯着阿琇道：“靳采人意下如何？”她刻意咬重了“采人”二字，言语中透着不屑。

阿琇毫无惧色，朗朗道：“郡公是外臣，今日娘娘内府家宴，遣外臣入宴，妾以为失仪。至于娘娘本是汉女，从前与郡公君臣有别，今日又让郡公佐酒，更是失礼之至。”此言既出，人人都震惊不已。

田贵妃面色发青，咬牙道：“本宫偏要如此，你一个小小采人又能如何？”

司马炽目中含泪，望向阿琇道：“多谢采人……娘娘，不用说了……”

“妾只是言正道仪礼，”阿琇停了停，环顾众人道，“宫人都注目而视，娘娘也该知道公道自在人心。”

田贵妃本已气极，听到她最后一句，忽然抬了抬眼向四周望去，只见众人都簌簌然垂着头，哪有人敢直视自己。

“公道？”她轻蔑地望了阿琇一眼，冷笑道，“这宫里什么时候轮到你说话了？来人。”她话音刚落，便有身旁信任的内侍白广附在她耳边低语了几句。田贵妃凤目一挑，斜斜地看向阿琇，眸中都是冷意，“将这个目无尊上的贱婢拖出去……”

席间众人都是惊恐之至，小刘贵人再也忍不住，站起身道：“娘娘……”田贵妃连眼风都未扫她：“谁要多事？”大刘贵人拉了妹妹一把，小刘贵人目中含泪，不敢再劝，退回席中。

“将这贱婢拖出去重责五十杖……”

话音一落，众人瞬时鸦雀无声。大刘贵人偷眼瞧去，只见阿琇面色如常，她心中暗道，只怕这刚入宫的小女子还不知道杖刑的厉害。须知宫中私刑甚多，五十杖打下去，纵然是个壮汉，性命也要去了大半条，更何况这个娇滴滴的小女子。

宫中杖刑向来惨烈，从汉时起便在永巷中传下。此刑是死是活全在行刑人手中这根一丈长的木杖上，若是受刑人事前打点，保准打下去看似是皮开肉绽，可全然都是表皮伤，绝不会真正动了筋骨，养上十天半月便可恢复如初。但若是行刑人有意加害，这杖杖落下去都是致命的伤，昔时汉成帝时，飞燕合德姊妹宠冠一时，私用杖刑惩治宫人，便有十杖而要人性命的。

司马炽忍不住开言道："贵妃娘娘，臣自愿为娘娘佐酒助兴，请娘娘饶恕这位……这位……采人……"他回身看了阿琇一眼，已是哽咽难语。

阿琇骤然抬头，目中透出奇异的光彩，她直视着田贵妃道："我若甘愿受杖刑，娘娘能否免去让郡公受此侮辱？"

"不要……"司马炽脱口道，他本已病入膏肓，此时焦急之下更是咳嗽连连，连站立也快不稳。

田贵妃唇角笑意深绽，仿若春霞娇艳："这是自然。"此时她心中恨意全然转到阿琇身上，不再搭理司马炽，只命人道，"取杖具来，就在这儿打。"她一仰脸，白广便带了几个内侍将阿琇架住，竟是要往雪地里拖。阿琇猛一挣脱，厌弃地低喝道："放手。"内侍们被她目中神色所慑，竟不约而同放开了她。

阿琇微微一整衣裙，忽然回头瞥了一眼簌簌发抖的翠缕。翠缕与她目光相触，不由打了个寒噤。阿琇一双眸中沉若深渊，她连一句求饶的话也没有，施施然缓步走下台阶，跪在雪地之中，竟是闭上了双眼，便等着刑杖落下。

行刑的内侍对望了一眼，见白广微微点头，心下会意，木杖重重落下，只听闷然一声，阿琇素洁的月白长裙上竟是血花迸溅，瞬时若盛开了一朵灿烂的血染花朵。阿琇脸色惨白，双目紧闭，贝齿紧紧咬住下唇，面上已无半点血色。一阵冷风刮来，她霎时便觉得冻透了，连舌尖都是麻木的，唯有身下的冰雪还带着微微的余温。

纵然人已如此，可行刑的内侍手下绝不留情，一杖接着一杖地往下打，一时席间只闻木杖与皮肉的声音，格外刺耳。司马炽只瞧见阿琇气息越来越弱，情急之下跪倒在地，苦求道："求求娘娘高抬贵手……"田贵妃冷哼一声扭过头去，只作不见。

司马炽无奈之下，忽然冲了过去，便欲拉开那内侍，可很快便有人架住了他，他只能眼睁睁看着阿琇半个身子都如浸在血中，惨烈异常。

眼看着打过了二十杖，阿琇伏在地上，气息全无，可行刑内侍手仍不停。小刘贵人不顾姐姐阻拦，跪在地上急道："贵妃娘娘，再打下去怕是要出人命的。"田贵妃性子极悍，今日存心要在众人面前立威，眼皮也不抬一下，浑不在意道："出了人命怕什么？本宫今日倒是要看看，还有谁敢跟本宫作对！"

众人再无多话，此时忽然有人惊呼了一声："郡公。"

田贵妃转头瞧去，却见会稽郡公司马炽忽然倒在地上，唇边却有殷红的血迹。

"住手！"忽然有人在门口厉声道。

满殿的人吓得跪倒在地，齐声道："陛下。"

门口的明黄一闪，只见刘聪已是大步走进殿中，他内着一件明黄色的团龙单袍，披着墨狐玄色大氅，身后跟着众多侍从长史，最末跟着的却是一身芙蓉色宫女服侍的翠缕。田贵妃最是讶异，可她自恃宠爱，此时也只是捂着腹部，微微欠身笑道："陛下怎么来了？"

刘聪哪里理她，却是疾步走到阿琇身旁，忽然俯下身去，竟是从血泊中将阿琇和衣抱起，急切道："宣太医来。"他身旁的内侍李桓忙领命而去。阿琇全凭一口气撑着，此时终于等到他来，她唇角微微浮起一抹苍白而凄楚的笑容，轻声道："陛下……"话音未落，她双目一翻，已是晕厥过去。

田贵妃面上有些挂不住，便扶着侍女的手想走到近身接驾，她莲步轻移，可下阶时脚下一滑，踉跄了一下，差点跌倒，多亏侍女赶紧搀住了她。田贵妃顺势撒娇道："陛下，臣妾的脚踝崴得好痛。"

若是平日里，刘聪定会好言抚慰几句。可此时他只是淡淡地"嗯"了一声，连头也没转过来。

众人都瞧得清楚，皇帝对这个靳采人关切之情绝非一般，从进来至现在，他连目光都未从她身上挪开过，至于田贵妃，他压根就没有瞧上一眼。小刘贵人此时会意，便躬身上前道："陛下，采人妹妹受杖刑甚重，恐怕需要找个干净的地方让她先躺下来，臣妾的撷芳斋离这里最近，可否先移驾到臣妾宫中去。"刘聪应了一声，却是脱下了身上的大氅罩在阿琇身上，抱着她便大步往外走去。

"陛下……"田贵妃忽然在身后叫道，她此时再也掩不住面上的失落之色，今日她在宫中为母做寿，可皇帝从进来到现在连看也未看她一眼，她如何能安心？她踉跄几步奔到刘聪身边，拉住了他的衣袖，呼声亦转几分婉转。

"爱妃，"刘聪微微侧头，目中神情难辨，他挣开了她的手，森冷道，"你好好养着身子，改日朕再来看你。"

田贵妃睁大了眼，不敢相信皇帝就这样冷冷地抽出了手。刘聪抱着阿琇前行几步，忽然回头望着田贵妃身边跪着簌簌发抖的几个内侍道："是谁行的刑？全都杖毙。"

那几个行刑的内侍顿时大呼饶命，再看田贵妃已是瘫倒在地，面色难看极了。

第三十七回

杜宇春归

小刘贵人颇是善伺上意，她瞧出皇帝对阿琇不同寻常的关心，便赶忙命人将自己住的寝殿收拾整洁，又拨了几个手脚伶俐的宫人在旁伺候，这才跪道：“陛下，请先进碗参汤，等太医来了再做个定断。”刘聪接过参汤，恰好御医匆匆进来，他却只注视着御医道：“她情形如何？”

御医给阿琇诊过脉，皱起眉头道：“这位娘娘受伤极重，动了筋骨，恐怕百日内都不能行走。不然将来要落下足疾……不过……”“不过什么？”刘聪急问道。

那御医迟疑了一瞬，又叩头道：“这位娘娘受得更重的伤却不是这个，而是……”他偷眼觑了一眼刘聪铁青的脸色，斟酌道，“而是……娘娘肚中已有四个月的胎儿，已经不保了。”说毕，刘聪手中参汤砰地摔落在地，呼吸却转沉重。

大刘贵人在旁插口道：“御医可没有诊错？采人入宫可不过一个月呢。”太医胆战心惊道：“臣不敢乱说。”小刘贵人觑见刘聪脸色不好，忙道：“如今最重要的是等妹妹醒来好好调理身子。”

大小刘氏都偷眼看向刘聪，却见刘聪似是呆了一瞬，眉间无限寂寥，目中却浮了淡淡一层灰色。过了良久，他方才说道：“这些话一句都不可传出去，违者，朕决不轻饶。”

大小刘贵人忙跪下道：“臣妾绝不敢泄露。”

刘聪目光微沉，转身说道：“小刘贵人贤良淑德，晋婕妤之位；大刘贵人协理有功，同晋为嫔，田贵妃恃宠而骄，失态失仪，褫夺贵妃之位……降……”他看了看昏迷不醒的阿琇，又道，“降为妃。”

大小刘氏姊妹喜不自禁，都跪在地上叩头谢恩。刘聪却又问道：“她可以挪动吗？”大小刘氏一怔，便见李桓躬身道：“御医说上过药就可以挪动了，不知陛下想将采人娘娘安置在何处。”刘聪淡淡道：“就安置在太极殿。”

众人心中都是一凛，李桓面色不改，恭敬道：“老奴这就去办。”

这场噩梦实在太长，血光混着哭声、种种光怪陆离。一声声清晰的木杖敲击声将她惊醒。她却觉得灵魂好似出窍，遥遥地飘在半空中，她十分清醒又冷漠地注视着那个伏在雪地里受着杖刑的女子，看着她身上的血染红了洁白的雪地，她心里忽有一瞬时的恍然，那女子可是我吗？为何她那样陌生，连一丝痛意都没了？想到这里，她突然似是能感受到痛了，这一瞬时痛意扑向自己，她只觉得满心满怀都是痛，牵扯着五脏六腑，痛到骨髓里。

“娘娘，娘娘，您终于醒了……”她缓缓睁开眼，最先见到的却是翠缕欢喜至极的神情，她紧紧握住自己的手，大声道，“天可怜见，娘娘您终于醒了。”

阿琇微微转头，便闻到龙涎香的清苦香气，她扫视四周，只见一平如镜的金砖地上光鉴人影，旁边整齐地摆着巨大的乌木镶金长柜，这屋子的陈设这样熟悉，分明就是太极殿中的摆置。她心中微微一惊，果然不过片刻，刘聪便匆匆进来，双目通红地握住了她的手道：“醒来便好。”

翠缕见刘聪进来，便识趣地让开了位置，又对李桓使了个眼色，二人都退了出去，一时殿中只剩下了阿琇与刘聪独处。阿琇低了头，不动声色地抽出了被刘聪握住的那只手，却藏入被中。刘聪见她面色雪白，极是心疼，切切道：“你怎么这么傻，若你不想让会稽郡公入宫，跟朕说一声便是，何苦要亲自去芙蓉殿？”说着，他目光直视着阿琇，目中有些说不清道不明的东西。

“是吗？”她轻声道，几乎如呓语一般，眸中却有了神采。这几日阿琇是在病中，一张巴掌大的瓜子脸瘦得愈发小了，便显得一双乌黑的杏核眼更大了些，可眼仁却如黑色玛瑙一样，透出一种奇异的光彩。刘聪注视着她眸中神情，心中忽然一寒，仍是试探道：“你若是先与朕说一声，朕定会让人对他手下留情的。”

他瞧着她的神情只觉愈发怪异，忽然间他意识到这怪异从何而来，从始至终她竟是笑着的，她的眼中唇角都是笑意，满满的，藏也藏不住：“你们匈奴人在辱我族人这件事上，何时有过一点一分的手下留情？”

他有瞬时的震惊，随即转成暴怒，他忽然意识到什么，脑海中那个念头蹿了出来，他再也按捺不住，目中怒意转盛，一把抓住她道：“你是故意的，是不是？！”她的唇色也是苍白的，可她却似是满心欢喜，笑得灿若桃李。

她一字一句轻声道：“从我知道这腹中有了这个孽种开始，我从没有一刻能像现在这样轻松畅快。”她睁开眼，目中都是快意的残忍，望着他轻笑道，“我死去的亲人们，洛阳城被屠尽的三万百姓，他们所流的血，都需要付出代价。而你们匈奴人未出生的生命，就是最好的祭奠。”

他眼眸瞬时血红，双手掐着她纤细的脖颈：“是你。果然你是故意的，你疯了，你疯了……”

她被他掐得渐渐呼吸困难，双眼亦是闭紧。他心里恨到极处，这几日他一直在恨，恨田氏、恨司马炽、恨在场的每一个人，却不比此时这样恨到骨髓里，只觉得心被她剐去了一块，这一刀竟是生生插在他心口上。

可看着她紧闭的双眼，愈来愈苍白的脸颊，他心里有一瞬的颓然，松开了手，面上都是薄薄的怒气：“朕有哪里对不住你？给你这样的荣宠，给你锦衣玉食，你要的朕全都给你。但你还不知足，成心与朕作对！果然如皇后所说，朕不能再这么惯着你。”

她埋首在被中，一直到他缓步离开，她都没有抬起过。

自此之后，刘聪决计不来看望阿琇。又隔了几日，李桓恭敬来宣旨，请采人娘娘移驾回晖华殿。翠缕心有不甘，阿琇却淡淡一笑，仍由李桓命人安置。

如是便挨过了冬日，眼见正月便要到了。木槿与云英尽心照料园中梅花，阿琇瞧她们用心，又拨了个叫凤花的小丫头跟她们一起学莳花。阿琇这一次病得甚重，连殿门也很少出，终日里只有一个御医每日来问安诊脉，晖华殿如原来一样，冷冷清清，鲜有人问津。

此时天寒地冻，展眼只见满园都是光秃秃的梅枝，却都是含苞，在风中瑟瑟如剥。这日木槿和云英两人刚刚修剪过梅枝，一抬头却远远看见玉燕呆呆地站在园边，身上裹着一件阔大的衣袍，面色如纸，全无一点血色。木槿便欲过去唤玉燕姐姐，却见翠缕匆匆地跑了过来，一把拉住玉燕，似是焦急地责怪她什么。

可玉燕的脸色却愈发白了，垂下头去，瞧起来神色凄然至极。翠缕不知对玉燕说了些什么，玉燕顺从地听了她的话，转身慢慢回屋去。云英忽然插口道：“你有没有发现，玉燕姐姐最近胖了许多，可不怎么出门了。”木槿心里突地一跳，直觉隐隐好像触到什么，她忙道："可不要乱说话。"

"是真的呢，"云英迟疑道，"这些日子都不怎么见她出门，人人都说她病了，怎么反而胖了这么多。"

木槿心跳得极快，打断她道："不要议论姐姐们的事。"

云英笑道："我有空要告诉采人娘娘去，翠缕姐姐老骂我们躲懒，却一味地护着玉燕。"

"千万别！"木槿慌乱道，"采人娘娘要是知道了，只会责罚翠缕姐姐，又不会把她怎样。回过头来，翠缕姐姐岂不是又要骂我们？"

"说得也是，"云英有些泄气地低下了头，"要是有一天我们也能在宫里当娘娘就好了，到时候想责骂谁就责骂谁，谁都不敢欺负我们。"

木槿看着她眸中闪着的光芒，又好气又好笑，"还是先好好干活吧，我的云英娘娘。"

云英娇笑着把花锄丢下，笑道："好姐姐，我今儿累了，让我去玩会儿吧。"

木槿心中怜她年小，便道："去吧去吧，娘娘如今病着，别惊扰了就是了。"云英欢呼一声，自是蹦蹦跳跳地跑回去拿花毽去了。一路跑回晖华殿外，云英蹑手蹑脚地往屋里跑，路过翠缕的屋子时只见一只绣鞋落在窗下，那鞋上绣了一只彩蝶，云英识得那是翠缕的鞋子，心中顽皮，便想悄悄捡去藏起来，好让翠缕着急。她见四下无人，门窗紧闭，便悄悄在窗下弯腰捡起鞋子，起身时忽听房里传出低低的耳语。她不由好奇，凑近去听，里面是两个女子的声音。

只听翠缕轻声道："你如今身子有些显了，可不要再出去招摇。从前还有娘娘得宠可以庇护你，现在不比从前，陛下是真的冷了娘娘了，你的事要是传出去可怎生是好？今日幸好只有那两个丫头看到，万一被有心人看到了，我怎么能保得住你？"另一个女子声音中带着低低的抽泣，却道："像我这样的人，原是该随着太子而去，活下来已是苟且偷生……"这女子的声音却不那么熟悉，云英愣了一瞬。只听翠缕叹息道："玉燕，让我说你什么好呢。你的身子才是如今最重要的事，不得有一点闪失。"

云英随即反应过来，另一个女子便是今日在园子外远远瞥见的玉燕了，她果然是有了身子。云英不由地撇了撇嘴，心道此事一定要去告诉木槿，她还不信玉燕胖了呢。

她微一分神，听到的话便少了几句，只听玉燕低声抽泣道："我不怕死，只怕连累了你。你这些日子为了我的事，受了多少委屈，担了多大的险，还有皇后那里……我……我心里都是知道的。”翠缕却叹道：“我们姐妹这些年，一同从平阳来到京里，经历过多少事，还说这些做什么？”她语气中更多了几分喟叹。玉燕犹自低低啜泣：“我们到底是对不住娘娘的……”

云英听得不解，只觉得如罩五云中，忽然背后有人喊她：“你在那里做什么？”她心里一急，头便撞到窗框上，一回头却见是凤花在叫她。云英心里大急，一扔绣鞋，只尖声道：“凤花，木槿姐姐在后面找你呢。”说完慌忙便往后面跑去。凤花听她这样说，真以为木槿要找自己，慌忙也跑到后面去了。翠缕匆匆地从房里出来，却只见自己的一只绣鞋丢在地上，人影却跑得远了。玉燕慌忙赶出来，急道：“是谁，是谁在外面？”

翠缕捡起地上的绣鞋，冷冷地望着空空的门口，一咬银牙，目光中却露出几分狠戾。

云英回去便吓得不轻，当晚便发了烧，在房里躲了好几日。这日她胃口方好些，刚用了些饭食，却见木槿双眼红红的进来，便问道：“木槿姐姐，出了什么事了。”木槿坐在她身旁，轻声道：“今日凤花没了。”云英吓得手一抖，筷子落到地上，颤声道：“怎么……怎么没的……”木槿叹了口气：“也怪她贪玩，失足跌到井里，也没人发现，等捞出来时人已经救不活了。”

突然哇的一声，云英将吃进去的东西尽数呕了出来，吐了一地。木槿慌忙给她倒水，急道：“你这是怎么了？”云英心中惶恐之至，再也忍不住，忽然伏在木槿怀中痛哭道：“姐姐，我怕。”

“别慌，别慌，”木槿心里一沉，拍着她的背道，“到底发生什么了？”

云英抽泣着将那日在翠缕屋外听到的事一五一十地讲给木槿，哭道：“木槿姐姐，你说是不是那日我叫了一句凤花，就害了她的性命？”木槿听到玉燕有孕之事，已极是惊惧，待听到在门外与凤花那几句对答，心下便慌到了十分，却不愿再让云英害怕，便安慰道：“哪有这样的事，只是意外巧合罢了。”云英睁大了眼：“木槿姐姐，我们要不要去告诉采人娘娘？”

“管好你的嘴，我们才能活下去。”木槿沉声道，“记住，不论发生什么，一个字都不要说出去。”

云英大大的眼里含着泪，似懂非懂地点点头，她的头轻轻靠在木槿肩上，如一只瑟瑟发抖的小兽。

木槿既然存了心事，再见到翠缕时便分外留神，却见翠缕依旧如常照顾阿琇，每日里尽心尽力服侍，并没露出半点端倪。她心中始终疑惑，这日里恰到廊下，却闻到一股极重的中药味，熬药的内侍小路子正小心翼翼地端着药盏滤药，木槿与小路子极是熟识的，便笑道："这药味这样重，怕是苦得紧吧。"

小路子一抹头上的汗，说道："可不是吗，这御医不知道开的什么药，味道实在难闻极了，我闻着都作呕，难为咱们娘娘一碗一碗的天天喝。"木槿心中忽然滑过一个念头，她呆了一瞬，却对小路子道："你笨手笨脚的，别把药洒了，我替你滤吧。"小路子喜道："好姐姐，那可亏了你了。"

木槿微微一笑，接过药盏便尽心尽力地滤了起来，小路子见她动作稳稳当当，心知比自己妥帖，便高高兴兴地跑走了。木槿滤好了药，小心翼翼用银盏托了，便送到殿中去。她许久未曾入殿了，此时一进去便闻到一股极重的药味，而殿中光线极暗，四周都是厚厚的帷幕遮住长窗，唯有殿中的卧榻上倚着一个瘦弱的女子，微微闭着双目，一脸病容，却正是阿琇。

"怎么是你来送药？"翠缕不知从何处出来，接过木槿手中的药碗，疑惑道。

木槿忙低下头："小路子有些腹急，让奴婢送药进来。"

翠缕点了点头："知道了，你先下去吧。"

木槿悄悄地退出殿门，临出殿时，心中总存着几分不安。她悄悄抬起头，只见殿中陈设都蒙了一层古旧的赤红，仿佛是终年的古董之物，尽是灰尘浮在空中。

晚上木槿做完了差事，却转出门来自去了太医院。里面恰好只有一个年轻的太医当值，木槿有些局促地在门口轻声道："哥哥，你在忙吗？"

那年轻的太医名叫郑子华，是木槿的同胞兄长，此时抬头见她，极是惊喜道："木槿，怎么是你？"

木槿神情有些尴尬，她打量左右无人，悄悄从怀中取出一个油纸包递给郑子华，低声道："哥哥，你帮我看看，这是什么？"郑子华只嗅了一下，便道："都是活血化淤的药，不过里面还有几味紫石英、零陵香和附子罢了。"木槿睁大眼道："这几味药有什么坏处吗？"郑子华想了想，轻声道："也没有什么坏处，可以活血化淤，对跌打损伤的伤势是有好处的。"

木槿凝神片刻，又问道："若是给已经小产的病人服用呢？"

"那是断然不可的，小产之人身子本就虚弱，若是再用这些活血的猛虎之药，恐怕以后再难有孕，"郑子华顿时紧张起来，追问道，"这药是哪里来的？是给哪位小产的病人服用吗？"

木槿面色一沉："这是咱们采人娘娘的药……"

郑子华舒了口气：“那是无妨的。采人娘娘受了那么重的外伤，用这药是对症的。”

可木槿神情愈发慎重，她皱了皱眉头，却不再说话。

郑子华瞧见她这般神情，打趣道：“你何时这样深沉起来？竟活脱脱可以在晖华殿当半个主子了。”木槿面上一红，轻声道：“你莫要打趣我。”郑子华见她面色不好，以为她还有心事，便问道：“你在晖华殿还好么？”

“采人娘娘对我很好，”木槿迟疑道，“只是我总觉着这位娘娘出身有几分蹊跷，不真是靳大人的女儿，倒有几分……”她想了一瞬，却没有说完。

郑子华面色顿时凝重起来，缓缓道：“吴王殿下对我们兄妹有大恩，如今他在长安登基，我们要做他耳目，你切记不要暴露了自己的身份。至于那位采人娘娘，你留神打听她的来历，务必万事小心。”木槿听他说得甚重，便点了点头。郑子华又道，“你上次托我打听云英的父亲的事，我在帮你打听着，若是有了下落，就去告诉你。”

木槿“嗯”了一声，低声道：“云英夜夜啼哭，实在可怜。”

郑子华叹了口气，将手搭在她的肩上，温和道：“亡国之人，如浮萍一般，没了根基，只能到处流浪而已。你让她心下放宽些，虽然眼前不能相聚，终会有相见的一天。”

木槿缩了缩肩膀，轻轻道：“哥哥，多谢你了。”郑子华一怔，笑道：“你我兄妹，还说什么谢字。”

翠缕跪在阿琇榻边，轻声道：“娘娘，该进药了。”阿琇轻轻地“嗯”了一声，从被中伸出一只白得几乎透明的纤手，翠缕见她气息不稳，便一边轻轻用银勺喂着药，一边缓缓道：“娘娘，司徒夫人在外面候着，她想来看看您。”

阿琇叹了一声：“让她进来吧。”

翠缕服侍她喝完了药，便引着羊献容进来。羊献容坐在阿琇身边，瞧见她瘦骨嶙峋，几乎是皮包骨头一般，忍不住垂泪道：“早知今日，我断断不会送你入宫来。”

“司徒夫人的愿望不就是这样吗？”阿琇闭目沉声道，“朝堂之上，刘曜想与田密一搏，在宫内便需借我之手，与田妃抗衡。”

献容有一瞬的默然，却未否认，只轻声道：“你若都知晓，何不与我们知会一声，我们也好与你做些筹谋安排，不让你这样受苦。”

"我已经助你们削了田妃的封位，你们该高兴才是，"阿琇微微一笑，顺势转过身去，却是背对着羊献容，"我早说过，我进宫是为了二十五叔，不是为你们夫妻做棋子。这一次我们的恩怨了清，从此各走各路。"

羊献容有什么话想说，可到了嘴边，却终是咽了回去，只道："你对我总是有许多误会，那也就罢了。可陛下是一片真心待你的，这些日子他怕是也不好过。你若能解开心结，与他好好相处，岂不是好事？"

"司徒夫人能与仇人举案齐眉，我却做不到。"阿琇话语中不无讥讽。

羊献容瞬时脸色惨白，半晌方道："你好好保重身体，有什么需要尽管吩咐人传话告诉我。"她见阿琇始终没有转过身来，便欲起身离开。谁知她刚走到门口，却听到阿琇清冷的声音道："姊姊，你知道世上最快乐又最痛苦的事是什么？"

"是什么？"羊献容茫然地转过身，却见阿琇伏在床沿正眨也不眨地看着自己，她乌黑的长发垂在胸前，肤色若琉璃，眸色似蜜蜡，一笑一颦亦只让人觉得清冷透骨。她望着她微微笑，却再不说话。

"她怎么样？"大殿上，刘聪面无表情地问道。

羊献容刚一出晖华殿，便被李桓带到太极殿中。此时她心情略有几分忐忑，跪下回话道："娘娘身体很虚弱，气色很差。"

刘聪默了一瞬，问道："她提到朕了吗？"

"没有，"羊献容觑着刘聪的面色，小心翼翼地说道，"娘娘只是很关切会稽郡公。"

刘聪面上浮起浅浅的怒意，他咬了咬牙，又道："她还说了什么？"

羊献容应道："再没什么了。只临走的时候，娘娘问臣妾，世上最快乐又痛苦的事是什么？"

刘聪有一瞬的错愕，追问道："是什么？"

羊献容摇了摇头，微微低首："娘娘没有告诉臣妾答案。"

刘聪叹了口气，转身问李桓道："司马炽最近怎么样了？"

李桓小声道："郡公本已有咯血之症，那日又受了惊吓……"

刘聪面上闪过一丝复杂的神色："罢了，让会稽郡公进宫去瞧瞧她吧。"

次日一早，李桓便让人用一乘轿子送了司马炽入宫。阿琇病中见到叔父，终于勉力起身，惶惶然欲下拜道："二十五叔。"司马炽徐徐打量她，却见她含泪垂首，到底心中不忍，勉力笑道："如今可有些瘦得脱形了。"

阿琇瞧见司马炽衣衫单薄，衣料都洗得发白，掩不住形销骨立的身形，又何尝不是瘦到极致，哽咽道："叔父这些日子过得可好？"她话一出口，便已后悔，瞧着司马炽主仆的样子，如何说得上一个好字。

司马炽静静望着她："我很好。"

阿琇神色黯然，想了一瞬，终还是问道："她呢？"

他微微抬眸，眸底都是悲伤，简洁道："城破之时，她不愿受辱，坠楼而亡。"

仿若在水心激起的一点涟漪，他平静说道："自国破那日，我就是该死之人。娘娘无须为我做那些无谓的事。"

阿琇流泪道："如今晋室中人，只剩我们在洛阳，我怎能眼睁睁看着二十五叔受那奇耻大辱？"

司马炽转头叹道："从今往后娘娘大可不必为臣做这些事了。"

阿琇睁大了眼，急声道："二十五叔。"

司马炽轻声道："陛下隆恩，恩准臣去郸城，从今往后娘娘多加保重，勿要以臣为念。"

阿琇初闻乍喜，可顺着他的目光向身后看去，却只见跟随在他身后的张怀瑾面上有凄然之色，疑道："此言当真？"

张怀瑾抬头瞧了一眼司马炽，很快又低下头去："娘娘，是真的。"

阿琇终于放下心来，她想了一想，从身上取下玉佩，交到张怀瑾手中，轻声道："此去郸城，再不比往时。万望张大人照顾好郡公。"张怀瑾瞧见那玉佩上是龙形之形，心知是刘聪赏赐之物，若有此物在，往后日子会好过得多。他心中感激，跪下来重重地对阿琇叩头道："老奴替郡公多谢娘娘。"

"娘娘，外面的梅花开了，"木槿好不容易等到寝殿中没人，便鼓起勇气对阿琇道，"奴婢扶您出去走走吧。"

阿琇自见过司马炽后，情绪好了许多，偶尔也能与下人说说话，并不复往日郁郁神情。她听了木槿的话，难得地展颜笑道："好，去看看便是了。"

梅园香径，在春日薄薄的晨雾中，分外的清婉流溢。径旁皆是低矮的梅枝，却并不茂密，稀疏间更显几分栽者别出心裁的心意。花枝虽不繁茂，但难得在于娇而不艳，更有万千淡眉清冷的疏朗姿态。

阿琇起初有些讶异，很快便赞许地点点头，望向木槿的目光中多了几分夸奖，再看木槿却并没有得意之色，只是低着头格外恭敬地扶着阿琇。"娘娘，陛下昨日也来看过这梅枝。"木槿忽然轻声道。

阿琇心中微微一动："是吗？何时来的？"

"是午后时，只在园中走了走。"木槿轻声说道，"翠缕姐姐吩咐过，不许打扰了娘娘，便没有通传。"

阿琇眉峰微蹙："这样已有几次了？"

木槿低头想了一瞬，慢慢道："大约有四五次吧。"

阿琇静静道："我知道了。"

"奴婢想着陛下心里既惦记着娘娘，娘娘不若与陛下修好，"木槿忽然鼓起勇气道，"古话说疏不间亲，若是娘娘常与陛下太过疏远了，难免会有人见隙。"

阿琇定了定神："你从前并不是这样多话。"

木槿只觉额上冷汗涔涔，跪下道："娘娘，奴婢罪该万死。"

"起来吧，"隔了片刻，阿琇方才淡淡道，"你何错之有？"

木槿心中一喜，却又说道："娘娘，奴婢的兄长是太医院的太医，那日他说见娘娘气色已经大好，斗胆进言，娘娘日后不需服药，每日只多出来走动走动，身子便会痊愈。"

阿琇点了点头。两人又走了片刻，阿琇忽然折下一枝盛放的梅花的枝条，递给木槿，淡淡道："将这个送到太极殿去。"

木槿愕然了一刹，旋即眉间露出喜色，低声道："娘娘想交予……"

"就交给李桓。"

木槿抬头时，只见阿琇已走出去颇远，她赶忙追了过去，小步跟在阿琇身后，心中极是欢喜。

两人转到园子门口，却见翠缕正探头探脑地向园里张望，见到阿琇出来，喜道："娘娘，您怎么出来了？"

"殿里太闷，出来走走。"阿琇淡淡道。翠缕有些犹疑地瞧了一眼跟在身后的木槿手里捧着的梅枝，想说什么，却忍住了，只道："娘娘，该到进药的时候了。"

"今日不进了，"阿琇忽道，"翠缕，替我梳妆。"

翠缕吓了一跳，再看向木槿时的神色更加怪异。木槿心中亦是拿捏不定，却又有些高兴，至少，采人娘娘听进了自己的劝告，于是她便欢欢喜喜地将梅枝送到太极殿去。

翠缕拿捏着细心地替阿琇梳了一个坠马髻，此时正好李桓命人来传口谕："晚上陛下要与娘娘一同用膳。”阿琇只点了点头，命人打赏了小锞金子。翠缕试探道：“陛下怎又有空来了？”阿琇连头也未偏，只看了看镜中，便道：“你去将衣裳熏一熏，用栀子香便是了。让木槿来给我梳头。”

翠缕迟疑了半晌，应了声是，放下木梳便出去了。木槿轻手轻脚地入殿，小声道：“娘娘，梳个飞天髻如何？”阿琇轻轻点头道：“还是你知道我的心意。”木槿抿嘴一笑，便无他话。

翠缕捧着长裙进来，奉承笑道：“这飞天髻真个好看。娘娘，云英擅长画眉，让她来与娘娘画个远山黛如何？”阿琇点了点头，木槿心下稍觉诡异，却见翠缕很快地便领了云英进殿，云英自从经过那事后，始终是有些怯怯然的。此刻瞧着铜镜前的阿琇，畏手畏脚，不敢靠前。

阿琇没有理她，却从镜中看到李桓身边的小内侍进来，口中报道：“师傅让奴婢给娘娘送花来。”说话间，已是有十余个内侍各捧着不同的花摆放在廊下，有粉白芍药，富丽牡丹，都不是应时之花，却格外灿烂炫目。阿琇微微一笑：“替我谢过你师傅。”那小内侍甚是伶俐，又说了几句不相干的话，直哄得阿琇露出笑意，方才去了。

翠缕瞧着阿琇心情甚好，存心想在阿琇面前抬举云英，便推了她一把，笑道：“采人娘娘最是温和的，你拿出平日里的本事就成。”

云英捻起螺子黛，在妆盒里细细研了，便为阿琇用心描画起来。她描好了一边，退到一旁，嚅嚅道：“娘娘看看可是合适？”阿琇往镜中望去，只见她将眉峰画若远山，十分雅致，笑道：“果然是不错的。”云英略略安心，又上前去画另一边眉。阿琇问道：“你从前学过画？”

云英点头道：“奴婢从前入大将军府前，随父亲学过丹青。”木槿心中忽然一沉，只觉得有些不妙。

“你父亲是做什么的？”阿琇随口问道。

“家父曾……曾……”云英看了翠缕一眼，结结巴巴，不敢说下去。

阿琇留了心，转头望着她道：“曾是什么……”

云英迟疑着说道：“家父……曾在晋廷中为画师。后……后来跟随会稽郡公为长随……”

阿琇豁然明了，原来她也是汉人出身，想来是国破之时，这些官家妻女尽皆没为奴婢。她心中生了同病相怜之感，温言问道：“你父亲现在也在邺城吧，他有没有给你寄书信来？”

云英忽然叩头泣道："奴婢想为老父求一个恩典。"

"云英！"木槿厉声道，便想喝止住云英。

可哪里还阻拦得住，只听阿琇已然正色道："你让她说完。"

云英哭得双目通红，却是抽泣道："会稽郡公已遭横死，奴婢之父只是小小一个画师，可否饶他性命？"

"会稽郡公死了？"阿琇忽然面色煞白，哪里还坐立得住。翠缕却面露迷茫之色，追问云英道："你此言可信否？会稽郡公是什么时候出的事？"

木槿心中厌极翠缕的装腔作势，却也只能实话道："信是三日前递进来的，云英哭了几天了。"阿琇秀眉陡掀，直视着云英道："实情到底如何？"

云英伏在地上，低声抽泣道："奴婢的家人来书信说，会稽郡公七日前暴毙，如今郡公府中旧臣流放的流放，杀头的杀头，府内已经乱成一团，奴婢的父亲不知是死是活。"

"是怎样死的？"阿琇双手都攥紧了，直盯着云英道。

"是鸩毒，"云英哭道，"七日前陛下赐下了一壶酒，臣女的父亲本想代饮，可郡公不让。郡公喝下了酒便毙命了。"

阿琇哑声道："郡公死前说了什么？"

云英垂头哭泣道："信里说，是夜窗外有风雨声，郡公听了一会儿，问道：'是杜鹃在啼吗？'说罢便咽气了。"

阿琇呆了一瞬，却再无一滴眼泪落下。

翠缕见目的达到，却是一拉云英，斥责道："你这妮子忒没轻重，怎能在娘娘面前乱嚼舌根。"说着便扯着犹自在地上哀哀哭泣的云英，走了出去。

木槿心知不妙，再瞧阿琇脸色已然发白，她咬牙说道："娘娘，此事不是陛下所为。"

阿琇一愣，转目直视她道："你怎知不是他？"木槿惊出一身汗来，却不敢再接话。阿琇冷冷一笑："今早那番话，也是他让你来说的？你倒真是忠心耿耿。"

木槿从未见过她这般疾言厉色，忙跪倒道："这都是奴婢斗胆妄为，奴……奴婢……死罪。"

阿琇转首看了她一眼，半晌开口道："你从此不必进殿来伺候了。"

"娘娘，"木槿叩头道，"请娘娘千万保重，不要见罪于陛下。"

阿琇闭上了眼睛。

木槿心知难以转圜，慢慢退了出去。出得殿门，却见翠缕恰在廊下，望着自己冷笑道："你如今可知道厉害了？"木槿只木然往阶下走，并不理她。却听翠缕的声音在后面道："莫要故作聪明，小心害了自己性命。"

木槿回到房中，却见云英哭得像个泪人一样扑过来道："我并不是故意的，是翠缕姐姐逼我……"木槿点了点头，见她鬓发凌乱，替她抚了一抚，轻声道："嗯。"再瞧着云英眼眶中泪水大滴大滴往下落，到底有几分怜她，便说道："你父亲的事，你还告诉了谁？"

"只有翠缕，"云英瑟瑟地说道，"前几日她瞧见我在园子里哭，便拉住我问了几句。"

"你什么都说了？"木槿望着她道。

"没有，我只说了爹爹的事，"云英拉着她的袖口，急道，"翠缕说娘娘能帮我的。"

"你要是不想害死你爹爹，就别再告诉别人。"木槿疲惫地闭上眼。

第三十八回

黄雀在后

刘聪兴冲冲地来到晖华殿，却不见阿琇在殿中，他目中露出犹疑，转身问李桓道：“阿琇呢？”李桓心下忐忑，退后几步道：“老奴这就去找。”

“不用找了，”阿琇缓缓从门边走出来，轻声道，“我在这里。”

自那日争执之后，刘聪还是第一次看到她，此时见她俏生生立在珠帘之侧，身着一件月白色的双绣縠纹百褶裙，虽然淡扫娥眉，远峰微蹙，可病中一张脸仍是雪白雪白的，更显得纤细瘦弱，额上一抹珍珠色的蜀锦抹额边缀着一朵小小的白色玉兰，人如一座玉像一般，不惹半点尘埃。

刘聪望着她露出笑容：“阿琇，过来。”

她立在原处一动不动，扬了扬嘴角，笑容却没有温度：“听说陛下几过臣妾殿门而不入，不知可有此事？”

刘聪微觉尴尬，清了清嗓道：“你有病在身，朕不想打扰了你。”

“怎么今日陛下又愿意进来了？”阿琇轻轻笑道，“是觉得臣妾的病好了？还是陛下觉得可以面对臣妾了？”

“阿琇。”刘聪面上露出几分不快之色，沉吟道：“朕以为你真想通了。”

“想通？”阿琇闻言，忽觉舌尖酸苦，向着他走近了几步道，“你要我想通什么，任你追杀我的亲人，我还要在你面前承欢露笑，再对你的恩宠感激涕零，像你的那些妃子一样千方百计博你恩宠？”

他面上恼色愈深，冷道："你如今疯得愈发厉害了，朕不想见你这个样子。"说着他望了一眼站在一旁低着头的李桓，恼怒道，"李桓，起驾。"他盛怒之下便欲拂袖而去。

忽然阿琇在身后轻声道："真的是你毒死了……他吗？"

他的脚步顿了一顿，却没有停下，径直向外走去。

走到廊下，只见十几盆鲜花娇艳盛放，李桓心中忐忑不定，只听刘聪忽然驻足看了一眼，问道："这是谁送来的？"

李桓背上都是冷汗，战战兢兢道："是……是老奴……"他心知今日这马屁怕是拍错了，本以为皇帝会责罚他，可谁知刘聪什么都没讲，径直便去了。

至此晖华殿彻底便如一座冷宫，不止皇帝不来，便连内侍也不入。隔不了几日，殿中内侍黄晋却来殿中，跪下只道："老奴身份卑贱，伺候不了娘娘这样的贵人，恳求娘娘放老奴一条活路。"

阿琇冷眼瞧他，只淡淡道："你若寻到更好的去处，便尽管去吧。"

黄晋便爬起身来，自是去了田妃宫中。此例一开，宫中人尽作鸟兽散，还有谁肯在殿中老实做事。木槿私下里对云英道："这些人好没良心，娘娘得势的时候，未曾薄待过他们。他们一个个往前凑，巴结奉承。如今娘娘不得意了，便想去攀高枝。"云英脸色一白，却不说话。木槿瞧她面色不好，奇道："你今儿怎么了？怎的成了个没嘴的葫芦。"云英忽然落下泪来："木槿姊姊，我对不起你们。"

木槿心中一紧，便道："咱们都是亡国之婢，得蒙娘娘体恤，并不与我们见外。如今是娘娘困难之时，你可别生什么别的想法。"

云英不敢抬头看她，只道："昨日大刘贵人宫里的彩霞来看我，我便托她跟大刘贵人说了想去漪斓殿，彩霞已经允应。好姐姐，你若想去，便也去求求彩霞吧。大刘贵人何等得宠，我们去了会好过许多。"

"你这是什么话，"木槿面上浮起薄薄的怒色，"娘娘对我们何等好，怎能在她失势时离她而去？"

云英一下子脸色发白，却道："娘娘对我们究竟有什么好？姐姐你一心维护娘娘，娘娘却连大殿也不让你进去伺候。这样下去我们何时才能谋得出路？姐姐你想一辈子就在那个荒园子里修剪花枝吗？"

木槿想不到她竟有这样的心思，一时间怒道："我们既为宫婢，便要守得本分，你怎能这样想？"云英诺诺了一瞬，只低声道："姊姊你何必这样死心眼，便是翠缕她们，谁没有存了别样的心思。"

话虽是这样说，第二日一早云英便收好了东西，悄然随彩霞去了。木槿擦了擦眼泪，便去梅园里修剪枝叶，却只听身后忽然传来阿琇的声音：“都走干净了吧。”木槿不敢答话，只跪在地上默然不语。

阿琇望着她，忽道：“你怎么不走？”木槿跪下垂泪道：“娘娘对奴婢有恩，奴婢没齿难忘，绝不背弃娘娘。”

“你是有良心的，”阿琇轻笑了一下，望着她温和道，“罢了，以后进殿来伺候吧。”

嘉平元年六月初三清晨，田妃平安诞下一子，刘聪极爱之，取名为粲，加封田妃为贵妃，且田氏一族尽有封赏，一时之间田氏风光极甚。芙蓉殿夜放爆竹，如彤云蔽月，城中莫不可见。阿琇驻足在阶下遥遥相望，见那烟花如雨一般，不觉竟是痴了。忽听身旁有人轻声道：“娘娘，你若肯回头，如今那富贵之中的就不会是旁人了。”阿琇侧头，只见却是木槿站在身边。她摇了摇头，淡笑道：“你不必劝我，我与献容不同，若与他平安和乐，我恐怕夜不能寐。”

木槿面上忽然划过一丝奇异光彩，她小声对阿琇道：“娘娘，你想不想知道翠缕姐姐现在在做什么？”

阿琇有一时的懵然，很快她便正色道：“你带我去。”

木槿拿了一盏小小的宫灯，在前引路，两人转过殿后的梅园，便在一间不起眼的小屋外停下，木槿轻轻吹了灯，示意阿琇凑近去看。

阿琇立足在窗前，只听到里面似有女子的哭声，似是玉燕，还夹杂着几个陌生的声音。她听了一瞬不得要领，便俯身向窗缝里瞧去。

只见玉燕躺在狭窄的床上，身上覆着素色的布，上面尽是血迹。她虽是仰卧，却能看到她腹部高高鼓起，似是足月。她身边围着三四个婆子，手上拿着铜盆与各种器具，却未着宫装，瞧起来竟都是宫外来的接生婆子。

阿琇有一瞬时的讶异，却见木槿轻轻指了指屋内，只见屋内最角落的地方站着两个年轻的女子，一个身着翠裳，正是翠缕，另一个却瞧起来面生得紧，不知是什么来历。

那几个接生婆子打来热水，替玉燕擦洗身体，玉燕忽然惨叫了一声，只听那婆子喜道：“出来了，出来了。”翠缕身旁那年轻女子急道：“是男是女？”翠缕却拿出一个淡黄色的襁褓递给接生婆道：“这是玉燕妹妹亲手缝制的。”阿琇远远瞧去，只见那襁褓上似是绣着一枝梅，墨色淡淡，却煞是耀眼。

接生婆抱起孩子，包裹好襁褓，喜上眉梢："恭喜贵人，是个大胖小子。"

床榻上的玉燕虚弱至极，闻言忽然奋力挣扎道："抱……抱给我看看。"

翠缕接过孩子，含泪抱到榻边："白白胖胖的孩子，可有些像你。"

玉燕一张雪白雪白的面上瞬时有了淡淡的血色，她伸出一只手，摸着孩子的头道："是……是我的孩子……"她将面与孩子的脸贴在一起，泪水滚滚而落。

翠缕身边的宫女略显不耐烦，催促道："快些抱走吧。"

翠缕心下不忍，迟疑地望了那女子一眼，却见那女子重重地哼了一声，她只能一咬牙，便去抱起孩子。

玉燕大惊失色，双手牢牢抓住孩子的襁褓："你要把孩子抱到哪里去？"

翠缕用力掰开玉燕的手，小声道："玉燕妹妹，对不住了。"说罢便抱着孩子与那宫女一起离去了。阿琇和木槿隐在屋后，只见那宫女与翠缕竟是往北边宫殿而去。

"你知道此事已有多久了？"阿琇望着她们离去的身影，忽然开口问道。

木槿低下头去，轻声道："已有半年。"她迟疑了一会儿，便把自己所知一五一十地都说出来了。

阿琇静静地听着，忽然道："你那日不让我喝药，也是因为这个缘故？"

"是，"木槿脸色一白，"奴婢无意知道翠缕在娘娘的药中下了分量极重的活血药，久服恐致不孕，故而那日冒险泼了娘娘的药。"阿琇点了点头："罢了，你也是一番好心。"木槿垂下头去，又讲了云英所见之事。

待听到凤花离奇殒命时，阿琇面上终于有些动容，她问道："你为何直到今日才来告诉我？"

木槿不敢瞧她脸色："奴婢深知事情有蹊跷，但玉燕姐姐虽然有身孕，却并不出来走动，奴婢也不想声张出去害了玉燕姐姐。可……直到今日临盆，奴婢瞧见了翠缕竟然带了皇后宫中人来……"

"那宫女是皇后宫中的？"阿琇忽然问道。

木槿小心翼翼道："那位宫女姐姐，是如今皇后身边最得力的珊瑚姐姐。"

阿琇听到皇后也与此事有关，忽然松了口气，心知玉燕腹中之子必是刘和的遗腹子，纤罗到底会顾念在姑姑呼延皇后的面子上，为刘和保全这个孩子。她瞬时明白了许多事，缘何翠缕会阻拦刘聪来见自己，又为何会生出这些事来，原来都是为了玉燕肚子里的这个孩子。

于是阿琇轻声嘱咐道："此事你看到便忘了，莫要再提起。"木槿见阿琇神色甚重，点头道："奴婢省得。"阿琇惦记着玉燕产后无人照料，又对木槿道："这几日你多送些东西来这边，好生照料她。"木槿有些讶异："娘娘这样慈悲。"

"她们俩都是我从前便识得的故人，如今能有所照料，便多照料着吧，"阿琇叹了口气，回头看了阴沉的天色，"要下雨了。"

然而这一夜却并不能安稳，三更时夜雨极大，雨声中却听殿外刀剑之声。却是铁甲卫突然包围了晖华殿。阿琇披衣而起，站在殿外沉声道："是谁这样大胆？"

殿外身着铁甲的将军却是故人，他恭敬道："娘娘，对不住了。"

阿琇一怔，道："石勒，怎么是你？"那人正是石勒，他本是安东将军，自回朝后却被刘聪安置在宫中做了内禁侍卫首领。他行过礼，冷冰冰道："末将奉旨办事，还请娘娘暂且让开。"

阿琇心知不妙，问道："你既然来搜我的晖华殿，总得有个说法。"石勒身后忽然有个内侍尖声道："石大人奉旨办事，与这个小小的采人啰唆什么？"此人却是那日领人杖责阿琇的白广，他本就是田妃身边得意之人，此时更是目空一切，望着阿琇狞笑道："贵妃娘娘得知采人私藏要犯，已经禀奏皇上，要将这晖华殿好好搜上一搜。"

阿琇心知消息走漏，只得硬着头皮道："宫中从来法度森严，不知贵妃娘娘要搜的要犯是何人？"

"好一副利口，"白广一翻眼，却道，"采人竟不知情？你宫中窝藏废逆太子的姬妾，如今更生下小崽子来。"

阿琇心里却松了口气，只正色道："一会儿又是姬妾，一会儿又是孩子。我竟不知白公公要找的逆贼到底是什么人？我宫里侍女虽不如芙蓉殿多，却也有好几十人，是不是个个都是白公公要找的逆贼？"

白广被她逼得无法，只得咬牙道："要找的逆贼就是废太子的遗腹子！采人休要拖延时间。"

阿琇亦是目光直视着他道："白公公口口声声只道我宫里有人生了孩子，要是没有又当如何？"

白广心中稳稳当当，只冷笑道："老奴有十足十的把握，若没有此事，老奴亲自给采人赔礼。"

阿琇只对石勒道："石将军可听清了，白公公咬定我宫里有废太子的遗腹子。可我宫中若是没有搜出孩子，便不许随便拉个人出来污蔑我晖华殿。"石勒亦道：

“末将晓得分寸，请娘娘放心。”阿琇一侧头，却只见木槿慌慌张张地跑过来，却被铁甲卫拦住，她只能拼命地做着杀头抹脖子似的手势，神态焦虑至极。

石勒见状，一伸手道：“娘娘，得罪了。”他手下铁甲卫训练极是有素，顿时都分散了开，便去晖华殿中搜查。石勒治下极严，虽是在内苑搜宫，却丝毫不闻人声嘈杂。阿琇心知这必是刘聪为自己留了余地，让石勒来搜查晖华殿，若是田妃的人来搜查，却不知会闹成什么样。

搜了半晌仍无动静，白广微微有些沉不住气，斜眼只望着阿琇冷笑。阿琇并不理他，她亲眼所见翠缕与珊瑚将孩子抱走，情知他们搜不出什么来。谁知过了约略一炷香，却见石勒手下一个铁甲侍卫抱着一个刚刚出生的孩子，身后更有两人架住了玉燕拖了过来。那铁甲卫将孩子递给石勒，说道：“将军，搜到了。”

阿琇大吃一惊，她明明见到翠缕将孩子送了出去，为何又会出现一个？只见玉燕面上血色全无，跪在地上哀哀哭泣道：“孩子……把孩子还给我……”阿琇循着她的目光望去，却见石勒手中抱着的那孩子裹着一个明黄的襁褓，这颜色却与她白日见到的不同。她心中疑惑陡起，强按下心中的疑问，却望向玉燕身后，只见翠缕躲在人群最后，微微侧着头，面上俱是惊恐不安。

白广凑近瞧了那孩子一眼，忽然面上露出几分得意的笑容，却对着阿琇道：“采人好大的胆子，还不跪下。”

阿琇身子微微一颤，却是跪了下来。石勒面上闪过迟疑的神色，低头去看阿琇。只听阿琇极小声道：“孩子是无辜的，请你饶恕他。”

“饶恕？”白广大笑道，“采人现在自身难保，还想管到旁人死活？”说着他却转头看向石勒，唇角勾起一丝快意的笑容：“石将军，现在就看你的了。”

石勒的脸色铁青，却没有再犹豫，他高高地举起了孩子。那孩子一双大眼半睁半闭，睫毛极长，一根手指尚还吮吸在口中，胖乎乎的脸上也带着一丝心满意足的笑容。

阿琇痛呼道：“不要……”可她话音未落，石勒已将孩子摔在地上，那个白白胖胖的孩子出生不过一日，却已是闷哼一声，没有了气息。

玉燕呆了一瞬，忽然啊的一声嘶叫了出来，她不知哪来的力气挣脱了内侍的束缚，扑向了地上的孩子。此时的她发髻俱乱，衣衫不整，可她哪里还顾得了这些，只将那孩子捡了起来，紧紧搂在怀中，急道：“宝宝……宝宝……你怎么不哭了？”她抱着孩子摇了摇，可孩子已经七窍流血，气息全无。玉燕忽然解开衣衫，露出了美好皎白的胸部，众人都是一惊，只见她已经迷了心智，便将那孩子往自己胸部送去，哄着孩子吃奶，一边轻声唱道："宝宝乖……吃饱了就不哭……"她仿佛全然未知这孩子已经毙命，任由那孩子七窍涌出的血抹在自己的胸口，一时间她的身上血迹斑斑，这情景实在太过骇然，阿琇侧过头去，已不忍再看。

站在人群外的木槿脸上尽是青灰之色，她挪了几步走近了翠缕，只见翠缕低着头死死咬住双唇，哪里还说得出话来。

忽然白广看了看玉燕，却是伸手拔出了石勒腰间弯刀，举起高高劈了下去。玉燕连哼也未哼一声，已是倒在血泊之中，至死她手里仍是紧紧搂住她的孩子，阿琇离得极近，只觉面上一热，已被他们母子的鲜血溅了一身。

翠缕啊的一声呼了出来，目中全然是不敢置信。木槿冷冷地注视着她，心中却是愤怒。

白广犹不解恨，却是目光一转，把刀锋对向了阿琇。

阿琇此时全无畏惧，她抬起头来，恨恨地盯着白广，目中都是仇恨的火焰。

白广恼羞成怒，便要一刀劈下。忽然他只觉刀上一沉，侧头看时只见石勒伸出了一只手，按在刀上，沉声道："白公公，仔细闪了手。"白广何等骄矜，哪里会把石勒放在心上，只一愣便怒道："贵妃娘娘有口谕，若是查实与逆太子有关，都不可轻饶。"

"末将奉的是陛下旨意。"石勒冷冷道。

白广只一呆，心中掂量了一瞬，却是松开了手。

那柄染血的刀铮然落在地上。

白广见事情办妥，冷哼一声，自是带着手下内侍先行离去。

石勒全然如无事之人一样，对身后铁甲卫道："将这里收拾干净。"又对阿琇一拱手道："娘娘，得罪了。"阿琇气苦道："我既窝藏钦犯，为何不把我一起带走？"石勒一侧身，只低声道："末将只是奉旨办事，娘娘不要为难末将。"

阿琇气极反笑："好，好一个奉旨办事。你们胡人这样残暴，竟连骨肉手足之情也不顾。"石勒本已转过身去，听到此话却忽然立住，淡淡道："娘娘，末将听闻汉人在同室操戈上并不比任何异族留情。"阿琇顿时说不出话来，却只见石勒大步离去。

田贵妃听到白广的回禀，心中稍是舒坦些，她双眉微挑，说道："都办利索了吗？"白广极是谄媚地跪在她身旁："娘娘，石勒将军亲手摔死了那个逆子。那靳采人果然是知情的，还在一旁苦苦求情呢。"田贵妃大觉快意，喝了口水道："这狐媚子，害得陛下险些冷落了本宫。"

“可不是吗，”白广想到自己也受责罚之事，心中也觉得意，“小小一个采人，怎能与我们贵妃娘娘相比？犹如顽石之与皓玉，雏鸡之与美凤……”他谀辞如潮，还要滔滔不绝地说下去，却见田贵妃一摆手道：“够了，那贱人可也一同处决了？”

“这……”白广有些犹豫地抬起头觑了一眼田贵妃神色，迟疑道：“老奴本想下手，奈何……奈何石勒将军阻拦。”

田贵妃顿时勃然大怒：“大胆，他一个小小的内禁统领，怎么敢坏我的事？”

“娘娘息怒，”白广忙叩头道，“石将军说是陛下的旨意。”

田贵妃忽然留了神：“陛下难道特别交代了要宽恕那贱人？你去报信之时陛下是怎么说的？”

白广皱眉想了想道：“老奴去报信的时候，陛下在刘婕妤的撷芳斋中，老奴只把事情告诉了李桓，并没有进去听旨。”

“这贱婢，”田贵妃一拍花梨木的扶几，柳眉倒竖，“定是她又在陛下面前搬弄是非。”白广添油加醋道：“老奴也觉得是呢，陛下已经好几个月都没去过晖华殿了，哪里还能记得起那个名不见经传的靳采人，必是刘婕妤新晋了位分，翅膀稍硬，就想和我们娘娘过不去。”

“娘娘，不要气坏了身子，”素影在一旁瞧见田贵妃气得要命，忙劝道，“娘娘如今有了小皇子，可不要和那些低下之人一般见识。”

“粲儿呢？”田贵妃听提到儿子，顿时关切起来，“快让奶娘抱来给本宫瞧瞧。”素影自是去侧殿去唤奶娘，不多时，奶娘便抱着啼哭不止的孩子过来，有些紧张地跪在地上道：“娘娘，小皇子今晚一直啼哭不止。”

田贵妃有些生气地瞪了她一眼，双手接过孩子，柔声哄了一会儿，只见那孩子却哭得更凶起来，竟是双眼圆睁，哭得满脸通红。田贵妃皱眉道：“快宣太医来，再去把陛下请来。”

白广迟疑道：“娘娘，已经四更了，还要惊动陛下吗？”

田贵妃不满地一瞪眼：“本宫的儿子哭了一晚上不能睡，难道还让他在那个狐狸精那里高枕无忧？”白广不敢多劝，只得领命去了。田贵妃又是心疼又是焦急地哄着孩子，只皱眉道：“怎么才一天，粲儿就瘦了这么多。”素影在旁安慰道：“娘娘，刚生下来的小孩子都是这样呢。”此时白广回来回话，只道：“陛下已经睡下了，奴才连话也没有递进去。”

田贵妃怒意更深，耳中听着孩子啼哭不止，心烦不已，忽然一指奶娘道：“都是这不中用的东西，把她给本宫拖出去，狠狠责打。”奶娘惊得魂飞天外，扑在地上求饶不止。素影劝道：“奶娘还要哺育小皇子，娘娘且饶了她这遭。”田贵妃嘴角一瞥，冷道：“奶娘还不多的是，哪里少她一个。”素影见她迁怒奶娘，却也不敢再劝，只眼睁睁看着白广将那奶娘拖了出去。

外面雨声淅沥，田贵妃心里郁郁难平，只觉好似胸中憋着一口气，怎样也吐不尽。她心中腾腾然如灼着火一般，直烧得满心都是烦躁焦虑，瞧着周遭一切都是心烦的。她忽地站起身来，却将桌上一应金银玉器都摔在地上，素影唬了一跳，慌忙把孩子抱回内室去。再出来看田贵妃，却见她已哀哀地伏在桌上，目中都是泪痕。素影知她素来心高气傲，也不听人劝告。她便走过去，轻轻拾起地上破碎的器皿。

与芙蓉殿相隔不远，昭阳殿里亦是红烛高烧，纤罗正装端坐在殿上，听着外面的动静，忽然笑道：“瞧她又是折腾了一夜。”珊瑚恭敬地给纤罗斟上一盅酪盏，却道：“皇后娘娘，快近五更了，您也该睡了。”

“长夜漫漫，又有什么好睡的。”纤罗睨了她一眼，只叹道，“不如听着外面的动静，还能觉得有些生趣。”她顿了片刻，却问道，“那边都安置妥当了吗？”珊瑚低声道：“都安置好了，孩子已经送回去了。”

纤罗只嗯了一声，便没了动静。珊瑚迟疑道：“娘娘，那个翠缕要怎么处置？”

“她是从前府中旧人，又跟随大表哥多年，赏她个全尸，”纤罗冷声道，“做得干净利落点，不要留下后患。”珊瑚低低地应了声是，又道：“只是晖华殿那样狭小，奴婢想下手恐怕采人会知道。”

“那有什么，”纤罗道，“不怕她知道，她知道又能怎样？”

珊瑚顿时会意。

纤罗看了看窗外渐明的天色，忽道：“珊瑚，你喜欢这里吗？”“嗯？”珊瑚有些没有回过神来，再瞧纤罗面上浮现的淡淡的惆怅神色，便低头道：“奴婢觉得这里好是好，只是太冷清了些。”

“是啊，这里哪有平阳好，”纤罗轻叹道，“那时候家里虽然没有这样大，但一家人都聚在一起，说说笑笑，多么热闹。现在宫里虽然大了，却都隔在一间间宫殿中，家也不似个家，想见个人都难。”珊瑚默默地望向她，心中自是嗟叹，却不敢再接话。

众人转瞬都走得空了，木槿扶起跪在血泊中的阿琇，柔声道：“娘娘，且回殿中去吧。”

阿琇转过头去，却正好与翠缕的目光相触，翠缕吓了一跳，忙低下头，不敢瞧她。只听阿琇忽然高声道：“翠缕，你过来。”木槿亦是厌恶地盯着翠缕，只瞧她畏畏缩缩地慢慢挪步过去，却是驻足在十步远处，不敢再过来。

地上的玉燕和孩子的尸首已被铁甲卫拖走，唯有一摊未干的血迹殷红触目，阿琇忽然伸指沾了沾地上的血，猛然去拉扯翠缕，将那血痕擦在翠缕的衣衫上。翠缕吓了一跳，哪里还站立得稳，她惊得闭上眼，扑通一声跪倒在血泊中，啊的一声叫了出来。

“这是你一起长大的好姐妹的血，你好好瞧瞧，”阿琇一字一句冷得彻骨，仿佛结了冰一样，“你们姐妹一场，她和孩子都走了，你忍心不去送送她？”

翠缕已濒临崩溃，忽然失声大哭起来：“玉燕，玉燕你不要怪我。我也是不得已……”

“你有什么不得已？”木槿气郁难平，忽然插口道，“难道你害死凤花也是因为不得已？你在娘娘的药中下毒也是因为不得已？你今日明明把孩子已经抱走了，为什么要送回来？你做了这么多坏事，怎是一两句不得已能消除的？”

翠缕忽然呆呆地望着木槿和阿琇：“你……你们都知道了……”

阿琇静静地望着她，目中却尽是失望，半晌她方才淡淡道：“当初我救你们之时，并没有想到会有今日，你一错再错，如今我也不能保全你了。”

“娘娘，娘娘……”翠缕忽然大骇，她似乎意识到什么。

与此同时，数名宫人内侍忽然冲了进来，面目都甚陌生。翠缕心中惧极，便欲躲在阿琇身后，可那领首的内侍如抓小鸡一样很快便把她拎了出来，他手持木棒，冷冰冰道：“皇后娘娘口谕，宫人翠缕窝藏钦犯，知情不报，钦命处死。”

“皇后，皇后娘娘……”翠缕不敢置信地睁大了双眼，大声道，“您不能这样对我……”可她话音未落，那内侍却是一棒敲下，木槿不忍心看，转过头去，只听翠缕闷哼一声，便重重摔倒在地。她回过头时，只见翠缕已是不活。而阿琇呆呆地睁大眼睛，却没有什么反应。那内侍处理完此事，十分利落地便带人离去了，从始至终都没有理会过阿琇主仆。

“娘娘，”木槿轻声道，“您没事吧。”

“我能有什么事。”阿琇苦笑一声，站起身来，只觉双膝跪得有些麻木了。她的眸光从翠缕的尸身上划过，“皇后敲山震虎，这一棒是存心打给我看的。”

“娘娘，咱们应该怎么办？”木槿面孔发白，只觉浑身瑟瑟发冷，“这宫里人人好像都在盯着咱们。”

“田贵妃是螳螂捕蝉，却不知道皇后才是黄雀在后。”阿琇淡淡道，她心中忽然浮出纤罗的样子，那样爽直单纯的女子，入宫不过一年，便也变成了这个样子。

第三十九回

蔹蔓于野

入夏本是雨水丰沛时候，可自六月那场雨后，京里竟是滴雨未下。一时间从京中往北，千里赤地，已成大旱。

朝堂之上，田密率先上奏，言道天不降雨是国本未定，应立太子以定国本，祈求上天福泽降雨。可刘睿哪里会相允，他接着便递上奏折说道，陛下虽有长子却是庶出，怎能定为国本？陛下春秋鼎盛，皇后娘娘正当青春，此时言立国本未免太早。两方都是朝廷重臣，一时之间势成水火。刘聪大是头疼，他虽未明确表态，却是好言安抚了田密，又表示要亲自去祈雨，祈求上天福泽。虽然他给足了田密面子，可明眼人一望可知，这是驳回了田密的奏折。

田密焉能忍下这口气？他上表请罪，自言天不降雨，是国有佞臣，自己身为大将军，不能不请罪，递完奏折他便称病回家了。刘聪无奈之下，只得携贵妃亲至田府探病。帝妃来到田家，田密满脸病容地躺在床上长叹不语，他的夫人秦氏含泪跪奏道：“我们老爷身子不好，不能接驾，还望陛下恕罪。”田贵妃瞧见父亲垂病的模样，悲从中来，与母亲抱头痛哭，一时间阖府都是哭声。

刘聪瞧见田家这番做派，心中虽然厌极，却也不能不好言抚慰，又给田家许多赏赐，加封秦氏为护国夫人，纵然如此，可田密却仍然不肯上朝。刘曜私下里却道：“陛下，大将军心里定要出这口气，他手里握着兵权，又是拥立有功之臣，拖下去恐生变故。”

刘聪抚了抚额头，皱眉道："难道便依了他立了太子？那呼延氏一族岂能善罢甘休？"

刘曜看在眼里，只道："此事全在一个'拖'字诀，若能给田家小小的甜头，让他们看到一丝希望，便也拖住了他。"

刘聪"哼"了一声："朕已经加封了秦氏为一等国夫人，可人心不足蛇吞象，他们哪里肯知足？"

"小小一个国夫人是满足不了大将军的，"刘曜轻咳了一声道，"陛下若不想立太子，可以先册后。现在对于田密而言，最大的困难便是庶子立太子，名不正言不顺。可如果让贵妃娘娘也做了皇后，便是给了他一点希望。"

刘聪脑海里忽然闪过电光石火的一个念头，他看向刘曜道："爱卿的意思是并立双后？"

"我匈奴向来便有左阏氏，右阏氏，"刘曜笑道，"何时要守那汉人的规矩只能有一个嫡妻？"说到此处，他顿了一下，道，"更何况陛下根本不需恪守双后，就是立上四后又有何妨？"

如若是双后并立，田氏仍然权重。可如果立了四后，田氏之权便可分去许多，这果然是一条妙计。

刘聪眉心轻轻抽搐了一下，却看向刘曜道："爱卿以为立哪四后？"

刘曜拱手道："这是陛下的家事，臣不敢擅自议论。"

刘聪站起身来向前走了几步，轻轻摁住了刘曜的肩膀说道："爱卿忠心耿耿，是朕的肱股之臣。"

夜里羊献容悄悄问道："今日陛下问你该立哪四人为后，你为何不提阿琇？"刘曜淡笑道："阿琇是咱们送进宫去的，若我去提，岂不是惹陛下忌讳。"羊献容略一思忖，却道："可阿琇是陛下心尖上的人。"

"陛下的性子，我算是瞧明白了，"刘曜握着羊献容的雪白柔荑，轻叹道，"他越是看重的东西，就越要故意冷淡。"

"这是为何？"羊献容迟疑不解。

"君王的爱重是最危险的，他是天下之君，他爱之切之的东西，如若时时都在烈火中焚烧炙烤，可能随时都会灰飞烟灭。所以他心中哪怕爱到十分，也不愿意让她成为众矢之的。"刘曜叹了口气。

羊献容忽然手腕一抖，面色却有些变了。

“你在想什么？”刘曜笑着环住了羊献容，“我和陛下可是不一样的，若我喜欢的东西，定要让天下都知道。”

羊献容只觉他从身后贴来，闻着他身上淡淡的衣裳熏香，忽然觉得心中安定，轻笑道：“纵然是在烈火上焚烧炙烤，妾也无怨无悔。”

隔了几日，宫中便颁下了册后的旨意。果然是四后并立，呼延氏本为中宫，尊为上皇后；贵妃田氏生下长子，是为中皇后；这两者是众望所归，并无任何意外。然而让人疑惑不解的是，左右皇后却分别为大小刘氏。

田密本来听说女儿立为皇后，大喜过望，可听说刘睿家居然出了两个皇后，气得更加厉害。这次是夫人秦氏劝他道：“老爷何必与那刘睿一般见识，他家纵然有两个皇后，可没一个有我们姝儿肚子争气的，又有什么用？现在我们姝儿当了中皇后，生出的孩儿便是嫡子了，陛下到底是偏着我们的。”田密听了夫人的话，也觉得颇有道理，就此作罢，第二日便去上朝了。

四后并立好不热闹，宫中是要忙上许多日，一时间人人面上都洋溢着喜色。唯有昭阳殿里冷冷清清，不见半点动静。南经心中挂念妹妹，便去昭阳殿探望，可刚到殿外，珊瑚便拦道：“国舅爷，我们娘娘身体不适，不能相见。”南经叹了口气，心知妹妹心中必然郁郁，便道：“好吧，你替我多劝劝纤罗，我明日和母亲一同来看她。”

珊瑚面上闪过了一丝犹豫的神情，她躬身回道：“是。”待到她回到殿中，只见殿里黑漆漆的，一点烛火都没点，她心中有些害怕，轻声道：“娘娘，国舅爷已经走了。”

“哥哥说了些什么？”纤罗的声音冷冷地飘过来，好似飘在空中。

珊瑚循声望去，只见纤罗华服鲜丽端坐在殿上，神情极其木然。她轻声回禀道：“国舅爷让奴婢好生劝劝娘娘……他还说明日再来看娘娘。”

“明日？”纤罗忽然苦笑道，“明日再来。来了又怎样？无非是劝我继续忍耐罢了。”

“娘娘。”珊瑚心中有些不忍，轻声道，“陛下到底是看重娘娘的，位分仍在其他三后之上。”

“是吗？”纤罗呆呆地看着地上水磨的金砖，忽然失声大笑起来，“我这个皇后，在你们看来就和我姑姑一样，都不过是个笑话而已。不是吗？”

夜色极静，满地都是月华清辉，有人轻轻推开了尘封已久的朱色雕花大门，踏着月色慢慢走入园中。冬日里满园疏密的梅枝如今竟成参天琼木，阿琇悄立在园中，忽然只觉身后有人，便轻声道："木槿，是你来了吗？"

"是我。"

那人缓缓走近，却如一阵阴影逼近她身前："我们又见面了。"

阿琇默然了一瞬，低头道："皇后娘娘。"

"叫我纤罗吧，"那女子忽然唇角扬起一丝讥笑，"我不喜欢皇后娘娘这个称谓，它让我觉得讽刺。"

阿琇悚然一惊，却只见纤罗凤冠巍峨，眉目端丽，只是眼角眉梢都是惆怅，哪里是当年见到的那个明艳飞扬的红衣女子。阿琇心中感慨，打量着她轻声叹道："这身衣裳我见过四个人穿过了……"

那人笑了笑，声音压得极低："听说贾后容貌极陋，她也是穿过这衣裳的？"

阿琇伸出一只手，一边掰指一边数道："我见过第一个穿这衣裳的便是贾后，她的相貌我倒记得清爽，有些黑，却是很瘦的，虽然不美貌，但却并不如坊间传的那样狰狞。"她顿了顿，又说道，"能穿上这身衣裳的人，都不会是太难看的人。"

"却也都不是幸运的人。"纤罗忽然插口道，头上的凤冠微微晃动，在地上摇曳出孤零的影子。

阿琇点了点头，望着她的目光多了几分同情："贾后、献容、平阳，她们有的惨死，有的流落，都算不上幸运。"

"可为什么连我也是这样，"纤罗仰天而笑，笑得却连泪水也涌出，"我那样一心一意待他，他却视我如无物，除了你，他居然又有了田妃、大小刘贵人，她们一个个都能爬到皇后的位置上，那我又算什么？"

阿琇犹豫片刻，还是说道："帝王之爱，不同常人，哪有那样长情永久，你又何必太痴？"

纤罗忽然望向她，唇边浮出一丝苦涩的笑意："这宫里这样大，可我真能说上几句话的，竟然是你。"

阿琇默然片刻，轻道："这宫里都是不幸的人，也没什么分别。"

"不幸，我最大的不幸却是遇到你。"她忽然迫近几步，走到阿琇身边，眨也不眨地望着她，眸中却是复杂的神情，忽然尖声道，"你说我有何比不上你，为何他心里只有你？"

阿琇被她笑得惊起一身战栗，她退了一步，只道："纤罗，你从未有何逊色于我，我也从未视你为对手。"

"你是不屑？"她步步逼近，眸中怒意却更深，"我和四郎从小相依相伴，我们一同长大，我敬他爱他，想与他做长久夫妻，我为他做了多少事，可为什么他心里只有你，心心念念都忘不了你。这么多年我始终想不通这个道理，你说，这究竟是为什么？！"

阿琇被她迫得无奈，只道："他心里对母亲之死一直有心结，你姓了呼延氏，又怎能化开他的心结。"

纤罗呆了一瞬，喃喃道："就因为我姓呼延……"

阿琇见她面色不似正常人，兀自强按下心中惶恐，轻声道："夜深了，你也早些回去歇息吧，明日还有册封大典。"

纤罗笑了笑，忽然仰起头来，突兀道："他欠我那么多，我也对他存有秘密。你说我和他是不是两不相欠了？"

阿琇蹙眉望着她，却见密密的梅枝透过月光在她面上落下深浅的光影，她衣衫上金闪闪的镶金丝撒花凤形绣纹此时却都显得暗沉沉，缀在凤袍上更显得累赘。唯有双眸间划过一段浅浅淡淡的莹白流光，明珠一样漾出神采，这一瞬的明丽鲜艳，风姿端华，竟是耀眼灿烂，直教人不能直视。

这大抵是纤罗留在阿琇脑海中最后的印象了，这宫里最尊贵的女人，匈奴五部曾引以为傲的花朵，便在这夜悄然凋零，再也没有出现在世人的眼中。

没有人知道她去了哪里，也没有人能找到她的踪迹。有人说她死了，是坠井还是投湖？刘聪命人把宫中所有角落都翻遍了，竟是死不见尸。可活亦不见人影，她带着她那一身华丽的凤衣，一如她出嫁时的样子，永远消失在这深深宫闱中。苦寻了三日未果后，刘聪只得对外宣布，上皇后呼延氏暴病而亡。

木槿悄悄地问阿琇："娘娘，那夜在梅园中……"

"是她。"阿琇淡淡道，却是眺望着远处，"她那样一个人，若是想彻了，便是新的一番天地。"

木槿试探道："那皇后娘娘应该是没有死吧。"

阿琇笑了笑，语气却是唏嘘的："她不该是属于这里的。"木槿默然地退了下去，似是若有所思。

七日国丧后，刘聪鲜有地来了晖华殿，只有李桓跟在他身后。他一挥手，李桓便退了出去，悄悄掩上殿门。刘聪脸上似是很疲惫，低声道：“她最后见过的人是你？”

阿琇端然倚在榻上，脖颈微微挺直，回答简洁：“是。”

“她说了些什么？”他忽然开口问道。

阿琇侧头想了一瞬，淡淡道：“她说与你两不相欠了。”

他目中闪过一丝不易察觉的伤痛，忽然走近几步，在她身旁停住道：“这些话她为何来寻你说？”

“你是疑心我把她藏了起来？”阿琇忽然觉得有些可笑，哂笑道，“陛下未免太抬举臣妾了，臣妾不过小小一个采人，何德何能可以这样受到陛下重视。”

他被她语气激怒，忽然迫近了她，嘴角轻轻抽动：“这宫里人人都看出朕的心事，独有你不知道！”阿琇反唇相讥：“陛下有何心事，是杖死我宫中侍女的恩德，还是鸩毒死我叔父的恩典？臣妾在此一一都要替他们谢过陛……”她话音未落，他忽然将她搂入怀中，呼吸近在咫尺，暧昧至极，却不适宜这样的氛围，他低声道：“明日朕要出征，便不能陪陪朕吗？”

她有心躲闪，可哪里拗得过他，情急之下一脚踢了出去，却恰恰踢在他右膝上。他闷哼了一声，她心中一惊，忽然想起他膝上是有旧伤的，佝身便要去看，可凑得近了却忽见他唇边抹上一丝得意的笑容，低低地暧昧道：“你心里到底是有朕的。”她来不及反驳，只觉唇上忽然一热，已被他深深吻住。声响传到屋外，木槿两颊滚烫，有些局促地想移开目光，可转眸却见李桓仿若无事人一样，只盯着脚下金砖出神。她心中窘极，却听李桓低声道：“去打水来。”

“打水做什么？”木槿一怔，有些迟疑地仰起脸。

李桓又是好气又是好笑：“你到底是怎么在宫里当差的，娘娘等会儿可不要沐浴？”木槿愣了愣，忽然回过神来，红着脸跑了开去。

建元二年八月，刘聪领兵连克幽州、冀州，当年九月，发兵长安。围城整整一个月后，长安遭陷，晋愍帝司马邺出降。大军回至洛阳，宫中已皆是喜色。唯有晖华殿仍是冰窖一座，不通任何讯息。

刘聪回朝之日，便重议册封四后之事。朝中还在揣测谁能为上皇后，隔一日，上谕便传来，中军靳准有功于社稷，靳氏之女册为上皇后。消息传到晖华殿，木槿简直不敢相信自己的耳朵，直愣愣地望着李桓道：“上皇后？是册封谁做上皇后？”

“当然是册封你家娘娘。”李桓只道。木槿忽然愣在原处，心中欢喜无限，眼中涌出泪来。

李桓急道：“哭什么，快叫你家娘娘出来谢恩。”木槿哎了一声，赶忙奔入殿去，一边奔走，一边大声道：“娘娘，您被册为上皇后了。”

不多时，她搀扶着阿琇出来，二人立在殿外，却见李桓恭敬跪下，竟是给阿琇行了大礼。阿琇面色倒是极淡，只道：“先皇后尸骨未寒，陛下倒这样急着册封。”李桓见四下无人，忙恳切道：“这是天大的喜事，娘娘万勿做此不吉之语。”他只一侧头，身后的内官伶俐地捧来几个黑檀金漆的木盘，上面却盛着崭新的凤冠霞帔，俱是内府新制，阳光下一照，如是金光万道。

阿琇瞧着那凤冠霞帔，却是淡笑道：“这样好的衣裳料子，给我穿岂不是太过可惜了？”

“娘娘，”木槿有些害怕地低声道，“快谢恩吧。”

李桓见阿琇站着一动不动，叹了口气，亲手捧起那凤冠霞帔递给木槿，轻声道：“替你家娘娘好好准备，七日之后就是册封大典。”

阿琇忽然问道：“长安的愍帝是不是也到洛阳了？”

李桓心中大骇，皇帝有命此事定要瞒住晖华殿，可她如何便知道了？他只得硬着头皮道：“老奴不知娘娘何指？”

阿琇冷笑拾起那一袭华丽的凤袍，却道：“弟为阶下囚，姊为堂上妇。陛下却是这样费的心思。”

李桓越听越是惊心，终是不敢掺和帝后家事，只道：“娘娘早些歇着，陛下必会来看望娘娘的。”

木槿知道阿琇心事，却不敢多言是非，只小声道：“娘娘要不要将这衣裳上身一试？”

阿琇定了定神道：“替我去请司徒夫人入宫来。”木槿会意地点了点头，赶紧出去传话。

阿琇指日就要贵为上皇后，宫中人自是趋炎附势，不过片刻工夫，木槿便回话道：“司徒夫人入宫求见。”阿琇抬起头来，只见羊献容面上带着笑容，款款走入殿中，满面笑容道：“娘娘今日怎么得空？”

阿琇屏退左右，却说道：“献容，我想出宫去一趟。”羊献容大是讶异，问道："你为何要出去？"阿琇心知瞒不过她，索性和盘托出，只道："我要去见一个人。"羊献容瞬时已知她心意，摇头道："不行。"

阿琇急切地拽住她的袖口，轻声道："若你不帮我，我再也无法可施。"

羊献容只是摇头："那人被关得何等严密，何况你又是这样的身份，怎能瞒得过陛下出宫去。"

"我若出去定是瞒不过的，只有一个办法，"阿琇双目直视她道，"去你们府上，才不会引人注意。"

羊献容皱眉道："这如何使得？"阿琇失望地转过头去，"原来连你也不肯帮我。"羊献容极是为难，劝道："阿琇，此事不妥。"

阿琇侧身靠近了她，轻声道："你若帮成我此事，我也能助你们一臂之力。"羊献容霍然心中一跳，只道："你说什么？"阿琇嘴角一弯，淡淡道："五公子不是想铲除田密吗？"

羊献容转眸望向她，却见阿琇眼中旋过一丝笑意。她心中极是震惊，过了片刻方仓促道："此事我需回去和曜郎商量。"阿琇微微合目，疲惫道："不急，我等你的消息。"

入夜时分，羊献容命人送来一张薄薄的纸笺，阿琇看过之后便就着烛火烧了，却吩咐木槿道："去问问陛下今晚歇在哪里？"不过片刻，木槿便来回话："今夜陛下在太极殿理事，还未歇下。"

阿琇换过衣衫，终是悄然立在太极殿外。左右慌忙跟了过来，李桓跪在最前，惊惧不已："娘娘。"阿琇怔怔站定，恍惚半晌，轻声说道："无事，我只是想去看看陛下。"

李桓很是惊喜，忙道："老奴这就去通报一声。"

"不必了。"阿琇摆了摆手，已是一手提起衣裙，慢慢拾级而上。李桓远远地瞧着她的身影，只觉得是极萧索的，微微摆起的裙裾仿佛不胜秋风的寒意。

这熟悉的大殿，恍然还是旧时的样子，便连殿窗上的木刻花样，也并未改变半分。她伸指细细描着上面半脱的朱漆，忽听殿中人疲惫地说道："是谁在外面？"

"是臣妾。"她推开殿门，瞬间便换上了一脸愉悦的笑意。

良宵静好，两人相对都少了言语。

只觉秋意中别有几分温柔。

细纱的宫灯下，他细细辨着她面上神情，只觉那如花一样的笑靥中，似乎蕴着淡淡的苦意。可这仿若只是幻觉，他一眨眼，她依旧是温柔顺从地笑着，连唇角都未有半丝改变。他握住了她的手，却只觉手心冰凉，他柔声道："你冷吗？"

"不冷，"她忽然伸出手，抚上他的眉心、唇边，仰着脸轻声道，"聪哥哥，我在你怀中，便不觉得冷了。"

她有多久没有这样唤他了？他心中一动，将她搂得更紧，声音微微低涩："阿琇，不要离开朕了。"

她埋首在他怀中，双手交缠住了他的脖颈，却掩去了眼角眉梢的神情。

阿琇从太极殿出来时，尚不过二更，李桓见她只一怔道："陛下……"

"陛下睡熟了，"阿琇冷冷道，"谁都不要进去打搅他。"

李桓"喏"了一声，只眼睁睁看着阿琇离去。

刘曜携了羊献容亲自候在宫门外，恭敬道："娘娘，臣已经恭候多时。"阿琇面上带笑，上轿时却是瞥了羊献容一眼，只见羊献容有些不自然地低下头，神情却有几分惊慌。

到了刘曜府上，张灯若白昼一般。刘曜将阿琇请入正堂中坐定，方才说道："娘娘，你要见的人在地牢里，必须有陛下印信才可见到。"

阿琇抿了口茶，说道："印信已然取到。"说着她摊开手掌，掌中是半枚白虎符，几与她掌心同色。刘曜接过印章看了看，只见虎符上十二个字鲜明至极，这果然是刘聪贴身不离的白虎符。

"说说你的条件吧。"阿琇见他迟迟不起身，便点破道，"你帮我此事后，需要我做些什么。"

"娘娘果然是明白人，"他脸上笑意渐浓，"我要的也很简单，就是不能让田妃为后。"

阿琇有一瞬的愕然，望向他时，却见他也直直地看着自己。"田妃若为后，也只是中后。"她迟疑道。

"中后也不行。"刘曜的言语十分简洁。

阿琇心中忽有几分忐忑，只觉自己的心事亦是被他瞧破，便点头道："好。"

刘曜赞许地望了阿琇一眼，简洁道："很好，现在到天亮只有三个时辰，娘娘必须在天明前将印信送回陛下身边，才不会被发觉。娘娘请速速随我来。"

阿琇点了点头，刘曜便在前领路。两人走到书房之中，只见一面偌大的书架遮住了墙壁，他伸手拨弄架上机关，却听声音轻响，那正面书架竟翻转过来，露出墙后一个约略人高的小门。两人拾级而下，阿琇只觉得眼前黑得紧，愈往前走便愈觉得潮湿阴冷，走了约莫一炷香时分，转过一道石门，忽然眼前一亮，竟是从一座小小的假山中转了出来。

刘曜拨开面前的杂草，却对阿琇道："娘娘，这是南市。"阿琇展眼望去，只见自己身处一座小巷，远远能听到车马嘶响，此时天色晦暗，可城中最贫贱的挑夫走卒却已起身准备谋生计了。她回头望了刘曜一眼，忽道："那日洛阳城破前，你便是靠这条地道将王衍他们送出去的？"

刘曜微微一笑，却没有回答便算是默认。两人转了几转，却到了南市最东首的一排营房前驻足。阿琇抬头看了一眼，只见此处营寨前驻守都是军士，戒备颇是森严。刘曜却走上前去，只对门前军士说了句什么，那军士突然面露畏惧之色，向他恭敬行了一礼，赶紧打开了门。

刘曜微微一笑，领着阿琇便往前行。只见这里面尚有四五道关卡，每层都有人驻守。可刘曜凭着白虎符在手，一路都无阻拦。两人沿着地牢走进约略数丈远，只听刘曜低声道："便是这了。"说着他退开几步，阿琇只见面前一座数丈高的牢笼中卧着一人，蓬首垢面，头发约有数尺长，都散在面前，哪里瞧得清面容。

阿琇一时间竟有几分犹疑恍惚，便轻声道："阿邺。"

那地牢中的人忽然坐起身来，竟是怔怔地望向阿琇。那人虽然面容污垢，可一双剑眸却闪着光芒，却不是她阔别多年的弟弟司马邺是谁？

"阿邺，"阿琇心下大恸，眼眶已是红了，"果然是你。"她瞧着司马邺消瘦的脸颊，深陷的眼眶，只觉心如刀绞一般，颤声道，"阿邺，你在这里受苦了。"

"姊姊，"司马邺不敢相信自己眼前所见，他双手握住铁栅，大声道，"姊姊你怎么会在这里？我到处寻找你的消息，来人都说你已在……已在国破时遇难……"

阿琇摇头忍住眼泪："我没有死，我一直都很好，很好……"

司马邺急道："姊姊，你快逃出去，逃得远远的，再不要回来。"他身后还蜷缩着一个女子，此时亦是奔了过来，身边还牵着一个四五岁年纪的孩子。那女子失声哭道："殿下，殿下救救我们。"阿琇有些讶异地仔细看了看她，却见她正是豆蔻，而她身旁的孩子睁大眼睛望着自己，却不说话。豆蔻乍然看到一丝希望，她抱着孩子，连声道："裒儿，这是姑姑，快求姑姑救救你。"

四五岁的孩子哪里懂得什么，听得母亲这样说，便大哭道："姑姑，姑姑……”

阿琇听得心如刀绞，忽然刘曜在身后咳了一声，低声道：“娘娘，时辰已经不早了。”

司马邺闻言一惊，忽然恨恨地一拳砸在铁墙上，再瞧向阿琇的目光中却有了怀疑的神色，他仔细打量阿琇装束，怒道：“难道姊姊已经从了那匈奴狗贼，做了……做了娘娘？”

阿琇张口结舌，却哪里说得出话来，急道：“我……我……”

司马邺哼了一声，声音却转冰冷，他扭过头道：“既然如此，我们今后不必再见了。娘娘身份尊贵，莫要因我这个弟弟玷污了您高贵的身份。”

阿琇隔着铁栅，抓住了司马邺的手，只是不愿放开，哭泣道：“阿邺，姊姊定然设法救你出去。”

司马邺转过身去，叹了口气道：“姊姊，你既然已经选择了这条路，你我姊弟的情分也到此结束了。你走吧，以后不必再来。”

阿琇泪水簌簌而落，指甲狠狠地扣进手掌中。豆蔻紧紧地搂着孩子，倚靠着牢壁，双目中都是哀求而绝望的神情。

眼见天色将明，刘曜顾不上得罪，拉着阿琇便往外走。阿琇咬住嘴唇，却是一步一回头，始终没有见到司马邺回过头来。阿琇心中悲痛难挨，泣道：“阿邺，阿邺他竟这样不能原谅我。”

刘曜一路拉着她奔回宫门，他见阿琇仍然神情恍惚，忽然松开手，冷眼瞧着她道：“乱世之时，人不如犬。各人自有选择，你又何必这样自苦？”阿琇的面容异常惨白，怔怔瞧着刘曜不语。

刘曜叹了口气：“你若心里真的不忍，便去求他吧，也许……”他想了想，还是没有说下去，这希望太过渺茫。

“他是什么样的人，你比我更清楚，”她忽而苦笑，“他处心积虑才坐到这个位置上，将皇权帝位看得那样重。他绝不会开恩，容下一个对他有威胁的人。而我若去求他，阿邺也绝不会原谅我。”

刘曜心中如明镜一样，却不知该说什么是好，只道：“你明白便好。”

阿琇仰起头来，眼睛睁得大大的，可泪水止不住地往外涌，她终于哭出声来：“阿邺，豆蔻，还有那个孩子……”

刘曜忽然说道：“我初见你时，还是在贾后宴上吧，那时我是赵王敬献的舞剑少年。殿下还有印象否？”阿琇收住哭声，怔怔地点点头，却不知他为何要提起此事。刘曜面无表情道："我与献容是少年相识，我出身微贱，是羊家的奴仆，这些想必献容已告诉过你。但我真正的出身恐怕连她都不知道，我的父亲本是匈奴北都督刘熙，是刘渊的长兄。"

阿琇有一瞬的震惊："你为何会落到为人奴仆？"

"呼延贵为了夺匈奴五部都督之位，鸩杀了我父，又命人害我母亲性命，当年我尚在襁褓中，叔父尚在京城为人质，我被家中仆人救了出来，侥幸逃得一条性命。"刘曜讲起此事甚是平淡，如同在说别人的事一样，"家里的仆人虽然救了我，却不敢养我在身边，他只能把我送了出去，后来我辗转来到羊家为奴为仆，我的身世连羊家的人也不知晓。"

"刘渊是知道的？"阿琇不敢置信。

"知道又如何？叔父回到平阳，第二年便娶了呼延贵的妹妹，成了呼延贵的左膀右臂。一直到呼延贵死，他都是其忠心不二的跟随者。"刘曜直视着阿琇，如同在讲别人的事一样，"这就是帝王之心，若没有他所忍耐的血海深仇，何以能成就今日的帝业江山？恐怕连我与当今陛下都不能活到今天！"

阿琇若有所思地垂下头去，只听刘曜凑近她耳边，轻声道："忍耐，只有忍耐，才能把你失去的东西，一件一件地拿回来……"他转头看着阿琇，微微笑道，"娘娘要的，我都做到了。希望娘娘能遵守诺言，不要让我失望。"

阿琇拢了拢凤氅，走回太极殿时，李桓见到她便松了口气："谢天谢地，再有半个时辰陛下就要起身了，若是到时候见不着娘娘，怕是会动怒的。"阿琇微微一笑："你的差事办得很好，做小小一个太极殿长史实在太委屈你了，我会跟陛下说，晋一晋你的位分。"李桓大喜过望，叩头道："老奴谢过娘娘恩典。"

阿琇缓步迈入殿中，却见皇帝依然和衣侧卧在榻上，仿若睡熟。她轻轻在他身侧躺下，刚一横身，忽然便被一只手握住，她心中一惊，却听他困倦道："你去哪里了。"

"臣妾只是起身替陛下熏衣，"她克制着自己的声音，面上漾着淡淡的笑意，右手轻轻从他掌中抽出，掖了掖被角："睡吧陛下，还有半个时辰天才明呢。""唔，"他闭上眼搂紧了她，喃喃道，"阿琇，还冷吗？"她有一瞬的愕然，侧首看去，他却已沉沉睡了，那一声直如呓语。她心口抽搐了一下，忽然想起阿邺的面容，心口复又转冷。她将右手中攥紧的半枚白虎符轻轻系在他的衣带上，和衣在他身旁卧下，却是目不转睛地盯着殿顶的藻井。

蒙蒙眬眬睡到天明方醒，她睁开眼时，皇帝已不在身旁。她轻轻起身坐定，便有木槿进来恭声道：“娘娘，可要回晖华殿去？”

“不回了，”她一双美目微微一合，懒懒道，“就在这儿住下。”殿中之人都敬畏她的权势，人人低眉敛色，殿中静得可怕。

皇帝下朝回来，见到她在殿中，亦是不以为意。

如是过了三日，宫中流言悄生，人人虽是忌惮阿琇，却无人来朝拜。休说田贵妃没有动静，便是刘婕妤往下诸多宫人，竟无一人来拜谒日后的中宫之主。

第四十回

周山有梦

羊献容沉不住气，却来催促道："三日后就是册封大典，娘娘何时动手？"

"你急什么？"阿琇似是如梦初醒，只枕在榻上望着她笑，"必不是你家五公子让你来催促。"

羊献容面上一红，她确是被阿琇说中，刘曜并不知她入宫来。正此时，忽然殿外起了喧嚣之声，阿琇眸光一闪，便对羊献容道："你藏到屏风后去，今日让你瞧一出戏。"

卧榻之后是一架八扇屏风，上面绣着仕女画像，或坐或卧，姿态各异，俱是赏心至极。羊献容微微一怔，随即明意，闪身便隐在屏风后。殿门外的喧嚣声越来越大，羊献容留神分辨，却是田贵妃，她高声道："为什么不让本宫去见皇上？粲儿已经病了三日了，他父皇怎能问都不问？今日我偏要进去！"这语声中，还间或有李桓低低劝解之声："贵妃娘娘，陛下真的不在殿中，请娘娘回去吧。"

可田贵妃怎能听得进去，他越这样说，田贵妃便越发认定皇帝就在殿里。她忽然哭出声来，声音哀婉至极："陛下……陛下……粲儿已经病了三日了，您真要对我们母子不闻不问吗？"她声音本就清亮，哭起来更加清婉动人，十分的哀戚。李桓见她闹得不成话，头痛道："娘娘，您这样哭也不是办法，陛下真的不在殿中。"

只听啪的一声极清脆的耳光，却似是动上手了。

羊献容侧目瞧去，只见阿琇唇边浮起一抹淡淡的讥讽的笑意，她忽然说道：“李桓，让她进来。”

外面瞬时没了声响，不一会儿，殿门悄悄打开，李桓捂着半边红肿的脸，却引着田贵妃慢慢走进殿中。

田贵妃今日是精心装扮过的，她身着一件五彩金线织就的翠色羽衣大氅，最难得的是上面的绣纹都是用珍禽的彩羽所织，瞧起来流光溢彩，让人不可直视。她的发间簪着翡翠缠丝的莲花珠钗，与身上大氅一样都是莹然如泻春水的光泽。羊献容遥遥望去，只觉这样一个女子竟比那屏风上的仕女更要美上几分。田贵妃今日存心要在皇帝面前讨个可怜，她连宫人也未带，却是手中抱着孩子，径直走入殿中。

可她一入殿便愣住了，皇帝果然不在殿中，端坐在榻上的只有一个身着素裙的宫装女子，眼睛眨也不眨地望着自己。田贵妃的脸瞬时涨红了：“你……你怎么在这里……”

“这几日我都在这殿中，”阿琇满不在乎地侧头笑道，“贵妃娘娘是不许我在这儿了？”

田贵妃大怒，手亦有些发颤，指着阿琇道：“你这狐媚子，蒙蔽陛下，竟然连皇子病了也不让通报。”

阿琇斜斜地睨了李桓一眼，冷声道：“贵妃娘娘要撒泼，却也不知避人，没的让人笑话。”李桓赶忙道：“老奴这就出去。”他掩上门，飞也似的逃了出去，站到殿外仍觉一颗心扑通直跳。他身旁内侍小声道：“师傅，是否要去通报皇上？”

李桓皱了皱眉头，道：“你是嫌命短吗？今日是咱们的新主子存心要发作贵妃娘娘了，便在这守着就是了。”那小内侍有些迷糊地睁大了眼，却也只能老实站在殿边。

田贵妃心里有气，大声道：“你神气什么，你虽然要封为上皇后，如今却还在我位分之下，只是小小一个采人而已！”

“是啊，我只是小小的一个采人。”阿琇端坐在榻上，忽然轻声笑了起来。

田贵妃被她笑得愈发气愤，怒道：“你又笑个什么？”

“我笑你自作聪明，”阿琇忽然站起身来，缓步走到她身旁，却是媚眼如丝，轻声道，“还不知是在自掘坟墓。”

田贵妃睁大了眼睛，一时竟没有转过弯来，只茫然道：“你说什么？”

阿琇低声而干脆道：“我笑你不知死活。”

田贵妃回过神来，已是勃然大怒，冷笑道：“你一个卑贱的庶出之女，斳准已经失了势，落为笑柄。你又得意什么？不过是凭借一点狐媚伎俩迷惑陛下，看你能得意几时？”阿琇的身份是靳准的庶出之女，这是宫中人人皆知之事，此时田贵妃必是气极了，竟连这话也要拿出来说。

阿琇闻言转身，忽然伸指去触她怀里婴孩，冷冷道：“这是贵妃娘娘的孩儿吧。小皇子真是生得好俊啊。”

田贵妃抱紧了儿子，唯恐阿琇伤害一般，侧身退了一步，警觉地说道：“你要做什么！”

阿琇抚着那孩子淡黄色的襁褓上绣着的梅枝，笑道：“这样好的绣活，贵妃娘娘真的用心了。”

田贵妃越听越是惊心，大声道：“你休要弄鬼，到底想说什么？”

阿琇蹙了蹙眉，伸手却接过了那孩子。不知为何，田贵妃一时竟没有抢过，待她反应过来想去争抢时，阿琇却把孩子递给了身旁的木槿，只说道：“将小皇子抱到后面去玩。”

“你要做什么，快还给我儿子。”田贵妃拼命地去抢那孩子，阿琇紧紧地箍住她的手，皱眉道：“你这样失心疯的样子，也不怕吓着孩子。你放心，我还要活命，不会伤害他。”

田贵妃一怔，却是松开了手，似信非信地望着阿琇。

阿琇瞟了她一眼，却从袖中抽出一张帕子，抛在她面前。田贵妃拾起那帕子，只一眼便愣住了，那帕子上染着淡淡的血迹，尤为突兀的是，上面亦是绣着一枝梅花。这绣画她再熟悉不过了，那分明与孩子襁褓上的是一人所绣。

“你想知道这帕子是谁的吗？”阿琇忽然轻笑起来，“还有这上面的血迹又是谁的？”她快意地望着田贵妃张皇落魄的神情，心中似是吐出了一口恶气，脸上笑意愈深，“你与我宫中的玉燕同日产子，偏偏都生的是男孩。你可知道你除去的逆贼之子究竟是谁的孩子？你怀中抱的又是哪个？”

“这不可能！”田贵妃整个人都怔住了，她的面上是因为愤怒和惊惧而变得扭曲，“这绝不可能！”她心里忽然意识到阿琇说的有可能是真的，可她决计不能相信这件事。

阿琇冷笑着戳穿了她最后的幻想：“你为了报复，便唆使身边的内侍去陛下那里说出了玉燕产子之事，但你有没有想过，是谁告诉了你这个秘密，她又为何告诉你这件事？”

田贵妃突然呆住：“是皇后……是皇后……”

这与阿琇心中猜测全然无差，她一字一句道："她能告诉你这个消息，焉不能先使人将你的孩子换过？"

"我以为她也恨你，"田贵妃喃喃道，"我错信了她……我怎么能信她？！"

阿琇一时竟有些同情眼前的女子。田贵妃手中紧紧地攥着那个绣帕，手心里都要攥出血来。她一瞬间已是神情清明，皇后那样憎恶阿琇，又怎会不憎恶自己。阿琇瞧着她的样子，忽然想起玉燕倒在血泊中的样子，心肠复又变硬，冷声道："你休要去怪旁人，这一切全是你自作自受。"

田贵妃的身子剧烈抖动着，人已失了常态。她仰天立了一瞬，忽然大叫了一声："苍天！"竟是一头向那殿角朱红的柱子上撞去，砰的一声，鲜血飞溅。

阿琇心中骇极，她侧目去看，却见她已倒在血泊中，唯有那殷红的鲜血飞溅在屏风上，染得仕女绣像斑斑血痕。

阿琇深吸了口气，说道："出来吧。"

羊献容缓步从屏风后出来，一张面上亦都是惊惧未定的神情。她俯身拾起田贵妃手中紧紧攥着的那块绣帕，上面又染上了新的血迹，她再抬头望向阿琇的目光中多了几分凛然："娘娘所言是真的吗，小皇子真……真的被皇后换去了？"

"世上最能伤人的利器便是言辞，"阿琇疲惫地合上双目，"是真是假又有什么分别，只要她信是真的，就足够了。"

羊献容微笑，目中的眸光带有锋芒，她郑重向阿琇盈盈拜倒："我替曜郎谢过娘娘。"

"你我到底姐妹一场，有句话我要送你，"阿琇的语调里有几分苍凉，"抽身事外，莫要惹火烧身。"

羊献容诧异："为什么……"

阿琇淡淡道："你可以将这话传给刘曜，便知其中含意。"

田贵妃的死仿若只是宫中一个不起眼的小波澜，没有太多的追思和哀悼，皇帝甚至没有多问几句她的死因，只是将她追封为中后，草草安葬在宫外的金镛城中。阿琇命人将皇帝赏赐的那套凤冠霞帔赐给田氏，伴她下葬。

中后，这是田贵妃一直想要的位置，可她至死也没有坐上一天，唯有一身凤袍伴她入土而眠。没有人敢去指责皇帝的薄情，可能只有阿琇才知道他心底到底有多厌恶田氏一族，一如他深深厌恶着呼延氏族人一样。

没有哪个帝王身在至高无上的位置上，愿意忍受权臣的胁迫与置喙，纵然是再英明睿智的君主，也一样深以为忌。对这一点田氏不能清醒，可生长在宫廷中见过朝堂数易其主的她却是心知肚明的，所以她只需抓住这一点，便可以让田贵妃很快灰飞烟灭。

本以为田氏一倒，就该刘曜掌权。可出人意料的事，刘曜自请去守中山。刘聪虽然惊诧，依然将他封作中山王，令他择日赴藩。

阿琇微笑着叹了口气，抱过田贵妃留下的孩子，轻轻将他柔软的小脸与自己贴近。木槿有一瞬以为她要留下这个孩子了，却只听她轻声道："将小皇子送到撷芳斋去。"

"娘娘，"木槿迟疑道，"别人抢都抢不到的福分，您何必要送走？"

阿琇瞧着她轻笑道："我们要做的事还有很多，哪还有时间再来抚养这个孩子？不若送到需要的人那里去。"

木槿侧头想了想："娘娘已经扳倒了田贵妃，还有什么未完的心愿吗？"

阿琇望着殿中朱红的立柱，昨日溅上的血迹已经被清理干净，竟连一点痕迹也无，她忽然问道："你说有个熟识之人在太医院为御医？"

木槿抬头道："那是奴婢的哥哥。"

阿琇的目光瞥向了她，只听木槿说道："娘娘，奴婢和哥哥都曾受过愍帝大恩，只恨无法报答。"她鼓起了勇气，说出了心里的想法。

阿琇温和地凝视着她，却有几分动容："你们当真决定如此？"

木槿点了点头："只要能报答大恩，奴婢兄妹愿意这么做。"

阿琇的心里抽搐了一下，合目叹息道："阿邺是我的弟弟，你的兄长也是你的亲人。都是骨肉至亲，何等关情。"

木槿摇了摇头："哥哥说若不能这么做，便要去刺杀皇帝。"

阿琇终是点头："明日你唤他入殿来。"

太极殿暮色微霞，殿外有乌鸦嘶声鸣叫，一声高一声低，仿若拼尽全力。阿琇听得不耐，皱眉道："叫人来，将这些乌鸦都撵走。"李桓自是带了几个内侍爬上殿外的老树，乌鸦扑棱了几下翅膀，离了老树枯枝，纵身却在殿顶盘旋。她皱眉立在殿下，只道："怎连这点事也办不好？"李桓一惊，赶忙命人去请铁甲卫来。

不多时，石勒便带了两三个人匆匆赶到。李桓皱眉低声说明了旨意，石勒一怔，侧身望去，只见阿琇驻足在殿外，瑟瑟秋风吹起她的斗篷，露出内里天水碧色的裙裾一角。

仰头望去，只见那四五只老鸦竟是栖在殿顶的檐头兽上。他低头想了一瞬，忽然左袖微扬，那几只老鸦霍然飞了起来，可还没有飞开几步，却顿时都跌落下来。宛如几个浓浓的墨点，抹在了明黄的琉璃瓦上。在旁候着的几个侍卫忙去捡下了老鸦，却是连一点血迹也没留下。

石勒拱手对李桓道："要是没有别的差事，末将就先退下了。"

阿琇一直在殿外驻足而立，此时忽然回过身来，却道："石将军好俊的身手，这是袖箭？"

"是影箭，"石勒躬身道，"李公公吩咐不可污了大殿，故而末将用的是银丝为箭，影若无形。"李桓留神瞧去，果然那几只毙命的老鸦身上都无血迹，只有极用心看，才能看到腹上有很小的创口，果然是立刻毙命。他心下一凛，愈发对石勒多了几分敬畏。只听阿琇却漫不经心道："影箭可以杀老鸦，也可以杀人吧？"

石勒微有霁色，强捺道："娘娘此言何意？"

"无他，"阿琇施施然转身回了殿中，只飘下一句，"只是敬佩将军这样身手，却屈居小小侍卫统领。"

第二日，阿琇便带着木槿搬回了晖华殿。此时宫中的每个人都对阿琇变了神情，有的只是恭敬，有的甚至谦卑，概莫过于敬畏她的权势。

唯有刘聪对她一如寻常的样子，这些时日以来，每日里下了朝，他便来她宫中小歇一会儿，有时是听她抚琴一首，有时与她对弈一局，总是来去匆忙，却也一日都未间歇过。

见她搬回晖华殿，他只问了一句："怎的不在太极殿住下了？"

"那里总有股血腥味，"她右手剌伏，手抚在琴弦上，轻描淡写道，"怎么都擦不掉。"

他神情淡淡的，信步走到她身旁："你在弹什么曲子？朕怎么没有听过。"

"胡笳十八拍。"她深吸了口气，却是勾指抹了一下宫弦，冷冷道，"陛下在宫中该是听不到的。"

胡笳十八拍是蔡文姬在匈奴时所作，曲有十八拍，最是凄凉婉转，说的又是匈奴之事，如今宫中怎会演奏。

刘聪沉默片刻，面色已是不佳。

阿琇忽然轻声唱道：

我生之初尚无为，我生之后汉祚衰。

天不仁兮降乱离，地不仁兮使我逢此时。

她的歌声轻柔婉转，恰与琴音交融，却是别有一番悲怆情致。木槿在旁听着，眼眶不觉红了，却不敢偷偷拭泪。

“这是第一拍，”阿琇忽然顿了顿，转眸望着他，“陛下觉得如何？”

刘聪“嗯”了一声，却不说话。

阿琇左手摁弦，轻滑名指，吟揉宫弦，琴音顿转呜咽，她又唱道：

戎羯逼我兮为室家，将我行兮向天涯。

云山万重兮归路遐，疾风千里兮扬尘沙。

人多暴猛兮如虺蛇，控弦被甲兮为骄奢。

两拍张弦兮弦欲绝，志摧心折兮自悲嗟。

这几句唱完，李桓已吓得白了脸色，唯恐刘聪当时便要发作，慌忙道：“陛下，夜深了，今夜是否要去婕妤娘娘宫中看看小皇子？”

“出去！”刘聪忽然变了脸色，便发作道，“给朕滚出去。”

李桓吓了一跳，自从他服侍刘聪起，只觉得这位主上喜怒不形于色，几时见他这样暴怒过。他慌忙拉着木槿退出殿去，一颗心却提了起来。

阿琇默然不语，只望着眼前的琴出神，这琴名为冰弦，琴长七寸，木上有霜色锦茧，若霜雪覆盖，入水不濡，以之投火，经宿不燎。这样的至宝，是刘聪知她爱琴，特地命人找来的。可她却用这琴如此刺伤他，她只觉得心里快意极了。她忽而伸指描着琴徽上万字勾绣的花纹，一笔笔连接不尽，万字不到头。

“阿琇，”他忽然扳过她的肩膀，一字一句地说道，“你知道惹朕厌烦的下场吗？”

“惹陛下厌烦的人多半都活不久，”她不仅不惧，反而轻声而笑，“我这个异类也不该例外。”

“朕确实不该太惯着你。”刘聪盛怒之下，拂袖而去。

清晨起来重整妆容，木槿自是领了兄长入殿，阿琇微微一笑：“你叫什么名字？”郑子华极是年轻，不过二十余岁的年轻人，甚少与宫妃相对，顿时面色微红，低头道：“臣郑子华见过娘娘。”

“抬起头来。”阿琇忽然说道。

郑子华怔了一瞬，迟疑地抬头望去，只见那殿上端坐着一位宫装丽人，眼若秋水，貌似桃花，一笑一颦尽是姝色丽质。他心下一慌，不敢再看，却是低下头去。

刘婕妤得了孩子，又惊又喜，亲自抱了孩子却来晖华殿中。走到殿门外，只听里面柔柔的有女子声气飘出：“子华，你替本宫看看，这阵子怎的这样胃口郁郁不佳。”刘婕妤唯恐自己听得不清，又凑近一步，只听里面却是个男子说道：“娘娘这是疾在心郁。”

“如何消解心疾？”

“臣给娘娘研一个方子，不出旬日，便可消除。”

“本宫不愿服药，实在苦得紧，”那女子的声气柔媚入骨，“只要你每日都来替本宫侍疾诊脉……”

“臣……臣不敢……”那男子语声局促，“若是陛下撞见……”

“怕个什么，”女子的语声中却是满不在乎的，“陛下每日这个时候都在上朝，怎会来后宫？”

忽然有人在身旁道：“婕妤娘娘怎么来了？”刘婕妤慌忙转身过来，却只见木槿似笑非笑地望着自己。她赶忙回过神色，只笑道：“今日得空，想抱着小皇子来看望娘娘。”

木槿有些狐疑地打量了她一瞬，却进殿去通报。刘婕妤极是忐忑地站在殿外，脑海中始终回想着适才听到的那些话，正此时，她忽地看到侧边殿门开了，有个男子匆匆忙忙地走了出去。她更是心中冷笑连连，却不敢带在面上，仍是毕恭毕敬地抱着小皇子进殿。

刘婕妤入殿直叩头道：“臣妾哪有这样的福气，可得娘娘垂爱，竟以小皇子相托，还请娘娘亲自抚养为上。”阿琇亲手将她扶起，和颜道：“你我姊妹相称，何必再说这样的话，妹妹抚养与我来抚养有什么分别。我素来身子不好，也无心力去养这孩儿，还望妹妹替我尽心。田贵妃乖张不得圣心，这孩子也不必知道自己生母是谁，你就当你亲生孩儿来抚养便是了。”

刘婕妤闻得此言，喜不自禁，心中自是千情万愿。她性子谨慎，见木槿将孩子送来，原本是存了几分疑惧之心，以为阿琇借机试探，此时听阿琇亲口应承，已是满心欢喜。又下拜连连，目中含泪道："如此臣妾非万死不能报答娘娘大恩。"

阿琇嫣然一笑："说什么报恩不报恩的话便是见外了，那日在田氏宫中，她命人杖责我。阖宫之中无人敢为我说话，只有妹妹仗义执言。此情我记得分明。"

刘婕妤面上一红，眼角微微垂下，低声道："可惜那时臣妾人微言轻，没有护得娘娘周全。"

"锦上添花之事谁不会做？"阿琇含笑说道，"世上最不易做的却正是雪中送炭。"

刘婕妤神色恭谨，她抱着孩子在榻上侧了侧身说道："娘娘睿智，一语道破世情人心。"

阿琇仔细打量她，只见她身着玉兰色宫装，袖口裙襟都绣着茜色的玉兰，她头上未饰金玉，只在发边簪一支玉兰花，更添几分天然风姿。眉色描得亦淡，一双剪水秋瞳黑白分明，每一颦顾都明眸善睐，笑容亦是恬静温雅的，唯有眼角缀着一颗胭脂痣，微微描出了几分愁苦的意味。阿琇笑道："你做汉女打扮倒是不俗，与你姐姐竟是不太相像。"

刘婕妤神色微微一黯："姊姊是正房嫡出的女儿，臣妾是庶出，母亲是汉人的女子。"

阿琇旋即会意，她与刘聪出身有些许相似，难怪这样深得圣眷。刘婕妤见她沉默不语，以为有什么话说错，有些局促不安道："娘娘，臣妾出身这样低微，是不是抚养皇子有所不妥。"阿琇回过神来，微微沉吟道："没有的事，你不要多心。"

刘婕妤情不自禁地搂紧了小皇子，感激道："臣妾多谢娘娘。"

门外木槿探头探脑地瞧着，刘婕妤想起适才恐被木槿瞧破了偷听之事，慌忙道："娘娘早些歇息，后日便是娘娘册后之典，臣妾就不多打扰了。"阿琇起身相让，道："木槿，替我送送婕妤。"

刘婕妤抱着孩子退到门口，忽然迟疑道："娘娘可知陛下要大赦天下？"

阿琇淡然问道："果真？"

刘婕妤又侧头想了想道："臣妾也只是听姐姐随口提了一句，似是秋斩在即，要开赦一批犯人，但是钦命要犯却不可赦。"

阿琇静默片刻，轻声道："秋决是哪日？"。

刘婕妤迟疑不定地望着阿琇，轻声道："三日后。"她从殿下抬头望去，只见阿琇面色与身上素色衣裙一般同色，却再没开口。她仿佛松了口气，见木槿打开了殿门，便赶紧逃也似的出去了。

“娘娘今日身子可爽适了些？”一个男子的声音在房中响起，“可需要力道再重些？”“唔，这样便是了。”那女子的声气却是阿琇的，她轻声柔语，仿若无限惬意。

刘聪在窗外只听了一瞬，便已脸色发青。他身后还跟着大刘氏，此时洋洋得意，满脸都是幸灾乐祸的神情。李桓瞧着刘聪神色，恐有闪失，只拼了命给木槿使眼色。可木槿立在廊下，已经吓得傻了，手中金盆砰的一声掉在地上，铮然有声。

“什么人在外面？”阿琇忽然问道。

“是朕。”刘聪冷淡地开口，却是伸手推开了长窗。

窗内春光乍现，缱绻让人浮想联翩。那女子赤裸着如白玉一样莹然的身体，侧身躺在一张卧榻上，她旁边的男子亦只是身着贴身衣物，跪在地上簌簌发抖，哪里还敢抬起头来，他叩头如捣蒜：“臣……臣只是在给娘娘做推……推拿活血……”

“几时有外臣与嫔妃这样不避嫌的道理，”大刘氏只觉心中快意极了，得意道，“就是做推拿，还需要让娘娘穿得这样清凉？”

郑子华偷偷抬眼看了一眼刘聪，只见他额上青筋暴出，已是怒到了极处。此时他心中恐惧愈深，只觉自己跳入黄河也洗不清了，他膝行几步，跪在刘聪脚下，只结舌道：“臣……臣……臣冤枉……”

刘聪忽然飞起一脚，将他踢出去几个跟头。郑子华的头撞到桌角上，顿时血流满面。

阿琇忽然起身，竟是赤裸地走到刘聪面前，一身肌肤莹白如玉，仰起头笑道：“陛下在做什么？”

大刘氏又妒又恨，骂道：“真是好没羞耻。”

“你给朕滚出去！”刘聪忽然大喝道。

大刘氏呆了一瞬，忽然反应过来说的是自己。她呜咽一声，哭着跑了出去。

刘聪直视着阿琇，说道：“朕只听你一个解释。”

众人的心都提了起来，木槿和李桓俱是担心到了极处，唯恐阿琇一言不合触怒龙颜。

“陛下何必自欺欺人，”阿琇的声音冷若清泉，她忽而懒懒地一捋鬓边碎发，说道，“便是陛下看到的那个样子。”

他终于忍无可忍，一双眼睛尽成血红之色，他猛地伸手掐住她纤细的脖颈，死死盯住阿琇，沉声喝道：“你真的不想活了？”

她被扼得喘不上气，胸口剧烈地起伏，浑身都开始抽搐了，可眉间却始终淡淡地笑着。

“不要，不要……”木槿忽地冲了过去，想拉开刘聪的手。可刘聪的手如铁一样，哪里撼得动。木槿大声哭道，“陛下，这样会出人命的。”

他似是被兜头浇了一盆冷水，手霍然松开了。木槿赶忙去扶起阿琇软倒的身体，却见阿琇虽然面色苍白，但幽幽地睁开了眼，却是仍望着他冷笑：“你要是觉得羞耻……就杀了……杀了我和他……”

“你以为朕不敢吗？”刘聪怒极，面色反而平静下来，回头望着李桓道，“太医郑子华，押入……押入……”

他连说了两声，李桓咳嗽了一下，刘聪瞬时会意，这样的宫闱丑事怎能传出去，他气道：“押入地牢，明日处斩立决。采人靳氏……”

他迟疑了一瞬，望了阿琇一眼，见她面上俱是满足神情，他忽然狞笑道：“明日即行上皇后册封之礼，朕要你坐在昭阳殿上。亲眼看着你的兄弟、你的亲人，是怎样一个个都因你被连累。”

夜里靳准来见她时，也只能隔着一重茜纱窗。李桓极是为难道：“中军大人，这是陛下的口谕，不许娘娘见人。老奴也没法子让你们父女相见。”

靳准点头，说：“能引我至此，你已费心。”

阿琇在窗内轻笑：“父亲大人也来为我送行？”李桓吓了一跳，他知阿琇性格乖张，不愿多听惹祸，只对靳准一抱手便离去了。

靳准长叹一口气，淡淡道：“你若真是我的女儿，我就不会让你来这个地方。”

“是与不是有什么分别，”阿琇悠悠道，“世人眼中是如此，便是如此了。”

“至高处，便是至险处，”靳准说道，“你若想坐得安稳，就必须收敛自己的性情脾气。只做完完全全一个陌生的人，才能如意。这句话我从前告诉过你。”

“我有我要守护的东西。”阿琇眸光停留在那茜纱窗上，“有些事，我必须去做。”

靳准微微叹气：“那就是为了秋决了，娘娘大概是准备好了。”

阿琇顿了片刻，忽然又道：“大人素来明哲保身，为何要来见我？”

靳准漠然侧首望向远处的山林，平静道：“我以为人心归汉，却想不到还是我错了。”

阿琇忽而冷笑，道：“靳大人只轻描淡写一句错了，便可足够？”

“晋室灭亡，是气数已尽。宗亲自相残杀，不过十余载，诸王皆已起兵，又岂是人力所能为？”靳准叹道，“我以为以刘氏之佼佼，可以重现太平天下，所以鼎力而助，想不到大错至斯。”

“我父皇虽然愚钝，但朝政到底清明。如今天下之势，又比我父皇在位时又好了什么？”阿琇说道，“大人可曾出城走过？哪里不是哀鸿遍野，何处不是匈奴人屠杀我汉人的厮杀声？”

“非我族类，其心必异，”靳准长叹一声，脸上微微变色，“是我的错。”

阿琇向他郑重行了一礼，道：“如今挽救这个错误还不晚。大人只要有心，便有翻手为云覆手为雨的能力，阿琇为天下苍生拜托大人了。”

靳准默默出神片刻，低声道：“替我再挑选一个人，承接你的位置。”

阿琇默然一瞬，慢慢道：“木槿。”

昭阳殿外，只是一片耀眼的红色。

今日是册立新后的日子，仍是同立四后，阿琇以靳准长女身份入主中宫，尊为上皇后。靳准幼女木槿，立为中后，刘睿二女大小刘氏，并尊左右皇后。

木槿一身盛装，走到上皇后的云凤鸾轿前，轻轻牵开鸾轿前的绯色縠帐，轻声道：“姊姊。”

众人都在诧异间，只见她已扶着轿中女子移步下来。众人只觉眼前霍然一片刺目，那女子竟是身着一袭素白的衣裙，款款从轿中下来。她身着缟素，头上亦是只缀数十支珠钗，俱是皎白如月，远望去莹然霜洁，却没有半分喜色。

在上皇后的鸾轿之旁，并立着大小刘氏，她们同为左右皇后，此时眼中俱是惊讶神情，却不敢流露半分，两人都只能上前一步，上前弯腰行过大礼，然后一左一右地陪伴着上皇后。靳准站立在台下，此时只见阿琇忽一回首，盈盈向靳准施了一礼，口中低声道：“父亲。”木槿见状，赶忙也行了一礼，却不敢称呼。

靳准受宠若惊，忙双手虚托，行礼道：“老臣怎敢受娘娘大礼。”

阿琇垂目道：“父亲受得起。”

靳准一时心中感慨，回想起前尘往事，只道：“老臣只愿娘娘平安顺遂，便是心愿。”

木槿目中含泪，亦是伸手扶起了阿琇，劝道：“娘娘，吉时已到，陛下在大殿中等候。”

阿琇点了点头，不再说话，只在她们的伴随下缓步向殿上走去。

大殿之上，端坐着如今的九五之尊，他今日竟有几分期待与兴奋，然而待他遥遥地望着殿下的人时却忽然怔住，只觉眼前一抹白色刺目得紧。

正此时，李桓在旁低声道："陛下，秋斩可要如期？"

刘聪只觉得双目都被那抹圣洁的白色灼得炽痛不已，咬牙道："即刻行刑。"

昭阳殿前的玉阶共有九十九级，皆是白玉所制，宽三尺，高三寸；每一阶都被人走过无数次了，已打磨得平滑光润，鞋底踏在上面，竟有滑腻之感。阿琇走得极慢，每一步都仿佛用尽力量。

行到一半，忽然耳边轰隆隆的却是炮响了一声，三人同时怔住，不约而同地停住脚步。接着又是两声炮响，如九天上的雷声，喧嚣震天。而昭阳殿外的丝弦之声依旧，仿若什么也没有发生。

于此时，只听身侧的小刘氏低声道："娘娘，这是秋决的行刑炮声。"木槿有些惶恐地望了她一眼，却见小刘氏脸上都是残忍的笑意。

阿琇漠然移动莲步，却是若无其事地继续坦然前行。

终于走完最后一级玉阶，她轻抬螓首。他伸臂轻轻扶起她，动作缓慢而郑重仿若浑然未觉她身上衣衫颜色的刺目。

帝后二人并肩坐在殿上，接受众臣和嫔妃的朝贺。没有人敢提出质疑，哪怕每个人都觉得这如服孝一样的衣裙出现在新皇后身上是这样的不合时宜。随着朝臣山呼万岁的声音，他竟能捕捉到她在身侧轻声的叹息，他微微侧过头去，她依旧是抿着唇，自始至终都挂着淡淡的笑意。

朝拜之后，侍女们将她引入后殿。她忽然怔住，眼前一间别致的屋舍，未覆琉璃，只是青砖碧瓦，小桥流水环绕，这屋子何等熟悉。

门外覆着毡席，门内垂着青色的帷幔，侍女们含笑拉起那帷幔，轻笑道："请新妇入青庐。"

却见她微微扬眉，端然除下鞋袜，赤足踏步而入。

宫中女长御进来行过礼，搀扶着她在帐中坐定，却捧出一盘盘五色同心花果，命人向她身上抛去。木槿本侍立在身旁，惊道："你们这是做什么？"

那女长御忙道："姑娘莫动，这是撒帐。"

木槿急道："这都是民间陋习，宫中哪来这样的规矩。"宫中做喜事，向来只在帐中压些金银玉器，便做庆礼。那女长御有些为难道："这都是陛下吩咐的，奴婢们只是奉旨而已。"

木槿有些担心地望向阿琇，却见她依旧端坐帐中，仿若未觉。

宫人们向帐中抛撒花生、桂圆、莲子、栗子等瓜果，不多时帐中已铺了薄薄一层，便是阿琇的衣裙上，也盛了不少。行完撒帐之礼，李桓便扶着刘聪进了房中，只听那行礼的女长御轻声道："请陛下和娘娘手执同心结。"说着，双手奉上了一个五色丝绦结成的同心结，将丝绦两端分别递给了刘聪与阿琇。

刘聪似是喝了些酒，有些站立不稳，他一边接过那丝绦，一边望着阿琇笑道："朕的新娘子怎么不接？"李桓大急，忙对木槿使着眼色，示意她将丝绦递给阿琇。木槿迟疑地接过丝绦，谁知阿琇坐着就如木桩一样，只眼看着脚尖，哪里理睬。

众人俱是尴尬地立了一会儿，刘聪忽然摆了摆手，疲惫道："都出去吧。"

众人如蒙大赦，刘聪忽然叫住那女长御："将合卺酒留下。"女长御有些畏惧地望了帝后一眼，双手颤抖地将金壶放在桌上，赶忙退了出去。

隔了良久，他忽然开口道："阿琇，这青庐为帐，你可喜欢？"

她心中忽有触动，青庐为帐，似是许多年前，有人对自己的承诺。

她心底仿若被融化了一个小小的角落，唇角亦是漾起浅浅的一抹笑容："喜欢。"

他亦有一瞬间的恍惚，这笑容似是对着他的，经历这么多年风雨，她终于还如当初一般对着自己笑着，不含半分的恨意。他微笑地牵起她的手，将她揽入自己怀中，低低道："阿琇。"她全然没有抗拒，甚至还揽住了他的肩膀。

这样久违的温柔，他只觉浑身都炽热了一般，呼吸便深重了几分，甚至能听到她心跳的声音。她主动贴近了他，忽然放软了腰身，却是伸手缓缓去除他衣衫，指尖清凉，抚上他的每一寸肌肤都激起他细细的战栗。她的嘴唇轻轻贴近他，似是玩笑一般轻咬着他的耳垂，在他耳畔淡淡吐气，呼吸如兰。他的衣衫徐徐被除下，他抬眼望去，只见她眸中都是潋滟的波光流转，他心念一动，伸手抚过她的脸，引至她纤细的后颈，似在流连指尖的细腻。

她闭上双目，一只手轻轻地搂住他的腰，似在欣赏着这一时刻的温柔。她缓慢而主动地亲吻着他的发梢、耳垂、脖颈，直至胸口。

他微微笑着，能感觉到她嘴唇的颤抖，她还如许多年前一样，从来藏不住自己的心事。

可他没有半分挪动，便那样安然坐着，仿若享受着上天的恩赐。

一丝冰冷的刺痛，血迹蔓延而开。

她从他胸口抬起头，唇角都是殷红的血迹，她满足而微笑，手却脱离他的掌控，人亦站了起来。

他微微低头，那把匕首毫不犹疑地正插在胸口，只入三寸，已够毙命。

可他的平静忽然让她有几分惶恐。她的表情由欣喜转为讶异，直愣愣望着他道："你……"

"匕首是靳准给你的？"他忽然开口，唇角已有血迹，看得出他是强力忍耐。她微微偏过头去，不让自己眼中的神情出卖心底的惶恐。

"阿琇。"他轻声叹了口气，仿若绵长的叹息，一只手用力地从怀中取出什么，却是伸向了她。

她迟疑地走近他身旁，轻轻握住了他的手掌。

"这都是命……"他闭上眼，微微露出一丝苦笑，轻声道，"死在……你的手上……我……无怨无悔……"

她只觉手心的温热一点点散去，却听他的声音在耳旁亦是渐渐转低："琅……琅琊王已在建邺登基，你……你走吧……回到该属于你的地方……"

他话未说完，整个人颓然倒地。她有一瞬时的灵魂出窍，直到看到蜿蜒的血迹弥漫开来，她突然意识到自己做了什么，她亲手完结了他的生命。

只犹豫了一瞬，她将那匕首没柄插了进去，然后看着一丝鲜血蜿蜒漫出，滴在她手上，微带余温。她轻轻打开他的手，他的手心里攥着一枚小小的玉符，符上雕着一只白虎，样状栩栩如生。

她俯下身子，吻了吻他冰冷的额头，一滴珠泪蜿蜒滑落。

尾声

麟嘉三年白露，昭武皇帝刘聪崩于洛阳。

刘聪死后，其子刘粲被立为太子，中皇后靳氏为皇太后，朝政尽落入太傅靳准手中。靳准既重新掌权，即刻便封其弟靳明为车骑将军，其子靳康为卫将军，全盘接管了京都的兵权，不过短短半年，靳准便诛杀了济南王刘骥、上洛王刘景、齐王刘劢、昌国公刘凯。自此，刘氏宗亲人人惶恐，世人皆云不过二十余载，又现八王旧事。

三年后，靳准在洛阳焚烧刘氏一族宗庙，自立为“汉天王”。

刘曜闻讯从长安起兵，自立为帝，册立皇后羊氏，改元光初。

东晋太兴元年，清河公主携白虎符南归建邺，东晋元帝极是欢喜，下旨表封清河公主为清河长公主，公主南归所携不过四五个奴仆，元帝深以为陋，又钦赐华宅府邸于公主。

公主携来南归的仆役中，有一小童状貌可爱，时有宫中之人见到，多窃窃私语，议论极似死去的愍帝。议论传到宫中，晋元帝便命公主携小童入宫，公主自是欣然应允。

在大殿之上，小童伶俐地向元帝叩头，奶声奶气道：“衷儿见过翁翁。”

元帝细细瞧去，却与公主笑道：“果然极似阿邺。”

公主引袖拭泪，却道："若阿邺活到今日，能亲眼得见陛下收复山河、治理有方，心中不知该如何欢喜。"

元帝默然良久，叹道："建邺之名，可为之避讳。"自此千载建邺城就此易名建康。

元帝的宠妃郑夫人虽有宠而无子，极喜爱公主身旁的小童裒儿，便央求元帝要过继为子。元帝怫然不悦，斥责道："公主年长无倚靠，此子可解她慰藉，你怎能夺爱。"郑夫人以扇掩面，低泣道："臣妾不敢夺公主所爱，只是公主并无婚配，却养子在身边，岂不惹街谈巷议，有损公主清誉。"元帝闻言怒意更甚，竟拂袖而去。郑夫人未见过元帝这般恼怒，惶恐不安之至。

数日后，元帝与太傅王导商议朝政，提及公主之事，王导缓缓道："可为公主择一宗室子弟为驸马都尉，如此方不损公主清誉。"元帝愕然片刻，与王导相对而视，两人都忆起那年吴山旧事。元帝微微颔首："爱卿言之有理。"

越明年，公主下嫁宗亲曹统，元帝亲为表贺，恩宠极盛。

新婚之夜，满屋子都是皇帝御赐之物，紫檀雕金凤的拔步牙床上垂着繁花叶茂的绛色床罩，四角垂下尺余长的赤红穗子却被黄金钩挑起，露出月洞门内一个烫金的囍字。

驸马都尉曹统亲手揭开了五彩攒金锦缎的赤红盖头，只见红烛光影下，映着一张海棠芙面，低垂的眼眸上长长的睫毛微微颤动，如轻扇的蝶翅。他欢喜而沉醉，不由自主地慢慢伸出手去，却将日思夜想的那个人揽入怀中，低低呢喃："阿琇，自洛阳城破，我经历九死一生。却只有此时，才真真觉得你在我怀里……"

她闻言有一瞬时的僵硬，只觉脖颈直着生疼。一阵夜风吹入，房中高烧的红烛霎时摇曳熄灭，只余一室沉寂。

黑暗中她慢慢倚靠在他的肩上，只觉眼角有些许湿润。

太康三年，江北忽有使者而来，却带来了两具棺木。元帝又惊又疑，将使者邀至殿上，使者坦然言道："我乃汉天王特使，屠各小丑安敢称王，乱大晋使二帝播越。今日是来向陛下归还怀、愍二帝梓宫。"

一时间朝臣议论纷纷，却见那使者傲然笑道："不止二帝梓宫。汉天王还让臣归还传国玉玺与驺虞幡，这都是大晋之物，汉天王不敢久占。"

内侍盛上玉玺与驺虞幡，元帝只看了一眼，已是心神激荡，问道："汉天王为何要如此？"

此时已有朝臣心生疑惑，进言道："这玉玺也许是假的，多半是北方庶奴戏耍我大晋的伎俩，陛下不要信他。"

那使者相貌堂堂，面净无须，他坦然道："陛下去问清河公主，便知真假。"

元帝不敢造次，命人去请清河公主入殿。公主来到殿上，亲手验过玉玺和驺虞幡，点头道："确是真的。"

那使者便道："既然陛下已收下此物，臣的使命完成，告辞了。"

元帝君臣一时错愕，只见这使者来去匆忙，送了这样一份大礼来，又不言明缘由，当真是莫名至极。

清河公主携着小童送使者直至江畔船舫，忽然开言道："汉天王安好？"那使者微微一怔，对公主却是恭敬有礼，道："天王安好，时常记挂着公主。"

公主侧了侧身，弯腰还礼，低声道："那日郑公子与靳先生搭救之恩，阿琇没齿不忘。"

使者微笑点头，只见风帆扬起，船舫逆流而上，却是去得远了。

那小童望着渐渐远去的船帆，忽然仰起小脸，轻声问道："姑姑，大船驶向哪里去了？"

"那船是去洛阳的。"

"洛阳是什么地方？"

"洛阳是姑姑出生的地方。"她微微凝涩，远眺着江上盘旋的燕子。

"洛阳热闹吗？

"热闹，"她轻轻地抚着孩子的小脑袋，微笑地凝视着他清澈的双眸，轻声道，"洛阳城很大很大，城中有条五龙渠，十分的壮观。最热闹的还是铜驼街，每天清晨都有小贩去卖蒸饼，还有白环糕、欢喜果儿……"

（全书完）

后记

永嘉之乱是中国历史上十分沉重的一个时代。

西晋王朝一统三国，只维持了不到四十年的短暂太平，就陷入到诸王混战、夷狄入侵的悲惨历史中。八王之乱恰如一台大戏，乱哄哄你方唱罢我登场，司马氏诸王都粉墨登场了一把，热热闹闹地折腾尽了西晋江山的气数。这些人单单看去，其中并不乏卓有远识、成谋能断的英雄人物，可为何结果却是一场集体的悲剧？

这大抵是在晋武帝时便埋下了祸患的，晋武帝结束了从东汉末年后近百年的分裂局面，可随之而来的太平盛世却伴随着吏治的腐败，士族们过着骄奢无度乃至竞相斗富的荒唐生活。朱门酒肉臭，路有冻死骨。这一切表面的繁华很快便在晋武帝去世后急速激化了矛盾。

但这一时期，却也是文化与艺术千山竞秀、大放异彩之时。可偏安江南的士大夫们清谈舞墨，真能抚平千里江山的创伤与悲痍吗？我始终存有困惑。

幼时读《世说新语》，尚不明白那时的士人何以这样狂放不羁，长啸当歌、醉生梦死，所谓魏晋风度着实是后人难以企及的。再到看《晋书》时，更觉荒诞。这些曾经发生过的真实历史场景中的惊心动魄、骇人听闻远远超出了我们的想象。

如今渐渐可以理解其中的几分心酸，历史总比故事残酷得多，孰是孰非，孰对孰错，都慢慢变得界限模糊。是时代将人们逼到了悬崖的边缘，每个人都有自己的身不由己，都必须在生存面前做出残酷的选择。

然而在种种艰难的选择中，我最钦佩的人，是有信仰的人。

有人遭逢国难，还不忘狡兔三窟，譬如王衍；有人慷慨赴义死，譬如司马颖。身为女子，可以如羊献容一样屈服于爱情，也可以如阿琇一样亲手杀死爱人。古语说，宁做太平犬，不为乱世人。在国破家亡时，人不如蝼蚁，每个人的选择都无可厚非。对于故事里的每一个人来说，不论这种选择最终会导致怎样的结果，最好直面的方式便是无怨无悔。

历史与小说有着分明的界限，种种荒谬虚构之处，总是小说家言，不必当真。

那亦是一个英雄辈出的时代，刘聪、司马颖、石勒、刘曜、靳准……汉人也好，胡人也罢，最终都归到中华民族的融合中。所谓胡汉之争，彼时看是国仇家恨，而今看来都如梦幻泡影。这些历史上声名赫赫的真实人物曾在史书中都有浓墨重彩的勾勒，他们在历史上留下的声名与小说中也许或有出入，故事里所给予他们的，大概是平行时空里的另一个倒影罢了。

可惜在历史上，阿琇这个人物只是寥寥数笔的一个匆匆过客，唯一能留下名字的原因也仅仅因为她生在帝王家。

她的一生是否真是如此，永远都将是个谜团。

在我的故事里，我希望她有自己的信仰与坚持，并为此无悔。

知夏

二零一二年九月终稿于萧山